BASTEI
LÜBBE

Von Katherine Sutcliffe erschien außerdem bei BASTEI-LÜBBE:

11 647 Wie Feuer im Blut
11 672 Insel der Leidenschaft
11 681 Geliebter Verräter
11 692 Wenn der Haß erlischt

Katherine Sutcliffe

Verführung am Amazonas

Aus dem Amerikanischen übertragen von
Bodo Baumann

BASTEI LÜBBE

BASTEI-LÜBBE-TASCHENBUCH
Band 11 776

Deutsche Erstveröffentlichung
Titel der Originalausgabe: Shadow Play

Printed in France Dezember 1991
Einbandgestaltung: Franz Wöllzenmüller
Titelfoto: Agentur Thomas Schlück/PINO DAENI
Satz: MPM Wasserburg
Druck und Bindung: Brodard & Taupin, France
ISBN 3-404-11776-x

Der Preis dieses Bandes versteht sich einschließlich
der gesetzlichen Mehrwertsteuer

Prolog

1875, IRGENDWO AM AMAZONAS

Das Treibholz geriet in den Sog der Flutwelle, bäumte sich auf wie ein Tier, das in eine tödliche Falle getappt war.

Morgan Kane klammerte sich verzweifelt an einen Ast, während ihm das Wasser die Luft aus den Lungen preßte und Feuerströme in sein Gehirn leitete. Er hatte sich im Grunde bereits mit seinem Schicksal abgefunden. Hier würde jetzt sein Leben ein Ende finden — entweder durch eine Kugel aus den Gewehren von Rodolfo Kings Meuchelmördern oder durch einen Giftpfeil der grausamen Xavante-Indianer, die ihn schon seit einer Stunde jagten.

Die Flutwelle schwoll zu einer gigantischen Größe an, warf Mensch und Treibholz in den Fluß zurück, dem er doch gerade zu entrinnen suchte. Dann schlug sie über ihm zusammen, begrub alles unter einem Berg aus Wasser, der Kane in eine brodelnde, donnernde Finsternis hinunterriß. Ein Schatten schoß an seinen Augen vorbei, dann ein zweiter und dritter, bis Tausende dieser schattengleichen Formen ihn zu umschwärmen schienen.

Piranhas!

Er keilte mit den Beinen aus, krallte sich in die rollende Wasserwand, und als sein Kopf sie endlich durchstieß, sogen seine Lungen begierig diesen himmlischen Odem ein. Dann zog ihn ein entwurzelter Kapokbaum wieder unter Wasser. Er packte den knorrigen Ast, der ihm das Gesicht zu zerkratzen drohte. Ein Hautritzer genügte, und das austretende Blut würde diese Piranhas in ein Horde freßgieriger Ungeheuer verwandeln.

Er zog sich auf den Stamm des Kapokbaums hinauf, der unter ihm kreiselte wie ein Blatt, das von einem Strudel erfaßt wird. Tiere trieben an ihm vorbei, viele von ihnen wie er bemüht, sich an irgend etwas Festes zu klammern. Andere wieder strampelten hilflos in der wogenden Flut, wie er das noch vor wenigen Minuten gemacht hatte, und einige tauchten völlig in der brodelnden Masse aus Schlamm und Wasser unter.

Er hörte den Schuß nicht, spürte nur den Schlag, als die Kugel seine Stirn streifte. Er faßte nach seinem Kopf, der Baumstamm glitt unter ihm fort, und er fiel ins Wasser zurück. Der Fluß verschlang ihn von neuem, zog ihn hinunter in eine Tiefe, wo sich die Welt in einen stillen Ort schwebender Leere verwandelte. Bilder aus der Vergangenheit zuckten vor seinem inneren Auge vorbei, längst begrabene Kindheitserinnerungen, vergessene Schmerzen und Seelenpein, die Enttäuschungen und die verlorene Unschuld eines Kindes — o Gott, so viel Leid. Dann nichts...

Das Lachen einer Frau hallte in seinem Geist wider, und er stellte sich vor, wie sie die Arme um ihn schlang und hinauftrug zu dem Licht, das da so verheißungsvoll am Himmel aufblinkte. Ihre Haut war glatt und schimmerte; aber dann verschwand dieses Bild, und er wunderte sich, wo sie geblieben war.

Niemand würde ihn vermissen, wenn er starb... niemand...

Der Schlag gegen seine Brust trieb das Wasser in einem bitteren Strudel in seinen Schlund hinauf. Er stöhnte, schluckte und erbrach sich, als jeder rebellische Muskel sich gewaltsam zusammenzog. Vielleicht war er bereits gestorben und zur Hölle gefahren. Diese Marter war Bestrafung für all die Lügen, die er zu Lebzeiten erzählt, all den Zorn, den er auf die Menschheit losgelassen hatte …

»Sachte«, hörte er eine freundliche Stimme. »Sachte, alter Knabe. Ich hatte allerdings schon geglaubt, es wäre aus mit Ihnen. Könnten Sie vielleicht die Augen aufmachen?«

Morgan übergab sich zum zweitenmal.

»Sehr gut. Aber aller guten Dinge sind drei.«

Er kam der Aufforderung ohne große Mühe nach, wälzte sich auf den Rücken, griff sich an die Rippen und dann an den Kopf.

»Vorsicht«, drang die Stimme zu ihm. »Sie haben eine böse Wunde an der Stirn.«

»Kugel.« Das Wort brannte in seiner wunden Kehle, und er stöhnte.

»Wie bitte?«

»Die … dieser … Hundesohn … schoß auf mich.«

»Was Sie nicht sagen! Wer schoß auf Sie, Sir?«

»King …« Er hörte das Plätschern von Wasser und das Kreischen von Affen in seiner Nähe. Morgan bemühte sich, ruhig auf dem Rücken zu liegen, aber sein Körper war zu wund dafür. Er versucht die Augen zu öffnen. Unmöglich. Sie waren voller Schlamm und Wasser. Er rollte den Kopf hin und her, durch die Stille orientierungslos geworden. »Wer ist da?« fragte er.

»Ein Freund«, gab eine Männerstimme freundlich zurück.

»Hab' keine Freunde … Keine englischen. Hier schon gar nicht.« Er fürchtete, daß er sich wieder übergeben mußte, und wälzte sich auf die Seite.

Eine Hand berührte seine Schulter. »Sie sollten sich ausruhen. Sie haben Schreckliches durchgemacht.«

Die Erde fühlte sich kühl an seiner Wange an, das Moos

weich. Er war froh, daß kein Sonnenstrahl das Laubdach des Waldes durchdrang. Nur Stille und Dunkelheit konnten diesen entsetzlichen Schmerz in seinem Kopf lindern. »Wie haben Sie mich gefunden?« brachte er mühsam über die Lippen.

Der andere lachte leise. »Sie würden mir nicht glauben, wenn ich es Ihnen erzählte.«

»Versuchen Sie's.« Er zuckte vor Schmerz zusammen.

»Ich stand dort drüben. Nachdem ich diese gewaltige Flutwelle flußaufwärts hatte rollen sehen, wollte ich wieder in mein Lager zurück, als ich zufällig eine Bewegung im Wasser entdeckte. Im selben Moment kam ein rosaroter Delphin an die Oberfläche. Als ich näher herankam, verschwand er wieder. Im nächsten Augenblick sah ich auf Ihr Gesicht hinunter, als Sie aus der Tiefe des Flusses heraufstiegen.«

»Wollen Sie damit sagen, daß ich von einem rosaroten Delphin gerettet wurde?«

Der Mann kicherte in sich hinein. »Man könnte zu diesem Schluß kommen. Die Indianer reden von solchen Dingen. In der Regel werden Kinder von Delphinen gerettet; aber es gibt auch Geschichten von Erwachsenen, die von ihnen gerettet wurden. Würde ich solchen Mythen Glauben schenken — und zuweilen tue ich das auch —, könnte ich schwören, daß ich zuerst tatsächlich den *boto* — den Delphin — gesehen habe, der seinen Verehrern großes Glück und Liebe beschert, wenn er in Gestalt einer Frau oder eines Mannes unter ihnen weilt.«

Morgan gelang es, ein Lid von einem Auge zu heben. Die Welt sah grün und verzerrt aus.

»*Sind* Sie der *boto?*« hörte er die Stimme amüsiert fragen.

»Sehe ich wie ein gottverdammter Fisch aus?« Er rollte sich auf die Hände und die Knie und bemüht sich, das

Gleichgewicht zu bewahren. Die Wunde an seiner Stirn hatte wieder zu bluten begonnen. Blut rann ihm über das Gesicht und bildete Tropfen an seinen Wimpern. Er war zwar verletzt und krank; aber nicht mehr so betäubt, daß er die Gefahr nicht erkannte, die ihm drohte, wenn er hierblieb. Seine Verfolger würden nicht eher aufgeben, bis sie ihn getötet hatten und mit seiner Leiche auf Kings Japurá-Plantage zurückkehren konnten, um sie dort als Beweis für ihren erfüllten Auftrag vorzuzeigen.

Kräftige Hände stützten ihn von hinten, als er schwankend auf die Beine kam. Er zwang seine verquollenen, brennenden Augen auf und starrte auf das in sich verschlungene Grün, von dem er umgeben war. Ein Faultier kroch über ihm an einem Ast entlang. Ein Vogel ließ sich auf einem zweiten Faultier in der Nähe nieder, spreizte seinen schirmartigen Kamm und ließ ein paar schrille pfeifende Töne hören. Sie prasselten gegen Morgans Schläfen wie Gewehrkugeln. Er brach in die Knie. Und dann war nur noch Dunkelheit um ihn.

Ohne erst die Augen zu öffnen, wußte er, es ist Morgen. Die Luft war rein und kalt. Das Schwirren der nächtlichen Kreaturen war von der Symphonie der Vögel bei Tagesanbruch, dem Kreischen der Affen und dem gelegentlichen *Klang, klang, klang* des *curupira* abgelöst worden — des Waldgeistes, der all die Geräusche erzeugt, die sich Menschen nicht erklären können.

Wo, zum Kuckuck, befand er sich nur?

Der Geruch von heißem Kaffee drang ihm in die Nase, und allmählich kehrte sein Erinnerungsvermögen zurück. Er hatte Rodolfo King entkommen können und die letzten zwei Tagen auf der Flucht vor den Mördern in Diensten des Gummibarons verbracht, war irgendwo in der Nähe des Rio das Mortes den Xavante-Indianern in die Arme gelaufen und, als es schon so aussah, als würden sie sein Leben mit einem Giftpfeil beenden, hatte ihn die Flutwelle flußaufwärts geschwemmt. Dann war er von einem gerosaroten Delphin gerettet und von einem Engländer geborgen worden.

»Ah, Sie sind endlich aufgewacht«, schlug die bekannte Männerstimme an sein Ohr.

Morgan öffnete vorsichtig die Augen. Er berührte die Stoffstreifen, mit denen sein Kopf umwickelt war. Dann erkannte er, daß die Bandage aus Überresten seines Hemdes bestand.

»Ihre Kleider waren sowieso nur noch Fetzen, und die Kopfwunde mußte verbunden werden. Ich hoffe, Sie sind mit meiner Handlungsweise einverstanden.«

Morgan bemühte sich, Einzelheiten in seiner Umgebung zu erkennen. Aber nichts ist so dunkel wie der Regenwald, ehe die ersten Sonenstrahlen das Laub durchdringen. Schließlich zeigte sich irgendwo in seiner Nähe ein blasser Feuerschein, und er begann sich zu entspannen.

»Sagen Sie ruhig, daß mich das alles nichts angeht, alter Knabe, aber selbst einem Blinden wären die Narben auf Ihrem Rücken nicht entgangen. Haben Sie diese vielleicht King zu verdanken?«

Morgan schloß wieder die Augen. In seinem Kopf begann es zu pochen.

»Was haben Sie denn in Japurá gesucht?« fragte die Männerstimme. »Wie konnten Sie sich mit so einem Teufel einlassen?«

Die Hartnäckigkeit des Fremden ging Morgan auf die Nerven. »Ich habe vor einem Jahr in Belém bei King angeheuert«, antwortete er. »King versprach mir einen Gewinnanteil an seiner Gummiernte. Und daß ich nach einer Erntesaison wieder nach Belém zurückkehren und dort von meinen Einnahmen wie ein Fürst leben könne.«

»Doch niemand verläßt lebend seine Plantage in Japurá. Verraten Sie mir einmal, wie es Ihnen gelungen ist, ihm zu entrinnen? Der einzige Ausgang ist der Fluß, und der wird schwer bewacht.«

Morgan dachte einen Moment nach. »Ich schaffte es zu Fuß.«

Schweigen.

Er öffnete erst das eine, dann das andere Auge, während er auf eine Antwort wartete. Außer dem tanzenden Licht des Feuers nahm er keine Bewegung unter den Bäumen wahr. Endlich sprach die Stimme irgendwo hinter ihm:

»Dann sind Sie ja ein ausgesprochener Held, Sir. Kein weißer Mann hat sich jemals zu Fuß in das Herz von Japurá gewagt und ist lebendig von dort zurückgekommen. Sind Sie sicher, daß Sie nicht von einem Versorgungsschiff herausgeschmuggelt wurden?«

Morgan runzelte die Stirn. Daß dieser Mann die Wahrheit so leicht erraten konnte, beunruhigte ihn.

»Verraten Sie mir mal«, fuhr der Engländer fort, »warum King so wild dazu entschlossen ist, Sie umzubringen?«

»Er möchte nicht, daß die Welt erfährt, was für ein blutrünstiger Schweinehund er ist.«

»Aber die Welt weiß das doch längst. King ist nicht der einzige grausame *patrao* in Brasilien. Das Auspeitschen und Töten von Sklaven ist am Amazonas keine Besonderheit. Nein, es muß einen anderen Grund dafür geben.«

»Warum sind Sie so neugierig?« fragte Morgan.

»Weil ich selbst noch ein Hühnchen mit King zu rupfen habe und mich nicht mit jemandem zusammentun möchte, der mich das Leben kostet.«

»Wer, zum Henker, hat etwas von ›Zusammentun‹ gesagt? Egal — in was für einer Verbindung könnten Sie wohl zu Rodolfo King stehen?«

»Als ich aus England nach Brasilien zurückkehrte, erfuhr ich, daß er vor ein paar Jahren meine Familie versklavt und ermordet hat. Ich beabsichtige nach Japurá zu gehen und das Schreckensregiment von King ein für allemal zu beenden.«

Morgan versuchte, sich aufzusetzen, aber sogleich begann die Welt um ihn her sacht zu schaukeln und zwang ihn, abermals die Augen zu schließen, damit sein Magen sich beruhigte. Vielleicht hatte er Halluzinationen. Zweifellos hatte er nicht richtig gehört. »Und wie gedenken Sie nach Japurá zu gelangen, ohne daß King Sie zuerst in Hackfleisch verwandelt?«

»Mit Ihrer Hilfe natürlich.«

Morgan hätte sich nun fast erbrochen.

»Ich habe Ihnen schließlich das Leben gerettet«, sagte der Engländer.

»Ich werde Ihnen bestimmt ein Dankschreiben schicken, wenn ich erst mal wieder in Belém bin. Was meine Rückkehr nach Japurá anlangt . . .«

»Oh, aber Sie haben sich fest vorgenommen, nach Japurá zurückzukehren, Mr. Kane aus New Orleans.«

Morgan stöhnte; blickte aber immer noch nicht hoch.

»Beim Zeus — Sie brauchen nicht so verdutzt auszusehen. Fürchten Sie nichts, alter Knabe — ich lese keine Gedanken. Ich höre mir nur die wirren Reden eines Fieberkranken an.«

Es folgte eine Pause. Irgendwie wußte Morgan, was nun als nächstes kam. Er wartete bang mit angehaltenem Atem.

»Sie erwähnten etwas davon, daß King Gold auf seiner Plantage gefunden habe. Er hat diesen Umstand nicht den brasilianischen Behörden gemeldet, was verständlich ist. Die Regierung hat die häßliche Angewohnheit, sich der Minen zu bemächtigen und den Grundeigentümer nur mit einem lächerlichen Betrag für das geförderte Erz abzuspeisen. Selbstverständlich würde das King-Imperium aufhören zu existieren, wenn die Behörden Wind von so einer Entdeckung bekämen. Sie wissen natürlich von dem Gold; deshalb wird er alles daransetzen, Sie zum Schweigen zu bringen.«

Morgan drückte seine Handballen in die Augenhöhlen, als könne er damit diesen schmerzhaften Druck auf sein Gehirn mildern. Dann sah er sich wieder in der Nähe um, während er fieberhaft nach einem Ausweg aus dieser Klemme suchte.

Blasse Sonnenstrahlen brachen durch den Nebel und das Laubdach hoch über ihm und verwandelten die Tautropfen auf den Blättern in zitterndes Silber. Die kräftigen Farben des Waldes — grüne, braune, rote und die bunte Palette der Orchideen — zwangen ihn, einen Moment lang die Augen mit der Hand abzuschirmen. Als er die Hand wieder wegnahm, sah er zum Feuer hin. Was er dort erblickte, ließ ihn zur Salzsäule erstarren.

Ein Wilder beugte sich dort mit dunklen, durchbohrenden Augen über die Glut. Sein Schädel war rasiert bis auf einen Kamm schwarzer Haare, der halbmondförmig von einem Ohr zum anderen verlief. Auf der Brust trug er die Tätowierung einer Anaconda-Schlange, deren Schwanzende sich in seinem Lendentuch aus Jaguarfell verlor. Aus seinen Nasenflügeln ragten links und rechts Knochen hervor, und in der Hand hielt er eine glitzernde Machete.

Morgan sprang auf die Beine. Er versuchte sich stolpernd zwischen den Bäumen zu verstecken, während sein Blick überall nach dem Engländer suchte, der ihn gerettet hatte. Dann begriff er blitzartig, daß dieser Heide seinen Retter getötet hatte und jetzt ihn selbst enthaupten wollte, ehe er aus seinem Schädel einen Schrumpfkopf von der Größe eines Tabaksbeutel machte. Aber das konnte nicht sein. Er hatte doch vor wenigen Sekunden noch mit dem Engländer gesprochen und ...

Der Wilde kam jetzt auf ihn zu, und Morgan erkannte, daß dieser sich gar nicht gebückt hatte, sondern nur kleinwüchsig war. Sehr kleinwüchsig. Tatsächlich war er ein verdammter Pygmäe!

Seine Hand ausstreckend, erklärte der Pygmäe lächelnd: »Guten Tag, Mr. Kane. Mein Name ist Henry, guter Mann — Henry Sebastian Longfellow ... hochwohlgeboren, selbstverständlich. Es freut mich sehr, Ihre Bekanntschaft machen zu dürfen.«

1

1876, GEORGETOWN, BRITISCH-GUAYANA

Die Trauergemeinde zog an dem Sarg vorbei, in dem der verstorbene Gouverneur von Britisch-Guayana in Paradeuniform aufgebahrt war. Der Katafalk war mit feinem schwarzem Tuch umhüllt und wurde von acht Kerzen in vergoldeten Kerzenständern angeleuchtet. Diener — Indianer vom Karibbi-Stamm — standen in schwarzer Livree an den vier Ecken des Sarges Wache.

Als das Defilee der Trauernden die Bahre erreichte, gingen ihre Blicke zu der zierlichen Gestalt von Chester St. James' einziger Tochter. Wie schmächtig sie doch zu sein schien. Wie einsam und wie herzzerbrechend verzweifelt sie sich um die Beherrschung ihrer Gefühle bemühte. Und gerade in diesem Moment floß ihr das Herz über vor Kummer, und sie weinte laut.

»Nicht tot. Bitte, bitte, stirb nicht und laß mich nicht allein, Papa!«

Die Augenzeugen seufzten laut auf, als sie zur Bahre lief und dort auf die Knie fiel. Der Schleier, der von ihrem Hut bis zu ihren Füßen hinunterreichte, verdeckte ihre Züge, doch da war niemand unter den Anwesenden, der nicht in der knienden Gestalt Sarah, die Tochter des Gouverneurs, erkannt hätte. Sie war eine atemberaubende Schönheit gewesen, als sie vor vier Jahren nach London ging, um dort ihre Bildung zu vervollständigen. Und obwohl nur wenige sie seit ihrer Rückkehr nach Georgetown vor zwei Tagen zu Gesicht bekommen hatten, als man sie mit der traurigen Nachricht vom Tod ihres Vaters empfing, hatte sich dennoch die Kunde von ihrer ungewöhnlichen Lieblichkeit über ganz Guayana verbreitet.

Dennoch gab es einige unter den Trauergästen in der Kirche an diesem Tag, die sich näher an den Katafalk herandrängten in der Hoffnung, vielleicht einen Blick aus diesen betörenden blaugrünen Augen auffangen zu können, von denen sie schon gerüchteweise gehört hatten. Angeblich sollten sie auf eine sehr hochstehende Persönlichkeit am Hofe Ihrer Majestät einen sehr tiefen Eindruck gemacht haben, um nicht den arabischen Fürsten zu erwähnen, der von ihren goldenen Haaren so hingerissen war, daß er ihr den Reichtum seines Scheichtums zu Füßen legen und sich sogar von seinen acht Frauen scheiden lassen wollte, wenn sie in seinen Harem einzöge. Und angeblich sollte sie sein Angebot zugunsten von Norman Sheffield ausgeschlagen haben — eines sehr engen und bewährten Freundes ihres Vaters und Erbe eines der größten Stahlwerke im Norden Englands.

Die Glocken der Episkopalkirche stimmten ein Trauergeläut an, als der Sarg aus der Kapelle getragen wurde und die Leichenprozession sich nun langsam durch das Zentrum von Georgetown bewegte. Eine große Menschenmenge säumte die engen Straßen — Engländer, Holländer, Indianer und Neger —, die schluchzend Orchideen vor die Hufe der prächtigen schwarzen Araberhengste warfen, die den Leichenwagen zogen. Die Leute schoben und drängelten sich nach vorn, als Sarah an ihnen vorbeizog. Für sie bedeutete sie etwas, das einer Königin sehr nahekam. Sie hatten sie als Kind verehrt, und viele kannten sie nur unter dem Namen »Prinzessin«. Alle jungen Frauen von Britisch-Guayana — egal, welcher Rasse sie angehörten — hatten in Sarah St. James stets ein nachahmenswertes Vorbild gesehen, und wenn auch viele voller Neid auf sie blickten, hatte doch keine je ein ungutes Wort über sie gesagt.

Obwohl jeden Moment ein Wolkenbruch über der Stadt niedergehen konnte, war ganz Georgetown auf dem Friedhof versammelt. Als der letzte Trauergast sich wieder auf den Heimweg machte, war bereits die Abenddämmerung hereingebrochen. Erst jetzt näherte sich Sarah der Gruft ihres Vaters, preßte ihre Wange gegen den Sarg und schloß die Augen.

Der Diener Kanimapu trat hinter sie. Trotz seiner schrecklichen Lebensgeschichte — als Häuptling eines vormals feindlichen Karibbi-Indianerstammes — war er nicht loyaler Angestellter von Chester St. James gewesen, sondern auch dessen Freund. Als er nun die Hand auf Sarahs Schulter legte, schwang sie herum, barg das Gesicht an seiner Brust und ließ ihren Tränen freien Lauf.

»Oh, Kan, was soll ich nur ohne ihn anfangen?«

Der Indianer schlang die Arme um sie. »Beruhigt Euch, Missy Sarah; es wird schon alles gut werden.«

»Aber das wird es nicht! Nichts wird wieder so sein wie früher.«

»Kan wird Euch helfen.«

»Da gibt es nichts, was du tun kannst. Keiner kann etwas tun.«

»Kan wird Euch helfen«, wiederholte er etwas heftiger.

Sie löste sich von ihm, schüttelte den Kopf. »Du verstehst nicht . . .«

»Ich verstehe«, unterbrach er sie.

Sie stand ganz still da, während die Hitze des Abends auf ihnen lastete. Mit leiser Stimme fuhr der Indianer fort: »Da ist jemand, der Euch helfen könnte, Missy Sarah.«

»Niemand kann mir helfen, Kan. Mein Vater ist tot, und ich werde ihn nie wiedersehen!«

»Da gibt es einen Mann, der am Fluß wohnt. Er besitzt großen Zauber und große Tapferkeit. Er wird Euch vor dem *Kanima* beschützen, dem Geist des Bösen. Er ist in der grünen Hölle gewesen und daraus zurückgekehrt.« Kan beugte sich näher an sie heran und sagte im beschwörenden Ton: »Er ist der *boto!*«

Sie sog heftig die Luft ein und wich einen Schritt zurück. Ihr Absatz versank in der lockeren Erde des Grabs. »Wie kannst du mir jetzt von Mythen sprechen, Kan? Mir Fabeln von Delphinen erzählen, die wegen ihrer Zauberkraft verehrt ...«

»Euer Vater sprach vor seinem Tod mit ihm. Der Gouverneur hat ihm viel Geld geboten, wenn er nach Japurá geht ...«

»Sei still!« Sarah blickte sich um. Der Vikar stand in ihrer Nähe und gab einem Friedhofswärter Anweisungen. »Sprich nie laut über diese Angelegenheit, Kan. Wenn jemand erfährt, daß mein Vater in so eine Sache verwickelt gewesen war, würde das seinen Namen ruinieren und alles, wofür er so lange gearbeitet hat.«

Sie drehte sich von Kan weg und blickte auf den Ozean jenseits der Friedhofsmauern. »Ich möchte das nicht weiter erörtern. Nicht jetzt. Niemals. Versprich mir das, Kan.«

Er gab ihr keine Antwort, sondern nahm ihren Arm und führte sie zur wartenden Kutsche. Im letzten Moment, ehe sie in die Kutsche stieg, drückte er ihr ein Stück Papier in die Hand, half ihr auf den Sitz hinauf, kletterte dann auf den Kutschbock und nahm die Zügel hoch. Als Kan das Gespann in die Stadt zurücklenkte, faltete Sarah langsam das Papier auseinander und las laut:

Tobacco Row Nr. 10
DER AMERIKANER

Die Sonne war noch nicht aufgegangen, als Sarah hinausblickte auf das farblose Meer, beide Hände in den Schoß gelegt, in der Rechten einen Brief von ihrem Vater. Sie war verängstigt, erschöpft, zornig und zum erstenmal in ihren neunzehn Jahren schrecklich allein.

Sie schloß ihre vom Weinen geschwollenen Augen und hob das Gesicht, um ihre Wangen im Luftzug des Deckenfächers zu kühlen. Schon herrschte eine drückende Hitze in den Zimmern. Bald würden die Sonnenblenden aus Schilfrohr an der Veranda herabgelassen werden; aber noch war der Raum offen für den süßen Duft des Hibiskus und der Bromelien. Viele Jahre lang hatte sie von diesem Platz aus beobachtet, wie Georgetown am Morgen zum Leben erwachte. Ihr Vater hatte sie oft sanft dafür gescholten, daß sie so früh aufstand. Dann pflegte er sie auf seinen Schoß zu ziehen, ihr die Haare aus dem Gesicht zu streichen und sie auf die Stirn zu küssen.

Ihr Vater ...

Sie war erst vor drei Tagen in Georgetown eingetroffen in der Erwartung, daß ihr Vater sie freudig in seine Arme schließen würde. Sie hatte Nachrichten mitgebracht, die gewiß seinen Beifall finden würden, denn sie hatte sich vor kurzem mit Lord Norman Sheffield von den Sheffield Steel Industries verlobt. Sie hatte gehofft, ihr Papa würde sie nach England begleiten, um sie dort ihrem Bräutigam zu übergeben. Statt dessen war sie von Beamten mit grimmigen Gesichtern empfangen worden, die ihr eröffneten, daß ihr Vater tot sei.

Zuerst hatte sie das nicht glauben wollen. Ihr Vater tot? Es mußte sich um ein Mißverständnis handeln. Selbst als diese grimmigen fremden Männer sie ins Haus geleitet und dort kurz den verschlossenen Sarg geöffnet hatten, damit sie einen Blick auf das Gesicht der Leiche werfen konnte, hatte sie sich dagegen gesträubt, die Wahrheit anzuerkennen. Erst als sie allein in ihrem Zimmer gesessen hatte, war ihr die Wirklichkeit in ihrer ganzen Wucht bewußt geworden. Sie war noch einmal zu seinem Sarg gegangen und hatte verlangt, ihn abermals zu öffnen. Dann hatte sie die Hand ihres Vaters genommen und seine Finger geküßt.

Erst nachdem der erste Schock ein wenig abgeklungen war, konnte sie sich noch anderen schlimmen Realitäten stellen. Die Beamten ihres Vaters hatten ihr zunächst gesagt, daß er das Opfer eines Unfalls geworden sei — ein Schuß habe sich aus Versehen aus seiner Waffe gelöst und ihn getötet. Aber als sich dann eine christliche Bestattung als Problem erwies, mußten sie widerstrebend zugeben, daß ihr Vater sich die tödliche Wunde auch *vorsätzlich* beigebracht haben könnte.

Gütiger Himmel — das konnte sie unmöglich glauben. Sie *wollte* es nicht glauben. Sie hatte vor dem Vikar gestanden und seinen Verdacht, es könnte sich um einen Selbstmord handeln, als absurd zurückgewiesen. Ihr Vater hatte das Leben viel zu sehr geliebt und würde sie niemals auf eine so brutale Art verletzt haben. Die Waffe *mußte* aus Versehen losgegangen sein, hatte sie leidenschaftlich beteuert, und der Priester hatte sich dann doch bereitgefunden, ihren Versicherungen zu glauben und Chester St. James eine Bestattung in geweihter Erde zu gewähren.

Immer wieder nahm sie sich den Brief ihres Vaters vor, der sie zu einer überstürzten Rückreise nach Guayana veranlaßt hatte, und suchte dort nach irgendwelchen Hinweisen für ein so absurdes Verhalten. Er hatte zu oft und zu viel Geld in die zahlreichen Werde-rasch-reich-Projekte gesteckt, die in diesem Land des Überflusses allenthalben angeboten wurden. Um seine Investitionen zu retten, hatte er sich mit seinem Problem an Sir Clements Markham gewandt, einen sehr bekannten südamerikanischen

Historiker und persönlichen Freund, der ihm einen Plan vorschlug: Sie sollten sich eine Methode ausdenken, den Samen der Gummibaum-Gattung *Hevea brasiliensis* aus dem Land zu schmuggeln und nach England zu bringen. Brasilien besaß das Weltmonopol für hochklassigen Rohgummi und zwang alle anderen Länder dazu, unglaublich hohe Preise dafür zu bezahlen. Sir Joseph Hooker in Kew Gardens in London wollte die Setzlinge vermarkten und sie nach Malaya oder Ceylon verpflanzen, um das Monopol Brasiliens für feinen Rohgummi zu brechen. Zahlreiche britische Investoren — ihr Verlobter inbegriffen — hatten eine Menge Geld in dieses Vorhaben gesteckt, ein sehr riskantes Unternehmen überdies, da es ein ungeschriebenes Gesetz gab, daß die Ausfuhr von *Hevea*-Samen aus Brasilien verbot. Doch ihr Vater hatte den Investoren eine Garantie für ihre Einlagen gegeben, indem er mit seinem eigenen Vermögen dafür haftete, obwohl er so viel Geld gar nicht besaß.

Er hatte sich mit seinem Anliegen einem Gummipflanzer in dem Japurá-Distrikt von Amazonia anvertraut, tief im Herzen von Brasilien, wo die *Hevea*-Gattung am besten gedieh, und dem Pflanzer, einem gewissen Rodolfo King, eine beträchtliche Summe für rund siebzigtausend Samen angeboten. King, der für seine fragwürdigen Geschäftspraktiken bekannt war, hatte sich mit diesem Handel einverstanden erklärt. Aber als die Kuriere ihm das Geld überbrachten, bekamen sie dafür keine Gummibaum-Samen, sondern ein paar blaue Bohnen in den Rücken. Ihre Leichen waren ein paar Tage später am Ufer des Japurá-Flusses angeschwemmt worden.

Ihr Vater hatte zwar mit dem Gedanken gespielt, sich an die Behörden zu wenden, doch dann hätte er seine Rolle in dieser Affäre eingestehen müssen, was seine Ablösung als Gouverneur und seinen persönlichen Ruin bedeutet hätte.

Sarah holte tief Luft und verließ ihren Sessel am Fenster. Sie zerknüllte den Brief und hätte ihn am liebsten über die Mauer geworfen, traute sich aber nicht. Der Brief war alles, was ihr von ihrem Vater geblieben war. Bald würde sogar das Haus, in dem sie aufgewachsen und ihre teure Mama gestorben war, einem unbekannten Diplomaten übergeben werden müssen, der mit seiner Familie aus England eintreffen und in diese liebgewonnenen Räume einziehen würde, als habe Chester St. James und seine Tochter nie existiert, nie miteinander gelacht und auf dieser Veranda gespielt, niemals zusammen zum Nachthimmel aufgeschaut und die feurige Spur von Sternschnuppen am Horizont verfolgt.

Frische Tränen brannten ihr in den Augen. Sie bemühte sich, sie zurückzudrängen, weil sie wußte, wie nahe sie einem Nervenzusammenbruch war.

Sie verbrachte den Rest des Tages damit, im Haus umherzuwandern und sich an die glücklichen Jahre zu erinnern, als sie sich noch im Erfolg ihres Vaters sonnte.

Wenige Männer in Guayana oder England hatten so viel wie er unternommen, um das elende Los der Indianer und freien Neger zu bessern, denn Chester St. James hatte Menschen jeder Hautfarbe in den Augen Gottes, des Gesetzes und der Menschheit für gleich angesehen. Er hatte viel für das Bildungswesen und die Verbreitung der Religion in diesem Land getan. Noch vor kurzem war davon geredet worden, daß man ihn für seine Verdienste in den Adelsstand erheben wolle. Doch nun würde die Fehleinschätzung eines Charakters seinen guten Ruf zerstören.

Und sie würde ohne einen Penny dastehen.

Dieser Gedanke rüttelte sie auf. Sie war in den letzten Tagen viel zu sehr von ihrer Trauer betäubt gewesen, um sich über die Konsequenzen der Verschuldung ihres Vaters klarzuwerden. Die Summe der Verbindlichkeiten, die er in seinem Brief erwähnte, war niederschmetternd. Der Betrag, den er den *Hevea*-Investoren schuldete, würde nicht nur den Wert ihrer Liegenschaften in Georgetown weit übersteigen, sondern auch ihr Heim in England und ihre kleine Reederei unter den Hammer bringen. Ihr würde nicht viel mehr bleiben als das Kleid, das sie trug.

Wie hatte ihr Vater sich — und ihr — das nur antun können?

Das Dinner wurde auf der Veranda serviert, aber sie mochte nichts essen. Sie hatte schon so lange nichts mehr richtig zu sich genommen oder geschlafen, daß ihr das Kleid um den Leib schlotterte, und schon bei dem Gedanken an Nahrung wurde ihr übel. Statt dessen fragte sie wieder die Dienstboten aus.

Am Abend, als ihr Vater starb, war er von einer späten Verabredung nach Hause gekommen, hatte sich das Dinner in sein Arbeitszimmer bringen lassen und die Tür hinter sich zugemacht. Um zehn Uhr hatte er die Dienerschaft von ihren Pflichten entbunden. Kurz nach Mitternacht hatte Kan dann einen einzigen Schuß gehört und ihn tot auf dem Fußboden gefunden, in einer Hand den Revolver, in der anderen einen Briefbeschwerer mit dem königlichen Wappen.

Unvermittelt stand sie vom Tisch auf und ging den Flur bis zum Arbeitszimmer ihres Vaters hinunter. Die Tür war geschlossen. Sie hatte es bisher noch nicht gewagt, es zu betreten. Der Raum mit seinen in Leder gebundenen Büchern in den Regalen und dem türkischen Teppich auf dem Boden atmete so sehr den Geist von Chester St. James, daß sie fürchtete, ihre Fassung vollends zu verlieren. Aber sie mußte sich in diesem Zimmer umsehen. Vielleicht konnte sie hier etwas entdecken, daß ihr half, sich mit den Umständen des tragischen Todes ihres Vaters abzufinden.

Das Zimmer war nicht erlesen möbliert, aber dennoch elegant. Die Wände aus einheimischem Buchstabenholz gaben ihr ein Gefühl von Wärme, und einen Moment war ihr so, als würde ihr Vater hinter seinem Schreibtisch lächelnd zu ihr aufsehen. Der Teppich war entfernt worden. Dann traf sie die Erkenntnis, aus welchem Grund er fehlte, mit voller Wucht, und sie begann am ganzen Körper zu zittern.

Um sich nicht wieder in Tränen aufzulösen, verdrängte sie den Gedanken daran aus ihrem Geist und suchte sich auf Erinnerungen aus gemeinsamen unbeschwerten Jahren zu konzentrieren. Doch das wollte ihr nicht gelingen. Die Stunden, die sie hier lesend verbracht hatte, während ihr Vater am Schreibtisch arbeitete, waren von einer Kugel ausgelöscht worden. Der Tod starrte sie aus jeder Ecke an — so düster und beklemmend wie die Erde, in der man Chester St. James begraben hatte.

Sie mied den Bereich, wo die Diener ihn gefunden hatten, trat hinter den Schreibtisch und klammerte sich fast verzweifelt an den Ledersessel, während sie sich die zwinkernden blaugrünen Augen ihres Vaters vorzustellen versuchte, die ihren so ähnlich gewesen waren — den heiteren Klang seines Lachens, als er sie »Sonnenschein« getauft hatte, weil das Zimmer angeblich aufleuchtete, wenn sie es betrat. Wie konnte der Mann, der ihr beigebracht hatte, es wäre nichts so schlimm, daß man es nicht mit einem bißchen Arbeit und einer Menge Selbstvertrauen bessern könne, einen solchen Grad von Hoffnungslosigkeit erreicht haben, daß er gezwungen war, sich zu töten?

Sie ließ sich in dem Sessel nieder. Die Leere in ihr füllte sich rasch mit Zorn und der Weigerung, die Art seines Todes hinzunehmen — gleichgültig, was die Behörden und die Dienstboten ihr gesagt hatten. Sie war überzeugt, daß der Schuß sich aus Versehen gelöst hatte. Aber weshalb sollte denn ihr Vater seinen Revolver in seinem Arbeitszimmer ziehen?

Er hatte den Revolver in der Hand gehalten ... und einen Briefbeschwerer, als man seine Leiche fand.

Sie blickte sich auf dem Schreibtisch um. Da waren Stöße von Briefen, Kontobücher, Papiere mit Notizen in seiner fast unleserlichen Handschrift darauf. Eine Feder, die auf einem Merkzettel lag, den er angefangen hatte, und schließlich ...

Sie hob den Briefbeschwerer vom Tisch und balancierte ihn auf einer Hand. Die Halbkugel aus Kristall war schwer, das Wappen vom Hof Ihrer Majestät durch das gerundete Glas vergrößert. Sie legte ihn auf die Tischplatte zurück und suchte aus ihrer Tasche wieder den Brief ihres Vaters hervor. Sie las ihn abermals, legte dann den Kopf auf die Tischplatte und ruhte sich aus.

Sie sah wieder die grimmigen Gesichter der Beamten vor sich, die sie vom Dock abgeholt hatten.

Sie hatte erneut den Sarg vor Augen und die Trauergäste, und sie hörte den Vikar das Loblied auf ihren Vater singen: »Ein großer Mann, dessen Ideale das Leben so vieler Menschen bereicherte ...«

Sie erinnerte sich an Kan, der hinter sie trat und flüsterte: *»Da ist jemand, der Ihnen helfen könnte, Missy Sarah.«*

Niemand kann helfen, dachte sie. Sie sah nur eine Chance, sich und den Ruf ihres Vaters zu retten: Sie mußte nach Japurá und sich den Samen holen, für den ihr Vater ein Vermögen bezahlt, um den ihn aber ein kaltblütiger Mörder betrogen hatte ... King.

Aber sie war nur eine Frau. Wie konnte sie hoffen, in das Herz von Amazonia reisen und einen so berüchtigten Mann wie Rodolfo King zur Rede stellen zu können?

»Da ist ein Mann, der am Fluß wohnt. Er verfügt über großen Zauber und große Kühnheit ... Er ist in der grü-

nen Hölle gewesen und lebend daraus zurückgekommen... Euer Vater sprach vor seinem Tod mit ihm. Der Gouverneur hat ihm viel Geld geboten, wenn er nach Japurá geht...«

Plötzlich konnte sie ihren Vater tot vor sich auf dem Boden liegen sehen, in einer Hand einen Revolver, in der anderen das königliche Wappen.

Das königliche Wappen.

King. Rodolfo King. Er war ein berüchtigter Verbrecher. Konnte es sein, daß King auch ihren Vater auf irgendeine Weise ermordet hatte? Hatte man deshalb ihren Vater mit dem Briefbeschwerer in der Hand auf dem Boden gefunden?

Sie hörte, wie Kan an die offene Tür kam. Er verharrte draußen auf dem Flur.

»Kan?« fragte sie, ohne aufzusehen.

»Ja, Missy Sarah.«

»Vielleicht sollten wir über diesen Amerikaner reden, sobald die anderen Dienstboten in ihre Quartiere entlassen sind.«

»Ja, Miss Sarah«, war seine einzige Erwiderung. Dann verhallten seine Schritte im Dunklen.

2

Es erschien ihr alles so lächerlich — dieser Mythos von einem Mann, der sich nach Japurá gewagt und lebend von dort zurückgekommen war und sich, nur mit einer Machete bewaffnet, gegen eine Horde von Kannibalen, menschenfressende Jaguare und Riesenschlangen siegreich behautet hatte. Daß man ihn für einen Helden hielt, mochte noch hingehen; aber ihn als den *boto* zu verehren hieß den

Aberglauben auf die Spitze treiben. Wer konnte wohl ernsthaft annehmen, daß ein rosenfarbener Delphin bei Sonnenuntergang aus dem Wasser stieg, sich die Gestalt eines hübschen Mannes zulegte, im weißen Tropenanzug über dunkle Kaianlagen wandelte und Jungfrauen verführte. Wahrhaftig!

Dennoch war ihr Vater verzweifelt genug gewesen, diesen Amerikaner um Hilfe zu bitten. Und wenn ihr Vater diesem Fremden heroische Taten zugetraut hatte, mußte dessen Ruf nicht ganz unbegründet sein. Wie ihr Kan erzählte, hatte ihr Vater, als er erfuhr, daß dieser Amerikaner tatsächlich für Rodolfo King gearbeitet hatte, ihm ein große Summe Geldes angeboten, wenn er nach Japurá zurückkehren und die *Hevea*-Samen stehlen würde. Doch der Amerikaner hatte ihrem Vater einen Korb gegeben. »Kein Interesse, Gouverneur. Dafür ist mir mein kostbarer Hals zu schade«, sollte der Amerikaner gesagt haben, wie King ihr berichtete.

Nicht gerade eine heldenhafte Antwort.

Und typisch amerikanisch.

Hätte der Fremde sich bereit erklärt, ihrem Vater zu helfen, läge er jetzt vielleicht nicht tot in seiner Gruft, überlegte Sarah. Ob der Amerikaner nun ein Held war oder nicht: sie hatte ein paar Takte mit ihm zu reden.

Die engen Straßen, die sich durch die Stadt wanden, waren von Häusern mit Balkonen und steilen Ziegeldächern gesäumt, die im Mondlicht glitzerten. Sarah schritt eilends dahin, barg sich im Schatten der Hauswände und mied das Licht der Gaslaternen, die in so großen Abständen aufgestellt waren, daß sie nur wenig zur Beleuchtung der Straßen beitrugen. Hin und wieder kam ihr ein Passant entgegen, und sie drehte dann das Gesicht zur Seite oder versteckte sich kurz in einem Hauseingang, damit sie nur ja keiner erkannte.

Ihre Ausflüge über die Water Street hinaus waren in der Vergangenheit selten gewesen. Sie hatte nur ausnahmsweise den Geschäftsbezirk der Stadt mit seinen aneinandergereihten Kleider-, Glas- und Papierläden verlassen.

Das Hafengebiet war eine fremde Welt für sie, vor der ihr Vater sie sorgsam abgeschirmt hatte. Die Düfte von Knoblauch und Tabak, von scharfgewürzten Speisen und brennendem Hanf vermischten sich mit dem fauligen Geruch stehenden Wassers unter den morschen Pfählen alter Molen und Lagerschuppen. Auf den Docks zog der Gestank von Gemüse und Obst, die in ihren Kisten verrotteten, Schwärme von Fliegen und Mücken an, die in einer dunklen Wolke über dem Wasser summten.

Der Entschluß, den Amerikaner aufzusuchen und ihm ihr Anliegen persönlich vorzutragen, hatte sie spontan gefaßt, als sie, gegen den Schlaf ankämpfend, in ihrem Schlafzimmer auf und ab ging und über alles, was Kan ihr berichtet hatte, nachdachte. Der Anblick des kunstvoll geschmiedeten Schnörkelwerks an ihrer eisernen Bettstatt und des Moskitonetzes darüber war nicht sonderlich einladend gewesen, egal, wie müde sie sich fühlte. Die Hitze und das Mondlicht hatten sie mit einer unerklärlichen Verdrossenheit erfüllt — und einer Unrast, die sie beklagenswert gut verstand.

Ohne lange zu überlegen, hatte sie sich rasch angekleidet — aber nur sparsam, indem sie auf Korsetts und Turnüren verzichtete. Sie nahm einen Spitzenschal aus dem Schrankfach, warf ihn über die Schultern und stülpte sich einen Hut über die Locken, hinter dessen Schleier sie ihr Gesicht versteckte. Da die Kutsche des Gouverneurs nur eine ihr unerwünschte Aufmerksamkeit erregt hätte, schlich sie sich auf Zehenspitzen aus dem Haus, damit sie die Dienerschaft nicht weckte.

Als Sarah die Tobacco Row erreicht hatte, blieb sie unschlüssig stehen. Der Wind trug ihr die Musik eines fernen Carimbo entgegen, die vom Kläffen eines Hundes in ihrer Nähe abgelöst wurde. Hütten mit verwilderten Vorgärten zogen sich am Kanal bis zum Ufer des Demerara-Flusses hin. Noch während sie diese beobachtete, gingen die Lichter in den Lehmhütten aus, und in der Stille konnte Sarah die Stimme einer Mutter hören, die ihr Kind in den Schlaf sang. Sie lauschte gebannt diesen leisen, seltsam ergreifenden Tönen und spürte, wie ein Gefühl sich in ihr regte, das sie seit ihrer Abreise nach London vor vier Jahren nicht mehr empfunden hatte. Sie verstand plötzlich, warum ihr Vater sich so sehr in Südamerika verliebt hatte.

Die von Blütendüften geschwängerte Luft, die sanften Gesichter der Menschen, die redeten, lächelten und winkten, wenn sie einem Fremden auf der Straße begegneten — dies und vieles mehr machten den Reiz der heißen Tropenzone aus. Sie war damals noch zu jung gewesen, um das Klima und die üppige Schönheit der Landschaft richtig würdigen zu können. Aber in der Erinnerung an den kalten Regen und die frostigen Winter der letzten Jahre, an die beklagenswerte Armut der Bettelkinder, die durch die Straßen von London streiften, wurde sie sich ihrer augenblicklichen Umgebung mit einer erschütternden Zuneigung bewußt . . . und einem Gefühl des Bedauerns. Schon sehr bald würde sie Georgetown für immer verlassen, um in England ein vornehm geruhsames Dasein zu führen — zur Teezeit im Garten spazieren gehen und gelegentlich einen Ausflug aufs Land machen, um ihrem Gatten zuzuschauen, wie er Schmetterlinge mit dem Netz einfing. Ihr Verlobter reiste durch die ganze Welt auf der Jagd nach Schmetterlingsexoten, die er mit Nadeln auf Bretter spießte und dann unter Glas zur Schau stellte. Kurz vor ihrer Abreise hatte ihr Verlobter so viel Geld für ein scharlachrot geflügeltes Exemplar der Gattung *Cymothoe coccinata* aus Kamerun ausgegeben, daß man damit eine fünfköpfige Familie in Guayana ein Jahr lang hätte ernähren können.

Sie schob den Gedanken an Georgetown gewaltsam zur Seite und redete sich ein, daß sie nicht nur nach London, sondern zu Norman Sheffield und einem materiell gesicherten Leben zurückkehren würde. Aber dann rief sie sich ins Gedächtnis, daß weder Norman Sheffield noch ein anderer Mann ihres Standes sie heiraten würde, wenn es ihr nicht gelang, die Schulden ihres Vaters zurückzuzahlen.

Verzweiflung überkam sie, und zum letzten Mal überprüfte sie die Adresse, die Kan ihr auf ein Stück Papier gekritzelt hatte: *Tobacco Row Nr. 10.* Sie trat aus dem Schatten der Bäume ins Mondlicht hinaus. Ihre Absätze klapperten laut in der Stille, die Röcke ihres Trauerkleides raschelten wie dürre Blätter im Wind.

Der Amerikaner wohnte im letzten Haus der Tobacco Row. Sein Garten — wenn man dieses von Unkräutern überwucherte Grundstück als Garten bezeichnen konnte — fiel zum Fluß hin ab, wo Mangroven und Curida-Büsche wuchsen. Ein Fischerkahn war am Ende eines Stegs angebunden. Sarah konnte das Geräusch der Wellen hören, die gegen den Bug schwappten, und die Umrisse des Wasserfahrzeuges erkennen, die sich schemenhaft im Dunklen abzeichneten. Sie war überrascht und zugleich beunruhigt, daß ein Mann von so legendärem Ruf in diesem Bezirk von Georgetown und in offensichtlicher Armut lebte. Vielleicht wollte er nur den Menschen nahe sein, die ihn verehrten und sich Wunder von ihm versprachen.

Sie bewegte sich auf das Haus zu und verharrte dann mitten im Schritt. Auf der Straße näherte sich jemand dem Grundstück, und sie verbarg sich rasch hinter den Sträuchern, die den Steingarten des Nachbarhauses säumten. Als die Schritte keine zwei Meter von ihr entfernt zum Stillstand kamen — so dicht bei ihrem Versteck, daß sie sogar das Klirren von Schlüsseln oder Münzen in einer Tasche hören konnte, hielt sie den Atem an. Vorsichtig schob sie ein paar Oleanderzweige beiseite und sah zwei Männer, die das Haus des Amerikaners aus dem Schatten in der Nähe der Straße beobachteten. Einer der beiden trug einen breitkrempigen Hut und einen langen, lose sitzenden Mantel, der ihm aufgeknöpft bis zu den Knien hinunterhing. Der andere war mit einem blusigen weißen Hemd bekleidet, das er in eine weiße Tuchhose gestopft hatte, und mit *huaraches* — aus Lederriemen geflochtenen Sandalen. Er bewegte sich unruhig und spähte die Straße hinauf und hinunter.

Schließlich redeten die beiden miteinander, aber so leise, daß sie nicht alles verstehen konnte. Das Gespräch wurde abwechselnd auf englisch und portugiesisch geführt.

»Bist du sicher, daß dies das richtige Haus ist?« fragte der größere der beiden. »Hast du gesehen, wie der Amerikaner hierherkam?«

»Erst heute nachmittag. Ich war auf den Docks, als ich ihn bemerkte. Rein zufällig. Schieres Glück, mein Freund. Aber ein sehr gutes Glück, *sí?*«

»Wir müssen vorsichtig sein. Wir dürfen nichts tun, was Verdacht erregt. Der Gringo gilt sehr viel in diesem Land.«

»Ich weiß. Diese unzivilisierten Wilden halten ihn für den *boto.*«

Leises Gelächter klang auf, und dann riß der größere der beiden ein Streichholz an und hielt es an die Zigarre in seinem Mund. Die Flamme erhellte seine dunklen Züge mit einem mächtigen schwarzen Schnurrbart auf der

Oberlippe. Quer über seine Wange zog sich eine rote, gezackte Narbe.

Er blies das Streichholz aus und warf es auf die Straße. »Ich freue mich auf das Wiedersehen mit unserem guten Freund. Du nicht auch, Diego?«

»*Sí*. Ich bin überzeugt, der Amerikaner wird sich bestimmt genauso freuen, uns plötzlich vor sich zu sehen, hahaha! Wann, meinst du, sollen wir an seine Haustür klopfen und ihm unseren Respekt erweisen?«

»Das eilt nicht. Wir gönnen ihm noch eine Weile den Spaß, die Früchte seines fabelhaften Rufs zu genießen.« Er nahm die Zigarre aus dem Mund und strich dabei mit den Fingerspitzen der anderen Hand über die Wunde auf seiner Wange hin. Dann drehten sich die beiden Männer um und gingen im Schatten der Bäume davon.

Sarah blieb in ihrem Versteck, bis sie sicher war, daß die beiden sich wieder entfernt hatten. Erst dann wagte sie sich hinüber in den Garten des Amerikaners. Sie beschloß, dieses seltsame Gespräch aus ihrem Bewußtsein zu verdrängen. Schließlich hatte es ja nichts mit ihr zu tun.

Ein gelber Lichtschein fiel durch das Fenster an der Seitenwand, das nicht durch Läden verschlossen war. Zigarrenrauch drang ihr in die Nase, und dann hörte sie das kehlige Lachen einer Frau.

Die Haustür ging auf. Sarah suchte Zuflucht unter den langen Zweigen eines Feigenbaum und hielt den Atem an. Sie achtete nicht auf die duftenden Rankengewächse, die über ihr Gesicht streiften. Ihr Blick verweilte auf den beiden, die dort unter der Tür standen.

Die dunkelhäutige Frau konnte eine *caboclo* sein — ein Mischling, der portugiesisches und indianisches Blut in den Adern hatte — oder auch eine Mulattin. Von wem sie auch immer abstammen mochte: sie war eine Schönheit. Ihre tintenschwarzen Haare fielen in glänzenden Wellen bis zu den Hüften hinunter. Ihre dunkle Haut schimmerte. Ihr Mund war voll, die Augen so groß und braun wie Paranüsse.

Doch es war der Mann, der Sarahs Aufmerksamkeit besonders auf sich lenkte. Er war einen halben Kopf größer als die Frau und kräftig gebaut. Das aufgeknöpfte Hemd zeigte seine muskulöse Brust, die vor Schweiß glänzte. Sein dichtes rabenschwarzes Kopfhaar schimmerte im Lampenlicht.

Sarah stieß rasch die Luft aus, als ihr klarwurde, wer dieser Mann sein mußte. *Das* also war Morgan Kane!

Er faßte die Frau unter das Kinn und bog ihren Kopf zurück. Er umschlang sie mit einem Arm, zog sie an sich, schob die freie Hand durch einen Riß in ihrem zerschlissenen Baumwollkleid und legte sie um ihr Gesäß. Dann preßte er sie gegen seine Hüften und küßte sie hungrig. Seine Zunge bewegte sich über ihre Lippen und schob sich in ihren Mund. Immer wieder glitt seine Zunge in ihrem Mund ein und aus, bis die Frau mit den Fingernägeln über seinen Rücken fuhr, die Hand über den Latz seiner Hose schob und dabei gurrende Laute ausstieß.

Der Mann bewegte sich von ihr weg, nahm sie am Arm, zog sie ins Haus hinein und warf die Tür hinter sich zu. Mit klopfendem Herzen blieb Sarah wie erstarrt unter dem Baum stehen, hörte das Lachen der beiden, dem ein unverständliches Murmeln folgte. Ihr Gesicht brannte, als ihr klarwurde, was nun hinter diesen dünnen Wänden vor sich ging. Ihr Leben war nicht so behütet gewesen, daß sie das nicht wußte. Was sie jedoch am meisten schockierte, war die Tatsache, daß allein der Anblick eines sich küssenden Liebespaares etwas in ihr weckte — etwas Sehnsüchtiges, Sinnliches, das sie erschreckte. Sie fürchtete fast, ohnmächtig zu werden. Gesprächsfetzen der Indianer über den *boto*, den mythologischen Verführer, gingen ihr durch den Kopf, aber sie verdrängte die Erinnerung daran rasch wieder aus ihrem Bewußtsein. Von so einem dummen Aberglauben durfte sie sich doch nicht beeindrucken lassen.

Was nun? Wenn sie jetzt in ihr Haus zurückflüchtete, brachte sie nie mehr den Mut auf, hierherzukommen.

Die Haustür ging zum zweitenmal auf. Die Frau kam heraus und streifte den Saum ihres Kleides über die Hüften und Schenkel herunter, die lang und glatt waren und die Farbe von café au lait hatten. Der Amerikaner füllte den Türrahmen aus. Seine dunklen Finger knöpften seine Hose zu.

»Gute Nacht«, hörte Sarah die rauchige Stimme der Frau.

Der Amerikaner antwortete ihr nicht. Er lehnte sich an den Türpfosten, während die Frau mit der Anmut ihrer Rasse im Schatten der Bäume untertauchte.

Sarah erschauerte.

Die Arme um die knorrigen Äste des Feigenbaums geschlungen, beobachtete sie ihn. Er war nicht das, was sie sich vorgestellt hatte — weder mittleren Alters noch distinguiert. Offenbar hatte sie sich angewöhnt, jeden Mann mit ihrem Vater oder Norman zu vergleichen. Dieser Amerikaner war heidnisch, zum Fürchten und seine Haut wirkte wie Bronze, nur ein wenig heller als die der in Georgetown ansässigen Indianer. Sein Gesicht war hager und von barbarischer Hübschheit. Buschige schwarze Brauen zogen sich in einem schrägen Bogen über seine tiefliegenden Augen hin. Und was für Augen!

Selbst aus dieser Entfernung konnte sie noch deren Farbe ausmachen — silbrig und so kalt wie die Machete, mit der er sich angeblich den Weg aus Japurá freigekämpft hatte. Diese Quecksilberaugen sahen aus, als könnten sie Stahl durchbohren, und dieser Körper war so hart und geschmeidig wie der eines Tieres. Ja... sie konnte den Geschichten Glauben schenken, die über ihn im Umlauf waren. Dieser Mann war so wild wie die Kreaturen im Regenwald — und ebenso gefährlich. Sie konnte sich gut vorstellen, wie er das Angebot ihres Vaters zungenfertig ausgeschlagen hatte. Gütiger Himmel, sie vermochte sich sogar in Frauen wie jene, die eben aus seinen Armen gekommen war, hineinzudenken, die sich ihm unter dem Vorwand hingaben, er sei für sie der mythische Liebhaber. Wenn sie vernünftig war, vergaß sie ihr törichtes Vorhaben und ging wieder nach Hause. Aber sie war in diesem Moment alles andere als vernünftig. Sie war verzweifelt, und ihre Verzweiflung nahm mit jeder Sekunde zu.

Sie wartete, bis er ins Haus zurückgegangen war und die Tür hinter sich zugemacht hatte. Erst dann verließ sie ihren Platz unter dem Feigenbaum und klopfte an das verwitterte Holz.

»Es ist offen«, kam die tiefe, scharfe Stimme aus dem Haus.

Ihr Puls beschleunigte sich. Ihr Magen rebellierte, und der Drang, wieder hinaus auf die Straße zu flüchten, wurde fast unwiderstehlich.

In diesem Moment flog die Tür auf. Erschrocken wich Sarah einen Schritt zurück.

Morgan Kane blickte überrascht auf das schwarzgekleidete Wesen hinunter. Er hatte Henry erwartet.

Einen Moment lang sagte er nichts. Offenbar hatte sein schroffes Verhalten die Frau verängstigt. Er wunderte sich flüchtig, was sie zu so später Stunde hierhergebracht haben mochte. Dann wurde er ihrer Trauerkleidung gewahr, und die Erkenntnis traf ihn wie ein Blitzschlag: Das war die Tochter des Gouverneurs.

Am Tag zuvor hatte er hinten in der Kirche gestanden

und beobachtet, wie sie über dem Sarg ihres Vaters weinte. Tatsächlich war sie der Grund gewesen, warum er der Bestattung von Chester St. James beigewohnt hatte. Seit seiner Ankunft in Georgetown vor einem Jahr war ihm immer wieder zugetragen worden, daß diese Lady gleicherweise bei den britischen Aristokraten wie den Einheimischen beliebt war. Eine zu Extremen neigende Kind-Frau, hatte Sarah St. James eine ganze Nation für sich gewonnen, indem sie morgens barfüßig mit den Eingeborenen scherzte und abends festlich gekleidet am Arm ihres Vaters wie eine königliche Hoheit auftrat.

Als er vor einer Woche in die Residenz des Gouverneurs eingeladen worden war, hatte Chester St. James auf ein Porträt seiner Tochter an der Wand gedeutet. Darauf war ein außerordentlich reizendes junges Mädchen in einer blaßgrünen Krinoline und gelber Schärpe abgebildet gewesen, mit schelmischen Augen und feurig goldenen Locken, die ihr bis auf die zarten weißen Schultern hinunterfielen. Eine zierlich Hand hielt ein Bukett gelber Narzissen. Das Gemälde war »Sonnenschein« betitelt gewesen.

Er hatte sich dem Bann dieser kindlichen Unschuld und dem Liebreiz ihrer blaugrünen Augen und des Rosenknospen-Mundes nicht entziehen können. Jenes Porträt hatte ihn dazu veranlaßt, gestern die ganze Zeremonie hindurch an der Kirchenwand zu stehen und die schluchzende Gestalt vorn im Chor zu beobachten — in der Erwartung, einen Blick auf ihre nun reiferen Züge werfen zu können; denn im Lauf der Jahre mußte sie die naive Unschuld verloren haben, die ihn auf dem Bild so beeindruckt hatte. Obwohl er den Trauerzug bis zur Gruft auf dem Friedhof begleitete, weil er hoffte, ein Windstoß würde ihren Schleier lüften, geschah nichts dergleichen.

Nun stand sie zitternd vor seinem Haus und sah durch

die schwarze Spitzenbarriere der Trauer zu ihm hoch. Einen Moment lang war er wie betäubt. Dann verwirrt. Schließlich traf ihn die Erleuchtung, warum sie hierhergekommen war, wie ein Hammerschlag.

Sie schob sich an ihm vorbei, ehe er sie ins Haus bitten konnte. Selbst in ihren Trauerkleidern schien sie hier seltsam fehl am Platz zu sein — die unauffällige Eleganz ihres Kleides und ihre königliche Haltung betonten die Schäbigkeit ihrer Umgebung. Diese Tatsache wurmte ihn.

»Wollen Sie nicht eintreten«, näselte er, ehe er die Tür in das Schloß warf.

Eine Sekunde verging, bevor sie sich ihm zudrehte, die in schwarzen Handschuhen steckenden Finger ineinander verkrampft, was ihn an ein fluchtbereites Kätzchen erinnerte. »Mein Name ist . . .«

»Ich weiß, wer Sie sind«, unterbrach er sie.

»Dann wissen Sie vermutlich auch, warum ich Sie aufsuche«, erwiderte sie im bangen Ton.

Er machte einen Schritt auf sie zu. Wieder wich sie vor ihm zurück und fuhr fort: »Wie ich hörte, haben Sie noch kurz vor dem Tod meines Vaters mit ihm gesprochen.«

»Wirklich? Und worüber?«

»Er hatte sie in einer . . . bestimmten Angelegenheit um Hilfe gebeten.«

»Und ich habe ihm unmißverständlich gesagt, daß ich nicht interessiert wäre.«

Sie ließ ihre zu Fäusten geballten Hände sinken. Das und die Haltung ihrer schmalen Schultern waren Anzeichen ihres wachsenden Ärgers.

Er ging zu einem Stuhl in der Nähe des offenen Fensters, ließ sich darauf fallen und nahm eine halbgerauchte Zigarre vom Fensterbrett. Er zündete sie an, ehe er wieder zu ihr hinsah. »Kein Interesse«, wiederholte er.

»Wenn der Preis stimmt, kann man . . .«

»Für keinen Preis. Ich hänge zu sehr am Leben, Miss St. James.«

»Aber Sie sind schon einmal in Japurá gewesen und mit heiler Haut zurückgekehrt.«

»Das ist Ansichtssache, *ma chère*.«

»Ihre Tapferkeit ist zur Legende geworden. Sie sind ein Held, Sir.«

Er klemmte die dünne Zigarre zwischen die Zähne, lachte und zog die Augen zu Schlitzen zusammen. Im Licht einer Laterne, die sich in der Nähe seiner Besucherin befand, konnte der Schleier den feurigen Schimmer ihrer Locken nicht ganz verbergen. Er sah ihr Porträt im Geist wieder vor sich, und wie in der Kirche regte sich in ihm ein Gefühl der Enttäuschung, als er versuchte, hinter die Falten des schwarzen Maschengewebes zu schauen.

Ohne die Zigarre aus dem Mund zu nehmen, stieß er einen Rauchschwall durch die Nase, ehe er sagte: »Ich mache Ihnen einen Vorschlag, Prinzessin. Sie nehmen den Hut ab, damit ich sehen kann, mit wem ich rede, und ich könnte mir das Ganze noch einmal überlegen.«

»Das ist absurd. Ich befinde mich im Zustand der Trauer.«

»Aber ich nicht. Und ich unterhalte mich nicht gern mit einem verdammten Gespenst.«

Sie holte geräuschvoll Luft, und ein stummer Kampf entspann sich zwischen ihnen, während sie sich hartnäckig weigerte, ihren Hut abzunehmen, und er eigensinnig fortfuhr, sie anzustarren. Mit einer unerwartet schwungvollen Bewegung und lautem Rascheln ihrer Taftröcke wandte sie sich dann der Tür zu, als wollte sie wutentbrannt aus dem Haus rennen. Sie hatte jedoch nur zwei Schritt in dieser Richtung zurückgelegt, als sie wieder anhielt. Die Hände an den Seiten geballt, schien sie unschlüssig zu schwanken. Dann faßte sie an ihren Hut und schleuderte ihn zu Boden.

Sie wirbelte wieder herum, und das Grinsen erstarb auf seinen Lippen.

Trotz der steifen Haltung ihrer zierlichen Gestalt in der unförmigen Trauerkleidung bot Sarah St. James ein rührendes Bild des Kummers und der Verzweiflung. Dies war keine Frau, sondern ein Kind. Ihr schmales Gesicht hatte die Farbe von warmem Elfenbein. Ihre großen türkisfarbenen Augen waren rot umrandet, und die etwas schrägen hellbraunen Brauen betonten noch deren exquisite Form und Farbe. Eine löwenartige Mähne goldener Haare fiel ihr über Schultern und Rücken. Ihr Gesicht entsprach nicht dem allgemein anerkannten viktorianischen Schönheitsideal — dafür waren ihre Jochbeine zu ausgeprägt, die ihrem Antlitz etwas Slawisches gaben. Und vielleicht war ihr Mund auch eine Idee zu voll und zu rot, um die Vorstellung der meisten Männer von Vollkommenheit zu erfüllen. Doch für einen Mann wie ihn war es ein Mund, der sogleich Bilder der Leidenschaft und eines heißen Verlangens in ihm weckte. Und blitzartig wurde ihm klar, daß das Gerücht von dem arabischen Scheich, der einen Harem voller Frauen für ihren Besitz aufgeben wollte, wahr sein mußte.

Er ließ seinen Stuhl auf den Boden zurückfallen und warf die Zigarre weg. Dann trat es ans Fenster, drehte Sarah den Rücken zu und starrte auf den Demerara-Fluß hinaus. Er holte tief Luft, ehe er murmelte: »Was Ihr Vater von mir verlangte, verstößt gegen das brasilianische Gesetz. Und was noch wichtiger ist — es verstößt gegen das Gesetz von Rodolfo King. Es mag einem zwar gelingen, sich den brasilianischen Behörden zu entziehen; aber Kings Rache entkommt man nicht ... jedenfalls nicht lange.«

»Aber Sie haben doch für ihn gearbeitet ...«

»Es ist kein Geheimnis, daß ein Vertrag mit King gleichsam ein Pakt mit dem Teufel ist, dem man seine Seele verkauft, Miss St. James. King besitzt Sie mit Haut und Haaren, solange er Sie braucht. Wenn er Ihrer müde wird oder sich über Sie ärgert, sterben Sie einen unangenehmen Tod.« Morgan lehnte sich auf das Fensterbrett, damit der Nachtwind seine Stirn kühlte und seinen Kopf von bedrückenden Erinnerungen befreite. »Ich bin ihm vorläufig entronnen, indem ich Brasilien verließ und hierherkam.« Er drehte sich zu ihr um. »Ihr Vater wußte sehr genau, mit was für einem Mann er diesen Handel abschloß. Trotzdem riskierte er seine ganze Habe und fast das ganze Vermögen seiner Freunde für ein Spiel, das von Anfang an zum Scheitern verurteilt war. Ich wiederhole gern, was ich Seiner Exzellenz, dem Gouverneur, direkt ins Gesicht sagte. Ich sagte ihm, daß er ein gottverdammter Narr sei.«

Sie eilte durchs Zimmer und gab ihm eine Ohrfeige. Er packte ihr Handgelenk und drehte es auf ihren Rücken, so daß sie gegen ihn fiel und sich ihre Brüste gegen die schwitzende Wand seines Oberkörpers preßten.

»Verdammt — wofür halten Sie sich eigentlich?« herrschte er sie an. »Lassen Sie sich eines gesagt sein, meine Süße. Sie mögen zwar die Männer auf fünf Kontinenten mit einem Flattern ihrer langen hübschen Wimpern becircen können; aber ich bin nicht so leicht zu beeindrucken.«

»Barbar!« zischelte sie durch die Zähne. »Nehmen Sie Ihre Hände von mir weg!«

Er schob sie rauh von sich.

Mit flammendem Blick und hochroten Wangen hob sie ihren Hut vom Boden auf und stülpte ihn wieder auf ihren Kopf. Sie stürmte zur Tür, ehe sie sich erneut zu ihm umdrehte. Nun sprach eine kalte Entschlossenheit aus ihrer Stimme, die sich so gar nicht mit dem zerbrechlichen und verängstigten Mädchen vertragen wollte, das noch vor Sekunden so schüchtern aufgetreten war.

»Ich habe mir vorgenommen, mit Rodolfo King abzurechnen — mit oder ohne Ihre Hilfe. Und wenn ich das tue, wird King den Tag bereuen, an dem er auf die Welt gekommen ist. Guten Abend, Mr. Kane, und vielen Dank für Ihre großmütige Anteilnahme am Tod meines Vaters.«

Dann war sie schon aus dem Haus, und der Luftzug, der durch die Tür kam, trug ihm den Duft von Jasmin zu.

Er starrte noch immer, sich die Wange reibend, auf die Tür, als Henry hereinkam. Der mit einem grauen Flanellanzug bekleidete Pygmäe, in dessen Selbstbinder eine diamantene Krawattennadel blinkte, schüttelte stirnrunzelnd den Kopf.

»Ich sehe schon, daß ich dir auch noch die hohe Schule im Umgang mit schönen Frauen beibringen muß, Morgan.«

Morgan nahm schnaubend eine Flasche Whisky vom Tisch und entkorkte sie.

»Miss St. James hat dich ja sichtlich entnervt und — äh — schamrot zurückgelassen. Sie ist eine überaus reizende Person, nicht wahr? Ich weiß, daß du mir in diesem Punkt recht gibst. Mir waren, als ich noch in London wohnte, einige Geschichten von ihrem etwas feurigen Temperament zu Ohren gekommen; aber du weißt ja, was man von Gerüchten zu halten hat. Ein Scheich soll ihretwegen ein Kamel importiert haben, weil sie sagte, sie würde gern mal auf so einem Tier reiten. Sie ritt dann auf dem Dromedar durch den Hyde Park — in der Hose eines Stallburschen, wenn ich mich recht entsinne. Es ging dabei um eine Wette. Sie schien von ihrem wolligen Traber nicht sonderlich beeindruckt gewesen zu sein, drückte dem Scheich die Zügel in die Hand und sagte: ›Tut mir leid, Hoheit; aber ich kann Sie nicht heiraten.‹ Als er sie fragte, weshalb nicht, antwortete sie: ›Eure Reittiere sind unbequem ... und sie stinken.‹«

»Ah — nun — sie ist zweifellos ein verzogener Fratz, wie schön sie auch aussehen mag. Wie meine teure Mutter zu sagen pflegte: ›Hübsch ist, was sich auch so verhält.‹« Kane lachte tief in seinem Hals und setzte dann hinzu: »Natürlich wollte sie durch ihr Verhalten nur ausdrücken, daß ich so liebenswürdig wäre wie eine verkaterte Klapperschlange.« Er trank sein Glas leer und wischte sich mit dem Handgelenk den Mund ab — wobei er den stechenden Schmerz in seiner Wange und die Ratte zu ignorieren versuchte, die auf dem Boden an einer harten Scheibe Brot knabberte. »Jemand müßte sie von ihrem hohen Roß herunterholen.«

»Jemand hat das bereits getan: King.«

Morgan blickte seinen kleinen Freund an. »Das ist *ihr* Problem. Ich sagte ihr ... vielmehr sagte ich es St. James *und* seiner Tochter, daß ich um keinen Preis der Welt in diese Hölle zurückgehen werde. Nicht einmal Kings wegen. Ebensogut könnte ich dem Sensenmann den Hof machen, und ich habe in den letzten paar Monaten ziemlich viel Geschmack am Leben gefunden, Henry.«

»Sei vernünftig, Morgan, und vergiß einen Moment dein verletztes Ego. Du wirst zugeben müssen, daß du King genauso heftig ans Leder willst wie ich. Du möchtest Rache an ihm nehmen und sein Gold haben. Die Gelegenheit dazu wurde dir soeben vor die Füße gelegt.«

»Das ist doch nicht dein Ernst, Henry! Hast du eine Vorstellung, was King mit mir machen würde, wenn ich ihm in Brasilien noch einmal in die Hände fiele?«

»Bedenke, daß du einen Ruf zu verteidigen hast, mein Freund!«

Morgan schob den Stuhl ans Fenster und setzte sich rittlings darauf. Er hob die Zigarre wieder vom Boden auf, die er vor wenigen Minuten weggeworfen hatte, schob sie zwischen die Zähne und rollte sie zwischen den Lippen, als

Henry hinter ihn trat. Insekten summten im Zimmer, während Morgan darauf wartete, daß der Pygmäe wieder das Wort ergriff — ihn ablenkte von der Erinnerung an Sarah St. James' feuchte rote Lippen und den Duft ihrer nachtwarmen Haut.

»Hast du schon mal eine Sekunde lang daran gedacht, wie die andere Hälfte der Menschheit lebt, Morgan?«

»Nein.« Morgan schüttelte den Kopf und hielt die Whiskyflasche ins Licht. Fast hätte er laut gelacht über seine Lüge. Er hatte sein ganzes Leben lang davon geträumt, ein reicher Mann zu sein.

»Dann denke mal einen Moment daran«, fuhr Henry fort. »Stell dir ein Speisezimmer von zwanzig Metern Länge und sieben Metern Höhe vor, von dessen Decke Kristallüster herabhängen. Denk dir Samttapeten an die Wände und Treppen aus carrarischem Marmor in die Vorhalle.«

»Hört sich an wie ein Bordell.«

Henry wölbte eine Augenbraue. »Dann stell dir darin Frauen vor. So schöne und reiche Frauen wie . . . wie Sarah St. James. Dutzende, ja Hunderte von solchen Frauen, alle sauber und nach Lavendel duftend. Mit süßem Atem, glänzenden Haaren und makellosen Manieren.«

Morgan schloß die Augen und versuchte das verlockende Bild aus seinem Bewußtsein zu verdrängen. »Eine Menge Huren auf einem Haufen, würde ich sagen.«

Henry erwiderte mit einem nachsichtigen Lächeln: »Du kannst nicht alle Frauen mit den Flittchen vergleichen, die in den Gassen von Georgetown auf Männerfang gehen.«

»Oder in New Orleans.«

»Oder in New Orleans. Du könntest dein ganzes Leben lang dort unten auf der von Moskitos verpesteten Werft schuften und dennoch nicht genügend Geld verdienen, um dich aus den Klauen der Armut befreien zu können.«

Morgan starrte auf den Fluß hinaus. Er rieb sich mit den Knöcheln die schmerzende Wange und dachte daran, wie dieses St.-James-Mädchen ausgesehen hatte, als sie ihren Hut vom Kopf riß und ihn mit wehenden Haaren und zornigen Augen anfunkelte. Wer hätte wohl hinter diesem Engelsgesicht das Herz einer jungen Tigerin vermutet?

Er lachte leise in sich hinein und wischte sich dann mit dem Handgelenk den Schweiß von der Stirn. Diese verdammte Hitze. Normalerweise machte sie ihm nichts aus; er hatte sich schon vor langer Zeit an die schwülen südamerikanischen Nächte gewöhnt. Aber seit seinem Besuch in der Residenz des Gouverneurs vor einer Woche hatten ihn so viele Dinge aus der Ruhe gebracht, wenn ihm auch erst heute abend der wahre Grund seiner Rastlosigkeit bewußt geworden war.

»Denke zumindest über ihr Angebot nach«, hörte er Henry sagen. »Nimm es zum Anlaß, dir auszumalen, was für Annehmlichkeiten du dir mit dem King-Schatz kaufen könntest. Du könntest in einem Palast wohnen. Du könntest jede Frau haben, von deren Besitz du bisher nur geträumt hast. Und vielleicht gelänge es dir endlich, die Dämonen in dir zur Ruhe zu bringen. Und nachts könntest du wieder ruhig schlafen — ohne befürchten zu müssen, daß King dich hier findet.«

»Ich werde es mir überlegen«, murmelte Morgan.

»Überlege es dir gründlich, mein Freund«, gab Henry im leiseren Ton zurück. »Denn ich weiß aus zuverlässiger Quelle, daß du in letzter Zeit Besuch hattest.«

»Mich besuchen ständig Leute, die nicht begreifen wollen, daß man auch mal seine Ruhe braucht«, erwiderte Morgan und blickte den Pygmäen dabei durchbohrend an.

»Ich meine damit nicht diese Schar lieblicher Damen, die vor deiner Haustür Schlange stehen, Morgan. Ich habe von einigen deiner Nachbarn gehört, daß zwei Männer mehrmals hier aufgetaucht sind und sich bei ihnen erkundigt haben, ob das die Residenz des ›Americano‹ sei.«

Morgan blickte seinen Freund an, ohne mit der Wimper zu zucken. »Das ist ein billiger Trick, mir Angst zu machen, damit ich Sarahs Angebot annehme!«

»Es ist nicht meine Absicht, dich bange zu machen, sondern dich zu warnen.«

»Das können ganz harmlose Leute gewesen sein.«

»Möglich. Es könnten aber auch Kings Häscher gewesen sein. Willst du etwa wieder davonlaufen, Morgan? Hast du mir nicht erzählt, daß King nicht eher Ruhe geben wird, bis er dich zur Strecke gebracht hat?«

»Was soll diese Fragerei?«

»Wäre es nicht besser, ihm die Stirn zu bieten, wie wir das schon oft besprochen haben, damit dieses Katz-und-Maus-Spiel ein Ende hat?«

»Das kannst du leicht sagen. Er ist nicht hinter deinem kleinen braunen Arsch her.«

»Aber ich weiß, wie grausam er unschuldigen Menschen mitspielen kann. Vergiß nicht, daß ich dank ihm keine Familie mehr habe. Er sorgte dafür, daß die letzten Putumayo-Pygmäen in Japurá ausgerottet wurden. Hast du eine Ahnung, was das für ein Gefühl ist, das letzte lebende Exemplar seiner Rasse zu sein, Morgan? Stell dir einen in Brobdingnag, dem Land der Riesen, gestrandeten Gulliver vor, der weiß, daß es für ihn kein Entrinnen mehr gibt. Für mich gibt es keine Hoffnung mehr, noch einmal nach Hause zurückkehren zu können. Nie mehr.«

Morgan starrte auf die Whiskyflasche in seiner Hand. »Man muß nicht erst das letzte Exemplar seiner Rasse sein, um sich einsam zu fühlen, Henry.«

Ein Hund bellte, und eine Bootspfeife trillerte in der Stille der Nacht.

»King muß das Handwerk gelegt werden!« Henry schritt zur Tür, verhielt dort und sah auf Morgan zurück, wobei sich die scharfen Kummerfalten auf seinem Gesicht in ein Netzwerk sanfter Linien verwandelten. »Morgan«, sagte er leise, »du weißt, ich würde niemals zulassen, daß dir dort draußen etwas passiert. Ich bin zuversichtlich, daß wir diese Konfrontation gewinnen können. Und ich habe dich noch nie enttäuscht. Ich rettete dich vor der *Pororoca*, der Flutwelle, brachte dich nach Georgetown und verschaffte dir die Jobs auf den Docks und im Basar. Ich machte dich für jedermann in Guayana zum Helden. Ich bin dir stets bei allem behilflich gewesen, was du bisher unternommen hast, richtig?«

Morgan sagte nichts. Er dachte an die letzten Monate zurück, in denen er versuchte hatte, sich den Alptraum von Japurá aus dem Körper zu schwitzen. Henry hatte ihm dabei stets als Freund und Helfer zur Seite gestanden.

»Bitte überleg es dir. Mir zuliebe.«

»Werde ich.«

»Also dann — leb wohl«, sagte Henry.

Morgan hob die Whiskyflasche an den Mund und verfluchte seine Trinkfestigkeit. Er war erst zweimal in seinem Leben richtig betrunken gewesen — hatte dies beide Male mit der Absicht getan, ihn belastende Erinnerungen im Alkohol zu ertränken, um dann, als er wieder nüchtern wurde, erkennen zu müssen, daß er in der Flasche keine Erlösung von den häßlichen Realitäten des Lebens fand. Man wurde mit ihnen fertig oder nicht. Wenn man den Kopf in den Sand steckte, konnte man vielleicht einen Aufschub gewinnen, doch letztendlich mußte man sich mit seinen Problemen auseinandersetzen. In diesem Punkt hatte Henry recht.

Aber man durfte den Bogen auch nicht überspannen und sein Glück herausfordern. Ebendas würde er tun, wenn er sich King noch einmal stellte. Er war nicht so naiv zu glauben, er könne eine zweite Begegnung mit diesem Mann unbeschadet überstehen. Dafür war er zu oft Zeuge von dessen Rachsucht geworden.

Er wußte aus persönlicher Erfahrung, daß dieser Mann ein Monster war. Auspeitschen war noch die mildeste Strafe, die King über seine Arbeiter verhängte, doch diese verlief nicht selten tödlich. Die Peitschen, die er verwendete, waren aus Tapirhaut gemacht — fünf Riemen zu einer Geißel zusammengedreht. Sie hatte zwar nicht eine so verheerende Wirkung wie die infame Flußpferdhaut, die man im Kongo für Peitschen verwendete, aber in den Händen eines Mannes, der damit umzugehen wußte und der so kaltblütig war wie King, konnte sie tief ins Fleisch schneiden. Neunzig Prozent von Kings Arbeitern — Frauen, Kinder wie Männer — trugen die Narben seiner Peitschen auf dem Rücken. Teufel, er hatte selbst welche.

Hin und wieder wurde auch der Stock neben der Peitsche verwendet, manchmal bei Frauen, um sie für eine Vergewaltigung gefügig zu machen. Zuweilen wurde ein Sklave auch eingesperrt und ohne Nahrung gelassen, bis er starb.

Morgan schloß die Augen bei diesen Erinnerungen und nahm wieder einen Schluck aus seiner Flasche. Die Narben auf seinem Rücken pochten, als wären die Wunden noch frisch.

Es hatte auch Zeiten gegeben, wo King sich nur ein bißchen zerstreuen wollte, nach Gutdünken Opfer aussuchte und sie fesseln ließ. Dann wurden sie mit der flachen Machetenklinge geprügelt und anschließend geschlachtet, zuweilen auch bei lebendigem Leib verbrannt. Einmal hatte ein Kind King aus dem Mittagsschlaf geweckt. Er war in den Hof hinausgegangen, hatte den kleinen Jungen bei den Haaren gepackt und ihn dann mit der Machete enthauptet.

Morgan blickte durch das Fenster auf den Fluß hinaus, der so dunkel war wie Obsidian. Bald würde eine blutrote Sonne am Horizont aufgehen und die Luft in Dampf verwandeln. Dann würde er zehn Stunden lang auf den Docks arbeiten, bis ihm der Rücken zerbrach — und wofür?

Er warf seine Zigarre ins Dunkel hinein, kreuzte die schweißnassen Arme auf der Stuhllehne und legte das Kinn darauf. Er versuchte King aus seinem Bewußtsein zu verdrängen.

Es hatte wenig Sinn, jetzt noch zu Bett zu gehen. Der Geschlechtsakt mit Miranda hatte seine Nerven gereizt. Es verlangte ihn nach mehr. Er hatte das Gefühl, als wäre da etwas in ihm lebendig — genauer gesagt hatte dieses Gefühl in dem Moment eingesetzt, als Sarah St. James in sein Haus gestolpert war.

Er feuchtete seine Lippen mit der Zunge an und schluckte schwer.

Vergiß es, dachte er bei sich.

Falls er eine Frau haben wollte, die reich war und sauber, war er nicht auf diese Sarah St. James angewiesen. Er brauchte nur das Dock hinunterzugehen und würde dort so viel Gesellschaft finden, wie er sich das nur wünschen konnte — für den Rest der Nacht jedenfalls.

Er verließ seinen Platz, stampfte mit dem Fuß auf und beobachtete, wie die Ratte in einem Riß in der Mauer verschwand. Er blickte sich in dem weißgekalkten Raum um, der nur spärlich möbliert war. Eine verstaubte Schilfmatte lag in der Mitte des Zimmers, und Soldatenameisen hatten am Fuß einer Wand eine Spur aus Brotkrumen hinterlassen. Die an Stricken aufgehängte Koje hing tief über dem Boden, war jedoch eine bequeme Schlafgelegenheit, wenn sie nicht von Wanzen verseucht war — ein nicht seltenes Vorkommnis.

Er dachte an Kings Gold und was er sich alles damit kaufen konnte.

Ihm war nicht nach Schlafen zumute. Die meisten Nächte verbrachte er in einem paralysierten Dämmerzustand, in dem ihn Träume der Vergangenheit mit der Urgewalt einer Flutwelle heimsuchten. Eines Nachts kamen die Blutegel aus den Sümpfen Japurás im Alptraum zu ihm, schlängelten sich an seinem Körper hinauf und labten sich an seinem Blut. Er wurde von seinen eigenen Schreien wach und fand seine Arme, seinen Hals und Brustkorb voller blutiger Schrammen, die er sich mit den Fingernägeln selbst beigebracht hatte.

Henrys Worte verstärkte nur noch dieses Gefühl der Leere in ihm. Geld konnte einen für vieles entschädigen — daran bestand kein Zweifel. Aber um es zu bekommen, mußte er sich mit King anlegen. Da führte kein Weg dran vorbei. Er konnte zwar seinen Rachedurst vor Henry verleugnen, aber der war wie ein Geschwür, das sich täglich tiefer in ihn hineinfraß und ihn mitten in der Nacht mit den Bildern brennender Kinder und schreiender Babys plagte, die sich noch an ihre enthaupteten Eltern klammerten. Und da waren noch andere Erinnerungen, die sich immer schwerer verdrängen ließen, aus seinen letzten Tagen in Japurá — Erinnerungen, die ihn mit einem solchen Ekel vor King erfüllten, daß er am liebsten zugeschlagen hätte.

Er packte seine Whiskyflasche, warf den Kopf zurück und trank, bis ihm die Flüssigkeit aus den Mundwinkeln rann und seine Brust wie Feuer brannte. Dann schüttelte er sich trunken, von Angst und Haß geplagt. Ja, er wollte King ans Leder; aber die Erinnerungen an die Schmerzen und Demütigungen, die er in Japurá erfahren hatte, waren zumeist stärker als sein Haß.

Er war ein Feigling.

Zweifellos.

Wie häßlich er sich vorkam bei dieser Erkenntnis. Der Rachedurst war wie ein übler Geschmack in seinem Mund, und mit der Zeit würde er noch an seiner Selbstverachtung ersticken, die ihn mit dem Entsetzen vor einer Rückkehr nach Japurá überkam. Teufel, die Angst war sein ständiger Begleiter, wenn er hier die Straße hinunterging! King oder seine Leute lauerten irgendwo dort draußen; sie mochten ihn längst entdeckt haben. Es war nur eine Frage der Zeit, wann einer von ihnen aus einer dunklen Gasse herauskam und ihm die Pistole an den Kopf setzte.

Bisher war ihm eine Rückkehr nach Japurá unmöglich erschienen. Er würde Leute brauchen, Munition und Vorräte, um sich in das Gebiet des Amazonas zu wagen. Trotz seiner Jobs auf den Docks und am Wochenende im Basar hatte er nie so viel Geld sparen können, daß es für einen Rachefeldzug gereicht hätte, und Henrys Lohn als Fremdenführer war bestenfalls ein Taschengeld.

Und dann hatte ihm Chester St. James vor einer Woche seinen blödsinnigen Plan unterbreitet, den er ablehnen mußte, seiner verfluchten Feigheit wegen.

Und nun war dessen Tochter zu ihm gekommen. Der Sonnenschein. Die Verkörperung alles Guten, der Reinheit und Unschuld. Ein für ihn in seinem bisherigen Leben unerreichbares Ideal. Und sie bot ihm die Chance, nach Japurá zu gehen und diesen Alptraum zu beenden ... so oder so.

Er fiel in sein Bett, starrte an die Decke und konzentrierte sich auf einen Punkt, bis alle Gedanken an King und Japurá ausgelöscht wurden von der Vision blitzender türkisfarbener Augen, einer Flut seidiger Haare, und Lippen, an die ein Mann sich verlieren konnte.

... wenn er das zuließ.

3

Der Abend brach herein, angekündigt von einer orangefarbenen Sonne, die im Westen hinter einer brüchigen Wand dunkler Wolken loderte. Spätestens um Mitternacht würde es regnen.

Sarah stand auf der Veranda und beobachtete, wie das Meer sich in wenigen Minuten von Blau über Violett zu Gold verwandelte. Sie lauschte Kans Schritten, jeden Muskel ihres Körpers erwartungsvoll angespannt.

Wo blieb nur der Amerikaner? Er hätte schon vor einer halben Stunde hier sein sollen. Sie begann, auf der Veranda auf und ab zu wandern.

Sie mußte den Verstand verloren haben, wenn sie glaubte, er würde ihre Einladung zum Dinner annehmen. Verrückt mußte sie gewesen sein, ihm nach dem Fiasko gestern nacht ein solches Angebot zu machen. Doch Morgan Kane war ihre einzige Hoffnung. Irgendwie mußte sie ihn dazu bringen, nach Japurá zu reisen. Ihre Zukunft hing davon ab.

In London hatte sie ihre Koketterie zu einer hohen Kunst entwickelt, gelernt, sie so fein zu dosieren, daß nur die Phantasie ein wenig angeregt wurde. Ein kurzes leichtes Raffen ihrer Röcke, daß ihre Knöchel einen Moment entblößte, oder eine leichte Neigung des Kinns, daß sie ihren Verehrer durch lange Wimpern anblickte, würde vielleicht schon genügen.

Mehr durfte es aber auch bei einem Mann wie Kane nicht sein. Man mußte behutsam auftreten, wenn man es mit einem Schürzenjäger zu tun hatte — das Spiel konnte gefährlich werden. Amerikaner waren nicht gerade für ihr *savoir vivre* bekannt.

Kane war ein Held für die Eingeborenen dieses Landes. Selbst ihre Dienerschaft huschte umher, als erwartete sie einen Vertreter des Königshauses. Kan hatte seine Paradeuniform angelegt, die er sonst nur bei einem Staatsbankett trug — einen grünen Rock mit scharlachroten Aufschlägen und einer roten Schärpe, die er stramm um seinen flachen Bauch gebunden hatte. Die Wirkung wurde ein wenig durch die dicke schwarze Mähne beeinträchtigt, die ihm über die Schultern fiel, und dem an seinem linken Ohr pendelnden Goldreif. Doch alles in allem machte er eine vornehme Figur. Die Frauen hingegen konnte man unten in der Halle kichern und wispern hören, wenngleich auch sie ihre beste Uniform angezogen und sich die Haare mit Perlen und Blumen geschmückt hatten. Doch ihre Munterkeit legte sich rasch, als die männlichen Dienstboten schworen, die Mädchen in dem Moment, wo der Amerikaner vor der Tür stand, in die Küche zu verbannen.

Schließlich war er ja der *boto*.

Sarah hatte die Nase gerümpft, als Kan ihr zum erstenmal von dem infamen Ruf Morgan Kanes erzählte. Schließlich sollten diese Leute, die seit hundert Jahren unter Großbritanniens Schirmherrschaft lebten, den Aberglauben, daß sich ein Delphin in einen Don Juan verwandeln könne, wirklich überwunden haben! Doch sie hatte erkennen müssen, daß heidnische Ansichten und Gebräuche bei den Einheimischen, die sie schätzte und respektierte, ein zähes Leben hatten. Sie glaubten an den *boto*. Sie verehrten ihn auf jede erdenkliche Weise, vertrieben sogar seine Potenzpülverchen auf dem Wochenmarkt. Für einen unglaublich hohen Preis konnte man das linke Auge des rosenfarbenen Delphins kaufen. Wenn man es trocknete, im Mörser zerstampfte und dann unter das Essen einer Frau mischte, sollte sie das liebestoll machen. Die linke Augenhöhle des *boto* konnte zu einem Ring verarbeitet werden, und wenn ein Mann eine Frau, die er begehrte, durch diesen Ring ansah, fühlte sie sich sofort zu ihm hingezogen.

Nur einmal in einem Jahrhundert verließ der *boto* sein angestammtes Reich — den Amazonas — und nahm menschliche Gestalt an. Wenn das geschah, war nachts keine Jungfrau auf den Straßen vor ihm sicher. Ein Blick in seine Augen, und ihr Körper und ihre Seele gehörten ihm.

Wenn Sarah an Morgan Kane dachte, konnte sie sich nicht vorstellen, daß er eine logische denkende, vernünftige Frau zu verführen vermochte. Doch dann erinnerte sie sich daran, wie ihr Herz laut geklopft hatte, als sie Zeugin seines Liebesspiels mit dieser exotischen Schönheit geworden war. Sicherlich hatte ihr Körper nur reagiert, weil sie heimlich einen intimen Vorgang beobachtet hatte. Es war der Reiz des Verbotenen gewesen, nicht etwas, das sie an ihm gereizt hätte.

Nein, dieser Mann ließ sie völlig kalt.

Wie sollten denn auch Schweiß und unrasierte Gesichter, grübelnde Augen und spöttische Lippen ihr Herz höher schlagen lassen! Er war ein Barbar, sein Körper zu hart, seine Haut zu braun, seine Haar zu schwarz. Sie bevorzugte blonde Männer wie ihren Verlobten ... blonde Haare, blauen Augen ...

»Missy Sarah.«

Erschrocken fuhr sie herum. Kan stand an der Verandatür und blickte sie eindringlich an.

»Er ist gekommen«, sagte er ernst.

Sie sagte nichts. Ihr Puls raste.

»Soll ich ihn auf die Veranda bitten?« fragte Kan.

Sie nickte, konnte den angehaltenen Atem erst wieder von sich geben, als Kan im Flur verschwunden war. Die Mädchen hatten aufgehört zu kichern. Die nächtlichen Kreaturen hatten aufgehört zu schwirren. Nicht ein Windhauch regte sich. Selbst die Luft schien vor Spannung zu knistern, als sie auf das Erscheinen des Amerikaners wartete.

Sie holte tief Luft, lehnte sich gegen die niedrige Brüstung der Veranda und stählte sich innerlich für die vor ihr liegende Konfrontation. Der Himmel war inzwischen schwarz geworden. Sie fragte sich, ob das Licht, das aus dem Haus auf die Veranda fiel, auch hell genug war, um ihr Kleid zur Geltung zu bringen. Sie hatte ihren Vater mit gefalteten Händen um Vergebung gebeten, als sie ihr Trauerkleid gegen eine prächtige Kreation eintauschte, die sie in London für ein Festdinner zur Feier ihrer Verlobung mit Norman gekauft hatte.

Kurz schloß sie die Augen, bis sie ein Geräusch hörte. Dann drehte sie sich dem Haus zu.

Er trat unter die Verandatür und blieb dort stehen. Sein Körper war eine Silhouette, die sich scharf vor dem Licht abzeichnete, das ihm über die Schultern fiel und sie momentan blendete. Sie warf die Hand in die Höhe und blinzelte. Als sie wieder hinsah, hatte er sich noch immer nicht bewegt, sondern stand so still wie der Banyan-Baum in ihrem Rücken.

»Mr. Kane?« Ihre Frage hing einen Augenblick lang in der Luft.

Er gab keine Antwort, trat auf die Veranda hinaus, war einen Moment lang verschwunden und erschien dann wie durch Zauberhand aus dem Licht. Sie wich an die Wand zurück, als er vor ihr stehenblieb.

»Mr. Kane?« wiederholte sie mit stockendem Atem, verwirrt von seinem Bild.

Er lächelte. Es war nicht gerade ein liebenswürdiges Lächeln; doch sein Ton war verbindlich, wenn auch sein Akzent, der ihr schon in der Nacht aufgefallen war, seine Stimme noch kräftiger färbte:

»Miss St. James.«

»Sie sind gekommen.«

»Wie Sie sehen.«

»Sie haben sich verspätet.«

»Auch das.« Lächelnd zuckte er mit den Achseln und reichte ihr eine Orchidee, auf deren seidigen Blütenblättern kleine Wasserperlen glitzerten. »Ein Friedensangebot«, sagte er.

Ihre Wangen erwärmten sich. Sie nahm die Blume entgegen, zwirbelte sie zwischen den Fingerspitzen, während sie zur Seite trat und sich mühte, ihre Gedanken zu sammeln. Dies konnte unmöglich der gleiche Mann sein, der sie gestern abend so grob und unverschämt angeredet hatte. Der Stoppelbart war verschwunden, desgleichen der Geruch nach Fusel, Zigarrenrauch und Schweiß. Der Mann war makellos mit weißem Leinen bekleidet. Das einzige, was ein wenig an seiner Erscheinung störte, waren die schwarzen Haarfransen, die ihm in die Stirn hingen.

»Ich freue mich, daß Sie kommen konnten.«

»Ich mich auch.«

»Ich wollte mich für meine Verhalten gestern abend entschuldigen. Es war ungehörig.«

Er lehnte sich gegen die Wand. Seine Jacke klaffte vorn auseinander und zeigte ihr ein Hemd aus weißer Seide. Er sah durch die Zweige des Banyan-Baums zum Ozean hin. Das spröde Lächeln um seine Lippen verriet ihr, daß er ihre Entschuldigung nicht akzeptierte. »Sollte diese Einladung zum Dinner vielleicht als ein letzter Versuch von Ihnen zu verstehen sein, mich doch noch zu einer Reise nach Japurá zu bewegen, Miss St. James?«

Eine Bö kam vom Meer her und wirbelte eine Staubwolke über die Veranda. Sie wühlte in Sarahs Haaren, und sie erschauerte. Dieses Erschauern hatte jedoch mehr mit der sie hypnotisierenden Erscheinung des Amerikaners zu tun, der halb im Schatten und halb im Licht stand, als mit der Brise. Sie schien den Blick nicht von ihm abwenden zu können, und ihr kam der dumme Gedanke, daß sie sich benahm, als sei sie verhext. Ihr Verstand entrüstete sich über ihre Reaktion — welche anständige Frau würde wohl in der Gegenwart eines Mannes derartige Gefühle haben? aber ihr Körper war ihr plötzlich fremd, erschreckend willig, an die Geschichten von diesem legendären Liebhaber zu glauben, zu erleben, wie...

»Ich muß gestehen, Sir, daß ich tatsächlich gehofft hatte, die Sache vernünftig mit Ihnen zu erörtern. Ich fürchte, daß ich in meinem Kummer über den Tod meines Vaters im Verlauf unseres Gesprächs ein wenig zu heftig geworden bin.«

»Unseres Gesprächs? Konnte man das tatsächlich so nennen?« Ein träges Lächeln spielte um seine Lippen. »Ich habe Skorpione erlebt, die nicht so heftig aufeinander losgegangen sind, Miss St. James.«

»Ja... nun...« Sie räusperte sich und zwang sich dazu, ihren Blick von ihm zu lösen. »Wenn Sie mich jetzt entschuldigen wollen? Ich muß mich um das Dinner kümmern. Soll ich Kan sagen, daß er sie inzwischen mit einem Drink versorgen möchte?«

»Ein Whisky wäre mir recht.«

Sie nickte, verließ die Veranda und und legte eine sichere Distanz zwischen sich und den Amerikaner. Im Flur starrte sie gedankenverloren auf die Blume in ihrer Hand, als Kan auf sie zutrat.

»Das Dinner ist serviert«, sagte er und holte sie in die Gegenwart zurück.

»Gut. Führe Mr. Kane schon mal ins Speisezimmer. Ich komme gleich nach.«

»Fehlt Ihnen etwas, Missy?« fragte er.

»Nein.« Sie schüttelte den Kopf und lachte im stillen

über ihre Lüge. Als Kan sich nicht von der Stelle rührte, sah sie noch einmal zu ihm hoch. Seine Augen waren schwarz wie Pechkohle, sein Mund ein grimmiger Strich. »Wirklich nicht. Ich bin nur ein bißchen wacklig auf den Beinen. Das ist alles«, versicherte sie ihm mit einem Lächeln und legte eine Hand auf seinen Arm. Erst dann verließ er sie, um sich um ihren Gast zu kümmern.

Sie floh in das Büro ihres Vaters.

Warum war sie davongelaufen und schloß sich hier mit ihren Erinnerungen ein, wenn ihre letzte Hoffnung, zu überleben, dort draußen auf der Veranda auf sie wartete? Weil — wagte sie das zuzugeben? — sie Angst hatte.

Sie war nicht an den Umgang mit solchen Männern wie Kane gewöhnt. Ein Blick auf dieses dunkle Gesicht, und sie fühlte sich überwältigt. Sie beherrschte die Kunst des Tändelns und der harmlosen Flirts mit Gentlemen ihrer Klasse, aber dieser Amerikaner hatte keinen Begriff von Etikette. Er hatte nicht einmal den Anstand besessen, so zu tun, als wüßte er den Grund ihrer Einladung nicht.

Es mußte doch noch einen anderen Ausweg geben!

Wieder sah sie sich dort am Schreibtisch sitzen und einen Brief an ihren Verlobten schreiben, in dem sie ihm die Umstände der Verschuldung ihres Vaters erklärte. Doch dann verwarf sie diesen Gedanken. Das würde nichts bringen. Es würde Wochen dauern, ehe der Brief Norman erreichte, und zudem genügte schon der leiseste Hinweise, daß es zu einem Skandal kommen könne, um die Sheffields in Panik zu versetzen.

Sie ging, die Hände ineinander gepreßt, im Zimmer auf und nieder. Um sie herum standen mit der Habe ihres Vaters gepackte Kisten, die übereinandergestapelt fast bis zur Decke reichten. Das war alles, was ihr von seinem arbeitsreichen Leben geblieben war. Sie hatte bereits veranlaßt, daß die Möbel eingelagert wurden, bis sie mit einem

Schiff nach England befördert werden konnten. Aber warum diese Mühe? Selbst diese magere Hinterlassenschaft würde man ihr nehmen, sobald die Investoren vom Bankrott ihres Vaters erfuhren.

Sie hatte keine andere Wahl.

Sie mußte den Amerikaner überreden — irgendwie.

Es war ein heißer, stiller Abend. Das Schweigen wurde nur gelegentlich von einem Donner unterbrochen, der die Kristallprismen des Lüsters zum Klingeln brachte. Sie aßen stumm. Sarah hatte nicht den Mut, Japurá zum Thema eines Tischgesprächs zu machen, und der Amerikaner schien damit zufrieden, seinen Whisky zu trinken, in seinem Essen zu stochern und seine Umgebung zu studieren.

Er interessierte sich offensichtlich besonders für das Porträt von Sarah, das hinter ihr an der Wand hing. Minutenlang starrte er es an und fixierte sie dann so lange, bis es ihr peinlich wurde.

Als sie bemerkte, daß keiner von ihnen sonderlich hungrig war, meinte sie, er würde es vielleicht vorziehen, seinen Drink auf der Veranda einzunehmen, wo es kühler sei. Er war damit einverstanden, bat Kan, sein Glas nachzufüllen, und geleitete sie aus dem Zimmer.

Selbst draußen fanden sie kaum Erleichterung von der bedrückenden Hitze und Feuchtigkeit — oder der Spannung, die sich zwischen ihnen aufbaute. Der Amerikaner weigerte sich noch immer, etwas zu sagen, stand stumm an der Balustrade und beobachtet das Positionslicht eines Schiffs am Horizont. Er griff in seine Jacke, zog eine Zigarette hervor, schob sie zwischen die Lippen, grub dann ein Streichholz aus der Tasche und riß es an der Wand an. Sarah beobachtete, wie das gelbe Licht über seine Züge tanzte, ehe er die Hände darum legte und es an seine Zigarette führte. Seine Brauen zogen sich zusammen, als er, heftig inhalierend, den Kopf nach hinten warf; dann schleuderte er das Streichholz ins Dunkle hinaus, sah sie an und grinste.

»Wäre es nicht Zeit, über das Geschäftliche zu reden, Miss St. James?«

Sie saß, starr wie Marmor, auf dem Rand ihres Stuhls.

Der Amerikaner lachte, schob eine Hüfte auf das steinerne Geländer und ließ sein linkes Bein hin- und herpendeln. Eine Hand ruhte auf dem Schenkel, und er schien in diesem Moment seine Zigarette vergessen zu haben. »Sie wollen, daß ich meinen Hals riskiere, nach Japurá zurückkehre und mir King vornehme.«

Sie blieb mit steifem Rücken auf dem Stuhlrand sitzen, vom Anblick seiner Hand auf dem Bein gefesselt. Sie war braun und langfingrig — eine Hand, die stark und zärtlich sein konnte. Plötzlich erinnerte sie sich wieder daran, wie er die Frau in der Nacht zuvor liebkost hatte — erst rauh, dann sanft.

»Miss St. James.«

Sie hob den Blick zu seinem Gesicht.

»Ich denke, Sie wollten mir ein großzügiges Angebot machen, wenn ich nach Japurá zurückkehrte«, sagte er.

»Großzügig?«

Er stieß mit dem Daumen gegen das Mundstück seiner Zigarette, streute die Asche auf den Boden. »Eine so riskante Reise hat ihren Preis.«

»Und der wäre?«

Sie spürte den eisigen Stachel der Angst im Rücken, als sein Mundwinkel sich zu einem geisterhaften Lächeln hob. Seine Augen wurden dunkler, beschattet von den Wimpern seiner halbgesenkten Lider.

»Das käme darauf an«, kam seine Antwort.

»Worauf?« Sie befeuchtete sich die Lippen. Ob Kan wohl in der Nähe war?

»Es gibt Belohnungen, die einen Mann reicher machen können als Geld, Miss St. James.«

»Was für eine Belohnung verlangen Sie?« fragte Sarah.

»Was wäre Ihnen die Reise wert?«

Sie sah ihn an und sagte, ohne mit der Wimper zu zucken: »Alles, was ich besitze.«

»Alles?« Wieder huschte dieses Lächeln über sein Gesicht. Sie hätte es am liebsten mit einer Ohrfeige ausgelöscht. Dann erinnerte sie sich wieder an das Gefühl ihrer Hand auf seinem Gesicht, als sie ihn gestern geschlagen hatte, und spürte Hitze in sich aufsteigen. Sie blickte zum Zimmerfächer hinauf, sehnte sich nach einem Taschentuch und wünschte, sie hätte nicht mit angesehen, wie Morgan Kane diese Frau mit der Zunge küßte. Verwirrt, peinlich berührt und zornig zugleich fühlte sich sich, wenn sie daran dachte. Und schon das allein war obszön.

Die Hände im Schoß zusammenpressend, holte sie tief Luft und atmete langsam wieder aus. Mit einer Stimme, die besonnen und entschlossen wirkte, sagte sie: »Nennen Sie Ihren Preis, Mr. Kane. Aber ich muß Sie warnen. Ich besitze nicht viel. Außer den Möbeln, die Sie hier sehen, ist mir kaum etwas geblieben. Vielleicht kann ich etwas vom Tafelsilber verkaufen — es ist ziemlich alt, denke ich. Die meisten Möbel im Haus gehören der Regierung. Aber wir besitzen noch ein Stadthaus in London. Das Mobiliar dort würde ein hübsches Sümmchen bringen. Es wird zwar ziemlich lange dauern, bis es verkauft ist . . .«

Sie holte wieder Luft, blickte aufs Meer hinaus und begann von neuem: »Ich habe etwas Bargeld, aber nicht viel. Vielleicht genug, um die Reise zu finanzieren, doch . . . Sie erwarten natürlich, für Ihre Bemühungen eine großzügige Entschädigung. Vielleicht ließe sich das irgendwie regeln.«

»Vielleicht.«

Das Schweigen senkte sich wieder auf sie herab, während sie frischen Mut sammelte. Blaßgrauer Rauch ringelte sich von seiner Zigarette hinauf zu seinen Haaren, die schwärzer als die Nacht waren.

Er nahm sein Whiskyglas hoch, schob sich von der Balustrade weg, steckte die Zigarette zwischen die Lippen und ging an ihr vorbei zur Tür, wo er lange stehenblieb, eine Hand in die Tasche geschoben, mit der anderen die Flüssigkeit in seinem Glas in kreisende Bewegungen versetzend. Dann ging er ins Haus hinein, und Sarah beeilte sich, ihm zu folgen. Sie beobachtete, wie er durchs Haus wanderte, zuweilen einen silbernen Kerzenleuchter in die Hand nahm, eine Vase oder eine Porzellanfigur, welche er nach kurzer Betrachtung behutsam wieder an ihren Platz zurückstellte. Schließlich kehrte er ins Eßzimmer zurück, wo er vor ihrem Porträt anhielt. Er nahm die Zigarette aus dem Mund, ehe er über die Schulter auf sie zurücksah.

»Wieviel Geld besitzen Sie?«

Sie blickte sich im Zimmer um.

»Diese Kerzenleuchter hier werden Ihnen nicht viel bringen«, belehrte er sie, den Blick wieder auf das Porträt gerichtet. »Die Vasen mögen für Sie einen großen sentimentalen Wert haben; aber auf den Docks sind sie unverkäuflich. Wieviel Bargeld besitzen Sie, Miss St. James?«

»Fünfhundert Pfund«, erwiderte sie gereizt.

»Ich werde es für tausend tun.«

»Aber ...«

Sie biß sich auf die Zunge, als er ihr den Rücken zuwandte und auf die Veranda zurückkehrte. Sie ging ihm mit vor Ärger und Frust hochrotem Gesicht nach. Sie blieb abrupt stehen, als er sich in der Tür zu ihr umdrehte, und die jähe Erinnerung daran, wie sich in der Nacht zuvor ihre Körper berührt hatten, durchflutete sie. Doch sie konnte keinen Moment von ihm fortsehen. Sie vermochte sich nicht von der Stelle zu rühren. Selbst als ein großer Nachtfalter über der Schulter des Amerikaners um den Glaskolben einer brennenden Öllampe flatterte, konnte sie an nichts anderes denken als an diese Lippen, die sich nun zum letzten Mal um das feuchte Ende der Zigarette schlossen.

Er inhalierte tief und schnippte mit den Fingern die Kippe weg, ohne den Blick von ihrem Gesicht zu nehmen. Dann lächelte er. »Sie sind eine sehr gescheite junge Frau; aber nicht so gescheit, um einen alten Fuchs überlisten zu können. Ich war ja schon einmal hier — vor einer Woche, wie Sie sich erinnern können.« Er lehnte sich an den Türpfosten. »Sie haben die kostbareren Stücke durch billige Reproduktionen ersetzen lassen — zweifellos mit dem Hintergedanken, daß ich ein paar dieser wertlosen Gegenstände als Bezahlung annehmen würde. Ich bin mir ziemlich sicher, daß selbst die Diamanten, die an ihren lieblichen kleinen Ohren blinken, aus Simili bestehen.«

Sie blinzelte, während sie innerlich vor Zorn kochte.

Der Amerikaner lachte — ein kehliger, dröhnender Laut, der sie bis zu ihren Zehen hinunter erschütterte. Er berührte ihre Wange mit den Fingerspitzen. »Ich mag zwar auf der falschen Seite des Flusses geboren sein, *ma chère*; aber ich bin doch nicht so naiv, um nicht zu wissen, daß die Aristokratie nicht vor jedem, der mit einem Sack unter der Hose ins Haus kommen könnte, mit seinem Reichtum prahlt. Also verraten Sie mir jetzt, *ma chère*, was sie tatsächlich zu opfern bereit sind, damit ich den Ruf ihres Vaters rette!«

Er schob seine harten Finger um ihren Nacken und zog sie näher an sich heran — so nahe, daß sein whisky-warmer Atem über ihre Lippen strich, während er ihr in die Augen sah. Instinktiv wehrte sie ihn mit den Händen ab, die sie gegen seine Brust stemmte, und spürte den Hammerschlag seines Herzens unter ihren Fingerspitzen. Als sein Hemd unter ihren Handtellern warm und feucht wurde, kam ihr der Gedanke, daß er vielleicht betrunken sein mochte. Seine Augen glänzten, der Nachtwind wühlte in seinem dicken schwarzen Haar. Sie bewegte sich nicht und sah zu, wie seine Augen den gleichen brütenden Ausdruck annahmen wie in der Nacht zuvor. Da regte sich etwas in ihr, das nichts mit Angst oder Zorn zu tun hatte. Sie erschauerte und war sich nur undeutlich bewußt, wie sie noch näher an ihn heranrückte und die Wärme seines Körpers durch ihre Kleider hindurch spürte. Einen schockierenden Augenblick lang stellte sie sich vor, wie seine große Hand sich über ihren Rücken zu ihrem Gesäß hinunterbewegte, sich um ihr Hinterteil legte, sie gegen seinen Leib preßte...

Ihre Augen schlossen sich, und sie fragte sich, ob sie vielleicht beim Dinner zu viel Wein getrunken habe. Sie war wie in Trance, von einer Schwere, als würde sie gleich einschlafen und noch einmal einen angenehmen Traum durchleben. Ihr wurde schwindlig, ihr Körper schlaff. Sie schmiegte sich an ihn, als seine Hand an ihrem Nacken hinunterglitt, alle fünf Finger gespreizt, so daß sie den entblößten Teil ihren Rückens zwischen den Schulterblättern bedeckten. Die Haut brannte unter seiner Berührung. Ihr Herz wummerte.

Sie mußte ihre ganze Willenskraft zusammennehmen, damit sich ihre Augen wieder öffneten. Sein Kopf war tief über ihr Gesicht gebeugt, und seine geöffneten Lippen schwebten über ihrem Mund wie ein Kolibri über einer Nektarquelle. An der Peripherie ihres Verstandes schrie eine Stimme, daß sie fliehen müsse — er wäre gefährlich, und sie sei schließlich eine verlobte Frau. Sie dürfe sich einem Mann wie Morgan Kane nicht mal bis auf eine Meile nähern...

Doch sie konnte nur nach seinen Aufschlägen fassen,

damit ihr nicht die Beine wegrutschten, während seine dunkle Hand nach oben glitt, sich um ihren Hals legte und mit dem Daumen ihr Kinn anhob.

Er küßte sie.

Zuerst mit seinem Mund.

Dann mit seiner Zunge.

Genauso, wie er die Frau in der letzten Nacht geküßt hatte, glitt seine Zunge in ihren Mund hinein und vollführte darin träge, kreisende Bewegungen, so daß sie Schock, Zorn und ein Art von Delirium dabei empfand. Sie stieß einen kleinen, erstickten Laut aus und versuchte, sich von ihm zu lösen. Er hielt lange genug inne, um zu bemerken: »Du sagtest, diese Reise wäre dir alles wert, was du besitzt. Dich einbegriffen, *ma chère?*«

Er küßte sie abermals, diesmal heftiger, vergrub seine freie Hand in ihren Haaren und legte die Finger um ihren Hinterkopf, um sie festzuhalten. Sie griff nach seinen Schultern, ballte dann die Hände zu Fäusten und hämmerte gegen seine Brust, sich nicht nur gegen seine brutale Gewalt, sondern auch gegen die skandalöse Reaktion ihres Körpers zur Wehr setzend. Aber er ließ nicht von ihr ab, sondern drückte sie mit einer sie verblüffenden Schnelligkeit gegen die Wand, schob sein Knie zwischen ihre Beine, um sie dort festzuhalten, nahm ihre Brüste in seine Hände und streichelte sie.

Einen Moment lang setzte ihr Denkvermögen aus. Sie vermochte sich weder zu bewegen noch einen klaren Gedanken zu fassen. Der Schock über das, was seine Zunge in ihrem Mund machte, war so stark, daß sie zunächst gar nicht merkte, wie seine Finger ihre Brustwarzen in steife, pulsierende Kegel verwandelt hatten, die zwischen seinem Daumen und Zeigefinger hervorlugten wie Mandelkerne. Dann wurde ihr ganzer Körper unter seinen Händen lebendig. Die Hitze in ihr wurde zu einem Feuerstrom, der durch ihre Adern kreiste und sich zu jener empfindlichen Stelle zwischen ihren Schenkeln hin bewegte, wo er sein Bein gegen ihren Unterleib drückte und rieb. Erst als er seinen Kopf hob und sie mit fiebrigen, hungrigen Augen ansah, wurden ihr die Konsequenzen ihres Verhaltens mit erschreckender Wucht bewußt.

Im Nu war der Bann gebrochen, zerbrach unter dem kalten Ansturm der Wirklichkeit. Sie war entsetzt — über ihn und sich selbst. Sie atmeten beide heftig und unregelmäßig. Kanes Gesicht hatte eine dunkelrote Farbe angenommen und war mit einem dünnen Schweißfilm bedeckt. Die Leidenschaft, die sie in ihm entfacht hatte, war ihm so deutlich anzusehen wie der Blitz, der draußen am Nachthimmel aufflammte.

Gütiger Gott — was war nur mit ihr geschehen?

Sie drehte ihr Gesicht von ihm weg, schirmte ihren nassen, wunden Mund mit dem Handrücken ab. »Lassen Sie mich los!« befahl sie mit atemloser Stimme. »Lassen Sie mich augenblicklich los! Wie können Sie es wagen, mich anzufassen! Lassen Sie mich los, oder ich schreie!«

Doch er bewegte sich nicht, und sie verhielt sich still. Sie weigerte sich, ihn anzublicken, weil sie irgendwie wußte, was das für Folgen haben würde, wenn sie ihm jetzt in die Augen sah. Sie wischte mit dem Handrücken über ihren Mund und sagte: »Sie sind ein gemeiner Erpresser, wenn Sie glauben, ich würde auch nur eine Sekunde daran denken, mich Ihnen aus irgendwelchen Gründen hinzugeben!«

Er lachte, und sie schob ihn mit einem entrüsteten Schnauben von sich weg, hob mit einer Hand ihren Rock an und lief über die Veranda. Erst als sie einen genügend großen Abstand zwischen sich und ihn gelegt hatte, drehte sie sich wieder mit zornig wogendem Busen zu ihm um. Er lehnte nun wieder an der Tür, beide Hände in den Hosentaschen, und um seinen unverschämten Mund spielte ein ironisches Lächeln.

»Haben wir uns jetzt auf tausend Pfund geeinigt, *chérie?*«

»Ich besitze nicht so viel Geld!«

»Nein?« Er zuckte mit den Achseln und bewegte sich von der Tür weg. »Schön, dann ist unser Geschäft geplatzt. Ich darf mich jetzt verabschieden.«

Panik stieg in ihr auf, als er sich anschickte, die Veranda zu verlassen. »Warten Sie!«

Er blieb stehen und blickte sie über die Schulter mit einem langen, durchbohrenden Blick an. Sie fuhr sich mit der Zunge über die Lippen und zwang sich dazu, im weniger heftigen Ton zu sagen:.

»Ich besitze keine tausend Pfund, Mr. Kane. Ich kann das beweisen, wenn Sie sich die Mühe machen würden, die Kontobücher meines Vaters einzusehen.« Sie hielt seinem Blick stand. »Ich — ich wäre bereit, auf jede andere Bedingung, die Ihnen vorschwebt, einzugehen . . .«

Das zynische Lächeln, mit dem er ihr Angebot quittierte, trieb ihr die Schamröte ins Gesicht. Sie wich zurück, als er wieder auf sie zukam; doch diesmal verrieten ihre nach oben geschobenen Schultern, wie entschlossen sie war, sich zu wehren und ihm nicht zu zeigen, wie sie innerlich vor Angst zitterte.

Er hielt vor ihr an, überragte sie fast um Haupteslänge, und seine breiten Schultern in dem weißen Leinenanzug verwehrten ihr den Blick auf die Welt dahinter. Seine Augen waren jetzt so schwarz wie Gewitterwolken in der Abenddämmerung.

Sie hob ihr Kinn eine Idee höher und sagte: »Ihr Ruf ist mir bekannt, Sir. Sie sind ein Verführer der schlimmsten Sorte, Mr. Kane — ein primitiver, arroganter Stoffel. Es ist mir unbegreiflich, wie die sanftmütigen Bewohner dieses Landes einen so großen Respekt vor Ihnen haben können. Für Leute wie Sie haben wir in England einen Namen.«

»*Chérie*, für Leute wie mich gibt es überall in der Welt einen Namen. In New Orleans bezeichnet man uns als weißen Abschaum. Aber wir lernen uns zu behaupten, so gut es geht. Und wir suchen unser Vergnügen, wie und wo immer wir es finden. Wir machen Nägel mit Köpfen, Miss St. James.«

»Und dazu gehört vermutlich auch, daß Sie anständige Frauen erpressen, mit Ihnen ins Bett zu gehen, wie?«

Eine Sekunde lang sah es so aus, als wollte er sie schlagen. Er stand ganz still vor ihr, und nur das Zucken im Mundwinkel und das Ballen der Finger zur Faust verrieten seinen Zorn. Dann war der Moment vorüber, und seine Schultern zeigten wieder die für ihn typische Haltung eines sorglosen Menschen.

»Mademoiselle St. James, ich hatte es noch nie nötig, eine Frau zu erpressen, damit sie mit mir ins Bett ging. Allerdings...« Er schob seine Hand in ihren Nacken, und sie hatte das Gefühl, als müsse sie jede Sekunde ohnmächtig werden. Doch ihre Angst bei seiner Berührung paßte so gar nicht zu dieser seltsam prickelnden Erregung, die seine Nähe in ihr auslöste. Er wickelte sich eine Locke ihrer Haare um den Finger und zog sie noch näher an sich heran »... gibt es immer ein erstes Mal.«

Sie hätte sich jetzt nicht bewegen können. Ihr Wille reichte nicht aus, den Bann seiner Nähe zu brechen. Er war wütend — sie merkte das an der Heftigkeit, mit der er sie an den Haaren zog — und da zeichnete sich etwas in diesen dunklen Augen ab, das noch beunruhigender war als sein Zorn. Das Verlangen, sie zu besitzen. Ja, er wollte sie haben, und sie hätte sich nicht gewundert, wenn er sie in diesem Moment in ihr Schlafzimmer gezerrt oder sie gleich hier auf dem Boden genommen hätte. Doch da war noch etwas, das ihm nicht so deutlich anzusehen war wie sein sexuelles Verlangen — etwas Dunkles, das wie ein Schatten über sein Gesicht wanderte und seine Wut in einen Ausdruck ratloser Betroffenheit verwandelte, als würde er plötzlich in sich hineinhorchen. Sie beobachtete mit angehaltenem Atem diesen Vorgang und hätte ihn jetzt am liebsten an sich gedrückt.

Er ließ ihren Nacken los, als hätte er sich die Hand daran verbrannt, ging zur Tür und hielt dort wieder an. Er sah lange auf ihr wie versteinert wirkendes Gesicht zurück und sagte dann mit tiefer, etwas unsicherer Stimme: »Für fünfhundert Pfund und dieses Porträt mit dem Titel ›Sonnenschein‹ könnte ich vielleicht bereit sein, nach Japurá zu gehen.«

»Das Porträt? Aber warum ...«

»Verdammt, wenn ich das wüßte, Prinzessin! Ich schätze, da ist etwas in uns, das nie ganz unseren Kinderglauben an Märchen aufzugeben vermag, gleichgültig, wie grausam das Leben einem auch mitspielt.«

Er verließ die Veranda und tauchte im dunklen Korridor unter. Sekunden vergingen, ehe sich Sarah so weit von ihrem Schock erholt hatte, daß sie ihm folgen konnte. Sie rannte zur Vordertür und öffnete sie, als er gerade mit elastischen, federnden Schritten die Stufen der Vortreppe hinunterschritt. Er grub in seiner Rocktasche nach einer Zigarette, als sie ihm nachrief:

»Kane, sind Sie jetzt bereit, meine Bitte zu erfüllen oder nicht?«

»Ich sagte, ich werde darüber nachdenken, Miss St. James, und Ihnen dann meine Entscheidung mitteilen.«

Dann verschwand er in der Dunkelheit.

Noch spät in der Nacht stand Morgan in dem ungewissen Licht einer Gaslampe, den Körper gegen den Mast gestützt, den Rücken in den regenfeuchten Wind gedreht. Die bewegte See schwappte gegen die Docks, während die Blitze als grelle Speere oder Äste den Horizont erhellten. Er rauchte eine Zigarette, starrte ins Leere und dachte an Sarah.

Er hatte schon viele schöne und elegante Frauen in seinem Leben gekannt, doch keine, die so verzweifelt war wie die Tochter des verstorbenen Gouverneurs. Oder so naiv, wenn es darauf ankam, sich mit einem solchen Schweinehund wie ihm auseinanderzusetzen. Für einen Mann, den die Frauen fast bis zum Überdruß mit ihrer Gunst gesegnet hatten, war ihre noch unerweckte Leidenschaft ein Nervenkitzel ganz neuer Art. Zweifellos hätte er sie heute abend nehmen können. Sie hatte sich ihm ja buchstäblich angeboten, um zu erreichen, daß er sie nach Japurá begleitet — so verzweifelt war sie. Es wäre gewiß nicht das erstemal gewesen, daß er eine Situation — oder Frau — ausgenützt hätte; aber da war etwas über ihn gekommen, als er in ihre geweiteten Augen geblickt hatte. Die Unschuld, die er auf diesem Porträt so bewunderte, hatte ihn aus diesen Augen angeblickt, und er wußte in dem Moment, daß er ungeachtet seines heftigen Verlangens, seinen Körper mit ihrem zu vereinigen, einen Fehler machte, wenn er das tat.

Er hätte sie natürlich verführen können. Sarah St. James war eine zum Pflücken reife Frucht. All diese aufgestaute Leidenschaft, die jede anständige Frau verleugnen würde, drängte nach Befreiung. Wenn er mit ihr fertig gewesen wäre, hätte sie den Verlust ihrer Jungfräulichkeit bestimmt nicht bedauert.

Schließlich war er ja der *boto.*

Er kannte alle Tricks, die man aufwenden mußte, um eine frigide Frau in ein sich windendes, wimmerndes Geschöpf zu verwandeln, das ihn anbettelte, sie noch einmal zu beglücken. Häufig geschah das sogar im Bett ihres Ehemanns, in seiner Kutsche oder im Büro auf seinem Schreibtisch, wenn er gerade abwesend war in Geschäften. Doch er, der einige der großartigsten Schlampen auf dem südamerikanischen Kontinent verführt hatte, beschloß in jenem Moment, Sarah nicht mit Gewalt zu entjungfern.

Seit wann hatte er solche Skrupel?

Er fluchte leise, schnippte die noch brennende Kippe ins Wasser, holte eine frische Zigarette aus der Tasche und zündete sie an.

Warum hatte er sie nicht genommen?

Weil er, ein so großer Schweinehund er auch gewesen sein mochte, noch nie in seinem Leben eine Jungfrau besessen hatte.

Es war diese Unschuld auf dem Porträt gewesen, die ihm schon beim erstenmal, als er es sah, den Kopf verdreht hatte. Sie hatte ihn bis in seine Träume hinein verfolgt und aus dem Bett getrieben. Er hatte Naivität bei Frauen noch nie erlebt.

Seine ersten Erinnerungen waren die an seine Mutter, einer dunkelhaarigen Französin, die sich in einem mit Teerpapier verkleideten Schuppen mit Männern traf, um das Geld für die einzige Mahlzeit, die sie ihm täglich vorsetzte, zu verdienen. Manchmal spendierten die elegant gekleideten Pflanzer mit dicken Diamantringen am Finger ihr etwas für die Zeit und ihren Körper, die sie ihnen opferte; manchmal aber auch nicht. Manchmal schlugen sie sie, statt ihr etwas dafür zu bezahlen. Und gelegentlich zwangen sie sie dazu, auf dem Boden vor ihnen zu kriechen und um Münzen zu betteln — und sie vielleicht zu Sachen zu überreden, während sie vor ihnen kniete, daß sie sich hinterher, wenn sie wieder gegangen war, übergeben mußte.

Er hatte nicht verstanden, was da im Schuppen vor sich ging, aber es hatte ihm nicht gefallen. Er hatte sie angefleht, es nicht zu tun. Doch dieses Treiben hatte nicht eher aufgehört, bis ein betrunkener Aufseher einer Baumwollfarm eines Abends in den Schuppen getorkelt war, als seine Mutter außer Haus war, und ihn dort allein angetroffen hatte ...

Morgan zuckte zusammen und schnitt eine Grimasse, weil er die Zigarette, die er zwischen den Fingern hielt, vergessen hatte. Er ließ sie auf den Boden fallen und trat sie aus, hob eine Hand und fuhr sich damit über die Stirn. Erschöpft und schwitzend lehnte er sich wieder an den kalten Laternenmast und schloß die Augen.

»Mr. Kane?«

Die weibliche Stimme wurde von einem Windstoß aufgefangen und fortgewirbelt.

»Mr. Kane?« rief sie zum zweitenmal, dringender als zuvor.

Er öffnete die Augen. Ein paar Regentropfen fielen auf den Aufschlag seiner im Wind flatternden Jacke, als er sich umdrehte und die Kutsche sah. Ein blasses Gesicht erschien in dem dunklen, scheibenlosen Fenster. Lady Gastrop. Er konnte ihr Veilchenwasser schon aus dieser Entfernung riechen.

»Gott sei Dank, daß ich Sie gefunden habe«, sagte sie. »Ich habe schon ein paar Nächte lang auf Sie gewartet ...«

Der Kutschenschlag öffnete sich, und das Gesicht der Lady verschwand aus seinem Gesichtsfeld. Er starrte auf die einladend geöffnete Tür der Kutsche, ehe er sich dem Trittbrett näherte und sich in das Innere der Fahrgastzelle schwang. Die Kutsche setzte sich in Bewegung, ehe er sich seiner Gastgeberin gegenüber auf das Samtpolster setzte.

Stumm fuhren sie die Water Street hinunter.

Schließlich sagte er: »Vermutlich ist Ihr Gatte wieder mal

auf Auslandsreise, Lady Gastrop.« Er sah, wie sie ein wenig den Kopf senkte und die Hände im Schoß verkrampfte.

»Ich habe Sie in diesen letzten Wochen sehr vermißt —und oft an Sie denken müssen, Morgan.«

»Tatsächlich?« Seine Lippen kräuselten sich, während er sich in das weiche Rückenpolster zurücklehnte und sein Körper im Rhythmus der Kutsche hin- und herpendelte. Er schob ein Bein zwischen ihre Knie, ehe er ihrem Blick begegnete. »Sie schienen aber nicht geneigt zu sein, hallo zu mir zu sagen, als wir uns vor zwei Tagen zufällig auf den Docks begegneten, Mylady.«

Sie schob die Lippen vor. »Sie sind mir deshalb doch nicht böse, nicht wahr? ... Es wäre verhängnisvoll gewesen, wenn man uns zusammen gesehen hätte ...«

»Weil Sie verheiratet sind? Oder war vielmehr das, was ich bin und dort mache, der Grund?« Als sie nicht antwortete, bewegte er wegwerfend die Hand. »Vergessen wir das.«

»Seien Sie heute abend nicht so grausam zu mir, teurer Morgan. Sie haben mir wirklich arg gefehlt. Ich schickte Botschaften in Ihr Haus ...«

»Ich kann tagsüber nicht weg. Manche von uns müssen für ihren Lebensunterhalt arbeiten.«

Vorsichtig berührte sie sein Knie mit den Fingerspitzen; dann krochen diese langsam an seinem Schenkel hinauf. »Ich hoffte, Sie würden nach Einbruch der Dunkelheit in mein Haus kommen.« Sie beugte sich zu ihm, und ihr Parfüm hüllte ihn ein wie eine erstickende Wolke. Sie legte die Hand auf die Wölbung in seiner Hose und sagte atemlos: »Himmel — wir fahren lieber gleich zum Haus zurück ...«

Er legte die Finger um ihr Handgelenk und drehte ihren Arm nach außen, daß sie keuchend in das Polster zurücksank. »Die Kinder ...« flüsterte er.

»... liegen im Bett und schlafen.«

Seine Finger legten sich noch fester um ihr Handgelenk, und sie glitt wimmernd von ihrem Sitz, lag halb auf Morgans Schoß, das schamrote Gesicht von ihm wegdrehend. Er hob ihren Rock hoch, während er sie leise anfauchte: »Ich ficke keine Frauen, wenn Kinder im Haus sind, Mylady. Was, meinen Sie wohl, geschieht mit ihnen, wenn sie ihre Mutter im Bett mit einem Mann überraschen, der nicht ihr Vater ist? Haben Sie sich das schon mal überlegt? Was für ein Gefühl das wohl für sie ist, zu entdecken, daß ihre Mutter eine Schlampe und eine Hure ist? So etwas tut man Kindern nicht an, Lady Gastrop. So etwas Häßliches versetzt ihnen einen Knacks fürs Leben. Sie kommen sich schmutzig vor, und Sie werden sie hassen, weil sie Sie daran erinnern, daß Sie als Mutter ein Versager sind.«

»Es tut mir leid.« Ihre Augen schlossen sich, und als er ihren Rücken auf das Polster zurückdrückte, befahl er:

»Schauen Sie mich an.«

Widerstrebend gehorchte sie ihm. »Sie sind grausam — so grausam.«

»Und Sie sind eine Schlampe. Öffnen Sie jetzt die Beine. Weit. Weiter!«

Er nahm den Penis aus der Hose, und sie stöhnte.

»Bitte. Bitte ...«

»Bitte was?« fragte er ruhig.

»Kommen Sie zu mir. Jetzt. Bitte, jetzt!« Er tat es, langsam, immer ein bißchen in sie hineingleitend und sich dann wieder zurückziehend, bis sie ihn wimmernd um Erlösung bat.

Morgan griff nach den Vorhängen am Kutschfenster, zögerte, als er die Lichter im Haus des Gouverneurs in einiger Entfernung sah, schob dann die Schals zusammen und fuhr dann mit seinem Geschäft fort.

4

Sarah sah durch ihren Schleier zu den Buden hin, die sich auf dem Kai reihten. Um halb elf Uhr vormittags drängten sich die Leute auf den Docks, Einheimische wie Briten, und wühlten in den Kisten, die aus Häfen in der ganzen Welt hier eingetroffen waren. Die Budenbesitzer verkauften ein außergewöhnliches Sortiment von Waren, das von Stockfisch über Bibeln bis zu Schlittschuhen reichte, was Sarah zu einem Lächeln reizte. Schlittschuhe in British Guayana machten ebenso viel Sinn wie die Wollkleider, die manche gleich bündelweise kauften. Da wurden auch Möbel feilgeboten, Sofas mit ovalen Rückenlehnen und vergoldete Spiegel, die einem europäischen Salon zur Zierde gereicht hätten. Im Herzen dieses weitläufigen Basars befand sich ›Klein China‹, wo chinesische Kaufleute Seidenstoffe, Elfenbeinschnitzereien und bemaltes Porzellan verkauften. Es ging das Gerücht, daß sich dort auch eine Opiumhöhle versteckte.

Obwohl auf dem Markt vormittags und nachmittags ein munteres Treiben herrschte, würde sich keine vernünftige Person nach Einbruch der Dunkelheit hierhergewagt haben. Überfälle von Räubern, die ihre Opfer mit durchschnittener Kehle zurückließen, waren an der Tagesordnung. Selbst in der größten Hitze des Tages wimmelte es von Taschendieben, die sich an die Fersen unachtsamer Marktbesucher hefteten, welche unter dem schwülen Wetter am meisten zu leiden schienen. Deshalb nahm Sarah ihr Handtäschchen in beide Hände und bewegte sich mit Kan an ihrer Seite vorsichtig durch das Gewühl auf der Suche nach dem Amerikaner.

Der Entschluß, Morgan Kane ein allerletztesmal mit

ihrer Bitte zu konfrontieren, war ihr nicht leichtgefallen. Verzweiflung war für sie ein ganz neues Gefühl. Irgendwie mußte sie ihn von der Notwendigkeit, nach Japurá zu reisen, überzeugen, selbst wenn er seinen Preis noch einmal in die Höhe schrauben sollte. Sie würde das Geld, das er verlangte, schon irgendwie auftreiben, notfalls sogar den Smaragdring verkaufen, den Norman ihr zur Verlobung geschenkt hatte. Er war sowieso ein bißchen zu protzig für ihren Geschmack, obwohl sie niemals Normans Gefühle gekränkt und ihm das gesagt hätte. Sie trug eben den Ring, wenn sie mit ihm zusammen war, und verwahrte ihn während der übrigen Zeit in der Schublade.

Die Hitze lastete schwer auf ihr. Die Luft war zum Schneiden dick von dem Gestank brennenden Tabaks und dem Geruch ungewaschener Leiber. Die Käufer drängten sich um die Buden, feilschten um den Preis der Waren minderer Qualität und brachen zuweilen in ein lautes Gelächter aus. Als sich Sarah tiefer in den Markt hineinbewegte, wo die Buden so dicht beisammenstanden, daß die Sonne kaum noch bis zum Boden vorzudringen vermochte, sah sie die Waren in einem unwirklichen Zwielicht: getrocknete Boa-Häute und Tapirschädel hatten in der verräucherten Luft etwas Geisterhaftes. Hier und dort breiteten schmuddelige Männer oder Frauen, die über keine eigene Bude verfügten, Decken auf dem Boden aus, um darauf selbstgefertigten Schmuck zur Schau zu stellen — zumeist Stücke, die aus einheimischen Hölzern gefertigt waren. Andere wieder boten kostbarere Stücke feil, die sie zweifellos den reicheren Bewohnern der Stadt gestohlen hatten. Sarah schob sich dichter an Kan heran, als er ein paar herumlungernde Indianer zur Seite drängte. In dieser Umgebung den Amerikaner zu finden war unmöglich. Da gab es so viele Händler und Käufer und...

Sie blieb stehen.

Der Tabakrauch trieb knapp über ihrem Kopf als Nebel dahin, brannte ihr in den Augen und der Nase, so daß sie gezwungen war, zu blinzeln und nach Luft zu schnappen. Sie nahm den Hut ab und bemühte sich, den beißenden Qualm mit ihrem Blick zu durchdringen, alle ihre Nerven zum Zerreißen angespannt, als sie die Gestalt des Amerikaners hinter Massen von Menschen auftauchen und wieder verschwinden sah. Sie vergaß Kan und drängte sich fast gewaltsam durch die Menge, stolperte über eine zerbrochene Lattenkiste und glitt auf einem ausgeweideten Fisch aus, ehe sie vor seiner Bude anhielt.

Sein Kopf war gesenkt, die feuchten schwarzen Haare rutschten ihm über den Nasensattel, während er sein Geld zählte. Sein vormals weißes Hemd, bis zum Hosenbund aufgeknöpft, zeigte Schweiß- und Schmutzflecken, und die Ärmel, die er hochgerollt hatte, entblößten seine Arme bis fast zum Ellenbogen hinauf. Er hielt eine brennende Zigarette zwischen den Zähnen.

Sie räusperte sich.

Ohne den Kopf zu bewegen, sah er durch die Fransen seiner Haare zu ihr hoch. Sie spürte, wie sie blaß wurde unter dem prüfenden Blick seiner Augen, die sie ansahen, ohne zu blinzeln oder sich zu bewegen. Etwas Seltsames trat in sein Gesicht, eine eigenartige, für sie unerwartete Verletzbarkeit, die sie entwaffnete und einen Moment lang die Hoffnung in ihr weckte, daß er sie wenigstens anhören würde. Doch in der nächsten Sekunde war seine alte Arroganz zurückgekehrt. Sie sah das an der strengen Linie seines Mundes, dem Verengen seiner Augen.

Ein Schweigen dehnte sich zwischen ihnen aus. Sie kämpfte gegen einen fast übermächtigen Impuls an, sich umzudrehen und zu flüchten. Doch sie verharrte an ihrem Platz und sagte mit mühsam gebändigtem Atem: »Ich muß mit Ihnen reden, Mr. Kane.«

Eine lange Sekunde verging.

»Erzählen Sie mir nicht, daß Sie auf dem Markt sind, um ein bißchen Schlangenöl zu kaufen.«

Sie schüttelte den Kopf, und sein Grinsen wurde unverschämt.

»Oder darf es die Schnauze eines weißlippigen Nabelschweins sein?«

»Mr. Kane.«

»Der Schnabel eines Tukans, oder vielleicht eine Flasche mit Schopfhuhnessenz für diesen gewissen Herrn, den Sie hassen — eh?«

Eine Gruppe von Käufern näherte sich, und aus Angst, sie würde ihn an diese Kundschaft verlieren, suchte sie verzweifelt in seiner wackeligen Bude nach etwas, das sie kaufen konnte. Als sie ein feinmaschiges Schmetterlingsnetz entdeckte, deutete sie darauf und sagte: »Ich nehme das da.«

Er lachte.

»Es ist mein Ernst«, sagte sie. »Geben Sie mir dieses Netz.«

»Um was damit zu fangen?«

»Schmetterlinge natürlich. Norman, mein Verlobter, besitzt eine umfangreiche Sammlung von Schmetterlingen aus allen Teilen der Welt. Ich versprach, ihm mehrere Exemplare mitzubringen, wenn ich nach Hause zurückkehre.«

»Ihr Verlobter reißt Schmetterlingen also liebend gerne die Flügel aus — richtig?«

»Nein, er ...«

»... treibt nur Nadeln durch ihren Unterleib, richtig?«

Stirnrunzelnd senkte Sarah nun die Stimme, als die Menge sich zur nächsten Bude weiterbewegte: »Mr. Kane, ich bin nicht hierhergekommen, um mit Ihnen um Schmetterlingsnetze zu feilschen. Ich wollte Sie ein letztes Mal fragen, ob Sie mir helfen würden. Haben Sie sich meinen Vorschlag noch einmal überlegt?«

Er nickte.

Sie wartete, erhielt aber keine weitere Erklärung. »Nun?« meinte sie aufmunternd.

»Keine Chance«, erwiderte er mit einer solchen Entschiedenheit, daß sie zusammenzuckte.

Sie warf den Hut zur Seite, legte ihre mit Handschuhen bekleideten Hände auf den Tresen der Bude und beugte sich vor, daß die Asche seiner Zigarette nur wenige Zentimeter von ihrer Nasenspitze entfernt war. Sie bemerkte die feinen Lebemann-Fältchen um seine Augen und die dünne Narbe am Kinn, die bis zur Unterlippe reichte. »Bitte«, beschwor sie ihn mit Flüsterstimme, »können wir das nicht wie vernünftige Erwachsene besprechen?«

Er hob eine Braue, und ein Schweißfaden rann ihm über die unrasierte Wange. Er blies eine Rauchwolke durch die gespitzten Lippen und hob ein Paar behaarte vertrocknete Hautsäckchen in die Höhe. »*Chérie*, sehen Sie das?«

Sie betrachtete das Objekt und erschauerte.

»Das sind die Hoden eines Jaguars. Meine werden genauso aussehen, wenn mich King noch einmal in Japurá fängt.«

»Wenn Sie noch mehr Geld verlangen, werde ich es mir schon irgendwie besorgen.«

Er blickte auf ihren Mund.

»Ein Tausender? Ist es das, was Sie haben möchten?« Sie griff in ihr Handtäschchen, holte den Smaragdring heraus und knallte ihn auf den Tresen. »Er muß fünfhundert Pfund wert sein. Nehmen sie ihn. Er gehört Ihnen, zusammen mit den fünfhundert Pfund, die ich Ihnen bereits angeboten habe, und das Porträt dazu.« Er wollte sich von ihr wegdrehen, aber sie griff verzweifelt nach seinen Arm und grub ihre Fingernägel in seine granitharten Muskeln.

»Verdammt«, zischelte sie. »Ich weigere mich, Sie anzubetteln. Wenn Sie mir nicht helfen wollen, werde ich jemand anderen finden, der es tun wird. Ich werde auch ohne Führer nach Japurá reisen, wenn es sein muß. Ich werde den Fluß hinaufpaddeln bis zu Kings Haustür und von ihm zurückverlangen, was er meinem Vater gestohlen hat!«

Er riß seinen Arm los und verstreute bei dieser heftigen Bewegung Asche auf den Boden. »Wer, zum Teufel, hat etwas davon gesagt, daß *Sie* nach Japurá gehen sollen?«

»Sie werden doch nicht im Ernst erwartet haben, daß ich Ihnen brav das Geld abliefere und geduldig in Georgetown auf Ihre Rückkehr warte, oder? Damit hat sich mein Vater das Grab geschaufelt!«

»Sie? In Japurá?« Er warf den Kopf in den Nacken und lachte. »Ich kann mir gut vorstellen, wie Sie reagieren werden, wenn Sie zum erstenmal eine Fledermaus in Ihrem Bettzeug finden. Oder besser noch — einen Xavante-Kopfjäger.«

»Wie können Sie es wagen, mich auszulachen!« flüsterte sie mit vor Erregung gepreßter Stimme. »Ich kann so eine Reise genauso gut überstehen wie Sie, Mr. Kane.«

Er betrachtete sie mit spöttischen Augen. »Ja. Sicher.«

»Dann werde ich eben ohne Sie reisen!« Sie drehte sich von ihm weg.

»He!« rief er. Als sie ihn wieder ansah, schüttelte er den Kopf. »Sie kleine Närrin. Sie wissen nicht, was Sie sagen.«

»Ich bin verzweifelt, Sir.«

»Und bald eine Leiche, wenn Sie glauben, Sie könnten allein mit King fertig werden.«

»Lassen Sie mir eine andere Wahl?«

Kane fuhr sich mit einer Hand durch die Haare. Sein Gesicht war so fahl wie die Asche seiner Zigarette, seine Stimme tief und heiser. »Darling, Sie haben es mit einem Verrückten zu tun. King ist ein Teufel. Schlimmer als ein

Teufel. Sie haben keine Ahnung, was er mit einer Frau wie Ihnen machen wird — mit jeder Frau; aber ganz besonders mit einer so schönen Puppe wie Sie es sind.«

»Aber ich habe Sie doch als Beschützer, Mr. Kane.«

»Sie machen Witze. Selbst wenn wir die Reise nach Japurá lebend überstehen, ist bei King Endstation. Ihm sind wir nicht gewachsen.«

»Unsinn. Wenn wir ausreichend bewaffnet und vorbereitet sind, sehe ich keinen Grund, warum wir ihm unterliegen sollten.«

Er schloß die Augen, betete, daß Gott ihm Geduld geben möge, und antwortete, als redete er mit einem eigensinnigen Kind: »Falls wir den Dschungel lebend überstehen. *Falls*. Haben Sie eine Ahnung, Lady, was Sie dort erwartet?«

Er holte eine Schnur mit eingefädelten kleinen Fischzähnen von einem Nagel in der Budenwand und warf sie auf den Tresen. »Piranhas. Sie nagen in wenigen Sekunden einen Menschen bis auf die Knochen ab.« Er nahm eine Schlangenhaut und warf sie auf sie, so daß sie einen Sprung zur Seite machen mußte. »Dieses Biest war nur zwei Meter lang. Aber warten Sie ab, wenn eine zehn Meter lange Riesenschlange von einem Baum auf Sie heruntersegelt, um Sie in einem Stück hinunterzuwürgen. Erst wird sie Ihnen eines auf die Nuß geben, damit Sie ohnmächtig werden, und dann zerbricht sie Ihnen alle Knochen im Leib.«

Sie spürte, wie sie erbleichte, und wich einen Schritt zurück, als der Amerikaner hinter seinem Tresen hervorkam, die Anaconda-Haut vom Boden aufhob und sie um seinen Arm wickelte, bis nur noch das flache Ende zu sehen war, wo einmal der Kopf gesessen hatte. Er wedelte damit unter ihrer Nase und bemerkte: »Wenn das Biest Sie dann zu Brei zerquetscht hat, spuckt es eine Menge Schleim und

Speichel über Ihren Kopf, ehe es Sie verschlingt. Man kann nur hoffen, daß Sie in dieser Phase bereits tot sind. Wenn aber nicht, ist das letzte, was Sie sehen werden, eine Reihe von Zähnen . . .«

Sie holte geräuschvoll Luft.

»Und das Schicksal, von einer Riesenschlange gefressen zu werden, ist noch weitaus angenehmer als das, was King mit Ihnen anstellen würde. Sie werden auf den Knien vor ihm liegen und ihn anflehen, Sie zu töten, wenn er mit Ihnen fertig ist — er und seine zwei Dutzend *matteiros* und *seringueros*, die es mehr mit Affen treiben als mit Frauen oder sich gegenseitig vögeln.«

Sie gab ihm eine Ohrfeige; doch er zuckte nicht mit einer Wimper. Seine Augen waren heiß, durchbohrend und ein wenig wild. Er packte sie so fest bei den Armen, daß sich seine Finger in ihr Fleisch bohrten, und hob sie auf die Zehenspitzen. Aus den Augenwinkeln sah sie, wie Kan zwei Schritt auf Morgan vorrückte und dann unschlüssig stehenblieb; und nicht zum erstenmal verfluchte sie die Macht, die der Amerikaner über alle Indianer von Britisch Guayana ausübte. Sie verfluchte auch seine Macht über ihre Sinne. Sie fühlte sich wieder schwach in seiner Nähe. Seine Hände schienen sie zu liebkosen, obwohl er sie wütend festhielt.

»Sie kleine Närrin«, sagte er leise, »Sie werden sich den Tod holen.«

»Dieses Risiko muß ich eingehen, Mr. Kane. Bitte, verstehen Sie mich doch. Ohne Ihre Hilfe werde ich alles verlieren: mein Heim; das bißchen Geld, das mein Vater mir hinterließ; meinen . . . Verlobten.«

Sie hielt inne, errötete heftig und biß sich auf die Lippen. Sie schämte sich, weil sie sich nun doch so weit erniedrigte hatte, ihn anzubetteln. Und noch peinlicher war ihr dieser ihr so gänzlich unverständliche Wunsch, sich ihm in die Arme zu werfen. Sie hatte plötzlich ein so großes Verlangen nach Leidenschaft, daß es fast weh tat.

Sie drehte den Kopf zur Seite, damit er die Tränen nicht sehen sollte, die unter ihren Wimpern hervorquollen. Da lockerte sich sein Griff; er ließ ihre Arme los, legte eine hohle Hand auf ihre Wange und drehte sacht ihr Gesicht in die alte Richtung. Sein Mund war nicht mehr wütend oder zynisch, sondern deutete ein Lächeln an. Der Effekt war verblüffend — wie ein unerwarteter Schlag in den Magen, der ihr den Atem raubte. Sie fühlte, wie sie unwillkürlich — widerwillig — unter seinen Bann geriet, ihren Vater vergaß, selbst ihren Verlobten, dessen Nähe sie niemals so beeinflußt hatte. Das lärmende Getöse um sie herum wurde zu einem fernen Rauschen, als sie auf seinen nächsten Zug wartete. Der liebe Gott mochte es ihr verzeihen — aber es hätte ihr sogar nichts ausgemacht, wenn er ihr jetzt vor allen Leuten im Basar einen Kuß gegeben hätte!

»*Ma Chère.*« Er wischte ihr mit dem Daumen eine Träne von der Wange. »Wollen Sie damit sagen, daß dieser Verlobte — dieser Norman — Sie weniger liebte, wenn Sie arm wären?«

»Ja«, erwiderte sie mit einem winzigen Schluchzer in der Stimme.

Kanes dunkle Brauen schoben sich zu einem Strich zusammen. »Teufel, was für eine Art von Liebe soll denn das sein, Prinzessin?«

Sie antwortete nicht, und er ließ sie schließlich los.

Als Sarah gespannt auf einen endgültigen Bescheid des Amerikaners wartete, bekam sie von einem übereifrigen Händler mit Totenkopfäffchen von hinten einen Stoß. Der Bambuskäfig mit den Tieren auf dem gebeugten Rücken des Mannes drohte zu kentern, und die Affen suchten sich kreischend an den Stäben festzuhalten. Kan eilte herbei, um den alten Indianer für sein grobes Verhalten zu tadeln und von der Bude wegzuscheuchen. Erst als die beiden in der Menge untergetaucht waren, drehte sich Sarah wieder Kane zu, um von ihm eine Antwort zu verlangen. Sie hatte seine Unentschlossenheit satt und bedauerte bereits, daß sie hierhergekommen war. Die schrillen Stimmen der Händler, die ihre Waren anpriesen, und die Püffe, die sie sich im Gedränge gefallen lassen mußten, gingen ihr auf die Nerven.

In diesem Moment erhaschte sie einen Blick auf das Gesicht eines Mannes in einiger Entfernung, der ein paar Meter hinter Morgan stand und sich nicht im Strom der Menge von einem Stand zum anderen treiben ließ. Erst als er den Kopf zur Seite drehte und mit einem kleineren Mann hinter ihm sprach, sah sie die gezackte Narbe auf seiner Wange und erkannte ihn wieder.

Der Amerikaner faßte sie wieder am Arm. »Hören Sie«, sagte er und suchte sie aus dem Gewühl vor den Ständen herauszuführen, »das mit Ihrem Verlobten tut mir leid. Aber der Amazonas ist kein Platz für einen Mann, geschweige denn für eine Frau. Warum gehen Sie jetzt nicht besser wieder nach Hause und schreiben Ihrem Verlobten einen netten langen Brief, in dem Sie ihm erklären . . .«

»Mr. Kane.«

Die beiden Männer bewegten sich jetzt quer zum Strom der Menge, den Blick auf den Rücken des Amerikaners gerichtet. Die scharfen Züge des Mannes mit der Narbe und das dünne Lächeln, das sich nun unter seinem Schnurrbart zeigte, jagten Sarah einen kalten Schauer über den Rücken.

»Mr. Kane«, wiederholte sie im beschwörenden Ton.

Der Amerikaner nahm ihre Hand, legte den Smaragdring hinein und schloß ihre Finger darüber. Mit einem unerwartet sanften Lächeln erklärte er: »*Chérie*, Ihr Verlangen, daß ich Sie nach Japurá bringen soll, ist eine Zumutung, die ich nur . . .«

»Mr. Kane«, unterbrach sie ihn hastig, »bitte! Zwei Männer nähern sich Ihnen. Und wenn Sie mich endlich ausreden ließen, könnte ich Ihnen verraten, daß ich die beiden schon einmal gesehen habe. Sie standen in der Nacht, als ich Sie besuchte, vor Ihrem Haus.«

Alle seine Muskeln schienen sich anzuspannen. Dann richtete er sich ganz langsam auf, blickte über die Schulter und fragte: »Wie viele Männer, sagten Sie, nähern sich mir?«

»Zwei.«

»Wie sehen sie aus?«

Sie bemühte sich, den Blick nicht von seinem Gesicht zu den beiden Männern hinschweifen zu lassen, die inzwischen nur noch etwa sechs Meter von ihnen entfernt waren.

»Der eine ist groß und hager, hat einen Schnurrbart und eine Narbe auf der Wange.«

Morgan faßte sie wieder am Arm, schob sie rasch in einen Seitengang voller Menschen und gab ihr einen Stoß, daß sie fast gestolpert wäre. »Verschwinden Sie«, raunte er ihr zu, »und kommen Sie nicht mehr hierher zurück. Nie mehr! Haben Sie verstanden? Fahren Sie nach Hause zu Ihrem Verlobten und seiner prächtigen Schmetterlingssammlung . . .«

Jemand schrie.

Morgan duckte sich und packte Sarah an den Schultern, als eine Salve von Revolverschüssen die von üblen Gerüchen geschwängerte Luft erschütterte und den unzähligen Geräuschen in diesem Basar ein hämmerndes Stakkato hinzufügten. Ihr Echo wurde von lauten Jubelrufen schaulustiger Marktbesucher begleitet, die meinten, jemand habe ein Feuerwerk abgebrannt. Andere wieder, die Zeuge der Attacke geworden waren, versuchten kreischend in alle Richtungen auseinanderzuspritzen.

Sarah ging zuerst zu Boden. Morgan, der sie mit seinem

Körper deckte, rollte nun seitwärts von ihr weg und faßte nach ihrem Handgelenk. Selbst als er wieder auf den Beinen war, wollte er es nicht loslassen, während er nach einem Fluchtweg vor Kings Meuchelmördern suchte. Als er mit der Schulter einen Stapel von Lattenkisten umwarf, hatte er sein Jagdmesser aus der Scheide gezogen.

»Was machen Sie denn da?« rief Sarah. »Kane, um Gottes willen — was hat das zu bedeuten?«

Die Kisten purzelten übereinander, verstreuten Küken und Hähne auf dem Boden, die mit Gepiepse, lautem Gegacker und wildem Geflatter das Weite suchten. Ein Strom übler Schimpfworte begleitete Morgans Versuch, mit Fußtritten ein paar geborstene Kisten aus dem Weg zu räumen. Dann bewegte er sich, Sarah hinter sich herziehend, im Zickzackkurs durch die Menge, die in der Gasse neugierig zum Ort des Geschehens hindrängte.

»Haltet ihn!« rief der Mann mit dem Schnurrbart den Schaulustigen zu.

Morgan schlängelte sich, mit den Ellenbogen auskeilend, durch die Menschenmasse und verfluchte diese Idioten, die ihn während der Mittagszeit auf dem Markt umbringen wollten, wenn drei Viertel der Einwohnerschaft von Georgetown dort einkaufte.

Er lief geduckt um die Ecke einer Bude herum, zog Sarah am Arm zu sich heran, drückte sie mit dem Rücken gegen einen Wand aus Hanf und zerkleinertem Zuckerrohr und schlug ihr mit der Hand auf den Mund, als sie etwas sagen wollte. Er schielte vorsichtig um die Ecke der Bude in die Richtung, aus der sie gekommen waren. »Scheiße«, murmelte er, drehte sich auf den Absätzen und rannte wieder los, ohne ihr eine weitere Erklärung zu geben. Sarahs Protestrufe mißachtend, zwang er sie, ihm von einem Korridor zum anderen zu folgen.

Wie in einem Labyrinth gingen die Budenreihen ineinander über. Die Gesichter der Verkäufer und Käufer schienen sich alle zu gleichen — die Züge von der Sonne, der Hitze und dem Hunger ausgemergelt, ihnen gleichgültig nachsehend, als wären sie Bettler und nicht zwei Menschen, die um ihr Leben rannten.

Die Gassen waren jetzt mit menschlichen und tierischen Exkrementen bedeckt, und der Gestank, den sie verbreiteten, vermischte sich mit dem Geruch verfaulender Früchte, der Fliegen, Ratten und Hunde anzog, die ihnen die Zähne zeigten, wenn sie ihnen zu nahe kamen.

Aber erst als sie das Herz des orientalischen Basars erreicht hatten, konnte man die Luft kaum noch atmen. Hier standen die Buden in mehreren Stockwerken übereinander, die man zumeist nur über Bambusleitern erreichen konnte und die das Sonnenlicht völlig ausblendeten. Hier kam zu den üblen Gerüchen der in der Feuchtigkeit rasch verderbenden Fische und Feldfrüchte das beißende Aroma von brennendem Haschisch und der süßlich beizende Duft von Opiumrauch. Das Warenangebot in ›Klein-China‹ war allumfassend. Männer und Frauen verkauften ihre Körper zu hohen Preisen und ihre Narkotika für ein Vermögen.

Morgan, dachte Sarah, kannte das natürlich alles schon, denn sie hatte gehört, daß er gelegentlich auch in den schwach beleuchteten Gassen von ›Klein-China‹ anzutreffen sei.

Als er jetzt eine verlassene Hütte in einer Gasse entdeckte, warf er einen prüfenden Blick über den Kopf seiner Begleiterin hinweg und schob Sarah dann in die Hütte hinein. Er wußte aus Erfahrung, daß man in der Freudengasse des Basars nicht lange herumtrödeln durfte, wenn einem sein Leben lieb war.

Erst jetzt blickte er Sarah an.

Ihr im Nacken aufgesteckter Chignon hatte sich längst

aufgelöst. Ihre im Dämmerlicht wie Honig schimmernden Haare waren ihr über die Schultern gefallen, und ein paar lose Strähnen klebten an ihren feuchten Wangen und am Hals. Ihre vor Angst geweiteten Augen waren auf eine Bude direkt gegenüber gerichtet. Ein Mann stand dort, ohne einen Faden am Leib, seine dunklen Augen kleine Schlitze im Gesicht, die hüftlangen schwarzen Haare zu einem Zopf geflochten, der ihm über eine Schulter hing. Er legte die Hand um seinen erigierten Penis, winkte mit der anderen, lachte und sagte: »Du kommen hierher, ja?«

Morgan nahm Sarahs Gesicht in eine Hand und drehte es zur Seite, drückte ihren Kopf an seine Schulter und flüsterte: »Es tut mir leid.«

»Du!« rief der Chinese. »Willst du mich besuchen kommen?«

»Nein«, rief Morgan. »Die Lady gehört mir.«

»Ich nicht die Lady wollen, sondern dich! Du mich besuchen kommen, ja? Ich dir bereiten große Wonne, Mister! Du wirst sehen.«

Die schrille Stimme einer Frau vereinte sich nun mit der des Chinesen, dann fielen weitere Stimme ein, bis die ganze Gasse von dem lauten Anpreisen menschlicher Ware widerhallte.

»Das — das ist abscheulich«, stammelte Sarah, deren Stimme zwischen Angst und Zorn hin- und herschwankte.

»Sie können sich bei Ihren Landsleuten dafür bedanken«, klärte Morgan sie auf. »Die Orientalen wurden von vielen reichen Briten importiert, die ihre Ehefrauen zu langweilig fanden und meinten, die Indianer wären zu unerfahren in der Liebeskunst.«

Ihr Kopf ruckte in die Höhe, und sie blickte ihn mit flammenden Augen an. »Mein Vater hätte niemals ein so ruchloses Verhalten geduldet!«

»*Chérie*, Ihr Vater war vermutlich einer ihrer besten Kunden.«

Sie hätte ihm das Gesicht zerkratzt, wenn er nicht ihre Hände eingefangen und sie an die Wand der schlecht erleuchteten Hütte gedrückt hätte. Das Gebäude erzitterte unter dem Anprall. »Sie verlogene Bestie!« schrie sie. »Wie können Sie es wagen, meinem Vater so üble Sachen anzudichten!«

Er blickte sie mit einem kalten Lächeln an. »Was ist denn so übel daran? Hm? Ist Ihnen schon einmal der Gedanke gekommen, daß diese engstirnige Einstellung, was das Gefühlsleben betrifft, eure Männer und zuweilen auch eure Frauen dazu zwingt, in dem Verlangen nach Gesellschaft diese Gassen aufzusuchen?«

»Das ist abartig!«

»Woher wollen Sie das wissen, wenn Sie keinerlei Erfahrung in diesen Dingen haben?«

»Ich verlange, daß Sie mich sofort von diesem üblen Ort fortbringen, bevor Ihre beiden Freunde uns ermorden.«

»Sie sind nicht gerade schüchtern, wenn es ans Fordern geht.«

Sie schüttelte ungläubig den Kopf. »Dort draußen sind Männer, die uns töten wollen, und Sie kümmert das nicht! Ich glaube, Sie sind verrückt. Ja, verrückt! Sie stehen hier und ...«

Er legte ihr rasch die Hand über den Mund, als Stimmen in der Ferne laut wurden.

»Kane! Wir wissen, daß du hier bist! Komm heraus, und wir lassen die Frau gehen. Sie hat mit uns nichts zu schaffen ... Kane, wir werden jede Hütte durchsuchen, bis wir dich gefunden haben. Wenn du nicht freiwillig herauskommst, sind wir gezwungen, uns die junge Dame vorzunehmen ... und zwar gründlich, hörst du? ... sobald wir dich gefunden haben.«

»Gilberto de Queiros«, murmelte Morgan. »Ich hätte ihn töten sollen, als ich die Gelegenheit dazu hatte.«

Er blickte die dämmrige Gasse hinauf und hinunter. Die Prostituierten und Strichbuben waren verschwunden wie Rauch vor dem Wind, weil sie nicht in eine gewalttätige Auseinandersetzung hineingezogen werden wollten. Dann blickte er wieder auf Sarah zurück. Wenn er jetzt losrannte und sie hier zurückließ, konnte er es vielleicht schaffen. Aber wenn die beiden sie hier fanden, würde sie ›Klein-China‹ nicht mehr lebend verlassen. Kings Meuchelmörder ließen nicht zu, daß irgendein Zeuge aussagte, er sei wie ein tollwütiger Hund gejagt und abgeschlachtet worden.

Aber wenn er sie von ihrem Versteck weglockte...?

Sie mußte erraten haben, was ihm durch den Kopf ging; denn als er die Entfernung zum Ende der Gasse mit den Augen abschätzte, faßte sie nach ihm und schob seine Hand von ihrem Mund. »Wagen Sie das nicht, Kane! Sie lassen mich nicht in diesem ... diesem stinkenden Bordell zurück!«

»Die Alternative könnte schlimmer für Sie sein«, warnte er sie.

»Sie haben schon schlimmeren Gefahren ins Auge gesehen und sie überstanden. Denken Sie an Ihre Flucht aus Japurá, an die Kannibalen, die Raubkatzen ...«

»Da hing mir aber keine Frau am Rockschoß.«

»Daran werden Sie nicht sterben, wenn Sie das meinen.«

»Ein Versprechen?« Er zog das Wort in die Länge und lächelte sarkastisch, als sie mit halb geöffnetem Mund an seiner Brust keuchend Atem holte. Sie gab ihm keine Antwort, hob nur ihr weißes Kinn ein wenig an und zog eine Braue in die Höhe. Er zog belustigt die Mundwinkel in die Höhe, nickte und sagte, tief Luft holend: »Sie haben es so gewollt.«

Dann rannte er los, Sarah wieder an der Hand hinter sich herziehend und davon überzeugt, daß sie stolpern, stürzen oder sonst etwas tun würde, was ihnen den Tod brachte. Doch nach drei, vier Schritten hielt sie sich überraschend gut, wich behende jedem Hindernis aus und nahm geschickt jede Deckung wahr. Eine Sekunde, eine flüchtige Sekunde lang, dachte er, daß sie vielleicht doch ein gutes Team in Japurá bilden könnten. Sie mochten sogar lebend aus ›Klein-China‹ herauskommen, wenn ihr Glück andauerte. Dann trat sie mit den Schuhen auf etwas Schleimiges, und ihr glitten die Beine unter dem Körper weg; sie schlugen beide ziemlich unsanft auf dem Boden auf und verscheuchten, was zunächst ausgesehen hatte wie kleine Katzen, die sich an dem Kadaver eines Hundes gütlich getan hatten. Nur war es keine Katzen. Es waren Ratten.

Sarah schrie.

»Oh, Himmel«, stöhnte Morgan.

Das trappelnde Geräusch rennender Füße hallte durch die Gasse. Laute Rufe drangen an ihr Ohr, als Morgan Sarah am Arm wieder in die Höhe riß und weiterrannte, einen Händlerkarren beiseite stieß und Tische mit ausgestellten Waren umstürzte. Es knallte ein paarmal, und Revolverkugeln schwirrten durch die Luft, als Kings Häscher hinter ihnen in die Gasse einbogen. Eine Stimme rief: »Diego — hierher! Pronto!«

Es krachte abermals, und diesmal verfehlte eine Kugel Morgans Kopf nur um wenige Zentimeter und zertrümmerte das Glas einer grünen Laterne, die ein alter Mann über seinem Tisch mit Jadeschmuck und Elfenbeinschnitzereien aufgehängt hatte. Endlich sahen sie wieder Tageslicht vor sich, schossen aus der dunklen Gasse heraus und atmeten tief die Luft ein, die zwar noch voll übler Gerüche, aber etwas frischer war. Die grelle Sonne machte sie einen

Augenblick lang blind, und sie rannten jetzt weiter, ohne etwas zu sehen, stießen gegen einen Kinderwagen und kippten die Blechbüchse eines Bettlers um, daß die Münzen in alle Richtungen davonkollerten.

Eine mißtönende Musik erfüllte die Luft. Tänzer wirbelten um sie herum und wickelten dabei meterlange Papierschlangen ab, die sie einzuschnüren drohten, so daß Morgan gezwungen war, die Leute von sich wegzustoßen und ihnen die Girlanden aus den Händen zu reißen. Andere, die vom Kopf bis Fuß in Drachenkostümen steckten, bewegten sich zwischen den Buden wie Ungeheuer, die man soeben aus ihren Höhlen gescheucht hatte. Die Masken, die einen feurigen Atem ausstießen, dämpften das unheimliche Gelächter, das aus ihren Rachen drang.

Sarah und Morgan bogen um die nächste Ecke und kamen schlitternd zum Stehen. Einen Herzschlag lang sah es so aus, als gäbe es hier keinen Ausweg mehr. Eine drei Meter hohe Mauer ragte vor ihnen auf, und davor saß ein alter Mann mit verschrumpelter gelber Haut und grauen Haaren, die in zwei Flechten bis zu seinen Knien hinunterhingen. In einer Hand hielt er einen Leguan, der so lang war wie sein Arm, in der anderen ein Messer. Er hob die blutige Schneide und schlitzte mit einer raschen Bewegung seiner knotigen Hand dem Reptil den Bauch auf, daß dessen Gedärme auf die Erde kollerten, wo zahlreiche zusammengerollte Schlangen um seine Füße versammelt waren, die entweder in der Sonne schliefen oder bereits enthäutet waren. In seiner Nähe standen eine Reihe von Säcken, in denen sich zum Tode verurteilte Reptilien wanden. Ihr empörtes Zischen übertönte sogar die lärmende Musik in der Nachbargasse.

Sarah wandte sich mit einem entsetzten Stöhnen ab.

Morgan jedoch starrte hinunter auf den Schoß des alten Chinesen, in dem ein *surucucu* so friedlich ruhte wie eine

Katze. Seine knopfartigen schwarzen Augen blickten Morgan mit einer so kalten Boshaftigkeit an, daß er fast meinte, ihm müsse das Blut zu Eis erstarren.

Hinter ihnen ertönte wieder das Geräusch rennender Füße, und Sarah beschwor den Amerikaner mit gepreßter Stimme: »Morgan ... Morgan, Oh, Gott, Morgan — tun Sie etwas! *Bitte* ...«

Die Augen des Chinesen drehten sich nach oben, die Pupillen milchig vom grauen Star. Der Alte zeigte lächelnd die zahnlosen Kiefer und eine Zunge, die gespalten war wie bei einer Schlange. Die Haut des Reptils, die er dem toten Reptil abgezogen hatte, löste sich von dem Kadaver und fiel ihm in den Schoß.

»Ja?« schien der Alte zu zischeln.

»Morgan!« schrie Sarah, »da ist einer von ihnen!«

»Die Schlange«, sagte Morgan leise. »Gib mir ... gib mir diese Schlange.« Er deutet auf die Kobra, die zusammengerollt zwischen den Falten der Robe im Schoß des alten Mannes lag.

»Wir müssen weg von hier!« Sarah blickte sich um, und ihre Züge erstarrten, als sie Morgan auf den alten Mann zugehen sah. Als spürten sie seine Nähe, begannen die Schlangen in den Säcken sich so heftig zu winden, daß sie fast die Leinwand sprengten.

Der Chinese lächelte nur, streichelte der Schlange den Kopf und faßte sie mit seinen knotigen Fingern im Nacken hinter dem Halsschild, während Morgan näher kam.

Als Morgan nach der Kobra greifen wollte, hob sie den Kopf und zischte heftig. Er erstarrte zur Salzsäule. Schweißperlen bildeten sich auf seiner Stirn, als er begriff, daß er ein toter Mann war, wenn der Alte den Nacken des Reptils freigab.

»Wieviel?« fragte er nun mit höhnischer Stimme. »Wieviel verlangst du, du schlitzäugiger Bastard? Wieviel!«

»Was ist sie dir wert — dein Leben?«

Die Lippen zu einem Lächeln kräuselnd, zog Morgan abermals sein Messer aus der Scheide, hielt die Klinge in die Sonne, damit der Alte das Funkeln sehen konnte, und sagte: »Wieviel ist dir denn *dein* Leben wert, alter Mann? Bevor ich am Gift des *surucucu* sterbe, werde ich dir ein Dutzendmal die Kehle durchgeschnitten und dich enthäutet haben wie diesen Leguan.«

Ihre Augen trafen sich im stillen Einverständnis.

Langsam, ganz langsam, streckte Morgan nun zum zweitenmal die Hand nach dem *surucucu* aus, legte die Finger um den Leib der Schlange und packte es direkt hinter seinen kräftigen Kiefern.

»Sarah«, befahl er leise, »treten Sie hinter den alten Mann!« Als sie seiner Anweisung nachkam, einen weiten Bogen um die Schlangen schlagend, fragte Morgan den alten Chinesen. »Es muß doch einen Weg aus dieser Mausefalle geben. Wo ist er?«

»Hinter diesen Kisten dort!« Der Alte deutete mit dem Kopf auf einen Stapel von Bambuskäfigen und setzte dann lächelnd hinzu: »Aber sei vorsichtig. Viele Schlangen verstecken sich in dieser Gasse.«

»Vielen Dank für die Warnung, du alter . . .«

»Kane! Lassen Sie das Messer fallen!« rief eine barsche Stimme hinter Morgans Rücken.

Morgan wirbelte herum und warf die sich windende Kobra seinem Verfolger ins Gesicht. Während Sarah laut aufschrie, bückte er sich und schnitt mit dem Messer einen der Säcke auf, schüttete die darin enthaltenen Schlangen als wimmelnde Flut über den Boden und über die Brust seines Gegners. Mit einer zweiten geschmeidigen Bewegung packte er Sarah und schob sie aus dem Weg.

Ohne zu zögern, rannte Sarah nun durch den dunklen Korridor, der von unzähligen übereinandergetürmten

Schlangenkäfigen gebildet wurde, die über ihnen schwankten wie ein Berg unter einem Erdbeben. Dann kamen sie wieder ins Freie und sogen die lange entbehrte Luft in die Lungen. Aber als Sarah sich umdrehte, um Morgan erleichtert um den Hals zu fallen, erschien Gilberto de Queiros plötzlich aus dem Nirgendwo und trat so rasch hinter sie, daß Morgan keine Zeit für eine Reaktion blieb.

De Queiros legte den Arm um ihre Kehle, bog ihren Kopf zurück und drückte die Mündung seines Revolvers gegen ihre Schläfe. Während Morgan erstarrte, den Blick auf Sarahs verblüfftes Gesicht gerichtet, sagte de Queiros: »Endlich treffen wir uns wieder, Senhor Kane. Es wurde auch Zeit, *sí?*«

Morgan schloß frustriert die Augen.

»Lassen Sie das Messer fallen, Senhor. Und befördern Sie es mit dem Fuß zu mir, *por favor.*«

Morgan tat, was de Queiros ihm befohlen hatte. Er wischte sich mit dem Ärmel den Schweiß aus dem Gesicht. Es vergingen wenige Sekunden, ehe sich sein wild pochendes Herz ein wenig beruhigte. Doch jedesmal, wenn er in Sarahs bleiches Gesicht blickte, begann es wieder wild zu pochen.

»Lassen Sie sie gehen, de Queiros. Sie hat nichts mit mir zu tun.«

»Nein? Ist sie nicht eine von Ihren vielen *putas?*«

»Nein.« Morgan schüttelte den Kopf. »Sie bedeutet mir nichts. Lassen Sie sie laufen, und Sie können mit mir machen, was Sie wollen.«

De Queiros drückte den Arm noch fester gegen Sarahs Kehle.

»Sie sind ein Lügner, Kane. Das sind Sie schon immer gewesen. Senhorita, Sie müssen wissen, wenn dieser Mann sagt, daß etwas weiß wäre, ist es bestimmt schwarz. Also müssen Sie für ihn von großer Wichtigkeit sein, *querida.*«

Morgan rückte einen Schritt auf ihn zu, blieb dann aber ruckartig stehen, als de Queiros den Hammer seines Revolvers zurückzog.

De Queiros lächelte und zuckte mit den Achsein. »Sie werden doch keine Dummheiten machen, Senhor? Sie wissen aus Erfahrung, welche Konsequenzen das hat in dem Land, aus dem wir kommen. Sie haben bereits den unverzeihlichen Fehler begangen, aus diesem Land . . .«

»Dann töten Sie mich; aber lassen Sie die Lady aus dem Spiel.«

»Das wäre aber unserem gemeinsamen Freund nicht recht, nicht wahr? Eine Schande, muß ich gestehen — sie ist ja noch so jung und schön. Aber sie hätte sich eben nicht mit einem zum Tode verurteilten Mann einlassen sollen. Nun muß sie sterben.«

Sarah wimmerte und sah mit großen Augen, in denen Tränen schimmerten, auf Morgan. Sie biß sich auf die Lippen, damit sie nicht laut aufschluchzte, und ein Tropfen Blut sickerte aus ihrem Mundwinkel. Dann verdrehte sie die Augen und sank ohnmächtig gegen de Queiros' Brust. Der wich, überrascht von dieser unerwarteten Entwicklung, einen Schritt zurück, und ihr Körper glitt in einer Wolke aus Seide und zerrissenem Taft zu Boden.

Morgan rannte in eine gepflasterte Gasse zwischen zwei Gebäude hinein.

»Halt!« Der Revolver krachte, und eine Kugel riß roten Staub aus einem Ziegel rechts von Morgans Kopf. »Ich werde das nächste Mal nicht danebenschießen, Senhor!«

Morgan wurde langsamer, blieb dann stehen und richtete das Gesicht zu dem gelben Licht über ihm empor, die Kugel erwartend, die ihm das Gehirn aus dem Schädel blasen würde. Er zählte die Sekunden und hoffte, daß sein Fluchtversuch Sarah genügend Zeit verschafft hatte, sich von ihrer Ohnmacht zu erholen und zu fliehen, ehe de

Queiros zu ihr zurückkehren und sie mit einem Schuß töten würde.

De Queiros ging auf ihn zu. »Endlich stehen wir uns von Angesicht zu Angesicht gegenüber, und diesmal habe ich das Messer.« Er drehte es in der Hand, daß die Sonne sich in der Klinge spiegelte. »Vielleicht werden wir jetzt erleben, wie männlich du noch ohne deinen Schwanz sein wirst. Was meinst du, großer Mann? *Mucho hombre.* Glaubst du, daß die Senhoritas dich danach noch so gern haben wie bisher?«

Den Rücken gegen die Hauswand gepreßt, zuckte Morgan zusammen, als die Klinge durch seine Hose schnitt und die Haut seines Hodens ritzte. »Was macht das schon für einen Unterschied, wenn ich tot bin?« sagte er mit einem dürren Lächeln.

»Du hast recht. Warum so viel Zeit verschwenden? Ich habe mehr Spaß daran, wenn ich dir erst das Gesicht zersäble und dann den Bauch aufschlitze, während du zuschaust.« De Queiros hob das Messer und drückte es gegen die Unterseite von Morgans Kinn. Wenn Morgan schluckte, würde er sich selbst die Kehle durchschneiden. Dann merkte er, daß er gar nicht mehr so viel Speichel im Körper hatte, um schlucken zu können.

»So, *amigo*, hast du nicht noch ein paar Worte des Bedauerns für mich, die ich unserem gemeinsamen Freund übermitteln kann?«

»Meinst du damit diesen Bastard King?«

»Wie ich höre, hat sich deine Einstellung nicht gebessert. Wie undankbar von dir, nachdem er so viel für dich getan hat.«

»Mir *angetan* hat, meinst du wohl.«

»Tut mir leid; aber ich habe dein Verhalten nie verstehen können. Randi hat dir stets sein Wohlwollen bewiesen in der Zeit deines Aufenthalts bei ihm.«

»In der Zeit meiner Gefangenschaft bei ihm.«

»Du hättest nur ein bißchen Entgegenkommen zeigen müssen. Aber du warst ja immer so aufsässig, *amigo.* Du hättest ebenso mächtig werden können wie Randi; er würde dir alles gegeben haben, was du wolltest, wenn du nur . . . nur ein bißchen kooperativer gewesen wärst. Nun muß ich dich zu meinem Bedauern töten. Ginge es nach mir, würde ich dir lediglich das Gesicht zerschneiden, wie du das mit meinem gemacht hast, und dich mit einer Erinnerung an unsere Freundschaft zurücklassen. Aber Randi ist schließlich König, und sein Wort ist Gesetz. Du hast das leider nie begriffen. *Vaya con Dios*, mein Freund.«

Das Brett traf de Queiros mit voller Wucht am Hinterkopf und schleuderte ihn gegen Morgan, der dessen Hand packte, bevor das Messer ihm die Kehle durchschneiden konnte. Der Meuchelmörder sank langsam auf die Knie, seine Augen zwei leere Brunnen. Dann schlug Sarah de Queiros das Brett zum zweitenmal auf den Kopf, und er fiel nach vorn mit dem Gesicht in eine Pfütze.

Morgan und Sarah starrten auf de Queiros' Körper hinunter, als erwarteten sie, ihn jede Sekunde wieder quicklebendig aufspringen zu sehen. Schließlich blickte Sarah, ihren Mund mit den Fingerspitzen bedeckend, zu Morgan hoch, das schmale Gesicht hinter einer Flut goldener Haare fast verborgen, und hauchte:

»Oh, du meine Güte — habe ich ihn jetzt umgebracht?«

Morgan bückte sich, packte de Queiros bei den Haaren, zog seinen Kopf in die Höhe und ließ ihn dann stirnrunzelnd wieder fallen. »Nein, er atmet noch.« Morgan wand dem Bewußtlosen das Messer aus der Hand und schob es in seine Scheide am Gürtel. »Sie hätten die Gelegenheit nützen und sich aus dem Staub machen sollen.«

»Ja, aber dann hätte er Sie getötet.«

Morgan zuckte mit den Achseln und ging die Gasse hinunter, um möglichst rasch einen Abstand zwischen sich und de Queiros zu legen.

»Ich hätte ihn nicht daran hindern sollen, Sie zu töten!« rief sie ihm nach. »Weil Sie so häßliche Sachen über meinen Vater gesagt haben!«

»Und warum haben Sie ihn dann daran gehindert?«

»Weil ich Sie brauche«, erwiderte sie kleinlaut.

Er blieb stehen und drehte sich um. Sie erinnerte ihn an einen Hahn mit bunten Federn, der in der Arena von einem Konkurrenten besiegt worden war. Aber obwohl ihre Augen in Tränen schwammen, weigerte sie sich standhaft zu weinen.

Er schüttelte den Kopf. »Sie sehen jetzt selbst, worauf Sie sich einlassen würden. Sie könnten das, was Sie in den letzten zwei Stunden erlebt haben, mit tausend multiplizieren und hätten noch immer kein annähernd realistisches Bild von den Gefahren, die in Amazonia auf Sie lauern. Und eine Ohnmacht würde Ihnen ganz bestimmt nichts helfen, wenn Sie einem Xavante-Kopfjäger gegenüberstehen.«

Sie hob ihre Röcke an, stieg über den Körper des bewußtlosen de Queiros hinweg und sagte mit fester Stimme: »Das bin ich nicht.«

»Was sind Sie nicht?«

»In Ohnmacht gefallen. Ich schützte sie nur vor, weil ich wußte, daß er dann gezwungen war, mich fallen zu lassen. Ich rechnete damit, daß Sie wegrennen würden, so daß ich die Chance bekam, mir eine geeignete Waffe zu suchen und mich von hinten an ihn heranzupirschen.« Sie lächelte stolz. »Es hat funktioniert.«

»Ja.« Er grinste. »Ich schätze, das hat es.«

»Sie werden es also tun? Mich nach Japurá bringen?«

Sarah wartete. Die Sekunden schlichen dahin, während der Amerikaner mit sich zu Rate ging. Als er dann wieder lächelte, glätteten sich die strengen Falten auf seiner Stirn, was sie als ein verheißungsvolles Zeichen seiner Zustimmung betrachtete, und ihr ängstlich pochendes Herz begann zu flattern.

»Ja«, sagte er, das ›A‹ in die Länge ziehend, »ich werde es tun.«

Ihre Reaktion war spontan, überraschte sogar sie selbst. Sie rannte zu ihm, warf ihm die Arme um den Hals und barg ihr Gesicht an seiner Brust. Lachend und weinend zugleich, atmete sie den Moschusgeruch seiner Haut ein. Einen Augenblick war ihr so, als hätte es die letzten schrecklichen Minuten nie gegeben.

»Vielen Dank!« schluchzte sie und legte ihre Arme noch fester um seinen Hals. Sie wurde sich nur vage bewußt, wie steif er in ihren Armen geworden war. Als sie ihn wieder anblickte, den Kopf weit nach hinten gelegt, damit sie durch den Schleier ihrer Freudentränen sein Gesicht sehen konnte, bemerkte sie ein seltsames Licht in seinen silbrigen Augen. Und zu ihrem Erstaunen spürte sie ein fast unwiderstehliches Verlangen, sein stoppelbärtiges Gesicht in ihre Hände zu nehmen und ihn zu küssen.

Aber das tat sie nicht. Sie würde so etwas niemals wagen. Schon der Gedanke daran war ein Schock für sie. Statt ihn zu küssen, floh sie die Gasse hinunter, um nach Kan zu suchen.

Als Henry in der Tobacco Row eintraf, hatte Morgan bereits sein Abendbrot aus Whisky und *feijoada* verzehrt — einer Mischung aus Fleischresten und schwarzen Bohnen, die den ganzen Tag lang gekocht hatte. Er hatte gebadet und sich seinen guten Anzug — den aus weißem Leinen — angezogen. Er setzte gerade seinen weißen breitkrempigen Panamahut etwas schräg über die rechte Augenbraue, als sein Freund an die Tür klopfte.

»Ja doch — es ist offen!«

Henry trat über die Schwelle und betrachtete Morgan mit einem ungewöhnlich feierlichen Gesicht. »Ich sprach soeben mit Kan, alter Knabe. Er hat mir erzählt, was heute auf dem Markt passiert ist.«

»Nun, ist es nicht immer das gleiche Lied? Wenn man seine Freunde braucht, sucht man sie vergebens.«

»Du scheinst dich aber bemerkenswert gut aus der Affäre gezogen zu haben.«

»Wir leben zwar, aber wir sind gerade noch so am Tod vorbeigeschaukelt.« Er gab dem Panamahut ein bißchen mehr Schlagseite, was ihm ein flotteres Aussehen verlieh.

»Kan erzählte mir auch von den Schlangen.«

»Himmel, wie ich Schlangen hasse!« Morgan schüttelte sich.

»Ich bin stolz auf dich, Morgan. Nicht nur deiner Bravour wegen, sondern auch auf deinen Entschluß, nach Japurá zurückzukehren.«

Morgan blies die Brotkrümel vom Tisch und schob dann ein paar Münzen, die auf der Tischplatte liegengeblieben waren, in die Tasche. »Bilde dir ja nicht ein, ich sei plötzlich ein Held geworden. Uns fehlten bisher lediglich die Mittel, um die Reise nach Japurá unternehmen zu können. Die haben wir jetzt. Wir werden uns King vorknöpfen und ihm sein Gold wegnehmen.«

»Und ein paar Tausend Gummibaumsamen.«

Morgan blickte ihn böse an. »Ich gehe doch nicht nach Japurá wegen dieser Gummibaumsamen!«

»Aber . . .«

»Kein Aber!« Morgan öffnete die beiden obersten Knöpfe an seinem Hemd, so daß das Dreieck dunkler Haare auf seiner Brust zur Geltung kam. »Du hattest recht, Henry«, erklärte er. »Man muß in die Höhle des Löwen gehen und ihn dort stellen. Das ist die einzige Methode, um mit King fertig zu werden. Ich kann nicht dauernd vor ihm wegrennen. Ich möchte nicht mein Leben lang über die Schultern blicken müssen, ob einer seiner Meuchelmörder hinter mir steht. Es ist doch nur eine Frage der Zeit, daß sie ihr Ziel erreichen, und ob du es glaubst oder nicht: Lieber sehe ich den Tod auf mich zukommen, als mich von ihm durch eine Kugel in den Rücken überraschen zu lassen. Und deshalb dachte ich — warum diesen Schweinehund nicht mitnehmen ins Grab, wenn es mich erwischt?«

»Du sprichst so, als wäre das Unternehmen eine Selbstmordmission.«

»Genau das ist es; und wenn du meinst, es wäre nicht so, hast du Rosinen oder Stroh im Kopf.«

»Aber Sarah . . .«

»Wir verwenden das Geld der Lady dafür, uns die für die Fahrt nach Japurá notwendigen Vorräte zu kaufen. Wir lassen sie bis Santarém oder Manáos mitreisen. Eines Nachts dann, wenn sie schläft, ziehen wir ohne sie weiter. Wenn sie dann entdeckt, daß wir ohne sie abgereist sind, ist es zu spät für sie.«

Henry sah seinen Freund entgeistert an. »Gütiger Himmel — du hast vor, sie in der Wildnis auszusetzen, Morgan?«

»Richtig.«

»In Santarém oder Manáos?«

»Abermals richtig.«

»Du heiliger Strohsack!«

Morgan nahm ein Taschentuch vom Fensterbrett und schob es in seine Brusttasche. Henry kam vom Küchentisch herüber und sah ihn mit seinen dunklen Augen besorgt an. Seine Nase schimmerte fahl im Zwielicht.

»Aber, Morgan, was fängt sie denn allein in der Wildnis an?«

Morgan zog das Brusttuch wieder aus dem Anzug und faltete es neu. Dann schob er es behutsam in die Tasche zurück und nickte zufrieden, als die Spitze des weißen Dreiecks lotrecht über der Mitte des Taschenrandes saß.

»Morgan?« sagte Henry.

Der nahm eine kleine flache, mit Whisky gefüllte Reiseflasche vom Fensterbrett und schob sie in die rechte Jackentasche. Dann überlegte er es sich anders, holte sie wieder hervor, entkorkte sie, nahm einen tiefen Schluck daraus und steckte sie abermals ein.

»Was macht sie dann?«

»Das ist ihr Problem.«

»Himmel, hast du denn gar kein Mitleid, Mann? Und kein Gewissen?«

Ein Lachen war die Antwort.

»Ich kann so etwas unmöglich zulassen«, protestierte Henry.

»Nein?« Morgan wandte sich zur Tür. »Wie willst du dann nach Japurá kommen, alter Knabe?«

Ein Dutzend Hühner suchte vor Morgan das Weite, als er den Pfad zur Straße hinaufeilte. Er hatte bereits seine erste Zigarette geraucht, als er in der Water Street bei den Docks anlangte, und zündete sich nun eine frische an. Er bewegte sich im Schatten der mit Gittern verschlossenen Buden, wartet erst ab, bis es vollkommen dunkel war, ehe er sich auf den Kai hinauswagte. Dann bezog er seinen Posten unter der Gaslaterne und wartete.

Vor vier Jahren war er nach Südamerika gekommen auf der Suche nach einem dieser Wie-werde-ich-über-Nacht-Millionär-Projekten, die schon viel bessere Männer als ihn ruiniert hatten. Er hatte seine Seele dem Teufel verkauft in der Hoffnung, sein großes Glück zu machen, und konnte sich dann nur mit knapper Not wieder aus der Hölle retten ...

Und jetzt lockte ihn ein Engel in den Höllenpfuhl zurück.

Aber was für ein Engel, beim Zeus!

Er blickte auf die schwarze See hinaus und rief sich ihr freudiges Lachen, ihre Courage ... und das Gefühl ihrer Arme an seinem Hals ins Gedächtnis zurück. Und das Feuer in ihren Augen, mit dem sie von ihm geschieden war und ihn mit einem Feuer in seinen Lenden in der Gasse zurückgelassen hatte.

Er mußte sehr, sehr vorsichtig sein. Er mochte sich in sie verlieben, wenn er nicht aufpaßte. Er konnte sich vielleicht sogar Hoffnungen machen, daß ihre schönen Augen nicht vor Angst, Respekt oder zuweilen zornig aufleuchteten, sondern auch andere Gefühle widerspiegelten. Als ob sie etwas für ihn übrig hätte oder etwas anderes in ihm sah als nur weißen Abschaum — oder ein Mittel zum Zweck.

Er lachte und schnippte die noch glühende Kippe seiner Zigarette ins Wasser ...

5

BELÉM, BRASILIEN, ZWEI WOCHEN SPÄTER

Sarah saß Tee trinkend unter einem Wandfächer im Belém-Hotel, umgeben von Männern — zumeist britische Botaniker, die es ebenso eilig hatten, die anstrengende Reise zum Amazonas zu unternehmen, wie sie. Sie war früher aufgestanden als sonst, denn sie wollte unbedingt mit Morgan sprechen. In den letzten drei Tagen, seit ihrer Ankunft in Belém, hatte er sie gemieden, das Hotel lange vor Sonnenaufgang verlassen und es erst nach Einbruch der Dunkelheit wieder betreten, wenn überhaupt. Da Kan den ganzen Tag damit beschäftigt war, dem Amerikaner bei der Vorbereitung der nächsten Etappe ihrer Reise zu helfen, hatte Henry ihr auf recht amüsante Weise die Zeit vertrieben, wenn sie stundenlang in der Hotelhalle saß. Aber tagelang mit Wissenschaftlern Konversation machen zu müssen, die so redeten, als hinge das Überleben der Erde von der Verbreitung der Orchideen ab, war ihr bald auf den Geist gegangen. Das langweilte sie ebenso wie Normans Vorträge über Schmetterlinge.

Henry hatte ihr erzählt, daß er sich um acht Uhr in einem Versorgungsdepot in der Nähe des Docks mit Morgan treffen sollte. Nun, sie würde ebenfalls dort sein. Es wurde Zeit, daß Kane aufhörte, sie aus allen Geschäften herauszuhalten. Sie hatte schließlich auch noch etwas zu sagen als Finanzier dieser Expedition.

Als ihr die Serviette vom Schoß auf den Boden rutschte, sprang einer der elegant gekleideten Herrn herbei, hob sie auf und überreichte sie ihr mit einer leichten Verbeugung, was sie an Norman erinnerte. Sie runzelte die Stirn und fragte sich verwundert, warum. Dann wurde ihr bewußt, daß so ein Benehmen in London zwar zum guten Ton gehörte, hier jedoch anmaßend wirkte inmitten von Bambusmöbeln, halbnackter Indianer und Affen, die sich frei im ganzen Hotel bewegen konnten. Sie bedankte sich mit einem Lächeln bei dem Gentleman und hatte soeben ihre Teetasse beiseite gestellt, als sie Kanes Stimme aus dem Restaurant herüberschallen hörte. Sie hätte sie überall wiedererkannt: Sie hallte durch den Raum mit der Resonanz einer Glocke, dem sich das Kichern einer weiblichen Stimme anschloß.

Sie sprang auf die Füße; desgleichen tat das halbe Dutzend Männer an ihrem Tisch, worauf einer herbeieilte, um ihren Stuhl zurückzuziehen, während ein anderer ihren Sonnenschirm nahm und ihn ihr galant hinhielt — mit dem Griff nach vorn.

»Es war mir ein Vergnügen, Gentlemen«, erklärte sie den Herren, den Blick noch immer auf die Verbindungstür gerichtet, während ihr das Herz bis in den Hals hinauf klopfte.

»Oh, nein«, erwiderten sie fast aus einem Mund. »Das Vergnügen war ganz auf unserer Seite, Miss St. James.«

Sie eilte auf die Tür des Restaurants zu, hielt dort nur so lange an, bis ihr Atemrhythmus wieder einigermaßen im Lot war. Daß ihr Körper jedesmal auf diese Weise reagierte, wenn sie dem Amerikaner unter die Augen trat, war höchst beunruhigend. Daß er das wußte, war noch peinlicher. Er benützte ihre Nervosität zu seinem Vorteil, brachte ihre Pulse mit einem Verengen der Augen oder einem sarkastischen Kräuseln der Lippen zum Flattern. Zum Henker mit dem Mann und seinem Ruf! Ob er nun der *boto* war oder nicht — es wurde Zeit, ihm ein paar deutliche Worte zu sagen!

Er saß an einem Tisch am entfernten Ende des Raumes, teilweise hinter einer Topfpalme versteckt. Er war nicht allein. Nun, das war er selten. Eine Frau war bei ihm, eine große schlanke dunkelhäutige Schönheit, bekleidet mit nicht viel mehr als einem strategisch angeordneten Strapsgürtel aus grellbunter Baumwolle. Ihr Anblick verwirrte Sarah und verstimmte sie zugleich. Wie entspannt doch andere Frauen in seiner Gegenwart zu sein schienen! Schon als die Frau wußte, daß sie beobachtet wurde, lachte sie noch, strich ihm mit der Hand über die Wange ... und er lächelte.

Ein unglaubliches Lächeln.

Ein rückhaltlos hübsches Lächeln.

Sie hatte er noch *nie* so angelächelt!

»Wünschen die Senhorita einen Tisch?«

Ihre Lider zuckten. Sie blickte den Ober an. »Ich werde mich zu Mr. Kane an den Tisch setzen.«

Die Augen des Mannes musterten sie wohlgefällig. Als ihr klarwurde, was er in diesem Moment denken mußte, färbten sich ihre Wangen blutrot. Sie sagte: »Ich finde meinen Weg schon allein dorthin. Danke.«

Der Kellner zog sich mit einer Verbeugung zurück. Sarah nahm ihren ganzen Mut zusammen und bewegte sich so würdevoll, wie ihre schlotternden Knie das erlaubten, auf Kanes Tisch zu. Er sah sie sofort, und eine Mundwinkel zog sich in die Höhe, als wollte er sie davor warnen, ihn anzusprechen.

»Mr. Kane«, begrüßte sie ihn, als sie an seinem Tisch anlangte.

»Miss St. James.«

Sarah warf einen Blick auf die Frau, die noch immer nicht von ihm ablassen wollte. »Kann ich mit Ihnen ein paar Worte unter vier Augen reden?«

Er zuckte mit den Achseln und widmete sich dann wieder seinem Frühstück, das aus Rühreiern mit Speck und Brötchen bestand. Schließlich richtete Sarah den Blick wieder auf die Dame in seiner Gesellschaft und sagte lächelnd: »Entschuldigen Sie — aber meinen Sie, ich könnte Mr. Kanes Zeit eine Weile lang in Anspruch nehmen?«

Die Frau wölbte eine Braue, erhob sich dann sehr langsam von ihrem Stuhl und überragte nun Sarah um einen ganzen Kopf. Mit einem pikierten Blick auf Morgan drehte sie sich um und ging aus dem Lokal.

Sarah versuchte sich zu entspannen. Ein vergebliches Bemühen. So ging sie zu dem Stuhl, den die Schöne geräumt hatte, und ließ sich darauf fallen.

»Hunger?« fragte Kan und zerkleinerte eine Scheibe gebratenen Frühstücksspeck.

»Ich bin nicht zum Essen hierhergekommen«, erwiderte Sarah, »sondern zum Reden.«

Morgan schob seinen Teller beiseite und wischte sich

den Mund mit einer Serviette ab. Dann lehnte er sich auf seinem Stuhl zurück, holte einen Zahnstocher aus seiner Hemdentasche und schob ihn zwischen die Lippen.

»Schießen Sie los.«

Er blickte sie auf eine Weise an, daß ihr das Atmen schwerfiel, geschweige denn das Reden. Er trug den weißen Anzug nicht mehr, den sie in den letzten Tagen so oft an ihm gesehen hatte, sondern war zu seiner Kluft als Dockarbeiter zurückgekehrt. Sie merkte, wie ihr Blick sich immer wieder zu dem dreieckigen Vlies seiner Brusthaare unter dem aufgeknöpften Hemd verirrte.

»Nun?« ermunterte er sie, so daß ihr Blick erschrocken zu seinem Gesicht zurückkehrte.

»Ich — ich finde, wir sollten unsere Reisepläne besprechen.« Sie schluckte schwer.

Er schob den Zahnstocher mit der Zunge von einem Mundwinkel zum anderen. Ein sekundenlanges Schweigen, und dann: »Alles Notwendige ist bereits veranlaßt worden.«

»Von wem?«

»Von mir.«

»Haben Sie dabei nichts vergessen?«

Er schüttelte den Kopf, wobei ihm ein paar dunkle Fransen über die Stirn fielen. »Ich glaube nicht.«

»Sie haben vergessen, mich zu fragen.«

Kane lächelte. »Ich vergaß es nicht, Miss St. James. Ich tat es nicht.«

Die Kinnlade fiel ihr herunter, als er nach seinem Hut griff und dann seinen Stuhl vom Tisch zurückschob. Sie sprang von ihrem Sitz auf, als er sich auf die Hotelhalle zu bewegte.

Die Briten erhoben sich alle aus ihren Sesseln, als sie in der Lobby auftauchte; aber sie eilte achtlos an ihnen vorbei, bemüht, mit Kanes längeren Beinen Schritt zu halten.

Sie waren halbwegs über die Straße vor dem Hotel, als Sarah die Geduld verlor, ihn am Arm faßte und mitten im Schritt zum Anhalten zwang. Sie schwenkte ihn herum und sagte, ihn wütend anfunkelnd: »Wagen Sie es ja nicht, einfach wegzugehen, wenn ich mit Ihnen rede. Ich habe Ihnen etwas mitzuteilen, und Sie werden mir zuhören!«

»Ja?«

»Ja«, wiederholte sie ironisch.

Er drehte sich auf den Absätzen und setzte seinen Weg zu den Docks fort. Sarah blickte ihm nach, und ihr Zorn erreichte eine nie gekannte Höhe. Sie war noch keinem Mann begegnet, dem es so sehr an Anstand, Moral und Respekt vor fremdem Eigentum mangelte wie Morgan Kane. Sie mußte all ihre Willenskraft aufbieten, um sich darauf zu besinnen, daß sie eine Lady war, die ihren Ärger niemals in der Öffentlichkeit zeigen darf. Sie biß die Zähne zusammen, klappte ihren Sonnenschirm auf, warf ihn wie ein Gewehr über die Schulter und eilte ihm nach.

Als sie das Versorgungsdepot erreichte, war der Bohlensteg vor dem Schuppen von Kindern bevölkert, die ihre kleinen dunklen, zumeist nackten Körper gegen die Schuppentür preßten. Da war ein Leuchten in ihren Augen und eine so große Freude auf ihren Gesichtern, als stünden sie vor den Toren des Paradieses.

Dann sah Sarah Kane aus dem Depot kommen. Plötzlich war er von den Kindern umschwärmt, die auf- und niederhüpften und nach den Zuckerstangen griffen, mit denen sein Hut bis zum Rande gefüllt war.

Sarah starrte ihn an. Sie spürte einen Schwindel im Kopf und meinte, Wachs in den Knien zu haben. Plötzlich war da etwas in ihr geschmolzen. Da war nicht mehr dieser grausame sarkastische Zug um seinen Mund und diese grimmige Kälte in seinen Augen, sondern ein vor Güte strahlendes Gesicht und ein Lachen, das einem das Herz wärmte, als die Kinder an ihm hochkrabbelten, um sich von ihm ein Bonbon in den Mund stecken zu lassen.

Dieser Anblick erinnerte sie wieder an diesen Mythos — an seinen legendären Ruf, eine an Zauberei grenzende Macht über andere Menschen ausüben zu können, und ihr wurde klar, daß in diesem Mann ein guter Kern steckte, egal, wie grob er sie auch behandeln mochte.

Endlich verliefen sich die Kinder wieder auf der Straße, jedes mit einem Naschwerk versehen. Alle bis auf eins. Ein kleines Mädchen, nicht höher als Morgans Knie, klammerte sich mit einem Arm an sein Bein, während sie an ihrer Zuckerstange lutschte und mit verklärten Augen zu ihm hochsah. Er grinste, beugte sich zu ihm hinunter, legte den Arm um ihre Mitte und hob sie hoch. Sie hielt ihm ihre Zuckerstange hin, damit er daran lecken sollte, küßte ihn dann schmatzend auf die Wange und lief anschließend mit wehenden schwarzen Zöpfen so schnell auf der Straße davon, wie ihre kleinen Beine sie zu tragen vermochten. Morgan blickte ihm lächelnd nach, bis es um eine Hausecke verschwunden war.

Dann sah er Sarah.

Sie erwartete, daß sich sogleich wieder diese Feindseligkeit wie eine Mauer zwischen ihnen aufrichten würde. Doch das geschah nicht — jedenfalls nicht sofort. Einen Herzschlag lang schien es Sarah so, als sei ihm seine rauhe Schale abhanden gekommen und als sei er seinen Gefühlen wehrlos ausgeliefert, die ihm nur zu deutlich ins Gesicht geschrieben standen — ein Schmerz, der Sarah in Gelee zu verwandeln schien. Sie fragte sich eine Sekunde lang, ob seine so schroffe Fassade denn nur eine Maske war, um dahinter seine Einsamkeit und Leere vor der Welt zu verstecken.

Lächerlich, dachte sie. Morgan Kane konnte gar nicht einsam sein, wenn so viele Frauen und von Ehrfurcht erfüllte Indianer andächtig oder wollüstig vor ihm auf die Knie fielen, sobald er mit den Fingern schnippte.

Als er in das Depot zurückging, blieb Sarah eine Minute lang wie angewurzelt auf dem Bohlensteg stehen, das Parasol auf der Schulter wie ein Rad drehend, und versuchte, wenigstens einen Bruchteil ihres Zorn wiederzufinden, der sie ja dazu getrieben hatte, Morgan bis zum Depot zu verfolgen. Endlich raffte sie sich dazu auf, bis an die Tür des Lagerschuppens zu gehen und ihre Augen an das Halbdunkel zu gewöhnen, das in dem Depot herrschte. Kane stand dort im Hintergrund und fuhr mit dem Zeigefinger am Rand einer langen Liste entlang. Henry saß auf dem Ladentisch, ließ die bloßen Füße herabbaumeln und nickte jedesmal, wenn Kane ihm etwas aus seiner Liste vorlas.

Sarah räusperte sich.

»Aber Miss St. James!« rief Henry, »treten Sie doch bitte ein!«

Morgan sah von seiner Liste hoch. »Ich sehe ein Gewitter kommen.«

Sarah klappte ihren Sonnenschirm zusammen und betrat das Depot.

Henry sprang vom Tisch herunter und eilte auf sie zu. »Was bringt Sie denn schon so früh hierher, meine Liebe?«

Sie lächelte. Henrys Aufmerksamkeiten taten ihr wohl. Kane hatte im Verlauf ihrer kurzen Konferenzen nach dem Vorfall im Basar erklärt, daß er einen Partner habe, der sich um das Anheuern von Leuten kümmern würde, die sie auf dieser Reise begleiten sollten. Natürlich war sie zunächst schockiert gewesen, als sie Henry kennenlernte. Doch seit sie Georgetown verlassen hatten, waren sie rasch zu guten Freunden geworden. Die Geschichten von seiner Erziehung in England hatten ihr viele vergnügliche Stunden verschafft.

»Ich habe beschlossen, mich aktiv an den Vorbereitungen zu beteiligen, die Sie und Mr. Kane bisher allein besorgt haben.« Sie ließ den Blick durch den mit Waren vollgestopften Raum wandern. Da standen einige Kisten mit Vorräten in der Nähe des Eingangs. Zwei waren mit der Aufschrift »Whisky« versehen.

»Ich sagte Ihnen doch bereits«, kam Kanes Stimme von der Rückwand her, »daß wir alles schon erledigt haben.«

»Das sehe ich. Ich hoffe doch, Sie haben nicht nur Whisky als Getränkeversorgung für die Reise einpacken lassen, Mr. Kane!«

»Keine Bange; Sie bekommen schon Ihren Tee, meine Dame. Ich glaube, Henry hat sogar eine Porzellankanne gekauft, in dem Sie ihn aufbrühen können.«

»Höre ich da etwa Sarkasmus aus Ihrer Stimme heraus, Mr. Kane?«

Er warf die Liste auf den Ladentisch. »Na, und?«

»Na, und!« Sie stieß mit der Spitze ihres Sonnenschirms so heftig auf den Boden, daß sich eine Wolke aus Staub im Schuppen ausbreitete. »Ich sage Ihnen mal was, Mr. Kane! Es ist *mein* Geld, mit dem diese Reise finanziert *und* Ihr Gehalt bezahlt wird! Sie täten gut daran, sich zu erinnern, daß ich Ihr Arbeitgeber bin und deshalb ein Mitspracherecht bei der Ausrüstung dieser Expedition habe!«

»Tatsächlich?«

Er ging auf sie zu, und in dem Raum mit der niedrigen Balkendecke wirkte er noch größer. Seine schweren Schritte ließen die Bretter unter ihren Füßen erzittern. Henry, der Sarah genau beobachtet hatte, stellte sich zwischen sie und Morgan und sagte: »Beim Zeus — was sind wir doch für ein harmonisches Team!«

Morgan schob ihn mit dem Ellenbogen zur Seite, und Sarah widerstand ihrem Fluchtinstinkt, packte ihr Parasol mit zwei Händen wie eine Waffe und hielt dem Blick des Amerikaners furchtlos stand. Eine Ewigkeit lang, wie es ihr vorkam, ragte er über ihr auf wie ein Turm. Die Hitze im Schuppen lastete schwer auf ihnen, und der Geruch seines Körpers nach Rum und Schweiß legte sich beklemmend auf ihre Brust.

»Schön«, sagte er schließlich mit so lauter Stimme, daß sie zusammenschreckte. »Sie sind am Zug, Lady. Was fehlt Ihrer Meinung nach noch an unserer Ausrüstung?«

Entnervt von dem Glitzern seiner Augen wich Sarah vor ihm zurück; aber nur wenige Millimeter. Das Parasol in den Händen drehend, bewegte sie sich durch das Depot, kaute auf ihrer Unterlippe und studierte die an den Wänden hängenden Gerätschaften und die Sachen, die sich auf den Tischen türmten.

Sie räusperte sich. »Sie werden doch wohl genügend Nahrungsmittel für die Reise besorgt haben.«

Keine Antwort.

»Und Waffen...« Sie stieß mit dem Zeh gegen eine Kiste mit der Aufschrift »Munition« und runzelte die Stirn. Erst jetzt entdeckte sie den Inhaber des Depots, der an einem Pult im Hintergrund des Schuppens lehnte und sie durch den Rauch seiner Zigarre hindurch beobachtete. »Wir werden einen Kompaß brauchen«, sagte sie mit höflicher Stimme zu ihm.

»Den haben Sie bereits«, erwiderte dieser herablassend.

»Landkarten?«

Der Mann lächelte und schüttelte den Kopf.

»Kein Landkarten?« Sie zog die Brauen in die Höhe und sah auf Kane zurück. » Keine Landkarten? Sie werden doch nicht eine so wichtige Sache wie Landkarten vergessen haben?«

»Es gibt keine«, erwiderte Morgan.

»Dann besorgen Sie sich woanders welche, Sir!«

»Es gibt keine«, wiederholte er in demselben groben Ton wie zuvor.

»So eine Nachlässigkeit ist unverzeih...«

»Ich sagte«, unterbrach er sie und bewegte sich wieder auf sie zu, so daß Sarah sich abermals, wenn auch so unauffällig wie möglich, vor ihm zurückzog, bis sie mit dem Rücken an einem Regal stand. Sie klappte rasch ihren Sonnenschirm auf und hielt ihn wie einen Schild zwischen sich und ihn, mit der Spitze auf seine Brust zielend.

»Ich sagte«, wiederholte er, »daß es keine Landkarten gibt. Nicht von dem Land, wo wir hingehen. Sie existieren nicht, Miss St. James, weil noch niemand, der sich auf dem Landweg nach Japurá gewagt hat, jemals von dort zurückgekehrt ist.«

»*Au contraire*«, entgegnete sie und wölbte eine Braue über dem Rüschensaum ihres Schirms, »*Sie* sind es, Sir.«

Sekundenlanges Schweigen herrschte im Schuppen, während Morgan zwischen Sarah und Henry hin- und herblickte, der seine Lippen zu einem lautlosen Pfiff spitzte.

»Ich bin zuversichtlich, daß Sie die Route Ihres Weges, den Sie damals genommen haben, zu Papier bringen können«, sagte Sarah und schob sich dabei zentimeterweise am Regal entlang, bis sie dessen Ende erreicht hatte und unbehindert ihren Rundgang durch den Schuppen fortsetzen konnte. Sie deutete auf solche Gegenstände wie Seile, Winden, Macheten und Äxte, um sich jedesmal belehren zu lassen, daß diese Sachen längst gekauft und bereits auf den Dampfer *Santos* verladen waren, mit dem sie morgen nachmittag ihre Reise fortsetzen würden.

Schließlich stand sie wieder mit einem vor Enttäuschung und Zorn hochroten Gesicht unter der Schuppentür. Wie gewöhnlich war es Morgan Kane gelungen, sie wie eine Närrin aussehen zu lassen.

»He, Boss!« rief er. »Sie haben etwas vergessen!«

Sie drehte sich um, als bereits ein Packen Kleider auf sie zusegelte. Als sie diese mit knapper Not aufgefangen hatte, flog noch ein Helm hinterher, nach dem sie sich gewaltig strecken mußte, damit er nicht draußen auf der Straße landete. Sie betrachtete das grobe Material einer Hose und eines Hemdes von unscheinbarer Farbe, ehe sie kopfschüttelnd fragte: »Was soll das denn sein?«

»Ihre Kleider natürlich. Das richtige Gewand für Ihre Streifzüge durch den Dschungel von Japurá.«

Lächelnd warf Morgan noch ein Paar kniehohe Lederstiefel oben auf den Packen. »Ich bin sicher, die Sachen werden Ihnen blendend zu Gesicht stehen«, sagte er, holte eine große Flasche von dem Regal neben sich herunter und ließ sie in die Wölbung des Helms fallen, den sie gegen ihre Brust drückte. »Davon nehmen Sie jeden Abend vor dem Schlafengehen eine Dosis ein, weil sie sonst an Malaria sterben. Sie wissen doch, was Malaria ist, nicht wahr?«

»Ja«, schnaubte sie durch die zusammengepreßten Zähne.

»War nur eine Frage«, meinte er grinsend, »damit wir auch nichts übersehen, *chérie.*«

Sie wirbelte auf den Absätzen herum und stürmte, ihr Parasol hinter sich herschleifend, mit wehenden Unterröcken und fliegenden Haaren aus dem Depot. Morgan stand unter der Tür, an einen Pfosten gelehnt, und hielt, ihr nachschauend, ein brennendes Streichholz an die Zigarette zwischen seinen Lippen. Henry stand neben ihm und meinte kopfschüttelnd:

»Du solltest dich wirklich bemühen, etwas freundlicher zu ihr zu sein.«

»Ja«, erwiderte Morgan, den Rauch durch die Nase blasend.

»Mir graut schon jetzt bei dem Gedanken, was passieren wird, wenn sie erfährt, daß deine Flucht aus Japurá auf dem Landweg nur ein Märchen war.«

»Bis dahin sind wir längst über alle Berge, mein Freund.«

»Mir wird ganz übel, wenn ich mir vorstelle, daß wir sie irgendwo unterwegs ausbooten werden, Morgan. Ich mag sie, mußt du wissen. Sie ist immer sehr nett zu mir gewesen. Ich glaube, sie wäre eine sehr angenehme Reisebegleiterin für dich, wenn du sie nur ein bißchen besser behandeln würdest.«

»Für mich?« gab Morgan mit einem leisen Lachen zurück. »Nicht für mich, Henry. Ich bin ihr nicht sauber genug, um ihr die Schuhe zu putzen.«

Henry blickte ihn mit traurigen Augen an.

Und mehr für sich, als an seinen Freund gewendet, setzte Morgan hinzu: »Sie würde mich nicht mal eine Meile an sich heranlassen, wenn sie wüßte...« Seine Stimme verebbte. Er trat die Zigarette mit der Stiefelsohle aus und ging davon.

Es war schon spät, als Sarah in ihrem Bett saß und einen Brief an Norman verfaßte. Auf ihrer Bettdecke lagen die Sachen ausgebreitet, die Morgan ihr zugeworfen hatte. Sie wollte sie noch nicht anprobieren. Für sie bedeutete dieser kleine rebellische Akt einen letzten Versuch, sich an den letzten Faden der Zivilisation zu klammern, der ihr noch geblieben war. Als sie in Belém eintraf, hatte sie schnell entdeckt, wie fremdartig und chaotisch die Verhältnisse am Amazonas waren. Die Indianer streiften so frei wie der Wind umher und zeigten sich in der Öffentlichkeit fast unbekleidet. Da herrschte keine Ordnung unter den Stadtleuten, die ihre Geschäfte schlossen und öffneten, wann es ihnen beliebte, und keine festen Zeiten kannten, was das Essen und Schlafen betraf. Während der heißesten Zeit des Tages hielten sie an den unmöglichsten Orten Siesta, und nachts sangen sie und johlten betrunken auf den Straßen.

Sie unterschrieb den Brief mit ihrem Namen. Wenn

Norman ihn las, würde er bereits die Nachricht vom Tod ihres Vaters erhalten haben. Nur Gott wußte, was für eine Version der Geschichte ihm zugetragen wurde. Die Beamten ihres Vaters hatten ihr zwar versichert, daß jeder Verdacht, daß es Selbstmord gewesen sein könne, im Keime erstickt würde; aber sie hielt das für unwahrscheinlich. Die Briten waren klatschsüchtig, und wenn die Nachricht von seinem Ableben London erreichte, würde sie zweifellos mit allen grauenhaften Details seines Hinscheidens ausgeschmückt sein. Sie mußte irgendwie beweisen, daß ihr Vater ermordet wurde, und sich diese Samen beschaffen, um seine Schulden zurückzahlen zu können, oder ihre Zukunft sah düster aus.

Müde fiel sie auf das Bett zurück und starrte an die Zimmerdecke. Wie alle Nächte bisher war auch diese schwülheiß, und sie sehnte sich nach einer Badewanne voll kaltem Wasser, in dem sie bis zum Kinn eintauchen konnte.

Sie schloß die Augen und döste, träumte von Morgan Kane, der von jubelnden Kindern umgeben war und dabei selbst fast so aussah wie ein Kind. Dann waren da Frauen — langbeinig, schön und dunkelhäutig —, die ihn mit Augen und Händen anbeteten; und plötzlich befand sie sich unter ihnen und streckte den Arm nach ihm aus, ohne ihn jedoch anzufassen, aus Angst, es könnten sich wieder jene schändlichen Empfindungen in ihr regen, dieses Flattern in der Magengrube, das sie jedesmal spürte, wenn er in ihrer Nähe war. So etwas hatte sie bei Norman nie empfunden. Sie fühlte sich bei Norman sicher und zumeist auch zufrieden mit ihrem Leben.

Morgan Kane machte sie rastlos und hungrig ... hungrig nach was?

Sie hörte ein Geräusch draußen im Korridor.

Sie öffnete die Augen und blinzelte schläfrig, war aber in der nächsten Sekunde hellwach, als sie Kanes Stimme auf der Treppe hörte. Das Blut rauschte wie ein Feuerstrom durch ihre Adern, summte ihr in den Ohren, kribbelte ihr in ihren Fingern. Sie rollte sich aus dem Bett, ging auf leisen Sohlen zur Tür und öffnete sie einen Spalt.

Ein etwas kühlerer Luftzug strich von der Halle herauf und bewegte die Blätter der Topfpalmen an den Wänden. Vorne am Treppenabsatz hatten die in ihren Käfigen schlafenden Papageien den Kopf aus dem roten und grünen Gefieder genommen und kreischten. Erst als Kane am Ende des Korridors auftauchte, hörten sie auf, mit den Flügeln zu schlagen, und verstummten. Seine breiten Schultern und die mächtige Krempe seines Hutes hatten einen flimmernden Saum aus Gold vor dem Licht, das unten in der Lobby brannte.

Er bewegte sich, den Kopf leicht gebeugt, mit langsamen, fließenden Schritten durch den schmalen Korridor zu seinem Zimmer, das dem ihren gegenüberlag. Die brennende Zigarette zwischen seinen Lippen erhellte nur schwach seine Züge. Mit angehaltenem Atem nahm sie mit Geist und Körper dieses dunkle Bild wilder Kraft in sich auf, das er im Schummerlicht des Korridors vor den im Luftzug schaukelnden Palmwedeln bot: Er verkörperte alles, was einer anständigen Frau verboten war. Er war das, was eine Frau dazu anregte, sich vorzustellen, wie es sein würde, wenn sie in den Armen eines Mannes läge, der keine Anstandsregeln, sondern nur seinen primitiven Trieben gehorcht.

Sie wußte das natürlich schon. Seit der Nacht, als er sie auf der Veranda ihres Vaters küßte, hatte sie kaum an etwas anderes gedacht, wenn sie allein war und ihren Träumen nachhängen konnte.

Er blieb vor seiner Zimmertür stehen und schob den Schlüssel ins Schloß. Die Tür ging knarrend auf... und dann drehte er sich um und blickte ihr direkt in die Augen.

Er wußte, was sie dachte. O Gott, er wußte es! Sie sah es seinen sich verengenden Augen und seinen Lippen an, die mit der Zigarette spielten. Sie spürte, wie sein Blick an ihrem Körper hinunterglitt vom Scheitel ihrer aufgelösten blonden Haare bis zu den Spitzen ihrer nackten Zehen — ein so heißer, so eindringlicher Blick, daß eine Stimme in ihrem Kopf schrie, sie habe kaum etwas an. Aber obwohl ihre feuchte Haut ihr Nachthemd aus Batist fast durchsichtig gemacht haben mußte, vermochte sie sich nicht von der Stelle zu rühren. Sie war plötzlich eine Verführerin, und dieser Gedanke gefiel ihr und löste eine so große Erregung in ihr aus, daß ihr schwindlig wurde und sie am ganzen Körper zitterte. Was würde sie machen, wenn er den Flur überquerte und sie fragte, ob er bei ihr eintreten dürfe? Aber er würde erst gar nicht fragen, sondern es einfach tun.

Da ging er in sein Zimmer und machte die Tür zwischen ihnen zu. Sarah schloß die Augen und preßte das Gesicht gegen die Wand. Sie hatte das Gefühl, ihr Körper stünde in Flammen.

Die Sonne war ein lodernder orangefarbener Ball über dem karamellbraunen Wasser des Amazonas. Sarah stand an der Reling der *Santos* und schloß geblendet die Augen, als die feurige Kugel am Horizont in den Fluten versank und der leuchtende Himmel die Schiffe, die sich in der Mündung des Flusses drängten, in ein purpurrotes und lavendelblaues Licht tauchte. Der Dampfer, auf dem Morgan Kane ihre Passage nach Santarém gebucht hatte, glich einer hohen weißen Hochzeitstorte mit Filigranwerk und Relingen aus blitzendem Messing. Mit den Paddelrädern an der Seite erinnerte er an die Boote, die auf dem Mississippi verkehrten.

Die Decks waren, soweit sie Sarah überblicken konnte,

mit Passagieren und der Fracht, die sich zwischen den Relingen meterhoch türmte, randvoll gefüllt. Ein paar Hängematten schaukelten unter spärlich verteilten ausgespannten Planen. Trotz der hereinbrechenden Dämmerung war die Luft noch heiß und prickelnd vor Erwartung, als die Dampfpfeife der *Santos* hoch oben am Schornstein einen langen blökenden Ton ausstieß: für Sarah ein Signal, daß nun das Leben, an das sie bisher gewohnt war, bald ein Ende haben sollte.

Henry hatte sich in rührender Weise bemüht, ihr die Sorge zu nehmen vor etwaigen Gefahren, die während der Fahrt auf dem Amazonas auf sie lauern mochten, während sie in der Gegenwart des Amerikaners stets die Unbekümmerte spielte, als wäre die Reise den Amazonas hinauf für sie nichts Schlimmeres als ein Spaziergang durch den Hyde Park. Tatsächlich war ihr vor der Flußreise lange nicht so bang wie vor der Begegnung mit King. Wie sollte sie sich einem Mann gegenüber verhalten, den sie des Mordes beschuldigen wollte — noch dazu einem Mann, der so kaltblütig und rücksichtslos war wie Rodolfo King? Nun, dieses Problem würde sich ihr erst in einigen Wochen, wenn nicht gar Monaten, stellen. Im Augenblick bewegten sie andere, dringendere Sorgen: wie sie die Fahrt heil überstehen und sich vor Gilberto de Queiros schützen konnten, der inzwischen von der Abreise des Amerikaners aus Georgetown erfahren haben mußte. Morgan und Henry hofften, Queiros sei überzeugt, Morgan habe Südamerika nun endgültig verlassen. Wie käme dieser phantasielose Mann auf den Gedanken, daß Morgan nicht mehr *vor* King weglief, sondern *zu* ihm hinrannte?

Und da war noch das Problem, das für sie der Amerikaner darstellte.

Sarah krampfte die Hände um die Reling und starrte

mit leeren Augen auf die entfernte Küste. Sie nahm das Stampfen der Dampfmaschinen und den rhythmischen Schlag des Paddelrades auf das Wasser nur im Unterbewußtsein wahr. Er wollte ihr nicht aus dem Sinn. Ihre Augen suchten ständig nach ihm, und sie erfand die fadenscheinigsten Gründe, ihm unter die Augen treten zu können. Zu ihrem Kummer wurde ihr klar, daß sie bald zu jenen verhexten Frauen gehören würde, die schamlos seine Aufmerksamkeit suchten, und das durfte nicht sein. Sie war schließlich eine Lady; und er war . . . faszinierend. Hypnotisierend. Ein berüchtigter Weiberheld.

Alles, was Norman nicht war.

Sarah verbrachte den Rest des Abends in einem Liegestuhl unter einem bunten Sonnensegel und schrieb in ihrem Tagebuch. Sie schilderte ihre Eindrücke von der Landschaft und dem Fluß, der sich wie ein Meer vor ihr auszudehnen schien. Zuweilen döste sie auch nur.

Das Pochen der Maschine weckte sie wieder. Die Nacht, die sie umgab, war so schwer und schwarz wie das ölige Wasser, das am Kiel des Raddampfers träge Wellen schlug. Sie war erstaunt über das brillante Licht der Sterne. Noch nie hatte sie eine so funkelnde Pracht am Nachthimmel erlebt. Es raubte ihr fast den Atem, und ihr Blick verlor sich darin, bis sie sich aufsetzen und nach den Lehnen des Liegestuhls greifen mußte, weil sie fürchtete, sie verlöre sonst den Boden unter den Füßen.

»Genießen Sie es, so lange Sie noch können, Prinzessin. Den morgen abend um diese Zeit wird der Nachthimmel nur noch eine schöne Erinnerung sein.«

Sie wandte den Kopf zur Seite und sah den Amerikaner in ihrer Nähe am Deckrand, eine Hüfte sorglos auf der Reling balancierend. Als Kane von seinem nicht ungefährlichen Sitz herunterrutschte, wanderte ihr Blick zu dem rasiermesserscharfen Dolch, der an einem breiten, um seine Hüften geschlungenen Ledergürtel hing, und dann zurück zu seinem Gesicht. Obwohl sie sich fest vorgenommen hatte, sich in seiner Nähe keine Blöße mehr zu geben, machte ihr Herz einen beunruhigenden Satz, und um ihre Lungen schien sich ein eiserner Reifen zu legen. Sie erinnerte sich nur zu rasch an das Gefühl seiner kräftigen Arme, die sich um ihren Oberkörper legten, dieser Hände, die ihr durch das Haar fuhren, und an diese keuschen Küsse, die in ihr ein Gefühl des Unbefriedigtseins zurückließen, obschon sie nicht recht begreifen konnte, warum. Bis jetzt nicht ...

Er stand, das Gesicht in Dunkelheit gehüllt, die Daumen in den Hosenbund gehakt, vor ihr und musterte sie schweigend. Sie hatte noch nie einen Mann gekannt, der so wachsam und zugleich so unnahbar sein konnte wie dieser Amerikaner.

»Sie sollten jetzt besser unter Deck gehen«, drang seine tiefe Stimme zu ihr. »In einer Stunde würden die Moskitos Sie bei lebendigem Leib verputzen.«

Sie sagte nichts, schwang die Beine vom Stuhl herunter und setzte sich so rasch auf, daß das Tagebuch auf ihrem Schoß auf die Decksplanken fiel. Ehe sie eine Bewegung machen konnte, hatte er sich gebückt und es aufgehoben. Er studierte es in dem schwachen Licht, das an Deck herrschte. »Ein Tagebuch? Romantische, verliebte Gedanken an Ihren Verlobten vielleicht?«

Sie beobachtete nervös, wie er darin blätterte, als wollte er tatsächlich in ihre intimsten Betrachtungen eindringen — die sich nur selten mit Norman, dafür um so mehr mit Morgan Kane beschäftigten. Sie riß ihm das Buch aus der Hand. Er grinste. »Darf ich es nicht sehen, *ma chère?* Sie haben doch wohl nicht etwas geschrieben, dessen Sie sich schämen müssen?«

»Was ich geschrieben habe, geht Sie nichts an, Mr. Kane.«

»Sie sind ein kratzbürstiges kleines Ding, wenn Sie meinen, sich wehren zu müssen.«

»Vielleicht sollten Sie sich bemühen, sich nicht ständig mit mir anzulegen.«

»Wie soll ich das verstehen, Sweetheart?«

»Ich habe noch keinen gekannt, dem es so großen Spaß macht, mit der Empfindsamkeit anderer Menschen Unfug zu treiben, wie Sie.«

»Sollte ich tatsächlich Verwirrung in Ihrem Gefühlsleben anstiften?« Er lachte leise. »Wie schmeichelhaft für mich.«

»Ich hatte das nicht als eine Schmeichelei gemeint.«

»Nein?« Er zeigte ihr ein so strahlendes Lächeln, daß Sarahs Körper vom Scheitel bis zu den Zehen vibrierte wie eine Bogensehne nach dem Pfeilschuß.

»Nein!« erwiderte sie, vielleicht ein bißchen zu heftig. Sie drückte das Tagebuch gegen ihren flatternden Magen und setzte im weniger leidenschaftlichen Ton hinzu: »Wenn Sie mich jetzt entschuldigen wollen? Ich möchte in meine Kabine.«

»Ich werde Sie dorthin begleiten.«

»Das wird nicht nötig sein.«

»Aber ich bestehe darauf.« Er nahm ihren Arm, und ihr Entschluß, die Flucht vor ihm zu ergreifen, kam ins Wanken. Sobald er sie berührte, wurde dieses für sie neuartige, schockierende Gefühle in ihr wieder lebendig. Sie versuchte, ihren Ellenbogen aus seinem sanften, aber hartnäckigen Griff zu befreien.

»Ich bin durchaus in der Lage, den Weg zu meiner Kabine allein zu finden«, meinte sie.

»Miss St. James, ich zweifle nicht daran, daß Sie imstande sind, auf dem Wasser zu gehen, aber ich werde von

Ihnen dafür bezahlt, daß ich Sie sicher den Amazonas hinaufbringe, und eben das habe ich vor.«

»Wie ritterlich von Ihnen, wenn ich bedenke, wie wenig Ihnen an meinem Wohlergehen in Belém zu liegen schien. Dort sah ich Sie immer nur in Gesellschaft zweifelhafter Damen, mit denen Sie sich in der Stadt herumtrieben.«

»Eine leichte Übertreibung, wie ich meine. Es gehört auch nicht zu meinem Stil, mich herumzutreiben. Ich neige mehr zu einer unauffälligen Verführung. Meiner Erfahrung nach sind Frauen eher gefesselt von einem etwas unterkühltem Verhalten der Männer.«

»Nicht *diese* Frau, Mr. Kane; und Sie tun gut daran, sich das zu merken.« Sie entriß ihm ihren Arm und eilte über das Deck.

»Sie bevorzugen die aggressivere Sorte, wie?« hörte sie ihn hinter sich sagen.

Wäre sie innerlich nicht so aufgewühlt gewesen, hätte sie vermutlich jetzt nicht die Beherrschung verloren. So drehte sie sich aber wütend um und schnaubte: »Mr. Kane, ich habe Sie, wie Sie vorhin richtig bemerkten, dazu engagiert, mich sicher nach Japurá und wieder zurück zu bringen. Ich habe Sie nicht — ich wiederhole: *nicht* — dazu angeheuert, mich zu verführen.«

Ein amüsiertes Lächeln kräuselte seine Lippen. »Ist es das, was ich gerade mache, *chérie?* Sie verführen?«

Es war schwer, nicht diesem sinnlichen Versprechen seiner Lippen zu erliegen. Sie rang nach Luft und erwiderte dann: »Mr. Kane, ich bin nicht so naiv, an diese lächerliche Legende zu glauben, Sie seien ein mythologischer Liebhaber, der unglückliche Frauen verzaubert.«

»Nein?«

»Absolut nicht. Ich bin zu alt und zu zynisch für so einen Unsinn.«

»*Ma chère*«, sagte er mit einem belustigten Unterton in

seiner tiefen Stimme, »Sie haben nicht ein einziges zynisches Knöchelchen in Ihrem prächtigen Leib. Wenn Sie nicht möchten, daß ich meinem Ruf gerecht werden und Ihre kühne Behauptung widerlegen soll, empfehle ich Ihnen, sich jetzt besser in Ihre Kabine zurückzuziehen.«

»Ich bezahle Sie auch nicht dafür, mir Befehle zu geben. Von jetzt an reisen wir als Team. Wir besprechen alles, was wir unternehmen wollen, gemeinsam und befinden darüber gemeinsam.«

»Ah! Sehr gut! Mich drückt die Blase. Was empfehlen Sie? Soll ich lieber mein Wasser am Kiel oder am Heck des Dampfers in den Fluß ablassen?«

Sie erstarrte, errötete heftig und drehte sich wieder der Tür zu, die zu den Quartieren der Passagiere hinunterführte. Sie war sich nur vage bewußt, daß er ihr folgte, als sie die Stufen des schmalen Niedergangs hinuntereilte und dann durch den schwach beleuchteten Korridor bis zu ihrer Kabinentür lief.

Sie hatte sich vor diesem Moment gefürchtet, seit sie am Nachmittag an Bord der *Santos* gegangen waren und Morgan und Henry ihr diese schäbige Unterkunft gezeigt hatten, obwohl sie bei der Besichtigung so tat, als würde sie sich nicht daran stören. Die Kabine — oder königliche Suite, wie Kane sie hochtrabend genannt hatte — war ein winziges Loch mit einem Bullauge, das so verrostet oder verrottet war, daß es sich nicht öffnen ließ. Was kein Schaden sei, wie Kane bemerkt hatte, denn niemand mit normalem Verstand würde bei offenem Bullauge schlafen, wenn er sich nachts nicht von den Moskitos oder Vampirfledermäusen das Blut aussaugen lassen wollte. Sie hatte ihr Erschauern hinter einem gezwungenem Lachen versteckt. Doch Kane hatte sich von ihrem Lachen nicht anstecken lassen, sondern sie nur angestarrt mit Augen, die die Farbe von Quecksilber hatten.

Das Bett war eine aus Fischernetzen gefertigte Hängematte, die von der Decke herabbaumelte und mit einer Matratze und einer zerschlissenen Wolldecke bestückt war. Die Laterne auf dem kleinen Tisch beim Bullauge warf ein flackerndes Licht auf drei kahle Wände und einen fleckigen Spiegel, der sich an der vierten befand. Sarah bemühte sich, ihrem Quartier eine gute Seite abzugewinnen wie allem, seit sie Georgetown verlassen hatten. Das war nicht einfach. Zum erstenmal in ihrem Leben war sie dank dieses Amerikaners genötigt, sich ohne Hilfe einer Zofe aus- und anzukleiden. Er hatte sich geweigert, ihr auch nur einen Dienstboten für die Reise zuzugestehen, und so war sie gezwungen gewesen, ihrer Kammerzofe in Georgetown den Abschied zu geben. Obwohl Henry und Kan darin wetteiferten, ihr das Leben während der Reise so angenehm wie möglich zu machen, konnten sie nicht alles für sie tun. Sie würde es irgendwie bewerkstelligen müssen, sich selbst zu entkleiden — und wenn sie dabei alle Säume ihres Rocks vom Leibchen riß.

Morgan blieb unter der Tür stehen und beobachtete, wie Sarah die Kabine durchquerte und ihr Tagebuch auf den kleinen Tisch neben die Lampe legte. Ihm entging nicht das Erschauern, mit dem sie die Hängematte und den nicht allzu sauberen Fußboden betrachtete. Und ihr grimmiger Mund zog sich zu einem kläglichen auseinander, als sie sich wieder zu ihm umdrehte und sagte:

»Wie nett — ich werde hier bestimmt gut schlafen.«

Sie war zweifellos eine schlechte Lügnerin, bewies jedoch bisher mehr Stehvermögen, als er ihr anfangs zugetraut hatte. Er war darauf gefaßt gewesen, daß sie einen hysterischen Anfall bekäme, wenn sie zum erstenmal ihre Kabine sah, und dann eine schlimme Migräne, als er ihr offenbarte, sie sei die einzige Frau, die auf diesem Dampfer den Amazonas hinauffuhr. Sie hatte beide Male jedoch nur mit einem Erschauern reagiert.

Nun stand sie wie eine Porzellanfigur oder ein verlorenes Kind in der Kabine, und sie hatte weder etwas von dieser verwöhnten, wenn auch verzweifelten jungen Dame an sich, die ihn zweimal angesprochen und ihm einmal das Leben gerettet hatte, als de Queiros dies mit einem Schnitt durch seine Kehle beenden wollte; noch war sie die Verführerin im dünnen Nachthemd, die ihn gestern eine schlaflose Nacht gekostet hatte.

Tatsächlich plagte ihn auch jetzt noch arg das Verlangen, sie in seine Arme zu nehmen. Was für eine Ironie, daß er sie damals auf der Veranda im Hause ihres Vaters nur geküßt hatte, um ihr zu beweisen, daß er nicht der Mann sei, der sich so leicht von der Koketterie einer schönen und eleganten Lady, die ihm flüchtig ihren bloßen Fußknöchel zeigte, betören ließ — das hatte er alles schon tausende Male erlebt. Doch er war mit einer süßen, quälenden Erinnerung an ihre nachgiebigen Lippen, den erotischen Duft ihres von der warmen Tropennacht erhitzten Körpers und dem Gefühl ihrer festen jungen Büste, die sich gegen seine Brust preßte, nach Hause gegangen. Mit diesen Erinnerungen vor Augen, drehte er sich nun unter der Tür um und ließ sie, ihm nachstarrend, allein in der Kabine zurück.

Mitternacht.

Die Luft im Zwischendeck war zum Schneiden dick vom Qualm und dem Geruch ungewaschener Körper. Der Lärm, den die Männer beim Würfeln machten, hatte eine unerträgliche Lautstärke erreicht, als Morgan trunken nach dem Würfelbecher greifen wollte, ihn verfehlte und seinen Versuch wiederholte. Die grinsenden Gesichter, von denen er umgeben war, gerieten ihm zu schemenhaften Fratzen, als er sich mit brennenden Augen daran machte, den rasch dahinschwindenden Stoß von Banknoten zu zählen, der vor ihm lag.

»Morgan!« hörte er Henrys Stimme. »Morgan, was geht hier vor? Morgan!«

Sich schwankend auf den Knien aufrichtend, blickte Morgan über die Schulter und sah Henry, der sich durch die Menge auf ihn zuschob.

»Morgan, wage ja nicht, noch einmal diese Würfel anzufassen!«

Morgen warf sie trotzdem. Wieder hatte er Pech. Er sah zu, wie sein letztes Geld in die Tasche eines mit zahnlosen Kiefern grinsenden Brasilianers wanderte, dessen Nase nur noch aus einem kurzen Hautlappen bestand. Henry trat neben seinen Freund und meinte kopfschüttelnd: »Morgan, Morgan. Ich sagte dir doch, daß du dich von diesen Haien fernhalten sollst. Du bist ein miserabler Spieler, besonders, wenn du es mit ausgebufften Profis zu tun hast. Komm, ehe du uns völlig ruinierst.«

»Laß diesen blöden Bastard doch sein Geld verlieren, du kleiner Scheißer«, rief eine knarrende Stimme Henry zu.

Mit gerunzelter Stirn brüllte Morgan zurück: »Wen hast du soeben einen Scheißer genannt?«

Henry verdrehte die Augen.

»Diesen Pisser mit den Knochen in der Nase.«

Morgan erhob sich schwankend auf die Beine und schob Henry mit geballten Fäusten zur Seite. »Niemand nennt meinen Freund einen Pisser oder Scheißer!«

»Wer sagt das?«

»Ich sage dir das, du Huren . . .«

Jemand packte in diesem Moment Morgan von hinten, wirbelte ihn herum und knallte ihm eine Rechte ans Kinn. Morgan taumelte nach hinten, prallte gegen einen

Kistenstapel und rutschte zu Boden. Plötzlich war ein spitzer Schrei zu hören, der das Grölen der Männer übertönte. Henry, nur mit einem Lendentuch bekleidet, stand oben auf dem Kistenstapel und ließ Morgans Messer durch die Luft pfeifen. Während die betrunkenen Zuschauer sich erschrocken vor ihm zurückzogen, schien die Riesenschlange, die ihm auf die Brust tätowiert war, im flackernden Licht der Öllampen zum Leben zu erwachen.

Henry langte mit der Linken nach unten, packte Morgan beim Hemdenkragen und zog ihn auf die Knie.

»Mein guter Mann«, murmelte er leise, »ich schlage vor, daß wir uns aus dieser Spielhölle zurückziehen, ehe ich gezwungen bis, zu meinem primitiven Selbst zurückzukehren, wie immer das ausgesehen haben mag. Ich habe es nämlich längst vergessen, und ich möchte es nicht darauf ankommen lassen. Also verdrücken wir uns rasch, bevor die Leute merken, daß ich nur bluffe.«

Als sie das Oberdeck erreichten, taten Kane alle Zähne im Unterkiefer weh, und sein Magen protestierte wütend, bis er sich über die Reling beugte und sich in den Fluß erbrach. Dann gab ihm Henry sein Messer zurück.

»Wie ist es denn dazu gekommen?« forschte der Pygmäe.

Morgan schüttelte den Kopf, wischte sich den Mund mit dem Hemdärmel an und kotzte wieder.

»Du brauchst es mir nicht erst zu sagen«, fuhr Henry fort. »Du hast wieder mal an King gedacht. Dann passieren immer solche Pannen. Du solltest ihn vorläufig vergessen. Du hast genügend Zeit, dich mit diesem Bastard zu beschäftigen, wenn wir Japurá erreicht haben.«

Morgan hing über der Reling, die Stirn auf dem Handlauf, und bat Gott, daß das Schiff aufhören möge zu schlingern.

Henry legte ihm die Hand auf die Schulter. »Du brauchst dich nicht zu schämen, weil du Angst hast. Bist auch nur ein Mensch.«

»Seit wann bin ich nur ein Mensch? Ich dachte, ich sei der *boto*, der es wagt, an Orte vorzudringen, die noch keines Menschen Fuß betreten hat? Der lebend aus der Hölle zurückkommt und berichtet, wie es dort zugeht? Ein Heroe, wie ich einer sein soll, ist kein Mensch! Er gilt als unbesiegbar.« Morgan nahm die Stirn vom Schiffsgeländer und kotzte wieder ins Wasser.

Ein langes Schweigen folgte, das vom rhythmischen Stampfen der Maschinen unterlegt war. Schließlich ließ Henry einen Seufzer hören und schlug seinen Freund auf die Schulter. »Soll ich dir zu deiner Hängematte helfen?«

Morgan schüttelte den Kopf.

»Dann eben nicht — gute Nacht, Morgan.«

»Gute Nacht.«

Henry blickte seinen Freund noch eine kurze Weile an, ehe er sich umdrehte und in der Dunkelheit untertauchte. Allmählich kam die Welt, die sich um ihn zu drehen schien wie ein Karussell, zum Stillstand. Morgan richtete sich auf, packte die Reling mit beiden Händen und suchte einen imaginären Punkt über dem dunklen Wasser mit den Augen festzuhalten. Er wollte sich nicht zur Ruhe legen. Das war ja auch der Grund gewesen, warum er gewürfelt und der Flasche zugesprochen hatte, bis er betrunken war.

Stundenlang hatte er zuvor in der Hängematte gelegen, und seine Gedanken waren ständig zwischen King und Sarah hin und her gependelt. Er hatte etwas gebraucht — irgend etwas —, das seine Gedanken von den beiden ablenkte. Er hatte zwar gelernt, sich nicht von seinen Gedanken an King in Panik versetzen zu lassen, aber Sarah war eine ganz andere Geschichte.

Beunruhigende Gefühle wurden in ihm wach, wenn er an sie dachte — Gefühle, die ihm nicht geheuer waren. Er war sich dieser Gefühle zum erstenmal bewußt geworden, als er gestern abend eine Reihe von Angeboten sexueller Abenteuer abgelehnt hatte, weil er sich einmal ausschlafen wollte. Jedenfalls hatte er sich eingeredet, daß dies der Grund sei, bis er sich allein in seinem Zimmer wiederfand, nur durch einen schmalen Korridor von Sarah getrennt. Er war in seinem Zimmer herumgelaufen wie eine Raubkatze im Käfig, mit seinem Gewissen kämpfend, das er längst verloren zu haben glaubte. Eine leichtfertige Stimme in seinem Kopf hatte ihm gesagt, er brauche doch nur bei ihr anzuklopfen, einen Vorwand für seinen Besuch zu erfinden, seinen Charme spielen zu lassen, um sie gründlich zu verführen und den Rest der Nacht seinen Zauber über sie auszuüben. Zum Teufel mit ihrer Jungfräulichkeit! Sie würde sie ja doch eines Tages verlieren; warum also dem guten alten Norman nicht die Arbeit abnehmen?

Fast hätte er auf diese Stimme gehört. War verdammt nahe daran gewesen. Warum hatte er es dann nicht getan?

Morgan holte tief Luft, griff nach der Whiskyflasche, die in seiner Brusttasche steckte, und hielt sie an den Mund. Er trank nicht, schwenkte nur den Whisky in seiner Mundhöhle herum und spuckte ihn dann ins Wasser. Er wollte noch ein paar Runden um die Schornsteine drehen, um nüchterner zu werden, und dann würde er sich zum Zwischendeck zu seiner Hängematte begeben. Vielleicht hatte er sich dann so müde gelaufen, daß er einschlafen konnte und ...

Er bog um die Ecke des Brückenhauses und blieb stehen. Da stand Sarah im Lichtkegel einer Öllampe, und sie war nicht allein.

»Vielleicht würden Sie mit mir in meiner Kabine noch

einen Drink nehmen?« fragte der große, dunkelhaarige Mann an ihrer Seite.

»Das ist sehr liebenswürdig von Ihnen«, erwiderte sie. »Aber ich glaube nicht. Ich habe Ihre Gesellschaft sehr genossen, werde jetzt aber wieder in meine Kabine zurückkehren.«

»Sie gestatten mir doch wenigstens, daß ich Sie dorthin begleite?«

Sie schüttelte den Kopf und wich vor dem Mann zurück, als er auf sie zukam.

»Ich hatte aber den Eindruck, daß Sie meine Gesellschaft sehr anregend fanden.«

»Die Dame sagte ›nein‹!«

Sarah schrak bei dem Klang von Morgans Stimme zusammen. Der Mann an ihrer Seite wirbelte herum, und Morgan trat aus dem Schatten der Aufbauten heraus, packte ihn vorn beim Hemd und stieß ihn zurück. Sarah ließ einen kurzen entsetzten Laut hören, und einen Moment lang machte der Fremde den Eindruck, als wollte er Morgan dessen Beschützerrechte streitig machen. Die Hitze lastete schwer auf ihnen und der dumpfe Geruch von Humus, der vom Ufer herkam.

Morgan fragte sich flüchtig, ob er nicht zu betrunken war, um sich gegen den Fremden behaupten zu können. Aber er zweifelte nicht daran. Der Zorn und die Eifersucht, die in ihm aufwallten, als er Sarah mit einem anderen Mann zusammen sah, hatten ihn stocknüchtern gemacht.

Schließlich zog der Fremde seine Jacke glatt, drehte sich auf den Absätzen und ging davon. Erst jetzt richtete Morgan den Blick auf Sarah und schnaubte:

»Was, zum Teufel, haben Sie denn hier mit ihm an Deck getrieben?«

Ihr Gesicht wurde so blaß wie die Bluse, die sie trug.

Ihre Augen waren rund und groß. »Ich — ich bin doch nur an Deck gekommen, um frische Luft zu schöpfen«, rechtfertigte sie sich. »Ich konnte nicht schlafen.«

»Wir befinden uns hier nicht in England, falls Sie das noch nicht bemerkt haben sollten, Sarah. Eine Frau wie Sie flaniert nicht ohne Begleitung auf so einem Schiff wie diesem umher, schon gar nicht nach Anbruch der Dunkelheit.«

Ihre Angst verwandelte sich nun in Gereiztheit. Sie funkelte ihn wütend an. »Er ist nicht so, als befände ich mich allein auf diesem Schiff, Mr. Kane. Wäre ich gezwungen gewesen zu schreien . . .«

»Mitternacht ist längst vorbei, verdammt noch mal!«

»Ich bin durchaus imstande, auf mich selbst aufzupassen.«

»In England vielleicht, wenn Sie mit Ihren galanten Freunden im Garten lustwandeln, aber nicht hier, wo hinter jeder Ecke ein Spitzbube lauern kann, der sich nicht scheut, Sie in eine dunkle Ecke zu zerren.«

»Lächerlich«, schnaubte Sarah, drehte sich wütend um und entfernte sich auf dem Deck. Morgan starrte ihr nach, bemüht, den Aufruhr der Gefühle, der in ihm tobte, zu bändigen. Himmel, war sie schön mit diesen Haaren voller Mondlicht und ihrem vor Zorn geröteten Gesicht! Sie war zu verdammt naiv, um die Wirkung zu ermessen, die sie auf Männer wie ihn ausübte. Auf Männer, die es nicht gewohnt waren, ein Nein gelten zu lassen . . .

Er folgte ihr. »Sarah!«

»Gute Nacht, Mr. Kane.«

»Ich bin noch nicht fertig.«

»Aber ich.«

Er faßte sie am Arm und schwenkte sie so heftig herum, daß sich ihre Haare aus dcn Spangen lösten und sie hinfiel. Er hob sie von den Planken hoch, drehte sie um und preßte sie gegen die Decksaufbauten, ehe sie auch nur »Oh« sagen konnte.

Dann küßte er sie brutal, ihren Mund mit den Zähnen aufzwingend, bis er seine Zunge zwischen ihre feuchten seidenweichen Lippen schieben konnte. Sie wehrte sich heftig, wimmerte und bemühte sich nach Kräften, ihr Gesicht zur Seite zu drehen. Vergeblich. Er küßte sie noch immer, als seine Hand sich zu ihrer Bluse tastete, sich durch den Ausschnitt schob und nach den Brustwarzen suchte, die hoch und steife sein mußten, wie er wußte... und sie waren es. Himmel, ja, sie waren es!

Das ist es, was passiert, wenn du im Dunklen mit solchen Bastarden wie mir kokettierst, dachte er bei sich, als seine Zunge sich an ihrer rieb, seine Hüften sich auf ihre legten und seine Knie ihren schwachen Versuch, nach ihm zu treten, unterbanden.

Als sie aufhörte, sich zu wehren, konnte er das zunächst gar nicht glauben, bis er plötzlich merkte, daß ihre Arme fast schlaff über seinen Schultern lagen, und ihre Finger den zaghaften Versuch machten, seine Haare zu streicheln. Ihr Mund war fügsam geworden, weich und anschmiegsam, sich seinen Lippen anpassend mit dem Eifer einer Novizin, die etwas lernen möchte. Er spürte, wie ihr Herz wie das eines Vogels unter seinem schlug.

Er fuhr mit der Zunge über ihren Hals und spürte, wie ihre Haut unter deren Berührung erschauerte. Sie ließ den Kopf von einer Seite auf die andere pendeln, und ihr Haar ergoß sich wie goldene Mondstrahlen über ihre Schultern.

Das mußte aufhören. Natürlich mußte das aufhören, redete er auf sich ein. Sie konnten jeden Augenblick entdeckt werden. Er hatte ihr doch nur einen Schrecken einjagen, ihr zeigen wollen, was passieren konnte, wenn sie sich im Dunklen mit einem Mann ohne Skrupel wiederfand. Er wollte ihr die Folgen zeigen, wenn sie mit einem der schlimmen Jungen tändelte, die in den dunklen und schäbigen Quartieren von New Orleans zum erstenmal mit dem Sex Bekanntschaft gemacht hatten. Mit Jungen, die ihre erste Frau im Alter von zwölf Jahren hatten — eine Hure, die besonders dafür talentiert war, es kleinen Junge schön zu machen.

Er fuhr mit der Hand an ihrem Schenkel hinunter, hob mit den Fingern ihren Rock hoch, während er sein Gesicht an ihren Brüsten barg und den Geruch ihres Körpers durch den dünnen Stoff ihrer Bluse einsog. Sie nur schmecken, ihre Brust, diese rosige, steif gewölbte Spitze in seinen Mund nehmen und das Aroma einer Frau kosten, die nicht noch nach dem letzten Mann stank, mit dem sie geschlafen hatte, oder nach dem Alkohol, mit dem sie sich den Mut angetrunken hatte, ihn aufzusuchen.

Seine Finger glitten durch den Spalt in ihre Pantalons und berührten ihr Fleisch. Sie keuchte, und ihre Augen öffneten sich. Sie wirkten glasig und verträumt; ihre Lippen waren dunkel und geschwollen von seinen Küssen. Zweifellos würde sie jetzt zur Besinnung kommen und ihm eine Ohrfeige geben, ihn daran erinnern, daß er nur ein bezahlter Helfer sei — weißer Abschaum, der nicht das Recht hatte, eine echte Lady auf diese Weise anzufassen.

»W-was machst du da?« fragte sie im Flüsterton.

»Dich berühren«, flüsterte er zurück. »Gefällt dir das nicht?«

Sie ließ ein leises Schnurren in der Kehle hören, was ihn kühner machte, den Zauber über ihren Körper auszuüben, den er bei so vielen anderen Frauen zur Meisterschaft entwickelt hatte. Nur war das bei anderen immer ein feststehendes Ritual gewesen, dessen Ausgang er so sicher voraussagen konnte wie den Sonnenaufgang am Morgen. Ja, aber bei Sarah war keine Voraussage möglich. Zum ersten Mal in seinem Leben wurde er Zeuge eines wirklichen Erwachens vom Mädchen zur Frau — des Wunders, wie Sarah die Wonnen ihres eigenen Körpers entdeckte. Das war Naivität im reinsten Sinne des Wortes; sie entfaltete sich vor ihm wie das Aufgehen einer Blütenknospe unter der Frühlingssonne. Oh, wenn er das mit ihr teilte, würde er vielleicht...

Es würde vielleicht etwas von ihrer Güte und ihrer Unschuld auf ihn abfärben. Ihm möglicherweise, wenn auch nur einen Moment lang, das Gefühl geben, er wäre wieder rein.

Da schloß er die Augen, zog dann seine Hand zurück und zwang sich dazu, von ihr wegzublicken, zum schwarzen Himmel hinaufzustarren und dem Pulsschlag der Schiffsmaschinen zu lauschen. Als Sarah sich neben ihm bewegte, wurde sein Blick wider seinen Willen erneut zu ihr hingezogen. Er mußte sich dazu überwinden, ihr die Haare aus dem erhitzten Gesicht zu streichen und ihre Kleider glatt zu ziehen. Sie schien betäubt wie jemand, der sich noch im Halbschlaf befindet. Er hatte diesen Ausdruck schon früher gesehen, wenn das Verlangen des Körpers so groß war, daß er gegen das bessere Wissen des Verstandes handelte. Bald würde sie zur Besinnung kommen und ihn für das hassen, was er soeben getan, sich dann selbst hassen, weil sie es zugelassen hatte. Sie liebte schließlich einen anderen Mann. Zweifellos stellte sie sich in Gedanken vor, daß es Norman war, der sie in seinen Armen hielt — sie liebte...

Er schleuderte diesen Gedanken mit einem Kopfschütteln von sich, drehte sich von ihr weg und grub eine Zigarette aus seiner Tasche, während Sarah mit großen, verwirrten Augen hinter ihm stand.

Er riß ein Streichholz an. »Gehen Sie zu Bett«, befahl

er. »Und daß ich Sie nie mehr nachts an Deck ohne Henry oder Kan erwische.«

Ihre weichen Lippen schoben sich übereinander.

»Ich hätte Sie soeben vergewaltigen können — gleich hier an Deck —, und wer, zum Teufel, hätte etwas davon bemerkt? Ich hätte Ihnen Ihr schönes Genick brechen und Sie über Bord zu den Piranhas werfen können, ohne daß es jemand gehört oder gesehen hätte.«

»Haben Sie es nur deshalb getan?« fragte sie mit unterdrückter, aber zorniger Stimme. »Um mir eine Lektion zu erteilen? Um mich zu demütigen? Um mir zu beweisen, daß ich mich ebensowenig der Wirkung dieser idiotischen Geschichte, die Sie zum *boto* erklärt, entziehen kann wie jede andere Frau, mit der Sie es bisher zu tun hatten? Warum, Mr. Kane? Sagen Sie es mir!«

»Ich habe es aus allen diesen vorgenannten Gründen getan, *chérie*«, log er.

Sie wankte, als habe sie einen Schlag in den Magen bekommen, und dann gab sie ihm eine so heftige Ohrfeige, daß seine Zigarette in den Fluß hinunterflog. Ohne noch ein Wort zu sagen, floh sie in die Dunkelheit hinein und ließ ihn allein im Schatten der Aufbauten stehen.

6

Morgan verfluchte die schwüle Luft, die auf ihm lastete wie eine Decke aus Dampf. Das Unbehagen würde noch zunehmen, sobald sie den Regenwald erreichten. Die Luft würde so heiß, dick und feucht sein, daß jeder Atemzug zu einem Kraftakt wurde. Dann erinnerte er sich daran, daß das Atmen noch die geringste seiner Sorgen sein würde, sobald sie das Herz von Amazonia erreichten. Wenn der

Regenwald sie nicht umbrachte, würden das die Indianer besorgen. Und wenn sie das Glück hatten, die Angriffe der Wilden zu überstehen...

Sarahs Lachen übertönte das leise Murmeln an Deck und das Poch-Poch der Schiffsmaschine. Morgan drehte der Reling den Rücken zu, um sie zu beobachten, holte die Whiskyflasche aus der Brusttasche und entkorkte sie. Sie saß wie an den beiden vorhergehenden Tagen an einem mit weißem Leinen bedeckten Tisch am Bug des Schiffes unter einem improvisierten Sonnensegel. Henry hatte an ihrer Seite Platz genommen und schenkte ihr den Tee ein, während Kan in ihrer Nähe auf und abschritt wie ein Wachhund an einer straffen Leine. Als wäre das noch nicht genug, mußten ihr auch noch alle anderen Männer an Bord der *Santos* am Rocksaum hängen wie ein Rudel hungriger Schakale.

Henry blickte zu ihm hin, und Morgan hob die Whiskyflasche zum stummen Salut, nahm daraus einen Schluck und zog die Mundwinkel in die Höhe. Henry entschuldigte sich bei seinen Tischgenossen, erhob sich von seinem Platz und suchte sich einen Weg zwischen den vielen Hängematten, deren Insassen Larven ähnelten, die in bunte Kokons eingesponnen waren.

»Du siehst schrecklich aus, alter Knabe«, sagte Henry, als er seinen Freund erreicht hatte.

Morgan setzte die Flasche wieder an die Lippen.

»Willst du nicht den Tee mit uns einnehmen?«

»Du scherzt wohl. Wer trinkt schon Tee, wenn es heiß genug ist, um Eier im Schatten auf der Reling braten zu können?« Er beobachtete den Kapitän des Schiffes — ein gewisser Lloyd Chambers —, der soeben den Platz einnahm, den Henry geräumt hatte, und mit Sarah ein Gespräch anfing. Chambers war ein Mann Anfang Vierzig, glattrasiert, mit kurzen roten Haaren und verschlafenen

Augen in einem rundlichen Gesicht, das die Farbe von rotem Burgunder annahm, sobald er sich in Sarahs Gesellschaft befand, was immer häufiger geschah in den letzten Tagen, so daß sich Morgan fragte, wer, zum Teufel, denn diese schwimmende Lattenkiste den Fluß hinaufsteuerte.

Er drehte sich wieder der Reling zu, stützte die Ellenbogen darauf und blickte zum Ufer hinüber, wo ein paar mit Palmblättern gedeckte Hütten auf Holzpfählen zwischen den Bäumen auftauchten. Henry trat an seine Seite, stellte sich auf die Zehenspitzen und spähte über das Geländer. Sie sahen schweigend zu, wie ganze Familien aus den Hütten hervorkrochen und winkten, als die Schiffspfeife über das trübe Wasser hinblökte.

Schließlich sagte Henry: »Du hast dich verflucht rar gemacht, seit wir in Belém an Bord gingen, guter Freund.«

»Das gleiche kann ich von dir behaupten.« Morgan nahm wieder einen kräftigen Schluck aus der Whiskyflasche, hieb dann den Korken in den Flaschenhals und schob sie in die Brusttasche. Er zog eine Zigarette aus der Hosentasche und suchte nach einem Zündholz, dabei blickte er über Henrys Kopf hinweg zu Sarah hin. Die Hitze wurde vom Schiffsdeck in schimmernden Wellen zurückgeworfen, doch unter dem Sonnensegel sah das Mädchen so kühl aus wie eine vom Tau geküßte Orchidee. Ihre Stimme glich einem hellen, von Lachen unterbrochenen Glockenspiel, als sie mit dem Kapitän und ein paar Leuten seiner Mannschaft plauderte, die ihr schönes Gesicht angafften wie ein paar liebestolle Welpen. Sie besaß nicht einmal so viel Anstand, in dieser höllischen Hitze einen erschöpften Eindruck zu machen. Außer damals in Klein-China hatte er sie noch nie schwitzen sehen oder sich beklagen hören.

»Sie ist eine ungewöhnliche junge Lady«, hörte Morgan Henrys Stimme neben sich.

»Ja«, murmelte Morgan, mehr zu sich als zu seinem Freund Henry.

Er drehte ihr den Rücken zu, damit ihn nicht das Bild ihrer leidenschaftstrunkenen Augen überwältigte, das ihn die ganze Nacht hindurch gequält hatte. Die Erinnerungen an den Duft ihres Körpers, an den Geschmack ihrer Lippen — an das unglaubliche Gefühl, das ihr Schenkel in ihm geweckt hatte und das feuchte Fleisch, das unter seiner Berührung erbebte —, hatten ihn in den letzten Tagen fast zum Wahnsinn getrieben. Zu ihrem und seinem eigenen Nutz und Frommen hatte er so viel Distanz zwischen sie gelegt, wie das auf diesem Schiff möglich war.

Er sah zum Ufer hinüber, auf den breiten Streifen schillernden Sandes, der von hohen grünen Bäumen gekrönt war. Nach einer Weile blickte sich Henry wieder nach Sarah um und sagte: »Manchmal wünsche ich mir, daß ich weiß und einen halben Meter größer wäre, Morgan. Und was wünschst du dir, alter Freund?«

Morgan sog an seiner Zigarette und überlegte sich lange eine Antwort auf diese Frage, ehe er grinsend erwiderte: »Daß ich einen halben Meter kleiner wäre, eine braune Hautfarbe hätte und mir ein Knochen aus der Nase ragte.«

Henry kicherte und sah sehr zufrieden mit sich aus.

Sarah ließ sich auf den Stuhl in ihrer Kabine fallen und begrub das Gesicht in den Händen. Tränen schimmerten in ihren Augen. Die Erschöpfung und die Hitze machten sie krank. Drei Tage war sie nun erst den Amazonas hinaufgefahren, und schon wollte sie wieder nach Hause — nicht nach Georgetown, sondern gleich nach London. Sie hatte das Verlangen, sich Normans Gnade zu unterwerfen und Japurá, die Gummibaumsamen und einen Mörder namens King zu vergessen. Eine Unempfindlichkeit für Hitze und Insekten vorzutäuschen, fiel ihr von Stunde zu

Stunde schwerer. Man konnte nur eine begrenzte Zeit lang Tee trinken, angeregt plaudern und charmant sein, ohne zu schwitzen, in Ohnmacht zu fallen oder einen Schreikrampf zu bekommen.

Sie stand auf und versuchte das Leibchen ihres Kleides über die Schultern zu ziehen. Es klebte ihr auf der Haut und verhakte sich im Hemd. Sie hatte die Haare zu einem Zopf geflochten und hochgesteckt; aber ein paar Strähnen saßen so fest an den Schläfen und im Nacken, als wären sie daran festgeleimt.

Am liebsten hätte sie laut geflucht; doch die Hitze, die Moskitos und die Monotonie dieser verdammten Schiffsreise hatten damit wenig zu tun.

Sie bedeckte das Gesicht erneut mit den Händen in dem verzweifelten Bemühen, sich von dem Gedanken an Morgan Kane zu befreien. Erst war sie darüber entsetzt gewesen, was zwischen ihnen vor zwei Nächten geschehen war. Im nächsten Moment hatte sie jede dieser sie so überraschenden Berührungen noch einmal in allen süßen Einzelheiten ausgekostet. Auch jetzt reichte die bloße Vorstellung seiner Küsse und Hände hin, um diese wundersame Wirkung in ihrem Körper erneut auszulösen, die sie früher nicht gekannt hatte. Ihre Brüste schmerzten, ihr Herz raste. Sie spürte ein Brennen nicht nur auf der Haut, sondern tief in ihrem Inneren an jener Stelle, die er zwischen ihren Beinen so zärtlich gestreichelt hatte, bis sie so heiß und dick geworden war wie in der Sonne geschmolzener Honig . . .

Sie seufzte erleichtert, als sie ein Klopfen an der Kabinentür hörte. Kans Name erstarb ihr jedoch auf den Lippen, als die Tür aufflog und sie in das Gesicht des Amerikaners starrte. »Oh«, sagte sie mit atemloser Stimme, »ich dachte, es wäre Kan.«

Sein Blick wanderte von ihrem Gesicht zu ihren Schultern, wo ihr Leibchen so matt herabhing wie eine Fahne bei Flaute am Mast.

»Ich hatte Schwierigkeiten mit meinem Kleid«, fuhr sie hastig fort und spürte, wie ihre Wangen sich verräterisch rot färbten. »Ich hatte gehofft, Kan würde mir helfen.«

»Kan wurde aufgehalten. Und deshalb bat er mich, Sie zu Tisch zu führen.«

Ein Schweigen senkte sich auf die beiden herab, als Kane unter der Kabinentür stehenblieb, die Hände in den Hosentaschen. Das trübe Licht der Öllampe betonte noch die Höhlung in seinen Wangen und die Farbe seiner Augen. Endlich sagte er: »Vielleicht kann ich Ihnen beim Kleid behilflich sein.«

Unter normalen Umständen hätte Sarah sich geweigert, seine Hilfe anzunehmen. Keine anständige Frau ließ eine so intime Handlung zu, besonders nicht bei einem Mann von Kanes Ruf — und schon gar nicht im Licht dessen, was vor zwei Tagen zwischen ihnen vorgefallen war. Sie hatten nicht einmal mehr miteinander geredet seit dem Moment, wo sie sich nach ihrer Ohrfeige trennten. Und wenn sie bedachte, was sie vor wenigen Sekunden noch empfunden hatte, wäre es töricht von ihr gewesen, ihm zu gestatten, sich im gleichen Raum mit ihr aufzuhalten...

Sie trat von der Schwelle zurück, die Tür offen haltend, und wartete mit gesenktem Blick, daß er eintrat. Sogleich kehrte diese wundersame Erregung zurück, als er in die Kabine kam. Sarah lächelte, als dieses süße, berauschende Gefühl sie wieder durchrieselte. Ihre Haut kribbelte, ihr Herz klopfte. Sie fühlte sich irgendwie ... *lebendiger.*

Sie schloß die Tür und sah ihn an. Seine Augen waren wachsam, als erwarte ihn irgendeine Gefahr. Sie hob den Zopf mit einer Hand hoch, drehte sich langsam um und bot Kane ihren Rücken dar. Den Kopf leicht nach vorn geneigt, wartete sie, bis er sie nach einigen Sekunden mit den

Händen berührte, zögerlich erst, dann mit den Fingern an ihren Knöpfen fummelnd. Sein warmer männlicher Geruch, dem ein Hauch von Whisky beigemengt war, versetzte ihre Sinne in einen Taumel. Wenn er sie in diesem Moment in seine Arme nehmen würde — was würde sie tun? Wie würde sie darauf reagieren?

»Fertig«, hörte sie seine Stimme hinter sich.

Sarah ließ den Zopf fallen und drehte sich zu ihm um, den Kopf in den Nacken legend, während ihre Augen in seinem verschlossenen Gesicht nach einem unausgesprochenen Wunsch forschte. Du lieber Gott, was war nur aus ihrem Gefühl für Schicklichkeit geworden, wenn sie nur daran denken konnte, wie wunderbar es wäre, wenn er sie jetzt küssen würde?

Bitte, dachte sie, *bitte, küß mich wieder.*

Er sah ihr eine lange Sekunde in die Augen; die Wimpern ein wenig gesenkt, als er ihre Lippen studierte, seine Mundwinkel ein wenig nach oben gewölbt. Dann ging er zur Tür. »Ich werde Sie zum Dinner geleiten. Ich glaube, Sie speisen heute abend mit dem Kapitän — nicht wahr, meine Liebe?«

Der Dampfer schlingerte, und das Pochen der Maschinen schien auszusetzen. Sie faßte nach der Hängematte, die zu pendeln begann, während ihre Augen seinen Blick nicht losließen. Sie spürte Zorn, Bedauern und Enttäuschung — alles zur gleichen Zeit. Er hatte sie nicht belogen, als er zu ihr sagte, er habe sie nur geküßt und berührt, um ihr einen Schrecken einzujagen, damit sie nicht mehr im Dunklen mit irgendwelchen Männern schäkerte, die nur Arges mit ihr im Sinn hatten. Er wollte sie nicht haben, und sie fühlte sich verraten. Weshalb? Gütiger Gott — in was für eine Sorte von Frau verwandelte sie sich jetzt?

Morgan beobachtete Sarah das ganze Dinner hindurch von seinem Tisch bei der Tür aus. Er hatte seinen Teller weggeschoben und widmete sich nur noch einer Flasche mit lauwarmem Wein, der einen sauren Geschmack in seinem Mund zurückließ und ihn schläfrig machte. Henry saß ihm gegenüber und wärmte Erinnerungen an Santarém auf, das er zuletzt gesehen hatte, als es größtenteils unter Wasser stand.

Morgan war nicht dumm oder betrunken genug, um nicht zu merken, daß sein Freund versuchte, Morgans Absicht umzustoßen, Sarah in dieser Stadt stranden zu lassen. Doch das würde ihm nicht gelingen. Je schneller sie Sarah loswurden, um so besser für sie alle — besonders für ihn selbst. Sie belegte seine Gedanken zu sehr mit Beschlag. Er sollte sich auf die Konfrontation mit King vorbereiten; doch bisher hatte er diesem Problem kaum Beachtung geschenkt — wich ihm sogar aus, weil es ihn schmerzhaft daran erinnern würde, daß seine Tage auf dieser Welt vermutlich gezählt waren. Und während ihn in diesem von Ratten verseuchten Loch in der Tobacco Row, wenn er nachts, von Alpträumen geplagt, erwachte, der Gedanke an einen frühen Tod nicht gestört hatte, freute er sich nun auf jeden neuen Tag, zog sogar die entfernte Möglichkeit in Betracht, eines Tages seßhaft zu werden und zu heiraten: *Wie wäre es denn, wenn er lebend aus Japurá zurückkäme? Wenn er King so viel Gold stehlen könnte, daß er zu einem präsentablen Heiratskandidat würde für... jemanden?*

Wem wollte er etwas vormachen? Was wußte er schon von dem heiligen Stand der Ehe oder den Pflichten eines Vaters? Dennoch sah er sich in Gedanken bereits als verheirateter Mann — mit einem Zuhause, Kindern, und einer Frau, die ihn trotz seiner Vergangenheit liebte...

Allmählich leerte sich der Speisesaal, bis nur noch

Sarah, der Kapitän, Morgan und Henry darin zurückblieben. Es war schon später Abend, und obwohl Morgan merkte, daß Sarahs Spannkraft erschöpft war, schien das nicht für den Kapitän zu gelten. Schließlich erhob sich auch Henry mit einem Seufzer vom Tisch und sagte: »Ich werde dir die angenehme Pflicht überlassen, die Lady zu ihrer Kabine zurückzubegleiten, sobald der gute Kapitän die Zeit für gekommen hält, sie freizugeben.« Er warf noch einen letzten Blick auf Sarah, ehe er den Saal verließ. Dann lehnte sich Morgan in seinem Stuhl zurück und wartete.

Er rauchte. Er goß sich noch ein Glas Wein ein und sank tiefer in seinen Stuhl hinein. Er schloß die Augen, lauschte dem Klang von Sarahs Stimme, ohne ein Wort zu verstehen. Hin und wieder schlug das dröhnende Lachen des stattlichen Kapitäns an sein Ohr, und dann öffnete er wieder die Augen und sah Sarah wie eingerahmt vom Licht der Kerzen, das Kinn auf eine Hand gestützt, als wäre sie von dem Gespräch ihres Gastgebers fasziniert. Doch ...

Doch zuweilen glitt ihr Blick zu ihm hin, und obwohl der Kapitän unablässig auf sie einredete, fuhr sie fort, Morgan durch die mit goldenen Spitzen versehenen Wimpern hindurch zu betrachten. Vielleicht hätte er sie in ihrer Kabine in die Arme nehmen und küssen sollen; sie war ihm böse, weil er es nicht getan hatte. Das spürte er. Warum hatte er es denn nicht getan? Er wollte sie doch haben. Er begehrte sie. Aber er hatte dieses sehnsüchtige Verlangen schon unzählige Male in den Gesichtern von Frauen gesehen und wußte, daß sie sich in eine Phantasievorstellung verliebt hatten, nicht in den Mann. Morgan Kane war ihnen gleichgültig. Sie verlangten nur nach der Legende, die er personifizierte.

Sie wollten diesen verdammten *boto*.

Sarah St. James war genauso wenig immun gegen den

Zauber des *boto* wie jede andere Frau. Er durfte das nicht vergessen. Es war der Reiz des Verbotenen, der sie zwei Abende zuvor dazu verleitet hatte, die Beine für ihn zu spreizen — nicht weil sie auch nur das geringste Gefühl für ihn hatte. Sie war schließlich mit einem anderen Mann verlobt. Wenn er dem Irrtum erlag, daß etwas anderes als Fleischeslust ihre Augen verschleierte, sobald sie ihn ansah...

Er trank seinen Wein aus und suchte in seinen Taschen nach seiner Whiskyflasche und Zigaretten. In diesem Augenblick kam das Schiff zu einem plötzlichen und unerwarteten Stillstand.

Der Stoß warf den Stuhl des Kapitäns um, so daß er ein paar Sekunden lang betäubt und regungslos auf dem Boden lag. Sarah hing mit dem Gesicht nach unten über dem Tisch, ihr Kleid wie eine goldbraune Flut aus Organdy und Seide auf dem weißen Leinen. Morgan, der gegen die Wand geschleudert worden war, reagierte mit der Geschmeidigkeit eines Mannes, der stets auf solche Überraschungen vorbereitet ist. Ehe die Maschinen seufzend den Geist aufgegeben hatten, war er bereits auf den Beinen und rannte zu Sarahs Tisch.

Sie bewegte gerade den Kopf ein wenig ins Genick, als die Arme des Amerikaners sich schon um sie legten und sie hochhoben, als habe sie überhaupt kein Gewicht. Sie kam erst richtig zu sich, als sie die Klinge seines Messers in seiner Hand aufblitzen sah, und eine endlose qualvolle Sekunde lang glaubte sie tatsächlich, er wollte ihr die Kehle durchschneiden.

In diesem Moment brach die Hölle auf dem Deck über ihnen los.

Der Steuermann des Schiffs erschien in der Saaltür. Er hatte ein dunkles, ovales Gesicht, eine Habichtsnase und glatte schwarze Haare. Mit seinem weiß-rot gestreiften Matrosenhemd sah er aus wie ein wandelndes Faß. »*Capi-*

taine!«, rief er. »Kommen Sie rasch, *Capitaine!* Wir sind irgendwo aufgelaufen!«

Oben konnte man nun die Passagiere schreien hören. Während Kane Sarah auf die Beine stellte, rappelte sich der Kapitän vom Boden auf und rannte zur Saaltür. Morgan folgte ihm, Sarah an die Hand nehmend, dicht auf den Fersen. Er lief so schnell, daß Sarah ein paarmal über ihren Rocksaum stolperte; doch Morgan fing sie jedesmal wieder auf.

Chaos herrschte oben an Deck. Die Passagiere, die beim Auflaufen des Schiffes aus ihren Hängematten geschleudert worden waren, stolperten im Dunklen übereinander, um sich vor der echten oder vermeintlichen Katastrophe zu retten, die über das Schiff hereingebrochen war. Sarah klammerte sich an Morgans Arm, damit sie nicht durch diese Woge von Menschen umgerissen wurde, die sich zum Heck des Schiffes hinbewegte. Ab und zu konnte sie die Stimme des Kapitäns und des Steuermanns hören, die die Passagiere beschworen, Ruhe zu bewahren. Vergeblich natürlich. Die Panik nahm noch zu, als ein wilder, gurgelnder Schrei in dem Gewühl ertönte. Sarah glaubte, daß Blut würde ihr in den Adern gerinnen, als sie diesen schrecklichen Laut hörte. Dann schob sich Morgan vor sie, benützte sich selbst als Schutzschild, damit sie nicht dieser neuen Welle anbrandender Leiber zum Opfer fiel.

Sie kamen von überall zugleich, die kleinen menschenähnlichen Gestalten, die sich aus dieser dunklen Masse geborstenen Holzes am Bug des Schiffes über die Reling ergossen, über Sonnensegel schlitterten und dann den sich duckenden Passagieren auf Köpfe und Schultern sprangen. Das trübe Licht der Öllampen machte aus den Gesichtern der Tiere verzerrte heidnische Fratzen mit messerscharfen spitzen Zähnen und großen feurigen Augen. Irgendwie gelang es Sarah, einen Schrei zu unterdrücken, als ein Indianerjunge in sie hineinstolperte, der versuchte, das sich an ihn klammernde Tier von seinem Rücken herunterzureißen, ehe es ihn wieder in den Hals beißen konnte. Sie sah, wie Morgan mit einer raschen Bewegung das Tier im Nacken packte, vom Körper des Jungen löste, dem wütenden Affen die Kehle durchschnitt und den Kadaver aufs Deck warf.

Als jetzt auch die Schlangen von den Ästen herunterfielen, nahm das Chaos an Deck noch zu. Plötzlich wimmelte das Deck von ihnen, zog das Muster aus Licht und Schatten ihre sich windenden schwarzen Leiber in die Länge, als sie in alle Richtungen davonkrochen. In diesem Moment schien sich Sarahs Bewußtsein vollends in Verwirrung und Angst aufzulösen. Sie dachte nur noch an Flucht, doch da war kein Platz, wohin sie sich retten konnte. Zwischen ihr und den Niedergängen, die zu den Räumen unterhalb des Decks führten, befanden sich Hunderte von hysterischen Menschen mit dem gleichen Gedanken wie sie. Die einzig mögliche Alternative bestand darin, über Bord zu springen, was natürlich nicht in Frage kam. So ruhig, wie ihr das möglich war, sah sie Morgan an.

Er hatte sich halb zu ihr umgedreht, doch sein Blick war auf einen fernen Horizont gerichtet, der sich hinter einer Wand aus Dampfschwaden, die vom Fluß aufstiegen, versteckte. Er sah blaß aus, als er den Griff seines Messers auf den Handteller rollte. Dann sah er über das Deck hin, knickte, ohne ein Wort zu sagen, in den Hüften ein, und warf sich Sarah über die Schulter.

Der Atem ging ihr mit einem leisen Wehlaut verloren, als sie die Welt plötzlich auf den Kopf gestellt sah. Sie klammerte sich an sein Hemd und trommelte dann mit den Fäusten gegen sein Genick, als er auf einen Stapel Kisten hinaufsprang, die unter ihnen schwankten wie eine Säule aus kopflastigen Dominosteine. »Setzen Sie mich ab!« schrie sie, »wozu habe ich denn meine Beine!«

Er antwortete darauf, indem er ihre Röcke zurückschlug und ihr einen Klaps auf die Kehrseite ihrer Pantalons gab. Dann schwang er sich, zu ihrem Entsetzen, auf den prächtigen Lebkuchenzierat am Brückenhaus hinauf, bewegte sich dabei so behende wie ein Akrobat, der sich mit seiner Beute auf ein Trapez flüchtet. Vielleicht hatte sie ihn noch einmal angeschrien; sie war sich dessen nicht ganz sicher. Das Blut rauschte in ihren Ohren, und in ihrem Kopf pochte ein Hammerwerk.

Morgan zog sich an dem bunten Zierrat in die Höhe und schob sich mit ihr dann durch eines der offenen Fenster des Brückenhauses hinein, wo sie beide in einer Wolke aus Röcken und Unterröcken auf dem Boden landeten.

Ein halbes Dutzend Affen stob kreischend und schnatternd in die vier Ecken des Raumes, kletterte aus den offenen Fenstern und hüpfte durch die offene Tür. Als Sarah sich vom Boden erheben wollte, sagte Kane mit atemloser Stimme: »Bewege dich nicht von der Stelle, mein Herz. Nicht einen Millimeter.«

Sarah erstarrte. Eine Welle des Entsetzens lief durch ihren Körper, als sie aus den Augenwinkeln einen *jararaca* seinen zusammengeringelten schwarzen Leib vom Boden heben sah. Sein Maul unter den pechschwarzen Augen war ein kaum wahrnehmbarer Schlitz, in dem sich die gegabelte Zunge zischelnd bewegte.

So behutsam schob sich Morgan von ihrer Seite weg, daß sie das gar nicht bemerkte. Ihre Augen waren wie gebannt auf die Giftschlange gerichtet, die, wenn sie zustoßen wollte, sie mitten im Gesicht treffen würde.

Der keilförmige Kopf pendelte vor und zurück und hielt dann plötzlich still.

Gütiger Himmel!

Sie war im Begriff, zuzuschlagen.

7

Ein grelles Licht pochte an ihre geschlossenen Lider, und dieser umnachtete Zustand ihres Bewußtseins lichtete sich wie Nebel, der von der heißen Mittagssonne aufgesogen wird. Sie hatte von einem trüben, von Dunstschwaden überzogenen Wasser geträumt, dem zuerst ein Delphin und dann ein Mensch entstiegen war. Im weißen Tropenanzug und atemberaubend hübsch war er über das strudelnde Wasser gewandert, bis er eine Armlänge von ihr entfernt stehenblieb, »*Ma chère*« sagte und wieder im strudelnden Wasser versank.

Sie lag ganz still da, wagte nicht, sich zu bewegen, und überlegte, ob sie schon tot oder noch lebendig sei. Denn außer diesem pochendem Schmerz in ihrem Gesicht war kein Gefühl in ihr. Ihr war so, als sei ihr Körper durch ein graues Nichts ersetzt worden.

Sie riskierte es dennoch, die Augen zu öffnen und sah die ihr vertraute Decke ihrer Kabine über sich schweben. Schwach und vereinzelt drang Stimmengemurmel vom Korridor durch die geschlossene Tür an ihr Ohr. Eine Bewegung lenkte ihren Blick zur Seite, und dann sah sie den Amerikaner auf das Bett zukommen. Er trug ein Hemd aus einem weichen Gewebe, das am Hals offen stand. Er sah sehr groß und jung darin aus. Sein unrasiertes Gesicht wirkte hager und müde. Sie brach nicht zusammen und weinte, obwohl sie außerordentlich erleichtert war, daß sie noch lebte. Sie begann jedoch zu keuchen und zu erschauern, als sie sich an die Schlange erinnerte, die mit entblößten Fangzähnen auf sie herabstieß.

Sie faßte mit zitternder Hand nach der Hemdenbrust des Amerikaners und fragte so gefaßt, wie möglich: »Ich sterbe, nicht wahr, Mr. Kane? Ja, gütiger Gott, so ist es. Ich lese es in Ihren Augen. Diese niederträchtige Schlange hat mir das Leben genommen. Suchen Sie sich ein Blatt Papier und einen Bleistift, Sir, damit ich Ihnen einen Abschiedsbrief an meinen Verlobten diktieren kann. Schnell! Nehmen Sie das Tagebuch, wenn Sie nichts anderes finden. Schreiben Sie, daß er süß, gut und viel zu schade für mich sei. Schreiben Sie ihm, ich bestünde darauf, daß er so rasch wie möglich eine andere heiraten soll, damit er in seinem Leben vorwärtskäme. Schreiben Sie, daß ich ihn sehr gern hatte und — oh, Mr. Kane, ich fühle mich schon so schwach. Es geht jetzt wohl gleich mit mir zu Ende. Mir wird schwindlig und ...«

Sie schloß die Augen, gab sein Hemd frei und ließ die Hand an ihre Seite fallen. Sie wartete darauf, daß der Tod sie zu sich nahm; doch die einzige Veränderung in ihrem Körper war eine leichte Beschleunigung ihres Pulses, als sie sich vorstellte, wie sie in den Armen des Amerikaners ihr Leben aushauchte.

Aber er nahm sie nicht in seine Arme.

Und sie starb auch nicht.

Sie öffnete vorsichtig wieder die Augen und sah, wie der Amerikaner mit seinem Messer eine Papaya-Frucht schälte. Er schob eine lange rosige Schnitte des saftigen Fruchtfleisches auf die Messerspitze und schob diese in den Mund.

»Was machen Sie denn da?« fragte sie.

»Ich esse.«

»Während ich sterbe?«

»Sie sterben nicht.« Er lachte leise, und dieser Laut schnürte Sarah den Hals zu.

»Sind Sie sicher?« fragte sie.

»Absolut.«

»Aber die Schlange ...«

»Hat sie nicht gebissen.«

»Oh.« Sie betastete vorsichtig ihre geschwollene Wange, in der es dumpf pochte. »Aber . . .«

»Ich habe Sie getreten.«

»Sie . . .«

»Ich habe Sie getreten«, wiederholte er. In seinen grauen Augen glitzerte der Schalk. Er grinste und zuckte mit den Achseln. »Tut mir leid; aber es war die einzige Möglichkeit, sie dem Zugriff der Schlange zu entziehen. Sie biß statt dessen in meinen Stiefel.«

Sie sollte sich wohl dafür bei ihm bedanken. Er hatte ihr schließlich das Leben gerettet.

Doch es war nicht Dankbarkeit, was sie empfand, sondern Zorn. Sie bebte am ganzen Körper. Und mit jedem schmerzhaften Pochen in ihren Schläfen nahm ihre Wut noch zu. Wieder war sie nur mit knapper Not dem Tod entronnen. Seine blasierte Art war empörend!

Morgan schnitt wieder eine Scheibe von der Papaya-Frucht ab und reichte sie ihr mit dem Messer zu. Sie weigerte sich, sie entgegenzunehmen, und drehte das Gesicht zur Seite, daß ihr der Fruchtsaft auf die Wange tropfte und zum Kinn hinunterlief. Er hielt ihn mit dem Daumen auf, doch statt ihn wegzuwischen, hing seine Hand einen Moment lang über ihrem Kinn, und dann berührte er mit den Fingerspitzen sacht ihre geschwollene Wange. Das war eine so zärtliche Geste, daß Sarah ihn überrascht ansah. Sie hätte nie geglaubt, daß dieser Mann so sanft sein könne. Doch da war etwas so rührend Fürsorgliches in dieser Bewegung und in seinen Augen, die sie an Regenwolken mit einem silbernen Saum erinnerten, daß sie spürte, er konnte sie nicht mit Worten, sondern nur auf diese Weise um Entschuldigung bitten für die Schmerzen, die er ihr zugefügt hatte.

In diesem Moment flog die Tür auf. Henry kam herein

und brachte den widerlich süßen Geruch verwesenden Fleisches mit. Sarah erhaschte einen Blick auf eine endlose Reihe enthäuteter Affenkadaver, die draußen im Niedergang hingen. Ihr wurde wieder übel, und sie sank aufs Bett zurück. »Gütiger Himmel«, flüsterte sie, »was wird als nächstes passieren?«

Morgan stand nun wieder neben dem Bullauge, säbelte Scheiben von seiner Papaya-Frucht und hatte wieder seine finster brütende Miene aufgesetzt, als habe er nicht eine Sekunde lang bedauert, was er ihr angetan hatte.

Henry ragte nur ein paar Zoll über den Rand von Sarahs Hängematte hinaus, und so konnte er ihr mühelos in die Augen schauen. Er nahm ihre Hand und legte seine kurzen Finger darum. »Meine Liebe, Sie ahnen ja nicht, was für Sorgen wir uns Ihretwegen gemacht haben. Nicht wahr, Morgan?«

Morgan hob und senkte die Schultern, als könnte er das nicht ganz bestätigen. »Möglich«, murmelte er, und Sarah spürte, wie ihre Erbitterung über ihn wieder zunahm.

Henry drückte ihre Hand. »Natürlich machten wir uns große Sorgen. Himmel, Morgan ist in den letzten zwölf Stunden nicht einen Moment von Ihrem Bett gewichen. Die Geschichte ist ihm furchtbar nahegegangen. Nicht wahr, Morgan?«

Diesmal schien Morgan die Frage gar nicht gehört zu haben.

Sarah ließ sich tiefer in ihre Hängematte sinken, atmete tief durch, und als sie Henry wieder ansah, spielte ein Lächeln um ihre Lippen. »Was ist denn eigentlich passiert? Ich weiß noch, wie der Steuermann sagte, wir wären auf Grund gelaufen. Haben wir eine Sandbank gerammt oder eine Insel?«

»Die Insel rammte uns«, antwortete Henry. Als sie ihn verständnislos ansah, erklärte er: »Der Fluß verändert sich ständig. Seine Strömung fällt Bäume und reißt große Mengen Erde mit sich. Die Bäume treiben flußabwärts. Im Laufe der Zeit kommen immer mehr hinzu, und schließlich ist daraus eine so große, in sich verkeilte Masse geworden, daß man sie als schwimmende Insel bezeichnen kann. Die Tiere, die sich auf den unterspülten Bäumen befanden, sind nun Gefangene der Insel, bis sie irgendwo ans Ufer getrieben wird. Und natürlich bieten diese schwimmenden Inseln auch den Wasserschlangen eine Zuflucht. Wir hatten nun das Pech, mitten in der Nacht von so einer Insel gerammt zu werden. Dennoch ist der Vorfall nur ein kleines Beispiel für die vielen Gefahren, die uns auf dem Amazonas erwarten. Sind Sie immer noch dazu entschlossen, diese Reise fortzusetzen, Sarah? Morgan und ich sind durchaus in der Lage, diese Mission auch allein durchzuführen.«

»Ich würde Sie um keinen Preis darum bitten«, erwiderte sie, wobei sie verstohlen zu Morgan hinsah, der ihr noch immer den Rücken zukehrte und sich seiner Frucht widmete. »Ich hoffe doch, der Dampfer wurde nicht so stark beschädigt, daß er uns ans Ziel bringen kann!«

»Gewiß wird er das«, antwortete Henry. »Er ist ja schon seit ein paar Stunden wieder unterwegs. Momentan haben wir von schwimmenden Inseln nichts mehr zu befürchten. Allerdings —« er räusperte sich — »gibt es noch immer Probleme mit Schlangen. Wir haben zwar jeden Winkel nach ihnen abgesucht; aber es ist nicht auszuschließen, daß sich ein paar von den Biestern in der Ladung verkrochen haben. Also schütteln Sie immer erst Ihre Kleider aus, ehe sie diese anziehen. Und halten Sie die Augen offen, wenn Sie sich auf Deck bewegen. Sollte sich eine unter Ihren Röcken verkriechen, wären wir in arger Verlegenheit, sie dort wiederzufinden, ehe sie irgendeinen Schaden anrichtet. Sie könnten sich ja überlegen, ob Sie nicht lieber die Hose tragen sollten, die Sie in Belém gekauft haben ...«

»Ich werde mich dieser Kleidung bedienen, sobald wir unsere Reise durch den Regenwald antreten«, unterbrach sie ihn müde. »Sobald es absolut nötig ist.«

Ihr entging nicht der Blick, den Henry in diesem Moment dem Amerikaner zuwarf. Würde ihr der Schädel nicht so brummen, hätte sie bestimmt keine Ruhe gegeben, bis sie wußte, was er zu bedeuten hatte. So legte sie sich nur erschöpft in die Hängematte zurück und schloß die Augen, damit dieses Schwindelgefühl aufhörte. Sie mußte eingenickt sein; denn als sie die Augen wieder öffnete, war sie allein.

Sie kamen am Morgen des fünften Tages ihrer Reise den Amazonas hinauf in Santarém an. Sarah roch dieses Dorf schon, ehe sie es sah. Sie erwachte von einem Fischgestank, der so penetrant war, daß sie kaum atmen konnte. Eigenartigerweise war er für sie sogar eine angenehme Abwechslung von dem pestilenzartigen Geruch, den die Affenkadaver verbreiteten, die die Passagiere und Mannschaften des Schiffes in jedem verfügbaren Winkel des Dampfers aufgehängt hatten. Soweit die Tiere nicht gekocht, gebraten oder geröstet worden waren, konnte man sie immer noch für wenige Pennies auf dem Markt verkaufen, wenn das Schiff am Steg angelegt hatte.

Henry und der Amerikaner holten in kurzer Zeit Kan und die Handvoll Indianer zusammen, die sie für die Reise angeheuert hatten, und binnen einer halben Stunde waren sie alle am Ufer versammelt und beobachteten etwas benommen die vielen Menschen und das rege Treiben, das sie umgab.

Da die *Santos* nur bis Santarém verkehrte, befahl Morgan, daß alle beisammen bleiben sollten, ehe er in der

Menge der Einheimischen verschwand, um für eine Passage nach Manáos zu sorgen, das ein paar Hundert Meilen flußaufwärts lag. Eine Stunde verstrich, dann eine zweite, in denen Sarah und ihr Gefolge ungeduldig auf seine Rückkehr warteten. Die Sonne kletterte immer höher, und die Luft füllte sich mit Wasserdunst, so daß der Himmel in ein diffuses gelbes Licht getaucht war.

Henry entfernte sich und kam mit einem großen flachen Palmwedel wieder, den er anstelle eines Sonnenschirms über Sarahs Kopf hielt. Bald war sie gezwungen, ihren Hut abzunehmen und als Fächer zu benützen, um die vielen Fliegen zu vertreiben, die ihr ums Gesicht summten. Wie immer blieb Kan als stumme, aufmerksame Schildwache in ihrer Nähe. Doch er trug jetzt nicht mehr die gestärkte Livree, die er im Dienst ihres Vaters angehabt hatte. Seine glatten schwarzen Haare waren auch nicht mehr zu einem Zopf geflochten, sondern fielen ihm lose über die Schultern. Im Unterschied zu Henry, der stets nur mit einem Lendenschurz bekleidet war, trug Kan eine khakifarbene Hose ohne Hemd. Mehrere aus bunten Perlen und Piranhazähnen gefertigte Ketten hingen ihm um den Hals, und seine Ohrringe klingelten bei jedem Schritt, den er machte.

Endlich kam Morgan zur Gruppe zurück. Sarah sah in auf dem Fußgängerweg, der parallel zum Landungssteg verlief, die dunkelhäutigen Dorfbewohner um Hauptes-länge überragend. Er hatte seinen mit dunklen Schweißflecken bedeckten Hut tief in die Stirn gezogen. Auch sein Hemd war unter den Achseln naß vor Schweiß, und zwischen seinen sinnlichen Lippen hing die Zigarette, auf die er offenbar nie verzichten konnte. Sein Schritt war lang, geschmeidig und voller Selbstvertrauen. Obwohl er sie so viele Stunden in dieser höllischen Hitze hatte schmachten lassen, spürte sie, wie ihr Herz einen Satz machte, als sie ihn sah. Dann bemerkte sie, daß er nicht allein kam, sondern einen weißen Mann mitbrachte.

Sarah vergaß ihre Gereiztheit, als sie entdeckte, daß sein Begleiter Engländer war. Sein Name war Sir Henry Wickham, und er war sofort über Sarahs Familie im Bilde, als Morgan sie miteinander bekanntmachte.

Sir Henry Wickham hatte sich neben den Ruinen eines Jesuitenseminars in der Nähe von Santarém ein Haus gebaut. Dessen zerfallende Wände waren kaum noch unter den mächtigen Schlingpflanzen, die sie überwucherten, zu erkennen. Die Priester hatten das Gebäude schon vor mehr als hundert Jahren verlassen.

Am späten Nachmittag saß Sarah bei einem Fenster in Wickhams Lehmziegelhaus, genoß die Brise, die vom Fluß kam, und eine Tasse mit *cafezinho* — einem starken schwarzen Kaffee, der mit Rohrzucker gesüßt war. Sie bemühte sich sehr, ihre Panik niederzuhalten. Nachdem Wickham sie hier in der Hölle von Amazonia, wie er diesen Ort bezeichnete, getroffen und vom tragischen Tod ihres Vaters erfahren hatte, war ihm sogleich der Grund ihres Hierseins klargeworden. Sie hatte zu ihrem Schrecken vernommen, daß Wickham sich an dem Unternehmen ihres Vaters beteiligt hatte, und machte sich nun noch zusätzliche Sorgen, weil er sich dem Amerikaner anschließen wollte und ihr dringend davon abgeraten hatte, sich selbst nach Japurá zu begeben.

»Meine Liebe«, hatte der Engländer gesagt, »es haben schon etliche Männer vor Ihnen versucht, Gummibaumsamen aus Japurá herauszuschmuggeln. Tatsächlich bin ich es gewesen, der den Freund Ihres Vaters, Sir Clements Markham, von der Notwendigkeit überzeugte, Gummibäume in Fernost anzupflanzen. Im Jahre '73 gelang einem Gentleman, mit etwa zweitausend Stecklingen die

Grenzen Brasiliens zu überschreiten. Dann hat es noch ein paar Versuche gegeben, wozu der Ihres Vaters gehörte. Wie Sie inzwischen wissen, ist auch dieser Versuch kläglich gescheitert.«

»Aber Sie werden doch wenigstens meine Gründe verstehen, warum ich dieses Wagnis ebenfalls unternehme«, hatte sie ihm entgegengehalten. »Ich bin ruiniert, wenn ich die Gläubiger meines Vaters nicht befriedigen kann. Zudem ist dieses Unternehmen kein großes Risiko für mich. Mr. Kane hat nicht nur für Rodolfo King gearbeitet, sondern ist auch auf dem Landweg aus Japurá geflüchtet. Ich könnte mich keinem Besseren anvertrauen.«

Wickham hatte sie schockiert angesehen. »Ist das wahr?« hatte er dann Morgan gefragt.

In einem Sessel zurückgelehnt, ein Bein über das andere geschlagen, hatte Morgan unter seinem Hut zum Engländer hinaufgesehen und »ja« gesagt.

»Gütiger Himmel — Mann, wie haben Sie denn das geschafft? King ist ein Wahnsinniger.«

Morgans Blick war zu Henry gegangen, der sich an einer Tasse schwarzen chinesischen Tees labte. Schließlich sagte er: »Ich hatte eben Glück.«

»Glück? Ich möchte behaupten, daß das eine starke Untertreibung ist. Geschichten von Kings Barbarei machen regelmäßig am Amazonas die Runde. Kürzlich hörte ich das Gerücht, er habe ein ganzes Dorf ausradiert, weil einer seiner Bewohner seinen *mateiro* mit einer Geschlechtskrankheit angesteckt hätte. Sie können unmöglich daran denken, diese junge Dame der Willkür einer solchen Bestie auszusetzen. Und was den Unsinn betrifft, daß Ihr Fluchtweg aus Japurá durch den Regenwald geführt hätte ...«

»Aber es ist wahr«, unterbrach ihn Sarah an dieser Stelle. Sie ging im Zimmer auf und nieder, wich den

Blicken von Wickham oder Morgan — sogar Henrys aus, weil sie sich ihre Angst vor der Weiterreise und der Wirkung des Amerikaners auf ihre Sinne nicht eingestehen wollte.

»Mr. Kane ist in Georgetown berühmt wegen seiner heroischen Tat. Die Indianer verehren ihn als Gott. Selbst meine eigenen Bediensteten trauen ihm alles zu. Außerdem . . .« Sie drehte sich ihrem Gastgeber zu und fuhr mit gefaßter Stimme fort: ». . . habe ich denn eine andere Wahl, Sir? Die Mission muß durchgeführt werden. Der Ruf meines Vaters . . .«

»Ihr Vater ist tot, meine Teure.«

»Aber nicht ich, Sir Henry! Ich wäre gezwungen, den Rest meines Lebens in Schande und Armut zu verbringen, wenn diese Geschichte kein zufriedenstellendes Ende findet.«

»Aber selbst wenn Sie meinen, eine Konfrontation mit King überleben zu können, wird eine so junge Lady wie Sie eine so höllische Expedition niemals schadlos überstehen. Haben Mr. Kane und dessen Freunde Ihnen auch ausführlich die furchtbaren Gefahren beschrieben, die Sie im Regenwald erwarten?«

Morgan, der inzwischen eine frische Zigarette aus seinem Jackett gezogen hatte, zündete sie nun mit einem Schwefelholz an, den Blick auf ihr Gesicht gerichtet, während die Flamme in seiner hohlen Hand flackerte. In diesem Moment schienen hundert Bilder vor ihrem inneren Auge vorbeizuziehen von einem Liebhaber im weißen Leinenanzug, der sie mit einem Kuß lockte; von einer wilden Flucht durch die Unterwelt von Klein-China; von zusammengeringelten schwarzen Schlangen, die ihren Rachen voller Giftzähne aufsperrten. Unwillkürlich berührte sie ihre Wange mit den Fingerspitzen, die noch wund war von dem Tritt, den er ihr gegeben hatte. Es war so leicht, an diese Heldengeschichten zu glauben... weil sie das wollte? Oder lediglich, weil sie daran glauben mußte?

Sie befreite sich fast gewaltsam aus dem Bann seines hypnotischen Blicks und sagte, zu Wickham gewandt: »Ich mag eine Lady sein, Sir, aber ich bin stärker, als ich aussehe, und mir der Gefahren sehr genau bewußt. Ich werde natürlich Vorkehrungen treffen, um ihnen rechtzeitig begegnen zu können. Schon jetzt nehme ich gegen das Fieber Chinin ein.«

»Fieber?« Wickham blickte sie belustigt an. »Meine Liebe, das Fieber wird Ihre geringste Sorge sein. Chinin wird Sie nicht vor der Floresta retten können. Das ist ein wuchernder Organismus, deren einziger Zweck darin besteht, jeden Menschen zu vernichten, der sich auf sein Territorium wagt. Sie brauchen sich ja nur hier umzusehen.« Wickham war an das offene Fenster gegangen und hatte auf die Ruine des Seminars gedeutet. »Sehen Sie, wie er alle Spuren einer menschlichen Behausung verschlungen hat?«

»Ich werde nicht lange genug an einer Stelle bleiben, daß er mich verschlucken kann«, hatte Sarah mit einem Lachen erwidert, das weder bei Wickham noch Morgan oder Henry ein Echo gefunden hatte, der sich gerade eine zweite Tasse Tee einschenkte und sie mit dem Brandy mischte, den ihr Gastgeber zur Verfügung stellte. Morgan trank den Brandy unverdünnt und beobachtete sie noch immer mit einer solchen Eindringlichkeit, daß sich ihr die feinen Härchen im Nacken sträubten. Diese Augen schienen sie erst zu verspotten, dann auszuziehen und sie schließlich wie Eispickel zu durchbohren.

Wickham setzte sich auf das Fensterbrett und sah sie mit nüchternen Augen an. »Ich habe erlebt, wie Ameisen von der Größe meines Daumens das Fleisch eines Menschen in wenigen Minuten bis auf die Knochen abweideten. Dort leben Spinnen, die groß genug sind, um Vögel zu erbeuten. Der Biß einer Fer-de-lance kann binnen Minuten töten.« Er hob die eine Hand, an der ein Finger fehlte. »Ich angelte und harpunierte einen Piranha. Ich dachte, er sei tot. Aber als ich nach ihm griff, hat mir das verdammte Biest mit einem Zuschnappen den Finger von der Hand getrennt. Können Sie sich vorstellen, was ein ganzer Schwarm dieser Bestien anrichtet?«

»Ich kann mir das durchaus vorstellen«, erwiderte sie, während sie seine Hand anstarrte und einen Schauder unterdrückte. »Als ich noch in Georgetown lebte, las ich William Edwards ›Reise auf dem Amazonas‹ und Humboldts Reisetagebuch. Desgleichen den Reisebericht von Madame Isabella Godin, die einzige Überlebende einer Expedition, die sie unternahm, um ihren Ehemann zu suchen, der im Gebiet des Amazonas verschollen war. Nachdem sie wochenlang krank, nackt und ohne Nahrung durch den Regenwald geirrt war, wurde sie von einem Jesuitenpater gerettet und konnte schließlich ihren wieder aufgetauchten Mann in die Arme schließen. Wenn sie, eine Lady in mittleren Jahren, die Hölle am Amazonas überleben konnte, dann kann ich das auch, Sir.«

»Und sie hat den Rest ihres Lebens dafür büßen müssen. Das kann ich Ihnen versichern«, hielt Wickham ihr entgegen. »Zudem ist der Versuch, außerhalb Brasiliens Gummi anzubauen, zum Scheitern verdammt. Von den mehr als zweitausend Sämlingen, die vor Jahren aus dem Land geschmuggelt wurden, sind nur ein Dutzend angewachsen. Man kann schwerlich eine Industrie mit so wenigen Bäumen monopolisieren. Zudem habe ich starke Bedenken, daß diese verdammten Bäume kultiviert werden können. Solange ich hier wohne, habe ich alles getan, um die *Hevea* . . .«

»Was Sie nicht sagen«, mischte sich hier Henry zum erstenmal ein.

»Ja«, versicherte ihm Wickham, »ich habe eine Versuchsplantage mit diesem Samen auf dem Tapajós-Plateau nicht weit von hier gestartet. Die meisten Schößlinge sind mir eingegangen, muß ich gestehen. Vor kurzem hörte ich einen durchreisenden *serinquero* sagen: ›Wenn Gott gewünscht hätte, daß Gummibäume in Reihen wachsen sollen, hätte er sie auch so angepflanzt.‹ Himmel, ich bin soweit, daß ich diesem Burschen fast recht gebe.«

Der Amerikaner verließ seinen Platz, nahm die Flasche Brandy vom Tisch und ging hinaus in den von der Sonne überfluteten Garten. Im Nu war er von einem Dutzend braunhäutiger nackter Kinder umringt, die ihm Schnitzereien und Körbe zum Tausch gegen irgendwelche Schätze anboten, die er bei sich trug.

»Ein eigenartiger Knabe«, meinte der Engländer, und als er dann die Sorgenfalten auf Sarahs Stirn und die Erschöpfung auf ihrem Gesicht sah, erhob er sich vom Fensterbrett und sagte: »Sie sollten sich ausruhen. Ich bin sicher, daß Ihre Fahrt auf dem Dampfer alles andere als angenehm war.«

Bei dem Gedanken, in einem richtigen Bett schlafen zu können, huschte ein dankbares Lächeln über Sarahs Gesicht. Sie entschuldigte sich bei Henry, warf noch einmal einen Blick aus dem Fenster in den Garten und folgte dann ihrem Gastgeber aus dem Zimmer.

Sie schlief nicht sofort ein. Dafür war es zu heiß und ihre Sorge zu groß, Wickham könne ihre Begleiter dazu überreden, sie nach Belém zurückzuschicken. Sie zog sich ihre Kleider bis auf ihr Hemd und ihre Unterhosen aus und ging in dem sparsam möblierten Zimmer auf und ab, ehe sie sich in den Stuhl ans Fenster setzte und ihr Gesicht in die warme, aber angenehme Brise hielt. Sie stützte das Kinn auf die Hand und sah einem runden Dutzend Kindern dabei zu, wie sie mit einer Kokosnuß im Staub Fußball spielten. Das jubelnde Lachen, mit dem sie ihr Spiel begleiteten, wirkte merkwürdig beruhigend auf sie. Bald lachte sie selbst leise in sich hinein, als sie sich vorstellte, wie sie sich an ihrem Spiel beteiligte, was sie vor wenigen Jahren noch getan hätte, ehe das Erwachsensein ihr das Recht auf solche Freiheiten nahm, die nur den Jüngeren gestattet waren. Aber bald würden auch die Kleinen dort groß und mit lästigen Pflichten beladen sein. Dieser ernüchternde Gedanke ließ sie laut aufseufzen. Sie lehnte den Kopf an den Fensterrahmen, schloß die Augen, und das Lachen der Kinder hätte sie fast einschlafen lassen.

Dann hörte die Brise plötzlich auf, und die Luft wurde erdrückend schwül. Die Kinder zerstreuten sich, und ihr Lachen verhallte im Garten. Nun waren nur noch das Rascheln der Tiere, das Summen der Insekten und die Stimmen im Regenwald zu hören.

Sarah zwang ihre Lider auf, die schwer wie Blei waren, und entdeckte Morgan, der in ihrer Nähe an einem Kapokbaum lehnte. Sein Hemd war bis zur Taille hinunter offen, und die schwarzen Haare fielen ihm in einer kräftigen dunklen Welle in die Stirn. Wie damals in Belém wurde ihr bewußt, daß er von seinem Standort ihren teilweise entkleideten Zustand mühelos erkennen konnte, und wußte im gleichen Moment, daß ihn das gleichgültig ließ. Aber das durfte ihn nicht gleichgültig lassen — oh, nein, in England hätte so ein Verhalten als skandalös gegolten. Aber das war Brasilien, sechstausend Meilen von dem strengen Sittenkodex der Londoner Gesellschaft entfernt.

Und es war heiß, so schrecklich heiß. Der Schweiß bedeckte ihr Gesicht, ihren Hals und ihre Schultern, so daß der feine Baumwollstoff ihres Hemdes ihr feucht an den Brüsten klebte, die sich so voll und empfindlich anfühlten. Sie hatte das schockierende Verlangen, die Haare von ihren Spangen zu befreien und ihren Kopf zu schütteln, daß sie in einer goldenen Flut um ihr Gesicht und über ihre Brüste fielen. Doch irgendwie spürte sie, daß dieser Akt ihr mehr Unruhe bereiten würde als Morgan. Er war ja an Frauen lockerer Moral gewöhnt, die sich ihm vor die Füße warfen. Keine anständige Frau gestattete sich, länger als fünf Minuten mit diesem Mann im gleichen Zimmer zu sein — nicht, wenn ihr ihre Unschuld teuer war. Doch sie hatte ihm erlaubt, sie zu küssen, sie zu berühren...

Hier war sie, und dort war er, und während sie in der Erinnerung an ihre leidenschaftliche Begegnung auf der *Santos* zu zittern begann, hatte er nicht einmal geblinzelt. Was dachte er wohl in diesem Moment? Zweifellos, daß sie auf dieser Mission kläglich versagen würde. Sie sollte sich wirklich nichts daraus machen, was Morgan von ihr oder ihrem Körper dachte. Aber es war ihr beides wichtig. Mit einemmal wollte sie ihm zeigen, daß sie auch stark sein konnte. Vielleicht würde er sie dann respektieren und... was?

Sie senkte die Wimpern, um ihre Augen zu bedecken, und wunderte sich, warum die Luft sich so plötzlich in Dampf verwandeln konnte. Ihre Haut brannte so sehr, daß sie es kaum aushalten konnte. Selbst der Schweiß, der ihr über den Nacken rann, löste in ihr ein brennendes, unbehagliches Gefühl aus.

Als sie ihre verwirrten Sinne einigermaßen unter Kontrolle hatte, blickte sie wieder zu dem Kapokbaum hin, um ihm zu beweisen, daß seine Gegenwart sie nicht mehr beeindruckte als das Summen der zudringlichen Insekten.

Aber die Stelle, wo er vorhin noch gestanden hatte, war leer.

Der Fluß wurde enger. Von der Stelle aus, wo Morgan am Ende der Landungsbrücke saß, konnte er gerade noch die Umrisse der Bäume am jenseitigen Ufer ausmachen. Die hohen Baumwipfel schienen nun vor dem violetten Himmel zu brennen. Die sich abkühlende Luft war voll summender Geräusche. Während Morgan über das scheinbar ruhige Wasser blickte, das an der Oberfläche so glatt wirkte wie flüssiges Glas, begann es plötzlich an einigen Stellen zu kochen, vermutlich von einem Schwarm von Fischen aufgewühlt, von Schlangen oder möglicherweise dem mächtigen Piraiba, dem dreihundert Pfund schweren Katzenwels des Amazonas, der im flachen Wasser unweit des Ufers nach Nahrung suchte. Wenn man Gerüchten Glauben schenken wollte, gehörten dazu auch kleine Kinder, die zu weit von ihren Eltern entfernt badeten oder schwammen. Als der Fluß knapp unter seinen Füßen aufwallte, erschauerte Morgan und zog sich auf die Landungsbrücke zurück. Erst in diesem Moment merkte er, daß er Gesellschaft bekommen hatte.

»Einen schönen Abend wünsche ich«, sagte Wickham.

Morgan rauchte weiter seine Zigarette und sagte nichts.

»Wir haben Sie am Abendbrottisch vermißt.«

Schweigen.

»Schön«, fuhr Wickham fort, »wie ich sehe, sind Sie kein Freund von langatmigen Reden. Also komme ich lieber gleich zur Sache. Ich kann nicht glauben, daß Sie ein so vergebliches Unternehmen, auf dem Landweg nach Japurá vorzudringen, riskieren würden, Mr. Kane, schon gar nicht mit einer Frau — einer Lady — wie Sarah St. James. Die Reise auf der *Santos* hat genügt, sie bis an den Rand der Erschöpfung zu bringen. Oh, ja, ich weiß sehr wohl, daß sie ihren Zustand gut zu tarnen versteht; aber er ist nicht zu übersehen, wenn man sich die Zeit nimmt, sie genauer zu beobachten. Sie wird dort draußen sterben, und das wissen Sie auch. Sie alle wissen es. Ich beschwöre Sie deshalb, diesen Wahnsinn noch einmal zu überdenken, ehe es zu spät ist.«

Morgan studierte die glühende Spitze seiner Zigarette und wunderte sich, warum er die Sorge dieses Mannes nicht mit der Wahrheit zerstreute. Eine Stunde lang hatte er hier auf der Landungsbrücke gesessen, das Paradies des Teufels betrachtet — das grüne Tor der Hölle — und sich mit dem gleichen Gedanken wie Wickham beschäftigt. Ehe er in Santarém von Bord gegangen war, hatte er sich fest vorgenommen, Sarah auszubooten. Wenn nicht hier, dann spätestens in Manáos. Aber Henry hatte recht. Manáos war schon zu weit von der Zivilisation entfernt. Nur wenige Weiße wagten sich bis zu diesem von der Welt abgeschnittenen Dorf vor. Mit Ausnahme der Gummipflanzer, die zumeist portugiesischer Abstammung waren, kamen die Indianer dort selten mit weißen Männern in Berührung. Es war nicht abzusehen, wie lange Sarah unter den Eingeborenen leben mußte, ehe sie eine Gelegenheit für eine Rückreise zur Mündung des Amazonas fand. Andrerseits schien das Schicksal ihnen direkt in die Hände gespielt zu haben, weil es sie in Santarém mit einem Engländer zusammengebracht hatte, der für ihr Wohlergehen sorgen würde, wenn er und Henry mitten in der Nacht verschwanden.

Wickham kauerte sich am Ende der Landungsbrücke an Morgans Seite nieder und starrte auf den Fluß hinaus. »Henry und ich haben uns eine Alternative ausgedacht. Sind Sie bereit, sich unseren Plan anzuhören?«

Als Morgan kurz nickte, fuhr Wickham fort: »Lassen Sie das Mädchen hier. Ich werde für ihre Bequemlichkeit sorgen. Darauf können Sie sich verlassen. Sie können mit Ihrem Unternehmen fortfahren. Dafür stelle ich Ihnen Leute zur Verfügung, die den Gefahren der Floresta gewachsen sind, und versorge Sie mit einer ausreichenden Zahl kleiner Boote, die Sie ans Ziel bringen. Sie werden auch Vorräte brauchen ... Nahrungsmittel, Medikamente und Waffen. Was Sie mitgebracht haben, reicht nicht mal für eine Woche in dieser Hölle. Wären Sie tatsächlich auf dem Landweg aus Japurá herausgekommen, hätten Sie das wissen müssen.«

Der Engländer sah Morgan in die Augen und fügte hinzu: »Ich für meine Person glaube, daß die Geschichte von Ihrer Flucht durch den Regenwald ein Bluff ist. Die letzte mir bekannte Expedition, die auf dem Landweg Japurá erreichen wollte, ist verschollen. Eine Horde von Botanikern, die auf der Jagd nach Orchideen und ähnlichem Zeug waren. Egal — es ist Ihnen offenbar gelungen, Sarah und diese Indianer von Ihren Fähigkeiten zu überzeugen. Ich bin mir nicht sicher, ob Sarah tatsächlich Ihre Geschichte von der Flucht durch den Regenwald glaubt; aber sie ist verzweifelt genug, um jedes Risiko auf sich zu nehmen, denke ich.«

Morgan blies den Rauch durch die Lippen, ehe er antwortete: »Und was versprechen Sie sich davon — außer Sarah, meine ich —, wenn wir beschließen sollten, sie hier zu lassen?«

»Ich habe nur ehrenwerte Absichten, was diese junge Dame betrifft, Mr. Kane. Ich will ihr das Leben retten, sonst nichts. Denn ich glaube keine Sekunde daran, daß Sie diese Reise überstehen werden. Offen gestanden, sind mir auch Ihre Motive für dieses Unternehmen nicht ganz geheuer. Sarah erzählte mir, wieviel — oder wie wenig — sie Ihnen bezahlt hat, um sie hierherzubringen. Ein paar hundert Pfund scheinen mir eine läppische Entlohnung für ein so waghalsiges Unternehmen zu sein. Deshalb vermute ich, daß Sie noch andere, geheime Beweggründe für Ihren Wunsch haben, in Kings Dschungelfestung einzubrechen. Ich möchte keine Einzelheiten wissen. Sie gehen mich nichts an, solange Sie nur Ihren eigenen Hals riskieren. Was ich mir davon verspreche, wenn Sie Sarah hierlassen, haben Sie gefragt?« Wickham zuckte mit den Achseln. »Nur das, was ich schon immer erreichen wollte, seit ich hier wohne — nämlich so viel *Hevea*-Samen zu sammeln, bis es sich lohnt, ihn aus dem Land zu schmuggeln, damit der Gummimarkt nicht länger von solchen Leuten wie King beherrscht wird.«

»Das gelingt Ihnen nicht über Nacht«, warf Morgan ein.

»Richtig. Es wird zwanzig oder dreißig Jahre dauern, bis aus den Samen Bäume geworden sind, denen man so viel Saft abzapfen kann, daß sich die Ausbeute lohnt. Doch dann wird der Amazonas, wie wir ihn kennen, nicht mehr existieren. Friedliche Dörfer wie Santarém, Manáos und Coari werden einen Grad von Verkommenheit erreicht haben, der vermutlich beispiellos sein wird auf der Welt. Dafür werden solche Leute wie King sorgen. Sie werden diesem Land alles rauben, was es heute so wertvoll macht. Die amerikanische Barbarei der Sklavenhaltung wird ein Paradies gewesen sein im Vergleich zu dem, was die *patraos* mit den Eingeborenen am Amazonas anstellen werden.«

Wickham stand auf und streckte sich, um seine steifen Rückenmuskeln zu lockern. Morgan blieb auf der Landungsbrücke sitzen, die Beine auf dem morschen Holz ausgestreckt, die Stiefel an den Knöcheln übereinandergelegt. Seine Zigarette war bis auf einen kleinen Rest heruntergebrannt. Er füllte seine Lungen mit ihrem Rauch, der einen leichten Schwindel in seinem Kopf auslöste. Vielleicht war aber auch die Sonne oder der viele Whisky, den er getrunken hatte, der Auslöser für dieses Schwindelgefühl. Oder auch nur das Wissen, daß nun der Zeitpunkt gekommen war, sich von Sarah St. James zu trennen.

Er nahm seinen Hut ab, wischte sich mit dem Hemdsärmel den Schweiß von der Stirn und sah zu dem Engländer hoch: »Was verlangen Sie von mir?«

»Sorgen Sie dafür, daß Miss St. James ihre Gummibaumsamen bekommt. Hunderttausend müssen es mindestens sein. Nachdem ich Sarah versorgt habe, werde ich in Coari auf Sie warten, weil dort die Chancen größer sind, einen Frachter mieten zu können, der groß genug ist für unsere Ladung. Und ich werde hier alles in meiner Macht Stehende tun, um zu gewährleisten, daß die kostbare Fracht den Amazonas hinunterbefördert, den Zoll passieren und dann direkt nach London transportiert wird. Sind wir uns einig, Mr. Kane?«

Morgan setzte seinen Hut wieder auf, zog ihn schräg über das rechte Auge, warf seine noch qualmende Zigarettenkippe ins Wasser und betrachtete einen Moment lang Wickhams ausgestreckte Hand, ehe er sie ergriff und sagte: »Ja — wir sind uns einig.«

Wickham hielt sein Versprechen. Während Morgan sich in Santarém einen faulen Tag machte und Henry Sarah auf Ausflügen begleitete, die sie zum Zwecke, Schmetterlinge für ihren Verlobten zu fangen, unternahm, bereitete der Engländer ihre Reise nach Japurá vor. Am dritten Tag stand alles dafür bereit: Männer, Boote, Lebensmittel, Waffen und Munition. Er hatte genügend Model-66-Winchestergewehre besorgt, die fünfzehn Schuß abgeben konnten, ehe sie nachgeladen werden mußten, daß man damit eine kleine Armee hätte ausrüsten können. Dann wurde Morgan klar, daß sie ja einen Krieg führen würden ... gegen die Natur und den Teufel. Er fragte sich, wer von beiden der gefährlichere Gegner war.

Sie sollten einen Stunde vor Anbruch der Morgendämmerung aufbrechen — ohne Sarah. Wenn sie aufwachte und entdeckte, daß man sie zurückgelassen hatte, würden sie schon ein paar Stunden flußaufwärts gereist sein. Der Entschluß, sie zurückzulassen, war Morgan nicht leichtgefallen. Er war versucht gewesen, seine Pläne zu ändern und ihr zu erlauben, mitzukommen, und wenn auch nur als Stimmungskanone. Denn bisher hatte sie sich recht beachtlich gehalten. Aber der Hitze zu trotzen und die Unbequemlichkeit einer Dampferreise ohne Murren auf sich zu nehmen, war eine Sache; sich den Gefahren auf dem Amazonas zu stellen, eine ganz andere. Da konnte der Tod hinter jedem Baum lauern und blitzschnell und unerwartet zuschlagen. Und sie war den Strapazen der Reise keinesfalls gewachsen. Mochte sie noch so viel Ausdauer und Anpassungsfähigkeit besitzen — sie war und blieb doch eine Frau: ein schönes, sanftes Wesen, das in einem Landhaus in England am richtigen Platz war, aber nicht in einem Zelt am Amazonas.

Der Himmel war stockdunkel, als sie Indianer ihre Kanus bestiegen. Morgan und Henry standen am Ende der Mole und beobachteten, wie Wickham Kan Befehle erteilte, der als einziger von ihnen die Sprache der Eingeborenen fließend beherrschte.

»Mir ist gar nicht wohl bei der Sache«, murmelte Henry. »Sarah hat uns vertraut.«

»Deine Reue kommt spät, mein Freund. Du bist schließlich der Urheber dieses Unternehmens. ›Beweise deine Männlichkeit, fahre nach Japurá und klaue ein paar Gummibaumsamen für die junge Dame‹, hast du gesagt.«

Henry drehte seinem Freund beleidigt den Rücken zu, marschierte einmal die Mole hinauf und hinunter und baute sich dann wieder vor Kane auf: »Wir könnten ihr wenigstens ihr Geld zurückgeben, nachdem du Wickham so lange zugesetzt hast, bis er sich finanziell an dem Unternehmen beteiligt.«

»Ich?«

»Nun, vielleicht habe ich irgendwann mal durchblicken lassen, daß wir knapp an Hilfskräften und Waffen wären. Wie dem auch sei — wir brauchen jetzt Sarahs Geld nicht mehr.« Er streckte die Hand aus. »Gib mir das Geld. Ich werde Wickham bitten, es der jungen Lady zurückzuerstatten. Dann habe ich wenigstens in diesem Punkt ein reines Gewissen.«

Es dauerte ein paar Sekunden, ehe Morgan gestand: »Ich habe es nicht mehr.«

Henry blickte ihn mißtrauisch an.

»Ich verlor es an Bord der *Santos*.«

»Du hast es ausgegeben?«

»Ich habe es verloren.«

»Wo?«

»Beim Würfelspiel.«

Henry stöhnte laut, murmelt eine paar Verwünschungen und marschierte wieder davon. Morgan blickte zum Dorf hin und setzte sich dann in diese Richtung in Bewegung. Henry rief ihm nach: »Wo willst du hin? Wir müssen losfahren!«

»Ich habe noch etwas vergessen!«

Als Morgan den Pfad hinunterging, der vom Landungssteg zum Dorf führte, erhob sich ein unheimliches Kreischen hinter den Bäumen und Lianen am Rand des Regenwaldes. Er sah nach Osten. Dort zeigte sich das erste fahle Licht der Morgendämmerung. Seine Schritte hallten ihm so laut in den Ohren wie Zymbeln, als er Wickhams Haus betrat. Dort blieb er abrupt im Flur stehen.

Sarah stand unter der Tür ihres Schlafzimmers, ihre kleine Gestalt in ein weißes Hemd mit Rüschen an den Manschetten und am Saum gehüllt. Ihre wunderschönen aufgelösten Haare flossen ihr über die Schultern bis zu den Hüften hinunter. Unten lugten ihre Zehen wie kleine blasse Steine unter dem Nachthemd hervor. Sie rieb sich die Augen mit zu Fäusten zusammengerollten Händen. Morgan fühlte sich an ein schlaftrunkenes Kind erinnert. Ihr Bild nahm ihm den Atem.

Er sprach ihren Namen aus — *Sarah* — und wurde sich zum erstenmal des Reichtums der Gefühle bewußt, den der Klang ihres Namens in ihm weckte. Sie schwankte, und er ging rasch auf sie zu, griff nach ihr und wurde von dem süßen Geruch ihres Wesens eingehüllt. »*Ma chère*«, flüsterte er, »warum liegst du nicht in deinem Bett? Es ist noch so früh am Morgen. Du solltest noch nicht auf sein.«

Sie seufzte, schloß die Augen und lehnte sich an ihn. Er blickte auf ihren schmalen Kopf hinunter und spürte, wie sich eine Schlinge um seinen Hals zu legen schien. Die Wärme und Weichheit ihres Körpers, der rasche Schlag ihres Herzens an seinem Herzen waren wie Lanzenstiche, die seine Brust durchbohrten.

»Träume . . .« hauchte sie.

»Träume?« Lächelnd legte er die Arme um ihre Schultern und drehte sie ihrem Bett zu. »Ich fürchte, du träumst noch immer«, sagte er. Er schob das Moskitonetz zur Seite und schlug die Bettdecke zurück, so daß sich der noch warme Abdruck ihres Körpers auf der Matratze zeigte. Er drückte sie sacht auf ihr Lager nieder, hob die Zudecke an und breitete sie über ihr aus.

Ihr Kopf lag in der schimmernden, sich fächerförmig ausbreitenden Flut ihrer Haare. Ihr Gesicht war ein durchsichtiges Oval der Unschuld, das ihn an einen Engel erinnerte. Sie war wieder eingeschlafen, ihre Wimpern — hauchzarte gewölbte Schatten auf elfenbeinfarbener Haut. Hätte er sich doch die Zeit nehmen können, sich auf ihren Bettrand zu setzen — er hätte dort den Morgen verbracht und ihre Schönheit in sich hineingetrunken wie ein Verdurstender. In den letzten Wochen war sie der ruhende Pol im Auge des Hurrikans gewesen, der in ihm tobte. Sie hatte seinen Geist von dunklen Erinnerungen und der Reue abgelenkt, die ihn ständig plagte. Sie hatte in ihm den Glauben geweckt, daß er etwas wert sei. Sie hatte an jenem Tag in Klein-China sogar einen Funken echten Heldentums in ihm entfacht, und dann zum zweitenmal in jener Nacht an Bord der *Santos*. Einen flüchtigen Moment lang hatte er sich als Kämpfer gesehen, der durch Japurá zog auf der Suche nach diesem sagenhaften Hevea-brasiliensis-Samen, den er in ihrem Namen erobern würde für eine gummihungrige Welt. Und daß sie mit liebevollen Augen zu ihm aufsehen, allem, was ihr bisher teuer war, den Rücken kehren und Hand in Hand mit ihm hinauswandern würde in das Abendrot.

Aber er war kein Held. Seine Furcht vor dem Tod war so monströs wie seine Angst vor dem Leben. Er konnte beidem nicht einmal gefaßt ins Auge sehen. Das war ihm während seines Aufenthalts in Japurá klargeworden. King hatte die Dämonen gekannt, die Menschen dazu trieben, etwas gegen ihren Willen zu tun. Er verstand etwas von Angst. Er verstand etwas von Schmerzen. Er kannte diesen Ekel vor sich selbst, der einen Menschen in ein hemmungsloses Tier verwandeln konnte, das nur noch die Befreiung von seinen Qualen suchte. Morgan war wie ein Fuchs gewesen, der mit einer Pfote im Fangeisen hing und keinen anderen Ausweg mehr sah, als sich sein eigenes Bein abzubeißen, um Erlösung von seinen Schmerzen zu finden — mit dem Erfolg, daß seine Agonie noch größer wurde und ihn zwang, sich hinzulegen und zu sterben.

Träume? Er hätte nur zu gern ein paar von seinen Träumen gegen Sarahs eingetauscht. Nein. Er wollte nicht, daß sie auch nur einen kleinen Teil der dunklen und schmutzigen kleinen Geheimnisse seiner Vergangenheit erfuhr. Sie würde sich voller Abscheu von ihm wenden. Und wer sollte ihr das übelnehmen? Nein, es war am besten, wenn es so blieb, wie sie es beschlossen hatten. Er würde Japurá diesmal nicht mehr lebend verlassen. Davon war er genauso überzeugt, wie er wußte, daß er von jenem Moment an, als er Sarahs Porträt im Haus ihres Vaters sah, ihr verfallen war. Er hatte den Tod zu oft zum Narren gehalten, um ihm diesmal entwischen zu können. Er war einfach zu müde, um noch einmal davonlaufen zu können. Auch waren ihm seit seiner Bekanntschaft mit Sarah die Augen aufgegangen für das, was er brauchte und haben wollte, aber nie bekommen würde. Und daß er nicht glücklich werden konnte, wenn sein Anspruch keine Erfüllung fand. Warum also weitermachen?

Er ließ sich auf den Rand ihres Bettes nieder und streichelte ihre Haare. Ihre Lippen öffneten sich. Im Schlaf drehte sie ihm das Gesicht zu und schmiegte es in seine Handfläche. Er lächelte: »Habe ein gutes Leben, Sonnenschein.« Ein Verlangen, daß fast weh tat, zwang ihn dazu, seinen Kopf zu ihrem hinunterzubeugen. Doch als er ihr Gesicht in die Hände nahm, um es seinem entgegenzuheben, hielt er inne, seinen Atem auf ihren Lippen. Er küßte sie statt dessen auf die Stirn, stand auf und verließ das Zimmer.

Er hatte schon die Hälfte des Weges zur Mole zurückgelegt, bevor er merkte, daß Henry neben ihm ging. Er verlangsamte seinen Schritt, weil er wußte, daß Henry mit seinen kurzen Beinen sonst nicht mithalten konnte. Sie gingen eine Weile schweigend nebeneinander her, bis Henry sagte: »Was, meinst du, wird aus ihr werden, Morgan?«

»Keine Ahnung.«

»Wenn sie ohne diesen Samen nach England zurückkommt, wird sie alles verlieren, sogar ihren Verlobten. Kannst du dich in ihre Lage versetzen?«

»Nein. Aber was hülfe es ihr, wenn ich es täte?«

»Wir könnten ihr doch diesen Samen beschaffen.«

»Vergiß es.«

»Was würde uns das schon kosten, Morgan? Wir sind doch sowieso schon dort...«

Morgan schwang zu ihm herum. »Warum, zum Teufel, sollte ich ihr helfen, mit Norman glücklich werden?«

Henry sah ihn erschrocken, dann ahnungsvoll an. »Außerdem«, fuhr Morgan fort, »wäre sie ohne ihn besser dran nach allem, was sie mir von ihrem Verlobten erzählte.«

»Vielleicht«, erwiderte Henry vorsichtig. »Aber ich habe unter diesen Leuten gelebt, Morgan. Ich kenne ihre Vorurteile und ihre Arroganz. Sarah ist zu feinfühlig, um ihre Verachtung und ihren Zorn überleben zu können. Es wäre eine Katastrophe für sie. Möchtest du dir das auf dein Gewissen laden?«

»Ich habe kein Gewissen.«

Sie gingen wieder schweigend weiter. Sie waren nur noch wenige Schritte von der Mole entfernt, als Henry eine Hand auf Morgans Arm legte. Sie blieben beide stehen, Morgan mit dem Blick auf die Landungsbrücke, Henry auf den Weg zurückschauend, den sie gekommen waren. Schließlich fragte er: »Möchtest du umkehren? Ich weiß, wie schwer es für dich ist.«

Morgan schüttelte den Kopf: »Vielleicht schwerer, als du denkst.«

»Möglich.«

Morgan sah seinen Freund an und merkte, wie die alte Panik sich wieder in ihm regte — dieser Ekel vor sich selbst. »Du weißt es nicht«, sagte er mit einer vor Verzweiflung rauhen Stimme.

Henry faßte wieder nach dem Arm seines Freundes, als dieser die Mole betreten wollte. »Erinnerst du dich an den Tag, als ich dich vor der Flutwelle rettete, Morgan? Du warst verwundet, hattest hohes Fieber, hast die ganze Nacht von den Grausamkeiten phantasiert, die...«

»Ich möchte nichts davon hören.«

»Morgan«, sagte Henry, sich Morgan in den Weg stellend, »ich war fest davon überzeugt, daß du diese Alpträume überwinden und ein neues, unbeschwertes Leben beginnen könntest, wenn du dich King stellst, ihn vielleicht sogar vernichtest. Ich habe mich getäuscht. Nimm Sarah und kehre mit ihr nach Georgetown zurück.«

»Vergiß es.«

»Wenn du King tötest, wirst du immer noch unter deinen Erinnerungen leiden. Sein Tod wird nicht ungeschehen machen, was er dir angetan hat. Nichts wird das ungeschehen machen. Du mußt ganz allein darüber hinwegkommen, oder...«

»Halt den Mund.« Mit geballten Fäusten ragte Morgan über seinem Freund auf wie Goliath über David. »Ich werde diesen Hundesohn umbringen«, fauchte er. »Aber vorher werde ich ihn kastrieren für jeden Mann, jede Frau und jedes Kind, die er vergewaltigt hat. Er wird auf den Knien vor mir liegen und um Gnade winseln. Das schwöre ich dir, Henry.«

Dann lief er auf die Mole hinaus, während sein Puls so heftig schlug, daß er die Anweisungen, die Wickham den Indianern gab, nicht hörte. Nur vage wurde er sich bewußt, daß wieder jemand nach seinen Arm faßte und ihn herumdrehte. Er hob die rechte Faust, um zuzuschlagen, wie er das schon so oft in einem solchen Fall getan hatte, aber dann erstarrte er.

»Du wolltest mich verlassen. Wie konntest du nur? Ich vertraute dir...«

Sarahs Gesicht, sehr weiß, fast blutleer im fahlen Licht des Morgens, das langsam die Lücken zwischen den Bäumen ausfüllte. Ihr Haar war so lose, als hätte der Sturm es zerzaust. Aber es herrschte Windstille; nur dieser Hurrikan tobte wieder in ihm. Ihre Augen waren groß und naß, hatten die aquamarinblaue Farbe des Tapajós-Flusses. Ihre Lippen waren geöffnet unter den Händen, die sie schützend vor das Gesicht gehoben hatte, falls er zuschlagen sollte.

Erst jetzt merkte er, wie still es plötzlich war. Alle Augen waren auf sie gerichtet — die der Indianer, die paarweise in den schaukelnden Kanus saßen, die Paddel auf die Knie gelegt; die des Engländers und Henrys Augen, der am Rand der Mole stand, als wäre er zur Salzsäule erstarrt.

Morgan machte einen Schritt auf sie zu und sah, daß sie im gleichen Moment vor ihm zurückwich, obwohl ihr Gesicht einen Ausdruck bitteren Grolls zeigte, der sich so gar nicht mit ihren engelgleichen Zügen vertragen wollte.

»Sarah.« Seine Kehle war so trocken wie Staub. »Sarah«, wiederholte er, »komme her.«

Sie kam nicht freiwillig. Er legte die Arme um sie, zog sie an seine Brust und knirschte mit den Zähnen, als sie mit beiden Fäusten gegen seine Schultern hämmerte und ihn einen Schwindler, Lügner und Betrüger nannte. Als ihr dann die Tränen über die Wangen rollten, ließ sie sich doch noch von ihm festhalten. Als seine Hand auf ihrem Kopf ruhte und seine Finger mit ihren Haaren spielten, legte sich der Ärger in ihm wie Sand, der durch ein Stundenglas rieselt. Er fragte sich staunend, wie sie ihm so einen Frieden bringen konnte, was bisher doch noch niemandem gelungen war.

»Erlaubst du mir, daß ich es dir erkläre?« fragte er. Sie antwortete nicht, stand nur so steif wie ein Baumstumpf im Kreis seiner Arme. »Es ist zu gefährlich, Sarah. Es gibt tausend gute Gründe, warum du hierbleiben solltest. Wenn uns etwas zustößt, kann Wickham dafür sorgen, daß du nach England zurückkehrst — und zu deinem Verlobten.«

»Wenn ihr nicht zurückkommt, ist meine Rückkehr nach England eine hypothetische Frage«, sagte sie mit einer Stimme, die nur für seine Ohren bestimmt war. »Er wird mich nicht mehr haben wollen.«

»Sarah, ich kann nicht glauben . . .«

»Du verstehst das nicht!« Ihre Fäuste drehten sich im Stoff seines Hemdes vor der Brust, als sie versuchte, ihre Gefühle im Zaum zu halten. »Ich bin nicht einer von ihnen. Ich habe keine lange Ahnenreihe. Mein Großvater hat für alles, was er besaß, arbeiten müssen. Desgleichen mein Vater. Sie waren Kaufleute, Morgan, keine blaublütigen Adeligen. Die Aristokraten akzeptierten mich nur seiner Stellung wegen, nicht weil ich Kraft meiner Geburt einen Anspruch darauf hatte.« Sarah starrte mit traurigem Gesicht und leeren Augen auf den Fluß hinaus.

Sein Verlangen, sie jetzt zu küssen, war fast übermächtig; aber sie fand keine Sicherheit in seiner Umarmung, würde nur Alpträume finden, die schlimmer waren, als sie sich mit ihrer naiven Phantasie vorzustellen vermochte.

Sie drehte sich ihm wieder zu. »Bitte, laß mich mit euch fahren. Ich werde dir nicht im Weg sein. Du wirst gar nicht merken, daß ich da bin.«

»Den Tag möchte ich erleben.« Er strich ihr eine Haarsträhne aus dem Gesicht. »Gott helfe mir; aber ich bin ein so schlimmer Bastard, daß ich fast versucht bin, ja zu sagen.«

Als er sich dabei ertappte, wie er mit den Fingerspitzen die sanften Linien ihrer Wange nachzog, ließ er sie los, ging bis an an den Rand der Mole und starrte nachdenklich in das trübe Wasser. Im gleichen Moment, als er sich im Wasser betrachtete, gesellte sich das Spiegelbild ihrer weiß gekleideten Gestalt dazu, die auf den Wellen des Flusses zu tanzen schien.

»Wir könnten dort draußen sterben«, sagte er.

»Aber das wird nicht geschehen. Du wirst uns führen, und du erreichst alles, was du dir vornimmst. Jeder weiß das. Du bist ihr Held.« Sie deutete auf die Indianer. »Mein Vater muß ebenfalls an dich geglaubt haben.«

Er dachte: *Dein Vater glaubte dem Wort von Rodolfo King, und schau nur, wohin ihn das gebracht hat.*

Ihm wurde in diesem Moment klar, daß er ein ebenso großer Mörder war wie King, wenn er erlaubte, daß Sarah ihn in diese Hölle begleitete. Aber vielleicht konnte sie mit ihnen bis Manáos fahren, wo man sie dann endgültig ausbooten würde. Sie wußte ja jetzt von ihrer Abreise. Sie konnten sich nicht mehr heimlich davonstehlen.

»Wie schnell kannst du dich anziehen?«

»In zehn Minuten. In fünf, wenn mir jemand bei den Knöpfen hilft.«

»Du bist in fünf Minuten wieder hier, oder wir fahren ohne dich ab.«

Er sah zu, wie sie die Mole hinunterrannte. Der schmutzige Saum ihres Nachthemds flatterte ihr um die bloßen Füße. Er wies ein paar Indianer an, sich um Sarahs Gepäck zu kümmern, und blickte dann Henry an, dessen Entschlossenheit ebenso abgebröckelt war wie die Mauerkronen des verlassenen Priesterseminars.

»Das ist absurd!« hörte Morgan Wickham sagen. »Sie können nicht daran denken, dieser jungen Frau zu erlauben, Sie auf dieser Reise zu begleiten.«

»Das ist allein die Entscheidung der jungen Dame«, gab Morgan zurück.

»Es ist zu gefährlich, ganz zu schweigen von der Unschicklichkeit dieses Verhaltens. Ihr Ruf wird Schaden nehmen.«

»Nur, wenn Sie die Absicht haben, ihn zu beschmutzen. In welchem Fall ich Ihnen prophezeie, daß einhunderttausend Gummibaumschößlinge aus allen Öffnungen Ihres Körpers sprießen werden.« Morgan ließ sich mit einer etwas wackeligen Grazie in den Boden eines Kanus plumpsen. »Ich hoffe, Sie haben noch die Absicht, sich mit uns in Coari zu treffen. Wie Sie wissen, haben wir einen Vertrag miteinander geschlossen.«

»Ja, natürlich«, erwiderte Wickham seufzend. »Aber ich wiederhole — was Sie tun, ist Wahnsinn.«

Morgan lächelte grimmig. Dann, an Henry gewandt: »Kommst du, Longfellow?«

Henry beeilte sich, das Kanu, in dem Morgan saß, zu besteigen, und als der ihm ein Paddel in die Hand schob, trafen sich ihre Blicke. Dann sah Morgan über die breite, glatte Oberfläche des Flusses hin und schalt sich im stillen einen Narren, weil er sich von Sarahs Tränen hatte manipulieren lassen. Er war schon immer auf weinende, verzweifelte Frauen hereingefallen, und seine Entscheidung, sagte er sich, hatte nicht das geringste mit der Tatsache zu tun, daß der Abschied von ihr schlimmer gewesen war als die Wahrscheinlichkeit, in Japurá den Tod zu finden.

Er schob eine Braue in die Höhe, als sich ein mitfühlendes, wissendes Lächeln auf Henrys Gesicht ausbreitete. »Grinse nicht so unverschämt«, sagte Morgan im schroffen Ton. »Sie wird uns nur bis Manáos auf der Pelle liegen. Halt sie bis dahin von mir fern, oder ich könnte etwas Gemeines tun oder sagen.«

»Was zum Beispiel?«

»Das weiß ich noch nicht. Ich muß es mir erst überlegen.«

»Das ist dein Problem, Morgan. Du mußt dich so sehr

anstrengen, den Hundesohn herauszukehren, daß ihn dir keiner abnimmt.«

Sarah kam in einer Wolke aus Seidenturnüren und auf bloßen Füßen — die Strümpfe in der einen Hand, die Schuhe in der anderen — auf die Mole gerannt. Morgan stöhnte innerlich, als er ihren Aufzug sah. Er fragte sich, ob sie wohl jemals ihre törichten Hemmungen überwinden und die Hosen tragen würde, die er für sie gekauft hatte. Das Boot schaukelte heftig, als Henry ihr beim Einsteigen half.

»Oh«, hörte Morgan ihre zögerliche Stimme hinter sich, »da ist etwas, das Sie wissen sollten, Mr. Kane.«

Ihre Knie preßten sich gegen seinen Rücken, als er flußaufwärts blickte. Warum hatte er das Gefühl, daß ihm das gar nicht gefallen würde, was sie ihm jetzt sagen wollte?

»Ja?« brummelte er, »was ist es?«

»Ich kann nicht schwimmen.«

Er schloß die Augen und schüttelte entsagungsvoll den Kopf. Dann tauchte er sein Paddel ins Wasser, und sie begannen ihre Reise in die grüne Hölle.

8

Die Kanus glitten lautlos über den Fluß. Die Stille wurde nur von dem Flüstern der Paddeln durchbrochen, wenn sie in das Wasser eintauchten. Als der Fluß schmaler wurde, bildeten die Bäume ein geschlossenes Laubdach — ein eindrucksvolles Schauspiel der Natur, wenn es nicht so bedrohlich gewirkt hätte. Stämme und Äste stiegen viele hundert Fuß himmelwärts, mit Kriech- und Schlingpflanzen überwuchert, die in die höchsten Kronen hinaufkletterten auf der Suche nach dem für sie lebensnotwendigen Sonnenlicht.

Die Sandbänke am Ufer wurden immer höher, glichen festen, aber ihrer Aufgabe nicht gewachsenen Deichen. Entlang dieser unsicheren Grenze zwischen Wasser und Land wuchs eine Vielzahl von Baumarten, die ganz London ein Leben lang mit Edelholz hätten versorgen können. Da standen Palmen neben Lorbeerbäumen, Rosenholz und Mahagoni. Da mischten sich Zedern unter Steelwoods, Feigen und Akazien, wobei sich alle mit riesigen Buketts flammenfarbener Orchideen schmückten, die aus einer Höhe von zwanzig Metern bis zum Boden herunterreichten.

Während Sarah das alles staunend betrachtete, stob ein Schwarm von Sittichen aus dem Laubwerk hervor und überquerte lärmend den Fluß. Schmetterlinge, die sich von den schrillen Schreien gestört fühlten, kamen in solcher Fülle von den Bäumen herunter, daß das Mädchen überrascht aufschrie.

Zu jeder anderen Zeit hätte Sarah diese Pracht in Begeisterung versetzt, aber sie schäumte innerlich noch vor Wut, weil Morgan und Henry versucht hatten, sie in Santarém zurückzulassen. Wäre sie nicht von diesem seltsamen Traum, in dem Morgan ihr einen Kuß gab, geweckt worden, wäre sie jetzt sicherlich in Santarém gestrandet. Sie blickte den ganzen Tag hindurch Morgans Rücken mit zornigen Augen an, sprach nur, wenn sie angesprochen wurde, und bemühte sich nach Kräften, sich auf ihren Ärger zu konzentrieren und nicht auf die verlockende Breite seiner Schultern oder seine sich im Nacken und hinter den Ohren ringelnden schwarzen Haare.

Doch dann gerieten ihre Gedanken immer wieder auf Abwege, und sie ertappte sich dabei, wie sie Morgan mit Norman verglich — als ob man da überhaupt etwas Vergleichbares finden könnte. Diese Vorstellung erschien ihr fast lachhaft zu sein: Norman war so gesetzt, so berechenbar, so ... sicher. Die Augenblicke, die sie in seiner Gesellschaft verbrachte, waren nie mit Spannung erfüllt gewesen. Ihre Magen begann nie zu flattern, wenn er seine blaßblauen Augen auf sie richtete.

Sie versuchte sich wieder auf die sie umgebende Flora und Fauna zu konzentrieren, machte sich in Gedanken Notizen und wünschte, sie hätte ihr Tagebuch zur Hand, damit sie diese Eindrücke festhalten konnte, ehe sie sich wieder verflüchtigten. Norman würde sie anbeten, ihrer Beschreibungen von Schmetterlingen und Vögeln wegen. Er mochte sie sogar mit einigem Respekt betrachten, wenn sie ihm die schreckliche Heimsuchung auf der *Santos* in allen Einzelheiten schilderte ... und wie Morgan Kane ihr das Leben gerettet hatte.

Auf was für ein Thema sie sich auch zu konzentrieren versuchte — ihre Gedanken kehrten immer zu Morgan zurück: Morgan, der Held, der *boto*, der Mann, der ihr mit einem Blick aus seinen seltsam silbrigen Augen das Gefühl gab, sie sei die einzige noch lebende Frau auf dem Antlitz der Erde. Gott mochte sie strafen, aber sie starrte dem Tod ins Gesicht, schlich sich durch die Hintertür in Satans Haus und alles, woran sie in diesem Moment denken konnte, war dieses wunderbare Gefühl, das sein Kuß in ihr geweckt hatte, und die köstlich sündhafte Erregung bei seiner Berührung.

Und dann hatte er versucht, sie zu verlassen.

Es war später Nachmittag, als sich die Indianer mit ihren Kanus an Sarahs Boot längsseits hielten. Sie beobachtete, wie sie mit den Augen das Wasser absuchten, und dann sah sie den Alligator näher kommen. Kane, der im Bug des Kanus unmittelbar rechts von ihr kauerte, warnte das Reptil, indem er mit der breiten Seite seines Paddels aufs Wasser schlug. Mit einer kurzen peitschenden Bewegung seines Schwanzes tauchte die Bestie im Fluß unter, um dann nur wenige Meter weiter wieder aufzutauchen, wo sich noch andere Alligatoren zu ihm gesellten. Alsbald wimmelte es nur so von diesen riesigen Monstern in der Nähe des sumpfigen Ufers, und ihr Prusten und Röhren übertönte die schrillen Schreie der Vögel und Affen.

Morgan drehte sich im Bug des Kanus um und blickte Sarah forschend ins Gesicht. »Ist mit Ihnen alles in Ordnung?« kam seine sie überraschende Frage.

»Natürlich«, erwiderte sie ein bißchen schroffer, als sie das eigentlich wollte. »Glaubten Sie, ich bekäme einen hysterischen Anfall, nur weil ein paar Alligatoren mein Boot zum Kentern bringen möchten, Mr. Kane?« Dann weiteten sich ihre Augen, als ein Alligator-Bulle auf das Kanu zuglitt, knapp vor Morgans Paddel untertauchte und dann mit dem Rücken gegen die Unterseite des Bootes stieß. Sie hielt sich links und rechts am Bootsrand fest, als das Kanu heftig schaukelte. »Wa... warum soll ich mich aufregen, wenn ich weiß, daß Sie stets Herr der Lage sind?« fügte sie im etwas schrilleren Ton hinzu.

»Das beruhigt Sie, wie?« Morgan beugte sich vor, blickte Henry an und sagte: »Sind wir Herr der Lage, Longfellow?«

»Sie wollen uns nur warnen, alter Knabe. Wir sind hier unbefugt in ihr Territorium eingedrungen, verstehst du? Sie reagieren in der Regel nicht aggressiv, solange sie sich nicht bedroht fühlen... oder hungrig sind. Und sie gehen normalerweise auch nicht auf Menschen los, weil sie ihnen als Beuteobjekt zu groß sind. Im Notfall tut's ein Affe oder ein Hund. Ich habe mal in einem Bericht von einem Mann namens Bates gelesen, daß ein Alligator in sein Lager gekommen sei und sich einen Pudel geschnappt habe, der seiner Reisebegleiterin gehörte.«

Morgans Brauen zogen sich zu einem Strich zusammen. »Soll uns das vielleicht trösten, Henry?«

»Wäre es dir lieber, wenn ich einen anderen Bericht zitiere, wo eine ganze Horde von hungrigen Alligatoren über eine Expedition herfiel und binnen Minuten alle Expeditionsmitglieder verschlang bis auf einen Indianer, dem sie nur zwei Hände und einen Fuß ab . . .«

»Nein!« unterbrachen ihn Sarah und Morgan wie aus einem Mund.

Henry warf den Kopf in den Nacken und lachte.

Immer wieder attackierten die Alligatoren nun das Kanu, und jedesmal redete sich Sarah ein, daß kein Grund zur Besorgnis bestünde, weil sie ja Morgan, Henry und Kan bei sich habe, die bekanntlich mit jeder Krise fertig würden. Doch als sie zum Ufer hinsah, wo immer mehr Alligatoren auftauchten und sich ins Wasser schoben, wurde ihr klar, daß die Insassen eines Kanus keine Überlebenschance hatten, falls eines dieser Biester es tatsächlich zum Kentern brachte.

Sie trieben wieder flußabwärts, weil niemand mehr paddeln wollte aus Angst, damit den Zorn der Alligatoren herauszufordern.

»Sie sind neugierig«, suchte Henry sie immer wieder zu beruhigen.

»Sie sehen mir verdammt hungrig aus«, schnaubte Morgan.

»Wir brauchen etwas, das sie ablenkt«, sagte der Pygmäe und blickte suchend umher und dann gen Himmel, als könnte er von dort das Wunder erwarten, daß es Affen regnete.

»Wirklich?« meinte Morgan, die Brauen hochziehend. »Warum springst du nicht ins Wasser, Longfellow, und lenkst ihre Aufmerksamkeit auf dich, während wir uns davonmachen? Wir nehmen dich dann auf der Rückreise wieder an Bord.«

»Morgan, du kannst zuweilen wirklich geistreich sein. Was fingen wir wohl ohne deinen goldenen Humor an?«

Wieder wurde ihr Boot von einem Stoß getroffen. Diesmal war er so heftig, daß Sarah laut aufschrie und die Arme nach Morgan ausstreckte, der sein Paddel ins Kanu geworfen hatte und nach einem Gewehr griff.

»Nein!« riefen Henry und Kan gleichzeitig.

»Was, zum Teufel, soll das bedeuten — *nein!?*« brüllte Morgan.

»Das letzte, was du in so einem Fall tun darfst, ist der Versuch, sie einzuschüchtern«, belehrte ihn Henry, auf dessen rundem Gesicht nun keine Spur von Humor mehr zu entdecken war. »Wir brauchen eine Ablenkung für sie«, wiederholte er.

»Falls du das noch nicht bemerkt haben solltest — wir haben keine . . .«

»Moment mal!«

Alle starrten nun Sarah an, die ihren Rock anhob und heftig an den Bändern ihrer Unterröcke zerrte. Dann glitten sie ihr über die Hüften hinunter und landeten um ihre Knöchel. Sie sah hoch und bemerkte, wie Morgans Blick sich auf ihre Waden hefteten, die mit feinen weißen Seidenstrümpfen bedeckt waren. Obwohl sie sich aus Angst zu dieser Verzweiflungstat entschlossen hatte, spürte sie dennoch eine gewisse Befriedigung über seine Reaktion. Sie ließ nun langsam das Unterteil ihres Kleides wieder über die Beine herab, während sich seine Mundwinkel zu einem Lächeln hoben und seine Augen zu ihrem Gesicht hinaufwanderten. »Wirklich«, sagte er, »das ist nun weder der richtige Ort noch der richtige Zeitpunkt dafür, *ma chère.*«

»Geben Sie mir Ihr Paddel«, forderte sie.

»Mein was?« gab er grinsend zurück.

»Paddel!« sie langte danach, zog es quer über ihren Schoß, während sie sich zwang, an das zu denken, was sie sich vorgenommen hatte, und nicht an seine Stimme, die zuweilen so erotisierend war, daß ihr das Blut in die Wangen schoß. Er hatte sich halb zu ihr umgedreht, ein Knie gegen ihr Bein gepreßt, während er sie unter seiner Hutkrempe hervor ansah.

»Sie wollen eine Ablenkung haben, Mr. Kane — hier ist sie.« Sie hatte die Unterröcke inzwischen am Paddel festgebunden und reichte es ihm zu. »Werfen Sie das ins Wasser und warten Sie ab, was passiert.«

Morgan blickte Henry an, der nickte. »Was haben wir schon zu verlieren?«

Morgan nahm das Paddel in beide Hände, studierte einen Moment lang das zarte Gewebe der Unterröcke und stand dann vorsichtig im Boot auf. Das Kanu schaukelte bedenklich. Sarah warf beide Arme um seine Hüften, um ihm einen festen Halt zu verschaffen, ihr Gesicht gegen einen Teil seiner Anatomie gepreßt, der unter normalen Umständen bei ihr zweifellos eine Ohnmacht ausgelöst hätte.

Er schleuderte das Paddel so heftig von sich, wie er konnte. Es segelte durch die Luft wie ein großer, mit den Flügeln schlagender Vogel und landete dann mit einer kleinen Fontäne im Wasser. Sekunden tickten vorüber, während sie alle zusahen, wie die Unterröcke sich ausbreiteten und, mit Luftblasen gefüllt, flußabwärts trieben. Dann schossen die Alligatoren mit einem Peitschenschlag ihrer gewaltigen Schwänze auf das mit Unterröcken garnierte Paddel zu.

»Rasch!« brüllte Henry. »Laßt uns von hier verschwinden!«

Morgan ließ sich auf seinen Sitz zurückfallen, während

Henry sein Paddel ins Wasser tauchte und das Boot flußaufwärts in Bewegung setzte. Sie blickten über die Schultern zurück und sahen, wie der erste Alligator den Köder schnappte und unter Wasser zog. Ein Schauder lief ihnen allen bei diesem Anblick den Rücken hinunter. Und während Sarah zusah, wie die letzte Rüsche im gurgelnden Wasser verschwand, wurde ihr zum erstenmal voller Entsetzen bewußt, daß das ebensogut sie hätte sein können, was da soeben auf den Grund des Flusses gezerrt wurde.

Sie paddelten noch eine gute halbe Stunde, ehe sie sich einen breiten Sandstrand zur Lagerstätte erwählten. Sarah trat beiseite, als die Männer sich beeilten, die Kanus auf den Sand hinaufzuziehen, Holz für ein Feuer zu sammeln und ein Zelt aufzubauen, in dem sie schlafen sollte. Tatsächlich konnte sie sich nicht vorstellen, daß sie in einer so engen Behausung Ruhe finden könne. Der bloße Anblick genügte, in ihr Platzangst zu erzeugen. Es war schon schwer genug, unter freiem Himmel zu atmen, und sie fürchtete, in einer so winzigen Hütte aus Zeltplanen ersticken zu müssen. Alles, was sie auf den Leib trug, war in dieser Treibhausluft feucht geworden und klebte ihr am Rücken und an den Schultern. Sie sah immer wieder zu dem Kanu hin, in dem sich ihr Gepäck befand, und wartete darauf, daß man ihren Kleiderkoffer auslud, damit sie sich umziehen und eines ihrer dünneren Nachthemd herauslegen konnte. Doch der Koffer wurde nicht ausgeladen, und Morgan machte ihr unmißverständlich klar, daß dies kein Hotel sei. Sie würde in ihren Kleidern schlafen müssen, wenn sie nicht von Moskitos aufgefressen werden wollte.

»Soll das heißen, daß ich mich nicht baden kann?« fragte sie im verzweifeltem Ton.

»Baden?« Die Zigarette in den Mundwinkel schiebend, rief er: »Henry! Komm her und sage dieser Lady, daß wir nicht genügend Personal haben, um ihr heute abend ein warmes Bad bereiten zu können!«

Henry eilte herbei und erklärte ihr, daß es hier Piranhas gäbe — was sie längst wußte — und tückische kleine, zwei Zoll lange Fische, *candirus* genannt, die ihre Schuppen wie Stacheln aufrichten konnten. Diese kleinen Biester schlüpften mit Vorliebe in gewisse intime Körperöffnungen eines badenden Menschen hinein, um sich dort mit gespreizten Schuppen häuslich niederzulassen. Er wies auf weitere Gefahren und Krankheiten hin, die man sich hier im Wasser holen konnte; aber sie hörte ihm kaum zu. Ihre Augen ruhten auf Morgan, der auch nicht ein einziges Mal zu ihr hinsah, während er die Indianer beim Einrichten des Lager beaufsichtigte. Er hatte auch nicht ein lobendes Wort für ihren klugen Einfall mit dem Unterrock-Köder gefunden. Sie war sehr mit sich zufrieden, daß sie ihnen allen das Leben gerettet hatte, aber er konnte sich nicht einmal dazu aufraffen, ›gut gemacht‹ zu sagen. Zweifellos war sein Stolz gekränkt, weil nicht er auf diese Idee gekommen war.

Morgan tauchte nun mit Kan und mehreren Indianern im Dschungel unter. Wenige Minuten später hörte Sarah das Krachen von Gewehrschüssen, und die Jäger kehrten mit ein paar toten Affen zurück. Sarah erschauerte und mochte nicht hinsehen, wie die Indianer rasch die Kadaver ausweideten, enthäuteten und dann auf Spießen über dem Lagerfeuer brieten. Alsbald erfüllte das beißende Aroma von geröstetem Fleisch die Luft, und das Fett, das in die Flammen tropfte, verbreitete einen übelriechenden Qualm, der Sarah auf den Magen schlug. Als Henry ihr einen Teller mit Fleisch brachte, weigerte sie sich, ihn anzunehmen. Er blickte sie besorgt an: »Aber Sie haben heute doch noch nichts gegessen!«

»Ich habe keinen Hunger. Ich möchte lieber zu Bett

gehen. Und ich hätte gern mein Tagebuch aus meinem Gepäck. Würden Sie es für mich holen, Henry?«

Als er nickte, stand sie auf, fiel dann auf die Knie und kroch in das Zelt. Von dort aus beobachtete sie, wie Henry sich zu Morgan begab, der ganz allein am entfernten Ende des Lagerplatzes saß. Er sah kurz zu ihr herüber und zuckte dann mit den Achseln, ehe er sich wieder seinem Dinner widmete.

Sie konnte den Grund ihrer wachsenden Depression nicht nennen. Sie war nie jemand gewesen, der lange über die unangenehmen Aspekte des Lebens nachdachte. Stets hatte sie geglaubt, alle Widrigkeiten des Daseins meistern zu können, doch hier fühlte sie sich unbedeutend und ausgesondert. Je weiter sie den Amazonas hinaufführen, um so mehr kam sie sich wie ein Eindringling vor.

Kurz darauf erschien Henry mit ihrem Tagebuch, Tinte und Federhalter. Er kauerte sich im Zelteingang nieder und sagte: »Morgan meint, Sie sollten jetzt lieber schlafen. Und vergessen Sie nicht, vorher noch Ihre Dosis Chinin einzunehmen. Er möchte wissen, ob es Ihnen vor dem Affenfleisch grauste oder ob Sie krank sind.«

»Sagen Sie ihm, ich wäre müde. Nein, sagen Sie ihm das lieber nicht. Ich bin überzeugt, er wird alles, was ich ihm ausrichten lasse, als Vorwand nehmen, um mich wieder nach Santarém zurückschicken zu können.«

Henry lächelte verständnisvoll. »Dort würden Sie auch sicherer sein, Sarah. Sie haben uns eine schwere Bürde aufgeladen mit Ihrem Entschluß, mitzukommen. Warum wollen Sie uns nicht allein nach Japurá weiterreisen lassen und in Santarém abwarten, bis wir Ihnen Ihren Samen bringen? Sie müssen doch wenigstens zu begreifen versuchen, in was für eine Lage Sie uns bringen.«

»Ich begreife sie vollkommen«, gab sie gereizt zurück.

Nachdem sie sich in ein Moskitonetz eingewickelt hatte,

wie Morgan ihr das angeschafft hatte, machte sie es sich, so gut es ging, im Zelt bequem und stellte fest, daß der Schlammboden unter ihrer Decke gar nicht so unangenehm war, wie sie zunächst geglaubt hatte. Nur die Hitze setzte ihr noch zu und hinderte sie am Schlafen.

Im schwachen Licht des Lagerfeuers, das durch die offene Zeltklappe kam, bemühte sie sich redlich, die Seiten ihres Tagebuchs zu füllen, obwohl ihr mit wachsender Müdigkeit die Worte immer zäher aus der Feder flossen. Um sie herum nahmen die Geräusche der Nacht stetig zu, bis das Summen, Pfeifen, Grunzen, Schnaufen und Rascheln eine so große Lautstärke erreichte, daß sie sich gezwungen sah, die Feder wegzuwerfen und sich die Ohren zuzuhalten, aus Angst, sie könne davon taub werden. Doch ein Blick aus ihrem Zelt belehrte sie, daß die anderen überhaupt nichts zu hören schienen, Viele Indianer lagen zusammengerollt auf dem Sand und schliefen, während einige noch beisammensaßen und sich leise unterhielten. Andere wieder waren als Wachen um den Lagerplatz verteilt, spähten in die Dunkelheit und achteten auf jede verdächtige Bewegung, um das Lager rechtzeitig vor einer drohenden Gefahr warnen zu können. Sarah wunderte sich, wie sie bei dieser mißtönenden Musik im nächtlichen Dschungel noch andere Geräusche zu hören vermochten, und staunte über ihre Fähigkeit, in dieser pechschwarzen Nacht etwas sehen zu können.

Sie versuchte, diese Überlegungen zu Papier zu bringen. Bald lenkten sie aber die Hitze und das Gekreische im Regenwald so sehr ab, daß sie beschloß, sich zur Ruhe zu legen. Sie wälzte sich von einer Seite auf die andere und fand sich bald so gründlich in die Maschen des Moskitonetzes verstrickt, daß sie sich vorkam wie einer von Normans Schmetterlingen. Der Schweiß und der Schmutz machten ihr an der Stelle, wo der gestärkte Kragen ihrer

Bluse die Haut am Hals aufgescheuert hatte, arg zu schaffen und lösten einen schrecklichen Juckreiz aus. Plötzlich meinte sie, laut schreien zu müssen, wenn es ihr nicht erlaubt sei, sich wenigstens das Gesicht und die Arme zu waschen. Sie schob mit den Füßen das Moskitonetz zur Seite, kroch aus dem Zelt und blickte sich vorsichtshalber noch einmal gründlich auf dem Lagerplatz um. Die Wachen mußten irgendwo im Dunklen kauern; aber auch Morgan und Henry, vor denen sie sich besonders in acht nehmen mußte, waren nirgends zu sehen.

Das Lagerfeuer war nur noch ein schwach glimmernder Aschenhaufen, und während sie in die Dunkelheit hinauslief, knöpfte sie sich bereits die Bluse auf. Als sie den Rand des Flusses erreichte, hatte sie diese bereits ausgezogen, tauchte sie in das lauwarme Wasser ein, wrang sie gar nicht erst aus, sondern fuhr sich mit dem nassen Stoff über Gesicht, Hals und Schultern. Sie schloß die Augen vor Behagen, weil die Flüssigkeit, die aus dem Stoff rann, die gereizte Haut kühlte und das Brennen am Nacken und Hals linderte. Sie tauchte ihre Bluse noch einmal in den Fluß, drückte sie jetzt gegen ihre Brust, ließ das Wasser unter ihr Hemd laufen, nahm dann den Kopf nach vorn und drückte die zum Schwamm umfunktionierte Bluse über Nacken und Rücken aus. Sie hätte fast geseufzt vor Wohlbehagen, wenn sie nicht plötzlich ein Gefühl gehabt hätte, als ob jemand in ihrer Nähe im Dunklen lauerte und sie beobachtete. Ein kalter Schauer lief ihr über den Rücken, und sie mußte sich zusammennehmen, um nicht laut zu schreien, ehe sie sich langsam umdrehte.

Morgan stand hinter ihr.

Sie wäre fast in Ohnmacht gefallen. Nur der Zorn, der in ihr aufwallte und wie ein Aufputschmittel wirkte, verhinderte das. Sie kam stolpernd auf die Füße und blickte in sein grinsendes Gesicht, während sie nicht wußte, ob sie sich über sein offensichtliches Vergnügen, ihr einen Schrecken einzujagen, empören oder dem Bedürfnis nachgeben sollte, sich an seine fast bis zur Gürtellinie hinunter nackte Brust zu werfen.

»Stimmt etwas nicht?« fragte er.

»Das war nicht lustig«, erklärte sie.

»Was?«

»Sich so von hinten an mich heranzuschleichen.«

»Bin ich geschlichen? Ich glaube nicht. Sie waren so sehr in Ihr Bad vertieft, daß Sie mich nicht kommen hörten.«

»Sie haben sich angeschlichen!« schnaubte sie.

Er grub eine Zigarette aus der Hosentasche. »Und wenn schon. Es war nicht sehr klug von Ihnen, sich aus dem Lager fortzustehlen, ohne mir vorher Bescheid zu sagen.«

»Es war heiß.«

»Tatsächlich?«

Als er das brennende Streichholz an seine Zigarette hielt, beleuchtete die Flamme seine scharfen Züge. Seine Wimpern waren gesenkt, als er sich auf das Anzünden konzentrierte, und hoben sich dann, während er das brennende Zündholz nach unten bewegte und dabei das nasse, an ihrer Brust klebende Hemd beleuchtete.

»Wie heiß?« fragte er, wedelte sein Streichholz aus und warf es zum Fluß hin.

Sarah vermutete, daß dies nicht der günstigste Zeitpunkt wäre, seine Geduld auf die Probe zu stellen. Sein Humor hatte sich verwandelt in ... was? Da hing eine unausgesprochene Drohung zwischen ihnen, die die Luft zum Knistern brachte. Es war so, als sei der Funken seines noch glimmenden Streichholzes plötzlich auf seine Augen übergesprungen. Die Knie wurden ihr weich, und das Herz hüpfte ihr in der Brust. Ihr Fleisch brannte; doch im nächsten Moment erschauerte sie, als ein Windstoß seinen

Weg unter ihr nasses Hemd fand. Die Erinnerungen an seine Küsse gingen ihr durch den Kopf, und mit einer verräterischen Röte auf ihrem Gesicht dachte sie: *Gott, o Gott — mach, daß er mich wieder küßt.*

Aber er küßte sie nicht. Er stand nur wie eine leblose Statue im Dunklen, seine mächtige, breitschultrige Figur eine schwarze Silhouette vor dem schwachen Schein des noch glimmenden Lagerfeuers im Hintergrund. Sie konnte seine Augen nicht mehr sehen; doch sie fand, daß dies kein Schaden sei. Zweifellos lachten diese sie aus, oder funkelten zornig — er war so verdammt unberechenbar, daß sie nicht sagen konnte, was von beidem zutreffen mochte.

»Ich denke«, sagte er, »Sie sollten sich jetzt anziehen und in Ihr Zelt zurückbegeben.«

»Und wenn ich das nicht tue?«

»Möchten Sie das wirklich herausfinden, *ma chère?*« Es war eine Herausforderung, die sekundenlang greifbar zwischen ihnen hing, bis er wiederholte: »Ich denke, Sie sollten jetzt in Ihr Zelt zurückgehen.«

»Werden Sie mich foltern, wenn ich mich weigere?« gab sie zurück. »Werden Sie mich an die Piranhas verfüttern? Den Jaguaren zum Fraß vorwerfen? Mich auf einen Haufen menschenfressender Ameisen binden? Nun sagen Sie schon, Mr. Kane, was Sie tun werden, wenn ich Ihre Anweisung nicht befolge!«

Er sagte jedoch nichts, noch bewegte er sich, bis sie schließlich, erbittert über sein Verhalten, um ihn herumgehen und sich zu ihrem Zelt begeben wollte. Da schoß seine Hand nach vorn, packte sie am Arm und riß sie so heftig zurück, daß sie gegen ihn stolperte, und ihre fast entblößten Brüste gegen seine schweißnasse Brust gedrückt wurde. Diese Berührung schockierte sie, überwältigte sie. Mit ihrer Aufsässigkeit war es vorbei, als sie blinzelnd zu ihm hoch sah.

»Wenn Sie keine Lady wären«, sagte er mit einer Stimme, die so tief und bedrohlich war wie der Fluß, »würde ich Ihnen nur zu gern zeigen, was ich mit Ihnen mache, wenn Sie sich meinen Anordnungen widersetzen.«

»Tatsächlich?« Der Geruch seiner Haut füllte ihre Nase, und das Gefühl seiner harten Finger, die sich um ihren Arm klammerten, machten sie schwach. Das verleitetet sie wieder dazu, ihn zu provozieren: »Wissen Sie, was ich denke, Mr. Kane? Es macht Ihnen Spaß, mich zu schurigeln, weil sie mich noch für ein unbedarftes Kind halten. Ich habe heute uns allen das Leben gerettet, und das gefällt Ihnen nicht, habe ich recht?«

Er warf seine Zigarette auf den Boden, senkte den Kopf und flüsterte ihr ins Ohr: »Das kratzt mich alles nicht. Aber ich darf nicht zulassen, daß eine Frau ständig meine Autorität anzweifelt, weil sonst die Männer, die wir angeheuert haben, bald dasselbe tun werden. Ich brauche aber die volle Unterstützung aller Expeditionsteilnehmer in den nächsten Tagen, und wenn Sie meinen, hier die Zügel in die Hand nehmen zu können, wird vielleicht bald jemand ins Gras beißen müssen — und dieser Jemand könnten Sie selbst sein. Also seien Sie jetzt ein braves Mädchen, legen Sie sich wieder in Ihr Bett und bleiben Sie dort, bis es hell wird, wenn Sie nicht wollen, daß ich Ihnen eine Wache vor das Zelt stelle, die dafür sorgt, daß Sie auch dort bleiben.« Er ließ sie los, drehte sie um und gab ihr einen leichten Stoß. »Gute Nacht, Miss St. James.«

Sarah ging zu ihrem Zelt zurück. Ihr Ärger war nun einem Bedauern gewichen. Sie kroch unter das Moskitonetz und starrte an die Zeltdecke, hielt die Hände an das Gesicht und atmete dieses seltsam scharfe Aroma ein, das ihr eigenes Fleisch durchdrang und sie ruhelos machte vor Hunger. Was geschah da nur mit ihr?

Verflucht soll er sein für das, was er ist, dachte sie bei sich.

Sie glitten flußaufwärts und um die stillen Buchten herum, wo sich Teppiche duftender Blumen im flachen Wasser ausbreiteten. Hin und wieder stellten sie das Paddeln ein und ließen die Kanus in der natürlichen Gegenströmung in der Nähe des Ufers treiben. Sarah spürte die Kühle des Wassers oder die perlenden Luftblasen durch den hölzernen Rumpf des Boots hindurch, wenn die Männer die Kanus rasch über eine Stromschnelle hinwegbeförderten. Der Wald hatte eine hypnotische Wirkung auf sie, die sie stumm und lethargisch machte. Sie legte sich im Kanu zurück und betrachtete die grüne Laubdecke über sich, beobachtet das flimmernde Licht in den Lücken zwischen Zweigen und Blättern, den gelben Dunst, den die Sonne über den Boden des Dschungels legte. Sie döste oft, und wenn sie aufwachte, setzte sie sich auf und hielt ihre Gedanken in ihrem Tagebuch fest.

So reisten sie tagelang flußaufwärts, während die Luft immer heißer und schwüler wurde, bis ihre Kleider und Haare ständig mit Schweiß und Kondenswasser durchtränkt waren. Nacht für Nacht legte sie sich auf dem gleichen Ufersand zum Schlafen nieder, wobei Sarah zuweilen so ausgelaugt war, daß sie nicht lange genug wach bleiben konnte, um ihre Ration gebratenen Affenfleischs, gerösteten Fisch oder in einem Fall eines gerösteten Ameisenbärs zu essen, der sich zur Dinnerzeit zu nahe an ihr Lager herangewagt hatte.

Sarah hatte vor Jahren einmal Charles Watertons Bericht von seiner Reise auf dem Amazonas gelesen. Er hatte betont, daß Spannkraft und Begeisterungsfähigkeit wichtigere Voraussetzungen wären, so eine Reise lebend zu überstehen, als Können und Erfahrung. Doch es fiel ihr von Tag zu Tag schwerer, sich zu begeistern. Sie war schon so kraftlos geworden, daß die bloße Vorstellung, den relativ einfachen Reiseweg des Flusses zu verlassen, um durch den Dschungel zu waten, hinreichte, sie fast um den Verstand zu bringen. Die Moskitos, die am zweiten Tag nach ihrer Abreise von Santarém in einer schwarzen Wolke über sie herfielen, hatten sie gezwungen, ihre Haut unter Schichten von Kleidern, Hüten und Schleiern zu verbergen, die bis zu ihrem Ellenbogen hinunterreichten. Ihr ständiges Summen trieb sie an den Rand der Hysterie.

Doch schließlich hatte sie sich sogar an die Allgegenwärtigkeit dieser Insekten gewöhnt. Nachts hörte sie selbst den Lärm des Dschungels nicht mehr, lag im Dunklen und bemühte sich, beim Atmen nicht auf den Rauch zu achten, der von dem nassen Buschfeuer aufstieg, mit dem die Moskitos aus ihrem Zelt vertrieben werden sollte, und dachte über die Jahre nach, die sie in London verbracht hatte, und ihren verzweifelten Versuch, sich den Gesellschaftskreisen anzupassen, die ihre Mutter für so wichtig hielt. Wie dumm ihr dieser Ehrgeiz nun erschien. Man starb nicht daran, daß eine Locke schief saß. Die Welt ging nicht davon unter, daß ein Mann einen Blick auf das nackte Knie einer Frau erhaschte. Und was spielte es für eine Rolle, wenn der Tee um zwei oder sechs Uhr serviert wurde und nicht um vier? Nun konnte sie sich ein Leben außerhalb der Floresta kaum noch vorstellen. Saubere Kleider und ein Bad, das nach ›Felsentau der Sahara‹, ›Königlich Arabisches Toilettenwasser‹ oder ›Rosenöl‹ duftete, waren nur noch vage Erinnerungen. Und eine höfliche Konversation zwischen Gastgeber und Gast mochte es nie gegeben haben.

Seit ihrer Begegnung am ersten Abend ihrer Kanureise am dunklen Fluß hatte der Amerikaner immer auf Distanz gehalten, beobachtete sie zwar ständig, sprach aber selten mit ihr. Sie pendelte zwischen dem Verlangen, ihm ins Gesicht zu schreien, und dem Bedürfnis, auf die Knie zu fallen und Gott zu danken, daß er sie in den letzten Tagen nicht beachtet hatte, hin und her.

Seine Gegenwart hatte eine zunehmend beunruhigende Wirkung auf ihren Geist und ihre Sinne. Sie ertappte sich dabei, wie sie abends, wenn das Lager errichtet und das Essen ausgegeben war, vor dem Schlafengehen seine Nähe suchte. Immer saß er irgendwo im Dunklen allein, eine brennende Zigarette zwischen den Lippen und eine Flasche Whisky in der Hand. Nur zweimal hatte sie gewagt, ihn anzureden, und beide Male hatte er nur etwas gebrummelt und sich dann von ihr weggedreht. Anfangs hatte sie sein Verhalten als Persönlichkeitsmerkmal eines spröden Charakters gedeutet. Doch sie fand bald heraus, daß er im Umgang mit den Indianern, Kan und Henry einen viel freundlicheren Ton anschlug.

Sarah war nicht daran gewöhnt, daß Menschen ihr feindselig begegneten. Ihre Fähigkeit, sich rasch Freunde zu machen, war stets ihr größtes Kapital gewesen. Ihr Vater hatte gesagt, wenn sie als Knabe auf die Welt gekommen wäre, hätte sie bestimmt in der Politik Karriere machen können.

Fest entschlossen, den Amerikaner wegen seines Verhaltens ihr gegenüber eines Abends nach dem Dinner zur Rede zu stellen, verließ sie ihr Zelt und fand wie immer ein prasselndes Feuer auf dem Rastplatz vor, dessen Rauch hoch über dem Lager zwischen den Ästen hing. Der beißende Qualm, der die Moskitos und Sandfliegen vertreiben sollte, trieb ihr die Tränen in die Augen und zwang sie zum Niesen; aber sie hatte eingesehen, daß man so etwas gern in Kauf nahm, wenn sich anders keine schmerzhaften und gefährlichen Insektenstiche vermeiden ließen.

Morgan und Henry standen gebückt neben dem Feuer, die Köpfe nahe beisammen, während Morgan mit einem

Stock etwas in den Sand zeichnete. Sarah bewegte sich in ihrem Rücken näher an das Feuer heran.

»Das ist der Fluß«, hörte sie Morgan sagen, während er mit dem Stock einer gewundenen Rinne im Sand folgte. »Wir befinden uns jetzt hier.«

»Du, da bin ich anderer Meinung«, widersprach ihm Henry. »Meiner Schätzung nach sind wir hier, und Manáos sollte dort liegen.« Er schob einen Stein mit dem Fuß an die Stelle, wo er die Niederlassung vermutete, und zeichnete dann mit dem nackten großen Zeh eine Linie in den Schlamm. »Das ist der Rio Negro; und die Barcelos-Mission, in deren Nähe sich Kings Plantage befinden soll, liegt ungefähr hier.«

Morgan schüttelte den Kopf. »Irrtum, mein Freund. Meiner Schätzung nach ist sie hier.« Er stocherte mit seinem Stock im Sand.

»Hoffentlich nicht. Die Entfernung wäre zu groß. Würde ja Monate dauern, bis wir dort ankommen. Unsere Vorräte reichen nicht so lange.«

»Drei Wochen«, sagte Morgan. »Von hier bis dort.«

»Nicht durch *diesen* Regenwald, alter Knabe. Ich schätze, wir ...«

Henry blickte über die Schulter auf Sarah. Desgleichen Morgan. Die beiden sahen sich gegenseitig an, ehe sie sich aufrichteten und zu ihr umdrehten. Sie glichen zwei Knaben, die man beim Obstklauen ertappt hatte.

»Stimmt etwas nicht?« fragte sie.

Sie schüttelten beide den Kopf.

»Warum habt ihr dann geflüstert?«

»Haben wir geflüstert?« fragte Morgan den Pygmäen.

»Wir wollten Sie nicht stören«, sagte Henry.

Sarah betrachtete die Skizze im Sand, und Henry sprang vor, nahm sie beim Arm und führte sie zu einem Stück Treibholz in der Nähe des Feuers, auf dem sie

Platz nehmen sollte. »Sie sind heute aber lange auf«, meinte er.

»Ich konnte nicht schlafen.«

»Bedrückt Sie etwas?« erkundigte er sich besorgt.

Sie sah nicht zu Morgan hin, der sich am Rand des Feuers ausstreckte. Sie blickte statt dessen auf ihre Stiefelkappen — sie hatte sich widerwillig dazu bereitgefunden, diese klobigen Dinger zu tragen, um ihre Beine vor Moskitos und Sandflöhen zu schützen — und fragte sich seufzend, warum sie dem Amerikaner nie in die Augen schauen und ihm sagen konnte, was sie empfand.

Konnte es daran liegen, daß sie das gar nicht so genau wußte? Gereiztheit, Ärger, Empörung — das alles vermischte sich in ihr mit einem andern Gefühl, das mit jedem Tag, den sie in Morgans Gegenwart verbrachte, stärker wurde. Sie zuckte mit den Achseln. »Ich fühlte mich ein bißchen einsam, glaube ich, und mußte an meine Eltern denken.«

»Ah.« Henry nickte verständnisvoll, während er ihr eine Tasse von dem Tee einschenkte, den er für sich selbst aufgebrüht hatte. Morgan, der seine ausgestreckten langen Beine an den Knöcheln übereinander gelegt hatte, schnitzte mit seinem Messer an einem Stock herum, die Augen unter der breiten Hutkrempe verborgen. Sarah wünschte, daß er hochsah, wenn auch nur flüchtig, damit sie seine Augen sehen konnte, aber er tat es nicht. Er hatte in den letzten Tagen nur selten in ihre Richtung geblickt.

»Hatten Sie eine große Familie?« fragte sie Henry, als er ihr die gefüllte Teetasse reichte. »Sie haben mir nie so richtig erzählt, wie Sie nach England gekommen sind. Ein Botaniker hat Sie mitgenommen, nicht wahr?«

Henry setzte sich neben sie auf den Baumstamm. Er blickte einen Moment gedankenverloren vor sich hin. »Ja. Ich war zehn, als ich ihm durch einen Zufall begegnete. Er war irgendwie von seinen Kollegen getrennt worden. Ich brachte ihn ins Dorf zurück. Er bot mir Geld an, wenn ich ihm als Führer und Dolmetscher für den Rest seines Aufenthalts diente. Das tat ich acht Monate lang. Als er beschloß, nach London zurückzukehren, lud er mich ein, ihn zu begleiten. In London begann er, auf den Zuspruch seiner Kollegen hin, mich zu erziehen und für meine Bildung zu sorgen. Diese blaublütigen Burschen waren sehr amüsant. Tatsächlich. Sehr unterhaltsam. Sie hielten mich für niedlich und ich sie für Idioten; aber das ist nicht von Bedeutung. Ich habe schließlich in Oxford mein Examen gemacht — mit Auszeichnung. Als ich nach Brasilien zurückkehrte, entdeckte ich, daß meine Familie ... sie waren alle tot.«

»Das tut mir aber leid«, sagte Sarah.

Henry nippte an seiner Tasse und starrte in die Dunkelheit hinein.

Endlich faßte sich Sarah ein Herz und sprach Morgan an: »Und wie sah es bei Ihnen aus, Mr Kane?«

Die Flammen spielten über seine langen Finger hin, als er seinen beschnitzten Stock hin- und herwendete und kleine Rindenstücke auf seinen Schoß fielen.

»Was ist mit *Ihrer* Familie?« drängte Sarah.

»Was soll schon mit ihr sein?« gab Morgan gleichmütig zurück.

»Wo waren Ihre Eltern? Haben Sie noch Geschwister?«

Er preßte die Lippen zusammen und konzentrierte sich auf seine Hände. Er sah sie noch immer nicht an, als er erwiderte: »Mein Vater war Offizier in der amerikanischen Marine. Meine Mutter war Französin.«

»Leben Ihre Eltern noch?«

»Nein.«

»Ich nehme an, daß wir da alle etwas gemeinsam haben«, sagte Sarah.

Nun blickte er sie an, und das Feuer spiegelte sich in seinen Augen. »Wirklich?« Sein Lächeln war kalt. »Was denn, Prinzessin?«

»Wir sind alle sozusagen Waisenkinder.«

»Richtig.« Er warf den Stock auf den Boden und stand auf. Sarah starrte hinauf in sein Gesicht, dann hinunter auf sein Messer, das er noch immer in der Hand hielt. Seine Finger konnten es nicht ruhig halten, aber sie achtete nicht darauf.

Sie sprang auf, als er sich von ihr wegdrehte, stellte ihre Tasse beiseite und lief ihm nach. Er war bereits am anderen Ende des Lagerplatzes, als sie ihn einholte. »Ich möchte mit Ihnen reden«, sagte sie.

Er nahm sein Gewehr und prüfte, ob es geladen war. Dann stakte er in die Dunkelheit hinein und ließ sie einfach stehen. Sie starrte ihm nach, ballte die Fäuste und folgte ihm. Sie achtete nicht auf die Äste und das Bruchholz, das der Fluß bei Hochwasser angeschwemmt hatte. Zweimal blieb sie mit dem Kleidersaum hängen und mußte kräftig ziehen, um sich von diesen Hindernissen zu befreien. Sie hörte, wie der Stoff zerriß, und als sie Morgan zum zweitenmal eingeholt hatte, war ihre Geduld zu Ende: »Verdammt noch mal — bleiben Sie stehen und schauen Sie mich an!«

Er hielt so unvermittelt an, daß sie in ihn hineinrannte und an seinen Beinen hinunterrutschte, als er sie von hinten packte und auf die Beine stellte wie ein Kind, das einen Wutanfall bekommen hat. Sie schlug seine Hände weg und funkelte ihn an.

»Ich habe bisher sehr viel Verständnis für Ihr brütendes Schweigen aufgebracht; aber nun bin ich mit meinem Latein am Ende. Wenn jemand einen Groll haben sollte, bin ich das. Ich bin hier die verletzte Partei. Es ist meine Familie, die King vernichtet hat. Es ist meine Zukunft, die auf dem Spiel steht. Es ist mein Geld, das ich für die zugegebenermaßen geringe Chance ausgegeben habe, daß Sie mich nach Japurá bringen, und was passiert? Sie versuchen sich mitten in der Nacht davonzustehlen und mich sitzen zu lassen!« Sie schlug ihm mit der Faust gegen die Schulter. »Und da stehen Sie nun wie ein Klotz und mimen wieder einmal den Taubstummen. Ich kann nicht einmal ein paar höfliche Worte mit Ihnen wechseln, ohne daß Sie gleich mit einem grimmigen Gesicht davonlaufen.«

»Sind Sie fertig?«

»Nein, das bin ich nicht! Ich möchte von Ihnen wissen, warum Sie mich so feindselig behandeln, seit wir Santarém verlassen haben.«

Die Nacht und der Dschungel drangen auf sie ein, verwandelten die Luft in Dampf und die Bäume in dunkle lauernde Gestalten, die ihr einen kalten Schauer über den Rücken gejagt hätten, wenn sie sich auf etwas anderes als Morgans Augen hätte konzentrieren können. Aber das konnte sie nicht — gütiger Gott, das konnte sie nicht! Plötzlich vermochte sie an nichts anderes mehr zu denken als an die Eindringlichkeit seines Blicks — die gleiche Eindringlichkeit, die ihn damals an Bord der *Santos* dazu verleitet hatte, sie so leidenschaftlich zu küssen, daß sie den Kopf verlor. Gütiger Himmel, war das der Grund, weshalb sie ihm in die Dunkelheit hinein gefolgt war, allein, ohne einen Begleiter, der über ihre Tugend wachte? Hoffte sie, das gleiche verbotene, erregende Gefühl zu erleben wie damals, als er seinen Körper gegen den ihren preßte?

»Nun?« drängte sie mit einer ihr peinlichen heiseren Stimme.

Ihr Gesicht war ein weißer Fleck in der Dunkelheit, und Morgan dachte, wenn sie noch länger als drei Sekunden so vor ihm stand wie ein zerzaustes Kätzchen, das sich als Löwin aufzuspielen versuchte, würde er sein Gewehr weglegen, sie auf den Boden ziehen und sich einen Teufel um ihre Jungfräulichkeit, Norman, und seinen eigenen Entschluß scheren, ihr nicht die Unschuld zu rauben. Er hatte sein möglichstes getan, sich von ihr fern zu halten, und das war gar nicht einfach gewesen. Sie war da, wenn er morgen erwachte, ihre Knie berührten den ganzen Tag hindurch seinen Rücken; und nachts lag sie, eingewickelt in ihr Netz, in der rötlich schimmernden Flut ihrer Haaren, als würde sie im Mondlicht baden. Und nun forderte sie schon wieder seine Willenskraft heraus — bewußt dieses Mal —, und er war nicht sicher, ob er diesmal der Versuchung standhielt.

»Sarah, gehen Sie zurück ins Lager.«

»Nicht, ehe Sie mit mir geredet haben.«

»Ah, ja, ich vergaß, daß Sie ja hier der Boß sind. Nun, Boß, was wollen Sie von mir hören?«

»Müssen Sie mich denn immer verhöhnen?«

Er verdrehte die Augen, schob den Hut in den Nacken und starrte auf den dunklen Fluß hinaus.

»Warum meiden Sie mich?«

»Warum sollte Sie das stören?«

»Es stört mich nicht.«

Sein Blick kam zu ihr zurück. »Warum, zum Teufel, streiten wir uns dann?«

»Ich möchte es nur begreifen, Mr. Kane. Sie scheinen mehr als willig, sich mit anderen Frauen anzufreunden ...«

»Huren«, gab er so heftig zurück, daß sie erschrocken verstummte. »Ich *fraternisiere* mit Huren, Miss St. James. Mit Frauen von üblem Ruf. Wenn mein Urteilsvermögen mich nicht trügt, gehören Sie doch wohl nicht zu dieser Sorte.«

»Gibt es ein Gesetz, daß Ihnen verbietet, sich mit einer ehrbaren Frau abzugeben?« schrie sie, sich auf die Zehen stellend, so sehr war sie frustriert.

»Warum, zum Teufel, sollte sich eine achtbare Frau mit mir abgeben wollen?« brüllte er zurück. Er spürte, wie seine Selbstbeherrschung unter dem Zorn zu zerbröckeln begann, der nun so heftig in ihm aufwallte, daß er am ganzen Körper zitterte. »Lady, ich weiß nicht, wie man solche Männer wie mich in London nennt. Aber hier würde eine Frau wie Sie nicht einmal von meiner Existenz Kenntnis nehmen. Es sei denn, es wäre dunkel, es juckte sie zwischen den Beinen und sie möchte sich dort von mir kratzen lassen.«

Sarah holte geräuschvoll Luft.

»Das ist es, was ich bin, *ma chère*. Ich bin der gottverdammte *boto*. Ich bin der, vor dem Mütter ihre Töchter verstecken. Ich bin der, zu dem die gleichen Mamas gekrochen kommen, wenn ihre Ehemänner sie zu Hause im Bett nicht befriedigen. Ich bin der, der ihnen das Gefühl gibt, hübsch zu sein und begehrenswert und gebraucht zu werden in den langen Nächten; aber wenn die Sonne aufgeht, kennen sie mich nicht mehr.«

Sie wich vor ihm zurück, als er sich nun auf sie zubewegte, ein paar Zweige unter den Stiefelsohlen zertrat, das Gewehr in der Hand. »Ich mache aus der Liebe kein Spiel, Sarah. Ich tändle nicht im Dunklen mit koketten kleinen Mädchen, die ihre Keuschheit auf die Probe stellen möchten.«

»Oh!« rief sie. »Ich tue so etwas nicht...«

»Sie haben mich angeheuert, um Sie nach Japurá zu bringen und dort einen Sack voller Gummibaumsamen zu klauen, damit Sie zu Ihrem Norman zurücksegeln und glücklich leben können bis an Ihr Ende. Nun, genau das tue ich, meine Boß-Lady. Nun schauen Sie zu, daß Sie ins

Lager zurückkommen, und lassen Sie mich endlich zufrieden!«

Sie flüchtete.

Morgan sah ihr nach und fragte sich, ob es ihn jemals so dringend danach verlangt hatte, sie in seine Arme zu nehmen wie jetzt.

9

Trotz der Regenflut, die auf die Baumkronen niederrauschte und in Sturzbächen von den Blättern auf die Köpfe der Reisen herunterprasselte, setzte die Expedition ihre Fahrt fort und kam am nächsten Tag kurz vor Mitternacht in Manáos an. Als Morgan das Kanu auf die Böschung hinaufzog, schäumte ihm das Wasser so heftig um die Knie, daß er fast gestolpert wäre. Fluchend tat er sein möglichstes, seine Begleiter aus dem Regen zu bringen, und brüllte dann: »Schafft die Lady in eine Unterkunft! Ich treffe mich in einer Stunde wieder hier mit euch!«

Zu Sarahs Kanu eilend, nahm Kan sie in die Arme und trug sie ans Ufer. Haare und Kleider klebten ihr am Körper. Sie funkelte Morgan an und schrie: »Und was haben Sie jetzt vor?«

Er beachtete sie nicht, sondern drehte sich zu Henry um, dessen Gesicht er durch Regenwand und Dunkelheit kaum sehen konnte. Er nahm ihn am Arm und trieb ihn die schlüpfrige Uferböschung hoch, damit Sarah ihr Gespräch nicht mithören konnte. »Schön — was nun?«

»Was meinst du damit?« gab Henry zurück.

»Sie endlich loswerden!«

»Loswerden?«

»Ich sagte doch — Manáos ist der Ort, wo ihre Reise zu Ende sein wird!«

»Aber es regnet. Und es ist Mitternacht! Das hier ist nicht Georgetown. Du kannst nicht zum nächstbesten Hotel gehen und dort ein Zimmer für sie mieten.«

»Daran solltest du gedacht haben, ehe wir Sie hierherbrachten!«

»Das ist genauso deine Schuld. Du hättest ja darauf bestehen können, daß sie in Santarém bleibt.«

Morgan nahm seinen Hut ab und wrang ihn aus. Er schüttelte den Kopf. »Sie reist nicht weiter. Manáos ist Endstation für sie, Longfellow.« Er stülpte sich seinen nassen Hut wieder über den Kopf und starrte durch den Vorhang aus Regenschnüren auf Henry hinunter. »Verschaff ihr eine Bleibe. Wir reisen noch vor Sonnenaufgang weiter.«

»Aber es regnet. Der Fluß ist im Regen tückisch!«

»Wir werden es überleben.«

Henry schüttelte den Kopf. »Du bist verrückt.«

»Ich wäre verrückt, wenn ich hierbliebe! Kings Männer sind auf dieser Strecke des Flusses ständig unterwegs. Wenn sie mich entdecken, käme ich niemals lebend nach Japurá. Sie würden mir den Kopf von den Schultern blasen. Aber zuerst würden sie mich foltern, mich an den Füßen aufhängen und mir die Zunge abschneiden. Möchtest du das auf dein Gewissen laden, Henry?«

»Weißt du, was ich denke, alter Knabe?«

»Nein, und es ist mir auch egal.«

»Du hast es verflixt eilig, vor jemandem zu fliehen; aber der Betreffende heißt nicht King.«

Morgan verdrehte die Augen. »Himmel, ich steh hier im Regen, und dieses Kerl will meinen Kopf wie eine Tasche umkrempeln? Wir waren uns einig, daß wir sie hier in Manáos lassen. Sorg dafür, daß ihr Wachhund, dieser

Häuptling, auch hierbleibt. Er wird sie dann wohl nach Santarém zurückbringen. Versorg sie mit einem Kanu, einem oder zwei Gewehren und der nötigen Munition, und dann bewegst du deinen kleinen Arsch wieder hierher, weil ich vor Sonnenaufgang weiterfahre — mit dir oder ohne dich!«

Er ließ Henry in einer Regenpfütze stehen und rannte zum Fluß zurück, um den Indianern beim Sichern der Kanus zu helfen. Soeben hatte er das erste Boot aus dem Fluß gezogen, als er von Sarah am Arm gepackt und herumgewirbelt wurde. »Ich gehe nirgendwohin, ehe Sie mir nicht gesagt haben, was Sie als nächstes zu tun gedenken!« schrie sie.

»Ich gedenke mich aufs Ohr zu legen! Seien Sie jetzt ein braves Mädchen und lassen Sie sich von Henry in eine Unterkunft bringen!«

»Nein! Sie haben schon einmal versucht, sich davonzustehlen und mich zurückzulassen! Ich gehe nirgendwohin, ehe Sie mir nicht das feierliche Versprechen geben, daß Sie so etwas nicht wieder tun!«

Er warf ein Paddel auf den Boden, packte sie am Arm und marschierte mit ihr auf die Niederlassung zu, um ihr ein Quartier zu besorgen. Er achtete nicht auf ihre wütenden Proteste, während er an jede Tür klopfte und das ganze Dorf aufweckte. Schließlich wurde Henry, der sich der Jagd angeschlossen hatte, auf eine Hütte am anderen Ende des Dorfes verwiesen. Morgan und Sarah warteten unter der Tür, während Henry versuchte, eine Talgkerze anzuzünden, die Kan aus einem Sack von Vorräten hervorgezogen hatte, den er auf dem Rücken trug. Als der Docht endlich Feuer fing und die primitive Herberge spärlich erhellte, sagte Morgan: »Ein Heim fern von zu Hause. Was kann man sich mehr wünschen?«

Die vier sahen sich in dem kahlen Raum um, der keine

zehn Schritte im Viereck maß. Der Regen tropfte durch das lecke Dach und verwandelte den Lehmboden größtenteils in eine Schlammpfütze. Fauliges Stroh und Palmwedel lagen in der Ecke auf einem Haufen und erfüllten den Raum mit feuchtem Modergeruch.

»Ich werde Ihnen Ihr Gepäck bringen lassen«, erklärte Morgan. »Steigen Sie aus diesen nassen Kleidern und ziehen Sie sich was Trockenes an, ehe Sie sich eine Lungenentzündung holen.«

»Ich bin gerührt, wie besorgt Sie um mich sind.«

Er sah zu, wie sie auf ein kleines Häufchen gebleichter Tierknochen auf dem Boden zuging und sich dann zu ihm umdrehte. Ihre Haut war farblos im Kerzenlicht, desgleichen ihre Haare. Manchmal, wenn sie erschöpft war, sah sie fast hausbacken aus und gar nicht wie diese strahlende Schönheit, bei deren Anblick Männer aus fünf Kontinenten sich auf ihren aristokratischen Arsch setzten. Nur ihre Augen, die ihn voller Mißtrauen und Trotz musterten, verrieten, daß Leben in ihr war.

»Wo werden Sie sich aufhalten, Morgan?«

Das Trommeln des Regens auf dem Dach wurde lauter. Er stand halb in der Tür, halb draußen, so daß ihm das Regenwasser über Schultern und Rücken floß, und starrte eine endlos lange Zeit, wie es ihm vorkam — obwohl es höchstens Sekunden gewesen sein konnten —, in ihre bangen Augen. »Ich werde dort schlafen, wo ich einen Platz finde, der trocken genug dafür ist«, erwiderte er in etwas milderem Ton. »Ich empfehle Ihnen, sich ebenfalls aufs Ohr zu legen. Die letzten zwölf Stunden sind für uns alle hart gewesen.«

Als er sich diesmal zum Gehen wandte, hielt sie ihn an beiden Armen fest. Regentropfen liefen ihr über die Wange und blieben dann eine Weile an ihren Lippen hängen. Mit einemmal erschütterte ihn das Verlangen, ihren

Mund zu küssen, so sehr, wie der Donner über ihnen die Hütte erzittern ließ. In den letzten Tagen, seit der Nacht, als er sie auf dem Deck der *Santos* fast verführt hätte, hatte er gegen das Verlangen seines Geistes und seines Körpers angekämpft, sie noch einmal in die Arme zu nehmen und zu küssen — nur, um sich davon zu überzeugen, daß sie sich nicht so gut anfühlte, wie er es in Erinnerung hatte, und sie *nicht* mit so einem hungrigen Eifer reagierte, der ihre sittsame Erscheinung Lügen strafte. Aber das war gefährlich. Er könnte dann vielleicht auf die Idee kommen, daß es nicht sein sündhafter Ruf war, der sie lockte, oder der Reiz des Verbotenen, der ihre schönen Augen mit einem grünen Feuer erfüllte.

Er befreite seine Arme mit einem Ruck aus ihrem Griff und ging in den Regen hinaus. *Schau nicht zurück. Sie liebt einen anderen Mann. Sie könnte niemals ein echtes Gefühl für dich aufbringen bei deiner Vergangenheit.* Er hatte sich zu einer Konfrontation mit King entschlossen. Wenn er sich in Sarah verliebte, würde das die Sache nur erheblich komplizieren.

»Morgan!«

Ein Blitz zerriß die Nacht, und ein Donner lief über sie hin.

»Morgan!«

Einen Fluch verschluckend, blieb er stehen, die Fäuste geballt und wie ein Baum schwankend im Sturm. Sarah rannte zu ihm und erstarrte dann beim Anblick seiner Gestalt, die mit gespreizten Beinen auf dem Weg stand, während sich das Wasser aus seiner Hutkrempe über seine Brust und Schultern ergoß.

Die schmutzigen und zerlumpten Reste ihres vormals so eleganten Kleides waren ein erbarmungswürdiger Schutz für ihr zitterndes Fleisch in diesem Wolkenbruch. Ihre Haare klebten wie Flachs an ihrem Gesicht, ihrem Hals und ihren Schultern. Ihre Augen waren wie zwei Feuer in der Nacht. »Warum?« rief sie mit einer im Rauschen des Regens fast untergehenden Stimme. »Warum laufen Sie ständig vor mir weg?«

»Was, zum Teufel, wollen Sie von mir?« rief er zurück. »Ich möchte nicht auf der Liste Ihrer Eroberungen stehen, Sarah; also bringen Sie ihren hübschen kleinen, nassen Allerwertesten in der Hütte wieder in Sicherheit, ehe es für uns beide zu spät ist.«

Damit wandte er ihr abermals den Rücken zu.

»Feigling!« schrie sie, das Grollen des Donners übertönend.

Er schwang so heftig herum, daß er im Schlamm ausrutschte. Dann kam er auf sie zu, nach Luft schnappend, weil ihm der Wind den Regen ins Gesicht peitschte. Sie sah ihm mit einer Mischung aus Angst, Schock und Reue entgegen, unschlüssig, ob sie sich nicht, so rasch sie konnte, in ihrer Hütte vor ihm in Sicherheit bringen sollte. Sie tat es natürlich nicht, starrköpfig, wie sie war.

Dann war er bei ihr und packte ihr Gesicht mit einer Hand. Seine Finger gruben sich in ihr weiches Fleisch an Kinn und Wangen. Dann griff er mit der anderen Hand in ihre Haare und zog ihren Kopf nach hinten. Ihr blasser Hals wölbte sich ihm entgegen, und da war keine Angst mehr in ihren Augen, sondern ein Funken von Ironie, der ihn momentan verwirrte. Dann küßte er sie mit einer Leidenschaft, wie er sie selten in seinem Leben empfunden hatte. Er preßte seinen Mund auf ihre Lippen und bewegte ihn auf eine Weise hin und her, die ihr klarmachen sollte, daß er kein Mann war, der mit sich spaßen ließ. Daß sie es bitter bereuen mußte, wenn sie mit seinen Gefühlen spielte. Sie würde ihn nicht so rasch vergessen können. Wenn sie in der Hochzeitsnacht bei Norman lag, ihre reizenden Beine um seine Hüften geschlungen, würde sie ihre bezaubernden Augen schließen und daran denken, mit welcher Leidenschaft, mit welchem Haß und Verlangen er ihr Küsse geraubt hatte...

Er drang mit der Zunge in ihren Mund ein, als er sich den Sex zwischen ihren herrlichen Beinen vorstellte. Sie schmeckte wie der Regen. Sie roch wie eine Frau, deren Körper genau wußte, wo er in diesem Moment sein wollte.

Sie schmiegte sich an ihn, und er drückte sie fest an sich und küßte sie noch heftiger, bis er spürte, wie ein Schauer durch ihren Körper lief. Da schob er sie von sich und wartete darauf, daß sie ihm Vorhaltungen machte, vielleicht sogar eine Ohrfeige gab. Doch nichts dergleichen geschah. Nur ihre Lider zuckten über den verschleierten Augen, als der Regen ihr über das Gesicht lief.

»Bist du jetzt zufrieden?« höhnte er. »Ja? Dann sieh zu, daß du in deine Hütte kommst. Und bedank dich bei deinem Schutzengel, daß ich Norman nicht sein Recht raubte, dir in seiner Hochzeitsnacht deine gottverdammte Jungfernschaft zu nehmen!«

Er ließ sie stehen und blickte nicht eher zurück, bis er sich im Schatten der Bäume befand, die den Fußweg säumten. Er lehnte sich gegen eine Akazie und preßte sein Gesicht so fest gegen die rauhe Borke, daß ihm das Blut über die Wangen lief. Erst als dieser Schmerz in seinen Lenden und dieser Drang nachließen, noch einmal in den Regen hinauszustürmen, Sarah zu Boden zu werfen und ihr zu zeigen, was es bedeutete, wenn das Verlangen jedes rationale Maß übersteigt, nahm er die Stirn wieder vom Baumstamm, schob den Hut über die Augen, wölbte den Rücken, damit ihm der Regen nicht in den Kragen floß, und machte sich auf den Weg zum Fluß.

Er blickte sich nur einmal um: ein Fehler. Sarahs zierliche Gestalt, eine schwarze Silhouette vor dem Feuer, stand unter der Tür der Hütte und sah ihm nach. Fast wäre er wieder umgekehrt. Doch dann knirschte er mit den Zähnen und marschierte weiter auf den Fluß zu.

Sarah sah Morgan im Wetterleuchten zwischen den windgepeitschten Bäumen verschwinden. Ein Aufruhr der Gefühle tobte in ihr. Sie konnte sich nicht bewegen, spürte, wie ihr das Herz im Hals, in den Schläfen und — seltsam genug — auch auf der Zungenspitze klopfte. Ihre Fingerspitzen kribbelten.

Wie hatte er nur weggehen können, als ihre Welt auf dem Kopf stand? Sie schloß die Augen, berührte ihre geschwollen Lippen und fragte sich, ob sie sich jemals im Leben so herrlich lebendig gefühlt habe wie jetzt. Sie wußte, daß da etwas zwischen ihnen war, und das hatte zuweilen so hell in ihr gefunkelt wie Blitze über dem Fluß. Vielleicht war das schon immer dagewesen seit jener Nacht, als Morgan Kane sie zum erstenmal in seine Arme nahm. Nein, sie hatte sich das nicht eingebildet. Und sie konnte nicht länger ihre Reaktionen auf seine Gegenwart leugnen — die Gereiztheit genausowenig wie diese Vernarrtheit, an der, so lächerlich es auch klingen mochte, dieser idiotische Glaube, daß er der mythische Liebhaber *boto* sei, nicht ganz unschuldig war.

Ein Indianer trat in die Hütte und ließ ihren Koffer vor ihre Füßen fallen, so daß sich ein Flut bunter Frauenkleider über den Boden ergoß. Der junge Mann beeilte sich, die Sachen wieder aufzuheben, aber sie winkte ihn mit einem seltsam entrückten Lächeln zur Seite und sammelte die Sachen selbst ein. Ihr Tagebuch lag aufgeschlagen obenauf. Ihre Schriftzüge trafen sie wie eine Ermahnung, daß sie nicht das Recht habe, ihre Zuneigung einem anderen Mann zu schenken. Sie war mit Norman verlobt.

Sie warf das Tagebuch zu und schloß die Augen. Dieses wunderbare Gefühl der Euphorie verschwand und ließ sie mit schmerzendem Kopf zurück. Ihre Lippen pochten, als sie sich daran erinnerte, daß sie soeben die schlimmste aller kapitalen Sünden begangen hatte.

Aber das hatte sie doch gar nicht! Es war nicht so, als wären sie und Norman bereits verheiratet! Und außerdem würde so etwas vermutlich nie wieder passieren. Sie würde dafür sorgen, daß es nicht noch einmal geschah. Sie würde einen so großen Abstand zu Morgan halten, wie das nur möglich...

»Wen willst du damit täuschen?« fragte sie laut. »Ich fühle mich zu diesem Mann hingezogen, seit ich ihn zum erstenmal sah.« Hingezogen? Was für eine Untertreibung — fasziniert, entzückt, berauscht, besessen! Alles, was sie meinte, bei Norman spüren zu müssen, jedoch nie empfunden hatte, empfand sie bei diesem Mann. Sie hatte sich eingeredet, solche Gefühle würden nur in Liebesromanen existieren — in denen der verbotenen Sorte, die Schulmädchen heimlich nachts bei Kerzenlicht lasen. Sie hatte sich mit dem Gefühl stillen Respekts für Norman abgefunden, ihr eigenes Verlangen nach einem Feuerwerk von Gefühlen und traumhafter Hingabe ignoriert und sich sogar dafür kasteit, wenn sie nur an so etwas dachte.

Ein Windstoß kam durch die Tür, überschüttete sie mit Regentropfen und lenkte ihre Gedanken auf die nüchterne Wirklichkeit zurück. Was dachte sie sich eigentlich? Nur weil Morgan sie geküßt und sie dabei das Empfinden hatte, die Erde bebe unter ihren Füßen, bedeutete das noch lange nicht, daß sie ihn liebte oder er in sie vernarrt sei. Schließlich war er ja daran gewöhnt, daß Frauen in seinen Armen dahinschmolzen. Bestimmt stand er jetzt draußen im Regen und lachte über sie. Wie dumm sie doch war! Sie fühlte sich schuldig, verwirrt und wund im Herzen. Und wünschte sich im gleichen Atemzug, daß er zur Tür hereinkäme und sie abermals küßte.

Morgan, Henry und die Indianer brachen noch vor Tagesanbruch auf. Während der Regen auf ihre Schultern trommelte, bewegten sie sich im Schneckentempo flußaufwärts. Zuweilen rollte ein Donner über ihre Köpfe hin, und ein Blitz schimmerte durch die grauen Wolkenschleier über den Bäumen.

Der Fluß schwoll an. Wo man vorher flache Landzungen leicht hatte umschiffen können, schäumte und gurgelte jetzt das Wasser, fraß Sandbänke auf und unterspülte Böschungen, entwurzelte Bäume und Büsche, trieb sie strudelnd zusammen und formte schwimmende Inseln daraus gleich jener, die die *Santos* gerammt hatte. Die Flut zwang die Reisenden in die Mitte des Stroms, um derartige Kollisionen zu vermeiden. Doch auch dort waren sie vor Gefahren nicht sicher, denn mehrmals drohten unberechenbare Strömungen ihre Boote zum Kentern zu bringen.

Schließlich gab Morgan den Befehl, nachdem sie wenig erfolgreich mit den Fluten gerungen hatten, an Land zu gehen. Ein anscheinend unmögliches Manöver, da das Wasser in Ufernähe besonders reißend war, knapp über freigelegte Baumwurzeln hinwegschoß, die wie Messer an den Rümpfen der Kanus schabten. Morgan war gezwungen, sich mit bloßen Händen an niedrig hängende Äste zu klammern und an Ranken von Stachelgewächsen, die ihm die Haut zerschnitten. Mit zusammengebissenen Zähnen hielt er sich und das Kanu so lange daran fest, bis Henry ans Ufer gewatet war und das Boot dort vertäuen konnte. Dann zogen sie das Kanu die Böschung hinauf und glitten anschließend wieder ins Wasser zurück, um den anderen zu helfen.

Den meisten war es schließlich gelungen, sich an Land zu retten. Doch etwas weiter flußabwärts legten zwei kieloben treibende Kanus Zeugnis von der Tücke der Strömung ab. Während der Regen ihm auf Kopf und Schultern trommelte, eilte Morgan zu seinem Boot zurück, stolperte über scharfkantige Steine, umgestürzte Bäume und Baumwurzeln, die im Schlamm aufragten wie kleine Festungen.

Verdammte Sarah St. James! Verdammt, daß sie ihn einen Feigling genannt hatte, weil er vor ihr davonrannte, statt sich zu der Tatsache zu bekennen, daß er in sie verliebt war. Da hatte er nun endlich seine Bestimmung angenommen, sich King zu stellen — eine Konfrontation, die nur tödlich enden konnte —, als Sarah in sein Leben trat, die all das verkörperte, wovon er immer geträumt hatte: Eine Frau, nach deren Liebe er sich sehnte, weil sie schön war, unschuldig und voller Herzensgüte. Aber sie liebte einen anderen Mann.

»Verdammt«, er schlug mit beiden Fäusten auf den Boden. »Verdammt!«

Es gelang ihnen, eine Hütte aus Palmwedeln und Farnzweigen zu errichten, in der sie vor dem Regen einigermaßen geschützt waren, ehe sie vor Erschöpfung einschliefen. Endlich legte sich der Sturm, aber der Regen wollte den ganzen Tag und auch die Nacht über nicht aufhören. Erst kurz vor der Morgendämmerung wurde er von einer feuchten Hitze verdrängt, die nun als Dunstglocke über ihnen hing. Langsam erwachte der Dschungel wieder zum Leben. Dampf stieg vom Waldboden auf, der sich genauso naß anfühlte wie zuvor der Regen.

Vielleicht war es das Knacken eines Zweiges, der Morgan weckte, vielleicht auch die Hitze, die seine mit Schlamm bedeckte Haut zum Jucken brachte und seine zerschundenen Hände mit glühenden Nadeln zu spicken schien. Dann nahm er auch eine Bewegung und das Murmeln von Stimmen in seiner Nähe wahr. Schlaftrunken suchte er sich daran zu erinnern, ob er zu viel getrunken hatte, ehe er sich zur Ruhe legte. Er bewegte den Kopf hin und her und stöhnte. Sein Körper war eine einzige Wunde, sein Mund trocken wie Staub. Er brauchte dringend einen Drink und eine Zigarette.

Jemand stieß ihn nicht gerade sanft mit einem Stiefel in die Rippen. Er öffnete die Augen und starrte in die Mündung eines Gewehrs, das Sarah auf ihn richtete.

»Na, was für eine Überraschung«, murmelte er.

Als sein Blick klarer wurde, entdeckte er auch Kan und Henry an Sarahs Seite. Sie sahen ihn alle so an, als wäre er ein Blutegel.

Sie hatte endlich die Hose angezogen, die er für sie gekauft hatte, und die hohen Schaftstiefel. Dazu trug sie ein Hemd, das ein bißchen zu groß für sie war. Die hochgekrempelten Manschetten legten ihre zarten Handgelenke frei. Wütend blickte sie auf ihn hinunter und fauchte: »Sie Schlange, Sie Schwein — hatten Sie sich eingebildet, Sie würden damit durchkommen? Hatten Sie tatsächlich geglaubt, ich würde es zulassen, daß Sie ohne mich nach Japurá reisen?«

Morgan legte den schmerzenden Kopf auf den Boden zurück und schloß die Augen. Die Freude, Sarah wiederzusehen, wich rasch der Ernüchterung, daß er nun wieder die Verantwortung für ihre Sicherheit übernehmen mußte.

»Hören Sie«, sagte er, »lassen Sie uns vernünftig sein.«

»Vernünftig?!«

Er zuckte zusammen.

»In Ihnen steckt kein Funken Vernunft! Das ist meine Expedition, aber Sie scheinen Ihre ganze Energie darauf zu verwenden, mich unterwegs loszuwerden. Ich hätte gern gewußt, warum!«

»Ich bitte um Entschuldigung, Miss St. James, daß ich so um Ihr Leben besorgt bin.« Er öffnete wieder die

Augen. Sarahs Gesicht wirkte blutleer und wie ausgezehrt vor Erschöpfung. Sie sah sehr jung aus, und trotz ihres hochmütig erhobenen Kinns machte sie auf ihn einen verstörten, ja seltsam verletzten Eindruck. Er blickte auf das Gewehr, das Sarah noch immer auf ihn gerichtet hielt, und sagte: »Japurá ist kein Platz für Frauen, Miss St. James.«

»Ich glaube, daß ich mich bisher recht gut gehalten habe.«

»Ich weiß zwar nicht, wie Sie es geschafft haben, bei diesem Unwetter hierherzugelangen; aber was Sie bisher erlebt haben, war ein Vergnügungsausflug im Vergleich zu dem, was uns jetzt erwartet. Ein Fußmarsch nach Japurá ist schlimmer als die Hölle. Fragen Sie Henry, wenn Sie mir nicht glauben wollen.« Er sah den Pygmäen stirnrunzelnd an. »Steh nicht da wie ein Klotz! Sag es ihr, Longfellow!«

»Er hat recht«, bestätigte Henry. »Wir hätten niemals erlauben dürfen, daß Sie die Expedition mitmachen, Sarah. Wir hätten Sie sogar zwingen müssen, in Santarém zu bleiben — wenn nicht gar in Georgetown. Wir waren grausame Egoisten. Wir riskierten Ihr Leben, weil wir Ihre Gesellschaft so sehr genossen, daß wir Sie so lange wie möglich in unserer Nähe haben wollten. Dafür haben wir uns bei Ihnen zu entschuldigen.«

Sarah sah wieder auf Morgan hinunter. »Ihnen mag ich das glauben, Sir; aber dem da nicht!« Sie versetzte Morgan mit der Gewehrmündung einen Nasenstüber, um zu zeigen, wer mit ›dem da‹ gemeint war. »Dieser Mann kann mich nicht ausstehen. Das hat er in den letzten Wochen nur zu deutlich bewiesen. Mag sein«, fuhr sie, an Morgan gerichtet, fort, »daß ich mir anfangs einbildete, Ihre Freundschaft wäre mir wichtig. Doch jetzt ist es mir egal, ob Sie mich mögen oder nicht. Aber eines sage ich Ihnen:

ich gehe nach Japurá — mit oder ohne Ihre Unterstützung. Dieser Halunke King hat meinen Vater ruiniert. Dieses Unrecht werde ich korrigieren — und wenn es das letzte ist, was ich in meinem Leben tue.«

»So wird es auch ausgehen. Sie werden Japurá nicht mehr lebend verlassen.«

»Oh, doch. Weil Sie mir zur Seite stehen werden. Sie sind schon einmal dort gewesen. Sie sind von dort zurückgekommen. Sie können das ein zweites Mal schaffen. Ich weiß es!«

Morgan bedeckte das Gesicht mit seinen wunden Händen und stöhnte. Dann setzte er sich auf. Er war von Indianern umgeben, die ihn betreten, mißtrauisch oder zumeist ehrfürchtig ansahen. Was für eine absurde Situation! Er stand auf, klopfte sich die Blätter von der feuchten Hose und stampfte sich den Lehm von den Stiefeln. Erst dann wandte er sich wieder Sarah zu.

Er schob den Lauf des Gewehres zur Seite, den sie noch immer auf ihn richtete, und war einen Moment lang versucht, ihr Gesicht in beide Hände zu nehmen und sie zu küssen, bis ihr die Luft ausging und sie sich gegen ihn wehrte wie damals auf der Veranda in Georgetown. Aber er tat es nicht. Er faßte sie statt dessen vorn am Hemd und schüttelte sie so heftig, bis sie wimmernd zu ihm hochsah, einen seltsamen Schmerz in den Augen, so daß er sich fragte, warum er denn so wütend auf sie war. »Was machen Sie, wenn ich getötet werde, Sarah?«

»Aber das wird nicht passieren! Ich habe vollstes Vertrauen, daß Sie dieses Unternehmen glücklich zu Ende . . .«

»Vertrauen! Sarah, ich bin nicht Gott. Ich kann keine Wunder vollbringen, wenn jeder auch das Gegenteil von mir behauptet!«

»Mein Vater glaubte an Sie, und das tun auch diese Männer hier!«

Morgan drehte sich seufzend von ihr weg und wanderte die paar Schritte zum einem kleinen Felsen hinauf, der in den Fluß hineinragte. Er starrte lange auf das Wasser hinunter, das sich nun wieder friedlich gab, ehe er sich abermals zu ihr umdrehte. Sie hatte geduldig gewartet und sah ihn mit einer Miene an, in der sich Verzweiflung mit Hoffnung mischte.

»Bitte«, sagte sie im flehenden Ton, »wir schaffen es nicht ohne Sie, Morgan.«

Er schüttelte den Kopf. Sie wollte einen Helden haben; aber das war er nicht. Himmel, wenn sie wüßte, was für ein Feig . . .

Sarah kam auf ihn zu. Als sie ihm die Hand auf den Arm legte, merkte er, daß ihre Finger genauso geschwollen waren wie seine. Er drehte die Innenseite nach oben und sah, daß der Handteller mit Blutblasen bedeckt war. »Die Paddel«, murmelte sie, »ich half Kan beim Paddeln.«

Er legte seine Hand darüber, strich leicht mit dem Daumen über das rohe Fleisch. »Sie hätten ertrinken können«, sagte er.

»Aber ich bin nicht ertrunken.«

Er drehte sich wieder dem Fluß zu und blickte einem großen schwarzen Vogel nach, der von einer Sandbank aufflog und sich in einer Baumkrone niederließ. Plötzlich sehnte er sich nach dem Schein der Sonne, die ihm warm ins Gesicht schien, und nach einem kühlen Schluck Wasser, das seinen Durst löschte — nach einer Menge Dinge, die er nie bekommen würde, unter anderem nach der Liebe einer schönen Frau.

»Werden Sie es tun?« hörte er sie im bangen Ton fragen.

»Ja«, gab er müde zurück. »Ja.«

Ehe er ausweichen konnte, hatte sie ihm die Arme um den Leib geworfen und preßte das Gesicht gegen seinen Rücken. »Wie kann ich Ihnen jemals danken?« fragte sie.

Er dachte an den Kuß, den sie vor zwei Nächten getauscht hatten, und lächelte in sich hinein. »Da wüßte ich einiges«, flüsterte er.

»Du bist wunderbar«, hauchte sie an seiner Haut.

Er schloß die Augen und schluckte.

Wunderbar ...

10

Die schweren Regengüsse an den Hängen der Serra Tapirapeco, die sich entlang der Grenze zwischen Brasilien und Venezuela hinzogen, ließen den Fluß noch stärker anschwellen. Langsam wurde das Land vor den Augen der Reisenden aufgefressen.

Die Stille und die düstere Atmosphäre wurden fast zu einem körperlichen Schmerz. Das Sprechen zerbrach die Stille auf erschreckende Weise. Sie flüsterten zumeist, doch selbst das schien das Gleichgewicht der Natur zu zerstören. Schließlich begannen sie sich von Boot zu Boot mit Handzeichen zu verständigen, was allein schon die Klugheit gebot, denn sie entdeckten am Ufer immer deutlichere Hinweise auf die Gegenwart von Indianern. Kan und Henry diskutierten hitzig, ob es sich dabei um Txukahameis oder Yanoamö handelte.

»Die Txukahameis werden uns gastlich aufnehmen und wie Götter behandeln. Ihre Frauen werden sich mit uns paaren wollen, um ihre Freude über unseren Besuch auszudrücken«, erklärte Henry. »Die Yanoamö hingegen werden uns lebendig kochen.«

»Dann wollen wir hoffen, daß es Txukahameis sind«, sagte Morgan.

Aus dem grünen Schatten, der mit kleinen Lichtfäden

durchwirkt war, erhoben sich die tonnenförmigen Baumstämme aus dem dunklen stillen Wasser und ragten wie Türme viele Hundert Fuß über ihnen auf. Ihre gigantischen Wurzeln bildeten ein Geflecht, das sich über ihnen wölbte wie das Kirchenschiff einer gotischen Kathedrale. Hoch oben verfingen sich Kondenswolken in den Ästen und dem Laub der Baumkronen, aus denen es in den Fluß tropfte und dort schimmernde Kreise über das pechschwarze Wasser zog.

Der stetig steigende Wasserspiegel machte es immer schwieriger, eine Lagerstätte zu finden, die man nicht erst roden mußte. Jeden Tag wurde es später, war der Himmel dunkler, bis sie eine der wenigen Sandbänke fanden, die noch aus dem schwarz-roten Wasser des Rio Negro, dem nördlichen Zufluß des Amazonas, herausragte. Sie hatten sich für diesen Nebenarm des Amazonas entschieden, um nach Japurá zu gelangen.

Am Abend des siebten Tages ihrer Reise den Negro aufwärts hatten Morgan und Henry bereits die Hoffnung aufgegeben, eine Sandbank zu finden, auf der sie kampieren konnten. Die Dunkelheit brach rasch herein, und mit ihr kamen Schwärme von Moskitos, die einen Aufenthalt auf dem Fluß unmöglich machten. Sich mit den Kanus einen Weg durch das sumpfige Unterholz zu suchen, bis sie festes Land erreichten, war im Dunklen ein Ding der Unmöglichkeit. Und die miteinander verfilzte Vegetation war so dicht, daß ein Staken nicht in Frage kam.

Nervosität breitete sich aus. Die Stimmung wurde von Minute zu Minute gereizter unter dem Bombardement der Insekten. Sie wußten, daß sie gezwungen waren, die Nacht hindurch zu reisen, wenn sie nicht bald einen Lagerplatz fanden. Selbst Henry, der sonst die Ausgeglichenheit in Person war, begann zu fluchen.

Morgan hatte vor Tagen im Unterlauf des Negro ein

kleines Seidenäffchen gerettet, das auf einem treibenden Baumstamm festsaß. Das balancierte nun auf seiner Hutkrempe, als er sich zu Henry umdrehte und schimpfte: »Ich wünschte, du tätest etwas gegen diese verdammten Moskitos!«

»Was du nicht sagst«, erwiderte Henry. »Was würdest du denn empfehlen?«

»Was weiß denn ich? Du bist doch der Wilde. Beschwöre sie oder raßle mit den Knochen.«

»Ich habe keine Knochen.«

»Und was ist das, was du in deiner Nase trägst? Sind sie dir etwa zu fein dafür? Einen Schönheitspreis kannst du jedenfalls nicht damit gewinnen.«

»Du bist ein Esel, Morgan. Hat dir das schon mal jemand gesagt?«

»Ja. Jeden Tag.«

»Warum unternimmst du dann nichts dagegen?«

Morgan schnippte seine glühende Zigarettenkippe in das Wasser, wo sie mit leisem Zischen erlosch. Dann nahm er sein Paddel wieder in die Hand.

»Henry?«

»Ja, alter Knabe?«

»Weißt du, was der Kannibale sagte, als er eines Abends nach Hause kam und seine Frau in der Küche beim Zerhacken einer Pythonschlange und eines Pygmäen antraf?«

»Was?«

»Oh, nein, nicht schon wieder ein Pygmäen-Schlangen-Ragout!«

Sarah biß sich auf die Lippen, als sie hinter sich ein ersticktes Lachen hörte.

»Du bist ein Ekel«, sagte Henry sanft.

»Ich weiß«, gab Morgan zurück.

Bald war es stockdunkel um sie her. Die Kanus rückten enger zusammen, und jeder strengte die Augen an, um rechtzeitig eine drohende Gefahr erkennen und die anderen warnen zu können. Sarahs merkte, wie ihr Körper sich jedesmal verkrampfte, wenn die Paddel ins Wasser eintauchten. Auch sie hielt Ausschau nach einem verdächtigen Brodeln im Fluß, daß auf einen in der Nacht jagenden Alligator hindeuten konnte.

Sie hatten gerade eine Flußschleife durchfahren, als sich Kan im Nachbarkanu lautstark bemerkbar machte und mit der Hand auf einen Gegenstand vor dem Bug des Bootes wies, in dem der Amerikaner paddelte. Was aussah wie ein großer Berg treibender Blätter, kam rasch auf Morgans Kanu zu. Da keine Zeit mehr blieb, den Kurs des Bootes zu ändern, stieß Morgan sein Paddel in die Mitte des Haufens in der Hoffnung, ihn zur Seite schieben zu können. Einen Moment lang schien er sich auch auflösen zu wollen, aber als er das Paddel zurückzog und sich vorbeugte, um genauer sehen zu können, was sie da gerammt hatten, explodierte der Haufen in eine wimmelnde Masse etliche Zentimeter langer Feuerameisen, die das Paddel erkletterten und über seine Hände und Arme ausschwärmten, ehe er eine Abwehrbewegung machen konnte.

Zunächst wirkte er wie betäubt. Sich halb zu Sarah umdrehend, öffnete er den Mund, um etwas zu sagen; aber als sie den Arm nach ihm ausstreckte, um ihn an der Schulter zu fassen, sprang er auf die Beine und rief: »Nein!«

Das Boot schwankte gefährlich, so daß Sarah erschrocken aufschrie und Henry mit blitzartiger Geschwindigkeit reagierte. Er stieß Sarah auf den Boden des Kanus, traf dann das mit Ameisen verseuchte Paddel mit seinem eigenen und schleuderte es ins Wasser. Dann sah er mit ausdruckslosem Gesicht zu Morgan hoch und befahl: »Spring! Spring, verdammt noch mal, spring!«

In dem kurzen Moment des Zögerns, das nun folgte, begannen die Ameisen ihr Gift in das Fleisch von Morgans

Händen zu spritzen und in einer wimmelnden Masse sich über seinen Hals und sein Gesicht zu ergießen. Erst in diesem Moment wurde sich Sarah mit einer sie erschreckenden Klarheit bewußt, was da passierte. Als er sich diese kleinen Teufel vom Gesicht reißen wollte und dabei den Hut verlor, schrie sie. Die nächsten Sekunden waren entsetzlich, als sie ebenfalls aufzuspringen versuchte und nach ihm greifen wollte, nur von dem Gedanken besessen, ihm bei dem Abwischen dieser wütenden Insekten zu helfen.

Doch Henry faßte sie am Rücken und zog sie auf den Boden des Kanus zurück, das nun jeden Moment zu kentern drohte. »Spring!« hörte sie ihn brüllen. »Um Himmels willen, Mann, spring!«

Die nächsten Sekunden schienen eine Ewigkeit zu dauern, als Morgan, in den Hüften abknickend, sich stöhnend dem Wasser zuwandte. Im nächsten Moment hörte man ein lautes Platschen, und dann sank er unter die Wasseroberfläche.

Stille. Sie lastete wie ein Berg auf den Kanus, die sich um die Stelle versammelten, wo Morgan untergetaucht war. Jeder war bereit, ihm sofort unter die Achseln zu fassen, sobald er auftauchte. Mit jeder Sekunde, die vorübertickte, nahm Sarahs Panik zu. Ihre Augen schmerzten von der Anstrengung, im dunklen Wasser etwas zu erkennen, während sie auf sein Auftauchen wartete. Henry kniete am Rand des Bootes, krampfte die Hände um die Bordkante, fluchte leise und rief dann: »Morgan! Verdammt noch mal — wo bist du?« Er sprang nun ebenfalls in den Fluß, und Kan legte mit seinem Kanu an Sarahs Boot an, sprang an Bord, ergriff Henrys Paddel das er im Kanu zurückgelassen hatte, und lenkte das Boot um einen halb versunkenen Baum herum.

Wieder warteten sie alle. Sarah, deren Kehle, Herz und

Körper brannten vor Angst, suchte die leere dunkle Fläche des Wassers mit nassen Augen ab. »Bitte«, flüsterte sie, ihre Panik hinunterschluckend, »bitte!« Das war doch nicht möglich. Er mußte dort irgendwo sein. Er...

Henry tauchte ein Stück weiter flußabwärts auf und machte sich mit einem lauten Ruf bemerkbar, ehe er wieder unter der Wasseroberfläche verschwand. Unzählige Male, wie es Sarah schien, setzte er seine Versuche fort, bis er Kan erschöpft ein Zeichen gab und dieser ihn in das Kanu zog.

Wieder senkte sich das Schweigen auf die Reisenden herab. Die Hände zwischen den Knien zusammengepreßt wie in einem Schraubstock, kauerte Sarah auf dem Boden des Kanus und starrte in den Fluß, ohne etwas zu sehen. Da war eine unglaubliche Leere in ihr, und der Schock lähmte alle ihre Sinne. Vor zwei Minuten noch hatte Morgan vor ihr gesessen und mit seinem Freund gescherzt... und nun war er fort!

Sie stöhnte. Erst als sie nach unten blickte und das kleine Seidenäffchen sich zitternd an ihr Bein klammern sah, traf sie das Verschwinden des Amerikaners mit voller Wucht. Sie hielt sich mit beiden Händen den Mund zu, damit ihr der Schrei, der in ihrer Kehle hochstieg, nicht über die Lippen kam. Mit bebenden Fingern hob sie Morgans Hut vom Boden des Kanus auf, bedeckte damit ihr Gesicht und schluchzte: »Oh, Gott, nein! Oh, Gott, nicht das!«

Die Boote trieben flußabwärts, da die Indianer ohne Morgan orientierungslos zu sein schienen und einen ebenso geschockten Eindruck machten wie Sarah und Henry. Ohne sie erst zu warnend, kam Henry taumelnd auf die Beine, obwohl das Boot nur leise schaukelte. Seine schwarzen Haare hingen ihm vor dem Gesicht, als er die Fahrrinne hinuntersah, wütend die Fäuste ballte und schrie: »Morgan, wenn das ein Witz sein soll ... Morgan! Morgan!« Und dann brach er zusammen, sank wie ein Häuflein Elend ins Boot zurück, barg das Gesicht in den nassen Händen und weinte wie ein kleines Kind.

»Es ist meine Schuld«, sagte Sarah. »Allein meine Schuld. Hätte ich nicht auf diesem lächerlichen Unternehmen bestanden, wäre Morgan noch am Leben.« Sie wischte sich die Augen mit dem Handrücken ab und blickte zu Henry hinüber, der am Rand des Lagerfeuers stand. Das Licht der Flammen spielte über seinen bronzefarbenen Rücken hin, während er ins Dunkle starrte. Der Pygmäe hatte seit Morgans Verschwinden vor zwei Nächten kein Wort mehr gesprochen.

Auch ihr Schmerz war inzwischen nicht im geringsten abgeklungen. Immer wieder beschwor sie vor ihrem inneren Auge das Bild seiner in weißes Leinen gekleideten Gestalt herauf, das schöne Licht in seinen Augen und dieses gewinnende Lächeln, das in Momenten, wo man es am wenigsten erwartete, über sein hübsches Gesicht huschte.

Als sie spürte, wie der Kummer ihr wieder das Herz abdrücken wollte, streckte sie die Hand nach dem kleinen Seidenäffchen aus, das zusammengerollt in Morgans Hut beim Feuer lag. Das Äffchen hatte in den letzten zwei Tagen jede Nahrung verweigert. Es schielte mit schwarzen Augen zu Sarah hinauf; doch als ihre Finger es berühren wollten, zuckte es zurück.

Kan brachte ihr einen Teller mit Früchten. während ein anderer Indianer Tee für sie aufbrühte. Ein Topf mit Reis brodelte über dem Feuer, und ein Dutzend aufgespießter *tucunaré*, frisch aus dem Fluß, bruzzelte über der Glut. Doch schon bei dem Gedanken an Essen wurde es Sarah übel. Sie konnte diesen Moment nicht aus ihrem Bewußtsein verdrängen, als Morgan mit einer Mischung von

Angst und Verwirrung auf seinem hübschen Gesicht sich zu ihr umdrehte. Sie hatte die Arme ausgestreckt, um ihm zu helfen; aber ...

Plötzlich begriff sie, warum er in den Fluß gesprungen war und »nein!« geschrien hatte. Wären die Insekten von ihm auf sie übergestiegen, wäre sie von deren verheerendem Gift gelähmt worden. Er hatte sie auf die einzige mögliche Art gerettet, indem er in den Fluß sprang.

Sarah wurde von der Vision seines von Feuerameisen verwüsteten Gesichts überwältigt, und sie erschauerte. Ohne sich darum zu scheren, was die anderen von ihr denken mochten, warf sie sich auf den Boden und weinte laut. Schließlich schlummerte sie, von ihrer Trauer und Erschöpfung überwältigt, neben dem Feuer ein.

Irgendwann im Verlauf dieser Nacht beschloß Sarah, die Gummibaumsamen und ihren brennenden Wunsch, King zu einem Geständnis zu zwingen, zu vergessen und nach Hause zurückzukehren. Schlaftrunken kauerte sie neben dem Feuer und versuchte, ihre Gefühle aufzuzeichnen, aber die Worte wollten nicht kommen. Sie blätterte in ihrem Tagebuch bis zu der Stelle zurück, wo sie am Abend vor ihrer Ankunft in Georgetown, als sie vom Tod ihres Vaters noch nichts wußte, in ihrer Kabine eilends ein paar Zeilen niedergeschrieben hatte, ehe sie sich zu Bett legte. Jedes Wort war da Norman gewidmet und ihrem Traum, seine Frau zu werden. Da hatte sie Pläne für ihre Hochzeit gemacht und eine lange Liste von Gästen aufgestellt, von denen sie hoffte, daß sie ihrer Trauung beiwohnen würden. Aber das Wort Liebe suchte sie vergebens.

Die folgenden Seiten waren mit dem Kummer, der Verzweiflung und den Ergüssen einer jungen Frau gefüllt, die von dem Verlangen, ihren Vater zu rächen, besessen war.

Dann tauchte zum erstenmal der Name Morgan auf. Allmählich war da immer seltener von Norman die Rede, desto mehr aber von diesem »anrüchigen, unausstehlichen, aber recht passabel aussehenden hübschen Amerikaner«, der sie mit seinem Verhalten bis aufs Blut reizte. Allmählich verwandelte sich ihre Wut in Respekt. Dann in Bewunderung. Schließlich ...

Sie holte tief Luft und ließ sie wieder langsam entweichen. Im Laufe der Zeit war es ihm gelungen, einen Zauber auf sie auszuüben, wie er das bei allen tat. Sie dachte kaum noch an Norman. Selbst die Trauer über den Tod ihres Vaters war in den Hintergrund getreten. Jetzt, wo sie rückhaltlos ehrlich zu sich selbst war, konnte sie sich eingestehen, daß sie den ihre Kräfte fast übersteigenden Gewaltakt, um den Amerikaner auf dem Amazonas noch einzuholen, als er sie in Manáos zurückgelassen hatte, mehr aus Angst, ihn für immer zu verlieren, anstatt aus Wut über sein Verhalten unternommen hatte.

Seine Gegenwart hatte in den letzten Wochen eine beruhigende Wirkung auf sie gehabt. Ihm galt ihr erster Blick, wenn sie morgens erwachte. Und während dieser unglaublich strapaziösen Stunden im Boot gingen ihre Augen immer wieder zu ihm hin, um bei ihm Trost, Stärke, Ermutigung und irgendein verborgenes Zeichen zu finden, daß er bei ihr war — sowohl mit seinen Gefühlen wie mit seinen Gedanken. Und dann dachte sie an seinen Kuß, der in ihrer Erinnerung so etwas wie ein Feuertrunk war, der ihr heiß durch die Adern rann, ihren Geist geblendet und ihre Seele versengt hatte.

Sie schlug die erste leere Seite in ihrem Tagebuch auf und schrieb: »*Morgan ist von uns gegangen. Mein Herz ist gebrochen.*«

Henry schien ihre Entscheidung nicht zu überraschen. Er nickte nur und befahl dann den Indianern, sich auf die Rückfahrt nach Manáos vorzubereiten.

Die Indianer rührten jedoch keinen Finger, so daß Henry seine Anweisung wiederholen mußte.

Kan sagte: »Aber wir müssen doch auf die Rückkehr des Amerikaners warten!«

»Der Amerikaner ist tot!« gab Henry ärgerlich zurück.

Die Indianer besprachen sich erst untereinander, bevor sie das Wort an Sarah richteten. Da Sarah keine Silbe ihres Palavers verstand, blickte sie Henry hilfesuchend an. Der rief mit wütenden Gesicht: »Ich habe euch befohlen, das Lager abzubrechen!«

»Was sagen die Leute?« wollte Sarah wissen.

Henry ging zu ihrem Zelt, das er nun selbst abzubauen begann. »Blöde Kerle«, murmelte er. »Sie glauben, Morgan wäre noch am Leben. Ein *boto* kann nicht ertrinken, behaupten sie, sein Zauber würde ihn schützen. Himmel!« Er warf die Zeltplane auf den Boden und drehte sich wieder den Männern zu: »Schlagt euch endlich diese abergläubischen Gedanken aus dem Kopf. Mein Freund ist tot! Der Himmel weiß, was ihn dort im Wasser erwischt hat; aber er ist von uns gegangen. Und kein lächerlicher Glaube an diesen magischen Fisch bringt ihn wieder zurück!«

Kan musterte Henry mit harten Augen und erwiderte: »Aber er ist doch der *boto!* Das hast du uns selbst gesagt. Du hast uns erzählt, wie der rosenfarbene Delphin in der Gestalt des Mannes, den du Kane nennst, aus dem Wasser stieg. Du sagtest, er wäre zu allem fähig — könne sogar Japurá auf dem Landweg erreichen.«

Henry, der beim Feuer stand, trat gegen einen Topf mit kochendem Wasser, daß etwas von dessen Inhalt in die Glut schwappte. Sarah blickte ihren kleinen Freund mit wachsender Spannung an. Seltsam, wie sehr sie selbst diesem Aberglauben verfallen war — ja, auf ihn gebaut hatte —, über den sie anfangs ihren Spott ausgoß. Aber vielleicht war das gar nicht so seltsam. Jeder brauchte etwas oder jemanden, an den er glaubte. Morgan war ihr als ein Mensch erschienen, der einen Zauber besaß und unbesiegbar war. Der Glaube an diese Geschichten hatte ihr die Kraft gegeben, die Gefahren und Strapazen dieser Reise auf sich zu nehmen. Solange er der Anführer war und ihr den richtigen Weg zeigte, hatte sie das Gefühl gehabt, jede Hürde meistern zu können.

Henry drehte sich um, wich ihrem Blick aus und sagte mit leiser, niedergeschlagener Stimme: »Wir haben zwei Tage lang an dieser Stelle kampiert, Sarah. Wenn Morgan noch lebte...« Endlich hob er den Kopf und blickte sie an. Er wirkte verloren wie ein Kind und zutiefst betrübt. »Er war etwas Besonderes, Sarah, und er wußte das nicht einmal. Für die meisten bin ich ein Objekt der Neugierde. Nachdem ich fast mein ganzes Leben in England verbracht hatte, kehrte ich nach Brasilien zurück und mußte dort feststellen, daß ich nicht mehr zu meinen Artgenossen paßte. Aber Morgan akzeptierte mich als das, was ich war. Er versuchte nicht, mir vorzugaukeln, was ich nicht war. ›Weshalb dich grämen, wenn du klein und häßlich bist?‹, sagte er einmal. ›Ich bin groß und sehe vielleicht nicht ganz so übel aus; aber wohin hat mich das gebracht?‹«

Damit ging Henry davon und überließ es Sarah, sich mit Kan und den anderen Indianern auseinanderzusetzen. Sie holte tief Luft und sagte: »Wir können nicht ewig hier bleiben und auf ein Wunder hoffen. Es wird Zeit, nach Hause zurückzukehren, Kan. Bitte, befolge meinen Befehl und laß uns von hier verschwinden.«

Sie ging zum Feuer und hob dort Morgans Hut auf.

Während sie dem Seidenäffchen gut zuredete, führte Kan hinter ihrem Rücken eine hitzige Debatte mit den anderen Indianern. Eine knappe Stunde später befanden sie sich mit ihren Kanus auf dem Rückweg nach Manáos.

Es dauerte eine geraume Weile, ehe Henry sich wieder mit den Worten an sie wandte: »Der Gedanke, daß Sie sich die Schuld für Morgans Tod geben, wäre mir unerträglich. Ich bin derjenige, der ihn zu diesem Unternehmen gezwungen hat. Er sträubte sich lange dagegen. Er hatte Angst vor King, obwohl er den Mann verabscheute. Der Haß auf diesen Bastard beherrschte sein Leben so sehr, daß ich meinte, er könne erst wieder Frieden finden, wenn er sich dem Kerl stellte. Aber ich bezweifle, daß ich ihn jemals von der Notwendigkeit dieses Schrittes hätte überzeugen können, wenn er nicht eine so große Angst gehabt hätte, daß Sie diese Reise alleine wagen würden.« Henry seufzte. »Er war nicht annähernd so gesinnungslos und verworfen, wie er zu sein vorgab.«

»Ich weiß«, murmelte sie.

»Zuerst dachte ich, er haßt mich. Er sagte oft sehr häßliche Dinge zu mir. Dann erkannte ich, daß das seine Art war, eine Wand zwischen sich und Menschen zu errichten, denen seine Zuneigung galt. Das bewahrte ihn davor, jenen, die er liebte — und sich selbst —, seine wahren Gefühle gestehen zu müssen. Er war ein Waisenkind, verstehen Sie?«

Die Erinnerung an ihr Gespräch über Familien, das sie vor längerer Zeit geführt hatten, wurde nun wieder ihn ihr lebendig und trieb ihr die Tränen aus den Augen.

»Diese Geschichte, daß sein Vater Offizier bei der Marine gewesen sei, war eine Lüge. Er hat seinen Vater nie gekannt. Seine Mutter war eine Prostituierte, die sich im Hafen an Matrosen verkaufte. Sie konnte nicht für ihn sorgen und übergab ihn im Alter von sechs Jahren einem katholischen Waisenhaus in New Orleans. Ich glaube nicht, daß er sie danach noch einmal gesehen hat. Er wurde auch nicht adoptiert. Er vertraute mir in einem jener seltenen Augenblicke, in denen er das Visier herunterließ, an, daß ich die einzige Familie sei, die er jemals gehabt habe. Sie können nicht ermessen, was diese Worte für mich bedeuteten.« Henry hörte auf zu paddeln und blickte mit trüben Augen ins Wasser.

Sie trieben mit der Strömung flußabwärts, während die Luft über dem Wasser sich allmählich in einen brodelnden Dampfkessel verwandelte. Irgendwo schrie ein Vogel seinen schrillen Ruf wie Kieselsteine, die in ein Kristallglas fielen. Das eselartige Geblöke eines Tieres antwortete ihm und weckte in Sarah den verzweifelten Wunsch, daß Morgan noch unter ihnen weilen möge. Sie hatte gar nicht gewußt, wie sicher sie sich in seiner Nähe gefühlt hatte. Nun schienen überall tödliche Gefahren auf sie zu lauern. Wie blind und dumm sie doch gewesen war, den Dschungel nicht zu fürchten!

Vor ihnen tauchte hin und wieder Kans Boot in den Dunstschwaden auf und verschwand dann hinter einer Biegung des Flusses. Henry und die Indianer, die das Kanu mit Sarah teilten, tauchten ihre Paddel ins Wasser, um es geschickt durch die tückische Strömung zu steuern, während sie dabei den Blick auf das Boot vor ihnen gerichtet hielten, um sich rechtzeitig auf eine Gefahr einstellen zu können.

Es war Kan, der als erster die Veränderung in ihrer Umgebung bemerkte. Das Paddel in das Boot legend, spähte er durch den Nebel auf Sarah und Henry zurück. Im strudelnden Dunst sahen sie, wie ein Leguan das Wasser teilte und zwischen den roten Blüten einer Wasserpflanze untertauchte, die entlang des sumpfigen Ufers wucherte. Kan, der sehr gerade und aufmerksam in seinem Kanu saß, hob die Hand und legte sie um ein Ohr, um Sarah und Henry damit anzudeuten, daß er noch irgendein merkwürdiges Geräusch gehört hatte. Alle saßen sie nun, angespannt horchend, in ihren Booten. So verging eine Sekunde, noch eine, in der sie von einer absoluten Stille umgeben waren.

Dann kamen das Keuchen und Plantschen eines Schwimmers irgendwo vom Ufer her, wo der Dunst sich zwischen halbversunkenen Bäumen ausbreitete. Sarahs Herz setzte bei diesem Geräusch einen Takt aus. Sie drehte sich zu Henry um und faßte nach seiner Hand, während dessen schwarze Augen sich bemühten, den Nebel, der das Ufer einhüllte, zu durchdringen. Wieder kam das Geräusch — ein Seufzen und ein Schlucken nach Luft. Es hörte sich irgendwie unheimlich menschlich an, doch ...

Der Indianer, der im Bug von Sarahs Kanus saß, sprang auf die Füße, deutete in den Fluß und rief: »*Boto!*«

Das Wasser in der Nähe ihres Bootes brodelte, und als Sarah fasziniert diese Stelle betrachtete, kam der Schwimmer an die Oberfläche, blies eine kleine Fontäne durch sein Atemloch und machte einen Buckel, ehe er wieder im Wasser untertauchte, wo sein dreieckiger rosenfarbener Rücken knapp unter der Oberfläche durch das trübe Wasser furchte. Wieder und immer wieder kam er hoch, drehte mit schnellendem Schwanz seine Runden um die tanzenden Boote und erfüllte die Luft mit einem Geräusch, das sich wie ein unheimliches Gelächter anhörte.

Das Seidenäffchen in Morgans Hut hüpfte auf Sarahs Schulter und schnatterte aufgeregt, als sie die Hand nach dem Delphin ausstreckte und seine schimmernde Haut nur um wenige Zentimeter verfehlte. Aber als sie den Arm wieder zurückziehen wollte, hob er sich in die Höhe und rieb von seiner flaschenförmigen Nase bis zum Ende seiner Schwanzflosse seinen glatten nassen Körper an ihrer Handfläche, wobei er einen zufriedenen Seufzer ausstieß, daß sich ihr die Haare im Nacken sträubten. Dann, mit einer raschen Drehung um seine Längsachse, schwirrte der Delphin davon, durchschnitt das Wasser wie eine Messerklinge und schnellte dann vor den erstaunten Augen seiner Zuschauer senkrecht aus dem Fluß in den dunstverhüllten Himmel hinauf, so daß er einen Moment lang eine verblüffende Ähnlichkeit mit einem Menschen hatte und alle Indianer einen Schreckensruf ausstießen.

»Mein Gott«, flüsterte Sarah. Sich an Henry klammernd, verfolgte sie fassungslos, wie der *boto* langsam und lautlos zurück ins Wasser glitt und kaum einen Spritzer an der Stelle aufwarf, wo er im Fluß untertauchte.

Die Minuten tickten schweigend dahin, während alle darauf warteten, daß der *boto* wieder erschien, um ihnen zu versichern, daß das, was sie soeben beobachtete hatten, kein Traum, keine Fata Morgana war, sondern Wirklichkeit.

Doch der Delphin zeigte sich nicht mehr. Die Stille, von der sie umgeben gewesen waren, löste sich wieder in ein mißtönendes Kreischen, Summen und Pfeifen der Dschungelbewohner auf. Zwei hellrote Makaos schwirrten über sie hinweg, gefolgt von einem Schwarm grüner und blauer Papageien. Am Ufer raschelte es in den Büschen, und ein Alligator glitt durch den Schlamm und dann in das Wasser hinein. Er schielte zu den Kanus mit Augen hin, die kaum auf der Wasseroberfläche zu erkennen waren.

Sarah lehnte sich im Kanu zurück und ließ den angehaltenen Atem entweichen. In diesem Moment rief Kan durch den Nebel: »Aaaijah! Aaaijah!« Und dann deutete er zu der Sandbank am anderen Ufer hinüber.

»Gütiger Gott!« schrie Henry. »Sarah, Sarah — schauen Sie nur!« Er sprang auf die Beine, brachte das Boot gefährlich zum Schwanken, jauchzte vor Freude, und sein Lachen wurde von den grünen Wänden und dem Laubdach der Floresta zurückgeworfen. Auch die Indianer begannen zu jubeln und zu lachen, und Sarah brach zusammen und weinte.

Morgan Kane stand auf der Sandbank in der nächsten Biegung des Flusses. Er lebte!

11

Henry sprang aus dem Kanu und watete durch das knietiefe Wasser, ehe das Boot die Sandbank erreichte. Mit triefendem Lendenschurz lief er auf Morgan zu und warf sich an ihn wie ein Kind, das seinen lange für verloren geglaubten Vater wiedersieht. Sie taumelten rückwärts und fielen dann hin.

»Morgan, du lebst! Himmel, wir dachten, du seist ertrunken!«

Arme und Beine von sich gestreckt, schnitt Morgan eine schmerzliche Grimasse, als Henry von ihm herunterkletterte. Er hatte kaum noch Kraft, etwas zu sagen, geschweige denn, sich aufzurichten. Die Anstrengung, sich ein paar Minuten lang auf den Beinem zu halten, war fast zu viel für ihn gewesen. Henry kniete nun im Sand, blickte ihm ins Gesicht, und die Erleichterung, seinen Freund lebendig wiederzusehen wurde von einem Ausdruck der Besorgnis und Anteilnahme abgelöst. Er legte seine kleinen Hände auf Morgans Wangen. »Du siehst schrecklich aus, alter Knabe!«

»Und du noch immer klein und häßlich. Da sagst du mir nichts Neues.« Ein Lächeln huschte über Henrys Gesicht, und Morgan fuhr mit einem trockenen Lachen fort: »Nun behaupte bloß nicht, du hättest noch nie einen Mann getroffen, dessen Gesicht von Feuerameisen angeknabbert wurde.«

»Hast du große Schmerzen, mein Freund?«

Morgan versuchte, sich die Lippen mit der Zunge anzufeuchten. Das war unmöglich. Dann erschien Sarah über Henrys Schulter, mit in Tränen schwimmenden, leuchtenden Augen, die Fingerknöchel gegen den Mund gepreßt, damit sie nicht vor Freude laut schluchzte. Morgan blinzelte zweimal; aber das Bild von ihr blieb verschwommen. Er wollte nur sichergehen, daß sie nicht so schön war, wie seine Phantasie ihm das in den beiden letzten höllischen Tagen vorgegaukelt hatte. Nein, sie konnte auch jetzt nur eine Halluzination seines Fieberwahns sein.

Er griff nach Henry, der einem hemmungslosen Redezwang zu verfallen schien: »Wir hatte jede Hoffnung aufgegeben. Was ist passiert? Kannst du uns das sagen? Beim Zeus — die letzten beiden Tage waren ganz fürchterlich für uns. Wie schlimm sie für dich gewesen sind, wage ich mir gar nicht vorzustellen...«

»Henry!«

»Die Eingeborenen haben allerdings die Hoffnung nie aufgegeben. ›Der Amerikaner ist der *boto*‹, wiederholten sie ständig. ›der *boto* kann nicht ertrinken.‹«

»Henry!«

»Wir hatten zwei Meilen weiter flußaufwärts unser Lager errichtet und...«

»Henry!!« Morgan faßte Henry bei den Schultern und zog ihn zu sich herunter. »Sei still«, raunte er. »Dort drüben in den Bäumen lauern Yanoamö!«

Henry warf einen Blick zu dem bedrohlich dunklen Wald hinüber. »Hast du sie gesehen?«

»Ja.«

»Haben sie dich gesehen?«

»Offenbar nicht, sonst würde ich bereits auf einer Platte am Mittagstisch herumgereicht.«

Henry schien nachzudenken. »Wir könnten bis zum Einbruch der Dunkelheit schon die Hälfte der Strecke nach Manáos zurückgelegt haben, da wir mit der Strömung fahren.«

Morgan runzelte die Stirn. »Manáos?«

»Ja, Wir haben beschlossen, King zu vergessen und nach Hause zu fahren.«

»Nein.«

»Wie bitte?«

»Ich sagte, nein.«

»Aber, Morgan . . .«

»Nichts ›aber, Morgan‹!« Er packte Henry noch fester. »Zwei Gedanken hielten mich diese zwei Tage am Leben. Der eine, daß ich mir King schnappen und ihn für das bezahlen lassen werde, was er mir angetan hat. Er hat mir meine Selbstachtung geraubt. Er hat mich so weit gebracht, daß ich mir den Tod wünschte.«

Henry nickte.

»Und der andere ist . . .« er warf einen Blick auf Sarah ». . . das Gold.« Seine Stimme war ein rauhes Flüstern, weil er gegen eine Ohnmacht ankämpfen mußte. »Es wird mich zu einem reichen Mann machen, Henry. Ich werde mir . . . alles kaufen können, was ich mir wünsche, sogar einen Titel, wenn man so was braucht, um in *ihrer* Welt etwas darzustellen.«

»Aber, Morgan, du brauchst Ruhe. Und wir müssen etwas für dein . . . dein Gesicht tun.«

»Schlimm, wie?«

Henry versuchte zu lächeln und nickte. »Du bist fast so häßlich wie ich.«

»Himmel, was für ein Trost!«

»Wir könnten es bis zur Barcelos-Mission schaffen, bevor es Nacht wird. Die Ruinen würden uns Schutz und Unterkunft bieten, bis du so weit hergestellt bist, daß wir die Reise fortsetzen können. Bist du ihr gewachsen?«

»Nein«, flüsterte Morgan, »Aber wir machen sie trotzdem.«

Bald darauf fuhren sie wieder flußaufwärts. Morgan lag auf dem Boden des Kanus, den Kopf in Sarahs Schoß gebettet. Zuweilen kühlte sie seine heiße Stirn mit ihrer kalten Hand, und obwohl sie wenig sagte, suchte sie ihn mit einem Lächeln zu beruhigen, wenn er aus einem Fiebertraum erwachte.

Er verlor nie ganz das Bewußtsein. Wie in den letzten beiden Tagen suchte er auf jedes Geräusch in seiner Nähe zu achten. Die Vögel und Tiere schienen mit menschlichen Zungen zu ihm zu sprechen, bis ihm sein Verstand in einem wachen Augenblick sagte, daß sich bei ihm Wahn und Wirklichkeit ununterscheidbar miteinander vermischten. Das seltsame Echo eines Frauenlachens geisterte am Rand seines Bewußtseins; doch als er erwachte und mit dem einen guten Auge, das nicht zugeschwollen war, hochsah, ertappte er Sarah dabei, wie sie ihn mit einem feierlichen Ernst studierte, der ihre jungen Jahre Lügen strafte.

Sie sprach ihn jedesmal an, wenn er die Augen öffnete, und er antwortete auch, obwohl er sich später kaum an die Worte erinnern konnte, die sie tauschten. Einmal bat er sie um eine Zigarette und sah belustigt zu, wie Sarah sie für ihn anzündete und die Nase kraus zog bei dem beißenden Geruch des Qualms. Dann schob sie ihm die brennende Zigarette zwischen die Lippen, während ihre Fingerspitzen zärtlich über seine Lippen hinstrichen. »Oh, Morgan«, flüsterte sie, »Ich dachte, ich hätte dich verloren.«

Einmal wurde er von dem Seidenäffchen geweckt, das auf seiner Brust saß und wild schnatterte. Sarah schob ihm eine Frucht in die Hand und deutete an, daß er damit das aufgeregte Tier füttern solle. Er gehorchte, und das Äffchen schmatzte zufrieden, während ihm der süße Saft von den Ellenbogen tropfte. Dann rollte es sich auf seinem Bauch zusammen und schlief ein.

Er erwachte, als sich die Luft kühler und frischer anfühlte. Zwielicht umgab ihn und das berauschende süße Aroma der Dschungelblumen, die nachts ihren Duft verströmten. Die Indianer zogen ihre Kanus auf einen Sandstreifen hinauf, der sich sichelförmig um eine Flußbiegung ausbreitete. Als Sarah und Henry Morgan aus dem Kanu halfen, blickte er hoch und sah über sich ein Kruzifix. Es war mit rankenden bunten Blumen umgeben und reflektiere die letzten Strahlen der Sonne, die durch das Laubdach des Dschungels drangen. Eine ehrfürchtige Sekunde lang wurden sie alle Zeuge dieses Vorgangs. Wie lange hatten sie die Sonne nicht mehr gesehen oder den Himmel?

Sarah verließ Morgans Seite und ging die bröckelnden Stufen zu dem türlosen Eingang der verlassenen Mission hinauf. Als sie ihr Gesicht zur Sonne emporhob, wurde ihre ganze Gestalt in einem gelben Licht gebadet. Ihr Gesicht hatte die Farbe von Butter, ihre Haar schienen in einem blassen Feuer zu erglühen, das ihn, Morgan, sicherlich verbrannt haben würde, wenn er es mit seinen Händen berührt hätte, wonach er sich in diesem Moment sehnte. Schließlich drehte sie sich zu ihm um und lächelte. »Ich dachte, ich würde nie mehr die Sonne auf meinem Gesicht spüren können, Morgan. Es ist ein herrliches Gefühl.« Dann ging sie in das Missionsgebäude hinein und ließ eine Gruppe stummer Beobachter zurück, die ihr ehrfürchtig nachsahen.

Einst hatte man mit dem Schleifen von Barcelos ein Zeichen setzen wollen für staatliche Ordnung und stabile Verhältnisse in Amazonia. Doch nun drohte diese Niederlassung — vor hundert Jahren aufgegeben — vollends vom Dschungel verschlungen zu werden. Selbst vom Fluß aus war leicht zu erkennen, daß die Lichtung in der Floresta nicht von der Natur erschaffen worden war, sondern die Überreste eines vormals blühenden portugiesischen Forts darstellten zwischen den beiden Nebenflüssen des Rio Negro, dem Rio Padauiri und Branco.

Henry, der mit faulendem Holz ein Lagerfeuer entfacht hatte, kauerte am Fuß der verwitterten Treppe und zerstampfte die Beeren von einer Pflanze zu einem Brei, dem er ein feingemahlenes Pulver beimischte, die Asche von Cecropia und eine mit Colablättern versetzte Flüssigkeit, die er aus Belém mitgebracht hatte. »Die Cecropia wirkt gegen die Infektion«, erklärte er Morgan und Sarah, »und die Colablätter lindern die Schmerzen.« Seine Hände ruhten einen Moment über dem Mörser, in dem er alles zusammenrührte. »Die Wirkung dieser Mixtur wird nicht angenehm sein, Morgan«, murmelte er, seinen Freund mit schiefgelegtem Kopf betrachtend; »aber es lohnt sich am Ende, das auf sich zu nehmen. Du hast vermutlich noch arge Schmerzen, nicht wahr?«

Morgan, dem der Schweiß aus allen Poren seines Körpers rann, nickte stumm.

Kan trat in diesem Moment ans Feuer und beugte sich über eine dunkle Brühe, die dort schon seit einiger Zeit über der Glut brodelte. Als Henry ihn neugierig ansah, erklärte Kan: »Das ist Ayahuasca, die Medizin meines Schamanen. Sie wird mir eine Kraft geben, die stark genug ist, daß ich das Gift aus Kanes Körper herausziehen und in den dunklen Wald werfen kann.«

»Beim Zeus«, erwiderte Henry, »das ist ein trefflicher Einfall, alter Knabe.« Er winkte Sarah zu sich, die nicht von Morgans Seite gewichen war, seit sie in Barcelos eingetroffen waren. »Helfen Sie mir, ihm das Hemd auszuziehen. Vorsichtig. Sein Arm ist böse angeschwollen.« Er drehte sich ein wenig zur Seite, sah zu, wie Kan diese übelriechende Brühe trank, und sagte dann: »Bring mir bitte dieses Messer dort, alter Junge, wenn du noch die Kraft dazu hast. Und vielleicht gelingt es dir, die anderen Indianer zu beruhigen. Sie scheinen zu glauben, daß sie ebenfalls sterben müssen, falls Morgan abkratzen sollte. Das hast du ihnen doch hoffentlich nicht eingeredet, oder doch, alter Knabe?«

Kan brachte Henry Morgans Messer, das beim Feuer gelegen hatte. Er schwankte ein bißchen, als er es Henry überreichte und sich dann über Morgan beugte. Sein Körper war in Schweiß gebadet. Henry neigte sich zu Morgans Ohr hinunter und raunte seinem Freund lächelnd zu. »Beachte ihn nicht. Vielleicht zieht er sich dann wieder zurück.«

Morgan konnte dieser Situation nichts Lächerliches abgewinnen. Sein Gesicht und sein Nacken waren so sehr angeschwollen, daß man meinte, die Haut müsse jeden Moment platzen. Sein rechter Arm und seine rechte Hand hatten den doppelten Umfang ihrer normalen Größe erreicht. Als Henry den rechten Ärmel von Morgans Hemd aufschnitt, fand er seine schlimmsten Befürchtungen bestätigt. Die Infektion hatte bereits eingesetzt.

»Morgan, ich möchte, daß du mir jetzt genau zuhörst«, sagte er mit ruhiger Stimme. »Denke an etwas Angenehmes. An das Schönste, das es für dich auf Erden gibt. Und laß dich nicht eine Sekunde von diesem Gedanken ablenken. Hast du mich verstanden?«

Morgan blickte Sarah an. Er erwartete Mitleid in ihren Augen zu sehen, vielleicht sogar Abscheu vor seinem vom Eiter angeschwollen Gesicht. Er erwartete, daß sie vor Hysterie weinen würde. Zweifellos würde sie jetzt jeden Moment in Ohnmacht fallen oder sich übergeben. Vielleicht würde sie sich auch nur mit ein paar höflichen Worten entschuldigen und sich dann zurückziehen.

Er hätte niemals erwartete, daß sie seine heile Hand nehmen und an ihre Brust drücken würde. Als sie auf ihn hinunterlächelte — ihr Gesicht vom Schein des Feuers rosig überhaucht —, war er so überrascht, daß er von einer Dankbarkeit und Bewunderung erfüllt wurde, wie er sie noch für keinen anderen Menschen empfunden hatte.

»Morgan, ich werde an mehreren Stellen die Haut aufschneiden müssen, damit der Eiter abläuft.«

Sarah faßte Morgans Hand etwas fester. Ihr Lächeln wirkte jetzt etwas gezwungen und wäßrig; aber sie drückte seine Hand an ihren Körper, als wäre *er* es, der ihr Kraft gab, statt umgekehrt.

Er konzentrierte sich auf ihr Gesicht, als der erste Einstich erfolgte.

Irgendwo hinter der Wand aus Feuer und Schmerzen hörte er Kan singen.

Er knirschte mit den Zähnen und merkte, wie sein Körper unwillkürlich zuckte.

Er bemühte sich, ihre Hand nicht so fest zu drücken, daß er sie verletzte. Gott mochte das verhüten. Sie war ein so zerbrechliches Wesen.

Er versuchte, nicht mit dem Kopf auszukeilen.

Sein Körper krümmte sich, und ein Licht explodierte in seinem Gehirn.

Jemand rief nach Sarah.

Jemand schrie nach Sarah.

Dann sank er in eine dunkle Grube, in deren Tiefe eine Stimme sang.

Sarah weigerte sich, Morgan zu verlassen, während er schlief. Sie badete seinen fieberheiße Haut in Wasser und nahm gelegentlich einen Farnwedel zur Hand, mit der sie ihm Kühlung zufächelte. Der Mond hatte bereits den Zenit erreicht, ehe sie Morgans Hand sacht auf seinen Magen legte und sich den anderen zuwandte.

Kan, der sich in einem narkotischen Trancezustand befand, nachdem er den Tee getrunken, mit einem rituellen Saugen die Infektion aus Morgans Körper entfernt und in den Wind gespuckt hatte, lag nun erschöpft auf den Kirchenstufen. Die anderen starrten in die Flammen, die dunklen Gesichter mit tiefer Sorge erfüllt.

Henry verließ seinen Platz auf der Vortreppe der Kirche und trat zu ihr. »Ist Ihnen nicht gut?« fragte er.

»Ich bin sehr müde.«

»Ich habe Ihnen ein Bett in der Kirche vorbereiten lassen. Ich dachte, Sie wollten mal eine Nacht für sich bleiben. Ich weiß zwar nicht, ob die Moskitos Sie in Ruhe lassen werden; aber . . .«

Sie drehte sich um und stieg die Stufen zur Kirche hinauf. Sie hörte, wie Henry ihr folgte und an der Tür einen Moment unschlüssig stehenblieb.

Eine Hängematte hing vom Gebälk der Kirche herab, das Moskitonetz wie ein Kokon darübergespannt. Sie rollte in ihr Bett hinein, und Henry beeilte sich, das Netz über ihr zu schließen und es an allen Ecken sorgsam festzustecken. Sie sah ihn einen langen Moment an, ehe sie die Kraft fand, ihn zu fragen:

»Wird er sterben?«

»Morgan? Sterben? Er ist der *boto* — haben Sie das vergessen?«

»Wird er sterben?«

»Natürlich nicht. Das lasse ich nicht zu. Er ist mein einziger Freund auf der Welt, wie Sie wissen.«

Sie drückte die offene Handflächen von innen gegen das Netz. Er legte seine von außen dagegen. »Versprechen Sie es mir!« bat sie.

»Der Breiumschlag zieht ihm das Gift aus dem Körper, und die Schwellungen werden zurückgehen. Aber das mag eine Zeit dauern. Wenn alle anderen Mittel versagen, lassen wir den Häuptling noch einmal seinen Zauber vollführen. Der alte Knabe scheint genau zu wissen, was er tut.« Henry seufzte schwer. »Schlafen Sie jetzt. Die letzten zwei Tage sind für uns alle die Hölle gewesen, Sarah. Gute Nacht, meine Liebe.«

Er drehte sich um und verließ die Kirche, blieb aber unter der Tür noch einmal stehen, eine schwarze Silhouette vor der schwachen Glut des Lagerfeuers.

»Rufen Sie mich, wenn es irgendeine Veränderung gibt«, bat sie ihn.

»Werde ich tun. Und nun gute Nacht, Sarah.«

Sie rollte sich auf die Seite und blickte zu dem bunten Glasfenster und der Heiligen Jungfrau hinauf, deren gütiges Gesicht im Mondlicht schimmerte. In den letzten zwei Tagen oder Stunden war die Saat des Zweifels und der Reue in ihr aufgegangen und hatte ihre Prioritäten auf den Kopf gestellt. Gütiger Himmel, sie waren so schutzlos und unvorbereitet wie Kinder, die man in die harte Welt hinausstößt, damit sie dort lernen, sich zu behaupten. Sie waren so schwach und verwundbar wie neugeborene Lämmer, die sich einem Rudel Wölfe gegenübersehen. Sie waren aus dem Herzen der Zivilisation, wo der Mensch sich selbst der einzige Feind ist, herausgetreten in eine Welt, in der es von Gefahren wimmelte, die oft mit dem bloßen Auge gar nicht zu erkennen waren. Der Tod war hier allgegenwärtig und lauerte hinter jedem Blatt, jedem Stein und jeder Welle im Fluß. Wie rasch und unerwartet er aufgestanden war, um zuzuschlagen! Das gleiche konnte morgen wieder passieren. Oder noch in dieser Nacht.

Sie schloß die Augen und versuchte, an etwas Angenehmes zu denken. An England, ihren Verlobten und ihre Zukunft als Lady Sheffield. Welche Ironie, daß ihr nun, wo sie schwitzend in diesem gottverlassenen Dschungel lag und sich das Gesicht ihres Verlobten vorstellen wollte, dies nicht gelang. Das einzige Bild, das ihr immer wieder vor ihr inneres Auge trat, waren diese stahlgrauen Augen und diese unglaublich sinnlichen Lippen. Von Händen, die ihre Haut so heiß wie Feuer brennen ließen, wenn sie darüber strichen. Was nicht oft geschah. Nicht annähernd so oft, wie sie es sich wünschte.

Morgan hatte eine Art, eine Frau anzusehen, daß sie sich begehrenswert fand. Nicht nur hübsch, sondern atemberaubend schön. Als wäre sie die einzige Frau, die auf diesem Planeten lebte.

In ihrem Kummer hatte sie sich gelobt, falls sie Morgan noch einmal lebend wiedersehen würde, ihre Gefühle für Norman so lange beiseite zu schieben, bis sie sich über ihre Empfindungen für diesen Amerikaner klargeworden war. Und sie war zu dem sie nicht überraschenden Schluß gekommen, daß sie mit sehr geringer Anstrengung — und falls sie sich nicht sehr in acht nahm — ihn lieben konnte.

Seufzend rollte sie sich wieder aus ihrem Bett und ging an die Kirchentür. Henry stand an Morgans Seite, einen Arm unter dessen Kopf geschoben, und versuchte ihn dazu zu bewegen, aus einem Becher zu trinken. »Bitte«, bettelte Henry, »nur einen Schluck. Wenn nicht dir, dann mir oder Sarah zuliebe. Wir brauchen dich, Morgan. Wir werden dich nicht sterben lassen.«

Sarah schloß die Augen und lehnte den Kopf an die Mauer. Oh, ja, sie konnte ihn lieben und alles, was er darstellte. Er verkörperte die Freiheit von jeder Art Konvention, die sie insgeheim stets als eine Last empfunden hatte während ihres Aufenthalts in England. Morgans Gegenwart setzte in ihr schlummernde geistige und seelische

Kräfte frei, gab ihr die Chance, sich selbst zu finden. Bei ihm hatte sie das Gefühl, lebendig zu sein — zum erstenmal in ihrem Leben unglaublich lebendig.

Du lieber Gott — was sollte sie nur tun?

Morgans Genesung konnte man mit Fug und Recht ein kleines Wunder nennen. Binnen drei Tagen hatten die Umschläge mit Henrys Brei, die er alle paar Stunden erneuerte, das Ameisengift und den Eiter aus Morgans Körper herausgezogen. Die Schwellungen waren verschwunden. Man konnte Morgan kaum noch anmerken, was für grausame Schmerzen er tagelang hatte ertragen müssen, als er gelegentlich sein Bett verließ, um zu baden oder leichte Arbeiten im Lager zu verrichten, damit er allmählich wieder zu Kräften kam.

Am Morgen des vierten Tages stand Sarah schon früh auf und begab sich zu dem Flüßchen hinter der Mission, um ihren Körper gründlich von Schweiß und Schmutz zu befreien. Henry und Morgan hatten ihr versichert, daß auf dessen Grund keine Piranhas oder diese tückischen Stachelfische lauerten; aber da waren Bäume mit Lianen, zwischen denen sie sich einen Weg zum Fluß bahnen mußte, und nur Gott wußte, was für Gefahren sie dort erwarteten.

Doch nun würde bald der Tag kommen, wo Morgan stark genug war, die Reise nach Japurá fortzusetzen. Obwohl sie und Henry immer wieder beteuerten, wie glücklich sie wären, wenn sie dieses gefährliche Unternehmen vergessen und wieder nach Haus fahren könnten, hatte Morgan davon nichts wissen wollen. Sie, Sarah, würde also nicht darum herumkommen, sich den Gefahren des Dschungels zu stellen. Und dies war eine Gelegenheit dazu.

Sie nahm Seife, Bürste und ein sauberes Paar Strümpfe, rollte alles in ein frisches Hemd ein, das sie unter den Arm klemmte, und verließ die Kirche. Weder Morgan noch Henry oder Kan waren draußen zu sehen. Sie begab sich zu einer kleinen Bucht, die der Fluß auf einer Lichtung gebildet hatte, zog sich aus und watete in das ihr bis zur Schulter reichende Wasser hinein.

Was für ein herrliches Gefühl! Sie schloß die Augen und hob das Gesicht zur Sonne empor. Nie hatte sie gewußt, was für ein Luxus so ein Bad sein konnte. Sie seifte sich die Haare ein und schrubbte ihre Haut, bis sie glühte, und war schon im Begriff, aus dem Wasser zu steigen und sich anzukleiden, als sie Stimmen hörte. Sie blickte in die eine Richtung und dann in die andere. Nichts. Vielleicht hatte sie sich die Stimmen nur eingebildet; aber sicherheitshalber beschloß sie, sich so rasch wie möglich anzuziehen und ins Lager zurückzukehren. Möglich, daß man sie bereits vermißte, weil sie so lange fortgeblieben ...

Da raschelte es gefährlich im Gebüsch. Ein Knarren und Splittern, und plötzlich brach ein Ast von einem Baum am Rand der Bucht ab und schüttelte seine kreischende Last — Morgan und Henry — ins Wasser. Sarah schrie laut auf und vergaß, daß sie vollkommen nackt war, als die beiden Männer prustend wieder auftauchten und ihre Blicke auf ihre Anatomie hefteten. Sie funkelte die beiden wütend an: »Himmel, habt ihr mich aber erschreckt! Ich hätte fast einen Herzschlag bekommen!«

Morgan, dem die schwarzen Haare in die Augen hingen und das Wasser über das Gesicht lief, blickte rasch zu seinem heftig paddelnden Freund hin und riß ihn an einem Arm in die Höhe. »Entschuldigung«, riefen sie beide wie aus einem Mund.

»Was hattet ihr denn auf diesem Baum zu suchen?«

»Wir hörten jemanden kommen«, begann Henry.

»Und wir meinten, was wäre logischer, als auf einen

Baum zu klettern, wenn man sich verstecken möchte«, schloß Morgan.

»Dann habt ihr also die ganze Zeit dort oben gesessen, während ich . . .?«

Sie nickten. In diesem Moment wurde ihr erst bewußt, warum die beiden sie so angafften. So unbefangen wie möglich drehte sie sich um, bedeckte ihre Brüste mit den Armen und sah dann wieder mit einem hochroten Gesicht zu den beiden hin. »Wenn Ihr nichts dagegen hättet, würde ich mich jetzt gern anziehen.«

»Ich habe nichts dagegen«, erklärte Morgan. »Du etwa, Henry?«

»Absolut nicht. Lassen Sie sich nicht aufhalten, meine Liebe, wir werden Sie nicht daran hindern.«

»Allein!« betonte sie.

»Oh!«

»Oh, nun, in diesem Fall . . .«

Sie hörte, wie die beiden mit lautem Geplansche und ärgerlichem Murmeln dem Ufer zustrebten: »Ich sagte dir gleich, der Ast wäre zu schwach für uns beide!«

»Beim Zeus, was für eine peinliche Situation!«

Nach einer Weile hörte sie ein Rascheln in den Büschen, und dann wurde es still. Doch sie spürte, daß sie nicht allein war. Sie sah über eine Schulter aufs Ufer zurück. Da stand Morgan, an einen Baum gelehnt, die Arme vor der Brust verschränkt, und beobachtete sie. Seine nassen Kleider klebten ihm wie eine zweite Haut am Körper. Ihr Herz schlug schneller, als sie in sein auf eine verwegene Art hübsches Gesicht blickte. »Nun?« fragte sie, »worauf warten Sie noch? Haben Sie mich nicht schon genug gedemütigt?«

»Oh, Sie sehen aber nicht sehr gedemütigt aus.«

»So? Wie sehe ich denn aus?«

»Naß. Und nackt. Und verdammt verführerisch.«

Sie schüttelte den Kopf, und ihre trocknenden Haare ergossen sich in einer wilden Flut um ihr schamrotes Gesicht.

»Wie Eva im Garten des Paradieses ausgesehen haben muß«, setzte Morgan hinzu.

»Wenn ich Sie nicht besser kennen würde, Mr. Kane, würde ich Sie jetzt für einen Romantiker halten.«

»Und wenn ich Sie nicht besser kennen würde, könnte ich mir vorstellen, daß Sie nur darauf warten, daß ich ins Wasser reinkomme und Sie liebe.«

»Ich kann mich wohl kaum aus dem Wasser entfernen, solange Sie mich beobachten.«

»Ich stelle keine Bedrohung für Sie dar, Sarah. Nicht, solange Sie einen anderen Mann lieben.«

Sie runzelte die Stirn.

»Sie *lieben* doch Norman ... nicht wahr?«

Es war ein Moment sie erschreckender Unentschlossenheit, während sie blind über das Wasser hinsah und versuchte, ihre Gefühle in den Griff zu bekommen. Sie hatte sich in den letzten Tagen diese Frage wiederholt gestellt. Nun verlangte der Mann, der all diese Zweifel in ihr geweckt hatte, eine Antwort.

»Sarah?« hörte sie seine Stimme hinter sich, aber viel näher als zuvor. Ihr Atem stockte, als er die Hand auf ihre Schulter legte. »Sarah, Sie haben mir keine Antwort gegeben.«

»Bitte.« Ihre Stimme bebte. »Ich kann nicht.«

»Sie wissen es nicht? Entweder lieben Sie diesen Mann oder Sie lieben ihn nicht!«

Sie fuhr herum, um ihm die Meinung zu sagen, weil er sie nicht in Ruhe ließ; aber die Worte blieben ihr im Hals stecken. Sie beobachtete mit angehaltenem Atem, wie das Wasser an seinen Hüften leckte und Tropfen in seinen schwarzen Haaren und auf seinen Schultern glitzerten wie Tau. Sie beobachtete, wie seine silbrigen Augen die Farbe wechselten, sich verdunkelten zu einem stählernen Grau. Wie in Trance fühlte sie sich, erschüttert von einem Erwachen, das so erschreckend war, daß sie es nicht ignorieren konnte, aber auch zu gefährlich, um es anzuerkennen.

Seine Hände glitten über ihren Hals zu ihrem Gesicht hinauf und strichen ihr dann über die noch nassen geringelten Haare. Mit einem verzweifelten Wimmern wurde sie sich bewußt, daß sie nicht länger vor dem Verlangen wegrennen konnte, das er in ihr weckte. Sie konnte sich nicht mehr hinter den Gefühlen für einen anderen Mann verstecken, denn ihr Körper brannte vor Begierde nach diesem Mann, was sie bei Norman niemals erlebt hatte. Nun legte Morgan seine kräftige Hand unter ihr Kinn und hob ihr Gesicht sacht an. Wie ein Blütenblatt trieb sie auf seinen Körper zu, unwissentlich ihr nasses Fleisch an seines schmiegend, als sie ihm ihren Mund darbot, um seinen Kuß zu empfangen.

Seine warmen Lippen streiften über die erogene Zone an ihrem Mundwinkel hin, daß diese flüchtige Berührung wie ein Funke war, der ihren ganzen Körper in Brand setzte. Er zog sie näher an sich heran — so nahe, daß sie an ihren Lenden die schockierende Härte seiner Männlichkeit in seiner Hose spürte. Das Blut klopfte ihr im Hals, als er mit dem Daumen über ihren Wangenknochen strich und dann, als sie die Augen schloß, den Bogen ihrer dunklen Wimpern über den Jochbeinen nachzeichnete. Diese Gefühle waren neu — so neu —, doch sie waren genauso, wie sie sich das in ihren Träumen vorgestellt hatte: wonnevoll, berauschend, unglaublich erregend und schmerzlich zugleich.

»Was braucht es denn noch«, hörte sie seine träge Stimme an ihrem Ohr, »daß du mich haben möchtest? Verrate es mir, Sarah. Verlangst du nach Zärtlichkeit?« Er bewegte sie Finger über ihre Wirbelsäule, so geschickt und sachkundig wie eine Masseur. »Ich kann auch zärtlich sein, *ma chère.*«

Dann legten sich seine breiten Hände um ihr Gesäß und hoben es hoch, daß sie im Wasser schwebte. Sie wurde sich vage bewußt, wie er auf eine spielerisch spitzbübische Weise ihre Beine auseinanderschob und sie um seine Hüften legte. Ihr Körper reagierte darauf auf eine sie neuerlich überraschende Weise. Turbulent. Pulsierend. Mit einem Sehnen in ihrem Schoß, das so süß und wonnevoll war, daß ihr Herz zu erbeben schien.

»Erschauerst du auch so, wenn *er* dich hier berührt?«

Er bewegte sich von ihr fort. Die Saugkraft des Wassers, das ihr Körper zusammengehalten hatte, löste sich in einem schmatzenden, ungehörigen Geräusch auf. Die Erregung machte sie schwindlig. Sie kam sich vor wie in einem Märchen, wo all ihre geheimen erotischen Träume Wirklichkeit wurden.

Sie keuchte, als ihre Brustwarzen seinen nackten Oberkörper berührten. Dann glitten seine Hände über die weißen Wölbungen ihrer Brüste, und sie begann zu stöhnen.

»Du hast mir noch immer keine Antwort gegeben, Sarah. *Liebst* du Norman?«

Sie versuchte, ihre Gesicht zur Seite zu drehen. Ihr Verstand war nicht in der Verfassung, ihm eine überlegte Antwort zu geben, wenn ihr Körper lichterloh brannte.

»Schau mich an.« Ihr Kopf schnellte in den Nacken, als er sie schüttelte. »Ist das alles, was du von mir haben willst, Sarah? Ist es so?«

»Bitte, nicht jetzt. Ich kann nicht denken. Ich weiß nicht...«

»Du weißt es nicht? Teufel, Sarah, du willst nicht wissen, ob du einen Mann liebst, wenn du sehr wohl weißt, wann du einen begehrst?«

»Oh, Morgan...« Sie schob ihm ihre vom Wasser

schweren Arme über die Schultern, wollte ihr Gesicht an seiner Brust bergen, die Verpflichtungen ihrer ungewissen Zukunft vergessen und nur einmal dem Augenblick leben. Sie sehnte sich danach, diese wunderbaren neuen Gefühle auszukosten, die er in ihr geweckt hatte, und hob ihm das Gesicht entgegen. »Küsse mich noch einmal«, hauchte sie. »Ich möchte, daß du...«

»... was machst?« fragte er mit kalter Stimme, während er ihre Arme von seinem Hals schälte, seine Beine von ihren Hüften löste und sie dann so heftig von sich stieß, daß sie das Gleichgewicht verlor. Als sie wieder keuchend und prustend auftauchte, sah sie, daß Morgan schon fast am Ufer war. Er drehte sich noch einmal um, und sein Gesicht war verzerrt vor Wut.

»Ich möchte nicht der Ersatzmann für deinen englischen Schatz sein, Sarah. Ich möchte nicht, daß du deine Beine für mich öffnest und dir dann vorstellst, es wäre Norman, der sich mit dir vereinigt. Ich habe es satt, immer nur ein Niemand zu sein — einer, der zwar gut dafür ist, unerfüllte Wünsche zu befriedigen, aber nicht genug für die Liebe.« Mit geballten Fäusten rückte er wieder näher auf sie zu, beherrschte sich dann aber rechtzeitig. »Von dir lasse ich mir das nicht gefallen. Ich kann nicht solche Gefühle für jemanden haben und wissen, daß er mich nur für einen Zweck braucht. Lieber sterbe ich.«

Er ließ sie im Wasser zurück, die Augen auf die Bäume geheftet, unter denen er verschwunden war. Am ganzen Körper zitternd, verließ sie den Fluß und bemühte sich, ihre Kleider rasch über ihre nassen Glieder zu streifen. Sie fluchte, als sie ihr auf der Haut kleben blieben. Sie sammelte Seife und Bürste auf und eilte ins Lager zurück, wo sie Kan und Henry in einem Streit darüber fand, wie Schildkröteneier abzukochen seien.

Morgan war nirgends zu sehen.

Henry, dem auffiel, wie verstört sie aussah, eilte auf sie zu. »Stimmt etwas nicht?« fragte erschrocken.

»Wo ist Morgan?«

»Ich dachte, er wäre mit Ihnen zusammen.«

Sie schüttelte den Kopf. »Es gab ein Mißverständnis zwischen uns, und er ...«

In diesem Moment kam Morgan ins das Lager gelaufen. »Dort draußen lauern Yanoamö. Trommelt die Leute zusammen und laßt uns von hier verschwinden!«

Alsbald herrschte auf der Lichtung eine fieberhafte Betriebsamkeit. Betten wurden zusammengepackt, Geräte und Kisten in die Kanus verladen und diese dann ins Wasser geschoben. Binnen weniger Minuten paddelten sie wieder flußaufwärts, und mit einem Gefühl des Bedauerns und einer ungewissen Traurigkeit sah Sarah die Mission hinter den Bäumen verschwinden, als wäre sie eine Fata Morgana gewesen.

Sie glitten im Schatten der Bäume dahin, und nur das leise Plätschern der ins Wasser eintauchenden Paddel durchbrach die Stille. Henry flüsterte hinter Sarahs Rücken: »Morgan, das gefällt mir nicht. Es ist zu still. Haben die Yan dich gesehen?«

Morgan blickte über die Schulter, mied Sarahs fragenden Blick, während er erwiderte: »Das werden wir bald genug feststellen.«

Sie fuhren eine gute Stunde flußaufwärts, ehe Morgan den Befehl gab, wieder am Ufer anzulegen und die Kanus so gut zu verstecken, wie das irgend ging. Während die Eingeborenen sich beeilten, seinem Befehl nachzukommen, stand Morgan auf einer Sandbank, einen Kompaß in der Hand, und unterhielt sich mit Henry. Sie sahen immer wieder zum Regenwald hin, und als Sarah sich den beiden näherte, hörte sie Henry sagen: »Ich bin anderer Meinung. Ich denke, wir sollten noch eine Stunde flußaufwärts fahren, ehe wir ihn verlassen.«

»Zu gefährlich«, gab Morgan zurück. »Auf dem Fluß können wir zu leicht entdeckt werden.« Er bückte sich, hob einen Stock auf und zeichnete eine Linie in den Sand. »Obwohl wir auf dem Fluß rascher vorankämen, macht er nach ungefähr fünfzig Meilen erst eine Biegung nach Osten und dann nach Norden. Wenn wir von hier aus auf dieser diagonalen Linie den Dschungel durchqueren, sparen wir eine Menge Zeit und . . .«

»Wieviel Zeit?« fragte Sarah.

Sie blickten sich mit ernstem Gesicht nach ihr um.

»Nun?« forschte Sarah. »Wie lange werden wir eurer Schätzung nach brauchen, um Japurá zu erreichen?«

»Zehn Tage«, erwiderte Morgan. Henry sah ihn skeptisch an. »Paßt dir das nicht?« schnaubte Morgan.

»Drei Wochen«, sagte Henry.

»Drei . . .?«

»Drei«, betonte Henry, »wenn nicht länger. Du mußt bedenken, daß du nicht weißt . . .«

Morgan zog die Brauen in die Höhe, und Henry verstummte.

»Was weiß er nicht?« forschte Sarah.

»Oh, nichts.« Henry rieb sich den Sand von den Fingern und blickte flußaufwärts.

Morgan nahm seinen Hut ab und wischte sich den Schweiß von der Stirn. »Was er meinte, ist, daß wir nicht wissen, welche Probleme sich unterwegs ergeben könnten.«

»Das müßten Sie doch wissen! Sie haben diesen Weg doch schon einmal zurückgelegt, nicht wahr?«

Morgan blickte das Seidenäffchen an, das ihm zu Füßen saß, und dann Henry, der seinem Blick auswich. »Richtig«, murmelte er dann.

»In diesem Fall bin ich ganz Ihrer Meinung. Lassen Sie uns die direkteste Route nach Japurá nehmen.«

Henry stöhnte und ging davon. Morgan blickte ihm nach, die Hände in die Hüften gestützt.

Die kräftigsten Indianer wurden zu Trägern der Vorratskisten und Ausrüstung bestimmt, während die drahtigsten von ihnen mit ihren Macheten vorausgingen und einen Weg durch das Unterholz hackten. Morgan übernahm die Spitze des Zuges und ging mit grimmiger Entschlossenheit daran, mit einem dieser langen Messer die schlimmsten Hindernisse aus dem Weg zu räumen. Als ihm die Hitze und Schwüle zusetzten, spürte er nur zu sehr die Nachwirkung seiner kaum überstandenen Vergiftung. Seine Muskeln zitterten, und seine Lungen schrien nach Luft. Immer wieder sank er gegen einen Baumstamm, als die grüne Hölle anfing, sich vor seinen Augen im Kreis zu bewegen. Gelegentlich hörte er Henry mit besorgter Stimme fragen:

»Morgan, bist du in Ordnung?«

Morgan nickte, holte tief Luft und ging weiter, mit der Machete mechanisch links und rechts auf Lianen und zähes Gestrüpp einschlagend. Er spürte kaum noch die Insektenstiche und Dornen, die auf seiner bloßen Haut blutende Pusteln zurückließen. Zuweilen hielt er an und griff nach seiner Whiskyflasche oder einer Zigarette, worauf er feststellen mußte, daß seine Hände zu sehr zitterten, um sie anzünden zu können. Schließlich nahmen ihm Henry, Kan oder einer von den anderen Indianern, die seine vergeblichen Versuche bemerkten, das brennende Streichholz aus der Hand und hielten es an die Zigarettenspitze, während Morgan mit geschlossenen Augen inhalierte und das betäubende Gefühl genoß, das das Nikotin in ihm auslöste. So konnte er seine Schmerzen besser ertragen. Und stets suchte dabei sein Blick Sarah — Sarah, die einen anderen Mann liebte. Sarah, die ihm ihren Körper schenken würde, aber nicht ihr Herz, ihre Seele ... ihre Liebe ...

Sie beschlossen, lange vor Einbruch der Dunkelheit ein Lager aufzuschlagen. Eine Lichtung wurde aus dem Dschungel gehackt, Hängematten an den Bäumen befestigt und mit Moskitonetzen versehen. Feuer wurden angezündet und die letzte Reisration darüber gekocht. Das alles wurde so leise wie möglich verrichtet, und selbst Sarah erkannte, daß die Stille, von der sie umgeben waren, etwas Unheimliches hatte.

Sie saß auf einem Haufen säuberlich aufgeschichteter Äste und bemühte sich, den Blick auf den Kessel mit dem kochenden Reis zu richten und nicht die grüne Mauer des Regenwalds zu betrachten, die bedrohlich um sie herum aufragte. Ihre Haut war heiß und kribbelte unter Bächen von Schweiß. Nach diesem stundenlangen nervenzermürbenden Marsch durch den Dschungel hatte sie keinen Appetit. Sie nahm die Schüssel in die hohlen Hände, und eine Träne rollte über ihre Wange und tropfte in die Reissuppe.

Morgan saß gebückt vor ihr, setzte sich nun auf die Fersen zurück und betrachtete sie besorgt. Er hielt einen Teller mit einer geschälten Frucht in der Hand. »Sarah«, fragte er leise, »was bedrückt Sie?«

Sie setzte ihre Schüssel ab, rutschte von ihrem Sitz herunter und schlang ihm die Arme um den Hals. Sie begrub ihr Gesicht an seiner Schulter und ließ ihren Tränen nun freien Lauf.

»Ma *chère*«, flüsterte er, und das hörte sich eher wie ein Seufzer an, der ihr Schluchzen übertönte. »Bist du krank? Hat dich etwas gebissen?«

Sie wischte ihre Nase an seinem Hemd ab, ehe sie ihr Gesicht an seinen Hals legte. »Es ist die Suppe«, brachte sie schließlich über die Lippen, »ich hasse Reissuppe.« Das war natürlich gelogen, aber sie wollte nicht zugeben, daß sie schon genug hatte von diesem verfluchten Dschungel, der Bedrohung durch feindliche Indianer und dieser unheimlichen Hitze. Sie wollte ihm nicht gestehen, daß sie längst bereute, ihn zu dieser Reise gezwungen zu haben. Es war ihr inzwischen auch egal, ob Norman sie noch für würdig erachtete, seine Frau zu werden. Es gab eine Menge Dinge, die sie Morgan Kane nicht gestehen wollte, schon gar nicht, daß ihre Gefühle seinetwegen im Zwiespalt waren.

Er stellte seinen Teller mit der Frucht auf den Boden. Sie meinte, ihn kichern zu hören, und obwohl sie sich ärgerte, daß er sich über ihre Seelennöte lustig machte, zeigte sie ihm das nicht. Sie hatte ihr Betragen am Morgen schon bitterlich bereut. Sie hatte seine Gefühle nicht verletzen wollen, als er sie nach ihrem Bad im Fluß zur Rede stellte. Und die Erkenntnis, daß sie durch ihr Verhalten vermutlich alle Chancen verspielt hatte, noch einmal von ihm geküßt zu werden, trieb ihr erneut die Tränen in die Augen.

Seine Hände legten sich sacht um ihre Arme, als er sich auf den Holzstoß setzte, den sie soeben geräumt hatte. Die harten Linien auf seinem Gesicht schienen sich aufzulösen, bis sie keine Spur mehr von diesem Zorn zu entdecken vermochte, der sie am Morgen so erschreckt hatte. Das Bewußtsein, was sie für ihn empfand, war in diesem Moment so beglückend, als sei die Sonne plötzlich durch das dunkle Laubdach des Dschungels gebrochen. Unfähig zu sprechen, warf sich Sarah wieder an Morgans Brust, hielt ihn verzweifelt fest und barg ihr Gesicht an seinem Hals, der sich heiß, feucht und so . . . wirklich anfühlte, daß ihr ganz schwindlig wurde. Aber sie war doch mit Norman verlobt und sollte ihn heiraten! Vielleicht verschwanden die Gedanken wieder, wenn sie sie eine Weile lang nicht beachtete.

Sie betrachtete sein Gesicht, und es war, als sähe sie es zum erstenmal, als es sich scharf vor einem Hintergrund zerfließender Farben und verworrener Geräusche abzeichnete. Bisher hatte sie gar nicht bemerkt, wie schön es war — so dunkel, hager und atemberaubend geheimnisvoll. Sie wollte die Geschichte erfahren, die sich hinter jeder Narbe, jedem Fältchen verbarg, die ihm in die Haut zwischen den Brauen eingeätzt waren.

Endlich löste sie sich von ihm, drehte sich um und hob ihre Schüssel mit der Reissuppe vom Boden auf. Sie weigerte sich, ihn noch einmal anzusehen, bis er schließlich aufstand, noch einen Moment vor ihr verharrte und sich dann entfernte. Erst als er sich zu Kan und Henry gesellt hatte, wagte sie, diesen Mann wieder zu beobachten, dessen Existenz ihr Universum ausfüllte.

Eine ganze Stunde lang blieb sie stumm auf ihrem Holzstoß sitzen, die Knie an den Leib gezogen, damit sie ihr Kinn darauf stützen konnte. Sie starrte in die Flammen des Feuers und nahm nur vage wahr, wie es allmählich Nacht wurde, die Indianer ihre Gewehre aufnahmen und um den Lagerplatz Stellung bezogen. Sie beobachtete, wie Licht und Schatten über den Boden hinhuschten und um die Bäume tanzten wie ein Reigen verführerischer Nymphen.

Henry saß auf einem Baumstumpf am entfernten Ende des Lagers und redete mit Morgan, der in der Hängematte lag und sein nimmersattes Seidenäffchen mit kleinen Obstscheiben fütterte. Kan hockte auf den Fersen beim Lagerfeuer und schnitzte an einem Schilfrohr, das er schon vor etlichen Tagen am Flußufer abgeschnitten hatte. Sarah sah zu, wie er mit seinen dunklen Finger das inzwischen dürre Rohr mit Harz bestrich, den er in einer Schüssel aufgefangen hatte. Als er das Rohr dicht mit Harz eingestrichen hatte und es davon glatt und glänzend geworden war, bohrte er mehrere Löcher hinein, legte das Rohr auf die Handfläche und betrachtete es kritisch von allen Seiten. Schließlich nahm er das eine Ende des Rohrs zwischen die Lippen und blies behutsam hinein.

Ein reiner, lieblicher Flötenton erklang und erfüllte die Luft mit einer Musik, die ergreifend und hypnotisch zugleich war. Sarah schloß die Augen und erinnerte sich daran, wie sie als Kind oft für Ihren Vater tanzte, weil sie ihn so liebte. Und dann hatte er sie hinterher immer aus Dankbarkeit auf den Arm genommen und ihr ins Ohr geflüstert, wie lieb auch er sie habe.

Sie bewegte die Füße wie in Trance und begann langsam und sich in den Hüften wiegend um das Feuer herumzutanzen, bewegte sich im Rhythmus der Flötenmusik und zu dem Gesang in ihrem Kopf. Sie hob sich auf die Zehenspitzen, ließ den Kopf nach hinten fallen und bewegte ihren Körper vor und zurück wie eine Weidengerte, die im Wind schaukelt. Denn das war es, woran sie diese Musik erinnerte — an eine sanfte Brise, an singende Vögel und das Rauschen der Brandung an einer Felsenküste.

»Sarah.«

Sie öffnete die Augen, und da stand Morgan an der Grenze zwischen Licht und Schatten, den Blick besorgt auf sie gerichtet. Erst da wurde ihr bewußt, daß sie weinte.

Da kam er zu ihr und legte die Arme um sie.

»Halt mich fest«, flüsterte sie an seinem Hemd. »Bitte, halt mich fest.«

12

Er hielt Sarah die ganze Nacht in seinen Armen, beobachtete ihren Schlaf und die Tränen, die sie in ihren Träumen weinte. Die Erschöpfung hatte tiefblaue Ringe um ihre Augen gezogen und ihre Wangen ausgehöhlt — noch hagerer als damals in seiner Hütte in Georgetown, in die sie eines Nachts stolperte und ihn anflehte, sie bei diesem höllischen Unternehmen zu unterstützen. Er lag neben ihr, sog den Duft ihres Körpers ein, empfand ihre Wärme wie eine Flamme auf seiner Haut und spürte, wie das Verlangen nach ihr in seinen Lenden pochte, so daß er leise aufstöhnte vor Qual.

Es war ungefähr eine Stunde vor Anbruch der Morgendämmerung, als er vorsichtig den Arm unter ihrem Kopf hervorzog und sich aus ihrer Hängematte rollte. Er steckte das Moskitonetz wieder um sie fest und scheuchte mit beiden Händen die Insekten von sich weg, die sich in einer Wolke vom Boden erhoben. Er drehte sich um, als er einen Flügelschlag hinter sich hörte, und sah ein paar Fledermäuse an einem Ast hängen. Doch da bewegte sich noch etwas. Gelbe Augen, die im Schein des Feuers glitzerten, starrten auf ihn herunter.

Henry lag schlafend in seiner Hängematte. Auch Kan war eingenickt, die Flöte auf seine ausgestreckten Beine gelegt. Morgan ging ans Feuer und kauerte sich daneben. Er haßte die Morgendämmerung. Sie vertiefte noch sein Gefühl der Einsamkeit, gab einem Mann zu viel Zeit, sich in Gedanken mit seiner Zukunft und seiner Vergangenheit zu beschäftigen. Als Kind hatte er frühmorgens auf seiner Koje im Waisenhaus von St. Mary immer wach gelegen und sich vorgestellt, daß heute seine Mutter kommen und ihn nach Hause holen würde. Er wollte ihr gern verzeihen, daß sie ihn in Stich gelassen hatte. Er würde ihr alles vergeben, wenn sie ihn nur wieder liebte.

Aber die Jahre vergingen, ohne daß sie zu ihm kam.

Als Junge träumte er auch davon, daß da irgendwo in New Orleans Eltern wären, die einen Sohn brauchten und sich nach St. Mary begaben, um ihn unter allen anderen Waisenkindern auszuwählen. Gelegentlich verließ er sogar seine Koje und schlich sich in die Kirche, wo er sich am Altar vor die Statuen von Jesus Christus und den Heiligen hinkniete. Er starrte dann in ihre leblosen Gesichter und ihre weit geöffneten Augen, auf die weißen Marmorhände, die sich zum Segnen ausstreckten. Der muffige Geruch des alten Kirchgestühls stieg ihm in die Nase, wenn er die Hände verschränkte und den Kopf zu einem Gebet neigte, an dessen Wirkung er schon lange nicht mehr glaubte. Gott hatte seine Gebete niemals erhört. Aber er kam trotzdem immer wieder hierher, versteckte sich manchmal hinter dem Seitenaltar der Heiligen Jungfrau, um die Männer und Frauen zu belauschen, die im Beichtstuhl knieten und dem Priester ihre Sünden gestanden. Und wenn sie dann wieder gingen und sich Schweigen auf die welken Chrysanthemen und brennenden Kerzen herabsenkte, betete er um jemanden — irgend jemand —, der ihn in dieser heiligen Hölle fand und haben wollte.

Doch die Jahre vergingen, ohne daß dies geschah.

Dann waren da diese elenden Morgendämmerungen, die er an Bord stampfender Segelschiffe zwischen schnarchenden Matrosen verbrachte. Wenn der Wind um den Großmast heulte und in den Wanten sang, pflegte er die Augen auf die Koje über sich zu richten und zu weinen, weil er meinte, mit sechzehn Jahren durchbrennen zu müssen, um auf See jemand zu finden, der ihn haben wollte. Einmal, als sie Kap Horn im Sturm umrundeten, weigerte er sich unter Deck zu gehen, als der Kapitän ihm das befahl. Er blieb an Deck, die Beine gespreizt, die Hände geballt an den Hosennähten, und wartete darauf, daß ein Brecher ihn über Bord spülte. Lieber sterben, als weiter von verdorbenem Fleisch, fauligem Wasser und Zwieback leben zu müssen, die so hart waren, daß selbst die Maden es nicht durchbohren konnten.

Aber er war nicht gestorben. Als der Sturm sich legte, hatte der Kapitän ihn an den Hauptmast binden und für seinen Ungehorsam auspeitschen lassen. Dreißig Schläge mit der neunschwänzigen Katze. Die erste Auspeitschung von vielen, ehe er sich in Kowloon von Bord stahl und in dem Gewimmel Tausender von Menschen, die in Elendsquartieren und auf Hausbooten an der Wasserfront ihr Leben fristeten, untertauchte.

Dann hatte es eine Zeitlang eine Frau in seinem Leben gegeben. Ihre geschlitzten Augen hatten ihn fasziniert, ihre dichten schwarzen Haare, schwärzer als seine, ihn bezaubert. Sie machte ihn in allen die Liebe betreffenden Dingen kundig. Und als er so weit war, ihr sein Herz zu öffnen, verschwand sie mitten in der Nacht. Er sah sie nie wieder.

Und die Jahre vergingen.

Er war nach Brasilien gegangen. In das neue Eden. Das Paradies. Dort lernte er einen jungen, hübschen, teuer gekleideten jungen Mann kennen, der ihm lächelnd in die Augen sah und ihm seine Freundschaft anbot. Er versprach ihm den Himmel auf Erden ... wenn er bereit wäre, dafür zu arbeiten. Nur ein Jahr lang, wie ihm sein neuer Freund versicherte. Und sein neuer Freund hatte ihn mit seinem gewinnenden Lächeln geblendet, als er den *patrao* fragte, was er tun müsse, um so eine Belohnung zu verdienen:

»Nun, Morgan, mein fabelhaft hübscher junger Freund, das hängt natürlich ganz allein von dir ab. Vertraue mir.«

Morgan schloß die Augen bei der Erinnerung an diesen

Tag. Er stand auf, nahm sein Gewehr und bewegte sich auf den Rand des Lagerplatzes zu. Ein Ast knackte unter seinen Stiefelsohlen, und er warf einen besorgten Blick auf Sarah, dann auf Henry, ehe er weiterging und erst an einer Stelle haltmachte, die weit genug von der Lichtung entfernt war, daß die beiden ihn nicht mehr sehen konnten, wenn sie aufwachten und seine Abwesenheit entdeckten. Er lehnte sich gegen einen Baum, grub in seiner Tasche nach einer Zigarette und dachte an seine Mutter.

Als er aus dem Waisenhaus davonlief, war er zuerst zu den Baracken in der Nähe des Mississippi gegangen und hatte dort eine Stunde lang vor der Hütte gewartet, ehe er den Mut aufbrachte, anzuklopfen. Die Tür war aufgegangen, und eine kleine Frau mit schwarzen, schon ergrauenden Haaren und einem Gesicht, das von Krankheiten, Hunger und Entbehrungen gezeichnet war, hatte vor ihm gestanden. Ihre grauen Augen hatten ihn angestarrt, als hätten sie soeben dem Tod ins Gesicht geschaut.

»Margaret Kane?« hatte er sie gefragt. Dann war sein Blick zu ihrem Bein hinuntergegangen, wo ein Knabe mit schmutzigem Gesicht und rinnender Nase an ihrem Rock hing, der ihn mit Augen ansah, die seinen ähnlich waren. Hinter ihr tauchte ein Mädchen auf, das die gleichen schwarzen Haare hatte wie er und die nicht älter sein konnte als zehn. Wütend hatte Morgan wieder die Frau angesehen. »Margaret Kane?« hatte er noch einmal mit hoher, verzweifelter Stimme gefragt.

»Nein«, hatte sie geantwortet, während ihre Augen sie Lügen straften, »Sie müssen sich im Haus geirrt haben.«

»Das habe ich nicht.«

»Margaret ist tot. Verschwinden Sie und lassen Sie uns in Ruhe.«

Dann hatte sie ihm die Tür vor der Nase zugeworfen.

Er hätte seiner Mutter alles verzeihen können.

Alles, nur das nicht.

Die Dämmerung schimmerte grau durch das Laubdach. Die Schatten wurden weniger bedrohlich, bis sie gänzlich verschwanden. Im Lager wurde es lebendig. Er konnte hören, wie Henry und Kan sich wegen irgend etwas zankten. Links von ihm ging einer der Indianer in die Büsche, um seine Notdurft zu verrichten. Morgan schob sich vom Baum weg, an den er sich gelehnt hatte, froh, daß er wieder eine Nacht hinter sich gebracht hatte. Und in diesem Moment sah er sich der Leiche gegenüber.

Der Indianer hing mit dem Kopf nach unten an einem Ast und pendelte leicht hin und her, wenn der Wind im Laub über ihm raschelte. Sein Mund war in einem lautlosen Schrei erstarrt. Seine Augen waren vor Schreck aus den Höhlen getreten. Die Kehle war ihm von einem Ohr zum anderen aufgeschlitzt. Sein Körper war ausgeblutet, wie eine rote Lache unter ihm bewies.

Der kalte Schweiß trat Morgan auf die Stirn. Er starrte in die stumpfen Augen und den klaffenden Mund des Toten, ehe er sich umdrehte und sich erbrach. Dann stolperte er ins Lager zurück. Sarah saß auf einem Baumstumpf und rieb sich die Augen. Henry und Kan schürten das Feuer auf. Sie blickten erwartungsvoll hoch, doch als sie Morgans Gesicht sahen, gingen sie ihm erschrocken entgegen.

Inzwischen waren auch die Indianer unruhig geworden, als sie merkten, daß einige ihrer Kameraden fehlten.

»Was ist los, Morgan?« fragte Henry.

»Einer unserer Wächter wurde ermordet. Möglich, daß noch mehr umgebracht wurden.«

Kan redete im scharfen Ton auf die nervösen Eingeborenen ein, die nun zu ihren Gewehren eilten. Ein lauter Ruf ertönte, erst links, dann rechts vom Lagerplatz. Vier Indianer waren auf ähnliche Weise abgeschlachtet worden.

Sie begruben die Männer ohne großes Zeremoniell. Hier gab es keinen Jesus Christus, Gottvater oder die Heilige Jungfrau. Dies war das Paradies der Hölle, und irgendwo in ihrer Nähe lauerte Satan und amüsierte sich über die Toren, die meinten, an seine Tür klopfen und ohne ein Opfer eintreten zu können.

Morgan befahl den Indianern, das Lager so schnell und so leise wie möglich abzubrechen. Die meisten gehorchten ihm. Doch andere zögerten offensichtlich, seine Anweisungen zu befolgen, ehe sie nicht untereinander die Angelegenheit besprochen hatten.

»Glaubst du, daß sie von Yanoamö-Indianern ermordet wurden?« fragte Henry.

»Die Yanoamö sind Kannibalen«, antworte Morgan ihm so leise, daß die anderen Indianer ihn nicht verstehen konnten. »Sie ziehen es vor, ihre Opfer lebend zu fangen.«

»Wer könnte es dann deiner Meinung nach gewesen sein?«

Morgan blickte mit gerunzelter Stirn in den Regenwald, das Bild des ermordeten Indianers vor Augen, das andere grausame Erinnerungen in ihm wachrief.

»Morgan?« Henry faßte ihn am Ärmel. »Morgan?« wiederholte er.

Morgan schüttelte den Kopf. »Ich weiß es nicht«, murmelte er, drehte sich um und ließ Henry einfach stehen.

Sarah sagte nichts. Ihr Gesicht war blaß geworden, als sie die schreckliche Nachricht erfuhr; aber sie beeilte sich, ihre Sachen zusammenzupacken und stand mit an die Hüften gepreßten Armen dabei, als Morgan die verschnürten Bündel prüfte und dann den Indianern zunickte, die sich rasch das Gepäck auf die Schultern luden.

Er gab Sarah ein Gewehr. »Bleibe immer in meiner Nähe«, befahl er. Sie sah ihn mit großen furchtsamen Augen an und nickte.

»Ist mit dir alles in Ordnung?« fragte Morgan.

»Ich denke ja.«

»Kannst du mit einem Gewehr umgehen?«

Sie drehte es in den Händen. »Ich ziele und drücke auf den Abzug.«

»Das ist im Prinzip richtig. Aber schaue erst, wo du hinzielst, ehe du schießt.« Er lächelte, aber ihr Gesicht blieb ernst. »Im Magazin befinden sich fünfzehn Patronen. Gib nie mehr als vierzehn Schuß ab. Wenn wir angegriffen werden, wirst du eine letzte Patrone für dich selbst behalten wollen.«

Ihre Kinnlade ging nach unten.

»Glaube mir, *ma chère*, du wirst dir nicht wünschen, von den Yanoamö lebend gefangen zu werden. Ich werde dich selbst töten, ehe ich das zulasse.«

Sie bewegten sich tiefer in den Dschungel hinein. Nur das Sausen der Machetenklingen und das Knacken von Zweigen markierten ihren Marsch durch die Floresta. Sarah blickte auf den Weg zurück, den sie gekommen waren, mußte aber entdecken, daß ihre Macheten nicht einmal eine Narbe im Regenwald zurückließen. Sie konnte nun diese Geschichten von Leuten verstehen, die kaum eine Meile von der Zivilisation entfernt im Dschungel umhergeirrt und umgekommen waren.

Allmählich wurde es im Wald lebendig, und das Pfeifen, Quaken und Schreien bedeuteten eine vorläufige Amnestie von ihrem Verderben. Welche tödliche Gefahr ihnen auch von der Barcelos-Mission in den Wald gefolgt war: sie hatte vorübergehend von ihnen abgelassen.

Drei Wochen vergingen, und sie schienen Kings Plantage nicht einen Schritt nähergekommen zu sein, seit sie den Rio Negro hinter sich gelassen hatten. Weder Morgans noch Henrys Berechnung, wann sie ungefähr in Japurá eintreffen würden, hatten sich als zutreffend erwiesen. Immer wieder sah Sarah, wie die beiden die Köpfe zusammensteckten, um sich über den nächsten Schritt zu verständigen. Die Stimmung wurde immer gereizter. Sie waren so erschöpft, daß sie sich morgens kaum aus ihren Hängematten erheben konnten. Ihr Wasservorrat war erschöpft, und sie waren nun gezwungen, die *cipo de aqua* von den Bäumen abzuhacken, um sich das nötige Trinkwasser zu beschaffen. Jedesmal, wenn Morgan die Liane spaltete und sie an Sarahs Mund hielt, schluckte sie das Wasser gierig in sich hinein. Aber er nahm sie ihr viel zu rasch wieder weg und warnte sie vor den Gefahren, die ihr drohten, wenn sie zu viel auf einmal trank.

Sie hatten schon vor langer Zeit ihre letzte eiserne Ration aufgezehrt und waren nun gänzlich für ihre Ernährung auf die Floresta angewiesen. Oft bestand ihr einziges Essen aus dem stärkehaltigem Mark der Maniokwurzel. Gelegentlich gab es auch Früchte zum Nachtisch; aber zumeist hingen sie unerreichbar hoch an den Bäumen.

Abends waren sie so kraftlos, daß sie nicht mehr auf den Beinen stehen, geschweige denn reden konnten. Mit Einbruch der Dunkelheit rollten sie sich stumm in ihre Hängematten und deckten sich mit ihren zerlumpten Kleidern zu. Nachts wurden sie von Fledermäusen heimgesucht, viele von ihnen Vampire, die von dem Geruch frischen Bluts und warmen Fleischs angelockt wurden. Sie fanden fast immer einen Weg, unter die Zudecke der Schläfer zu schlüpften und sich an deren Blut zu laben, bis sie fast daran platzten. Einmal war Morgan mitten in der Nacht aufgewacht und hatte eine Fledermaus entdeckt, die sich in Sarahs Hals verbissen hatte und sich vollsaugte. Er packte das Tier, warf es auf den Boden und erschoß es mit seinem Gewehr.

Da waren natürlich auch noch die Ameisen. Eines

Abends legte Sarah ihr Hemd zum Trocknen aus. Am nächsten Morgen waren nur noch ein paar Fetzen davon übrig; die Blattschneiderameisen hatten den Stoff in kleine Stücke zerlegt und diese dann in ihren Bau geschleppt. Termiten fraßen ihre Ledertaschen und Schuhe auf. Und immer mußten sie mit Schlangen rechnen, die durch das Laub zu ihren Füßen glitten, sich um Äste über ihren Köpfen ringelten und so gut ihrer Umgebung angepaßt waren, daß man sie erst bemerkte, wenn sie die Köpfe hoben und zischten. Ein Indianer war an dem Biß einer Fer-de-lance gestorben. Ein anderer siechte dahin an einem Parasiten, der sich unter seiner Haut im Fleisch eingegraben hatte, so daß er langsam von innen her verfaulte.

Sie dachten kaum noch an das Ziel ihrer Reise. Sie hatten genug damit zu tun, den Augenblick zu überstehen. Sie wurden von Depressionen geplagt, einer Hoffnungslosigkeit, die keiner laut einzugestehen wagte — nur sich selbst, wenn er abends allein in seiner Hängematte saß und ins Leere starrte. Dann dachten sie daran, was es bedeuten würde, hier zu sterben.

Wen würde es berühren? Wer würde um sie trauern? Morgan wußte da niemanden; Henry ebenfalls nicht. Norman mochte betrübt sein und Sarahs Los bedauern, aber sicherlich keine echte Trauer empfinden. Sie hatten niemanden außer sich selbst. Die Außenwelt hörte für sie auf zu existieren, verblaßte zu einem Traum. Sie blieben wohl für immer im Paradies verschollen.

An einem breiten, turbulenten Fluß, den man offensichtlich nur mit einem Boot überqueren konnte, verbrachten sie fast zwei Tage damit, Bäume umzuhacken und sie mit Stricken zu einem Floß zusammenzubinden. Kan meldete sich freiwillig, als Morgan jemand suchte, der ans andere Ufer schwamm und dort ein Seil befestigte, damit man es über den Fluß spannen und das Floß mit einem Haken daran befestigen konnte, um das Gepäck hinüberzuschaffen. Sarah sah nervös zu, wie der Indianerhäuptling sich das Seil um die Hüften band und dann in das tobende Wasser hineinwatete. Morgan, der das Seil festhielt, gab immer nur so viel nach, daß das Tau straff blieb, falls Kan fortgeschwemmt werden sollte. Ein paarmal zog ein Strudel Kan unter Wasser, aber er tauchte jedesmal wieder auf und arbeitete sich mit kräftigen Arm- und Beinstößen ans andere Ufer.

Sarah stand im Morast der Uferböschung, die Hände ineinandergepreßt, und sprach ein leises Gebet für Kan. Sie sah, wie er sich am anderen Ufer an einen Stein klammerte und sich daran aus dem tosenden Wasser zog. Die Angst vor dem, was ihr nun bevorstand, war so groß, daß sie keine Erleichterung spürte. Bald war das Seil am anderen Ufer festgebunden und das Floß daran festgehakt. Dann wurde es mit ihrer Ausrüstung und ihren Habseligkeiten beladen und in das Wasser geschoben. Morgan drehte sich zu Sarah um und streckte ihr seine Hand hin. Sarah nahm sie, wagte ihm aber nicht in die Augen zu blicken, damit er ihre Angst nicht sah. Sie hatte sich bisher tapfer jeder Gefahr gestellt; aber es schien, als wollte der Regenwald ihnen alle Hindernisse in den Weg stellen, die ihm zur Verfügung standen.

Sie befolgte Morgans Anweisung, ließ sich auf Händen und Knien nieder und klammerte sich so fest sie konnte an den Stämmen des Floßes fest, während es unter ihr bockte wie ein störrisches Pferd.

Als das schäumende Wasser brüllend um sie herum tobte, drangen die Rufe der Männer nur wie ein Flüstern an ihr Ohr. Sie konnte die Worte nicht verstehen. Sie wollte sie auch nicht verstehen. Alle ihre Sinne vibrierten; aber ihr Verstand schien von einer hypnotischen Lethargie betäubt zu werden. Sie schloß die Augen, legte sich flach auf den Bauch und preßte das Gesicht gegen die rauhen Stämme des Floßes. *Wir werden es schaffen*, redete sie sich ständig ein und versuchte verzweifelt, an ihre Worte zu glauben.

Das Wasser strudelte über das Floß hin, packte es von unten und warf es zur Seite, als wäre es ein kleines Stück Treibholz. Die Seile strafften sich unter diesem gewaltigen Stoß, den das Wasser dem Floß versetzte, und einige Männer verloren den Halt und wurden in den Fluß geschleudert. Kisten mit Ausrüstungsgegenständen lösten sich aus ihrer Verankerung und verschwanden in den Fluten. Sarah blickte hoch und sah, wie Morgan mit einer Stange versuchte, das gefährlich sich auf die Seite neigende Floß wieder aufzurichten. Er drückte damit gegen einen Felsen, um das Floß daran vorbeizumanövrieren. Die Stange zerbrach. Dann hörte Sarah nur noch ein Bersten und Reißen, und plötzlich löste sich das Floß unter ihr auf.

»Morgan!« Sie versuchte, auf die Beine zu kommen, wurde aber auf die Knie geworfen. Das reißende Wasser schien mit einem Messer auf ihr Gesicht einzustechen. Morgan versuchte, auf Händen und Knien liegend, Sarah mit der Hand zu erreichen, wurde dabei aber an den Rand des Floßes geschleudert. Nur Henrys rasche Reaktion bewahrte ihn davor, fortgeschwemmt zu werden.

Wieder streckte Morgan die Hand nach Sarah aus. Sie konnte sie fast berühren; aber dann hätte sie die Stämme loslassen müssen, an denen sie sich festklammerte. Und — mein Gott — wenn sie die loßließ und vom Wasser mitgerissen wurde . . . Sie konnte nicht schwimmen!

»Sarah!« schrie Morgan.

Sie streckte wieder den rechten Arm aus. Ihre Fingerspitzen berührten sich. Dann wurde sie plötzlich um die Achse herumgewirbelt. Morgan, der nun auf dem Floß stand, wurde immer kleiner, und sie dachte: *Oh, Gott, ich bin abgetrieben worden! Ich werde sterben! Er wird mich nicht mehr einfangen können!*

Wie deutlich sie doch ihre Gesichter sah, die Bestürzung darauf, die Angst, als sie zusehen mußten, wie der Teil des Floßes, der sich losgerissen hatte, nun auseinanderbrach und sie ins Wasser schleuderte. Und sie erlebte das alles mit einem Gefühl des Losgelöstseins, mit einem inneren Abstand zu dem Geschehen und einer Ruhe, die sie niemals für möglich gehalten hätte im Angesicht ihres Todes.

Als Morgan sich anschickte, ins Wasser zu springen, dachte sie nur daran, ihn davon abzuhalten. Sie schrie; aber da war er schon im Wasser und tauchte in der strudelnden Flut unter. Plötzlich war auch sie unter Wasser, flog dahin wie eine Gewehrkugel. Die Strömung wirbelte sie hilflos wie eine Babypuppe über den Boden des Flusses dahin, schleuderte sie wieder nach oben und aus dem Wasser, wo sie keuchend Luft holte. Obwohl sie sich mit ihrem Tod abgefunden hatte, kämpfte sie in diesem Moment doch um einen letzten Atemzug, ehe ein Strudel sie wieder in die Tiefe zog.

Dann wühlten da Hände in ihren Haaren und zogen sie in die Höhe. Sie schoß mit einem Schrei aus dem Wasser heraus und wehrte sich gegen die Arme, die sie zu bändigen suchten, krallte Morgan die Hände ins Gesicht, als er versuchte, sie anzuschreien. Der Fluß riß sie mit sich fort, drückte sie wieder unter Wasser, bis da nichts anderes mehr existierte als Donner und ein rasendes Dahingetragen-Werden. Und als ihre Köpfe zum letztenmal aus dem Wasser auftauchten, war da ein Regenbogen inmitten einer rötlichen Dunstwolke, und um sie herum die umgestülpte blaue Schüssel des Himmels — größer, als sie sie bisher gesehen hatten. Dann wurde ihnen die Wahrheit jählings bewußt. Der Donner. Der Himmel. Diese unendliche Weite des Raumes.

»Sarah!« schrie Morgan in panischer Angst.

Dann war sie fort, so wie er, über den Rand des Wasserfalls geschleudert mit der tosenden Flut, fliegend, treibend — wann würden sie unten aufschlagen? *Worauf* würden sie fallen?

Der Wind rauschte in ihren Ohren, und die Sonne küßte ihre Gesichter. Dann wurden sie in eine Stille eingetaucht, die schneidend kalt war und schwarz. Und als nächstes kam ... das Nichts.

Morgan hielt Sarah in den Armen und suchte in ihrem Gesicht nach einem Lebenszeichen. »Sarah, Oh, mein Gott! Bitte, stirb nicht ... Sarah.«

Er glättete ihre nassen Haare, sich vor Schmerz auf die Lippen beißend. Der kleine Finger seiner rechten Hand war auf groteske Weise nach außen gedreht, und unmittelbar unter dem Knöchel ragte der Knochen aus dem Fleisch. Aus seiner Nase tropfte das Blut auf Sarahs Brust.

»Sarah.« Er schüttelte sie, und der Zorn überwältigte seine Angst, als er die tödliche Blässe auf ihrem Gesicht sah. Er schleppte sie weiter vom Wasser weg, warf sie auf den Bauch und drückte mit beiden Händen zwischen ihre Schulterblättern. Er schrie laut vor Schmerzen, knirschte mit den Zähnen; drückte aber immer wieder, bis ihn erneut die Angst befiel, er könne sie verletzen. Dann rollte er sie auf den Rücken, und in seiner Verzweiflung, weil er nicht wußte, was er sonst machen solle, bedeckte er ihren Mund mit dem seinem und blies ihr Luft in die Lungen.

Nichts. Er versuchte es wieder. Sie bewegte sich, und in fliegender Hast wiederholte er diese Prozedur, bis ihre Lider flatterten und ihr Körper sich zusammenkrampfte. Wasser floß ihr aus Mund und Nase, und sie rang keuchend nach Luft. Die Augen schließend, schaukelte er sie erleichtert auf den Knien. »Sarah. Ach, *ma chère*, ich dachte, ich hätte dich verloren. Himmel, wenn ich dich verloren hätte ...«

Er küßte ihre Augen, ihre Nase, ihren Mund, als sie schlaff unter ihm lag. »Morgan?« kam ihre schwache Stimme.

»Ja.«

»Wir sind am Leben?«

»Gerade noch, aber immerhin.«

Ihre Lider zuckten und öffneten sich. Sie sah ihn mit rotgeränderten Augen an, ehe sie sagte: »Ich träumte, ich sei gestorben, und du hättest mich mit einem Kuß ins Leben zurückgeholt.«

»Ich glaube, das habe ich mal irgendwo in einem Märchen gelesen.«

Sie sah enttäuscht aus. »Du hast mir nicht das Leben gerettet?«

»Nun ... vielleicht ein bißchen.«

Sie lächelte schwach. »Mein Held.«

Er wischte sich die blutende Nase mit dem Hemdsärmel ab und lachte. »So hat mich noch nie ein Mensch weißer Hautfarbe genannt.«

»Deine Nase.«

»Ich glaube, sie ist gebrochen.«

»Und deine Hand!«

»Von der *weiß* ich, daß sie gebrochen ist.«

Als sie den Knochen sah, der aus dem Fleisch ragte, wurde sie noch blasser. »Morgan, das muß schrecklich weh tun!«

»Weh getan hat es, als ich glaubte, du seist tot, mein Schatz.«

»Morgan, Im Grunde deines Herzens bist du ein Romantiker.«

»Nein. Ich rede nur dummes Zeug, wenn ich die Nase voller Wasser habe.« Er blickte zum Wasserfall hin. »Wir werden hier warten müssen. Falls die anderen noch am Leben sind, werden sie nach uns suchen.« Als ihm Sarah keine Antwort gab, sah er sie wieder an. Sie schlief.

Er hielt sie noch eine Weile in seinen Armen, zu erschöpft, um sich bewegen zu können. Überwältigt von der Freude, daß er sie aus dem Fluß fischen und ans Ufer tragen konnte. Sie fühlte sich verflixt gut an in seinen Armen. Die letzten Wochen, in denen er sich ihre Nähe versagt hatte, waren ihm wie der Tod erschienen. Und weshalb hatte er ihre Nähe gemieden? Sie hatte ihn begehrt; er kannte dieses Verlangen, das aus den Augen einer Frau sprach. Wie leicht hätte er seinen Charme sprudeln lassen und ihre Verzweiflung ausnützen können. Aber so etwas durfte bei Sarah nicht geschehen. Er konnte nicht zulassen, daß er von einer Frau ausgenützt wurde, die er liebte, wenn er wußte, daß sie ihn wegen eines anderen verlassen würde. Er konnte so eine Zurückweisung nicht noch einmal hinnehmen. Er hatte sein Leben lang nichts anderes erfahren, seit er beobachtet hatte, wie seine Mutter Tag und Nacht die Beine für Männer spreizte, aber immer zu müde oder zu wütend war, um ihren eigenen Sohn zu beachten, der im Hintergrund wartete, in den Arm genommen, beruhigt, getröstet werden wollte. Er hätte alles getan, um ihre Liebe zu gewinnen — gelogen, betrogen, gestohlen. Tatsächlich hatte er das oft für sie getan, worauf sie ihn immer nur mit teilnahmslosen Augen angesehen und sich abgewandt hatte. Sie hatte seine Liebe für sie so bewußt ausgenützt, wie Männer ihren Körper benützt hatten, hatte ihn gezwungen, um Geld zu betteln, ihm eine Umarmung oder einen Kuß versprochen, wenn er genug Geld für ein Abendessen sammelte. Er hatte an ihrem Beispiel gelernt, daß man mit Sex alle Küsse und Liebkosungen kaufen konnte, die man sich nur wünschte.

Dann trat Sarah in sein Leben, und mit einemmal war diese Art von Falschgeld-Liebe nicht mehr gut genug.

Er trug sie zu einem Baum, lehnte sich gegen dessen Stamm und hielt sie auf seinen Armen. Sein Körper pochte an mindestens hundert Stellen. Er mußte etwas mit seinem gebrochenen Finger machen, aber das würde bedeuten, daß er Sarah absetzen mußte, und dazu war er noch nicht bereit. Er hatte sich schon so lange danach gesehnt, sie so an seine Brust zu betten.

Er streichelte ihre Haare und versuchte, sich nicht eine Zukunft ohne sie auszumalen. Er hatte das erst vor wenigen Augenblicken getan, und die Leere in ihm war vernichtend gewesen. Der Kummer so verzehrend wie Leidenschaft, die er nachts für sie empfand. Er wollte sie küssen und ihr erklären, daß er noch nie zuvor so etwas für eine Frau empfunden hatte. Aber welchen Sinn hatten all diese Worte? Er war versucht, ihr das zu geben, was sie von ihm verlangte; obwohl das nichts mit Liebe zu tun hatte. Er würde ihr zeigen, daß Sex nichts anderes war als ein Lustgewinn. Sollte sie doch diese innere Hohlheit erleben, die zurückblieb, wenn das Feuer gelöscht war. Sollte sie doch mit leeren Augen in die Nacht starren und die Einsamkeit hinunterschlucken und das Gefühl, benützt zu werden, weil es das war, was sie empfinden würde, wenn sie mit Norman lebte.

Er legte sie sacht auf die Blätter am Boden und ging zum Fluß zurück, wo er sich im trüben Wasser betrachtete — die blutende Nase, die gebrochene Hand, die nassen schwarzen Haare, die ihm in die Augen hingen. Dann drehte er sich zu Sarah um, beobachtete ihren Schlaf, schloß die Augen und seufzte: »Beile dich, Henry!« *Rette mich vor mir selbst.*

Drei Tage vergingen, und sie waren noch immer allein. Allein und wiederum nicht allein. Zwei Menschen, die in der gleichen Welt lebten, jedoch wenig miteinander zu tun hatten. Morgan hatte sich verändert. Er war rastlos, gereizt, unnahbar. Er lief auf und ab, verfluchte den Regenwald und Henry, der ertrunken sein mußte, weil er sie sonst längst gefunden hätte. Als Sarah ihm einmal zu sagen wagte, daß sie Hunger habe, blickte er sie wütend an und fauchte: »Besorge dir dein Essen doch selbst! Für was hältst du mich eigentlich? Für einen deiner livrierten Lakaien?«

Morgan machte ihr Angst. Zuweilen musterte er sie aus der Entfernung mit einem seltsam lauernden, sehnsüchtigen Blick; doch sobald er merkte, daß sie auf ihn aufmerksam geworden war, drehte er ihr den Rücken zu und hielt seine verletzte Hand auf dem Schoß, als wäre sie ein Baby. Vielleicht waren die Schmerzen daran schuld, daß er so zornig und abweisend war. Sie mußten wirklich unerträglich sein.

Sie hatte mit angesehen, wie er seine gebrochene Hand selbst einrichtete, mit glasigen Augen und einem Stock zwischen den Zähnen, den er fast zerbissen hätte. Als die Knochen eingerichtet waren, war er auf den Boden gesunken und hatte sich stöhnend hin- und hergewälzt. Sie hatte weinen müssen, weil sie ihn trösten wollte und er sie mit ächzender Stimme angefaucht hatte: »Faß mich ja nicht an!«

Dazu kamen diese Alpträume, von denen er immer häufiger geplagt wurde. Nachts erwachte sie oft von einem Schrei aus ihrem unruhigen Schlummer und sah, wie er zum Fluß wankte und sein Gesicht so lange ins kalte Wasser tauchte, bis dieses nervöse Zittern seiner Glieder sich gelegt hatte. Zweimal hatte er sich dabei das Hemd vom Leib gerissen, und sie hatte erschrocken die vielen Narben auf seinem Rücken betrachtet — manche rot und tief wie Furchen, andere wieder kaum wahrnehmbare weiße Kerben und Linien. Dieser Anblick hatte sie mehr erschreckt als seine schlimmen Launen, und zugleich wurde ihr klar, wie wenig sie eigentlich von diesem Mann wußte. Gütiger Himmel, wer hatte ihn nur so grausam bestraft? Und weshalb? Der Gedanke, welche Qualen er hatte ausstehen müssen, brachte sie zum Weinen.

Die Nächte ohne Feuer dauerten endlos. Sie sehnte sich nach Morgans Nähe, wollte sich an ihn schmiegen; und zweimal ließ er es zu, um sie dann nach einer Stunde wegzuschieben und allein im Dunklen zu sitzen. Sie schluchzte verzweifelt: »Was habe ich dir getan? Warum bist du so wütend?«

»Sei still.«

»Ich begreife das nicht. Du — du hast dich verändert, Morgan.«

»Ich brauche eine Zigarette. Und einen Drink«, kam seine bebende Stimme aus dem Schatten. »Laß mich in Ruhe, wenn du weißt, was gut für dich ist.«

Und so blieb sie endlose Stunden lang für sich, bis der Morgen wie ein Gespenst durch das Laubdach des Dschungels kroch. Sie hatte Hunger. Sie hatte seit zwei Tagen keinen Bissen mehr zu sich genommen. Wütend trat sie vor Morgan hin und befahl: »Gib mir dein Messer.«

Er lachte, ein häßliches Geräusch: »Damit du es mir von hinten zwischen die Rippen jagen kannst?«

»Keine üble Idee. Doch vorläufig brauche ich es nur, um uns ein paar Früchte von den Bäumen schneiden zu können, falls ich welche sehe.«

»Das möchte ich erleben.« Er warf ihr sein Messer vor die Füße. »Viel Glück«, setzte er hinzu.

Sie hob es stirnrunzelnd auf, drehte sich dem Wald zu und suchte ein wenig ratlos die Bäume mit den Augen ab. Mit ihren zerschrammten Armen und Beinen suchte sie sich einen Weg durch das wirres Gestrüpp von Lianen zu bahnen, ohne jede Ahnung, wo sie mit ihrer Suche nach

Früchten beginnen sollte. Aber der Hunger trieb sie vorwärts. Zum erstenmal spürte sie, was es bedeutete, unter Nahrungsmangel leiden zu müssen. Das war nicht nur eine Leere im Magen, sondern im ganzen Körper. Ein Brennen im Blut, ein Rauschen im Kopf.

»Sarah!« rief Morgan hinter ihr.

Sie schlug auf das zähe Rankenwerk ein, fand ein heidnisches Vergnügen daran, es in kleine Stücke zu hauen. Sie stolperte blindlings durch das Unterholz, vergaß sogar nach einer Weile vor Hunger, wütend um sich zu hacken. Sie kam zu einer Flußbiegung, und dort sah sie eine Papaya-Frucht über dem Wasser hängen — so groß und reif, daß sich der Ast durchbog, an dem sie wuchs. Die vom Fluß reflektierten Sonnenstrahlen ließen die Frucht purpurrot aufleuchten.

Das Wasser lief Sarah im Mund zusammen. Sie ließ des Messer fallen und watete in den Fluß hinein. Das Wasser strudelte ihr um die Hüften, als sie nach der Frucht griff. So fest schloß sie die Finger um das Gewächs, daß das reife Fruchtfleisch unter dem Druck ihrer Fingerkuppen nachgab und der sirupartige Saft der Papaya über ihre Hände floß. Sie riß sie von ihrem Stengel, hörte, wie Morgan hinter ihr aus dem Wald herauskam, drehte sich um und lachte, die Frucht auf beiden Händen balancierend. »Ich habe es geschafft! Schau nur — ein Festmahl für einen König . . . Morgan?«

Morgan starrte sie mit vor Entsetzen geweiteten Augen an. Das Lächeln erstarb ihr auf den Lippen, als der Boden, auf dem sie stand, erbebte, und eine Wolke kreischender Vögel sich aus dem Dschungel erhob. Das Wasser um sie herum brodelte und legte sich wie ein Schraubstock um ihre Hüften. Als sie bestürzt nach unten sah, nahmen die braunen, schwarzen und grünen Flecken im Wasser die Gestalt eines Monsters an, das sich aus der trüben Flut wie ein Drache erhob. Sie sah nur noch diese sie hypnotisierenden Augen, ehe es sie umschlang und zuzudrücken begann.

Sie schrie, nahm nur undeutlich wahr, wie Morgan ins Wasser sprang und mit mächtigem Geplansche auf sie zukam. Und wie sein Gesicht sich wütend verzerrte, als er seine Hände um den mächtigen Kopf der Boa Constrictor legte und diesen ins Wasser zurückdrückte. Mit einer kurzen peitschenden Bewegung schleuderte die Riesenschlange Sarah von sich, als wäre sie nicht schwerer als Morgans Seidenäffchen.

Es dauerte einen Moment, ehe sie merkte, daß sie frei war und ihre wild um sich schlagenden Arme keinen Widerstand mehr fanden. Nase und Mund voller Schlamm, zog sie sich auf die Böschung am Ufer hinauf und schrie ununterbrochen, als sie sah, wie dort im Fluß ein Kampf auf Leben und Tod tobte, die Schlange ihren gewaltigen Leib um Morgan ringelte und diesen unter Wasser zog. Sie bedeckte das Gesicht mit den Händen, bis sie beide wieder auftauchten und Morgan dem Monster immer wieder das Messer hineinrammte, bis das Wasser, das über Sarahs Beine strudelte, nur noch aus Blut zu bestehen schien. Und der Kampf war von Lauten begleitet, die sich so bestialisch anhörten, daß sie meinte, in einem furchtbaren Alptraum zu stecken. Und dann . . .

Dann waren da Leiber um sie her, braune Körper und Hände, grell bemalte Gesichter mit glitzernden Augen und Ohrläppchen, die bis zu den Schultern hinunterreichten. »Rettet ihn!« schrie sie diese fratzenhaften Gestalten an, die jetzt nach ihr griffen, sie hochhoben und in den Wald hineintrugen. Sie wehrte sich, wollte sich losreißen und zum Ufer zurückeilen, wo Morgan gerade taumelnd aus dem Wasser stieg, das blutige Messer in der Hand, während das tote Ungeheuer langsam in den schlammigen Fluten des Flusses verschwand.

Sie blickte zum Ufer zurück und meinte wieder, einen Alptraum zu erleben. Aber diese Fratzen um sie herum waren keine Phantasiegebilde. Sie wußte von Morgan, wen sie im Regenwald am meisten zu fürchten hatten.

Die Wilden.

Die Kannibalen.

Die *Kopfjäger!*

Sie blickte wieder zum Fluß hin und sah dort Morgan von den braunen Gestalten eingekreist. Er schien von dem Kampf mit der Boa so mitgenommen zu sein, daß er nicht wußte, wo er sich befand. Als die Wilden ihn zu ihr brachten, starrte er sie an, als wäre sie ihm völlig fremd.

»Gott sei Dank, Morgan — du lebst!«, stammelte sie.

Erst jetzt schien er seine Umgebung richtig wahrzunehmen. Er warf ihr einen düsteren Blick zu und sagte: »Ja — aber wie lange noch?«

Von den Wilden wurden sie nun durch den Regenwald getrieben, bekamen leichte aufmunternde Stöße in die Rippen, wenn sie stehenblieben, und wurden schließlich sogar getragen, als sie sich weigerten, weiterzugehen.

Als das Indianerdorf vor ihnen auftauchte, kam es ihnen wie eine Großstadt vor. Nachdem sie wochenlang nur das grüne Chaos des Dschungels vor Augen gehabt hatten, wirkte die Regelmäßigkeit dieser Anlage auf sie wie ein Schock. Da waren neugierige Frauen mit nackten Brüsten, die Babys auf ihren Hüften balancierten. Da wühlten Hunde und Schweine im Schlamm unter den Hütten aus Chonta-Palmholz nach Wurzeln oder irgend etwas Genießbarem. Sarah und Morgan blickten sich in die Augen und fragten sich stumm, was für ein schreckliches Schicksal sie hier erwarten würde.

»Morgan! Sarah!«

Henry stand unter der Tür einer Chonta-Hütte und sah

unendlich erleichtert aus. Dann rannte er auf die beiden zu, um sie zu begrüßen.

Die Jivaro-Achuara-Indianer glaubten, daß Morgan ein Gott sei. Henry überzeugte sie davon. Sein Kampf mit der gefürchteten und von den Indianern verehrten Anakonda war für sie ein Beweis seiner Göttlichkeit. Für Henry war es noch dazu der Beweis eines unverschämten Glücks, wie er Sarah gegenüber hinter vorgehaltener Hand erklärte.

Statt ihre Köpfe auf die Größe einer Faust zusammenschrumpfen zu lassen, gab Kukus, der Häuptling, ihnen zu Ehren ein Fest. Große Freudenfeuer wurden entzündet. Kukus saß zwischen Morgan und Sarah, und Kan mußte für ihn den Dolmetscher machen. Er weihte sie — eine hohe Auszeichnung für seine Gäste — in das Geheimnis der Schrumpfköpfe, oder Tsantsas, ein, indem er ihnen erklärte, daß diese Tsantsas den Geist eines gefallenen feindlichen Kriegers einsperrten, so daß er seinen Tod nicht rächen könne. Dann schleppten acht von Kukus' Ehefrauen Schüsseln mit Brei und Platten mit allerlei Gerichten herbei und stellten sie vor den Füßen der Gäste ab.

Kukus, ein hübscher Autokrat mit schwarzen Haaren, die ihm über den Rücken hinunterhingen, und zwei dünnen geflochtenen Haarschnüren vor der Brust, lächelte mit entblößten Vorderzähnen und forderte sie auf, sich den Wanst vollzuschlagen.

»Womit?« forschte Morgan und blickte zu seinem Seidenäffchen hin, das sich mit ein paar Kindern im Schlamm wälzte. Dann sah er Henry an und meinte erleichtert: »Dir hat das Zeug offenbar nicht geschadet.«

»Ganz im Gegenteil. Ich habe es genossen. Und ihr beiden habt dieses Festmahl, weiß Gott, verdient. Ihr könnt euch nicht vorstellen, was wir alles durchgemacht haben! Als wir den Wasserfall entdeckten, waren wir sicher, daß ihr den Sturz aus dieser Höhe nicht überlebt haben konntet, und stellten unsere Suche nach euch ein.«

»Wie sieht es mit unserer Ausrüstung aus?«

»Sarahs Kleiderkoffer ging verloren, die Kiste mit deinem Whiskey und Tabak und auch ein Teil der Munition. Aber es ist noch genug davon da, wenn du die Reise fortsetzen willst ... willst du sie fortsetzen?«

Morgan nickt, obwohl er nun zu Sarah hinsah, die, gegen einen Baum gelehnt und die Beine von sich gestreckt, halb im Schatten saß. Sie atmete schnell und flach, und ihre Augen sahen im Licht des Feuers ungewöhnlich starr und sehr grün aus. Offenbar stand sie noch immer unter Schock. »Wir sind schon so weit gekommen, daß wir jetzt nicht aufgeben können«, murmelte Morgan und betrachtete mißtrauisch den Berg von Fleisch auf der Platte vor seinen Füßen. Dann neigte er sich zu Henry Ohr hinunter und flüsterte: »Könnte das da vielleicht ein *Indianer* gewesen sein?«

Henry brüllte vor Lachen. »Wäre das denn so wichtig? Mir scheint, du bist gar nicht so hungrig, wie du aussiehst, alter Knabe!«

»Nicht hungrig genug, um eine Großmutter zu verspeisen.«

»Die Achuara sind keine Kannibalen. Du mußt essen, weil du du sie sonst tödlich beleidigst.«

Der Häuptling lächelte und deutete auf die Schüsseln und Platten, um sie zum Zugreifen zu ermuntern. Mit sichtlichem Widerstreben wollte Morgan sich eine von den Schüsseln nehmen, als sie ihm von einer jungen Frau vor den Fingern wegstibitzt wurde, deren Brüste so fest und rund waren wie Kokosnußschalen mit steilen schwarzen Spitzen. Ihre Augen waren so groß und dunkel wie die Abenddämmerung, und das Haar floß ihr wie schwarze Tinte über die Schultern. »Sie mag dich«, raunte Henry seinem Freund ins Ohr. »Der Häuptling wird sie dir heute abend schenken.«

Sie sah Morgan lächelnd an, als sie ihm die Schüssel in die Hände legte. Morgan rechnete im Kopf rasch nach, wie lange er schon keine Frau mehr gehabt hatte. Dann ging sein Blick wieder zu Sarah hin, und er wußte, daß so ein Gedanke fast so schlimm war wie eine Gotteslästerung.

Kan drückte Sarah nun ebenfalls eine von diesen Schüsseln in die Hand und erklärte ihr, daß dies *pato no tucupi* sei. Sie zog die Nase kraus, weil ihr offenbar weder das Aussehen dieses Gerichts noch dessen Geruch geheuer war. Typisch Sarah, dachte Morgan, daß sie die Nase über etwas rümpfte, obwohl sie fast starb vor Hunger.

Kan erklärte: »*Pato no tucupi* ist Entenfleisch mit Gemüse.«

»Nur Entenfleisch mit Gemüse? Es riecht wie gekochte Schweißfüße.«

Morgan spürte instinktiv, daß sie das Gericht nicht eher anrühren würde, bis sie ihn davon essen sah. Er hob also die Schüssel an den Mund, benützte seine Finger als Löffel und schaufelte sich etwas von dem Zeug in den Mund. Es schmeckte viel besser, als er geglaubt hatte. Erst jetzt nahm auch Sarah eine Kostprobe.

»Um den *tucupi* rankt sich eine Legende«, sagte Henry neben ihm. »Die hübsche Tochter eines Indianerhäuptlings soll nach ihrem Tod in dem weichen weißen Brei der Maniokwurzel versteckt worden sein, in deren Saft die Enten und das Gemüse gekocht werden.«

Morgan runzelte die Stirn und schluckte. Sein Mund war pelzig, seine Gesichtsmuskeln schienen einzufrieren, er konnte kein Wort mit seinen Lippen formen, ohne zu sabbern wie ein Idiot. Ein Blick auf Sarah belehrte ihn, daß es ihr nicht anders erging. Sie warf die Schüssel auf den Boden, bedeckte mit der einen Hand den Mund, während sie mit der anderen nach einem Becher mit *masato* griff. Dann versuchte sie, einen Schluck von diesem fermentierten Gebräu zu sich zu nehmen; doch es lief ihr aus den Mundwinkeln und tropfte ihr aufs Kinn. Sie und Morgan warfen Henry wütende Blicke zu, als er sich jetzt lachend auf dem Boden wälzte.

»*Schu hinschervotzischer Halunschke!*« schrie Morgan den Pygmäen an, der nun zwischen den lachenden Frauen und Männern herumhüpfte.

»Das ist wundervoll!« rief er. »Einfach wundervoll, Morgan! Warum versuchst du nicht, dich deines Lebens zu freuen?«

»*Schu hascht unsch verschiftet!*« brüllte Morgan.

»Ich habe dich nicht vergiftet. Im Gegenteil — morgen wirst du dich bei mir für das Fest bedanken. Wie ich schon sagte — iß, trink und sei lustig! Wir wissen nicht, ob wir morgen nicht schon tot sind!«

Auch Sarah fing an zu lachen, und es schien sie nicht zu stören, daß ihr von ihrem *masato* mehr über das Hemd als in die Kehle floß. Und Morgan fragte sich, ob sie denn alle betrunken seien, weil er ebenfalls in ein brüllendes Gelächter ausbrach. Ob nun der *masato* daran schuld war oder die Erleichterung, daß sie den Alptraum der letzten Tage glücklich überstanden hatten, wußte er nicht. Er fühlte sich gut. Und er war selig, daß die beiden Menschen, die ihm auf dieser Welt etwas bedeuteten, neben ihm saßen.

Er lehnte sich zurück, lag dann flach auf dem Boden, spürte nicht mehr die Hitze oder die Schmerzen seines geschundenen Körpers und seiner verwundeten Seele. Er hörte nur noch Sarahs Lachen, das sich wie eine Melodie in die Luft hinaufschwang, wie eine Serenade von Singvögeln, ein Chor der Engel. Das war eine Musik, die seinen Kopf und seine Brust ausfüllte und vom Trommeln seines Herzens begleitet wurde. Das Licht der Feuer floß wie

Wachs zu den Wipfeln der Bäume hinauf, und als die Frauen mit ihrem seltsamen Ballett um die Flammen begannen, reflektierte ihre Haut das Licht wie ein Spiegel aus Onyx.

Die anmutige Bewegung ihrer Arme und Hände erzählten eine Geschichte, die er leider nicht verstehen konnte. Und dann war da plötzlich Sarah mitten zwischen ihnen wie ein heller Stern am Nachthimmel. Ihre Haare schimmerten wie Gold, während sie sich drehte und die Bewegungen der anderen Frauen nachahmte. Sie hatte sich ihr Hemd ausgezogen und tanzte wie die Eingeborenen mit nackten Brüsten im Licht der Feuer. Wie verzaubert beobachtete er das Spiel der Flammen auf ihrer weißen Haut und den rosigen Schimmer auf den kleinen Knospen ihrer Brustwarzen. Sie bewegte sich zu der Stelle hin, wo er auf dem Boden kauerte, und streckte ihre schlanken Arme über den Kopf. Sie wölbte mühelos ein Bein in die Höhe und drehte vor ihm eine Pirouette, als wäre sie eine von unsichtbaren Schnüren beherrschte Marionette.

»Morgan« sagte sie lachend, »komm und tanz mit mir!«

Er erhob sich langsam und schwerfällig vom Boden. Er fühlte sich beschwipst. Er kam sich vor wie ein Narr — ein nur zu williger Narr. Und er fühlte sich . . . irrsinnig glücklich und trunken vor Verlangen nach ihr.

»Ist das nicht wundervoll?« fragte sie mit glänzenden Augen und lächelndem Mund. Sie nahm seine Hand und zog ihn in das Licht der Feuer hinein. »Tanz mit mir, Morgan — vielleicht werden wir nach diesem Abend nie mehr tanzen können.« Einen Moment lang flackerte die Angst in ihren Augen auf.

»Sarah.« Das Wort erstarb ihm in der Kehle, als sie wieder eine Pirouette drehte und ihn dabei mit ihren Haaren, ihrer Haut und dem Duft ihres Fleisches streifte. Oh, ja, er konnte sie riechen, wie er die Blumen im Dschungel riechen konnte. Die Töne hatten jetzt Farben, und die Farben wurden zu Musik. Der Schamane der Achuara, der das alles von seiner Hütte aus beobachtete, hätte das als Zauberei bezeichnet. Vielleicht *war* es das. Morgan war zufrieden, es in diesem Augenblick dabei zu belassen. In seinem Leben hatte es so wenig Zauberhaftes gegeben ...

Ihre Stimme sang: »Komm, tanz mit uns, Morgan.«

Verlockende, verführerische Töne. Töne, die ihn taumeln ließen vor Lust. Aber das war nichts Neues. Diese Lust war seit Tagen wie eine reißende Bestie in ihm. Nein, schon seit dem ersten Abend, als Sarah in seine Hütte gekommen war.

Ihre Hände bewegten sich über ihn hin, zerrten an seinen Knöpfen und seinem Hemd. »Zieh es aus und tanze mit uns«, bat sie ihn mit dunkler Stimme. »Es ist wunderbar. Ich verspreche es dir. Es ist so, als habe man das Paradies gefunden. Ein Paradies, wo wir uns glücklich fühlen und tun können, was uns gefällt. Wo niemand uns verurteilt oder verspottet.«

»Sarah.« Er lachte und schob ihre Hände von seinem Hemd weg. »Du bist betrunken. Du hast Ayahuasca oder Cocablätter gegessen und getrunken. Du weiß nicht, was du tust, mein Herz.«

»Weiß ich das wirklich nicht?« Ihre Augen zwinkerten zu ihm hinauf, erst belustigt, dann mit einem leisen Erschauern, als sie sich an ihn schmiegte, mit den Händen an seiner Brust zu seinen Lippen hinaufwanderte und diese mit den Fingerspitzen berührte. »Ich weiß genau, was ich tue, Morgan«, sagte sie mit schwüler Stimme. »Was für eine Vergeudung, wenn man sterben muß, ohne jemals richtig gelebt zu haben. Ich bedaure nur, daß ich so lange dafür gebraucht habe, zu begreifen, was ich vermißte.«

Sie wirbelte davon, ließ ihn allein im Licht des Feuers stehen, während er jede ihrer Bewegungen mit den Augen verfolgte und sein Verlangen nach ihr zu einem Schmerz wurde, der ihn erbeben ließ. Das Indianermädchen eilte zu ihm und drängte ihm einen Becher mit einer Flüssigkeit auf. Er trank, bis die Welt vor seinen Augen verschwamm, sich seine Erinnerungen und Sorgen in nichts auflösten und er die Wunden an seinem Körper und in seiner Seele nicht mehr spürte . . .

Und er tanzte, paßte sich in den Rhythmus der anderen ein, bewegte sich geschmeidig aus dem Licht des Feuers in die Dunkelheit hinaus, wo er in sich hineinsummte:

Schattentänzer —
Alles nur tanzende Schatten —

13

Sie blieben so lange im Dorf, bis ihre Wunden verheilt waren. Aber schließlich kam der Tag, wo sie wußten, daß sie weiterziehen mußten. Sie hatten genügend Vorräte an Nahrungsmitteln und Wasser bei sich und eine vielköpfige Eskorte von Achuara-Indianern, die sie bis zur Grenze ihres Gebietes begleiteten. Obwohl Morgan und Henry heftig auf die Indianer einredeten, weigerten diese sich, sie durch den Dschungel bis nach Japurá zu führen. Die Reisenden würden auf dem Weg dorthin das Gebiet der Xavante jenseits des Rio das Mortes — oder Fluß des Todes — betreten müssen, und der Haß der Xavante-Indianer auf weiße Männer war unter allen Indianerstämmen am Amazonas nur zu gut bekannt. Die Spanier hatten sich niemals das Vertrauen dieser Krieger erkaufen können. Die Wilden hatten die wenigen Missionare, die sich auf ihr Territorium wagten, gefoltert und getötet.

Selbst King hielt respektvoll Distanz zu ihnen und ließ ihre Frauen und Kinder in Ruhe, wenn er seine Raubzüge machte, um sich Sklaven für seine Plantage zu beschaffen.

Als die Indianer, die Morgan in Georgetown angeheuert hatte, aus Kukus' Mund erfuhren, wie grausam die Xavante mit ihren Opfern verfuhren, weigerten sich die meisten von ihnen, die Reise fortzusetzen. Inzwischen waren zwei anstrengende Wochen vergangen, seit sie das Dorf der Achuara verlassen hatten, und nun kamen auch den Indianern, die Wickham ihnen besorgt hatte, Bedenken. Als der Dschungel immer düsterer, das Vorankommen immer beschwerlicher und die dampfende Hitze schlimmer wurde als alles bisher Erlebte, erwachten Morgan, Sarah und Henry eines Morgens erschöpft aus einem dumpfen Schlaf und mußten feststellen, daß die ihnen verbliebenen Indianer nicht mehr ausreichten, um ihre Ausrüstung zu tragen.

Da fragten sie sich besorgt, ob die Indianer nur desertiert waren oder das gleiche Schicksal erfahren hatten wie damals die Wächter, die man mit durchschnittenen Kehlen an den Bäumen hängen fand. Da sie aber keine Leichen in der Nähe des Lagers entdecken konnten, fiel es ihnen leichter, zu glauben, die Vermißten hätten sich von der Erinnerung an die willigen jungen Frauen und die Ayahuasca-Feste im Dorf der Achuara dazu verleiten lassen, sich nachts in die Büsche zu schlagen und zu diesen freundlichen Eingeborenen zurückzukehren.

Ihre dahinschmelzende Zahl von Trägern, die zunehmende Erschöpfung und die Schwierigkeit des Terrains zwangen sie dazu, immer wieder Teile ihrer Ausrüstung wegzuwerfen: Kleidungsstücke, Decken, Hängematten. Als nächstes war die Munition an der Reihe, die sie am meisten belastete, in Morgans Augen aber ein unverzichtbarer Bestandteil ihres Gepäcks war. Als Henry ihm vorschlug, einige Kisten davon zurückzulassen, fuhr Morgan, der mit seiner Geduld am Ende war, ihn an: »Wie kannst du nur so etwas Dummes sagen! Nur die Munition wird King davon abhalten, uns auf der Stelle zu massakrieren!«

»Ich bitte dich, alter Knabe. Schau dich doch nur mal um — wir schleppen so viele Gewehre und Munition mit, daß du damit eine Armee ausrüsten könntest. Doch heute morgen haben wir nur noch fünfzehn von den dreißig Männern, mit denen wir die Reise angetreten haben. Sollte das so weitergehen, haben wir vielleicht gar keinen Träger mehr, wenn wir Japurá erreichen — falls wir es jemals erreichen. Beim Zeus, ich hätte niemals meinen Fuß auf brasilianischen Boden setzen sollen und . . .«

»Für deine Reue ist es ein bißchen zu spät. Zudem hast du mich ja dazu ermuntert . . .«

Jetzt war Sarahs Geduld erschöpft. »Seid still!« rief sie. Sie warf ihre Machete weg, schleuderte ihren Helm auf den Boden, daß ihr die verschwitzten Haare um die Schultern flossen, baute sich vor Morgan auf und schrie: »Ich kann dieses kleinliche Gezänk nicht mehr hören. Ich kann eure Gesichter nicht mehr sehen. Ich habe genug von dieser Plackerei, und wenn ich nicht schon so weit gekommen wäre, würde ich dir befehlen, uns nach Georgetown zurückzubringen!«

»Du meinst, du könntest mir das befehlen?« schrie Morgan zurück.

»Ich weiß, daß ich Ihnen das befehlen kann, Mr. Kane.«

Er warf den Kopf zurück und lachte. »Das möchte ich erleben. Teufel, Mrs. St. James, Sie haben auf der ersten Hälfte dieser Reise sechs verdammte Unterröcke mit Rüschen und Spitzen getragen.«

»Bis ich Ihren dummen Hals rettete, indem ich sie den Alligatoren zum Fraß vorwarf! Und was habe ich für dieses Opfer bekommen? Nicht einmal ein Dankeschön.« Sie öffnete einen Ayahuasca-Vorratsschlauch und trank daraus, als wäre es pures Wasser.

»Ich würde an deiner Stelle vorsichtiger mit diesem Zeug umgehen«, meinte Morgan mit einem anzüglichen Grinsen.

»Fahr zur Hölle.«

»Da bin ich bereits«, gab Morgan ungerührt zurück.

Sie trank noch einmal aus dem Schlauch und sah Kane mit schmalen Augen an. Früher hätte sie vor den dräuenden Blicken dieses Mannes gezittert. Sie fragte sich, ob ihr der Ayahuasca den Mut gab, ihm die Stirn zu bieten. Vielleicht wirkte auch nur die Nähe dieses Mannes so berauschend auf sie, gab ihr dieses herrliche Gefühl von Durchtriebenheit, daß sie ihre Erschöpfung gar nicht mehr spürte: »Ich will Ihnen mal etwas sagen, Mr. Kane. Ich hatte früher Angst vor Ihnen, aber das ist vorbei. Und ich habe auch keine Angst mehr vor diesem verdammten Regenwald.«

Morgan warf Henry, der die Szene mit gerunzelter Stirn verfolgte, einen Blick zu. »Gib einer Lady eine Männerhose, und ihr wachsen ein Paar Eier. Ich bin beeindruckt. Vielleicht sollte ich ihr jetzt die Führung überlassen, damit sie uns nach Japurá bringt. Was meinst du dazu, Longfellow?«

»Ich meine«, fiel Sarah Morgan ins Wort, »daß ich wahrscheinlich dabei besser abschneiden würde als Sie.« Die Indianer legten ihre Bündel auf den Boden, drängten hinzu und verfolgten den Disput mit ausdruckslosen Gesichtern, aber wachsamen Augen. Sarah schob das Kinn vor und fuhr fort: »Erst erzählen Sie uns, wir würden Japurá in zehn Tagen erreichen. Dann in zwei Wochen. Schließlich in drei. Und wo sind wir jetzt? Ich denke, daß Sie nicht wissen, was Sie eigentlich tun, verdammt noch mal!«

Henry schlich sich davon. Die Indianer tuschelten miteinanders und schienen jetzt ungeduldig auf Morgans Antwort zu warten. Kan stand hinter Sarah, die Arme vor der Brust gekreuzt, und blickte Morgan fest in die Augen. Morgan zischte, sich kaum noch beherrschend: »Paß auf, was du sagst, Sarah, oder ...«

»Oder du könntest erleben, daß eine Frau dich deiner Autorität beraubt? Wie schrecklich für deine Männlichkeit.«

Sie standen sich gegenüber, während die Luft um sie her mit dem Summen der Insekten und dem Pfeifen, Trällern und Zwitschern der Vögel erfüllt war. Morgans schweißnasses Gesicht wirkte so hart wie Granit, und in seinen Augen brannte ein düsteres Feuer. Sarah hätte sich am liebsten auf die Zehen gestellt und ihm einen Kuß gegeben, denn ihr war plötzlich klargeworden, daß sie ihn nur aus dem Grund provoziert hatte, um ihn aus seiner Reserve herauszulocken. Zu ihrem Kummer hatte sie erkannt, daß sie immer verzweifelter auf ein Zeichen von Leidenschaft wartete — gleichgültig, ob Wut oder Zuneigung —, obwohl sie genau wußte, daß er nichts mit ihr tun haben wollte, solange Norman zwischen ihnen stand.

Nachdem sie sich ein paar Sekunden lang stumm in die Augen geblickt hatte, drehte Sarah sich um und ging zu der Stelle zurück, wo ihre Machete und ihr Helm auf dem Boden lagen. Sie bückte sich danach, und da sich sonst niemand von der Stelle bewegt hatte, war sie gezwungen, sich noch einmal zu Morgan umzudrehen.

»Nun?« fragte sie.

»Nun — was?«

»Worauf wartest du noch?«

»Ich warte darauf, daß du dich entscheidest, wer nun diesen Haufen trauriger Gestalten anführen soll!«

»Du natürlich ... dafür bezahle ich dich doch.«

Morgan befahl den Indianern, ihre Lasten wieder zu schultern, und sie kamen dieser Aufforderung so schleppend nach, daß Morgan seinen Befehl wiederholen mußte. Plötzlich plagte Sarah das schlechte Gewissen. Das war alles nicht Morgans Schuld. Sie hätte auf ihn hören müssen, als er ihr von dieser Expedition abriet. Dann säße sie jetzt sicher und bequem in Georgetown. Vielleicht nicht ganz so bequem, wie sie glaubte. Zweifellos war die Residenz ihres Vaters inzwischen dem neuen Gouverneur übergeben worden, und vielleicht hatten sie auch die Möbel ihres Vaters bereits versteigert...

»Sarah, hast du dein Chinin eingenommen?« fragte Morgan.

Schweigend nahm sie die Dosis Chinin, die er ihr reichte, und schluckte sie hinunter. Ihr Chininvorrat war mit ihrem Gepäck den Fluß hinuntergeschwommen. Morgan hatte sie seither mit Chinin aus seinem Gepäck versorgt, weil er mehr als reichlich davon habe, wie er erklärte.

Er hatte sich seit Tagen nicht mehr rasiert, war verschwitzt und schmutzig, seine Kleider zerrissen und die Haare so lang, daß sie ihm auf die Schultern fielen. Fast sah er jetzt selbst wie ein Indianer aus. Das Gewehr, das ihm am Riemen über der Schulter hing, und das Messer an seiner Hüfte trugen viel zu diesem Eindruck bei. Als sie sich wieder an jene Nächte erinnerte, wo sie hemmungslos mit nacktem Oberkörper mit den Indianerfrauen getanzt hatte, wurde sie schamrot. Doch er hatte niemals ihren berauschten Zustand ausgenützt, egal, wie sehr sie ihn herausgefordert hatte. Tatsächlich war sie nicht ganz so benebelt gewesen, wie sie vorgab. Sie hatte eine Heidenangst davor gehabt, daß er mit einer der Indianerfrauen schlafen würde, die der Häuptling ihm anbot. Aber er hatte von diesen großzügigen Gastgeschenken keinen Gebrauch gemacht. Vielleicht gab es doch einen Gott an diesem gottverdammten Ort, der ihre Gebete erhörte.

Der erste Hinweis, daß sie nicht allein waren, kam wie immer von den Tieren. Sie hatten sich eben von einem unruhigen Schlummer erhoben, als sie merkten, daß nur das Summen der Moskitos und das dürre Rascheln der Blätter in den Baumwipfel die Stille durchbrachen. Kan hatte Morgan wachgerüttelt, Morgan hatte Henry angestoßen, und Henry Sarah. Sie hatten die Träger gezählt und bemerkt, daß es wieder drei weniger waren als am Abend zuvor. Sie fanden die Vermißten unweit des Lagerplatzes: Ihnen fehlten die Köpfe.

Morgan ging zu den Kisten, in denen die Gewehre verpackt waren, fiel auf die Knie, entfernte die Deckel und griff nach den Munitionssäckchen. Er ließ sie herumwandern und befahl, daß sie sich die Taschen mit Patronen vollstopfen und sichergehen sollten, daß ihre Gewehre feuerbereit waren. Als er sich mühsam wieder vom Boden aufrichtete, fragte Henry besorgt: »Bist du in Ordnung?«

»Soweit man das unter diesen Umständen erwarten kann — ja.«

»Sie haben keine Chance gegen unsere Gewehre«, stellte Henry fest.

Morgan ließ sich wieder auf die Erde nieder, lehnte sich gegen einen Baum, legte das Gewehr auf die Schenkel und richtete den Blick auf Sarah. »Komm her«, sagte er.

Auf weichen Knien kam sie zu ihm und ließ sich neben ihm auf dem Boden nieder.

»Wir müssen auf das Schlimmste vorbereitet sein, Sonnenschein.«

Sie nickte, betrachtete sein gerötetes Gesicht, beunruhigt von der Tatsache, daß seine sonst so scharfen Augen verschleiert zu sein schienen, als er sie unter schweren Lidern hervor ansah. »Fehlt dir wirklich nichts, Morgan?« flüsterte sie.

»Ich bin nur ein bißchen müde. Und die Hand tut mir weh.«

»Möchtest du einen Schluck aus der Ayahuasca-Flasche?«

»Würdest du aufstehen und noch einmal für mich tanzen, wenn ich ja sage?«

»Falls du mir versprichst, ebenfalls zu tanzen?«

»Glaube ja nicht, daß ich noch die Kraft dazu hätte. Bedaure.« Er betastete sein Gesicht mit den Fingern. »Ich hätte dich niemals hierherbringen dürfen.«

»Ich hätte dich niemals darum bitten sollen.«

Er blickte über die Schultern zum Dschungel hin, um sich eine witzige Bemerkung einfallen zu lassen. Aber es fiel ihm keine ein. Er fühlte sich so müde, seit Sarah über den Wasserfall hinausgetragen worden war. Seine Sinne waren stumpf, seine Muskeln schmerzten. Wenn jetzt alle Xavante-Indianer von Japurá über sie herfallen sollten, war ihm das egal, solange er sich hinlegen und ausruhen konnte.

Sarahs kühle Hand berührte sein Gesicht. »Bist du sicher, daß dir nichts fehlt?«

»Sicher genug. Ich dachte gerade an dich und Norman und ein Haus voller Kinder.«

»Nicht Norman. Er mag keine Kinder.«

»Und du?«

»Ich mag sie sehr. Ich habe immer davon geträumt, mindestens ein Dutzend Kinder zu bekommen.«

»Sie sind das Geschenk Gottes für diese Welt. Das hat meine Mutter immer gesagt, bis . . .«

»Bis?«

Er zuckte mit den Achseln. »Nichts.« Er rollte das Gewehr zwischen den Händen und bewegte die Schultern am Baum. »Sarah?« Seine Stimme war fast ohne Ton. Sie beugte sich so weit zu ihm, daß er ihr mühelos einen Kuß auf den Mund geben konnte.

»Ja?«

Über ihnen flötete ein Vogel.

Der Angriff kam, als das Lied des Vogels verstummte. Ein Pfeil schwirrte über die Lichtung und traf einen Indianer in die Schläfe. Der zweite Pfeil schlug knapp neben Morgans Kopf ein. Er warf sich gegen Sarah, zwang sie auf den Boden hinunter, ehe er von ihr wegrollte, sich auf ein Knie erhob, mit dem Gewehr auf den Dschungel zielte und den Abzug bediente.

Während Kan und Henry hinter einem Baum Deckung suchten, erhob sich ein Schrei aus den Kehlen der Indianer, als der Dschungel um sie sich zu bewegen begann. Was zuerst ausgesehen hatte wie ein harmloser Busch, nahm nun menschliche Gestalt an. Mit grün und braun bemalten Oberkörpern und Gesichtern, die grinsenden Totenköpfen glichen, stürmten sie auf die Lichtung.

Alpträume.

Morgan visierte über den Lauf des Gewehrs und drückte ab, blinzelte in die Wolken aus Pulverrauch und in das Mündungsfeuer hinein und sah, wie diese Gestalten vor ihm zusammenbrachen, weil sie nicht die Macht dieses flammenspuckenden Ungeheuers begriffen, das mit einem einzigen bellenden Laut ihre Herzen in Stücke zu reißen vermochte.

... und die Wände des Dschungels färbten sich schwarz. Er war wieder ein Kind, das unter der Tür des Schlafzimmers stand und sah, wie der betrunkene Mann auf ihn zutorkelte, nach ihm griff mit seiner nach Schweiß riechenden, nach Salz schmeckenden Faust und ihm den Schrei im Mund erstickte.

Er bekam keine Luft mehr! Er bekam keine Luft mehr!

Und der Mann faßte ihn jetzt an. Er keilte schreiend mit dem Fuß aus, und die Faust des Mannes traf ihn ins Gesicht, an den Armen und im Rücken. Er riß ihn bei den Haaren, drückte ihn nieder, daß er auf den Knien und

Händen am Boden lag und — o Heilige Marie, Mutter Gottes, was für ein Schmerz . . .!

Er war jetzt nicht mehr gut genug, um noch jemandes Sohn sein zu können. Gott mochte seinen Körper und seine Seele reinigen. Er würde wieder heil werden.

Laß mich doch nicht für immer hier in diesem Haus. Um der Liebe Gottes willen — es war doch nicht meine Schuld. Warum hast du mich verlassen?

Und dann strich ihm jemand mit sanften Händen die Haare aus der Stirn und nannte ihn einen *wunderbaren, schönen Freund*. Ein Gesicht schwebte über ihm, dessen Züge fast engelhaft waren, in Momenten der Rührung von jener Art Liebe erfüllt, auf die Morgan sein Leben lang gewartet hatte. Die Augen versprachen ihm Reichtümer, das Lächeln Liebe . . . wenn er nur . . .

»Morgan!«

Er blinzelte, senkte das Gewehr, blickte Henry an.

»Sie scheinen sich vorübergehend zurückgezogen zu haben. Bist du verletzt?«

Morgan schüttelte den Kopf und sah zu Sarah hin. Sie erhob sich gerade vom Boden und klopfte sich den Schmutz von der Hose. Ihr Gesicht war schneeweiß. Ihre Hände zitterten.

»Du hast uns zu Tode erschreckt«, fuhr Henry fort. »Was, zum Kuckuck, hast du dir eigentlich dabei gedacht, als du aufgestanden und ohne jede Deckung auf sie losgeballert hast? Das sah ganz so aus, als wolltest du jemanden dazu auffordern, dich zu töten!«

Henry lief über die Lichtung, zählte die Toten und Verwundeten und gab den Indianern mit scharfer Stimme Befehle, die sich zu beraten schienen, ob sie nicht lieber umkehren sollten, solange noch Zeit dazu war. »Zeit wofür?« brüllte Henry. »Wo wollt ihr denn hin, verdammt noch mal? Sie werden euch alle die Köpfe abschlagen!«

Kan zog Sarah zu einem Baum und zwang sie dazu, sich dahinter niederzukauern. Dann hockte er sich neben sie auf die Fersen und lud ihre Gewehre nach, während Henry noch immer auf der Lichtung auf und ab lief. »Morgan, wie weit ist es deiner Schätzung nach noch zu Kings Plantage?«

»Ich habe keine Ahnung.«

»Aber du mußt es doch wissen«, fiel Sarah hier mit schriller, erbitterter Stimme ein.

»Die Xavante würden es nicht wagen, die Grenze von Kings Plantage zu überschreiten«, sagte Henry.

»Was macht das schon für einen Unterschied?« rief Morgan, der sich an einem Baum festhalten mußte, weil ihm die Beine einzuknicken drohten. »Wir rennen entweder vor einem Teufel davon oder zu einem hin.«

»Aber wir haben bei King eine Chance«, widersprach Henry ihm.

»Oh, ja? Wie kommst du denn auf diese Idee?«

»Du mußt doch einen Plan haben, Morgan. Du mußt dir doch überlegt haben, wie wir diesem blutigen Tyrannen entwischen können!« Henry trat neben seinen Freund. »Wir meistern das gemeinsam. Das habe ich dir versprochen. Ich laß nicht zu, daß er dir noch einmal etwas antut. Ich bring ihn mit meinen eigenen Händen um, ehe ich das zulasse. Aber du mußt bereit sein zu kämpfen!«

Der Schatten eines Lächelns zeigte sich in Morgans Mundwinkeln. »Verdammt. Jetzt könnte ich eine Zigarette gebrauchen.«

»Genau wie ich, und dabei rauche ich nicht mal.«

»Danke Gott, daß du diesem Laster nicht verfallen bist. Überleg nur, wie klein du inzwischen geworden wärest, wenn du rauchen würdest!«

Henry lachte, und als er seinem Freund wieder den Rücken zukehren wollte, sagte Morgan: »Weißt du, warum Kannibalen niemals einen Missionar verspeisen, Henry?«

»Nein, Morgan, aber ich habe das Gefühl, daß du uns das gleich verraten wirst.«

»Nicht, wenn du nicht willst, daß ich es soll.«

»Wirst du dich dann besserfühlen?«

»Möglicherweise.«

»Gut. Dann verrat es uns.«

»Worum geht es denn?« fragte Sarah und glitt vom Baum auf den Boden hinunter.

»Weißt du, warum Kannibalen keine Missionare essen?« wiederholte Morgan, während sich nun ein Lächeln über seine Lippen ausbreitete. »Weil ein guter Mann immer wieder hochkommt.«

»Gütiger Himmel«, stöhnte Henry. »Morgan, man muß sich doch manchmal deinetwegen schämen.«

Sarah hatte noch nie so verzweifelt am Leben gehangen wie in den folgenden Stunden, als sie hinter einem Baum kauerte und auf den nächsten Angriff der Wilden wartete. Wie hatte sie nur übersehen können, daß die Freuden des Lebens nicht im Reichtum bestanden, sondern in so einfachen Vorgängen wie das Atmen, dem Betrachten solch schlichter Wunder wie das Schwirren eines Kolibris über einer Orchidee, aus der er seine Nahrung sog. Zu den Freuden des Lebens gehörte auch dieser Regen, der sich in den Blättern der Baumkronen sammelte, in kleinen gurgelnden Sturzbächen von Ast zu Ast eilte und dann schmatzend vom Boden aufgenommen wurde. Sie hob das Gesicht in diese Himmelsflut hinein, ließ sie über ihre Wangen rinnen und über ihre langen Haare und wunderte sich, daß sie niemals im Regen gespielt hatte. Er war wie eine Taufe des Herzens.

Der Regen nahm noch zu, als die Abenddämmerung hereinbrach. Henry befahl Kan, das Zelt für Sarah aufzubauen, obwohl sie nicht daran dachte, darin zu schlafen.

Dafür war es zu beengt und ihr nicht luftig genug. Zudem fühlte sie sich bei den anderen sicherer. Sie wollte auf den Angriff vorbereitet sein, wenn er kam.

»Im Regen werden sie nicht angreifen«, meinte Henry. »Sie müssen die Heiden verstehen, Sarah. Sie glauben, daß Sonne und Regen Gottheiten sind. Selbst die Erde ist für sie ein Gott. Sie werden eine Versammlung abhalten, um die Bedeutung des Regens zu erörtern, und wenn wir Glück haben, werden sie ihn als Zeichen nehmen, daß sie uns passieren lassen sollen. Oder sie werden uns bei Sonnenaufgang massakrieren. Wer kann diese Burschen schon ausrechnen? Ich nicht.« Er stieß ein wildes Lachen aus, das Sarah trotz ihrer Angst zum Schmunzeln brachte.

Der Regen ließ mit der Zeit nach, obwohl ein fernes Donnergrollen und ein gelegentlicher Blitz über den Bäumen ein neues Unwetter ankündigte, daß ihnen noch heftigere Regengüsse bescheren würde als bisher. Morgan saß auf einer Gewehrkiste, hatte den Hut über die Augen geschoben und die Schultern eingezogen, damit ihm der Regen nicht in den Kragen lief. Abgesehen von ihm und ein paar nervösen Indianern, die Wache schieben mußten, schliefen sie alle.

Mit dem Regen hatte auch das Trommeln aufgehört; aber als dieser jetzt eine Pause machte, dröhnten sie wieder durch die Nacht mit einem so unheimlichen Rhythmus, daß Morgan das Blut in den Adern stocken wollte. Ein Schauer überlief ihn, als er sich steif von seinem Platz erhob. Er versuchte, die Wachen im Dunklen auszumachen, aber es war nichts zu erkennen. Man konnte kaum die Hand vor den Augen sehen, und es hatte auch keinen Sinn, ein Feuer anzuzünden. Mit einem Gefühl der Hilflosigkeit gab er dem nassen Holzhaufen, den sie auf der Lichtung vorbereitet hatten, einen Stoß mit der Stiefelkappe.

In diesem Moment hörte er Sarah in ihrem Zelt schluchzen. Er ging zu ihrer Unterkunft und hob vorsichtig die Plane am Eingang an. Er konnte gerade noch die Umrisse ihrer Gestalt ausmachen, als sie auf ihrer Schlafmatte kniete und ihr die Haare wie ein Fächer aus Mondstrahlen über das Gesicht bis zur Matte hinunterfielen.

»Sarah?« flüsterte er.

Sie hob ihm das Gesicht entgegen, bewegte sich auf Händen und Knien zum Eingang und griff so heftig nach seiner Hand und seinem Arm, daß ihm der Hut vom Kopf fiel. Ihre Arme schlossen sich um ihn, und sie drückte ihn zitternd an sich. »Die Trommeln«, flüsterte sie. »Morgan, was hat dieses Trommeln zu bedeuten?«

»Ich weiß es nicht.«

»Werden die Indianer uns im Morgengrauen abschlachten? Bedeutet es das?«

Er schüttelte den Kopf, unfähig, sich auf etwas anderes zu konzentrieren als das Gefühl ihres Körpers an seinem. Er ließ das Gewehr auf den Boden gleiten, damit er die Arme um sie legen konnte. Nachdem er sie in den letzten Wochen so oft von sich weggeschoben hatte, fehlte ihm nun die Willenskraft dazu.

»Ich habe Angst«, gestand sie ihm. »Ich habe mich so sehr bemüht, tapfer zu sein; aber nun bin ich es leid, immer die Mutige zu spielen. Bitte, sei mir nicht mehr böse. Bitte, verspotte mich nicht mehr, weil ich Angst habe oder in den letzten Wochen so dumm gewesen bin, anzuerkennen, was mein Herz schon lange weiß. Ich kann nicht verhindern, daß ich Angst habe. Ich will nicht sterben.« Sie sank an seine Schulter und wiederholte schluchzend: »Ich will nicht sterben.«

Er streichelte ihre feuchten Haare. »Ich werde dich nicht in ihre Hände fallen lassen, mein Herz. Das verspreche ich dir.«

Sie weinte noch heftiger. »Oh, Morgan, ich hatte so große, schöne Träume. Es ist nicht fair. Es gibt so viel zu lernen, zu sehen, zu erleben. Du versteht das nicht.«

»Doch, ich verstehe es.«

»Wie kannst du das? Du hast schon so viel geleistet, so viel erlebt. Du bist so ... so weltlich.« Sie wischte ihre Nasen an seinem Hemdkragen ab, ehe sie zum ihm hochsah. »Du kannst nicht wissen, was es bedeutet, wenn man keine Hoffnung mehr hat zu heiraten oder Kinder auf seinen Armen zu halten.«

»Glaubst du, Männer hätten nicht solche Träume?«

»Du etwa?« sie sah ihn groß an.

»Natürlich.«

Sie seufzte und legte den Kopf wieder an seine Schulter. »Es scheint mir so ungerecht zu sein. Ich glaube, wir wären unseren Kindern wunderbare Eltern geworden. Ich habe so viel Liebe zu geben und habe offenbar niemanden finden können, der sie haben wollte.«

Morgan schloß die Augen und drückte sie noch fester an sich.

Der Regen rauschte wieder auf den Dschungel nieder, als er sich neben sie auf den Boden des Zelts legte und sie in seinen Armen wiegte. Ihre Wärme tat ihm gut, brachte diesen Panzer aus Eis zum Schmelzen, der ihm in den letzten Tagen fast das Herz abgedrückt hatte. »Norman liebt mich nicht«, kam ihre weiche, traurige Stimme aus dem Dunklen. »Adelige heiraten nicht aus Liebe. Sie schließen Vernunftehen, die ihnen mehr Geld, mehr Land oder einen Titel einbringen. Das alles scheint mir nun lächerlich zu sein. Warum habe ich das nicht schon früher erkannt? Aber was hilft das jetzt. Ich werde sterben, und es ärgert mich nur, daß ich so vieles unbeendet hinterlassen muß. Ich wollte den Ruf meines Vaters retten. Es ist mir nicht gelungen. Er war so ein großartiger Mann.«

Schweigen senkte sich auf sie herab. Sarah saß auf Morgans Schoß, das Ohr an sein Herz gedrückt, während die Trommeln allmählich verstummten, als der Regen immer heftiger niederrauschte. Schließlich sagte sie: »So ist es schön, Morgan.«

»Das ist es«, gab er zurück.

»Ich — ich hoffe, daß ich vor dir sterbe.«

Er lächelte in sich hinein.

»Willst du mich nicht fragen, warum?«

»Warum?«

»Ich glaubte schon einmal, daß du gestorben wärest, und der Schmerz war fürchterlich. Ich möchte ihn nicht noch einmal erleben.« Sie setzte sich auf. Ihr Gesicht sah jung aus, ein Porträt der Unschuld, Sonnenschein genannt, das alles verkörperte, was er in seinem Leben heilig gehalten hatte: Jugend, Reinheit, Herzensgüte.

»Morgan«, flüsterten ihre Lippen. »Liebe mich.«

Die Worte waren so leise, daß er sich fragte, ob er sie nicht mit dem Wind verwechselt hatte, dem Rascheln des Regens auf den Blättern, dem fernen Dröhnen der Trommeln. Dann drückte sie ihren halb geöffneten warmen Mund an seinen Hals. »Bitte.«

Er stöhnte, als die Hitze in seinem Körper sich verhundertfachte. Ihre Hände glitten langsam über ihn hin, erkundeten die Höhlung an seinen Schultern, die gelockten Haare in seinem Nacken, die feuchte Haut hinter seinem Ohr, die Bartstoppeln auf seinen Wangen. »Liebe mich«, wiederholte sie. »Ich muß es wissen, Morgan. Ich will es wissen. Es ist eines der großen Geheimnisse der Schöpfung, nicht wahr? Es muß so sein. Es ist die Erschaffung des Lebens. Sein Anbeginn. Es ist nicht fair, daß ich sterben und nie dieses Wunder mit dir erfahren soll.«

Sie starrte ihn mit einer solchen Erwartung an, daß er nicht wußte, was er tun sollte. Er war erschüttert, ungläubig, mit einemmal feige. Er hatte sie mit einer solchen Inbrunst begehrt — aber das war ein Traum gewesen, eine Phantasievorstellung. Die Wirklichkeit, sie tatsächlich in seine Armen halten und lieben zu können, war für ihn so ungeheuerlich, daß sie seine Fassungskraft überstieg.

Als ihre Finger an den Knöpfen seines Hemdes nestelte, hielt er ihre Hand still. »Nicht«, sagte er. »Bitte nicht. Ich kann nicht ...«

»Dann willst du mich also nicht haben«, sagte sie mit schmerzerstickter Stimme.

»Oh, Himmel, Sarah ...«

»Was fürchtest du dann?«

Er fing ihre Hände ein, als sie sein Gesicht berührten, und schob sie weg. Sie fiel auf ihre Decke zurück und bewegte sich nicht mehr. Schließlich rollte sie sich auf die Seite und starrte ins Dunkel hinein.

Er konnte sie jetzt verlassen, und es würde alles gesagt sein. Sie konnten beide den Rest dieser unendlich langen Nacht allein abwarten und beim Morgengrauen allein ihrem Schicksal ins Auge schauen. Und das alles nur, weil sein törichter Stolz es nicht erlaubte, daß er sich ihr mit Körper und Seele hingab, solange sie nicht das gleiche für ihn empfand. Was spielte es schon für eine Rolle, wenn sie ihn nicht liebte? Er wußte, was er für sie empfand. Liebe war Geben, ohne Gedanken daran, was man dafür bekam — oder so hatte er sich jedenfalls die Liebe immer vorgestellt.

Er ließ sich neben ihr auf die Decke nieder, streckte vorsichtig die Hand aus und strich ihr die Haare aus dem Gesicht über die Schultern. Erst dann rollte sie sie sich auf den Rücken. »Halte mich fest. Ich habe solche Angst, Morgan.«

Er streckte sich neben ihr aus. Sie war wie ein Vogel — so zerbrechlich —, und er hatte Angst, ihr weh zu tun, sie zu verlieren. Aber am meisten hatte er davor Angst, daß er sie nie geliebt hatte.

Ihre Arme glitten um seinen Hals, seine um ihre Taille, und seine Hände schoben sich unter ihr Hemd auf ihre warme Haut. Seine Finger schlossen sich um ihren Brustkorb, der sich so verletzlich anfühlte unter seinen kräftigen Händen. Ihre Brust hob und senkte sich heftig unter seiner Berührung.

Er küßte ihre Wange, ihr Kinn, ihren Hals und die zarte Haut über ihrem Schlüsselbein. Ihre Finger spielten mit seinen Haaren. Sie stöhnte leise, als er mit den Fingerspitzen ihre Brustwarzen berührte. »Oh, Morgan, küsse mich.«

Sie hob ihm ihr Gesicht entgegen, und er stützte ihren Kopf in seine Hand und zeichnete mit der Fingerspitze ihre Lippen nach, ehe er seinen Mund auf ihren senkte und die Zunge zwischen ihre Lippen schob. Die Heftigkeit, mit der sie auf seinen Kuß reagierte, war ein Schock für ihn und ließ ihn fast vergessen, daß sie so wenig von der Leidenschaft wußte, die sie in ihm erregte.

Er hob sich so weit von ihr weg, daß er ihr Hemd aufknöpfen konnte. Seine Finger fummelten daran herum, bis es ihm gelungen war, auch den letzten Knopf zu öffnen. Dann schlug er den Stoff auseinander, so daß ihre Brüste für seine forschenden, liebkosenden Fingerspitzen frei lagen und die rosigen Spitzen ihrer Brustwarzen hoch und hart wurden unter seiner Berührung. Dabei bewegte sie sich ruhelos unter ihm, rollte den Kopf von einer Seite auf die andere, stammelte seinen Namen und zog mit beiden Händen an seinen Schultern. Seine Lippen senkten sich hungrig auf ihren Hals hinunter, und er suchte sich daran zu erinnern, wann er wohl jemals eine Frau so heftig begehrt und sich dennoch so sehr danach gesehnt hatte, sie sacht zu den Sternen zu entführen.

»Langsam«, flüsterte er, schob sich in die Höhe und ging daran, ihr die Schuhe auszuziehen und ihre Hose aufzuknöpfen. Als er diese an ihren Beinen hinunterstreifte, sah er, daß sie keine Unterhose darunter trug, nur die Strümpfe, die an ihren Schenkeln mit bestickten Strumpfbändern befestigt waren. Da klafften Löcher in den Strümpfen an einem Knie und einem Knöchel. Grinsend warf er ihre Hose beiseite, zog ihr aber nicht die Strümpfe aus. Sie hatten eine verdammt erotisierende Wirkung.

Sie drehte das Gesicht zur Seite und schirmte es mit der Hand ab, die Innenfläche nach außen gedreht, als würde sie sich plötzlich schämen. Und als sie versuchte, die Beine zusammenzuklemmen, fing er sie auf, zog sie auseinander und schob ein Knie dazwischen.

»Bitte«, hörte er sie flüstern. »Lache mich nicht aus. Ich bin zu nervös. Ich könnte . . .«

»Was?«, flüsterte er, »was könntest du jetzt tun, Sonnenschein? Nach Kan rufen? Das würde ich dir nicht raten. Vielleicht weckst du mit deinem Schreien ein paar Xavante-Krieger auf. Die wollen wir doch jetzt nicht hier haben.« Morgan zog sein Hemd aus und warf es beiseite. »Die kämen zu einer verdammt unpassenden Zeit. Und außerdem möchtest du bestimmt nicht, daß außer mir noch jemand deine zerrissenen Strümpfe sieht. Sarah . . .« Er suchte mit bebender Hand ihre Wange, streichelte sacht mit dem Finger ihre empfindliche Haut hinter dem Ohr. »Du bist so schön«, sagte er über ihrem Mund, »und ich habe seit Wochen auf diesen Moment gewartet.« Er knöpfte sich die Hose auf. »Lange, qualvolle Wochen, in denen ich nur davon träumte, die zu besitzen, Sarah.«

Er legte sich auf sie. Sie schluchzte leise. Ihr Herz klopfte an seiner Brust, und sie atmete viel schneller als vorher.

Er rollte sich ein wenig von ihr weg; aber sie reagierte sofort, warf die Arme und Beine um ihn und flüsterte: »Morgan, bitte verlaß mich nicht.«

»Das werde ich nicht.«

»Halt mich fest.«

Er zog sie an sich und spürte, wie sie wieder unter ihm zitterte. Seine Lippen streiften ihre Schläfe und Wange, bis sie ihren Mund wiederfanden. Sie erschauerte, als er ihre Brüste in die Hand nahm und die Brustwarzen streichelte, bis sie hart wurden. Schauer jagten über ihren Körper hin, und keuchend zog sie ihn noch fester an sich.

»Mein Herz«, murmelte er, ließ seine Hand über ihre Hüfte gleiten und über die seidenweiche Innenseite ihres Schenkels. »Du bist so reizend, so vollkommen. Noch schöner, als ich mir das erträumt habe. Warum war ich nur so eigensinnig? Ich hätte dich schon vor Wochen nehmen sollen.«

Sarahs Lider flatterten, und dann starrte sie im Dunklen auf sein Gesicht und seine Augen, die sie mit einem so großen Verlangen ansahen. »Oh, Morgan«, hauchte sie, bog ihren Kopf nach hinten und bot ihm nun den Hals dar, den er mit warmen, feuchten Küssen bedeckte. Seine Hände spannten sich um ihre Rippen und bewegten sich nach oben, bis sie auf ihren Brüsten lagen und sie erst sacht und dann etwas fester kneteten, so daß sie tief in ihrer Kehle zu wimmern begann.

»Mein Gott, bist du schön«, sagte er atemlos. »Du ahnst ja nicht, wie sehr ich mich danach sehnte, dich in meinem Armen zu halten.«

»Ist das wahr?« Sie faßte nach seinen Haaren und zwang seinen Kopf in die Höhe. »Ist das wahr?« flüsterte sie abermals. »Und ich habe immer gedacht, daß du mich nicht ausstehen kannst. Oh, Morgan, halt mich fest und lasse mich nie mehr los. Gib mir in dieser letzten Nacht meines Lebens das Gefühl, daß ich verehrt und geliebt werde. Tu so, als würdest du mich lieben, wenn du denn heucheln mußt.«

»Ich liebe dich«, gestand er ihr, und die Worte klangen in der Stille wie helle Zauberglöckchen. »Ich liebe dich.«

Tränen stiegen ihr in die Augen, und sie konnte sie nicht zurückhalten. Sie quollen unter ihren Wimpern hervor und liefen ihr über das Gesicht. Die Worte waren eine süße Melodie für ihre Sinne. Sie hatte immer von einem vollkommenen Leben geträumt, einer vollkommenen Liebe, und beides war in den letzten Wochen immer in ihrer Reichweite gewesen; sie hatte es nur nicht gesehen. Warum hatten sie so lange gewartet? Warum hatten sie so viele kostbare Zeit vergeudet?

Seine Hände strichen nun wie eine hungrige Flamme über ihren Körper hin, während er sie küßte und ihr süße Worte ins Ohr flüsterte, bis sie erbebte unter einem Sturm leidenschaftlicher Gefühle.

Dann waren seine Hände zwischen ihren Schenkeln, streichelten dort die seidenweiche Haut, bewegten sich langsam nach oben, und Herz und Atem schienen ihr zu stocken, als er diesen brennenden, vor Verlangen fast schmerzenden Ort des Mysteriums streichelte und sacht erforschte — so sacht — mit den Fingern in ihn hinein- und wieder herausgleitend, ihn umkreisend, bis sie sich wild und selbstvergessen mit ihrem Körper ihm entgegenhob und wieder zurückwich, sich dem Rhythmus seiner Finger in ihr anpassend.

»Bitte, Morgan, bitte.«

»Sachte«, kamen seinen leisen Worte, und diesmal drängte er tiefer in sie hinein. Da war ein jäher Schmerz, der ein Wimmern in ihrer Kehle freisetzte. Dann begann er sie wieder zu streicheln, zarter nun, und küßte sie zärtlich dabei.

Endlich flüsterte er dicht an ihrem Ohr: »Sarah, bist du sicher? Wenn es geschieht, gibt es kein Zurück mehr.«

»Mir ist es egal«, sagte sie. »Mir ist es recht.«

»Ich möchte dir nicht weh tun.«

Er zögerte abermals, und sie sah ihn aufmerksam an. »Du willst mich nicht haben?«

»Lady, du weißt nicht, was du da sagst . . .«

»Warum dann . . .«

»Sarah, ich habe noch nie eine Jungfrau gehabt.«

»Aber . . .«

»Ich bin der *boto.* Angeblich verführe ich alles, was einen Rock trägt. Nun, das stimmt. Oder besser — es stimmte. Aber nicht, wenn es Jungfrauen waren. Sie können einen verdammt schnell in Schwierigkeiten bringen.«

Sie lächelte, und ihr Herz füllte sich mit Freude. »Dann wird es das erste Mal für uns beide sein, richtig?«

»Du könntest es morgen bereuen.«

»Wenn es ein Morgen für uns gibt, werde ich mir dann Gedanken darüber machen. Doch jetzt möchte ich, daß du mir das Paradies zeigst. Mache mich zu einer Frau. Zu deiner Frau, für heute nacht und . . .«

Er brachte sie mit einem Kuß zum Schweigen.

Ihre Finger wühlten in seinen Haaren, ihre geschlossenen Lider blendeten die stockdunkle Nacht aus, die sie umgab; ihr Bewußtsein verdrängte das Trommeln in der Ferne und das Rauschen des Regens auf dem Zeltdach. der morgige Tag war nicht wichtig — nur das Jetzt —, und daß sie in den Armen eines Mannes lag, der sie jede Vernunft vergessen ließ; der sie mit einem einzigen Blick zum Fliegen brachte und mit einem ärgerlichen Aufblitzen seiner bezwingenden Augen zum Weinen. Das Glück und die Geborgenheit, nach denen sie sich so sehr sehnte, waren hier in Morgans Armen.

Dann bewegte er sich zu ihr hin, hüllte ihren Körper mit seinem ein, drückte nach unten und ihre Beine auseinander, während er gleichzeitig ihr Gesicht, ihren Hals und ihre Brüste mit sanften, erregenden Küssen bedeckte, so daß sie stöhnte vor Verlangen — einem verzehrenden und zugleich so unglaublich süßen Begehren.

Das war seine Fleisch an ihrem Fleisch, glatt und heiß und voll — so voll und beharrlich gegen diese Grotte über ihren Schenkeln drängend. Fremd, furchterregend, füllte er sie allmählich aus, dehnte diese zarte Haut dort, bis sie meinte, eine bohrende Glut schöbe sich in sie hinein. Behutsam, aber beharrlich, glitt die Spitze seines Gliedes dort ein und aus — ehe er sich auf die Knie erhob, den Kopf senkte, um einen Augenblick lang die Vereinigung ihrer Körper zu beobachten, und dann hochsah, ihr direkt in die Augen. Sie schienen zu schimmern, diese silbrigen Augen, schienen mehr zu sagen, als Worte das jemals konnten. Dann flüsterte er »Sarah«, und glitt gänzlich in sie hinein.

Das war wie ein Blitz, der jähen Schmerz mit einem grenzenlosen Entzücken verband. Es war die sie blendende Verschmelzung zweier Körper und Seelen.

Es war die Vereinigung ihrer Geister, ihrer Herzen, ihrer Träume. Ihre Phantasie wurde zur beglückenden Wirklichkeit.

Sie weinte vor Freude, und als er sich in ihr zu bewegen begann, schlang sie die Arme um ihn und hätte vor Seligkeit am liebsten gesungen. Sie kam sich vor wie ein Vogel, dem man seine Freiheit gegeben hatte, der zu einer Sonne in ihrem Geist emporstieg, von ihrer Glorie geblendet. Und sie wußte, daß es nie, *niemals*, so mit Norman hätte sein können. Diese Seligkeit war zu groß. Zu vollständig. Zu vollkommen. Da konnte es niemals wieder so etwas geben nach dieser Nacht. *Niemals!*

»Morgan, Morgan.« Dieser Name war wie ein Jubel in der Nacht, und sie hob ihr Gesicht zu ihn, um ihn abermals zu küssen.

Sein Gesicht war schön, unglaublich ausdrucksvoll. Oh, Gott, er war *so* schön — wie ein dunkler Engel, der aus einem Himmel in dieses tödliche Paradies der Verdammung geschleudert worden war. Sein bloßer Anblick hob sie immer höher hinauf, bis sie für jeden Gedanken unerreichbar war, nur noch diesem Gefühl hingegeben, das sein pumpendes, hartes Glied in ihr erzeugte.

Ein tiefes, dunkles Feuer schien in ihr zu wachsen, das ein seltsames und sie erschreckendes, weil für sie unbegreifliches Verlangen in ihr wachrief. Es nahm ihren Atem gefangen, wurde zu einer gleißenden Spirale, die mit jedem Stoß seines Glieds gegen diese Flamme in ihr sich fester um sie zu wickeln schien. Leise, keuchende, tierische Laute drangen aus ihrer Kehle, als sie sich ihm entgegenhob. Er bedeckte ihren Mund mit einem Kuß, als sie wieder zu schluchzen begann, der sie noch höher hinaufhob, bis sie, keuchend und sich ihm entgegenwölbend, die Schwelle überschritt und die Welt zu einem Meer gleißender, farbiger Lichter wurde, zu einem von Donnergetöse begleiteten Blick in den Himmel . . .

Und dann dieses Fallen, wie ein Dahingleiten auf warmer friedlicher Luft; und einen Augenblick lang fragte sie sich, ob sie gestorben sei und Gott berührt habe, so segensreich war dieser Gipfel ihrer Ekstase gewesen.

Doch nun war er an der Reihe. Er umfing sie, hielt sie fest, das Gesicht an der heißen Wölbung ihres Halses geborgen, und sein Körper bewegte sich in raschen, mächtigen Stößen in ihr, glitt ein und aus, war wie ein pochendes, strudelndes Feuer in ihr, bis diese Leidenschaft erneut in ihr aufflammte und sie ihn um Erlösung bat.

Da nahm er sie, hob sich selbst auf den Gipfel in diesem letzten Moment, warf seinen dunklen Kopf zurück, als sein Körper steif wurde und sich tief in sie ergoß. Und als er auf sie hinsank, schien das Klopfen ihrer Herzen die

Stille gänzlich auszufüllen. Da war nur noch das leise Rauschen des Regens auf dem Zeltdach und dieses ferne Trommeln.

Sarah schloß die Augen. »Ich wußte, es würde wunderbar sein, und das war es. Nur hatte ich nicht geahnt, daß es so ... so strahlend sein würde, so wonnevoll.« Sie bewegte den Kopf und beobachtete Morgan, so gut sie konnte. Sein Gesicht war in ihren Haaren begraben; seine Schulter fielen und hoben sich unregelmäßig. Einen Moment lang dachte sie, daß er weinte, und berührte zaghaft mit der Fingerspitze eine Wange seines Gesichts. »Habe ich dich enttäuscht?« fragte sie bestürzt.

Er schüttelte den Kopf.

»Dich verstimmt? Es war schließlich mein erstes Mal und ...«

»Still«, murmelte. »Sei still und laß mich meine Fassung wiederfinden.«

Sie legte den Kopf zurück und starrte an die Zeltdecke. Dann war da ein leises Tröpfeln in der Nähe, und sie fragte sich, ob die Zeltplane plötzlich leckte.

Endlich bewegte sich Morgan auf ihr, glitt mit seinem Körper aus dem ihrem heraus. Er setzte sich auf und griff nach seinem Hemd, sah sie aber nicht an, bis er sich mit dem Hemd das Gesicht abgewischt hatte. Dann räusperte er sich. »Es ist heiß, nicht wahr?«

Sarah nickte und bemühte sich, sein Gesicht im Dunklen zu sehen. Als er nichts mehr sagte, streckte sie die Hand aus und legte die Finger leicht um sein Handgelenk. »Ich möchte, daß du noch eine Weile bei mir bleibst — ja?«

Er legte sich wieder neben sie. Es war einer der wenigen Augenblick in seinem Leben, wo er um Worte verlegen war. Oh, sie waren da, drängten sich auf der Spitze seiner Zunge zusammen, wie es immer geschah, wenn er mit einer seiner Liebhaberinnen fertig war. Doch der Gedanke, Sarah mit einer dieser müden Phrasen zu ›beglücken‹, erschien ihm wie ein Sakrileg. Damit würde er irgendwie diesen Augenblick beschmutzen, diesen Zauber zwischen ihnen zu etwas Häßlichem machen — schmutzig wie seine Vergangenheit. Sie verdiente etwas Besseres ...

Sie rollte in seine Arme, bettete den Kopf an seine Schulter, während sie mit den Fingern durch die Haare auf seiner Brust strich.

»Alles in Ordnung?« fragte er nach einer Weile.

Sie nickte.

»Ich hatte Angst, ich würde dir weh tun.«

»Das hast du nicht. Ich habe es sehr genossen. Ich möchte, daß du es noch einmal machst.«

»Sofort?«

Sie lächelte.

»*Ma chère*, du bist unersättlich.«

Ihr Kopf kam hoch, und sie betrachtete ihn mit diesen großen Augen, die noch so naiv waren wie vor einer Stunde. »Ich habe das Gefühl, als wäre ich ohne dich seelenlos«, sagte sie. »Mir ist, als habe jemand mit der Hand in meine Brust gegriffen und mir das Herz herausgerissen.«

Er lachte.

»Es gefällt mir, wenn du lachst«, sagte sie. »Es klingt so wunderbar männlich.«

Im Dunklen konnte er nur die schwachen Umrisse ihres Gesichts sehen und diesen sachten Schimmer ihrer herrlichen Haare, in die er nun seine Hände grub, ihr Gesicht zu seinem herunterzog und flüsterte: »Ich begehre dich schon wieder.«

»Dann nimm mich. Noch einmal. Und noch einmal und ... noch einmal.«

Er tat es, bis sie keuchend vor Erschöpfung und Schwäche voneinander abließen. Und als sie sich dann, total verausgabt, in die Arme fielen, sagten sie lange kein Wort. Morgan hatte Sarahs Kopf an seine Brust gebettet und genoß die unglaubliche Süße ihrer Nähe. Er küßte sie auf die Schläfen. Er fühlte sich wie ... wie neugeboren. Zum erstenmal hatte er das Empfinden, als sei sein verdammtes, nutzloses Leben etwas wert.

Da gab es so vieles, was er ihr sagen wollte; doch er zögerte. Diese Gefühle, die Sarah in ihm geweckt hatte, waren neu — so neu — und daher beängstigend. In den letzten Wochen hatte er nicht wahrhaben wollen, wie viel sie ihm inzwischen bedeutete. Er war fast wahnsinnig geworden, als er sich immer wieder vor Augen hielt, daß eine Frau wie Sarah vielleicht Vergnügen in seinem Bett finden mochte, aber für Männer wie ihren Verlobten bestimmt war: reiche, gebildete Männer mit guten Manieren. Sie würde ihn niemals lieben können — mit ihrem Herzen und ihrer Seele. Oder doch?

»Ich möchte für immer hier bleiben«, kam ihre Stimme aus dem Dunklen, so daß er trotz seiner trüben Gedanken lächeln mußte.

»Du solltest mit deinen Wünschen vorsichtig sein, Sonnenschein. Sie könnten sich erfüllen.«

»Wäre das denn so schlimm?«

Er hob ihr Kinn an und blickte ihr ins Gesicht, in ihre schimmernden Augen, auf ihren lächelnden Mund. Er schob ihr sacht die Haare aus der Stirn, und woher er die Worte nahm, wußte er nicht; aber sie waren ausgesprochen, ehe er sich auf die Lippen beißen konnte: »Wenn ich dich bäte, bei mir zu bleiben — würdest du das? Wenn ich dich bäte, nicht nach England zurückzukehren, sondern bei mir zu bleiben und mich zu heiraten — würdest du das tun?«

Sie bewegte sich nicht, betrachtete aber sekundenlang schweigend sein Gesicht, ehe sie sich, ganz langsam, von ihm wegbewegte, sich aufsetzte und ihm den Rücken zudrehte.

Er schloß die Augen. Sarah blickte sich nach ihm um, und ihre Haltung und ihr Gesicht hatten etwas Gequältes — war es Angst oder Bedauern? —, als wüßte sie, daß ihre Weigerung, auf seinen Antrag einzugehen, ihn zutiefst verletzt hatte. Vielleicht war sie auch nur ängstlich, weil sie nicht wußte, was sie tun sollte, wenn er zornig wurde.

Er *war* zornig. Doch alles Toben und Wettern konnte diese eine brennende Gewißheit nicht auslöschen: Er liebte Sarah, und er würde sie noch immer lieben, wenn sie längst zu Norman zurückgekehrt war und die Position in der Gesellschaft eingenommen hatte, an der ihr so viel lag. Er konnte sie nicht dafür hassen, daß sie Sicherheit suchte im Leben, die man sich nur mit Geld und einem geachteten Platz in der Gesellschaft erkaufen konnte. Dachte er denn anders? Hatte er die ungeheuren Strapazen dieser Reise auf sich genommen, um sich nur an Rodolfo King zu rächen? Nein, er wollte diesem Schuft auch dessen Gold wegnehmen, damit er sich selbst diese Sicherheit verschaffen konnte — und vielleicht die Liebe dieser einen Frau, die ihn aus seinem Zustand der Hoffnungslosigkeit herauszuholen vermochte.

Er streckte die Hände aus, legte seine Finger sacht um ihre Schultern und zog sie zurück an seine Brust. Er streichelte sie lange, und schließlich blickte sie mit tränenfeuchten Augen zu ihm hoch. »Morgan«, flüsterte sie, »ich . . .«

Er legte ihr den Finger auf die Lippen. »Ich verstehe dich.«

»Aber ich nicht. Oh, Gott, ich bin so verwirrt.«

Ihr Kopf zuckte an seiner Brust, als sie still vor sich hinweinte. Er drückte seine Lippen auf ihren Scheitel und strich sanft über ihr Haar, bis er sicher war, daß sie eingeschlafen war. Dann drang der Lärm eines berstenden

Astes aus der Nacht zu ihm, oder vielleicht war es auch der *cururipa*, der das Netz seines geheimnisvollen Zaubers über unglückliche Reisende warf. Sarah hob schlaftrunken den Kopf und fragte bang: »Was war das eben für ein Geräusch?«

»Es war nichts«, beruhigte er sie und legte ihren Kopf an seine Brust zurück.

Sie mußte gehört haben, wie ihm das Herz brach ...

14

Das erste, was Morgan bemerkte, als er aus dem Zelt kroch, war das Seidenäffchen, das auf dem Rand einer Schüssel balancierte und sich an *goiaba* labte. Es war schon heller Morgen. Die Sonne brach durch eine Lücke in den Zweigen und leuchtete den Lagerplatz an, als wäre er eine Theaterbühne.

Morgan kam taumelnd auf die Füße, suchte, so gut er konnte, sein Hemd vor der Brust zusammenzuziehen und seine Hose zuzuknöpfen, die ihm über die Knie hinunterzurutschen drohte.

Er fühlte sich lausig.

Dann sah er Henry, der auf einem umgestürzten Baum saß und ihn mit bebenden Nasenflügeln und schwarzen, vor Wut funkelnden Augen anstarrte. Ehe Morgan seine Gedanken zusammensuchen und etwas sagen konnte, war Henry schon bei ihm und hieb ihm mit voller Wucht seine dunkle rechte Faust in den Magen. Als Morgan nach vorne knickte, traf ihn ein zweiter Hieb am Kinn und schickte ihn zu Boden. Dann hockte Henry auf seiner Brust und hämmerte mit beiden Fäusten auf Morgans Gesicht und Magen ein. Morgan versuchte mit beiden Händen die Schläge abzuwehren, allerdings mit wenig Erfolg. Der rote Saft schoß ihm aus der Nase, und der Geschmack seines Blutes auf der Zunge war ekelhaft.

»Zur Hölle mit dir!« schrie Henry, und ehe Morgan einmal blinzeln oder seine Benommenheit überwinden konnte, war Henry schon wieder von seiner Brust heruntergesprungen, riß ein Gewehr vom Boden hoch und richtete es auf Morgans Gesicht. »Du Bastard! Ich bin der irrigen Meinung gewesen, daß zu nobel wärest, um ein unschuldiges Mädchen wie Sarah zu verführen.«

»Ich habe sie nicht...«

»Halt den Mund und höre ein einzigesmal in deinem elenden, wertlosen Leben auf das, was ich dir zu sagen habe! Sarah ist keine Hure, die du benützen kannst, wenn es dich mal zwischen den Beinen juckt. Du hast sie ruiniert! Ist dir das klar?«

»Nimm dieses gottverdammte Gewehr aus meinem Gesicht, bevor ich wütend werde. Oder benütz es! Erlöse mich von meinem Elend, damit ich nicht langsam verbluten muß. Gütiger Gott — ich glaube, du hast mir das Nasenbein gebrochen!«

»Gut! Das hast du verdient! Ich möchte dir am liebsten noch etwas brechen; und vielleicht tue ich es noch, ehe wir miteinander fertig sind.« Henry warf das Gewehr wieder auf den Boden und hielt die geballten Hände vors Gesicht. »Los, nimm die Fäuste hoch! Ich verlange das Recht für mich, dich auszählen zu können.«

»Soll ich auf den Knien boxen, damit es ein fairer Kampf wird?«

Sarahs Stimme rief dazwischen: »Was ist denn hier los?«

»Ich verteidige Ihre Ehre«, erklärte Henry. »Dieser gewissenlose Schurke hat Ihre Unschuld ausgenützt, Sarah, und dafür habe ich kein Verständnis. Treten Sie zurück, Sarah, das kann eine blutige Angelegenheit werden.«

»Oh, aber Henry, ich war es doch, die ihn ausgenützt hat«, gestand sie, wobei ihre Wangen blutrot anliefen. Sie ging zu dem Pygmäen, beugte sich zu ihm hinunter und gab ihm einen Kuß auf die Wange. Dann fuhr sie mit leiserer Stimme fort: »Es ist mir sehr peinlich; aber ich habe ihn heute nacht in mein Zelt eingeladen.«

Henry sah sie betreten an.

»Ich hoffe, Sie werden jetzt nicht schlecht von mir denken«, fuhr Sarah fort. »Aber ich hatte solche Angst, als ich die Trommeln hörte.«

»Sie hätten ja mich zu Hilfe rufen können«, sagte Henry vorwurfsvoll. »Dann hätte er wenigstens nicht die Gelegenheit bekommen, Sie zu ... äh ...«

»Sie haben recht, und ich entschuldige mich dafür. Aber was geschehen ist, ist nun mal geschehen. Und sollte ich Sie beleidigt haben, tut mir das außerordentlich leid.«

»Sie und mich beleidigen?« Henry ließ die Fäuste sinken und drehte sich zu ihr um. »Sarah, meine Liebe, Sie sind gar nicht fähig dazu. *Er* ist es, der die Folgen seiner Tat zu vertreten hat. *Er* hätte es besser wissen müssen.« Er deutete auf Morgan, der sich inzwischen aufgesetzt hatte, und sich vorsichtig an die Nase faßte.

Sarah, der die Haare wild um die Schultern hingen und die ihr Hemd schief zugeknöpft hatte, rieb sich die noch vom Schlaf verklebten Augen. Dann legte sie plötzlich den Kopf auf die Seite, blickte sich im Lager um und horchte. Im Dschungel war es still. Keine Trommel war zu hören.

»Was für eine Überraschung«, murmelte Morgan, der Sarah beobachtete. »Wir leben noch.«

»Die Xavante?« fragte Sarah.

»Wie ich es gehofft hatte«, antwortete Henry. »Sie haben beschlossen, uns in Ruhe zu lassen. Was jedoch keine Garantie ist, daß sie uns im Laufe des Tages nicht doch noch angreifen werden.«

Sarah drehte sich zu Morgan um und schien erst jetzt das Blut zu sehen, das ihm aus Mund und Nase lief. Das schien sie aber weniger zu berühren als die Stille, die auch auf dem Lagerplatz herrschte. »Wo sind die anderen?« fragte sie Henry.

»Kan erkundet die Lage. Die anderen fünf habe ich mit dem Auftrag losgeschickt, uns Wasser und etwas Eßbares zu besorgen.«

»Die anderen fünf?« fragte Sarah verwirrt.

»Mehr sind uns nicht geblieben. Offenbar gab es eine Massenflucht heute nacht. Auch ein paar von unseren Gewehren sind verschwunden. Ich erwarte nicht, daß wir einen von diesen Deserteuren wiedersehen. Auch ist es schon mehr als zwei Stunden her, daß ich Kan und die anderen ...«

»Kan würde mich niemals im Stich lassen!« rief Sarah.

»Leider weiß ich aus eigener Erfahrung, Sarah, daß man sich selbst auf seine besten Freunde nicht immer verlassen kann. Wenn es ans Eingemachte geht, denken sie doch zuerst an sich«, sagte Henry, Morgan einen bösen Blick zuwerfend, und ging zum Feuer.

Sarah sah zum Dschungel hin, als könne sie noch immer nicht begreifen, daß es heller Tag und sie am Leben war. Sie vermied es, Morgan anzublicken, als dieser dicht an ihr vorbei zum Feuer ging. Aber als sie sich an die Vorgänge der letzten Nacht erinnerte, gingen ihre Augen doch zu ihm hin, während sie wieder bis unter die Haarwurzeln errötete. Sie kam ans Feuer, kniete sich neben ihm nieder und tat so, als wollte sie mit dem Seidenäffchen spielen. Morgan war es gelungen, das Nasenbluten zum Stillstand zu bringen, und er mühte sich nun mit den letzten Knöpfen seine Hemdes ab. Sarah sah, daß seine Hände zitterten. »Kann ich helfen?« fragte sie.

Er antwortete nicht, schien nicht einmal ihr Gegenwart

zur Kenntnis zu nehmen. Er war allem Anschein nach wieder dieser verschlossene, abweisende Fremde, der ihr wochenlang aus dem Weg gegangen war. Nichts erinnerte sie mehr an den Mann, der sie heute nacht so leidenschaftlich in die Arme genommen — sie sogar gefragt hatte, ob sie ihn heiraten wolle. Es dauerte eine Weile, bis sie den Mut aufbrachte, ihm die Hand auf den Arm zu legen und zu sagen: »Bitte, sei mir nicht böse, Morgan.«

Er riß seinen Arm los, erhob sich taumelnd von den Knien, als wäre er betrunken, und ging zu Henry, der dabei war, Sarahs Zelt abzubrechen. »Henry«, sagte er mit dürrer Stimme, »wir müssen miteinander reden.«

»Ich habe dir nichts mehr zu sagen, Morgan.«

»Einen Teufel hast du! Man schlägt seinem Freund nicht die Zähne ein und marschiert dann einfach davon. Es tut mir leid, wenn ich dich gegen mich aufgebracht habe, aber ...«

»Warum glaube ich dir nicht? Könnte es daran liegen, daß ich, seit ich dich kenne, noch kein einziges wahres Wort von dir gehört habe? Ich glaube nicht, daß du den Unterschied kennst zwischen Wirklichkeit und Illusion!«

Sarah erhob sich vom Boden und trat zu den beiden. »Worum geht es?« fragte sie. Henry warf die Zeltplanen auf den Boden und ging auf die andere Seite des Lagerplatzes, um dort die Kochgeräte einzusammeln. Morgan blickte ihm nach, die Hände in die Hüften gestemmt. Im gleichen Augenblick tauchte Kan aus dem Dschungel auf, begleitet von den anderen fünf Indianern, die sich nun alle um Morgan versammelten.

»Wir haben das Dorf der Xavante beobachtet«, berichtete Kan keuchend. »Es herrscht große Aufregung. Sie streiten sich, ob sie noch einmal angreifen sollen.«

Sarah trat vor. »Dann müssen wir so rasch wie möglich das Lager abbrechen und weiterziehen.«

»Halt dich da raus«, fuhr Morgan sie an.

Henry war inzwischen zu der Gruppe gestoßen und baute sich zwischen Morgan und Sarah auf. »Daß du mir ja nicht deine Wut an ihr ausläßt!« fauchte er Morgan an. »Sie ist hier nicht die schuldige Partei.«

»So? Und was für eine Schuld wirfst du mir vor?« erwiderte Morgan erbittert. »Ich habe sie nicht vergewaltigt, wie du weißt. Ich habe nichts anderes getan, als was jeder andere Mann in dieser Situation auch getan haben würde!«

Sarah wurde aschfahl im Gesicht, als sie diese Worte hörte. Daß vielleicht eine Freundschaft in die Brüche ging, erschütterte sie nicht so sehr wie der häßliche Ton, mit dem Morgan über sie sprach.

»Du hast die Situation ausgenützt!« schrie Henry.

Morgan blickte seinem Freund nach, der sich wieder zum anderen Ende des Lagers hin entfernte und dort die Schlafmatten zusammenrollte. Seine Nase pochte. Sein Magen fühlte sich an, als habe man ihn durch den Fleischwolf gedreht. Ihm war, als sei er ein dünnes Glas, das bei der geringsten Mehrbelastung zerspringen müsse.

Und dann verlor er einfach die Beherrschung. Er wußte noch gar nicht so richtig, was er tat, als er schon bei seinem Freund war und ihn so heftig herumriß, daß dieser den Boden unter den Füßen verlor. Mit heißen Atem fauchte Morgan: »Vielleicht solltest du mal diese Knochen in deiner Nase dazu verwenden, dir die Ohren auszuputzen, du Schlaumeier. Sarah ist hier nicht die verletzte Partei. Wenn hier jemand verletzt wurde, dann *ich!* Wenn hier jemand ausgenutzt wurde, dann ebenfalls *ich!* Ich mag sie nämlich, falls du das noch nicht bemerkt haben solltest, Henry! Ich mag sie sogar sehr, oder ich hätte sie schon vor Wochen verführt, verstehst du? Aber ich bin es diesmal gewesen, der verführt wurde. Ich habe sie gebeten mich zu heiraten, aber sie gab mir einen Korb!«

Henry starrte zu ihm hinauf, mit ausdruckslosem Gesicht, aber brennenden Augen. »Morgan ... liebst du sie etwa?«

Keine Antwort.

»Beim Zeus«, flüsterte Henry, »du liebst sie. Natürlich liebst du sie. Warum ist mir das nicht schon früher aufgegangen? Mein Gott, alter Knabe, es tut mir ja so leid!«

Morgan ließ seinen Freund los, bückte sich, um sein Messer aufzuheben, das ihm vom Gürtel gerutscht war, und befestigte es wieder am Leder. »Laß uns so rasch wie möglich von hier verschwinden!« sagte er, drehte Henry den Rücken zu und marschierte davon.

Den ganzen Tag hindurch trieb Morgan alle erbarmungslos an. Er schlug wie ein Besessener mit der Machete auf Büsche und Lianen ein und verfluchte die verängstigten Indianer, weil sie ihm nicht schnell genug mit dem Gepäck nachkamen. Als einer der Indianer vor Erschöpfung umkippte, lief Sarah zu Morgan und empörte sich: »Was denkst du dir eigentlich dabei? Hast du die Absicht, unsere letzten Träger umzubringen?«

»Sie haben sich bis jetzt noch nicht bei mir beschwert.«

»Weil sie eine Todesangst vor dir haben.« Sie eilte zu dem erschöpften Indianer und half ihm mit Kans und Henrys Unterstützung vom Boden auf. Kan schnitt rasch eine *cipo de aqua* von einem Baum herunter und hielt sie an die Lippen des Indianers. Sarah benetzte den Saum ihres Hemdes mit dem Wasser aus der Liane und wischte ihm damit das Gesicht ab. Er murmelte etwas, das sie nicht verstand.

»Was sagt er?« fragte sie Kan.

Kan schüttelte den Kopf und antwortete dem erschöpften Indianer in dessen Sprache. Dann drängten die anderen heran und redeten alle zugleich auf Kan ein. Sarah sah zu Morgan hin, der an einem Baum lehnte und die Szene teilnahmslos verfolgte, was Sarah noch bedenklicher fand als seinen Wutausbruch vor einigen Minuten.

»Sie sagen, der Amerikaner wäre eher ein Teufel als ein *boto.* Sie sagen, er wäre der Geist eines Toten, der sie ins Verderben führt.« Kan blickte Sarah mit besorgten Augen an. »Sie glauben, Kane habe den Verstand verloren. Das Fieber würde sein Gehirn auffressen, so daß er nicht mehr wüßte, in welche Richtung er gehen muß.«

»Aber das stimmt doch gar nicht«, widersprach sie Kan und drehte sich zu Morgan um. »Sag ihnen, daß sie unrecht haben — daß du weißt, wo wir uns befinden!«

Aber er blieb stumm, und seine Weigerung, das Mißtrauen der Indianer zu zerstreuen, weckte nun auch in ihr Zweifel, die sich fast zur Panik steigerten. Wie oft hatte sie sich in den letzten Tagen gefragt, warum sie das Territorium von Rodolfo King nicht schon lange erreicht hatten. Sie bewegte sich wieder auf Morgan zu, und dabei fielen ihr Dinge auf, die sie bisher nicht beachtet hatte: Wie mager er geworden war; wie leer sein Blick. »Sag es ihnen«, bestürmte sie Morgan, »beruhige sie. Warum sagst du denn nichts? Bitte!«

Sein Mund zog sich zu einem dünnen Lächeln auseinander. »*Ma chère* . . . ich gestehe, daß ich nicht weiß, was ich tue oder wohin wir marschieren.«

»Aber du sagtest doch, daß wäre der Weg, auf dem du aus Japurá geflüchtet bist!«

»Sagte ich das? Nun, dann habe ich eben gelogen. Wieder einmal. Klär du sie auf, Henry. Du spielst dich doch gern als Moralapostel auf, wie du mir heute morgen bewiesen hast. Informiere sie davon, daß ich sie alle an der Nase herumgeführt habe!«

Er blickte Sarah wieder mit einem bitteren Lächeln an. »Siehst du, *chérie*, ich weiß nicht, wo wir sind, weil ich nicht zu Fuß aus Japurá geflüchtet bin. Ich habe mich auf einem Versorgungsdampfer versteckt und bin dann in Tefé von Bord gesprungen, als der Kapitän mich beim Klauen von Lebensmitteln erwischte. Dann bin ich zwei Tage lang durch den Dschungel marschiert, auf der Flucht vor Kings Häschern, die mir eine Kugel in den Rücken verpassen wollten. Dabei wäre ich fast unseren Xavante-Freunden in die Hände gefallen und beschloß daher, mein Heil auf dem Fluß zu suchen. Dort wurde ich von einer Flutwelle überrascht und wäre vermutlich ertrunken, wenn Henry mir nicht mein nutzloses Leben gerettet hätte.«

»Oh, Gott«, hauchte Sarah.

Morgan lehnte sich noch fester an den Baum und wischte sich mit dem Hemdärmel den Schweiß von der Stirn. »All dieser Unsinn über die *botos* war die Idee unseres gemeinsamen Pygmäen-Freundes. Er kam auf diesen Einfall, weil er, kurz bevor er mich aus dem Wasser zog, einen pinkfarbenen Delphin gesehen hatte. Als er den Indianern in Georgetown davon erzählte, verbreiteten sie das Gerücht, ich wäre gesegnet, besäße Zauberkräfte. Ich sei der lang erwartete *boto*. Sie fingen an, zu meiner Hütte zu pilgern, mir Nahrungsmittel zu bringen und mir andere . . . Freuden zu spenden. So kam eins zum anderen . . . du weißt ja, wie solche Geschichten die Runde machen.«

Henry trat zu seinem Freund und machte ein zerknirschtes Gesicht. »Morgan, ich habe das, was ich heute morgen zu dir sagte, nicht so gemeint. Ich . . .«

»Halt den Mund!« brüllte Morgan so laut, daß die Indianer zusammenzuckten und das mißtönende Gekreisch im Dschungel eine Weile lang verstummte. »Halt den Mund«, wiederholte er, diesmal leiser, was der Aufforderung etwas Bedrohliches gab. »Halt wenigstens so lange die Klappe, bis ich fertig bin. Ich denke, die Lady verdient es, die Wahrheit zu erfahren. Schließlich bin ich ja der Halunke, der ihr die Unschuld raubte. Sie kann nach Hause zu ihrem Norman fahren und ihm mit reinem Gewissen in ihrer Hochzeitsnacht gestehen, daß ein finsterer Wüstling ihre hilflose Lage im Dschungel ausgenützt und sie ruiniert hat. Er wird ihr das verzeihen. Ich bin sicher, er würde ihr alles verzeihen . . . wenn er ein bißchen Grips im Kopf hat.«

Er sackte gegen den Baum, rutschte daran hinunter, bis er auf den Fersen kauerte, einen Arm über die Knie geworfen, während er die Machete zwischen seinen mit Blasen bedeckten Fingern hin- und herrollte.

»Ich bin ein großes Talent im Lügen. Es ist mir offenbar angeboren, so wie anderen Kindern ein Talent zum Malen, Musizieren oder sogar zum Tanzen angeboren ist. Aber Gott beschloß, daß ich mit Lügen und Betrügen mein Glück machen sollte. Ich entdeckte mein Talent, als ich sechs war. Meine Mutter war eine Prostituierte, mußt du wissen, *ma chère*. Eines Abends, als sie ausgegangen war, kam einer ihrer Stammkunden ins Haus und fand, ich wäre besser als gar nichts. Er vergewaltigte mich zweimal, und nachdem meine Mutter mich in einem Winkel gefunden hatte, brachte sie mich ins Hospital. Die Ärzte fragten, wie ich zu diesen Verletzungen gekommen sei, und meine Mutter sagte zu mir, ich sollte lügen oder sie würden mich ihr wegnehmen, und dann würde ich sie nie wiedersehen. Also log ich und erzählte den Ärzten, ich könnte mich an nichts erinnern. Sie nahm mich wieder mit nach Hause, und eine Woche später stand ich auf der Treppe des Waisenhauses und sah sie fortgehen. Und sie blickte nicht einmal zurück — kein *einziges* Mal —, wie laut ich auch nach ihr schreien mochte. Und da sagte ich mir: Warum bei der Wahrheit bleiben? Sie bringt dir nichts ein.

Und später suchten dann Witwen und einsame Frauen

meine Bekanntschaft und baten mich, sie ebenfalls zu belügen. Das sollten hübsche Lügen sein, die ihnen guttaten und niemandem schadeten. Gelegentlich legten sie sich zurück und sagten zu mir, daß ich ihnen wirklich etwas bedeutete ... bis sie mir auf der Straße begegneten. Da schauten sie durch mich hindurch, als wäre ich Luft — als hätte ich *niemals* für sie existiert.

Und schließlich die Krönung des Ganzen ... Randi, der König aller Betrüger ...«

Henry trat zu Morgan und fiel vor ihm auf die Knie. »Still«, beschwor er seinen Freund, »schweig still. Ich fürchte, die Indianer haben recht. Du phantasierst. Das Fieber spricht aus dir.«

Morgan schien ihn nicht zu hören. Er sah immer nur Sarah an, der die Tränen über das Gesicht liefen. Sie drehte sich von ihm weg und setzte sich auf einen Haufen grüner Zweige, die sie mit den Macheten abgeschlagen hatten, als sie sich einen Weg durch das Unterholz bahnten. Ein paar Eidechsen zeigten sich zwischen den Blättern. Sie achtete nicht darauf. Sie schlug die Hände vors Gesicht und suchte Klarheit in diesen Wahnsinn zu bringen.

Gütiger Himmel, wie leichtgläubig war sie doch gewesen, daß sie all diesen Geschichten von seinen Heldentaten und den Zauberkräften des *boto* aufgesessen war. Oh, ja, an diesen *boto* hatte auch sie bis zu einem gewissen Grade geglaubt. Morgan war wohl für jedes junge naive Mädchen die Erfüllung seiner Träume. Nun waren nicht nur ihre Hoffnungen zerstört, sondern auch ihre Träume zerplatzt wie eine Seifenblase.

»Sarah.« Henry war es, der sich zu ihr beugte und ihr die Hand auf die Schulter legte. »Kan ist der Meinung, wir sollten hier unser Nachtlager aufschlagen. Die Entscheidung liegt bei Ihnen.«

»Warum bei mir?«

»Weil ...« Seine Stimme schwankte so sehr, daß Sarah zu ihm aufsah, »... weil Morgan im Augenblick nicht dazu fähig ist.«

In ihren Augen mußte sich Angst gezeigt haben, denn er fuhr hastig fort: »Ich hätte es wissen müssen, daß er krank ist. Vielleicht ist es eine Infektion nach diesem komplizierten Bruch an seiner rechten Hand. Das Fieber hatte sich schon seit Tagen angekündigt. Ich bete zu Gott, daß es nichts Schlimmeres ist, aber das wissen wir auch erst in ein paar Tagen.«

Sarah schloß die Augen und fragte: »Ist er denn bei Verstand?«

»Er ist sehr erschöpft.«

»Das beantwortet nicht meine Frage, Henry. Ist er in einer Verfassung, daß er weiß, was er sagt und tut?«

»Im Augenblick nicht.« Henry lächelte und setzte hinzu: »Aber gestern abend war er das noch, falls Sie das beunruhigen sollte.«

Sie blickte errötend zur Seite. Offenbar hatte Henry ihr ansehen können, was sie am meisten bewegte. Du liebe Güte — da war ihr eben eröffnet worden, daß sie sich im Dschungel verirrt hatten, und sie machte sich Gedanken, ob Morgan bei Verstand gewesen war, als er sie in der vergangenen Nacht in den Armen gehalten und gefragt hatte, ob sie ihn heiraten wolle!

»Sagen Sie den anderen, daß sie das Lager aufschlagen sollen.« Sie trocknete sich die Augen. »Wir brauchen alle ein paar Stunden Ruhe.«

Sie lag in ihrem Zelt, zu erschöpft und verschwitzt, um schlafen zu können. Sie hatte sich zwar ausgezogen, damit sie die Hitze erträglicher fand; aber damit verbesserte sie ihre Lage keineswegs. Insekten krochen ihr über die Haut, so daß sie sich ständig kratzen oder nach ihnen schlagen mußte, und sie verfluchte ihre Dummheit, die sie hierhergebracht hatte.

Wenn sie sich nicht gegen die Insekten wehrte, die sie plagten, weinte sie um ihren Vater und um die Männer, die unter den Bäumen lagen und schliefen. Sie alle hatten wie sie ihre Illusionen verloren. Doch am meisten weinte sie um Morgan, weil ihr erst jetzt so richtig bewußt geworden war, was er ihr am Tag erzählt hatte: Die Alpträume eines kleinen Jungen, der von einem Fremden vergewaltigt und von seiner Mutter verlassen worden war. Er hatte nie etwas oder jemanden gehabt, und sie hatte sich wochenlang aufgeführt wie ein Kamel, aus Angst, man könnte sie aus dieser dummen, arroganten Londoner Gesellschaft ausschließen.

Sie kam sich vor wie ein Idiot. Morgans Lebensgeschichte brach ihr das Herz, aber zugleich ärgerte sie sich über seine Lügerei. Sie wollte ihn anschreien und im gleichen Atemzug in die Arme schließen.

Morgan kam so unerwartet zu ihr, daß sie nur Zeit hatte zu einem erschrockenen Luftholen. Als er ihr die Hand auf den Mund legte, schien ihr Herz einen Takt lang auszusetzen. »Ich bin es nur«, flüsterte er.

Sie schloß die Augen, als er sich neben sie legte. »Sie wollten mich nicht in deine Nähe lassen. Hast du die Anweisung dazu gegeben?«

Sie nickte. Und dann wimmerte sie leise, als sich seine Hand zu heftig auf ihre Lippen legte.

»Sie reden alle vom Umkehren. Doch wir sind nicht so weit gekommen, daß wir so kurz vor dem Ziel die Reise abbrechen sollten. Wir haben zu viele Opfer gebracht. Doch sie wollen nicht mehr auf mich hören. Sie halten mich für krank oder gar für verrückt. Sie gehorchen nur noch dir. Ich weiß, daß ich Kings Plantage finden kann. Wir werden uns die Samen beschaffen und ... Warum weinst du? Ah, ich weiß, daß ich dich enttäuscht habe. Ich wußte, daß es so kommen würde, wenn du die Wahrheit erfährst. Aber wie oft habe ich dich davor gewarnt. Mindestens hundertmal; doch du wolltest sie ja nicht wissen. Du hast nur das gehört, was du hören wolltest.«

Sie schob seine Hand von ihrem Mund weg. »Du hast mich in allen Dingen belogen!«

»Nicht in allen.«

Sie starrte ihm ins Gesicht und spürte, wie ihr wieder die Tränen kamen. »Du mußt denken, daß ich nicht viel besser bin als diese Frauen, die . . .«

Er packte sie bei den Schultern und schüttelte sie. »Ich habe das nie gedacht! Niemals!«

»All diese Dinge, die du mir in der letzten Nacht gesagt hast.«

»Ich meinte sie auch so. Ich schwöre es!«

Sie versuchte, sich wegzurollen, aber er hielt sie fest.

»Nimm deine Hände von mir weg!«

»Nicht eher, bis wir uns verständigt haben.«

»Wir können uns darauf einigen, daß du mein Zelt verläßt.«

»Gestern nacht hast du von mir das Gegenteil verlangt!«

»Das war, ehe ich die Wahrheit über dich wußte.«

»So? Tut mir leid, mein Schatz, aber ich bin immer noch der gleiche Mann, der gestern nacht zwischen deine reizenden Beine kroch.«

»Das wird nie wieder geschehen!«

»Bist du dir dessen so sicher? Ich bin der Mann, der dich hier berührte.« Er fuhr mit der Zungenspitze über ihre nackten Brüste hin, daß sie zu zittern begann. »Und hier.« Er schob ihr die Hand zwischen die Beine und spreizte sie mit den Knien. Dann war er schon aus der Hose und mit seinem Glied in sie eingedrungen, so daß sich ihr Körper ihm entgegenwölbte, obwohl der Zorn in ihr genauso heftig loderte wie das Begehren nach ihm. Das war primitiv. Eine Leidenschaft, die ihrem Verstand nicht mehr gehorchte. Vielleicht verfügte er doch über Zauberkräfte. Trotz ihrer Enttäuschung hatte sie ein so großes Verlangen nach ihm und erlebte eine solche Erfüllung, daß sie sogar daraus Hoffnung schöpfte.

»Sarah, ich werde dein Held sein. Du mußt nur an mich glauben. Gib mir diese Chance, damit ich dir beweisen kann, daß ich etwas wert bin.«

Sie war zu benommen, zu verwirrt, um zu begreifen, was er zu ihr sagte. Ihr Körper und ihre Sinne befanden sich in einem immensen Aufruhr, der sie nicht nur beglückte, sondern auch erschreckte.

»Ich werde dir deine Gummibaumsamen beschaffen, *ma chère*, und du kannst damit zu Norman zurückkehren und mit ihm glücklich werden, wenn du das willst.«

»Ja«, murmelte sie, hob die Arme, um ihn an sich zu ziehen, begrub ihre Hände in seinen Haaren, legte die Arme um seine Schulter und drückte ihn so fest an sich, daß sie die Leidenschaft spüren konnte, die seinen Körper zum Erschauern brachte.

Sie schloß die Augen und ließ ihren Körper dahintreiben, in dieses brennende Licht hinein ...

15

Als der Morgen anbrach, war Morgan verschwunden. Er hatte das Lager verlassen, ohne jemandem zu sagen, wo er hinwollte. Zwölf Stunden später saß Sarah mit Henry vor ihrem Zelt und fürchteten sich vor dem Dunkelwerden. »Wenn er nicht zurück ist, bevor es Nacht wird, kommt er nie mehr«, sagte sie. »Wo kann er nur hingegangen sein?«

»Was Sie jetzt auch von ihm halten mögen, Sarah, er würde niemals seine Freunde im Stich lassen. Nicht so wie ich. Ich hätte gestern morgen niemals solche Sachen von ihm sagen sollen.« Henry stand seufzend auf und ging vor dem Zelt auf und ab. »Ich hätte ihn besser als jeder andere verstehen müssen. Morgan ist kein übler Bursche. Er ist nur zuweilen . . . verwirrt. Ich bin mindestens so sehr an diesem Mythos und diesen Gerüchten schuld wie er. Wir betrachteten es als einen harmlosen Scherz. Die Eingeborenen konnten an dem letzten Aberglauben, der ihnen noch geblieben war, festhalten, und Morgan durfte sich wenigstens einmal in seinem Leben an dem Respekt anderer Leute erfreuen. Das war alles, was er sich jemals gewünscht hatte. Das Leben hat ihn arg gebeutelt. Wohin er sich auch wandte — er schien überall nur auf Mißachtung, Gleichgültigkeit und Ablehnung zu stoßen. Ich staune, wie sein Geist und seine Seele das so lange aushalten konnten. Ich wäre wohl unter dieser Last des Leides, die man ihm aufbürdete, längst zusammengebrochen.«

»Das scheint mir nicht fair zu sein«, sagte Sarah.

»Es ist auch nicht fair. Es läßt mich jeden Tag an Gott zweifeln. Ich nehme zwar an, daß es zu unserer Bestimmung gehört, auf solche Widerstände zu treffen. Wenn wir uns bemühen, sie zu überwinden, ohne dabei vom rechten Weg abzuweichen, werden wir am Ende wohl auch obsiegen. Aber deshalb fällt es mir nicht leichter, meinen Freund leiden zu sehen.«

Sarah lächelte. »Sie sind ein guter Freund, Henry.«

»Bin ich das? Nach meinem Ausbruch gestern bin ich mir dessen nicht mehr so sicher. Ich gestehe, daß ich mich manchmal daran erinnern muß, was Morgan umtreibt.«

Er blieb vor Sarah stehen und sah sie mit brennenden Augen an. »Versetzen Sie sich einmal in die Lage eines Menschen, der seinen Vater nie gekannt hat und von seiner

Mutter im Stich gelassen wurde. Was wird aus einem Kind, dem man die Mutterliebe nimmt und dem von einer Bestie auch noch die Menschenwürde und Unschuld geraubt wird? Wie wird so ein Kind damit fertig? Indem es sich eine Scheinwelt erschafft, in der er wenigstens das Gefühl haben kann, etwas zu bedeuten und wert zu sein. Und wenn man so hart darum kämpfen muß, sich selbst zu mögen, ist es schwer, sich Zeit für andere zu nehmen. Wenn man nie Liebe erfahren hat — wie kann man dann anderen Liebe zeigen? Wir lernen, indem wir uns an Vorbildern orientieren, und obwohl ich mich im letzten Jahr sehr bemüht habe, Morgan ein Beispiel zu sein, habe ich doch gestern, wie ich fürchte, gründlich versagt. Nun irrt er irgendwo dort draußen herum, ist vielleicht krank und braucht mich. Wenn er nur wiederkäme! Ich würde nie mehr die Stimme gegen ihn erheben.«

In diesem Augenblick erschien Morgan auf dem Lagerplatz.

Sarah sprang von ihrem Sitz auf.

Henry drehte sich zu ihm um und brüllte: »Du Idiot! Wo, in Gottes Namen, hast du den ganzen Tag gesteckt? Bist du dir eigentlich bewußt, was wir deinetwegen durchgemacht haben?«

»Nein.« Morgans Grinsen war komisch und sarkastisch zugleich.

Sarah spürte eine so große Erleichterung, daß sie fast in Tränen ausgebrochen wäre. Obwohl Morgan einen erschöpften Eindruck machte, war doch ein Glanz in seinen Augen, den sie seit Tagen an ihm vermißt hatte. Sein Schritt war elastisch, seine Haltung aufrecht, als er die Lichtung überquerte.

»Hallo«, sagte er leise zu Sarah, und die Erinnerung an die vergangene Nacht trieb ihr das Blut in die Wangen. »Ich habe etwas für dich.« Er nahm ihre Hand, drehte sie mit der Innenfläche nach oben und legte einen kleinen verschrumpelten Apfel darauf.

Kan tauchte an Sarahs Seite auf. Er war außer sich gewesen vor Wut, als er von Morgans Täuschungsmanövern erfuhr. Doch als er nun Sarah den Apfel vom Handteller nahm, ihn aufbrach und die bräunlich gesprenkelten Samenkerne betrachtete, ließ er ein überraschtes Grunzen hören.

»Was ist das?« fragte Sarah.

Kan bückte sich, um ein paar Samen, die zu Boden gefallen waren, aufzuheben. Sein Blick ging zu Morgan hin, als er fragte: *»Cau-uchu?«*

»*Cau* ...« wiederholte Sarah verwirrt.

»... *uchu*«, ergänzte Morgan. »Das bedeutet ›weinendes Holz‹.« Er grinste spitzbübisch. »*Chérie*, das ist der Samen des ›*Hevea brasiliensis*‹, des brasilianischen Gummibaumes.«

Die Welt um sie herum schien bedenklich zu schwanken, als sie sich an Morgan festklammerte, den Kopf zurücklegte und in seinem vor Erschöpfung fast grauen Gesicht nach der Wahrheit forschte. »Oh, Gott, Morgan, du wirst doch nicht ...«

»... dich anschwindeln? Nein, mein Herz, das liegt mir fern. Ich habe geschworen, dich nach Japurá zu bringen, und ich habe mein Wort gehalten.«

Henry kam nun dazu, desgleichen die übrigen Indianer. »Was sagst du da, Morgan? Du hast Kings Plantage gefunden?«

»Wir stehen mitten darauf. Die Xavante-Krieger haben uns nicht deshalb verschont, weil sie an den Regengott glaubten, sondern weil wir uns bereits auf Kings Gebiet befanden. Sie wollten nicht seinen Zorn herausfordern.«

Sarah stieß einen Freudenschrei aus, warf sich in Morgans Arme und bedeckte sein Gesicht und seinen Hals mit

Küssen. »Ich wußte doch, daß du es schaffen würdest! Mein geliebter Morgan, du ahnst ja gar nicht, was das für mich bedeutet! Du hast mir das Leben gerettet, du wunderbarer Mann.«

»Soll das heißen, daß du mir jetzt nicht mehr böse bist?«

Sie nahm sein Gesicht zwischen beide Hände und küßte ihn auf den Mund. Dann tanzte sie zwischen den lächelnden Eingeborenen auf der Lichtung umher. Grinsend blickte Morgan Henry an, der das Schauspiel amüsiert verfolgte. »Wenn sie das schon für einen kleinen Apfel tut, was hätte sie dann erst gemacht, wenn ich ihr meinen Hut, gefüllt mit diesen Dingern, zurückgebracht hätte?«

Henry warf den Kopf zurück und lachte schallend.

Diesmal hatten sie wirklich einen Anlaß zum Feiern. Die Indianer suchten die nähere und weitere Umgebung nach einem geeigneten Braten ab und kamen mit einem Ameisenfresser zurück, dem sie das Fell abzogen und der über dem Feuer geröstet wurde. Kan sammelte Früchte und Henry Maniokwurzeln. Nach dem Essen saßen sie noch lange am Feuer, ihr Erfolgserlebnis genießend. Kan nahm seine Flöte zur Hand und spielte ihnen bis in die späte Nacht die Lieder seines Volkes vor. Nach und nach suchten die Indianer ihre Schlafplätze auf, bis nur noch Morgan, Sarah und Henry am Feuer zurückblieben.

Henry stand auf, klopfte sich den Lehm von der Hose und warf seinem Freund einen verlegenen Blick zu. »Ich schätze, ich störe euch beiden nur, wenn ich noch länger bleibe.«

Als Morgan ihn stirnrunzelnd ansah, setzte er hastig hinzu: »Keine Angst, wir können uns ja morgen früh über alles unterhalten. Ich wünsche euch beiden eine gute Nacht.«

Ohne auf eine Antwort zu warten, tauchte er im Dunklen unter. Kurz darauf hörten sie ihn auf einen Indianer schimpfen, weil er zu viel Platz auf seiner Schlafmatte beanspruchte.

Sarah und Morgan lachten. Dann blickten sie wieder in die allmählich verlöschende Glut des Feuers, bis Sarah sagte: »Was wird morgen passieren, Morgan?«

Morgan, der sich auf einen Ellenbogen stützte und auf einem Grashalm kaute, zuckte die Achseln. »Die Indianer werden deine Samen einsammeln, und dann wirst du nach Hause zurückkehren.«

»Wie kann ich dir nur für das danken, was du für mich getan hast?«

»Ich habe nichts anderes getan, als Norman die Hochzeitsnacht zu verderben.« Er sah sie mit einem Lächeln an, das nicht bis zu seinen Augen hinaufreichte.

Sie sagte eine Weile lang nichts und gab Morgan Gelegenheit, sie zu betrachten. Ihr Gesicht hatte im Licht des Feuers etwas Durchgeistigtes. Nicht zum erstenmal plagten ihn Schuldgefühle, als er sah, wie zerbrechlich und verwundbar sie wirkte. In den letzten Tagen, wenn sein Kopf klar war und er zusammenhängend denken konnte, hatte er sich einzureden versucht, daß er ihr nur die Unschuld genommen habe, um sie und ihren aristokratischen Verlobten zu ärgern. Vielleicht könnte er sich besser mit der Tatsache abfinden, daß sie Norman liebte und den Rest ihres Leben mit ihm verbringen würde, wenn er sich zu der Überzeugung durchrang, sie bedeute ihm in Wahrheit gar nicht so viel. Aber das wäre Selbsttäuschung gewesen.

In diesem Moment richtete sie den Blick auf ihn und fragte: »Willst du mit mir ins Bett gehen?«

Da war es wieder, das schreckliche Verlangen, sie in seine Arme zu nehmen, seinen Körper mit ihrem zu verschmelzen, sich unauslöschlich ihrem Gedächtnis einzuprägen. Aber er schüttelte den Kopf. »Nein.«

Schweigen. Wie gelähmt starrte sie ihm ins Gesicht. Die gleiche wilde Verzweiflung, an der er wochenlang gelitten hatte, spiegelte sich nun in ihren Augen. »Ich verstehe«, sagte sie, die Hände in ihrem Schoß öffnend und wieder schließend. »Du willst nicht mehr mit mir schlafen, solange ich mich nicht damit einverstanden erkläre, dich zu heiraten.«

»Nein, *chérie*, ich möchte mich nur nicht mehr ausnützen lassen — egal, von wem, egal aus welchem Grund.«

Da drehte sie das Gesicht von ihm weg. Sie fühlte sich so verloren und verwirrt. Sie konnte nun nicht mehr die Hand ausstrecken und sich an der einzigen Gewißheit ihres Lebens festhalten — an Morgans Liebe. Die schrecklichen Dinge, die er von sich erzählt hatte, ehe er im Dschungel verschwand, hatten nicht nur ihre Anteilnahme gefunden, sondern sie auch erschreckt. Er war doch so anders als Norman und die Kreise, die sie kannte — wie hätte sie ihm da versprechen können, ihn zu heiraten? Er verlangte zu viel von ihr. Verdammt — er verlangte gleich alles.

Sarah erhob sich vom Feuer, ging zu ihrem Zelt und blieb dort am Eingang noch einmal stehen, um sich nach ihm umzublicken. Morgan starrte noch immer ins Feuer, den Hut schräg auf dem Kopf, das Seidenäffchen, das sein kleines Köpfchen an sein Herz gelegt hatte, in der Brusttasche seines Hemdes. »Gute Nacht«, sagte sie.

»Gute Nacht, *ma chère*«, erwiderte er leise.

Sie verbrachten den folgenden Tag damit, durch den Wald zu streifen auf der Suche nach den vielen tausend *Hevea*-Samenkapseln, die nach Meinung ihres Vaters nötig waren, um diesen Baum an anderer Stelle erfolgreich kultivieren zu können. Stundenlang hackte Sarah auf das wuchernde Unterholz ein, an ihrem Dilemma fast verzweifelnd. Während die Eingeborenen flink wie Affen an den Stämmen der *Hevea* hinaufkletterten und die Äste schüttelten, damit die Samenkapseln auf den Boden hinunterregneten, hatte sie nur Augen für Morgan.

Das Verlangen nach ihm tat weh. Sie verstand nun die Qualen, die er ihretwegen in den letzten Wochen ausgestanden hatte. Er wollte nicht nur ihren Körper haben, sondern auch — was ihm wichtiger war — ihre Seele. Die hatte sie ihm vorenthalten. Und während sie unter seiner Enthaltsamkeit litt, wurde sie auch von Reue geplagt. Sie konnte sich nicht mehr darüber freuen, daß sie das Ziel ihrer Reise erreicht hatte. Der Erfolg ihrer Expedition bedeutete ja, daß sie zu Norman zurückkehren mußte.

Sarah starrte die Machete in ihrer Hand an und hätte fast laut aufgelacht. Meinte sie wirklich, sie könnte nach London zurückfahren und dort die gleiche Rolle spielen wie bisher? Die unschuldig vornehme junge Lady zu mimen, war ihr schon damals nicht leichtgefallen. Wie wollte sie nun diese Farce fortsetzen, wo sich doch alles verändert hatte? Norman würde das, was sie getan hatte, niemals gutheißen. Aber Morgan würde es. Morgan hatte trotz ihrer Launen, ihrer Depressionen, ihrer Pannen niemals aufgehört, sie zu lieben. Er hatte sie begehrt, als sie so verheerend aussah wie noch nie in ihrem Leben. Er hatte sie ermutigt, statt ihr ihre Fehler vorzuhalten.

Plötzlich wußte sie, daß sie ihn trotz seines üblen Rufes, seiner Wutanfälle und Mängel liebte. Tatsächlich liebte sie ihn gerade deswegen. Das machte ihn verletzlich und aufrichtig und menschlich und zu einem keineswegs vollkommen Menschen — zu all dem, was Norman nicht war.

Sie beschloß, Morgan nach dem Abendessen ihre Entscheidung mitzuteilen. Er zog sich aber in seine Hängematte zurück, ohne einen Bissen zu sich zu nehmen, und war sofort eingeschlafen.

Sarah saß auf einem Baumstumpf, kaute minutenlang an einem Stück gebratenem Ameisenfresser-Fleisch und starrte ins Feuer. Henry ging über die Lichtung, blieb bei Morgans Hängematte stehen und kam kopfschüttelnd wieder zurück.

»Etwas stimmt da nicht«, sagte er. »Ich kann meinen Finger nicht darauf legen; aber irgend etwas ist nicht mit ihm in Ordnung. Er hat den ganzen Tag mit niemandem ein Wort gesprochen, nichts gegessen . . .« Er blickte Sarah an. »Ich mache mir Sorgen um ihn.«

Sie stellte ihr Abendessen weg und sah zu, wie das Seidenäffchen herbeihüpfte und sich die Scheibe Obst von ihrem Teller holte. »Er fragte mich, ob ich ihn heiraten würde«, sagte sie.

»Ich weiß. Sie haben ihm einen Korb gegeben.«

»Aber das hab ich gar nicht. Ich brauchte lediglich Bedenkzeit . . .«

»Lieben Sie ihn?«

»Ich liebe ihn«, antwortete sie. »Vielleicht war mir nicht bewußt, wie sehr ich ihn liebe, bis er mir seine Vergangenheit gestand — und seine Lügen — und ich entdeckte, daß ich ihm nicht böse sein kann. Offen gesagt, bin ich auch zu Ihnen nicht ganz ehrlich gewesen, Henry.«

Er hörte auf, vor ihr auf- und abzuwandern.

»Ich bin nicht nur dieser verdammten Gummibaumsamen wegen hierhergekommen. Ich kam auch in der Absicht, King zur Rede zu stellen und ihn zu zwingen, den Mord an meinen Vater zuzugeben.«

»Beim Zeus!« rief Henry erschrocken, »Sarah, wie hatten Sie sich das denn vorgestellt?«

»Ich weiß es nicht. Ich fürchte, es war eine unüberlegte Entscheidung. Ich habe damals nur an den ruinierten Ruf meines Vaters gedacht und welche Folgen das für mich haben würde. Heute liegt mir das schwer auf der Seele,

Henry. Ich fühle mich verantwortlich für das ganze Fiasko. Sie und Morgan riskieren Ihr Leben, um mich nach Japurá zu bringen, und wofür? Damit ich mir diese elenden Samenkapsel beschaffen und mir den Platz in der Gesellschaft erkaufen konnte, der mir heute nichts mehr bedeutet. Dafür muß ich mich bei Ihnen entschuldigen, Henry.«

Henry ließ sich nun mit bekümmerter Miene neben ihr auf dem Boden nieder und schlug die Beine untereinander. »Wenn wir schon mal beim Beichten sind, sollte ich Ihnen ebenfalls etwas gestehen, Sarah. Wir hatten anfangs gar nicht die Absicht, der Gummibaumsamen wegen hierherzukommen. Wir brauchten Ihr Geld, um die Reise nach Japurá finanzieren zu können, weil wir uns ebenfalls an King rächen wollten ... unter anderem.«

»Aha!« Sarah starrte das Profil des Pygmäen an, ehe sie fortfuhr: »Deshalb also die Versuche, mich unterwegs abzuhängen?«

»Ja.«

»Ich verstehe ...« Sie holte tief Luft und beobachte die tanzenden Schatten hinter dem Lagerfeuer.

»Werden Sie ihn heiraten?« fragte Henry.

»Ich möchte schon, habe aber Angst davor. Macht das einen Sinn?«

»Sie haben Angst, Ihr Leben in England aufzugeben?«

»Ja.«

»In England hatte ich alle Annehmlichkeiten, die man sich für Geld kaufen kann, aber niemand, mit dem ich sie teilen konnte. Nicht einmal einen Freund. Es war nicht leicht für mich, das alles aufzugeben; aber ich tat es, und heute bin ich froh darüber. Denn nun habe ich einen Freund, der mich mag — mich meinethalben mag und nicht meines Titels wegen. Ich denke, es ist kein großer Unterschied, ob man jemanden liebt oder von jemandem geliebt wird.«

Sarah sah zu der Stelle hin, wo Morgan im Dunklen schlief.

»Ich glaube, ich möchte Japurá schon morgen wieder verlassen, Henry.«

»Und Ihren Plan aufgeben, King zur Rede zu stellen?«

»Das scheint mir nun nicht mehr wichtig zu sein.« Sie sah abermals zu Morgans Schlafplatz hinüber. »Was glauben Sie, Henry — wird er mit mir kommen, oder ist ihm die Rache an King wichtiger?«

»Wenn er an eine Zukunft mit Ihnen glaubt, wird er das Risiko einer Konfrontation mit seinem alten Feind scheuen, denke ich.«

Sarah seufzte. Plötzlich fühlte sie sich sehr ruhig und sehr sicher, weil sie wußte, was sie tun würde. Sie konnte zwar nicht wissen, was die Zukunft ihr bringen würde; aber daß sie sie mit Morgan Kane verbringen würde, wußte sie nun genau.

Morgendämmerung. Sarah setzte sich auf ihrer Schlafmatte hoch, als sie draußen ein Wutgeheul hörte.

»Morgan!«

Sie schlüpfte rasch in Hemd und Hose, warf die Zeltklappe am Eingang zurück und kroch auf Händen und Knien ins Freie. Die geballten Fäuste an den Seiten, stand Henry in der Mitte des Lagerplatzes und funkelte die Indianer an. »Glotzt nicht so dumm! Ihr wollt mir doch nicht weismachen, daß keiner von euch gesehen hat, wie er abhaute? *Morgan!* Verflucht sei seine Haut! Ich hätte es wissen sollen. Ich hätte es *wissen sollen!*«

»Was ist passiert?« rief Sarah.

»Er ist fort.«

»Wohin ist er gegangen?« Als Henry ihr keine Antwort gab, stemmte sie sich in die Höhe und lief zu ihm. »Wohin ist er gegangen?« wiederholte sie mit schriller Stimme.

Henry hielt ihr ein Papier vor das Gesicht, auf dem etwas in Morgans Handschrift stand. »Zu King natürlich. Wohin sonst?«

Morgan bewegte sich zwischen den Bäumen, hielt nur gelegentlich an, um nach den verräterischen Narben in der glatten hellen Rinde der Gummibäume zu suchen. Er wußte, daß er wohl kaum einem *seringuero* in die Arme laufen würde. Für einen Gummisammler begann der Tag um vier Uhr morgens, wenn es noch dunkel war. Dann zog er, die Machete in der einen Hand, ein *machadinho* — ein primitives kurzes Zapfbeil — in der anderen, los, um den dicken weißen Saft der Gummibäume zu ernten, den er mit den Bechern auffangen würde, die sich in dem Tornister auf seinem Rücken befanden. Ein guter *seringuero* auf einer Gummiplantage konnte dreihundert Bäume täglich anzapfen. Auf dieser Plantage würde er jedoch vierhundert Bäume am Tage anzapfen müssen, wenn er nicht ausgepeitscht werden wollte — mit einem Schlag für jeden Baum, der an den vierhundert fehlte.

Der Pfad, dem Morgan folgte, war mit frischen Schößlingen überwuchert; die Bäume ›ruhten‹ also. Die spiralförmigen Narben an den Stämmen verheilten, aber in ein paar Wochen würden sie für eine neue Ernte bereit sein.

Morgans Schritte wurden von dem Laub und Gräsern unter seinen Füßen gedämpft. Die Hütten, wo der Kautschuk aufbereitet wurde, waren nahe. Der Gestank der brennenden *urucuri*-Nüsse erfüllte die Luft, der sich mit dem üblen Geruch erhitzten Gummis vermischte und rief einen ihm vertrauten Brechreiz in Magen und Hals hervor.

Nachdem er noch eine halbe Meile weit gegangen war, sah er sich genötigt, anzuhalten und zu rasten. Der Schweiß lief ihm in Strömen über den Körper, und zuweilen befiel ihn ein so heftiges Zittern, daß er kaum noch sein Gewehr festhalten konnte. Der Schmerz war ein pochendes Feuer in jedem Knochen und Muskel; aber wenn er meinte, die Schmerzen nicht mehr ertragen zu können, zwang er sich dazu, an die Monate zu denken, die er auf Kings Plantage verbracht hatte, und an die körperlichen und seelischen Qualen damals, die so ungeheuerlich waren, daß sie ihn in ein Tier verwandelt hatten. Im Vergleich dazu waren die Schmerzen, die ihn jetzt plagten, eine Unpäßlichkeit.

Seltsam, daß er sich jetzt erlauben konnte, diese Erinnerungen aufleben zu lassen. Tatsächlich lud er sie dazu ein — so bedrückend sie auch sein mochten. Und die Erleichterung überspülte ihn wie die Flut einen Wall, gegen den er sich lange mit aller Kraft gestemmt hatte, damit er nicht nachgeben sollte. Aber mit ihr kam auch die Angst vor dem, was jetzt vor ihm lag. Doch das Fieber half. Es nahm der Realität die Schärfe, die ihm eher wie ein Traum erschien, der ihn im letzten Jahr fast täglich heimgesucht hatte. Nur daß dieser Alptraum bald Wirklichkeit sein würde.

Er kam zu einem Fluß und folgte seinem gewundenen Bett, bis der Qualm von den Hütten so stark wurde, daß er kaum noch atmen konnte. Dem Stand der Sonne nach war es kurz nach zwölf Uhr mittags. Bald würden die *seringueros* ihren aufbereiteten Gummi auf die Wagen des *matteiros* laden, und danach würden die Arbeiter zu ihren Hütten zurückkehren, um dort während der heißesten Zeit des Tages zu ruhen.

Er watete durch das Wasser, widerstand dem Verlangen seines Körpers, in der kalten klaren Flut ein Bad zu nehmen. Eine kleine runde Hütte mit einem kegelförmigen Dach saß auf einer Anhöhe inmitten einer Lichtung, deren letzte Bäume in der vergifteten Luft dem Tode entgegensiechten. Noch ehe Morgan vor der Tür der Hütte anlangte, wußte er schon, was er dort finden würde.

Dennoch warf ihn der Pesthauch, der ihn empfing, fast von der Schwelle zurück. Er sog noch einmal die Luft im Freien in die Lungen, um auf das Inferno, das ihn in der Hütte erwartete, besser vorbereitet zu sein. Die ausgemergelte Gestalt eines alten Mannes bückte sich zu dem prasselnden Feuer hinunter. Der Schweiß rann ihm über die faltigen Wangen. Eine Rauchwolke füllte den Innenraum aus, als der Alte mit knotigen Händen eine lange Stange über einer Grube drehte, während der Gummi am anderen Ende sich als zähe Masse in der Form eines kissenartigen Kuchens absetzte. Als der Alte Morgans Gegenwart spürte, blickte er über die Schulter und zwinkerte heftig, um in dem Qualm etwas erkennen zu können. Seine Augen weiteten sich kurz beim Anblick seines Besuchers; aber als er sich anschickte, seine Arbeit zu unterbrechen, sagte Morgan: »Höre nicht auf, Papa. Der Wagen wird bald hier sein.«

Steifbeinig schwang der alte Mann die Stange aus dem Rauch und warf sie zu den anderen in der Nähe der Tür. Dann läutet auch schon die Glocke des sich nähernden Fuhrwerks, und Morgan schlüpfte wieder aus der Hütte und verbarg sich im Schatten der Bäume am Rand der Lichtung.

Von seinem Versteck aus konnte er das heranrumpelnde Fahrzeug beobachten. Er erkannte auch dessen Kutscher, Marcoi Chavez. Chavez war zur gleichen Zeit wie Morgan auf Kings Plantage gekommen, und während ihrer langen Reise nach Japurá waren sie eine Weile lang zu Freunden geworden. Diese Freundschaft hatte jedoch ein Ende gefunden, als den beiden Männern ihre Aufgaben zugewiesen wurden. Morgan wurde dazu auserwählt, im Verwaltungsbereich der Plantage zu arbeiten, als Kings persönlicher Assistent, Sekretär, Begleiter und Leibwächter. Chavez wurde zusammen mit den anderen Sklaven auf die Felder zum Arbeiten geschickt. Sein Haß auf Morgan wuchs mit jeder Stunde, die er dieser grausamen Plackerei ausgesetzt war. Doch Chavez war nicht so wie diese naiven, leicht einzuschüchternden Indianer, die King aus dem Regenwald rekrutierte. Er war intelligent und begriff bald, was er tun mußte, um sich aus der Schar der Sklavenarbeiter herauszuheben.

Und das war kaltblütige, Übelkeit erregende Grausamkeit. Ein Gefallen am Vergießen von Blut und an Perversitäten und eine sadistische Freude am Quälen. Aber obgleich er für diese Qualitäten bekannt war, mußte er doch bald einsehen, daß er es in Kings Organisation nur bis zum *matteiro* bringen, aber nie einen Job in *casa blanca* bekommen würde.

Er war nicht *hübsch* genug für Kings absonderlichen Geschmack.

Und so ließ er Enttäuschung und Ärger an den gemeinen Arbeitern aus. Als Morgan sich zum *matteiro* degradiert fand, also in den gleichen Rang wie Chavez versetzt sah, begann eine bittere Fehde zwischen ihnen. Chavez war nicht nur über alle Maßen grausam, sondern auch ein überaus nachtragender Charakter, der die leiseste Kränkung auf übelste Weise zu vergelten suchte. Er verlor nicht eine Sekunde, dafür zu sorgen, daß die Nachricht von Morgans Güte gegenüber den *seringueros* sogleich an King weitergegeben wurde, der meinte, daß die Landarbeiter nicht viel weniger als den Tod verdienten, wenn sie ihre tägliche Quote nicht erfüllten. Als King erfuhr, daß Morgan ihnen solche Fehler nicht nur nachsah, sondern so weit ging, die Berichte über deren Tagesleistungen zu fälschen, hatte ihn King zu sich ins Haus bestellt und von ihm eine Liste der Arbeiter gefordert, die ihr Akkordsoll nicht erfüllt hatten. Als Morgan sich weigerte, ihm die Namen dieser Leute zu nennen, hatte King ihn Chavez zur Bestrafung übergeben.

Morgan schlich sich jetzt an die Hinterseite der Hütte heran, um dort Chavez' Besuch abzuwarten. Er betete, daß der sadistische Bastard Chico nicht auspeitschte. Er hatte nicht mehr die Kraft dazu, ihn daran zu hindern, und zudem durfte er seine Anwesenheit nicht bekannt werden lassen, solange er nicht wußte, wie er mit King verfahren sollte. Für einen vom Fieber glühend heißen, dazu noch von üblen Erinnerungen geplagten Kopf war allein das schon eine fast unlösbare Aufgabe.

Er versuchte sich vorzustellen, was er gemacht hätte, falls Sarah ihm keinen Korb gegeben hätte. Dann hätte er zweifellos seinen Plan, King zu vernichten, sofort aufgegeben, sich darauf konzentriert, den kostbaren Gummibaumsamen einzusammeln und Japurá so rasch wie möglich wieder zu verlassen. Aber sie hatte ihn nicht heiraten wollen. Also war er wieder an dem Punkt angelangt, wo er begonnen hatte. Mit nichts, auf das er sein Leben aufbauen konnte. Mit der Hoffnung, daß Henry einsehen würde, es wäre sinnlos ihm zu folgen — und Sarahs Leben nicht mit einem so törichten Unternehmen zu gefährden. Henry würde ein paar Tage auf ihn warten, vielleicht eine Woche lang, und wenn Morgan nicht mehr auftauchte, würde er einen Weg finden, Sarah sicher zum Fluß zurückzubringen.

Stimmen schlugen an sein Ohr, verzerrt durch die Entfernung. Sie schienen zu flimmern wie die Hitze auf der schmachtenden Erde. Er schloß die Augen, suchte Erinnerungen abzuwehren, die ihn in eine vergangene Zeit versetzten; aber als er Chavez' Stimme hörte, die dem müden alten Mann Befehle zubrüllte, daß er sich mit dem Verladen des Gummis beeilen solle, zog sie ihn hinunter zu der Stelle, wo er den Schmerz und die Erinnerung an diesen schrecklichen Tag vor mehr als einem Jahr in seinem Gedächtnis vergraben hatte.

Ein paar von Kings Leibwächtern zerrten ihn aus dem Haus. Er sah Chavez beim Schafott stehen, und einen Moment lang spürte er eine gewaltige Erleichterung, daß sie ihn gleich töten und ihn vorher nicht lange foltern wollten. Dann rollte Chavez seine Peitsche auseinander. Seine Beine schienen zu Eis zu erstarren, so daß er stolperte. Seine Eskorte war gezwungen, ihn um die Hüften zu fassen und zu tragen, weil er die Kraft zum Gehen nicht mehr fand.

Die Glocken im Haus läuteten. Wenn er die Augen schloß, konnte er sich fast vorstellen, daß er sich wieder an einem Sonntagmorgen im Waisenhaus befand und ihn die Glocken zur Andacht in die Kathedrale riefen. Nur waren diese Glocken eine Aufforderung an die Arbeiter, ihre tägliche Routine zu unterbrechen und sich zum Haus zu begeben.

Es sollte ihnen eine Lektion erteilt werden.

Breite Metallmanschetten wurden ihm angelegt. Dann wurde er auf den Block hinaufgehoben, und die Bänder wurden an den Haken befestigt, die über ihm am Gerüst angebracht waren. Seine Fußknöchel wurden mit Stricken an die Plattform gefesselt. Die Kleider wurden ihm vom Leib heruntergeschnitten — bis auf den letzten Faden — und weggeworfen. Dann hing er mit gespreizten Armen und Beinen mitten in der Luft, während Männer, Frauen und Kinder sich um das Schafott versammelten, ihre Gesichter ein Spiegel seiner eigenen Angst, ein Zeugnis für ihre Erinnerung an die Erfahrung, die sie selbst mit Chavez' Peitsche gemacht hatten.

Dann kam Rodolfo aus dem Haus, elegant in seinem blendend weißen Anzug, sein atemberaubend goldenes Haar wie ein Heiligenschein auf seinem Kopf, während er sich durch das Licht der Sonne zum Schafott bewegte und vor ihm stehenblieb. Der ›patrao‹ betrachtete ihn mit die-

sen hypnotischen blauen Augen, wie Feuer und Eis, erst brennend, in der nächsten Sekunde unglaublich kalt — doch immer erschreckend in ihrer satanischen Schönheit.

»Morgan«, er flüsterte fast, »mein teurer Morgan, du mußt wissen, wie sehr mich das betrübt. Wenn ich mir vorstelle, daß dein Rücken auf so üble Weise zerschunden wird, bricht mir das Herz. Erspare uns diese Qual. Bekenne, wen du zu schützen versuchst, und gestatte, daß sie für ihre Verbrechen büßen.«

Er hätte nicht antworten können, selbst wenn er das gewollt hätte. Seine Kehle war zu trocken dafür und eingeschnürt vor Angst.

»Morgan«, sprach King unter ihm, »schau dich um. Siehst du jemand von den Leuten, die du schützt, vortreten, um dich vor dieser Strafe zu bewahren? Sie nützen deine Großzügigkeit vorsätzlich aus und lassen dich lieber an ihrer Stelle leiden. Das tun sie, weil sie nicht deine Freunde sind, wie du zu glauben scheinst. Wohingegen ich ... ich dich vor dieser Bestrafung retten würde, wenn ich könnte — wenn ich dächte, du würdest dafür unsere Beziehung in einem anderen Licht sehen.«

Er strich mit kühlen, sachten Fingern Morgan das Haar aus der Stirn. »Laß uns dieses Mißverständnis vergessen. Wir wissen beide, daß ich für diese Bande von Faulpelzen nicht viel übrig habe. Wir werden sie beide vergessen, wenn du nur einwilligen würdest, mir das zu geben, was ich haben möchte — nämlich dich. Deine Freundschaft, deine Loyalität, deine Seele. Als Belohnung dafür werde ich dir jeden Traum erfüllen. Alle deine Träume von Reichtum, Respekt, dem Gefühl, etwas wert zu sein, einer Stätte, wo du für immer bleiben kannst, und ... Liebe. Ich liebe dich. Diese Sache bekümmert mich mehr, als du glaubst.«

Morgan blickte direkt in diese tödlichen blauen Augen und keuchte: »Fahr zur Hölle.«

Kings Mund wurde zu einem dünnen Strich, der sich quer über sein Gesicht zog. »Also gut.« Er machte auf den Absätzen kehrt und entfernte sich auf dem Pfad zur Casa. Dort hielt er noch einmal an, drehte sich um und verweilte zögernd zwischen den Türpfosten. Morgan beobachtete, wie der Wind mit seinen Rockschößen spielte und das Haar um seine Schultern anhob. Eine Sekunde lang war er versucht, ihn zu rufen — so sehr versucht ...

Aber er rief nicht nach ihm. Er hatte seinen Stolz. Seine Würde. Seine Männlichkeit, wenn auch nichts sonst. Er hatte sein ganzes Leben lang darum gekämpft, wenigstens ein bißchen Selbstwertgefühl zu behalten, trotz der vielen Enttäuschungen und Zurückweisungen. Er hatte nur einmal in seinem Leben gebettelt, als seine Mutter fortging und ihn allein auf der Treppe des Waisenhauses zurückließ. Er würde das nie mehr tun. Niemals. Er hatte es auch nicht getan, als der Kapitän der ›Mindoro‹ ihn an den Großmast binden und wegen Befehlsverweigerung auspeitschen ließ. Er hatte niemals um Gnade gebettelt oder gewinselt, und damit wollte er auch jetzt nicht anfangen. Nicht, nachdem er die Gesichter von anderen gesehen hatte, die um Gnade winselten, damit ihre Qualen ein Ende haben sollten, und erkannt hatte, daß die Vernichtung ihres Selbstwertgefühls sie als leere Hüllen zurückgelassen hatte, die zwar redeten und aussahen wie Menschen, aber innerlich nur noch gottverdammte Zombies waren.

Er würde nicht betteln — bei Gott, das würde er nicht. Und er würde sich nicht Kings perversen Forderungen unterwerfen.

Lieber würde er sterben.

Dann war King im Haus verschwunden, und Morgan starrte den leeren Türrahmen an, während die Angst sich um seine Brust legte wie ein Schraubstock.

Der erste Schlag traf sein Gesäß, und das gegabelte Ende der Lederpeitsche ringelte sich wie eine Schlange um seine Schenkel und schnitt gefährlich nahe an seinen Geschlechtsteilen ins Fleisch, daß sie sich vor Schock und Schmerz eng an seinen Körper legten. Sein Leib schnellte in die Höhe, und die Metallbänder schnitten ihm ebenso schmerzhaft ins Fleisch wie die Peitsche. Als sich das Leder zurückzog und wieder zuschlug, wieder und wieder, wuchs seine Agonie. Die Adern traten an seiner Stirn und seinem Hals hervor, während er den Schrei in seiner Kehle niederkämpfte. Er würde Chavez nicht diese Genugtuung verschaffen.

Aber die Schläge wollten nicht aufhören, bis die Welt um ihn her sich in ein flackerndes rotes Feuer verwandelte und er an seinen Fesseln zu reißen begann wie ein hirnloses Tier, daß in einem Schnappeisen gefangen war.

Zwischen den Schlägen verlor er das Bewußtsein, doch jeder Schlag, der das Fleisch auf seinem Rücken zerfetzte, holte ihn kurz in die Gegenwart zurück. Die Schmerzen rollten wie mächtige Wellen durch seinen Körper, die ihn bald auf-, bald untertauchen ließen. Dann blieben die Schläge für kurze Zeit aus, und jemand schüttete ihm Wasser ins Gesicht, so daß er wieder aufwachte und die Höllenqual über ihn herfiel wie ein reißender Wolf.

Es war still im Hof. Die Arbeiter sahen aus der Entfernung diesem grausamen Schauspiel zu, mit traurigen Mienen aber festverschlossen Mündern. King hatte recht behalten. Nicht einer hatte gewagt vorzutreten und für seine Verfehlungen zu büßen.

Er blinzelte, und King kam wieder scharf ins Bild, der mit seinen elektrisierenden blauen Augen zu Morgan hinaufsah. »Du weißt, was ich verlange«, sagte er. »Wenn du einwilligst, wird das ein Ende haben, Morgan. Keine neuen Schmerzen mehr.«

Morgan hing in seinen Fesseln, erstickte fast an dem Blut in seinem Mund. Und irgendwie fand er die Kraft, King dieses Blut ins Gesicht zu spucken.

»Schneidet ihn herunter!« kam Kings Stimme.

Dann zerrten grausame Hände an seinen zerschlagenen Gliedern und zogen seinen Kopf zurück, weil er zu schwach war, ihn aus eigener Kraft zu heben. Chavez kam auf ihn zu.

»Morgan, ich hatte dich davor bewahren wollen«, kam Kings Stimme.

Er stöhnte, versuchte aufzustehen; aber brutale Hände drückten ihn nieder. Die Angst in ihm löschte nun alles andere aus. Nicht das. Oh, Gott, nicht das! Alles andere, nur nicht das ...

Keine Vergewaltigung. Bitte, Gott, bitte ...

»Du weißt, was ich will, Morgan. Du kannst dir diese Demütigung ersparen. Du weißt, was ich von dir will.«

»Bastard!« zischelte er. Es klang wie das Röcheln eines verendenden Tieres. Er fing an, sich zu übergeben. Er konnte nicht damit aufhören.

»Du weißt, was ich von dir will, Morgan.«

»Fahr zur Hölle!«

King drehte sich auf den Absätzen herum und ging zurück zum Haus. Chavez knöpfte sich den Hosenstall auf und ...

»Bastard!« brüllte er.

Und King ging weiter auf sein Haus zu.

Er versuchte, diese Hände abzuwehren; aber da war keine Kraft in ihnen, und er glitt in seinem eigenen Blut und seinem Erbrochenen aus. Er versuchte, mit den Beinen auszukeilen; aber sie packten ihn bei den Knöcheln und Schenkeln und ...

Da warf er den Kopf zurück und schrie: »Ja, ja, Gott verdammt, ich werde alles tun! Alles! Ist es das, was du hören möchtest? Nur hab Erbarmen … bitte. Ich bitte dich, nicht das. Ich würde lieber sterben, Randi. Bitte, um Gottes willen, laß sie das nicht mit mir machen!«

Als King zur Plattform zurückkam, rollten ihm Tränen über das Gesicht. Er zog sich langsam die Jacke aus und gab sie Chavez. Dann stieg er auf die Plattform, legte seine Arme sacht um Morgan, hielt dessen zerschundenen Körper an sein gestärktes, sauber riechendes weißes Hemd, das sich mit Morgans Schweiß und Blut vollsaugte, und sagte zu den anderen: »Nehmt eure gottverdammten Hände von ihm weg, oder ich lasse euch töten.«

16

»Senhor Kane, können Sie mich denn nicht hören? Hier ist Chico, Senhor. Können Sie Ihre Augen nicht mehr öffnen?«

Sein Kopf tat höllisch weh. Die Indianer hatten recht. Irgendein Fieber fraß sein Gehirn auf.

»Senhor Kane, bitte, versuchen Sie mich zu hören. Sie sind drei Tage lang bewußtlos gewesen.«

Er zwang die Lider in die Höhe. Da war eine flackernde Kerze in seiner Nähe, die ihm schmerzhaft in die Augen stach. Allmählich gelang es ihm, Einzelheiten seiner Umgebung zu unterscheiden. Er starrte an die Lehmwände, wo zwei Eidechsen mit einem Zucken ihrer langen Schwänze ins Dunkle flohen. Dann rückten das Gesicht des alten Mannes und dessen Schultern in sein Blickfeld. Hinter ihm sah eine Indianerfrau mit besorgten Augen auf Morgan hinunter. Chico schob eine Hand unter Morgans Kopf, drückte ihm einen Becher gegen die Lippen und sagte: »Trink, mein Freund. Es ist nur eine schwache Suppe; aber sie wird dir Kraft geben.«

Morgan versuchte, den Kopf zur Seite zu drehen. Er wußte, daß jedes Stückchen Brot für die *seringueros* eine Kostbarkeit war. Wenn er von ihnen etwas zu essen annahm, mußte jemand anderer seinetwegen hungern.

»Sie müssen essen, oder Sie werden sterben.«

»Besser ich als du«, brachte Morgan mühsam über die Lippen.

»Sie haben sich kaum verändert«, sagte Chico.

»Dann weißt du auch, daß ich dir dein Essen nicht wegnehmen werde.«

»Das ist das mindeste, was ich für Sie tun kann. Ich verdanke Ihnen mein Leben. Nun trinken Sie diese Suppe und erlauben Sie mir, meine Schuld, die seit Monaten auf mir lastet, ein wenig zu erleichtern. Da. So ist es gut. Die Frau ist eine sehr schlechte Köchin; aber das wird ihren leeren Magen füllen.«

Die Suppe schmeckte bitter, doch er schlang sie hinunter, ohne sich zu beklagen. Als er sie gegessen hatte, brachte Chavez einen Becher voll *masato*, den er ebenfalls an Morgans Lippen drückte.

»Das wird den Schmerz in Ihrem Kopf lindern.«

Chavez behielt recht. Die Suppe gab ihm Kraft, sein Kopf wurde freier. Er konnte sich sogar aufsetzen, an die Wand lehnen und sich in der armseligen Hütte umsehen. Ein paar Strohmatten lagen in einer Ecke, ein paar Tontöpfe standen auf dem Boden. Eine Motte schwirrte um die Kerzenflamme.

Chico Hinojosa war ein *caboclo*, also ein Mann halb portugiesischer, halb indianischer Abstammung. King hatte ihn und seine Familie vor fünf Jahren angeheuert, als er sich in Lima aufhielt, und hatte dem alten Mann, dessen Frau, seinen drei Söhnen und seiner Tochter versprochen, daß sie nie mehr arm sein würden. Sie waren keinen Monat auf der Plantage gewesen, als King zusah, wie man seine Frau mit Keulen erschlug, weil sie ihr Tagessoll bei der Gummiernte nicht erfüllt hatte. Und als einer seiner Söhne versucht hatte, sich durch die Flucht in den Regenwald Kings Willkür zu entziehen, hatte man Chicos Tochter mit gespreizten Armen und Beinen am Boden an Pfählen festgebunden, und sie war von nicht weniger als zwanzig Männern vergewaltigt worden, ehe man sie mit Kerosin überschüttet und angezündet hatte.

»Als ich Sie dort in der Tür stehen sah«, kam Chicos Stimme, die von dem Rauch, den er täglich einatmen mußte, rauh geworden war wie ein Reibeisen, »dachte ich, ich sähe ein Gespenst. Man sagte uns, Sie wären in Manáos gefangen und getötet worden. Gilberto de Queiros wedelte uns mit den abgeschnittenen Hoden eines Mannes vor dem Gesicht herum und behauptete, das wären Ihre.«

Morgan grinste und nahm noch einen Schluck von seinem *masato.* »Es gibt vermutlich eine Reihe von Ehemännern, die sich dessen rühmen möchten, aber ich freue mich, sagen zu können, daß ich meine noch habe.«

Chicos Mund klaffte lächelnd auseinander. »Warum sind Sie zurückgekommen?«

»Um Rache zu nehmen.«

»Niemand nimmt an King Rache. Das ist so, als würde man dem Teufel in die Augen spucken und erwarten, daß er daran krepiert.«

»Es gibt Mittel und Wege. Aber ich werde Hilfe brauchen.«

In diesem Moment kam die Frau, die sich bereits entfernt hatte, wieder in die Hütte zurück. Ihr folgte einer von Chicos Söhnen, Teobaldo, der Morgan feindselig musterte.

»*Dios,* Papa, was hast du dir dabei gedacht, ihn bei dir zu verstecken?«

»Ich begrüße dich, Teobaldo«, sagte Morgan.

Morgans Gruß ignorierend, fuhr der junge Mann, an

Chico gewendet, fort: »Was sucht er hier, Papa? Wenn King erfährt, daß er zurückgekommen ist und du ihn in deiner Hütte aufgenommen hast, wird er uns alle umbringen lassen wie meine Schwester, meine Mutter und meinen Bruder.«

»Sei still«, erwiderte Chico. »Unser Freund ist sehr krank gewesen.«

»Das kann ich sehen. Zu schade, daß er nicht gestorben ist. Falls wir Glück haben, wird er noch sterben, ehe *el patrao* erfährt, daß du ihm geholfen hast.«

»Ich bin zu alt und zu krank, um mich vor *el patrao* zu fürchten«, gab Chico zurück. »Wenn er mich morgen tötete, wäre ich ihm sogar dankbar.«

Morgan lächelte erfreut, als Chico ihm noch eine Tasse *masato* reichte. Dann blickte er Teobaldo an und sagte: »Ich bin gerührt von deiner Hilfsbereitschaft. Wenn ich mich recht entsinne, gehörtest du zu den Männern, die ich zu schützen versuchte, als ich an das Schafott gebunden und ausgepeitscht wurde. Ist es dein Gewissen, das dich so zornig macht?«

»Kommen Sie mir nicht mit meinem Gewissen.« Der junge Mann spuckte Morgan vor die Füße. »Wir haben Sie alle bewundert. Die jungen Männer respektierten Sie. Als man sie aus *casa blanca* warf, weil sie sich Kings Forderungen widersetzten, hielten wir Sie alle für einen Heiligen. Einen Helden. Aber dann haben Sie uns den Rücken zugekehrt und sind zu ihm zurückgegangen. Was geschah dann? War der Schwanz Ihres Liebhabers nicht groß genug, um Sie zu befriedigen? Sind Sie deshalb schließlich weggerannt? Und juckt es Sie jetzt zwischen den Beinen, und sind Sie zurückgekommen, weil *el patrao* der einzige ist, der Sie dort kratzen kann?«

Morgan schoß von seiner Matte hoch, packte Teobaldo vorn am Hemd und warf ihn gegen die Hüttenwand. »Du

Bastard, wärst du nicht Chicos Fleisch und Blut, würde ich dich jetzt vermutlich töten.«

»Wollen Sie leugnen, was ich gesagt habe, Senhor?«

»Ja, ich leugne es. Ich habe nie zugelassen, daß er mich anfaßt. Niemals!«

»Sie müssen aber etwas getan haben, was Sie so ungeheuer beliebt bei ihm machte. Als Sie von seiner Plantage entwischten, hat er getobt wie ein Rasender und jeden Mann, jede Frau und jedes Kind für Ihre Flucht büßen lassen. Zeige ihm, Papa, was er mit dir gemacht hat, weil er wußte, daß du mit dem Amerikaner befreundet warst. Zeig es ihm!«

Morgan lockerte den Griff an Teobaldos Hemd und blickte sich zu Chico um. »Zum Teufel, wovon redet er eigentlich, Chico?«

»Es ist nichts, mein Freund . . .«

Teobaldo stieß Morgan zur Seite, faßte seinen Vater an den Schultern und drehte ihn herum. Er hob dessen Hemd an und legte das zerfetzte Fleisch darunter frei. »Ich würde nicht behaupten, daß das ›Nichts‹ wäre. Oder sind Sie dieser Meinung, Kane? Und das war erst der Anfang. Frauen und Kinder wurden abgeschlachtet, weil sie auf irgendeine Weise mit Ihnen in Berührung gekommen sind.«

Die Augen schließend, sank Morgan gegen die Wand zurück.

»Unsere Wunden sind kaum verheilt, und da kommen Sie wieder zurück. Weshalb? Warum haben Sie uns nicht in Frieden lassen können?«

»Du bezeichnest das tägliche Auspeitschen, die Vergewaltigungen und den langsamen Hungertod, den sie hier sterben müssen, als Frieden?«

»Wenn wir seine Regeln befolgen, unser tägliches Soll erfüllen und ihm unseren Respekt erweisen, läßt er uns in Ruhe.«

»Das mag vielleicht für so kräftige junge Männer wie dich gelten, Teobaldo; aber was ist mit den Schwachen wie deinem Vater? Was passiert, wenn er sein tägliches Arbeitspensum nicht mehr schaffen kann? Dieser Tag ist nicht mehr weit entfernt. Willst du dabeistehen und um Gnade bitten, wenn King Chico mit Kerosin überschüttet und anzündet? Oder ihn vielleicht in Stücke hauen läßt und seinen Körper an seine Lieblingsjaguare verfüttert?«

»Ich glaube nicht, daß Sie uns eine bessere Alternative anbieten können«, höhnte Teobaldo.

»Vielleicht doch.«

»Ich will damit nichts zu tun haben. Und mein Vater auch nicht. Sie bringen den Menschen hier den Tod, Kane. Sie bringen jedem den Tod, mit dem Sie in Berührung kommen.«

»Und King nicht? Wie lange wollt ihr noch zulassen, daß Männer wie King euch das stiehlt, was euch hundertmal reicher machen würde, als King mit seinem Gummi reich zu werden glaubte. Wer, zum Teufel, gab ihm das Recht, hierher zu kommen und sich das Land zu nehmen, das diesen Indianern gehört, und ihnen auch noch ihren Stolz zu rauben? Wann werdet ihr aufstehen und verlangen, was dem Gesetz nach euch gehört, Teobaldo? *Du* solltest den Profit von diesen Gummibäumen einstecken, nicht King.«

»King hat eine Armee auf seiner Seite. Haben Sie das vergessen? Niemand betritt oder verläßt diesen Ort ohne sein Wissen.«

Morgan schob sich von der Wand weg. »Ich tat es.« Er ließ sich auf die Matte fallen und faßte sich an die Rippen, als der Schmerz ihm wie ein glühender Dolch durch die Brust fuhr. Chico beeilte sich, ihm noch einmal von seinem *masato* einzuschenken, und wischte ihm dann mit dem Hemdärmel den Schweiß vom Gesicht.

»Aber das ist nicht möglich. Er umgibt sich mit Leibwächtern, selbst wenn er schläft. Sie wissen das.«

»Ja«, schluckte Morgan, »ich weiß das.«

»Dann wissen Sie auch, daß es keine andere Möglichkeit gibt, als uns alle zu bewaffnen, damit wir uns zu einer Streitmacht vereinigen können, die über ihn herfällt.«

»Ja.«

Morgan sah stumm zu, wie Teobaldo in der Hütte auf und ab lief. Schließlich blieb der junge Mann stehen und heftete seinen Blick wieder auf Morgan. »Sie wissen, daß es gegen die Vorschriften verstößt, wenn wir ohne Kings Erlaubnis mit den Leuten anderer Sektionen Verbindung aufnehmen.«

»Das kann nur im Schutz der Dunkelheit geschehen.«

»Aber das Risiko, dabei ertappt zu werden ...« Teobaldo schüttelte den Kopf. »Das würde den sicheren Tod bedeuten.«

»Jeder Tag, den du hier verbringst, birgt das Risiko eines sicheren Todes in sich, *amigo.* Denk daran. Jeden Tag könnte King durch deine Tür kommen und mit dem Finger auf dich zeigen, nur weil ihm dein Gesicht nicht gefällt oder er eine Münze mit dir werfen möchte, bei der du die falsche Seite erwischst. Oder weil er einfach in der Laune ist, jemand sterben zu sehen. Im Paradies der Hölle gibt es keine Garantien, Teobaldo.«

Teobaldo füllte sich nun einen Becher mit dem *masato* seines Vaters und trank daraus.

»Selbst wenn wir irgendwie eine Streitmacht gegen ihn aufbringen könnten, ihn sogar besiegten — was hätten wir davon?«

»Die Freiheit.«

»Freiheit, ja, Freiheit. Freiheit, um was zu tun? Die Freiheit, nach Peru zurückzukehren und in Lima die Leute um Almosen anzubetteln? Und was würde aus den Indianern, die im Regenwald wohnen? Ihre Stämme sind von solchen skrupellosen Weißen wie King ausgelöscht worden, die ihnen ihre Zivilisationskrankheiten oder die Peitsche brachten. Sie haben keine Familien mehr, zu denen sie zurückkehren könnten.«

»Dann bleibst du eben hier und setzt deine Arbeit wie bisher fort, Teobaldo. Nur wirst du dann deinem Tagewerk nachgehen können, ohne Angst haben zu müssen, daß der Tod hinter jedem Baum auf dich lauert. Die Leute werden, wenn sie frei sind, den Profit ihrer Plackerei einstreichen, nicht King.«

»Große Worte. Sie waren schon immer großartig im Träumen, daß Sie eines Tages mal jemand wären. Und was sind Sie jetzt, Kane? Nur ein Mann, dem der Haß aus den Augen leuchtet. Ein Mann, der nach Rache dürstet. Sie hatten die Chance eines Neubeginns. Und was haben Sie daraus gemacht? Sie sind zurückgekommen. und wir wissen beide, daß Sie diese Plantage nicht mehr verlassen können. Nie mehr. Denn sobald King Sie hier entdeckt, wird er Sie töten.«

Morgan legte den Kopf an die Wand zurück und schloß die Augen. »Ich bin so oder so ein toter Mann. Du hast natürlich recht. Ich konnte fliehen und mußte dort draußen erleben, daß die Dinge, die ich mir am meisten wünschte, für mich unerreichbar sind.« Er dachte an Sarah und lächelte. Aber sein Lächeln erstarb, als er Teobaldo wieder ansah.

»*Dios*«, flüsterte Teobaldo. »Sie sprechen wie einer, der sich selbst zum Tod verurteilt hat.«

»Ich bin ein Mann, der nichts mehr zu verlieren hat.«

»Das ist die gefährlichste Sorte, Senhor. Die bekümmert es nicht, wenn sie noch andere mit in den Tod reißen.«

»Wenn das so wäre, hätte ich mich sofort zu King begeben. Aber aus jeder Schlacht muß etwas Gutes erwachsen, oder welchen Sinn hätte sonst ein Kampf? In eurem Fall bedeutet er Freiheit und die Möglichkeit, sich ein neues Leben aufzubauen. Für mich bedeutet er die Erkenntnis, daß ich zuletzt doch noch etwas erreicht habe im Leben — wenn auch nicht für mich, dann doch für andere.«

»Was uns wieder zu dem Punkt zurückbringt, wo wir angefangen haben. Was hätten wir denn außer einem riesigen Dschungel, wenn wir gewönnen?«

»Alles, was dieser Dschungel hervorbringt: Kakao, Pfirsichpalmen, Paranüsse, Kaffee, Maniok, ganz zu schweigen von dem Gummi. Allein in Japurá gibt es so viele Naturschätze, daß sie jeden Mann, jede Frau und jedes Kind, die für King Sklavenarbeit leisten, sehr reich machen können.«

»Sie sind ein großartiger Mann, wenn es ans Bauen von Luftschlössern geht. Haben Sie das vergessen, Americano? Man muß Geld haben, um ein *patrao* werden zu können. Man braucht viele Cruzeiros, um gute *matteiros* und *seringueros* anheuern zu können. Und man benötigt Schiffe für den Transport dieser Naturschätze.«

»Und was würdest du sagen, wenn ich dir erzählte, daß das Geld, das du brauchst, um dir deine eigene Plantage aufzubauen, vorhanden wäre?«

Teobaldo betrachtete ihn skeptisch. »Ich würde sagen, daß das Fieber Ihren Verstand aufgefressen hätte. Schauen Sie uns doch an. Wir sind ärmer als diese verdammten Eidechsen dort an der Wand.«

»Und wenn ich sagte, daß du auf einer der reichsten Goldminen von Brasilien stehst?«

»Ich würde sagen, Sie sind verrückt.«

»Nein«, mischte sich Chico hier ein, »er ist nicht verrückt.« Der alte Mann saß auf seiner Matte und starrte in die Kerzenflamme, als er fortfuhr: »Ich habe die vielen Boote gesehen, die immer mehr Leute zum Arbeiten brachten; aber nicht einer von ihnen wurde uns zum Sammeln von Kautschuk zugeteilt. Ich habe gesehen, wie Gummi die Plantage verließ; aber Kings Reichtum wuchs viel rascher, als ihm der Verkauf dieser Ladungen hätte einbringen können.« Chico erhob sich schwerfällig von seiner Matte, ging in eine Ecke des Raumes, fiel dort auf die Knie und grub mit den Fingern im Boden. Als er in das Licht zurückkam, lag ein Nugget auf seiner schwieligen Handfläche.

Teobaldo nahm seinem Vater den Stein von der Hand. »*Dios*, Vater, wo hast du denn den her?« fragte er atemlos.

»Aus dem Fluß. Ich fand ihn im Aufschlag meiner Hose, als ich durch das Wasser watete.«

»Und du hast uns nichts davon gesagt? Warum nicht?«

»Was hätte ihm das wohl genützt?« fragte Morgan. »Du sagtest doch selbst, daß es kein Entrinnen von Kings Plantage gibt. Und hättest du jemals King oder einem anderen gegenüber erwähnt, daß du Gold gefunden hast, hätte er dich auf der Stelle erschossen. Dein Vater hat recht mit diesen Booten. Sie sind voll von Männern, die er für die Arbeit in der Goldmine braucht. Er treibt sie an, bis sie vor Erschöpfung zusammenbrechen, läßt sie dann ihr eigenes Grab schaufeln und tötet sie mit einem Genickschuß. Dann läßt er sich eine neue Ladung Männer als Ersatz schicken. Die Ermordung seiner Minenarbeiter ist die einzige Garantie, daß kein Wort von seinem Fund an die Außenwelt dringt. Würde nämlich die Regierung etwas davon erfahren, schickte sie binnen weniger Tage so viele Soldaten hierher, daß es vorbei wäre mit Kings Paradies.«

»Aber wo befindet sich diese Mine? Und wie schafft er das Gold aus Brasilien heraus, ohne daß die Behörden es merken?«

»Mit dem Gummi«, antwortete Morgan lächelnd.

»Dem Gummi?«

»*La casa blanca* ist über einem Gewölbe errichtet, das so groß ist wie das ganze Haus. Wenn er eine Ladung Gummi zum Abtransport vorbereitet, höhlt er jeden zweiten Gummikuchen aus und füllt ihn mit goldhaltigem Erz. Diese Gummikuchen werden dann in Kisten verpackt, und sobald sie ihren Bestimmungsort erreichen, werden sie dort von seinen Gewährsmännern entladen, die den Gummi verkaufen und das Gold gegen Bargeld eintauschen.«

»Und wie konnten Sie das erfahren, wenn King sein Geheimnis doch auf so grausame Weise hütet?«

»Er ... vertraute mir. Wenigstens eine Weile lang. Er dachte, ich wäre von der Größe seines Fundes beeindruckt. Er meine, ich würde letztendlich meine Abneigung gegen sein brutales, blutiges Gewaltregime überwinden, wie das die meisten seiner auserwählten Komplizen taten, wenn er ihnen in Aussicht stellte, diesen Reichtum eines Tages mit ihnen zu teilen. Wer sich nicht dazu bereitfindet, wird hingerichtet.«

»Aber er hat Sie nicht hingerichtet.«

»Nein.«

Teobaldo kauerte sich neben seinem Vater nieder und rollte das Nugget auf seiner Hand hin und her. »Ist dir bewußt, Papa, daß dieser Stein dir mehr Geld einbringen würde, als dieser Bastard dir in einem halben Jahr für deine Schufterei bezahlt? Das ist ein Wunder.«

»Nur, wenn du von dieser Plantage entwischen kannst, Teobaldo«, stellte Morgan fest.

»Ich verstehe jetzt, was Sie meinen. Und ich vermute, daß Sie auch schon einen Plan haben.«

»Ich werde meinen Teil zu seinem Gelingen beitragen, indem ich den Hebel in der Zentrale ansetze. Aber ich brauche jemanden, der die Außenarbeit übernimmt und die *seringueros* verständigt ...«

»Eine Rebellion?«

»Ja, eine Rebellion. Es wird eine Armee gegen eine Armee sein.«

»Doch seine Armee hat Schußwaffen.«

»Du weißt, wo sich seine Arsenale befinden. Benütze seine eigenen Waffen gegen ihn. Stell dir deine selbst her.«

»Das wird Zeit brauchen.«

»Du hast keine Zeit. Ich habe keine Zeit. Sobald ich erst mal in *la casa blanca* bin . . .« Morgan zuckte mit den Achseln. »King könnte mich, wie du bereits sagtest, auf der Stelle erschießen, sobald er mich sieht. Ich werde mich nach Kräften bemühen, so viel Zeit wie möglich herauszuschinden. Was ich brauche, ist ein Mann, der die Rebellen anführt, Teobaldo.«

»Ich bin dieser Mann, Senhor.«

»Dann fangen wir schon heute abend mit den Vorbereitungen an.«

In der Woche, die diesem denkwürdigen Gespräch folgte, schlief Morgan tagsüber in einem Versteck im Dschungel, weit genug von Chicos Behausung entfernt, daß es keinen Beweis geben würde für einen Kontakt zwischen ihm und dem alten Mann, falls er von Kings Häschern entdeckt wurde. Lange nach Sonnenuntergang pflegte sich Teobaldo in Morgans Schlupfwinkel einzufinden und ihn von den Maßnahmen zu unterrichten, die er inzwischen eingeleitet hatte.

»Es herrscht eine große Begeisterung unter den Leuten«, erzählte ihm Teobaldo in der fünften Nacht. »Aber auch große Angst, daß die Rebellion scheitern könnte.«

»Eure Rebellion wird nicht scheitern«, versicherte ihm Morgan.

»Wir . . . werden nicht scheitern. Sie reden nur immer von uns und nie von sich.«

Morgan lag auf seiner Matte aus Palmblättern und starrte im Dunklen zu den Baumwipfeln hinauf, die über ihm eine geschlossene Decke aus Laub bildeten, während Teobaldo den Sack absetzte, in dem er für Morgan Fladenbrote, Früchte und einen weißen Käse eingepackt hatte, bei dessen Geruch sich Morgan schon der Magen umdrehte. Und da lag auch ein Beutel mit Tabak dabei, Papier, um sich daraus Zigaretten zu drehen, und Streichhölzer.

»Mit jedem Mal, das ich hierherkomme, muß ich sehen, daß Sie schwächer geworden sind, Kane. Sie rühren kaum das Essen an, das ich Ihnen bringe. Sie sind offensichtlich krank. Warum erlauben Sie uns nicht, Sie zu behandeln? Wollen Sie denn hier so elendig sterben?«

»Ist es das, was du denkst?«

»Warum sollte sich ein Mensch sonst weigern zu essen? Die Medizin verschmähen, die ihn kurieren könnte? Gäbe es denn einen anderen Grund für ihn, bereitwillig an die Tür der Hölle zu klopfen, wenn er weiß, daß es von dort keine Rückkehr mehr gibt?«

»Es könnte viele Gründe dafür haben, dächte ich.«

»Vielleicht. Aber ich wundere mich. Verzeihen Sie meine Neugierde; doch ich habe noch nie einen Mann gekannt, der jeden Lebenswillen verloren hat.«

»Nun, jetzt kennst du einen.«

»Hat King Sie so weit gebracht?«

»Ich glaube nicht.«

»Eine Frau vielleicht?«

Schweigen.

»Ah«, flüsterte Teobaldo. »Sie muß außergewöhnlich gewesen sein.«

»Ja.«

»Sie müssen sie sehr geliebt haben.«

»Ja.«

»Und sie hat Ihre Liebe nicht erwidert?«

»Sie hat ihr Herz an einen anderen verloren, ehe sie mich kennenlernte.«

»Aber morgen schon könnten Sie eine andere Liebe finden.«

»Möglich; aber es wäre nicht Sarah.«

»Ein sehr hübscher Name.«

»Eine sehr hübsche Lady.« Er blickte Teobaldo an und fragte: »Stehen die Truppen bereit?«

Gelächter. »Ich denke, Sie wären ein ausgezeichneter General geworden. Sie lassen sich nicht von den Erinnerungen an eine hübsche Frau in ihren Schlachtvorbereitungen stören.«

»Wir dürfen keine Zeit verlieren.« Morgan schloß die Augen, während ein Beben über seinen Körper hinlief.

»Was soll ich jetzt für Sie tun?« fragte Teobaldo. »Wir haben nie darüber gesprochen, wie Sie ›den Hebel in der Zentrale‹ ansetzen wollen, wie Sie das nannten. Wie werden wir denn wissen, wann wir losschlagen sollen?«

»Ich kann dir nicht genau sagen, wann dieser Zeitpunkt kommen wird. Und es gibt keine Garantie dafür, daß mein Plan funktioniert. King könnte mich sofort töten, wenn er mich sieht. Aber mein Instinkt sagt mir, daß er das nicht tun wird. Nicht sofort.«

Das Sprechen erschöpfte ihn so sehr, daß er eine Weile ausruhen mußte, ehe er fortfuhr: »Ein Posten von jeder Sektion sollte sich jede Nacht in der Nähe des Hauses aufhalten. Sobald sie zwei Schüsse im Haus hören, ist das das Signal zum Losschlagen.«

»Aber King . . .«

»Wird tot sein.«

»Und Sie?«

»Ebenfalls.«

»*Dios!*«

»Kings Komplizen sind eine Bande verdammter Zombies, und wenn sie King tot auf dem Boden liegen sehen, wird es erst eine große Verwirrung unter ihnen geben, bevor jemand das Kommando übernimmt. Und diesen Augenblick ihrer Schwäche müßt ihr ausnützen und losschlagen. Doch jetzt...« Er griff nach der Hand des jungen Mannes und fragte: »Willst du mir beim Aufstehen helfen?«

Als Teobaldo seiner Bitte nachgekommen war, sagte Morgan: »Bringe mich zu deiner Sektion — zu der Stelle, wo du dich bei Tagesanbruch einfindest, um deinen Kautschuk zu sammeln.«

»Aber...«

»Nicht jetzt. Ich werde es dir sagen, wenn wir dort sind.«

Eine Stunde später half Teobaldo dem Amerikaner, sich unter einen Gummibaum zu setzen. »Dreh mir noch ein paar Zigaretten, bevor du gehst«, sagte Morgan zu dem jungen Mann. Nachdem Teobaldo seiner Aufforderung nachgekommen war, steckte er Morgan eine Zigarette zwischen die Lippen und zündete sie an. Morgan inhalierte tief, blies den Rauch durch Mund und Nase und befahl dem jungen Mann, in seine Hütte zurückzukehren und sich auszuruhen. »Und morgen früh gehst du zur Arbeit wie an jedem anderen Morgen. Und wenn du bei Tagesanbruch hierherkommst, werde ich dir sagen, was du tun sollst.«

»Aber...«

»Es muß alles normal aussehen. Es darf nicht der Eindruck entstehen, daß unser Zusammentreffen vorbereitet war, oder King könnte mißtrauisch werden.«

Nach einigem Zögern willigte Teobaldo ein. Morgan sah dem jungen Mann nach, bis er in der Dunkelheit untergetaucht war.

Er rauchte. Und wartete. Und stellte sich vor, daß Henry und Sarah inzwischen Japurá schon fast hinter sich gelassen hatten. Vielleicht waren sie bereits bis Achuara gekommen, wo sie die freundlichen Eingeborenen sicher dazu überreden konnten, sie bis zum Negro zu begleiten. Danach hatten sie freie Fahrt bis Coari, wo Wickham auf ihre Rückkehr wartete. Sarah und Wickham würden ihre Gummibaumsamen haben, nach England segeln ... und damit glücklich sein bis an ihr Lebensende.

Und Henry?

Morgan grinste. Vielleicht kehrte er nach Georgetown zurück, vielleicht aber auch nicht. Es würde ihn nicht wundern, wenn sein Freund nach Japurá zurückkam, um herauszufinden, was aus ihm, dem ›Amerikaner‹, geworden war. Dann drohte ihm hier natürlich keine Gefahr mehr. King würde längst tot, seine Tyrannei nur noch ein verblassender Alptraum sein.

Morgan drückte seine Zigarette aus, lehnte den Kopf gegen den Baumstamm, schloß die Augen und erlaubte seinem Geist, sich zu entspannen. Er brauchte seine ganze Kraft für die nächsten Tage. Er durfte sich nicht vom Fieber oder den Erinnerungen an Sarah schwächen lassen.

Allmählich wurden die Schreie und das Gekrächze der Nachttiere von der leiseren Symphonie der Tagesvögel abgelöst. Ein leichter Regen fiel auf die Baumkronen und brachte die Blätter zum Flüstern. Zuweilen fiel ein kühlender Tropfen auf Morgans Gesicht und Schultern. Er döste, bis Schritte ihn weckten. Er öffnete die Augen und sah Teobaldo auf dem Pfad stehen, die Hände gegen den Baum gestützt, den Blick auf Morgan gerichtet.

»Laß all deine Sachen fallen, als wärest du in diesem Moment zufällig auf mich gestoßen«, befahl Morgan. »Renn wie der Teufel zur *casa blanca* und berichte King, du hättest mich soeben entdeckt. Rasch! Renn, Teobaldo, renn!«

Er blickte auf den Becher und den *machadinho* hinunter, die auf dem Boden lagen, und lehnte sich wieder an den Gummibaum, um zu warten. Eine halbe Stunde verging, ehe er, sich mit beiden Händen am Baumstamm festhaltend, aufstand. Er klopfte seine Kleider ab, so gut es ging, fuhr sich mit der Hand über sein stoppelbärtiges Gesicht und rückte den Hut über den Augen zurecht. Dann zündete er sich eine Zigarette an, sog den Rauch tief in die Lungen und gab ihn langsam durch die Lippen wieder frei. Als er seinen Fußmarsch begann, wehrte er sich tapfer gegen die Schmerzen, die bei jedem Schritt seinen Körper quälten, und nicht minder hartnäckig gegen Sarahs Bild, das ihm immer wieder vor die Augen treten wollte.

Noch wäre es für eine Umkehr nicht zu spät gewesen. Er kannte hier jeden Steg so gut wie seinen Handrücken. Noch konnte er in der Wildnis untertauchen, wo King ihn niemals finden würde.

Wenn sie doch nur eingewilligt hätte, mich zu heiraten . . .

Sein Fuß verfing sich in einer Wurzel, und er fiel mit dem Gesicht nach unten auf den Waldboden. Als er sich wieder hochrappeln wollte, sah er sich plötzlich von bewaffneten Männern umringt, die ihn mit finsteren, mordlustigen Blicken musterten.

Und dann trat King aus dem Schatten der Bäume heraus wie ein schönes Gespenst. Seine schimmernden goldblonden Haare bewegten sich über den Schultern seiner weißen Jacke im Wind. Seine Augen leuchteten hellblau. Hätte Morgan an Gott oder den Satan geglaubt, hätte er King vielleicht für den einen oder den anderen gehalten. Oder gar für alle beide.

Doch alle seine Vorstellungen von Himmel und Hölle waren in diesem Moment ausgelöscht. Er spürte keine Reue mehr über seine Vergangenheit und keine Angst vor der Zukunft. Selbst sein Wille zu sterben schien zu verblassen wie die Bäume hinter den Dampfschwaden, die vom Boden aufstiegen. Er sah sein Leben wie jemand, der ein fremdes Geschehen aus der Entfernung betrachtet. Demütigungen zogen wie laufende Bilder vor seinen Augen vorbei. Alle Lippenbekenntnisse seiner Jugend zu Gott, Jesus Christus, der Heiligen Jungfrau und einer langen Reihe ähnlich heiliger Figuren schienen keinen Einfluß gehabt zu haben auf seine wertlose Existenz, die er nun betrachtete, und den langen Weg, den er bis zu diesem Moment zurückgelegt hatte.

Die Schultern durchdrückend, blickte er dem Tod ins Gesicht und lächelte.

17

Der Schmerz in seinen Armen war höllisch. Sie fühlten sich so an, als wären sie aus ihren Schultergelenken herausgerissen. Doch etwas Gutes hatte dieser Schmerz trotzdem; er konnte zum erstenmal seit vielen Tagen wieder scharf denken.

Eine Tür ging hinter ihm auf, und der Wächter, der auf einem Stuhl neben ihm saß, sprang auf die Beine.

»Wie geht es unserem Besucher heute morgen, Tatunca?« fragte King.

»Er scheint sich sehr wohl zu fühlen bei uns, *patrao.*« Der dunkelhäutige Mann lachte und stieß seinen Gewehrkolben in Morgans Lenden. Der Stoß brachte Morgans Körper, der an Stricken von der Decke hing, zum Kreiseln. Der Schmerz war so grausam, daß er sich übergeben wollte.

King legte die Hände an Morgans nackte Hüften und brachte das Kreiseln zum Stillstand. Er schob die Rechte unter Morgans Kinn und hob dessen Kopf, daß er ihm in die Augen sehen mußte. »Möchtest du, daß ich dich herunterschneide, Morgan?«

»Ja«, keuchte Morgan.

»Vielleicht werde ich es tun. Aber zuerst wirst du mir verraten, warum du ins Paradies zurückgekehrt bist.«

»Deinetwegen«, preßte Morgan durch die Zähne.

King zeigte ihm ein strahlendes Lächeln. »Wie schmeichelhaft. Doch du hast mich damals so . . . abrupt verlassen. Ich mußte annehmen, daß du weder meine Gesellschaft noch meine Gastfreundschaft schätzt.«

»Ich überlegte es mir anders.«

»Tatsächlich?« King schob die Lippen vor. Er sah jetzt aus wie ein kleiner Junge. »Warum glaube ich dir nicht, Morgan? Zumal Gilberto und Diego so viel Ungemach erdulden mußten, um dir meine herzliche Einladung zur Rückkehr zuzustellen.«

»Sie versuchten, mir das Gehirn aus dem Schädel zu pusten.«

»Kannst du das Gilberto verübeln? Schließlich hast du ihm das Gesicht böse zugerichtet, bevor du uns verließest.«

»Das war Notwehr.«

»Hm, vermutlich war es das.« King trat ein paar Schritte von Morgan weg, schob die Hände in die Taschen und betrachtete ihn.

»Ich war unglücklich und wütend über deine Flucht. Ich hatte so große Dinge mit dir vor. Ich wollte alles mit dir teilen, was ich bisher erreicht hatte. Ich wünschte mir das so sehr, Morgan. Kannst du verstehen, warum ich so außer mir war, daß ich meine Häscher auf deine Fährte setzte? Zudem kanntest du meine Geheimnisse. Alle meine Geheimnisse. Ich war sicher, du würdest sie dazu verwenden, mich zu vernichten.«

»Aber ich tat es nicht.«

»Nein, du hast es nicht getan.« Die Wut in seinen blauen

Augen legte sich etwas, und sein Gesicht spiegelte Gefühle wider, die Morgan sich nicht zu deuten wußte. Morgan schloß die Augen, versuchte sich nur auf den Schmerz in seinen Armen zu konzentrieren. Er hörte, wie King hinter ihn trat und auf seinen Rücken starrte. Die Angst stieg in ihm auf, als die schrecklichen Bilder von damals wieder in ihm lebendig wurden. Er hatte das Gefühl, als würde er in Stücke gerissen — als hingen ihm Zentnergewichte an den Beinen, die nur wenige Zentimeter über dem Boden schwebten.

Etwas Kühles berührte seinen Rücken, und Morgan schrie und keilte mit den Beinen aus, so daß er abermals im Kreis herumpendelte, und der Schmerz den kahlen Raum und Kings Gesicht in einen roten Nebel hüllten.

»Morgan«, hörte er Kings Stimme, »es war nur meine Hand. Siehst du das?«

Morgan öffnete wieder die Augen und knirschte mit den Zähnen, während sein Gesicht heiß wurde vor Scham und Zorn über diese Demütigung.

»Nur meine Hand«, wiederholte King. »Hattest du geglaubt, Chavez sei mit seiner Peitsche zurückgekommen? Es tut mir leid, daß ich dich so erschreckt habe. Ich werde von nun an vorsichtiger sein. Ich hätte wissen sollen, daß du überempfindlich bist, wenn sich dir jemand von hinten nähert.«

»Wirst du mich jetzt herunterschneiden?« schnaubte Morgan und wußte im gleichen Moment, daß er einen Fehler gemacht hatte.

Kings Miene wurde frostig. »Ich würde mir an deiner Stelle nicht so einen Ton erlauben«, sagte er und trat ein paar Schritte von Morgan weg. »Ich bin immer noch wütend auf dich, mußt du wissen. Ich habe dir nichts verziehen, und ich traue dir nicht. Warum sollte ich auch?«

Er drehte sich auf den Stiefelabsätzen um und ging, die Hände in den Hosentaschen, im Raum auf und ab. Hin und wieder bewegte er heftig den Kopf, weil ihm die goldenen Locken immer wieder in die Stirn fielen, bis sie einen unordentlichen Rahmen um sein Gesicht bildeten, das nun viel älter wirkte als seine dreißig Jahre — er stand mit Morgan im gleichen Alter.

»Ich vertraute dir«, sagte er mit gefurchter Stirn, die Lippen schmollend vorgeschoben. »Weißt du, was es bedeutet für einen Mann wie mich, jemandem zu vertrauen, der einem zum Dank den Dolch in den Rücken stößt? Das hast du getan, indem du mich verlassen hast. Ich dachte, wir hätten ein besonderes Verhältnis zueinander. Doch dann enttäuschtest du mich mit der Mißbilligung meiner Methoden. Du wirst verstehen, daß ich dich daraufhin aus *la casa blanca* warf. Dann hast du meinen Einfluß bei den Arbeitern untergraben. Anstatt dich auspeitschen zu lassen, hätte ich dich töten können, wie du weißt. Danach versprachst du mir, alles zu tun, um meine Gunst zurückzugewinnen, und so nahm ich dich wieder in meinem Haus auf. Ich erlaubte dir, deine Wunden in meinem Bett auszuheilen, während ich mich mit einem anderen beschied. Ich öffnete dir mein Herz und meine Seele, Morgan. Ich vertraute dir Dinge an, die ich keinem anderen erzählte. Du logst mich an; du ließest mich in dem Glauben, daß du die Bedingungen unserer Beziehung akzeptiert hättest. Mir hast du zu verdanken, daß du noch lebst; und wie hast du mir meine Wertschätzung gelohnt? Du bist weggelaufen — die schlimmste aller Beleidigungen.«

Den Kopf müde an einen Arm lehnend, sagte Morgan: »Es tut mir leid.«

»Soll ich etwa vergessen, daß du mir das Herz gebrochen und meine Organisation gefährdet hast, nur weil du sagst, es täte dir leid? Wie ich mich erinnere, sagtest du dasselbe, als Chavez dir den Rücken gerbte. Du sagtest, du würdest alles tun ...«

»Diesmal meine ich es auch.«

»Gib mir einen guten Grund, warum ich dir glauben soll.«

»Ich versuchte, es dort draußen zu schaffen . . .«

»Und bist natürlich gescheitert. Du bist wie ich eine gesellschaftliche Mißgeburt, von einer Hure auf diese Welt gebracht, die lieber für einen Fremden die Beine breitmachte als die fiebrigen Stirnen ihrer Söhne zu kühlen. Sie ließen uns beide im Stich. Sie beförderten uns schneller aus ihrem Leben, als man ein schmutziges Laken in eine Ecke wirft. Was für eine Ironie, nicht wahr? daß wir beide wieder bei ihnen anklopften, als wir älter waren, und die gleiche Abfuhr erleben mußten. Nur mit dem Unterschied, daß ich meiner Mutter nicht mehr erlaubte, mir noch einmal den Rücken zuzukehren. Nicht so wie du. Ich zahlte es ihr heim, daß sie mich jedesmal zwang, mich in einer dunklen Ecke einer Gasse niederzukauern, die nach menschlichen Exkrementen und faulenden Speiseresten stank, während sie ihrem sogenannten Geschäft nachging, Männern Freude zu bereiten. Oh, ja, sie hat dafür bezahlt. Das Entzücken, als ich ihr die Hände um den schönen Hals legte, war ein Gefühl, das ich nicht so leicht vergessen werde.«

Seine Lippen wölbten sich zu einem Lächeln. »Ihre letzten Worte, die sie im Sterben zu mir sprach, lauteten nicht etwa ›vergib mir‹ oder ›ich tat dir Unrecht‹, sondern ›stinkendes kleines Monster‹ . . .«

Er zuckte mit den Achseln und trat wieder näher an Morgan heran.

»Ich muß gestehen, daß ich dennoch ein gewisses Bedauern spürte, als ich auf ihr totes Gesicht hinuntersah. Sie war eine sehr schöne Frau mit ihren Haaren, die sich wie ein goldener Fächer auf dem Kissen ausbreiteten. Sie sah sehr jung aus und fast gütig. Ich konnte nicht umhin, mir zu wünschen, daß sie mich wenigstens einmal mit einer so großen Freude angeschaut hätte, wie der Tod sie ihr zu bescheren schien. Mir kam damals der Gedanke, daß der Tod so etwas wie eine Absolution der Seele mitbrachte. Eine Erleichterung. Und ich mußte, als ich auf ihr verlöschendes Lächeln hinunterblickte, auch daran zweifeln, daß ich sie bestraft hatte. Es war eher eine Erlösung. Das war für mich, muß ich gestehen, eine bittere Erkenntnis.«

Die Anstrengung, an den Armen hängen zu müssen, wurde nun rasch zu einer unerträglichen Qual. Da halfen auch Kings Worte nicht, die ihn auf eine beunruhigende Weise von seinem sich ständig verschlechternden Geisteszustand ablenkten. Mit seiner verdrehten Logik war es King schließlich damals gelungen, Morgan auf seine Plantage zu locken.

»Morgan, wenn ich nur wüßte, daß ich dir trauen kann.«

»Du kannst es. Ich schwöre es.«

King war mehr als hübsch, wenn er auf eine Weise lächelte wie jetzt und ein Hauch von Zärtlichkeit aus seinen sonst so kalten blauen Augen sprach. Hätte eine seltsame Laune des Schicksal ihn zu einem Priester statt einem Dämonen in Menschengestalt gemacht, hätte er mühelos den größten Sünder zum Glauben bekehren können.

»Wenn du nur meinetwegen zurückgekommen bist«, sagte King, »warum hast du dich dann durch die Hintertür des Regenwaldes in mein Haus geschlichen, statt mit einem Boot den Fluß herunterzukommen?«

»Du weißt, daß keiner an deinen Wächtern am Fluß vorbeikommt. Sie hätten mich sofort getötet, wenn sie mich gesehen hätten.«

»Und du glaubst, ich täte das nicht?«

»Im Augenblick, Randi, ist es mir vollkommen egal, was du tust.«

Er lachte. »Morgan, du bist immer schockierend ehrlich gewesen — jedenfalls die meiste Zeit. Das ist der Grund, warum dein Verrat mich so erschüttert hat.« Er schnalzte mit den Fingern. Die Tür sprang auf, und Chavez kam herein, die beiden Lieblingsjaguare von King an einer kurzen Leine mit sich führend.

Morgan schloß die Augen, da er King nicht seine Angst und seine Schmerzen zeigen wollte, die er nicht länger verbergen konnte. Schauer jagten über seine Haut. seine Zähne klapperten, als King näher an ihn herantrat und sagte:

»Ich möchte dir ja glauben, Morgan. Das will ich wirklich. Aber ich brauche Zeit, um mir die Sache gründlich zu überlegen. Du weißt, daß ich kein Mann rascher Entscheidungen bin — schon gar nicht in einem Fall, wo ich schon einmal böse enttäuscht wurde.«

Er stand so still da wie eine griechische Statue, blickte Morgan unverwandt in die Augen, die Hände in den Hosentaschen, den Rock hinter die Handgelenke geschoben. Er sah aus wie ein Dandy, der sich einen Karnevalsumzug betrachtet und von dem Trubel fasziniert und zugleich ein wenig erschreckt ist. »Ich werde dich jetzt eine Weile alleinlassen, Morgan, weil ich mich noch um andere Angelegenheiten kümmern muß, die mir Kummer machen. Aber ich komme wieder. Vielleicht werden wir dann zu einer Lösung kommen, was dich betrifft.«

Er verließ den Raum und warf nur einen flüchtigen Blick auf Chavez und die Raubkatzen, die bei der Tür warteten. Morgan war darauf gefaßt, daß Chavez ihn nun verhöhnen, ihn sogar mißhandeln würde; doch er sagte nichts, starrte Morgan nur mit solcher Böswilligkeit an, als habe er seinen Todfeind vor sich.

Dann bückte sich Chavez und ließ die Raubkatzen von den Leinen. Morgan schloß die Hände so fest er konnte um die Stricke, die an den Deckenbalken befestigt waren, wußte jedoch, daß er zu schwach war, sich an ihnen hochzuziehen, wenn die Bestien ihn anfallen sollten. Seine Finger, die naß waren von seinem Blut und seinem Schweiß, konnte sich nur locker um den Hanf legen.

Die Tür krachte ins Schloß, und Chavez war gegangen. Die beiden Panther, deren schwarzes Fell im Licht der Wandfackeln rötlich schimmerte, schnürten auf weichen Sohlen um Morgan herum und streiften zuweilen mit den Schultern seine Beine. Ihr Fauchen und Brüllen holte ihn immer wieder aus seinem halb bewußtlosen Zustand, und er versuchte nicht an die gräßlichen Schreie der Arbeiter zu denken, die man zur Strafe den hungrigen Raubkatzen zum Fraß vorgeworfen hatte. Nur wenn diese Bestien vor kurzem gefüttert worden waren, würden sie sich nicht gleich für sein Fleisch interessieren. Wenn aber nicht ...

»Lieber Gott«, flüsterte Morgan in die momentane Stille hinein.

Als er erwachte, spürte er die sanfte Berührung einer Hand auf seiner Stirn. Dann sagte er sich, daß er noch immer träumte. Er rollte seinen schmerzenden Kopf hin und her und rief: »Sarah?«

»Schon gut, Morgan. In meinem Schlafzimmer bist du sicher. Ich habe beschlossen, dir zu verzeihen.«

Der Schock traf ihn wie ein elektrischer Schlag. Er öffnete die Augen und starrte zu King hinauf.

»Wie fühlst du dich?« fragte Randi.

»Müde.«

»Du hast die letzten sechsunddreißig Stunden fast nur geschlafen.« King legte wieder die Fingerspitzen auf Morgans Stirn und meinte besorgt: »Ich fürchte, du bist krank. Deine Kopf ist glühend heiß. Hast du denn dein Chinin nicht eingenommen?«

»Ich habe es verloren.«

»Morgan, habe ich dir nicht alles beigebracht, was man im Dschungel beachten muß? Man betritt ihn nicht, ohne sich vor seinen Gefahren zu schützen.« Er zeigte Morgan sein strahlendes Lächeln. »Aber keine Bange, wir machen einen ganz neuen Menschen aus dir. Hast du jetzt nicht Appetit auf etwas Solides? In den letzten Tagen bist du nur mit Brühe gefüttert worden...«

Morgan versuchte sich daran zu erinnern, wie er in Kings Bett gekommen war und nicht noch immer vom Deckenbalken als lebendes Futter für Kings Leoparden hing. Hatte er denn das alles nur geträumt? Er versuchte die Arme zu bewegen, und der Schmerz war wie eine Messerklinge, die man ihm in den Rücken stieß. Er mußte laut gestöhnt haben, denn King, der das Bett verlassen hatte und Whisky in eine Glas goß, blickte über die Schulter.

»Sachte, sachte. Du wirst noch eine Weile wund sein; aber auch das bringen wir in Ordnung, sobald du dich wieder bewegen kannst. Ich habe einen Mann in Singapur aufgetan, der Wunder tut an schmerzenden Muskeln, indem er sie nur an den richtigen Stellen massiert. Du meinst, in den Himmel versetzt worden zu sein, wenn er dich in die Mangel nimmt.«

Er brachte Morgan das mit Whisky gefüllte Glas, half ihm, sich aufzusetzen, und legte ein paar Kissen hinter Morgans Rücken. Dann setzte er sich aufs Bett, lehnte sich auf einen ausgestreckten Arm und betrachtete Morgan. Er trug ein lose sitzendes Hemd, das er in eine Hose aus weißem Rehleder gestopft hatte. Er hatte keine Krawatte umgebunden, und man konnte seine feinen goldfarbenen Brusthaare sehen. »Als ich zu dir zurückkam, warst du bewußtlos. Es tut mir leid, daß es so lange gedauert hat; aber du weißt ja, wie das ist. Ich muß mich um die Mine kümmern und obendrein noch um den Gummi, und die *serin-*

gueros scheinen in letzter Zeit eine beklagenswerte Trägheit an den Tag zu legen. Dazu kamen noch ein paar andere Probleme, mit denen ich dich jetzt nicht langweilen möchte. Vielleicht reden wir später darüber, wenn du kräftiger bist, wie wir das früher immer getan haben, und dann kannst du dich wieder mit dem Geschäft vertraut machen. Um auf die Gegenwart zurückzukommen — fühlst du dich schon stark genug, dich zum Dinner ankleiden zu können?«

King wartete Morgans Antwort nicht ab, sondern rollte sich vom Bett herunter und ging zum Schrank. Er öffnete dessen Türen und holte einen Anzug heraus, der mit jenem identisch war, den er vor einigen Tagen getragen hatte.

»Der sollte dir passen. Wir haben fast die gleichen Körpermaße, obwohl du an Gewicht verloren hast, seit du zum erstenmal ins Paradies gekommen bist. Aber auch das kriegen wir im Nu wieder hin. Ich habe vor kurzem einen neuen Koch engagiert. Direkt aus Paris. Ich sage dir — seine Gerichte sind nicht von dieser Welt. Du wirst es nicht glauben. Zieh dich rasch an, ja? Wir sehen uns dann in einer halben Stunde im Speisezimmer wieder. Übrigens — dort ist heißes Wasser und ein Rasiermesser. Ich bin sicher, daß du dich vorher noch rasieren möchtest. Das Bad habe ich bereits einlaufen lassen. Du weißt ja, wo es ist.« Die Hand auf dem Türknauf, blieb er noch einmal stehen und schenkte Morgan noch ein letztes Lächeln, ehe er leise aus dem Zimmer ging.

In diesem Moment erinnerte sich Morgan wieder an den Augenblick, wo er Rodolfo King zum erstenmal auf den Docks in Belém sah. Dieser Mann hatte etwas so Lebendiges, so etwas Strahlendes an sich gehabt, daß Morgan seine übliche Vorsicht gegenüber Fremden vergaß. Seine Hübschheit und sein gewinnender Charme veranlaßten die Leute, sich nach ihm umzudrehen, wo immer er sich in der Öffentlichkeit zeigte. Gott, wie sehr er King bewundert hatte. Selbst hier noch, als er die schreckliche, Übelkeit erregende Wahrheit hinter diesem Phantasiebild, das King selbst von sich zeichnete, gesehen hatte, war er noch voller Hoffnung gewesen, diesen Mann ändern zu können. Tatsächlich war es so, als steckten zwei total verschiedene Wesen in King — ein seelenguter und ein abgrundtief böser Mensch.

Das Gute in King hatte Morgan eine Zeitlang den ersten Geschmack von Freundschaft, Respekt, Glück und Hoffnung gegeben. Das Böse in King hatte das alles in Morgan mit einer Endgültigkeit zusammenbrechen lassen, als würde er in einen tiefen, dunklen Abgrund stürzen. Erst mit Henry und dann mit Sarah hatte er wieder ein Licht am Ende eines Tunnels gesehen. Doch die beiden waren fort, und er war hier. Und King war alles, was ihm geblieben war.

Er verließ das Bett nicht an diesem Abend, um King beim Dinner Gesellschaft zu leisten — weder an diesem Abend noch am nächsten oder übernächsten. Er schlief immer wieder ein und nahm nur vage wahr, wenn King ins Zimmer kam und seinen Zustand kontrollierte. Als er eines Morgens erwachte, sah er überall im Zimmer neue Kleider ausgelegt: Hosen, Jacken, Westen mit kostbaren Stickereien, Seidenhemden, Lederstiefel und eine Kollektion von Hüten, mit denen er ein ganzes Schaufenster hätte füllen können. Satinkrawatten waren hier und dort über Möbelstücke geworfen, jede mit einer Einstecknadel, die mit Diamanten, Rubinen, Saphiren oder Smaragden verziert war. Sie hatten zweifellos alle King gehört; aber es machte ihm offenbar Vergnügen, sie Morgan zu verehren, wie er das schon früher einmal getan hatte. »Erfreue dich daran« rief der *patrao* mit einem strahlenden Lächeln. »Dort, wo das alles herkommt, gibt es noch mehr.«

Und tatsächlich trafen, solange Morgan nicht vollständig genesen war, mit jedem Tag neue Geschenke ein: einmal eine Kiste mit dem besten Whisky der Welt; ein andermal Beutel mit edlen Tabaksorten, dazu das feine, dünne, leicht parfümierte westindische Papier, das mit Haschisch-Säften behandelt worden war. Und Bücher. Stapelweise Bücher mit gut geölten Lederrücken und Goldprägungen.

Morgan hatte seine Liebe für das geschriebene Wort nur einem Menschen offenbart, und das war King gewesen. Nein. Schon vorher einmal als Kind, als er der Oberin des Waisenhauses gestand, er wolle ein großer Schriftsteller werden. Sie hatte gelacht, freundlich, wenn auch ein bißchen herablassend, und geantwortet, nur die großen Geister dieser Welt hätten die Fähigkeit, eine so außerordentliche Leistung mit Erfolg zu vollbringen.

»Das sind Menschen von großer Einsicht, mein lieber Morgan. Menschen, die große Träume und ein großes Ziel vor Augen haben. Hochgebildete Menschen, keine zornigen jungen Männer, die sich hinter den Gartenhäuschen verstecken und rauchen, statt zur Messe zu gehen, wie es Vorschrift ist.«

»Aber ich habe eine Menge zu sagen«, hatte er ihr erwidert. »Und niemand will auf mich hören.«

»Dann sage es im Beichtstuhl, wenn du deine Sünden bereust. Ich verspreche dir, daß Pater Joseph dich bestimmt anhören wird.«

Und so war er aus Trotz an diesem Nachmittag zur Beichte gegangen und hatte dem Priester eine Geschichte erzählt, in der Dichtung und Wahrheit ununterscheidbar miteinander verwoben waren. Und indem er sich als Held dieser aufwühlenden Geschichte erklärte, erreichte er, daß Pater Joseph vom Beichtstuhl kippte und Morgan zur Buße und Rettung seiner gefährdeten Seele zwanzig Ave-

Marias herunterbeten ließ. Morgan hatte diese Auflage erfüllt, um dem greisen Geistlichen eine Freude zu machen, aber zugleich mit dem erhebenden Gefühl, daß der Pater — ob er es nun zugeben wollte oder nicht — fasziniert seiner Beichte gelauscht hatte.

Er hatte King seinen Traum von der Schriftstellerei eines Abends während seiner ersten Reise nach Japurá offenbart, als sie im pompösen Salon von Kings Dampfboot beisammensaßen. Vielmehr hatte Morgan halb auf der Polsterbank gelegen, seine langen Beine auf die Seitenlehne dieses teuren Möbels gestützt, während King sich in einem kostbaren Sessel aus der Zeit Jakobs des Ersten rekelte. Alles an und um Randi atmete Wohlhabenheit, und Morgan war plötzlich trunken vor Hoffnung gewesen und hatte ihm seinen Traum vom Bücherschreiben gebeichtet.

»Natürlich werde ich arm sein und exzentrisch«, hatte Morgan erklärt. »Ich werde auf Parkbänken sitzen und Tauben füttern und die Leute beobachten, die an mir vorbeikommen. Ich werde ihre Eigenheiten und Vorurteile studieren und diese dann in lebhaften Farben und einer Art verklärter Wirklichkeit zu Papier bringen.«

»Warum arm?« hatte sein Freund amüsiert gefragt.

»Weil Schriftsteller immer arm sind, bis sie entdeckt und bewundert werden.«

»Sie sind in der Regel bereits tot, bevor sie entdeckt und bewundert werden«, hatte King ihn erinnert, einen Schluck von seinem Wein genommen und hinzugesetzt: »Nach allem, was ich so hörte, haben Schriftsteller immer mit ihren Depressionen zu kämpfen.«

»Und weshalb, meinst du, ist das so?«

»Weil sie ein Leben lang ihre Träume in ihre Werke gießen und zusehen müssen, wie sie von der Wirklichkeit ausgetrickst werden. Ich glaube, das Schreiben ist eine Art von Selbstkasteiung, Morgan. Bist du sicher, daß du dir das wünschst?«

»Absolut sicher.«

»Dann wollen wir auf deinen Erfolg trinken, mein teurer Freund.« King hatte sein Glas gehoben und gebrüllt vor Lachen.

Und dann, ungefähr einen Monat nach seiner Ankunft in Japurá, hatte Randi ihn in einen Raum von *la casa blanca* geführt, den er bisher noch nie betreten hatte. Und da hatte er seinen Wunschtraum, bis in die kleinsten Details hinein, erfüllt gesehen: Schreibtisch, Sessel, Feder, Tinte, Papier und Wandregale mit langen Reihen schimmernder Buchrücken.

Er hatte das Gesicht mit den Händen bedeckt und geweint — nicht aus Freude, sondern aus Wut und Enttäuschung. Schon hatte die schlimme Wahrheit dieses ›irdischen Paradieses‹ ihm ihr scheußliches Gesicht gezeigt: Er würde einen bösen Preis für Kings Großzügigkeit bezahlen müssen. Das Opfer seiner Seele, die Unterwerfung unter Randis sexuelle Wünsche und die Bereitschaft, die Grausamkeiten des *patrao* zu tolerieren. Als er auf der Schwelle dieses Raumes stand und die glänzend bestückte Bibliothek anstarrte, sah er seine Wunschträume in Flammen aufgehen und sich in Asche verwandeln wie verbranntes Papier.

»Nein«, hatte er mit dürrer Stimme gesagt und dem Raum den Rücken zugekehrt.

»Schön«, hatte Randi ihm mit vor Ärger vibrierender Stimme zugerufen. »Dann verrotte auch weiterhin in deiner Anonymität, Morgan. Keiner wird sich auch nur einen Deut um dich scheren. Niemand wird wissen, daß du überhaupt existiert hast, wenn du eines Tages abkratzt. Hänge nur immer deinen unerfüllten Träumen nach und bleib bei deinen verdrehten Ansichten von Gerechtigkeit. Du machst mich krank. Glaubst du, du könntest das alles haben, ohne irgendein Opfer dafür bringen zu müssen?«

Er war auf sein Zimmer gegangen, auf einen Stuhl gefallen und hatte den Kopf in seinen Händen vergraben. Erst als Randi unter der Tür erschien, sich, die Hände in den Hosentaschen, gegen den Türrahmen lehnte und Morgan mit traurigen Augen betrachtete, hatte dieser hochgesehen und gesagt: »Du bist ein Monster.«

»Ich weiß.«

»Und selbst wenn ich bereit wäre, mich dem zu unterwerfen, was du von mir erwartest — und ich bin es nicht —, könnte ich das auch nicht, wenn ich wollte, solange du so grausam mit diesen Leute verfährst.«

»Wie nobel. Und wie naiv. Morgan, deine Unschuld überrascht mich zuweilen. Von den Anfängen der Menschheitsgeschichte bis heute hat es immer wieder Diktatoren gegeben, denen die Gewalt über Leben und Tod ihrer Mitmenschen anvertraut war. Sie kontrollierten die Handlungsweise, Gedanken und Reden einer Bevölkerung, die nur zu gern regiert werden wollte. Denke nur an Julius Cäsar und deinen eigenen gottesfürchtigen Papst. Wenn du dich zu weit von *seinen* Diktaten entfernst, siehst du dich verdammt und aus der Kirche entfernt — und das alles auf sein Wort hin. Und ist Gott nicht der oberste Diktator? Wenn du auf dem Weg zu Seinem ewigen Leben strauchelst, findest du dich aus dem Himmel verbannt und in die Hölle versetzt, wo du für ewige Zeiten schmoren darfst.«

»Gott quält und tötet nicht aus Böswilligkeit.«

Randi warf dem Kopf zurück und lachte, und einen Moment lang sah er so hinreißend jung und doch so unglücklich aus, daß Morgan fast seinen Zorn und Ekel vergessen, sich vom Stuhl erhoben und den Arm um die Schulter seines Freundes gelegt hätte.

Doch als Randi seine Fassung wiedergefunden hatte, schüttelte er den Kopf, daß seine goldenen Haare ihm über die Schultern flossen. »Mein teurer Morgan, du bist ein Narr mit all deinen hehren Idealen von Gut und Böse. Gott quält und tötet nicht? Dann erkläre mir mal, warum Kinder wie wir beide in Schmutz und unter menschenverachtenden Bedingungen aufwachsen mußten? Warum die Armen hungern und frieren und ohne ein Dach über dem Kopf leben müssen, während der Rest der Welt in feinen Kutschen herumfährt? Warum Menschen unter den schrecklichen Schmerzen von Krebsgeschwüren leiden, warum sie die Pocken bekommen oder Rheumatismus, das ihre Glieder entstellt und unerträgliche Qualen verursacht?«

Morgan hatte Luft geholt und erwidert: »Ich gestehe, daß ich darauf keine Antwort weiß. Aber mein Gewissen sagt mir, daß es ein Unrecht ist, diese Leute so brutal zu behandeln. Du kannst nicht alle für die Gleichgültigkeit deiner Mutter bezahlen lassen, oder für die Apathie der Welt gegenüber dem Los der Kinder, wie wir es erfahren haben. Irgendwie mußt du einen Weg finden, die Welt zu verbessern, ihre Schikanen zu beenden, statt sie zu mehren.«

King hatte sich zu ihm umgedreht, und das Sonnenlicht, das durch das Fenster flutete, hatte ihn zu einer gleichsam überirdischen Erscheinung gemacht. Nicht zum erstenmal fühlte sich Morgan von Kings unheimlicher Schönheit angerührt — neidisch und zornig zugleich, daß Randis Physiognomie ihn derart erschüttern konnte. Und noch mehr erschütterte es ihn, daß King ihn durchschaute, ihm bis ins Herz blicken konnte, so daß ein kleines wissendes Lächeln um seine Lippen spielte und ein Licht in seine Augen trat, als brenne da irgendwo ein Feuer in ihm.

»Und verrate mir mal«, fuhr er mit leiserer Stimme fort, »wenn ich dir einen Wunsch freigäbe — nur einen —, wie der wohl lauten würde? Daß ich ein neues Blatt in meinem Leben aufschlagen und von einer Minute zur anderen meiner Genußsucht und meiner Mordlust für immer entsagen soll? Oder daß ich dir die Freiheit schenken soll, so daß du gefahrlos in die wirkliche Welt zurückkehren könntest?«

Morgan hatte dagesessen, die Hände zwischen die Knie geklemmt, und war sich schmerzlich bewußt geworden, daß er nichts sagen konnte. Er spürte, wie er erbleichte, denn es war ihm klar, was er sich wünschen würde, und dieses Wissen schmeckte so bitter wie Galle.

King war zu ihm gegangen, eine Hand noch immer in seiner Tasche vergraben, während er die andere mitfühlend auf Morgans Schulter legte. »Ein Opfer«, war alles, was er sagte, ehe er das Zimmer verließ.

Morgan hatte sich noch nie so sehr den Tod gewünscht wie in diesem Augenblick.

18

Wie seltsam, daß er sich in den letzten Tagen so angestrengt hatte, zu Kräften zu kommen, wo er doch noch immer sterben wollte.

Er hatte sich dazu gezwungen, die Gerichte zu essen, die der französische Küchenchef für ihn kochte, obwohl er die Medikamente gegen das Fieber, mit denen King ihn versorgte, zum größten Teil heimlich weggeworfen hatte. Er wollte nicht vollständig gesund werden. Er wollte in einem Zustand der Betäubung verharren, weil er sonst seinen Entschluß wieder in Frage stellen würde, sein Leben zu beenden.

Er hatte gespürt, als er an diesem Morgen aufwachte, daß die Zeit zum Handeln gekommen war. Er hatte kaum eine andere Wahl. Seit sich sein Zustand zu stabilisieren und er etwas kräftiger zu sein schien, hatte King ungeduldig darauf gedrungen, daß sie mit ihrer »Beziehung« vorankamen. Morgan konnte ihn nun nicht länger mit irgendwelchen Ausflüchten hinhalten. Damit hätte er dieses Vertrauen wieder gefährdet, das er King hatte einpflanzen können.

Am Vormittag war er mit Randi zu den Minen geritten und dann über die Plantage, wobei er nur mit halbem Ohr zugehört hatte, als ihm der *patrao* die Veränderungen erklärte, die er inzwischen beim Sammeln und Aufbereiten des Gummis eingeführt hatte. Anschließend hatte er Morgan zu Chicos und Teobaldos Hütte gebracht, damit Morgan sich überzeugen konnte, daß sie beide noch lebten und unverletzt waren. Das war ein Fehler von King zum Vorteil von Morgan, der Teobaldo mit einem Kopfnicken die Nachricht übermitteln konnte, daß noch an diesem Abend die Rebellion ausbrechen müsse.

Dann war er in *la casa blanca* zurückgekehrt, um seinen Plan in die Tat umzusetzen. Er hatte einen Revolver gesucht und auch rasch gefunden. Kings Haus war so stark befestigt, daß es die ganze britische Armee eine Woche lang hätte abwehren können. Als Morgan zum erstenmal in *la casa blanca* gekommen war, hatte Randi ihm erklärt, daß jeder Diktator, der ein bißchen Grips im Kopf habe, wisse, daß es immer Märtyrer unter seinen Untertanen geben würde, die bereit wären, für eine Sache zu sterben. Deshalb sei er Tag und Nacht von Leibwächtern umgeben und habe stets eine Waffe in bequemer Reichweite.

Morgan hatte die Waffe, mit der er King und sich selbst töten wollte — einen Revolver Kaliber .44 — in einem Geheimfach unter dem Schreibtisch in der Bibliothek gefunden. Sie steckte nun in seinem Hosenbund unter seinem Rock, drückte unangenehm auf seine Haut und erinnerte ihn nur zu deutlich daran, daß in wenigen Minuten sein Leben zu Ende sein würde.

Er trank seinen Kognak aus, und als er sich auf der Veranda umdrehte, sah er King im Türrahmen stehen, die Hände in den Hosentaschen. Als Morgan schwieg, sagte King: »Der Anzug paßt dir wie maßgeschneidert — meinst du nicht auch?«

Morgan nickte und stellte sein Glas beiseite.

»Dieser Anzug ist in Italien angefertigt worden. Du kennst ja die Italiener. Sie haben ein Flair für so was. Ich glaube, das kommt daher, weil sie den menschlichen Körper ungemein schätzen. Falls sie einen finden, der so . . . so perfekt gebaut ist, scheinen sie sich verpflichtet zu fühlen, ihn auch entsprechend zur Geltung zu bringen. Ich denke, wir sollten alle unsere Anzüge dort anfertigen lassen. Würde dir das gefallen?«

»Natürlich.«

»Gut.« King lächelte und richtete sich im Türrahmen auf. »Das Dinner wird in einer halben Stunde serviert. Ich dachte, wir sollten vorher noch einen Drink in der Bibliothek nehmen. Komm, Morgan, halte dich an meiner Seite, weil ich sonst argwöhnen müßte, du würdest dich, was diesen Abend betrifft, nicht an unsere Absprachen halten.«

King lachte, Morgan nicht. Er verließ die Veranda und ging den Korridor hinunter, der sich durch die ganze Länge des Hauses erstreckte. Er genoß den Wechsel von Licht und Schatten auf seinem Gesicht. Vielleicht war der Tod gar nicht so schlimm, wie er sich das vorgestellt hatte. Vielleicht war seine Angst vor ihm unbegründet.

Am Ende des Korridors bog er nach rechts ab, und die linke Wand der Halle bestand jetzt nur noch aus Glas, das auf eine gewellte Rasenfläche hinausschauen ließ, die bis zum Fluß hinunterreichte.

Die Dampfjacht war am Steg vertäut, und Männer

waren darauf beschäftigt, das Deck zu schrubben und Messingbeschläge zu polieren. Dann ging es wieder um eine Ecke, und nun bot die gläserne Wand den Ausblick auf eine Veranda, die von einer niedrigen Ziegelmauer und Bromeliazeen umgeben war. Ein Mann saß an einem schmiedeeisernen Tisch, den Hut schräg über dem einen Auge, brach eine Banane in Stücke und fütterte damit ein Seidenäffchen.

Morgan blieb stehen. Gilberto de Queiros blickte hoch, und sein Mund zog sich zu einem Lächeln auseinander, das die Narbe auf seiner Wange zu einem Fragezeichen verbog.

Aber es war nicht der Mann, sondern das Äffchen, das Morgans Aufmerksamkeit auf sich gelenkt hatte. Fast hätte er an die Scheibe geklopft, damit das Tier zu ihm hinsah.

Aber es konnte doch unmöglich *sein* Seidenäffchen sein. Es befand sich jetzt bei Henry und Sarah und... zudem war Amazonien von Tieren reich bevölkert, und Affen suchten häufig menschliche Siedlungen auf, um dort einen Leckerbissen zu ergattern.

»Stimmt etwas nicht?« hörte er Kings Stimme hinter sich.

»Was macht *er* denn hier?« fragte Morgan.

»Gilberto? Er arbeitet für mich, wie du weißt.«

»Seit wann ist er zurück?«

»Er war schon etliche Wochen vor dir zurückgekommen.« Er schlug Morgan mit der Hand auf die Schulter, daß dieser zusammenzuckte. »Keine Bange«, sagte King. »Er wird dich nicht mehr belästigen. Falls er es täte, würde ich ihn töten. Er weiß das. Entspanne dich, Morgan. Du bist so steif wie ein Brett.«

Morgan zwang sich dazu, seine Augen von Gilberto und dem Äffchen abzuwenden und setzte seinen Weg zur Bibliothek fort. Er blieb unter der Tür stehen und wartete, bis King an ihm vorbei zur Anrichte gegangen war, auf der eine Reihe von Karaffen standen. Sein Blick wanderte in eine Ecke, wo wie gewöhnlich ein Wächter mit schläfrigen Augen im Schatten saß, den breitkrempigen Hut tief in die Stirn gezogen. Aber Morgan wußte, daß der Mann keineswegs döste, sondern so schnell wie der Blitz, wenn es nötig sein sollte, seinen Revolver zog. Er war der aufmerksamste und zuverlässigste von Kings Leibwächtern. Er würde sogar sein Leben opfern, um seinen *patrao* vor einem Schaden zu bewahren.

»Setz dich«, sagte King.

Morgan gehorchte und suchte sich einen der Queen-Anne-Stühle aus, die in der Mitte des luxuriösen Raumes standen. Die hohe Decke und die breiten Wände gaben ihm das Gefühl, ein Zwerg zu sein, und er dachte an Henry, der ihm mit ausdrucksvollen Bewegungen seiner kleinen Arme in seiner erbärmlichen Hütte in Georgetown die Größe und Länge eines Speisezimmers in einem englischen Landhaus andeutete.

Henry, dachte Morgan. *Henry*...

»Morgan?«

Morgan holte tief Luft, blickte hoch und murmelte einen Dank, als King ihm seinen Drink reichte.

»Fühlst du dich nicht wohl?« fragte King.

»Doch, warum?«

»Du siehst ein bißchen blaß aus.«

»Das tut mir leid.«

»Du brauchst dich deswegen nicht zu entschuldigen. Wenn du erst mal kräftig genug bist, um reiten zu können, wirst du bald wieder deine frühere gesunde Farbe haben.« King nahm auf dem Stuhl, der Morgan gegenüberstand, Platz und schlug die Beine übereinander. Seine Haare fielen in einer goldenen Flut über den Kragen seiner weißen Jacke. »Deine Nervosität ist verständlich. Aber sie ist unbegründet. Du hast dich richtig entschieden, indem du zurückgekommen bist. Die Zeit wird es beweisen.«

Morgan trank seinen Whisky. Da war keine Angst mehr in ihm, sondern nur noch dieser Zorn, der schon so lange in ihm schwelte und ihm das Gefühl gab, Mensch zu sein — ein Gefühl, das er seit seiner letzten Nacht mit Sarah nicht mehr gehabt hatte.

Die Ellenbogen auf die Knie gestützt, beugte King sich vor und lächelte wie ein kleiner Junge. »Wir werden beide so tun, als hätte es die Zeit vorher nie gegeben. Ich war übereifrig, und du ... nun, du warst verwirrt und unsicher. Ich habe darauf mit Wut reagiert.«

Morgan schloß die Augen und fragte sich, ob es an dem Whisky oder an dem Fieber lag, daß er sich so unbeschwert fühlte, fast euphorisch — wie ein Soldat, der mit dem Vorsatz in den Krieg gezogen war, für eine gute Sache zu sterben, und sich auf seine letzte Schlacht vorbereitete.

»Du verzeihst mir doch meine unbesonnene Raschheit ... nicht wahr, Morgan?«

Morgans Finger spannten sich um das Whiskyglas, als er King fest in die Augen schaute und sagte: »Du hättest ihnen damals erlaubt, mich zu vergewaltigen, nicht wahr?«

»Ja.«

»Du hast mich gezwungen, dich auf Händen und Knien anzubetteln wie ein Tier, dessen Willen man gebrochen hat. Ist dir klar, wie schwer es für mich war, mich davon wieder zu erholen? Jede Nacht, in der ich vergeblich zu schlafen versuchte, habe ich mir vorgestellt, wie ich dich umbringe. Jedesmal habe ich diese Demütigung von neuem durchlebt, mich an diese grausamen Schmerzen erinnert und den Verlust meiner Menschenwürde gespürt — des letzten Restes von Menschenwürde, den ich noch besaß, als ich in diese Hölle kam. Selbst den hast du mir noch genommen, Randi.«

Es folgte ein Schweigen, das sechs Herzschläge andauerte, ehe King seinen Platz verließ und im Zimmer umherwanderte, die eine Hand in der Hosentasche, mit der anderen den Whisky in seinem Glas schwenkend.»

Erinnerst du dich daran, wie wir damals in diesem Zimmer saßen, als du zum erstenmal ins Paradies gekommen bist, und ich dir von den Ländern und Städten erzählte, die ich besucht, die Theaterstücke, die ich gesehen, und die Boulevards, die ich erforscht hatte?«

»Ja.«

»Du warst wie ein Kind, Morgan. Es war für mich eine große Freude, deine Neugierde und Begeisterung auf deinem Gesicht zu sehen. Ich sah mich selbst in dir, als ich noch so hungrig und naiv und voller Eifer gewesen war, das Wissen und die Energie, die diese Welt zu bieten hat, in mich aufzunehmen. Und so habe ich dich in diesen ersten Nächten gebildet, saßen wir beide bis zum Sonnenaufgang auf den gleichen Stühlen wie jetzt und sprachen über Rousseau, Voltaire und Diderot. Ich war verblüfft über deine rasche Auffassungsgabe, und es brach mir das Herz, daß man dir nie eine richtige Schulbildung gewährt hat. Du hättest die Welt verändern können, Morgan. Du kannst es immer noch.«

King drehte sich zu Morgan um. »Wir sind Überlebende, wir beide. Kämpfernaturen. Wir haben unser Leben lang kratzen, beißen und ausschlagen müssen, um das zu bekommen, was wir von einer apathischen Welt verlangten. Ja. Ich lernte, mir zu nehmen, was ich begehrte. Und ich wollte dich haben, Morgan — deinen Verstand, deine Hingabe, deinen herrlichen Körper. Ich hoffte, du würdest, wenn du erst einmal das Wunder unserer Gemeinschaft entdeckt hast, sie auch für gut und richtig halten. Ja, ich war verzweifelt. Ich dachte, wenn ich erst einmal deinen verdammten, arroganten Stolz gebrochen hätte, würdest du mich endlich akzeptieren; aber ich sah sehr rasch meinen Irrtum ein. Würde es helfen, wenn ich dir jetzt gestehe, daß es mir leid tut? Wenn ich das alles ungeschehen machen könnte, würde ich es tun.« King blieb mitten im Zimmer stehen. »Schau mich an, Morgan.«

Morgan stellte sein Glas auf dem Tisch neben sich ab und blickte hoch. Es war ein seltsamer Moment der Vertrautheit, der sich zwischen ihnen ausdehnte wie ein straffes Seil — ein mächtiges Verstehen, daß das Schweigen in Stücke riß. King wußte Bescheid. Morgan sah es an dem Glitzern in Kings Augen, daß er wußte, warum er, Morgan, zurückgekommen war.

»Roberto«, rief King leise. Der Leibwächter neigte den Kopf und wartete. »Du bist entlassen.«

Roberto verließ seinen Platz. Die Huaraches — Sandalen aus geflochtenen Lederriemchen — machten leise knarrende Geräusche, als er aus dem Zimmer glitt und die Tür hinter sich schloß.

Morgan erhob sich ebenfalls von seinem Stuhl. Da war keine Luft mehr in seinen Lungen oder seinem Hals. Der Revolver drückte wie ein Dolch gegen seinen Rücken, und er fragte sich, ob er vielleicht zu sehr zitterte, wenn er ihn aus dem Hosenbund ziehen wollte, sobald der Zeitpunkt dafür gekommen war.

King stellte sein Glas beiseite, bewegte sich durch den Raum und blieb eine Armlänge vor ihm stehen. Er streckte die Hand aus und berührte Morgans Haare mit den Fingerspitzen, hob eine schwere schwarze Strähne an und ließ sie wieder fallen.

Jetzt, dachte Morgan. *Jetzt! Tu es jetzt.* Er konnte King eine Kugel in den Kopf schießen, und wenn die Leibwächter ihm zu Hilfe eilten, hatte er die Waffe bereits auf sich selbst gerichtet und ... Heilige Maria, Mutter Gottes, warum konnte er sich nicht bewegen?

»Ich bin das einzige menschliche Wesen auf dieser Erde, das an dich geglaubt hat, Morgan.«

Seine Hand zitterte.

»Ich liebte dich.«

Er konnte nicht atmen.

»Ich liebe dich.«

»Bastard«, hörte Morgan sich fauchen. Er griff langsam hinter sich, und seine schwitzenden Finger legten sich um den Kolben der Waffe.

»Es funktioniert nicht, Morgan. Teurer Morgan, ich kenne dich zu gut, deine hehren Ideale und Prinzipien. Ich weiß, daß du dich mir niemals freiwillig ausliefern, dich mir niemals aus freien Stücken hingeben würdest. Dafür bedeutet dir deine Männlichkeit zu viel, sind dir deine Würde und dein Selbstwertgefühl zu wichtig.«

Morgan zog den Revolver und richtete ihn, ohne zu zittern, auf Kings Gesicht.

Und King lächelte. »Du wirst mich nicht töten. Wenn du es tätest . . .«

Die Tür öffnetet sich hinter King, und Sarah kam herein. Hinter ihr stand Henry.

». . . würden deine Freunde auf grauenhafte Weise hingeschlachtet, Morgan. Das willst du doch sicherlich nicht.«

Morgan starrte benommen Sarah und Henry an, während King seine Finger vom Revolvergriff schälte.

»Ich vermute, daß ihr ein paar Minuten lang allein sein wollt«, sagte King. »Ich darf noch erwähnen, daß der Raum von allen Gegenständen, die man als Waffe benützen könnte, gesäubert wurde. Die Hoffnung, von hier entrinnen zu können, kannst du begraben. Diese Chance hattest du nie.«

King verließ den Raum und schloß die Tür hinter sich.

Vielleicht war es die Hitze, die in diesem im Zwielicht

liegenden Zimmer herrschte, die schwer auf ihm lastete, als er regungslos dastand, unfähig, den Blick von Sarah abzuwenden. Oder es war seine Krankheit. Oder die Niederlage. Was es auch war — er hatte das Gefühl, als würde sein Rückgrat jeden Moment zerspringen.

Sie standen beide sehr still da, die Blicke ineinander getaucht. Ihr Gesicht war ein Spiegelbild des seinen — weiß und verzerrt vor Schock. Da war eine Standuhr im Zimmer — ein monströses Ding, aus dem Stamm eines mächtigen Rosenholzbaumes herausgehauen. Das Pendel ging hin und her, schälte mit jeder Bewegung einen winzigen Teil der Ewigkeit herunter, ein lautes Getöse in der Stille. Endlich vermochte er die Hand auszustrecken und um eine Rückenlehne zu krampfen. Seine Knöchel waren schneeweiß. Schweißtropfen standen ihm auf der Stirn. Sein Kopf pochte schmerzhaft. Schon das Aufrechtstehen kostete ihn eine unglaubliche Mühe.

Dann rannte Sarah zu ihm, ihr schönes Gesicht ein Kontrast von Gefühlen: Freude, Angst, Herzzerbrechen. O Gott, er hatte gedacht, er würde sie nie wiedersehen! Er spürte eine unendliche Erleichterung, grenzenloses Glück und dann bittere Enttäuschung. Irgendwie brachte er es fertig, die Arme für sie zu öffnen, als sie sich gegen ihn warf. Er drückte sie an sich, die Hände in ihren herrlichen Sonnenschein-Haaren vergraben. Seine Sinne nahmen ihren sauberen Geruch in sich auf, die Wellen von Gefühlen, die durch ihren Körper liefen, als er sie an sich preßte.

»Warum?« schluchzte sie. »Warum hast du mich verlassen? Wie konntest du mir das antun?«

Er küßte ihre Haare, ihre Stirn und schloß die Augen, ihre Nähe genießend. »Sarah«, war alles, was er über die Lippen brachte.

Sie warf den Kopf zurück und blickte ihn nun mit zornigen Augen an. »Ich dachte, du hättest etwas für mich übrig. Ich dachte, du wolltest den Rest deines Lebens mit mir verbringen. Du hast mich zum Narren gehalten, nicht wahr? Du hast mich gar nicht geliebt. Du wolltest mich nur als Werkzeug benützen, damit du hierherkommen und dein Leben für deine Rache opfern konntest.«

Er blickte sie verwirrt an. »Ich und dich nicht lieben? Sarah, ich würde eher sterben als ohne dich leben zu wollen. Lieber sterben, als den Rest meines Daseins mit der Vorstellung leben zu müssen, daß du Norman geheiratet und seine Kinder zur Welt gebracht hast.« Er drückte sie wieder an sich und begrub das Gesicht in ihren Haaren. »Ich wollte nur, daß du glücklich bist. Etwas anderes habe ich nie gewollt.«

Als der erste Schock des Wiedersehens abebbte und Morgan die grimmige Realität ihrer Lage bewußt wurde, blickte er über ihren Kopf hinweg Henry an. »Was ist passiert? Warum hast du sie nicht auf dem schnellsten Weg von hier weggebracht?«

»Ich glaubte, du würdest zurückkommen, Morgan, und als das nicht geschah ...«

»Ich habe fest damit gerechnet, daß du sie nach Coari bringst ...«

»Es war nicht Henrys Schuld«, unterbrach ihn Sarah. »Er hat mich mit allen Mitteln dazu überreden wollen, Japurá zu verlassen, aber ich weigerte mich. Ich wollte nicht eher gehen, bis ich das, was ich mir vorgenommen, erreicht hatte.«

»Aber du hattest doch deine Samen ...«

»Es waren nicht nur die Gummibaumsamen. Dieser Mann hatte meinen Vater kaltblütig ermordet. Ich wollte ihm ein Geständnis abpressen und dann ... dann ... Henry brachte mich dazu, der Realität ins Auge zu schauen, und da entdeckte ich, daß es keinen Sinn hatte, meine Zukunft einer Rache zu opfern. Sie schien nicht länger wichtig zu sein. Ich hatte beschlossen, mit den Samen nach Coari zurückzufahren, aber dann verschwandest du aus dem Lager. Ohne dich konnte ich nicht nach Georgetown zurückkehren. Der Gedanke, daß King dich töten würde, war mehr, als ich zu ertragen vermochte.

Alles ist meine Schuld. Wäre ich nicht so besessen gewesen von diesem törichten Verlangen, King zu dem Geständnis zu zwingen, daß er meinen Vater ermorden ließ, wäret ihr, Henry und du, niemals nach Japurá zurückgekehrt.« Sie sank in seinen Armen zusammen, und Tränen liefen ihr über das Gesicht.

Doch nach einer Weile schob sie ihn von sich und begann, mit langen Schritten im Raum umherzulaufen, wobei ihr jedesmal die Haare um die Schultern flogen, wenn sie ihn ansah.

»Hattest du geglaubt, ich würde dich einfach so zurücklassen? Daß ich nicht unter dem Wissen leiden würde, daß du dich diesem Monster ausgeliefert hast? Du mußt eine sehr geringe Meinung von dir selbst haben, wenn du glaubtest, daß dein bester Freund und ich dir einfach den Rücken zukehren und auf unseren Bäuchen aus Japurá herauskriechen würden. Wir lieben dich doch — begreifst du das nicht?«

Er versuchte, sein sarkastisches Grinsen aufzusetzen, aber es gelang ihm nicht. Er fühlte sich so verdammt müde, krank und besorgt um sie und Henry. Randi hatte ihn von Anfang an durchschaut. Er hätte wissen müssen, daß dieser Bastard viel zu scharfsichtig war, um zu glauben, daß Morgan sich jemals freiwillig seinen Forderungen unterwerfen würde.

»Was jetzt?« fragte Henry.

Morgan ging zum Schreibtisch, nahm sich dort eine Zigarre und zündete sie mit einem Streichholz an. »Wo sind Kan und die anderen?«

»Eine gute Frage. Als Sarah entdeckte, daß du fort warst, nahm sie sich ein Gewehr und ging damit in den Dschungel. Nichts, was ich sagte oder tat, konnte sie aufhalten. Ich ging natürlich mit ihr. Den anderen befahl ich, im Lager zu bleiben, damit wenigstens Kan und die restlichen Indianer sich retten konnten, falls man uns gefangennehmen sollte.«

Henry kauerte auf der Schreibtischkante, die Hände auf die Knie gestützt, während er Sarah beobachtete, die noch immer im Zimmer umherlief. »Es ist eine verflucht lange Woche gewesen, Morgan. Wir wurden vor acht Tagen von einem Trupp bewaffneter Wächter entdeckt. Ich muß zugeben, daß wir bestimmt sofort erschossen worden wären, wenn unser Anblick sie nicht so erheitert hätte. Eine blonde Schönheit, die in Begleitung eines schwarzen Pygmäen, der zwei gekreuzte Knochen in der Nase trägt, durch den Dschungel wandert . . .«

Morgan grinste.

»Überraschenderweise sind wir nicht übel behandelt worden. Man sperrte uns zwar in eine Suite, aber wir bekamen immer reichlich zu essen und zu trinken. Und King berichtete uns ständig, daß du zwar krank, aber auf dem Weg der Genesung seist.«

»Erinnere mich daran, daß ich mich bei ihm bedanke.«

»Wir kommen hier nicht mehr lebend heraus, nicht wahr, Morgan?«

»Nein. Solange ich nicht an eine Waffe herankomme, sieht es düster für uns aus. Wenn ich nur zwei Schüsse abgeben könnte, gäbe es vielleicht eine Chance . . .«

In diesem Moment kam King, von Wächtern begleitet, in die Bibliothek zurück. Er trug noch immer den Revolver in der Hand, doch sein Gesicht war lange nicht mehr so passiv wie vorhin. Morgan kannte diesen Ausdruck. Er versprach nicht Gutes für sie.

»Sarah«, rief Morgan, und Sarah eilte zu ihm. Er nahm ihren Arm und schob sie hinter sich. Dann trat er auch vor Henry, um King die Sicht auf die beiden zu nehmen.

»Wie edel«, sagte King. »Aber sinnlos. Wenn ich sie mir greifen will, greife ich mir sie. Das weißt du, Morgan. Aber vielleicht kannst du mich dazu überreden, sie laufen zu lassen... auf irgendeine Weise.« Sein Mund zog sich lächelnd auseinander. Er hob die Waffe, zog den Hammer zurück und zielte damit auf Morgans Brust. »Nun bewege dich von deinen Freunden fort, damit wir dieses leidige Problem erörtern können.«

Morgan drückte seine Zigarre aus und schickte sich an, beiseite zu treten. Sarah faßte nach seinem Ärmel, aber Morgan riß sich los. Dann rutschte Henry von der Tischplatte herunter, baute sich vor ihm auf und schob ihn mit seinen dunklen Händen zurück. »Tu es nicht«, beschwor er Morgan. »Er tötet uns doch alle.«

»Halt den Mund!« rief King.

»Tu es nicht, Morgan. Um Himmels willen — ich bin dafür verantwortlich, daß wir in dieser Klemme stecken, und...«

Morgan schob Henry zur Seite, daß er rückwärts taumelte. Henry machte noch einen letzten Versuch, Morgan zurückzuhalten, und zog ihn mit aller Kraft zu sich herunter, so daß er flüstern konnte: »Zwei Schüsse? Ist das alles, was du brauchst?«

»Halt den Mund!« brüllte King. Er trat vor, packte Morgan vorn am Rock, schloß die Hand zur Faust und zog ihn von Henry weg. Er drückte den Lauf des Revolvers so fest gegen Morgans Schläfe, daß dieser Schmerz ein paar Sekunden lang stärker war als die Qualen des Fiebers.

»Auf die Knie, Kane!« befahl King. Dann waren da vier Paar Hände an seinen Schultern, die ihn nach unten drückten. Er schlug um sich, und jemand stöhnte. Plötzlich krampften sich Finger um seinen Hals, drückten ihm die Luft ab und bogen seinen Kopf nach hinten, daß er meinte, sein Rückgrat müsse jeden Moment zerbersten. Die Füße glitten unter ihm weg, und er fiel hart vor Kings Füßen auf den Boden.

Laute Rufe und Sarahs Schreie spülten über ihn hin, als Hiebe und Tritte von Kings Leibwächtern auf seinen Rücken und Bauch herunterhagelten. Doch irgendwie fand er noch die Kraft, mit Fäusten und Füßen zurückzuschlagen, von Sarahs Schreien und Henrys Zurufen angefeuert.

Dann sah er aus den Augenwinkeln, wie Henry sich bewegte, und jede Sekunde verging fortan so langsam, als wäre die Zeit plötzlich zu Eis geronnen. Und mit einemmal kämpfte er nicht mehr für sich, sondern um diesen gräßlichen Alptraum anzuhalten, ehe es passieren konnte, während er doch im Grunde seines entsetzten Herzens wußte, daß es dafür zu spät war.

Er warf den Wächter, der Roberto genannt wurde, zu Boden, schleuderte einen anderen ein paar Meter weit durch die Luft, so daß er gegen die Standuhr flog. Er bahnte sich einen Weg zu King, der sich langsam auf den Fersen drehte und den Revolver auf Henry richtete.

Henry, der sein Freund war! Henry, der versprochen hatte, auf ihn aufzupassen, egal, was da kommen sollte. Henry . . .

»Neiinnn!« schrie er.

Der Revolver krachte, und Morgan war sicher, die Kugel mit tödlicher Genauigkeit einschlagen zu sehen. Er war überzeugt, dieses gräßliche Geräusch gehört zu haben, als die Kugel in Henrys Körper eindrang, ihn durch das Zimmer schleuderte, bis er dann, vom Schmerz verbogen, auf dem Fußboden landete.

Stück für Stück schien die Welt nun abzubröckeln.

Morgan kroch auf Händen und Knien, hörte immer wieder das Echo des Schusses von den Wänden, sah nur die kleine Hand, die leblos, mit der Innenfläche nach oben, auf dem polierten Parkett lag.

Henry!

Er hatte Angst, so große Angst. Er wollte ihm nicht noch mehr Schmerzen zufügen, als er bereits hatte. Er legte sacht die Arme um ihn und hob ihn hoch, legte seine Schultern und seinen Kopf in seinen Schoß und preßte die Hand auf die Wunde in Henrys Brust, um das Blut im Körper zurückzuhalten.

Er hörte Sarah wie aus weiter Ferne weinen, und er glaubte, ihre Hände auf seinem Gesicht und seinen Schultern zu spüren, als sie sich nach Kräften bemühte, ihn zu trösten, während ihr eigenes Herz schier zerbrach.

Henry öffnete die Augen.

»Bewege dich nicht«, sagte Morgan zu ihm, obwohl seine Kehle sich anfühlte, als wollte sie bei diesen Worten explodieren.

»Gute Idee.« Henry lächelte schwach. »Beim Zeus, ist das da eine Träne in deinen Augen, Morgan?«

»Sei still, Henry. Sei bitte still.«

»Morgan, ich bin gerührt. Ich bin es wirklich.«

Morgan schloß die Augen und hielt ihn so nahe an seinem Körper, daß er seine Wange gegen Henrys pressen konnte. »Bitte stirb nicht«, flüsterte er ihm ins Ohr. »Bitte, laß mich hier nicht ganz allein.«

»Allein? Unsinn, Morgan. Du warst niemals allein und wirst es niemals sein. Ich bin immer bei dir, und da ist ja noch Sarah. Sie liebt dich, Morgan. Sie hatte sich fest vorgenommen, es dir zu sagen . . . aber dann . . . warst du fort, und sie . . . sehr, sehr unglücklich.« Die Augen fielen ihm zu.

Morgan faßte ihn fester. »Henry!«

»Ich bin hier, Morgan. Keine Angst, alter Knabe. Du hast mich niemals im Stich gelassen. Als die Welt mich angaffte, als wäre ich eine Mißgeburt, bist du mein Freund gewesen. Du hast mich behandelt wie einen Menschen, einen Mann, und ich ... liebe dich, Morgan. Habe ich dir das schon einmal gesagt?«

Morgan schüttelte den Kopf, und sich zu ihm beugend, sagte er: »Ich liebe dich, Henry.«

Henry lächelte. »Ich weiß. ich habe es immer gewußt. Aber es ist schön, es ... es endlich zu hören.«

»Bitte«, bettelte Morgan, und diesmal hob Henry die Hand und berührte die Wange seines Freundes.

»Morgan? Halt mich, Morgan.«

Er hielt ihn fest — so fest, daß er das letzte Flattern von Henrys kleinem Herzen unter seiner Handfläche spüren konnte.

Und dann war er von ihnen gegangen.

Morgan hielt den leblosen Körper in seinen Armen wie ein kleines Kind, schaukelte ihn sacht, untröstlich. Einmal hob er den Kopf und sah Sarah auf den Knien neben sich, ihr Gesicht von Tränen überströmt, die Hand gegen den Mund gepreßt. Es schien, als könne er nichts anderes mehr tun, als den Kopf zurückzuwerfen und seine Schmerzen, seine Wut und seinen Kummer hinauszuschreien, den er sein Leben lang in sich aufgestaut hatte.

Er ließ Henrys Körper langsam auf das Parkett gleiten und erhob sich vom Boden. Sarah versuchte aufzustehen, brach wieder in die Knie und machte einen verzweifelten Versuch, ihn festzuhalten.

Da war kein Geräusch, sondern ein unglaubliches Dröhnen, das er nur vage als den Strom seines Blutes in seinem Kopf erkannte. Der Raum war seltsam verschwommen vor seinen Augen ... alles, bis auf King. Er stand in der Mitte des Zimmers, die Waffe mit beiden Händen haltend, den

Blick auf ihn geheftet — er sah ängstlich aus. Wahrhaft verängstigt. Und mit einem makabren Gefühl der Freude erkannte er, daß er wie ein Wahnsinniger aussehen mußte.

»Bleib stehen!« rief King, vor ihm zurückweichend.

Alle schienen wie gelähmt dazustehen, die Leibwächter zwar sprungbereit, aber offenbar irgendwie unwillig, auf ihn loszugehen. King hob die Waffe Zoll um Zoll, bis sie auf Morgans Brust zielte. »Ich werde dich töten, Morgan. Ich schwöre es bei deinem allmächtigen Gott!«

Dann warf Morgan sich auf King, trieb ihn gegen die Wand zurück, packte den Revolver und richtete ihn gegen die Decke. Er schloß seine Finger um den Abzug, und der Schuß erschütterte Wände und Fenster und riß den Gips von der Decke, daß es weiß auf sie hinunterstäubte. Irgendwo wurden Rufe laut, zerbarst Glas, knatterten Gewehre und rannten Menschen umher.

Sie fielen auf den Boden, und King stöhnte. Er rang noch immer mit Morgan um die Waffe, und sie rollten beide über das Parkett. Es schien eine Ewigkeit zu dauern, ehe Morgan ihm endlich die Waffe entreißen konnte. Dann kam er taumelnd auf die Füße, hielt die Waffe vor sich hin zielte damit auf Roberto, der schon fast bei ihm war.

Er bediente den Abzug, und Roberto stürzte zu Boden.

Sarah schrie, und Morgan warf sich herum, zielte auf den Mann, der sie an den Haaren in die Höhe riß, und drückte abermals ab, den Kopf des Leibwächters mit einer Kugel spaltend.

Die Tür flog hinter ihm auf, und er wirbelte geduckt herum, zielte und erkannte im letzten Moment Teobaldo und hinter ihm Kan. »Bringt Sarah in Sicherheit!« rief er und wandte sich wieder King zu, zielte mit dem Revolver zwischen seine Augen, während eine frische Welle der Wut in ihm aufbrandete. »Bastard!« war alles, was er immer wieder brüllen konnte. Aber obwohl er sich nach Kräften bemühte, abzudrücken, hielt ihn irgend etwas davon zurück.

»Kane!« rief Teobaldo. »Kommen Sie rasch! Meine Männer haben das Dampfboot erobert. Es ist die einzige Möglichkeit, aus Japurá herauszukommen!«

»Du wirst es niemals schaffen«, sagte King. Seine Stimme klang seltsam gedämpft inmitten des Lärms knatternder Gewehre und schreiender Menschen. »Du bist ein toter Mann, wenn du versuchst, den Fluß hinunterzufahren. Du bist schon jetzt ein toter Mann, Morgan. Wie dein kleiner schwarzer Affe dort...« Er deutete spöttisch auf Henry.

Morgan trat King gegen den Kopf, fiel auf ein Knie und schob ihm den Revolverlauf in den Mund.

»Morgan!« das war Sarahs Stimme, die sich gegen Kings Griff wehrte. »Morgan!«

»Schön«, sagte Morgan schließlich, nahm den Revolver wieder aus Kings Gesicht, packte ihn bei den Jackenaufschlägen, zerrte ihn auf die Beine, drehte ihn um, packte ihn hinten am Kragen und drückte ihm die Revolvermündung ins Genick. »Geh!« befahl er, und als sein Gefangener sich weigerte, zog er den Hammer der Waffe zurück und brüllte: »Geh, du perverser Hundesohn, oder ich blase dir das Hirn aus dem Schädel!«

Da setzte sich King in Bewegung.

Es hatte keinen Sinn, das Haus durch die Vordertür zu verlassen. Die Scheiben in der langen Fensterreihe waren von Schüssen zersiebt. Sie stiegen über Glassplitter hinweg hinaus auf den Rasen. Die Hitze des Abends traf sie wie der Gluthauch aus einem Schmelzofen. Jenseits der Rasenfläche bewegten sich Fackeln, ein Kugelhagel kam plötzlich von der Seite her, und ein wildes, noch lauteres Gejohle, als die Sklavenarbeiter das Haus und die Außengebäude am Fluß plünderten, Kings Angestellte bei den Haaren, Kleidern oder Füßen herauszerrten und zu den Balkengerüsten schleppten, wo diese selben Männer sie nur zu oft festgebunden und ausgepeitscht hatten. Wütende Männer, Frauen und Kinder fielen dort mit Keulen, Macheten und *machadinhos* über sie her, und die entsetzten Schreie der Opfer erfüllten den Abend mit Schrecken.

Sie stolperten durch Hibiskusbüsche, der Dornen nicht achtend, die ihnen die Kleider und die Haut zerfetzten, und als King ausglitt und auf die Knie fiel, schleppte ihn Morgan mit dem Gesicht nach unten durch die Dornenranken. Er würde ihn so bis zum Flußufer gezerrt haben, wenn King sich nicht wieder aufgerappelt und aus eigener Kraft bewegt hätte.

Das Dampfboot war ein von Fackeln hell erleuchtetes Rechteck auf der tintenschwarzen Fläche des Flusses. Als Morgan King auf die Laufplanke stieß, ertönten Rufe über ihm, und plötzlich war die Reling voller Indianer, deren verschwitzte Gesichter von den brennenden Fackeln und der Freude der endlich wiedergewonnen Freiheit erleuchtet waren.

»*Viva la revolución*« jubelten sie.

»*Viva el Americano!*«

»*Viva Morgan Kane!*«

19

Morgan zwang King, bis zum Bug des Dampfbootes zu gehen, setzte ihn dort auf einen Schemel, band ihm die Hände auf den Rücken und fesselte seine Beine an die Reling. Er umgab ihn mit Fackeln, so daß die Wächter, die am Ufer Stellung bezogen hatten, ihn unbedingt sehen mußten. Dann zog er einen zweiten Schemel herbei, setzte sich darauf und hielt den Revolver an Kings Kopf.

Sarah beobachtete das alles vom oberen Deck aus, wo Kan sich bemühte, sie aufrecht zu halten, obwohl sie sich am liebsten hingelegt und sich die Augen aus dem Kopf geheult hätte. Sie hörte Kan kaum zu, als er ihr erklärte, wie es ihm und seinen Männern gelungen war, Kontakt mit den Sklavenarbeitern aufzunehmen, sie von der bevorstehenden Rebellion erfuhren und ungeduldig auf Neuigkeiten von ihr und Henry gewartet hatten. Dann brachen die Aufständischen wieder in frenetische Jubelrufe aus, die vom Ufer beantwortet wurden, und forderten Morgan auf, ihnen King zu übergeben, damit sie ihn hinrichten konnten.

Doch Morgan weigerte sich, dieser Forderung nachzugeben, verließ nicht für eine Sekunde seinen Schemel, nahm nicht einmal den Revolver von Kings Kopf, während er den Rebellen erklärte, daß sie King lebend brauchten, wenn sie an den Wachen am Flußufer vorbeikommen wollten. Kings Männer würden niemals angreifen, wenn sie glaubten, damit ihren *patrao* zu gefährden. Und sobald das Dampfboot aus Kings Hoheitsgebiet heraus war, könnten sie ihn seinetwegen gerne haben.

Die Nacht schritt voran, und das Dampfboot glitt flußabwärts, gesteuert von einer Mannschaft, die sich nur zu gern den Aufständischen angeschlossen hatte. Zuweilen näherten sich bewaffnete Männer in Kanus dem Boot, zogen sich aber sofort wieder zurück, als sie King im Bug sahen und riefen den anderen, die hinter den Bäumen am Ufer versteckt waren, zu, das Boot passieren zu lassen. Schließlich verließ Morgan seinen Schemel und begann auf dem Deck auf und ab zu wandern, wobei er hin und wieder stehenblieb und King mit einer solchen Erbitterung anstarrte, daß er am ganzen Körper flog. Sarah nahm in seiner Nähe im Schatten Aufstellung und versuchte, ruhig auf ihn einzureden, bis sie merkte, daß er ihr gar nicht zuhörte. Geschwächt von Angst und Kummer, setzte sie sich aufs Deck und versuchte, nicht an Henrys Opfertod und das Entsetzen zu denken, mit dem sie zugesehen hatte, wie er sich auf King warf, um Morgan zu retten.

Der wunderbare Henry, der die ganze letzte Woche hindurch ihre Hand gehalten hatte, um ihr die Todesangst zu nehmen, und ihr immer wieder versicherte, daß Morgan schon einen Weg fände, sie zu befreien, sobald er erfuhr, daß sie King in die Hände gefallen waren. Er sei überzeugt, hatte er gesagt, daß Morgan einen Plan habe, wie er King vernichten könne, weil er sich sonst nie mit diesem verhaßten Mann eingelassen hätte. Henry, der niemals den Glauben an etwas verlor. Nun war er tot, und sie mußte sich nach Kräften bemühen, auch weiterhin an Morgan zu glauben — ihm zu helfen, an sich selbst zu glauben.

Als die ersten Sonnenstrahlen durch die Baumwipfel fielen, hing der Revolver schwer an Morgans Seite. Er blickte an seinem Rock hinunter, sah, daß er mit Henrys Blut getränkt war, riß ihn sich stöhnend vom Leib und warf ihn in den Fluß. Auch das Hemd darunter war eine grimmige Erinnerung an den Tod seines Freundes, und sobald er das merkte, riß er es vorn auseinander, daß die Knöpfe über das Deck hüpften. Aber er zog es nicht aus. Es hing ihm offen vor der Brust, mit Blut und Schmutz befleckt, von Dornen zerrissen und ihm auf der schweißnassen Haut des Rückens klebend.

King saß auf seinem Schemel, und seine Locken flatterten im Wind, während das Boot den Japurá hinunterdampfte. Seine blauen Augen ließen Morgan nicht ein einziges Mal los, und dieses wissende Lächeln erlosch nie auf seinen Lippen, selbst dann nicht, als die Rebellen auf dem Oberdeck ihrer mörderischen Wut mit entsprechenden Zurufen Ausdruck verliehen. Einmal schoß jemand mit dem Gewehr auf ihn, mit Absicht sein Ziel um einige Zoll verfehlend, aber selbst das vermochte ihn nicht einzuschüchtern. Er schob lediglich die Schultern vor und lachte.

Sarah kauerte im Schatten und bewegte sich nur, wenn Kan ihr etwas zu essen und zu trinken gab, wobei sie kaum etwas über die Lippen brachte. Einmal ging sie mit einer Schüssel voll *feijoada* und einem Becher voll Wasser zu Morgan, aber er weigerte sich, beides anzunehmen, und schaute sie an, als würde er sie gar nicht kennen. Er litt zunehmend unter einem Realitätsverlust. Das erschreckte sie mehr als die Drohungen von Kings Wachmannschaften oder gar King selbst.

»Morgan«, beschwor sie ihn, »du brauchst Ruhe, Nahrung, etwas zu trinken. So kannst du nicht weitermachen.«

Er drehte ihr den Rücken zu und setzte seine Wanderung fort. Die Stunden schleppten sich dahin. Die Hitze wurde immer größer, stieg in schimmernden Wellen vom Deck auf. Sie wurden nun seltener von Wächtern angesprochen, und die Rebellen redeten davon, daß sie nun bald aus Kings Territorium heraus seien und endlich in Sicherheit wären. Andere hielten dagegen, daß sie niemals sicher sein würden, daß in diesem Moment die Wächter, die nicht auf das Schiff geschossen hätten, einen Plan ausheckten, wie sie ihren *patrao* retten könnten. Die Zahl dieser Männer würde groß sein und eine ernste Gefahr darstellen, wenn sie sich dazu entschlossen, eine Offensive gegen die Flüchtlinge zu eröffnen.

»Um so mehr ein Grund, daß wir King am Leben lassen sollten«, erklärte Teobaldo.

»Am Leben lassen?« rief jemand. »Rede uns nicht davon, daß wir das elende Leben dieses Mörders schonen sollen. Sag das dem Amerikaner.«

Und so begann das Gerücht, das Geflüster, daß Kane

den Verstand verloren habe. Sarah weigerte sich, den Bug des Schiffes zu verlassen, aus Angst, die Leute auf diese Weise über Morgan reden zu hören, obwohl sie in Wahrheit ihre eigenen Zweifel an seinem Geisteszustand bekämpfen mußte.

Am frühen Nachmittag begann es zu regnen. Sarah legte sich auf Deck und hielt ihr Gesicht in die herunterrauschende Flut. Wie kühl das war, wie köstlich! Kleine Bäche liefen über ihren Körper hin, zogen die Hitze aus ihren schmerzenden Muskeln, linderte das Brennen ihrer mit Blasen bedeckten Haut. Sie schloß die Augen und lauschte dem Gurgeln des Wassers am Bug und dem monotonen Planschen des Schaufelrades, bis sie darüber einschlief.

Als sie wieder erwachte, waren die Schatten länger geworden. Der Fluß war nicht mehr goldfarben, sondern rosig braun, und die Orchideen, die in bunten Kaskaden von den darüber hängenden Ästen herabhingen, spiegelten sich im Wasser. Aus diesen hellen und gedämpften Farbtönen erhob sich eine Wolke von Papageien, sie spreizten ihre langen blauen und roten Schwanzfedern, schlugen mit ihren smaragdgrünen Flügeln und bewegten sich in schimmernden, krächzenden Wellen über den Fluß hin. Ein einsamer Brüllaffe ließ seinen Klagelaut hören, daß es unheimlich im Dschungel widerhallte. Dann lenkte eine Bewegung ihren Blick auf sich. Sie drehte den Kopf zur Seite und sah Morgans Seidenäffchen, das in einer Ecke kauerte und durch sein graues Fell zu ihr hinschielte. Sie streckte die Hand nach ihm aus; aber es weigerte sich, zu ihr zu kommen.

»Es war ein Unfall«, kamen Worte zu ihr, kaum verständlich im Rauschen des Paddelrades. »Ich denke, du weißt, ich würde ihn nicht erschossen haben, hätte ich geahnt, wieviel er dir bedeutet. Hätte ich ihn und diese Frau töten wollen, würde ich das viel früher getan haben. Aber er sprang mich an. Es war ein Reflex. Du hast mit Roberto dasselbe gemacht, als er dich angriff. Wir tun, was wir tun müssen, um zu überleben. Das taten wir immer.«

Morgan lehnte an der Reling. Die Waffe hing in einer Hand an seiner Seite.

King betrachtete ihn schweigend, ehe er fortfuhr: »Du bist krank, Morgan. Du wirst sterben, wenn du dich nicht behandeln läßt. Was wird mit mir geschehen, wenn du stirbst und mich hier mit ihnen alleinläßt? Sie werden mich töten, und trotz allem, was du jetzt empfindest, glaube ich nicht, daß dir das recht wäre. Du willst meinen Tod nicht.«

»Doch«, erwiderte Morgan mit heiserer Stimme. »Ich will ihn. Ich wünsche ihn mir.«

»Wenn das so wäre, hättest du mich bereits in der *casa blanca* erschossen, wo du die beste Gelegenheit dazu hattest.«

Morgan schob sich von der Reling weg. Diese schrecklichen Kopfschmerzen hatten seinen ganzen Körper erfaßt. Jede Bewegung bereitete ihm Mühe. Und das Denken war eine nicht zu bewältigende Anstrengung.

»Deine Kräfte verlassen dich, Morgan. Wie lange kannst du noch durchhalten? Du hast Malaria. Das weißt du. Wenn du nichts dagegen tust, wird sie dich umbringen. Die Schüttelfröste und Fieberanfälle werden immer schlimmer, und die Kopfschmerzen werden dich in den Wahnsinn treiben.«

Morgan blickte King in die Augen und höhnte: »Sei still, oder ich blase dir dein dummes Gehirn aus dem Schädel.«

»Und wer bleibt dir dann noch, Morgan? Wer kennt dich denn so gut wie ich? Respektiert dich? Liebt dich?«

Morgan hob den Revolver und hielt ihn mit beiden Händen. Das Deck schien unter ihm zu schwanken. Er stolperte, ehe er sich gerade aufrichten konnte. Die Waffe war zu schwer. Sie länger als eine Sekunde hochzuhalten, war eine unerträgliche Qual für ihn.

»Und wenn du mich tötest — was würdest du damit erreichen? Wäre das das Ende des Mordens und Sterbens auf den Straßen von New Orleans, London, oder Paris? Oder selbst in einer so kleinen Stadt wie Georgetown? Noch während wir hier reden, liegt dort irgendwo der Sohn von irgend jemandem tot in der Gosse, ein Opfer der Vernachlässigung, des Hungers und Mißbrauchs. Ich hätte dich aus der Gosse holen können. Ich war deine einzige Chance. Ohne mich hast du keine Hoffnung, etwas anderes zu sein als der Bastard einer Hure. Ich nahm dich bei mir auf, als sie dich aus dem Haus warf. Wer wird sich denn so um dich kümmern, wie ich das vermag? Wer außer mir kann dich zum erstenmal in deinem erbärmlichen Leben zu etwas machen, das einen Wert hat?«

Durch den Nebel, der sich vor Morgans Augen ausbreitete, sah er die zierliche Gestalt einer jungen Frau auf King zukommen. Sie blickte King mit harten Augen an, holte dann mit dem rechten Arm aus und schlug ihn mit der Faust ins Gesicht, daß er auf das Deck hinstürzte. Dann drehte sie sich Morgan zu, und er dachte, daß sie das Schönste sei, was er jemals in seinem Leben gesehen hatte. Als sie schließlich vor ihm stand, regte sich irgendwo im Hintergrund seines Gedächtnisses eine Erinnerung an ein Mädchen, deren blaugrüne Augen strahlen konnte wie die Sonne auf den Wassern der Karibik, deren Haare so dicht und weich waren und die Farbe des Abendhimmels hatten. Ihm war, als könnte er sogar den Lavendelduft ihrer weißen Haut riechen und ihre Süße schmecken.

»Morgan? Morgan, komm bitte jetzt mit mir und ruh dich aus.«

Er hob eine Hand und berührte ihren Mund mit der Fingerspitze. Mit einem müden Lächeln fragte er: »Wer sind Sie?«

Wieder eine Nacht. Endlos, schrecklich. Morgan stand noch immer Wache über King, murmelte Unverständliches vor sich hin, rief gelegentlich nach Henry und zeigte sich verwirrt und bestürzt, wenn sein Freund nicht kommen wollte. Dann gab es Probleme mit der Maschine, und sie waren gezwungen, sie eine Weile lang abzuschalten, damit Reparaturarbeiten durchgeführt werden konnten.

Sie trieben flußabwärts, und obwohl sie schon lange aus dem Hoheitsgebiet von King heraus waren, löschten sie dennoch die Fackeln aus Angst, daß jene, die sie sicherlich verfolgten, erkannten, daß sie in Schwierigkeiten waren und dies zu einem Angriff ausnützen könnten. Schließlich gab Sarah ihre Nachtwache mit Morgan eine Weile lang auf, um sich in der Kabine mit Teobaldo, Chico und Kan zu beraten. Kan meinte, sie damit aufmuntern zu können, indem er ihr berichtete, daß er mit Hilfe der Indianer ihre Gummibaumsamen an Bord bringen konnte, nachdem das Boot gestürmt worden war. Er hatte sie unter Deck gelagert zusammen mit den Kisten voller Gold, die die Männer aus den Lagerhäusern herbeigeschafft hatten. Doch selbst das konnte sie nicht aus ihrer Depression herausholen.

Die kritischen Stunden, in denen die Männer die Schiffsmaschine reparierten, tickten vorbei. Ein paar Rebellen standen auf dem Oberdeck Wache, während die meisten andern sich hingelegt hatten. Sarah kehrte zu Morgan zurück, der mit dem Rücken an der Reling lehnte, den Revolver neben sich gelegt. Aber sein Blick war immer noch auf King gerichtet, der nun im Dunkeln auf seinem Schemel saß.

Sarah ließ sich neben Morgan auf dem Deck nieder. Sie konnte die Hitze seines Körpers spüren. Seine Kleider waren naß vom Schweiß, seine Augen glasig vom Fieber. *Er stirbt*, dachte sie. *Gütiger, erbarmungsvoller Gott, laß ihn nicht sterben..*

»Miss St. James«, hörte sie Kings trockene Stimme hinter sich. Als sie sich weigerte, ihm Aufmerksamkeit zu schenken, fuhr er fort: »Sie müssen etwas tun, um ihm zu helfen. Ich fürchte, er ist kaum noch bei Bewußtsein.«

»Ich verstehe nicht, wie das passieren konnte«, murmelte sie, mehr zu sich selbst.

»Er erzählte mir, er habe sein Chinin verloren.«

»Ich verlor es ebenfalls; aber er gab mir . . .« Sie schloß die Augen. »Nein, oh, nein! Er gab mir seine Ration.« Sie sank neben Morgan nieder, ihren Kopf nahe an seiner Schulter. Sie wollte die Arme um ihn legen, aber King hatte recht. Morgan war sich ihrer Gegenwart gar nicht bewußt. Sie flüsterte: »Mein geliebter Morgan, was können wir nur tun?«

Sie kämpfte gegen den Schlaf an. Doch Minuten — oder waren es Stunden? — später glaubte sie ein Flüstern zu hören und eine Bewegung an Deck zu erkennen. Sie streckte die Hand nach Morgan aus, berührte seinen Arm und entdeckte, daß er schrecklich heiß war und zitterte. »Morgan?« wisperte sie. »Morgan!«

Das Flüstern in ihrer Nähe wurde lauter. Dann war da plötzlich ein Scharren, und schattenhafte Figuren stiegen über die Reling — bedrohliche Gestalten, in dunkle Mäntel gehüllt, die auf King zueilten. Plötzlich schrie ein Wächter etwas auf dem Oberdeck, und die Nacht explodierte. Sarah hielt sich die Ohren zu, als Schüsse über ihr knallten und Kugeln in der Wand über ihr einschlugen. Männer brüllten und liefen über das Deck.

Plötzlich wußte Sarah, was da geschah. Irgendwie war es

einer Gruppe von Kings Wachleuten im Schutz der Dunkelheit gelungen, das Dampfboot zu entern. Sie drangen zum Bug des Schiffes vor. Sarah drückte sich noch weiter in den Schatten, als eine Salve vom Oberdeck herunterprasselte.

King, der inzwischen von seinen Fesseln befreit war, kam stolpernd auf die Beine und fiel dann wieder auf die Knie. Seine Befreier halfen ihm wieder auf die Füße und bemühten sich, ihn gegen das Gewehrfeuer vom Oberdeck abzuschirmen. Im gleichen Moment gelang es Morgan, sich auf den Knien aufzurichten; er nahm den Revolver in die Hand, konnte ihn aber nicht heben.

»King!« brüllte er. »King, du Bastard!«

Sarah schrie, als die dunkle Gestalt, die King stützte, ihren schwarzen Umhang zurückschlug. Es war Gilberto de Queiros! Als er seine Waffe auf Morgan richtete, warf sich Sarah gegen den Amerikaner, so daß er mit einem Stöhnen und einem Fluch auf das Deck hinschlug. Sie stellte sich vor ihn, und als King auf sie zustolperte, bettelte sie: »Töten Sie ihn nicht. Er ist krank ... Wenn Sie überhaupt ein Mitleid für ein anderes menschliches Wesen haben, lassen Sie ihn leben. Ich flehe Sie an!«

King packte sie und schleuderte sie zur Seite. Entsetzt sah sie zu, wie er seine Hand in Morgans Haaren vergrub, seinen Kopf vom Deck hob und sich zu ihm hinunterbeugte. »Mein Freund, du bist ein toter Mann — du und diese dummen Revolutionäre, die mich vernichten wollten. Aber wir werden uns wiedersehen, wenn wir beide kräftiger sind. Dann werde ich das große Vergnügen haben, dir in die Augen zu schauen, wenn ich dich töte.« Damit küßte er Morgan auf den Mund und sprang auf die Beine. Als die Kugeln in seiner Nähe als Querschläger über das Deck jaulten, stieg er rasch mit seinen Komplizen über die Reling und in die wartenden Kanus, die wie eine Fata Morgana im Nebel verschwanden.

Morgan versuchte aufzustehen; kam aber wieder nur auf die Knie, ehe Sarah ihn auffing und er in ihren Armen zusammenbrach. Sie preßte die Wange auf seinen heißen Scheitel. »Es ist vorbei, mein Liebling. Laß ihn gehen. Es gibt nichts mehr, was wir tun könnten.«

Sie ließ ihn sacht auf das Deck gleiten, achtete nicht auf die Stimmen der Rebellen, die wütend waren, weil sie King verloren hatten. Kan beugte sich zu ihr hinunter und legte eine Hand auf ihre Schulter. »Missy?« hörte sie seine besorgte Stimme'. »Ist er . . .«

»Nein«, sagte sie. »Er ist nicht tot. Aber er ist krank, Kan. Sehr, sehr krank. Er könnte sterben, wenn nicht . . .« Ihre Stimme brach. »Hilf ihm.«

Sie legte sich neben Morgan nieder, nahm ihn in ihre Arme und hielt ihn so, daß sein Kopf zwischen ihren Brüsten ruhte. Er schlief den Schlaf des zu Tode Erschöpften und des Fieberkranken, und ein paarmal weinte er in seinen Träumen.

Es gab eine hitzige Debatte unter den Rebellen, ob das Boot lange genug am Ufer vertäut werden sollte, bis Kan und die Indianer, die Morgan und Sarah nach Japurá begleitet hatten, den Regenwald nach Cinchona abgesucht hatten — einer Baumrinde, die Morgan von dessen Fieber heilen konnte.

»Dafür haben wir keine Zeit«, sagte ein Mann namens José und funkelte Teobaldo wütend an. »Kane haben wir es zu verdanken, daß King wieder frei ist. Hätte er uns erlaubt, ihn auf der Stelle zu töten, wären wir jetzt vor diesem Halunken sicher.«

»Du hast es Kane zu verdanken, daß du überhaupt frei bist«, erwiderte Teobaldo. »Wenn wir King nicht als Geisel benutzt hätten, wären wir niemals so weit gekommen.«

Ein *caboclo* mit einem Gesicht voller Narben stand auf

und schüttelte drohend die Faust vor Teobaldos Gesicht. »Ich sage, wir sollten auf der Stelle umkehren und King finden. Ihn umbringen, ehe er die Chance bekommt, uns zu ermorden!« Ein Chor beifälliger Stimmen erhob sich, und der Sprecher fuhr fort: »Sonst wird er Jagd auf uns machen und uns im Schlaf hinschlachten wie Vieh.«

»Kane ist so oder so ein toter Mann. Selbst wenn er sich von seinem Fieber erholen sollte, wird King ihn finden und killen.«

»Vielleicht sollten wir den Amerikaner gleich King ausliefern und ...«

»Hört auf damit!« schrie Sarah. »Wie könnt ihr so etwas sagen, nachdem er bereit war, sein Leben für euch zu opfern? Keine achtundvierzig Stunden ist es her, daß ihr ihn als Helden bejubelt habt. Nun verurteilt ihr ihn zum Tod, nur um eure eigenen Hälse zu retten. Ihr widert mich an!« Sie packte ihr Gewehr und floh aus dem Brückenhaus.

Morgans Kabine war eng und stickig, obwohl das Bullauge so weit geöffnet war, wie es irgend ging. Kan stand an Morgans Koje und kühlte sein glühendheißes Gesicht und seinen Körper mit einem Schwamm und kaltem Wasser, während er leise vor sich hinsang.

»Wird er sterben?« fragte sie immer wieder. Sie saß an der Kabinentür, das Gewehr auf den Knien. Da war ein schriller Ton in ihrer Stimme, den sie nicht länger unterdrücken konnte, und als die Nacht hereinbrach, saß sie im Dunklen, weil sie Morgan nicht eine Sekunde lang alleinlassen mochte, um sich eine Laterne zu besorgen.

Sein Fieber erreichte den Höhepunkt, und dann folgte der Schüttelfrost, daß er vor Schmerzen schrie und sich mit der Kraft von fünf Männern gegen Kan wehrte, weil er glaubte, ein Dämon habe sich seines Körpers bemächtigt.

Kan sah sich gezwungen, seine Arme und Beine an die Koje zu fesseln und ihm ein Stück Holz zwischen die Zähne zu schieben, damit er sich nicht die Zunge abbiß.

Die Nacht kroch dahin, während Sarah gegen den Schlaf ankämpfte, aus Angst, er könne sterben, wenn sie die Augen schloß. Sie ertrug Kans monotone Gesänge so lange sie konnte, und sagte schließlich zu ihm, er solle sich ein paar Stunden hinlegen, weil sie sowieso keinen Schlaf finden könne. Er weigerte sich mit der Begründung, daß die Dschungeldämonen sich des Geistes eines Menschen bemächtigten können, der vom Fieber geschwächt war. Sie versicherte ihm, daß sie mit jedem Dämon fertigwerden würde, und befahl ihm zum zweitenmal, die Kabine zu verlassen und sich auszuruhen. Er gehorchte nur widerstrebend.

Sie legte sich auf die Koje, so gut es ging, hielt Morgan in ihren Armen, und ihr Fleisch brannte an den Stellen, wo er sich gegen sie preßte. Sie streichelte seinen Kopf, der an ihrer Schulter lag, und redete mit ihm, als könnte er sie tatsächlich verstehen. »Ich liebe dich«, sagte sie zu ihm. »Du bist nicht allein. Ich liebe dich, Morgan. Ich liebe dich.«

Endlich, kurz vor Anbruch der Morgendämmerung, hörte das Zittern auf, und sie konnte ihn von den Stricken befreien, die ihn an das Bett fesselten. Als er seine Handgelenke und Knöchel rieb, um die Blutzirkulation anzuregen, hob er den Kopf und sah sie an. Er machte einen fast normalen Eindruck, obwohl seine Augen einen glasigen Ausdruck hatten, der genauso erschreckend war wie der Schüttelfrost und der vorangegangene Fieberanfall.

Seine Hand berührte ihr Gesicht, und sie lächelte erleichtert. Aber das Lächeln erstarb ihr auf den Lippen, als sich seine Finger in ihr Hemd krampften und es so unerwartet aufriß, daß sie kaum Zeit hatte, Luft zu schöpfen, ehe er sein Gesicht an ihren Brüsten barg. Benommen faßte sie nach seinen Schultern, und ihre Finger glitten an seiner schweißnassen Haut ab. Er drückte sie fester in die Koje hinein, und nun erkannte sie, daß er sich im Delirium befand und sich nicht bewußt war, was vorging.

Sie versuchte ihn von sich zu schieben, während sie seinen Namen so ruhig wie möglich aussprach. Er schlug ihre Hände zur Seite, legte den Unterarm auf ihr Gesicht und zwang ihren Kopf auf die Seite. Mit ihm zu sprechen war unmöglich. Ihre Worte glichen eher einem tierischen Wimmern unter dem Druck seines Arms. Er zog ihr die Hose bis zu den Knöcheln hinunter, zwängte ihre Schenkel mit dem Knie auseinander und erkundete ihren Körper mit seinem Glied, bis er es tief in sie hineinstieß und ihr mit heißem Atem ins Ohr rief:

»Ist das hart genug? Macht dich das munter? Der alte Knabe will es dir nicht so geben, wie es sich für einen richtigen Mann gehört, wie? Nun, wie gefällt dir denn das? Ich werde dich so stoßen, daß du die Engel singen hörst.« Seine Lippen berührten ihr Ohr, als er mit heiserer Stimme fragte: »Ist es so, wie du es haben möchtest, Schlampe?«

Oh, Gott, oh, Gott, dachte sie verzweifelt. *Er kennt mich nicht. Er weiß nicht, was er tut!*

Dann hörte seine Halluzination so rasch auf, wie sie begonnen hatte. Sein Körper wurde schlaff auf ihr und in ihr, und er war wieder bewußtlos. Sie schob sich unter ihm hervor, landete auf Händen und Knien auf dem Boden und weinte, als sie ihre Hose suchte und sie über die Beine streifen wollte. Sie brachte sie nur bis zu den Knien hinauf, bevor sie auf die Seite rollte, die Beine an den Leib zog und ihr Gesicht in den Händen barg. Ein Nebel der Hoffnungslosigkeit schien sie einzuhüllen. Ihr Vater war tot, Henry war tot, und nun war auch Morgan von ihr gegangen...

Das Knirschen des Bootes auf etwas Festem weckte Sarah, die zusammengerollt in einer Ecke der Kabine geschlafen hatte. Sie öffnete müde die Augen. Ihre Umgebung nahm nach einer Weile einen warmen hellen Ton an, der die Bilder und Formen um sie her mit Leben erfüllte. Dann hörte plötzlich das Stampfen der Schiffsmaschine auf, und die Stille, die nun folgte, wurde allmählich von den vertrauten Lauten des Dschungels verdrängt. Sarah rieb sich die Augen, rappelte sich auf die Füße und versuchte, sich über Morgans Zustand klarzuwerden. Du lieber Gott — wenn er gestorben war, während sie schlief!

Sein Kopf war von ihr weggedreht. Sie trat näher an seine Koje heran, die Hände ineinander verkrampft. Da waren Fliegen auf seinem Hals und seinem Gesicht, krochen über seine Brust und die Hand, die aus dem Bett hing, mit der Innenfläche nach außen. Sie fuhr mit der Hand über sein Gesicht hin und scheuchte die Fliegen auf, die in einer Wolke um sie herumsummten. Während ihr das Herz bis in die Schläfen hinauf pochte, berührte sie seine Wange mit den Fingerspitzen und fand sie ...

Warm!

Er bewegte sich und stöhnte, und sie wäre fast über seiner Koje zusammengebrochen, als die Kabinentür aufflog und Kan eintrat.

»Was ist passiert?« fragte Sarah.

»Die Männer haben sich darauf verständigt, mir zwei Stunden Zeit zu geben, damit ich nach der Cinchona-Rinde suchen kann.«

Ihr wurde schwindlig vor Erleichterung. »Schaffst du das in so kurzer Zeit?«

»Ich werde mein möglichstes versuchen, Missy; aber selbst wenn ich die Rinde finde, ist das keine Garantie, daß er überleben oder der gleiche Mann sein wird wie zuvor. Zwar kann das Chinin sein Fieber heilen, aber es kann den

Verstand nicht reparieren, wenn der einen Schaden erlitten hat. Und das Chinin vermag auch das Fieber nicht auf die Dauer zu heilen. Es wird bis zu seinem Lebensende kommen und gehen.«

Sarah streichelte Morgans Stirn. »Darüber können wir uns in den kommenden Jahren den Kopf zerbrechen, Kan. Heute geht es allein darum, sein Leben zu retten. Beil dich. Zwei Stunden sind nicht viel, und sie können sehr wohl sein Leben bedeuten.«

Sie folgte ihm aufs Deck und betete, daß er wohlbehalten wiederkehren möge, während er mit den anderen Indianern im Dschungel verschwand. Dann begann das Warten. Minuten schienen sich wie Stunden hinzuziehen, während sie auf dem Deck umherwanderte und mit den Augen die Bäume absuchte, ob sich Kan dort sehen ließ, und dann wieder in Morgans Kabine eilte, um sich von seinem Zustand zu überzeugen.

Und dann waren die zwei Stunden vorbei, und sie stand auf dem Deck, die Hände um die Reling gekrampft, während die Männer ungeduldig wurden und von Teobaldo verlangten, vom Ufer abzustoßen, ehe King und seine Komplizen sie wieder eingeholt hatten.

»Aber das können Sie doch nicht tun!« schrie sie Teobaldo an.

»Wenn wir noch länger warten«, sagte ein Mann, »verscherzen wir unsere Chance, King zu entwischen.«

»Ablegen!« rief jemand, und ein Chor von Stimmen wiederholte diese Forderung.

Sie rannte in Morgans Kabine und holte ihr Gewehr. Als sie wieder an Deck kam, gab Teobaldo gerade den Befehl, die Maschine anzuwerfen.

»Ich werde den ersten, der sich von der Stelle bewegt, erschießen!« brüllte sie.

Die Gesichter der Männer blickten sie zuerst verblüfft,

dann amüsiert an. Ein paar lachten, aber andere tauschten wütende Blicke.

»Wir lassen uns doch von einer Frau nicht die Chance verderben, diesem blutrünstigen Mörder zu entwischen!« erklärte der *caboclo* mit dem Narbengesicht.

»Ich warne Sie! Ich werde schießen. Wenn Sie meinen, ich hätte Angst, Sie umzubringen, täuschen Sie sich.«

»Ich habe doch keine Angst vor einer Frau!« rief der *caboclo*, und als er sich auf sie zubewegte, schwenkte sie das Gewehr in seine Richtung und bediente den Abzug. Der Schuß hallte von den Wänden des Regenwalds wider, und der Mann stürzte auf das Deck und griff sich an die blutende Schulter. Die anderen wichen zurück, die Gesichter schlaff vor Überraschung.

In diesem Moment kam Kan mit seinen Begleitern aus dem Dschungel heraus. Sarah zeigte vor den anderen nicht, wie erleichtert sie war und daß sie innerlich zitterte vor Schock. Sie hielt nur ihr Gewehr im Anschlag, während Kan den Landungssteg herauflief und seinen Sack mit Cinchona über dem Kopf schwenkte, damit alle ihn sehen konnten. Erst als er unter Deck verschwunden war, senkte Sarah das Gewehr und folgte ihm. Als sie hinter Kan in die Kabine trat, warf sie die Tür ins Schloß und sank gegen ihn. »O Gott, was ist nur aus mir geworden?« sagte sie laut. »Ich schoß gerade auf einen Mann, und ich bin froh, daß ich es tat. Ich bin froh! Ich würde sie alle erschossen haben, wenn ich damit Morgans Leben hätte retten können.«

Kan beugte sich über Morgan und schüttete seinen Sack mit Chininrinde über dem Bett aus. Dann sah er sich zu Sarah um. »Ich brauche kochendes Wasser.«

»Kochendes Wasser.« Sie nickte und wandte sich wieder der Kabinentür zu.

Binnen zwölf Stunden zeigte das Chinin seine Wirkung. Morgans Fieber ging zurück. Sarah schlief nach dem Dinner ein und wachte nicht eher auf, als bis der neue Tag bereits ein paar Stunden alt war.

»Guten Morgen, Sonnenschein«, hörte sie seine Stimme, die sie aus ihrem schlaftrunkenen Zustand herausriß.

Sie schob sich die Haare aus dem Gesicht, blinzelte und wollte ihren Augen nicht trauen. Seine Lippen kräuselten sich zu einem halben Lächeln, daß ihr Herz einen Satz machte. »Morgan? Morgan, bist du es wirklich?«

Er nickte, und sie quietschte vor Freude und warf sich an seine Brust. Dann weinte sie wie ein Kind.

»Nun, nun«, flüsterte er, den Rücken in die Kissen gelegt, »*ma chère*, ich werde doch wieder gesund werden.«

»Es tut mir alles so leid. Daß ich dich gezwungen habe, hierherzukommen — und das mit Henry.«

Er hielt sie so fest, wie das sein geschwächter Zustand erlaubte, und streichelte ihr Haar. »Du hast mich zu nichts gezwungen, mein Herz. Ich bin ein Mann, der seine eigenen Entscheidungen trifft. Ich hätte wissen müssen, daß Henry ohne mich Japurá nie verlassen würde.«

Sie begegnete seinem Blick und bemühte sich zu lächeln. »Es ist vorbei, Morgan. Teobaldo sagt, wir machen gute Fahrt und sollten in ein paar Tagen Coari erreicht haben. Ich hoffe, daß Sir Henry Wickham uns dort erwartet und wir mit seiner Hilfe aus Brasilien herauskommen und in sechs Wochen in England sind.«

Morgan legte den Kopf in die Kissen und schloß die Augen. Nach einer Weile fragte er: »Und was dann, Sarah?«

Als sie nicht antwortete, sah er sie wieder an. Da war ein gedankenverlorener Ausdruck in ihren Augen, und ihm wurde klar, daß sie sich nun an all die Gründe erinnerte, die sie nach Japurá gebracht hatte.

Wut stieg in ihm auf. Er drehte das Gesicht zur Wand und wünschte, das Fieber hätte ihn umgebracht. Nichts hatte sich verändert. Sie war mit einem anderen Mann verlobt, und nun, da sie ihre Gummibaumsamen hatte, konnte die Heirat, wie geplant, stattfinden.

Sie glitt vom Bett herunter, und trotz seines Vorsatzes, sie zu ignorieren, und der Tatsache, daß sein Herz wieder brechen mußte, wandte er ihr das Gesicht zu und beobachtete, wie sie in der Kabine umherwanderte und die Hände rang. Er hatte in ihr einmal ein verlorenes, bekümmertes Kind gesehen. Nun war sie eine Frau mit einem eigensinnigen Zug um die Mundwinkel und das Kinn. Als ihre Blicke sich wieder trafen, erkannte er, daß die Erfahrungen der letzten Wochen ihr die Naivität und Unschuld genommen und mit einem eisernen Willen ersetzt hatten. Dennoch kam sie nun mit bleichem Gesicht etwas unschlüssig an sein Bett und sagte: »Morgan.« Sie holte tief Luft. »Du hast mich gebeten, dich zu heiraten ...«

»Und du gabst mir einen Korb.«

»Aber das stimmt ja gar nicht. Du hast mich gefragt, als ich auf so etwas überhaupt nicht vorbereitet war und eine Menge zu bedenken hatte. Ich bin mit Norman verlobt, wie du weißt. Höchstwahrscheinlich hat er unsere Hochzeit bereits vorbereitet und ...«

»Komm zur Sache, *chérie*.«

»Ich dachte, ich würde Norman lieben. Ich dachte, daß das, was zwischen uns geschehen ist, rein körperlicher Natur sei. Als du mich fragtest, ob ich dich heiraten würde, war ich gezwungen, mich meinen Gefühlen zu stellen und ...«

»Und?«

Sie biß sich auf die Lippen und senkte die Lider. »Ja«, flüsterte sie.

»Was ja?«

Sie runzelte die Stirn, zwang sich, ihn wieder anzusehen und sagte: »Ja. Ich will dich heiraten, wenn du mich noch haben möchtest.«

Als sie Tefé am nächsten Tag erreichten, entschieden sich zahlreiche Rebellen dafür, das Schiff zu verlassen und nahmen ihren Anteil an dem Gold mit, während andere sich wieder weigerten, auch nur einen Fuß ans Ufer zu setzen, weil sie meinten, je weiter sie den Fluß hinunterfuhren, um so eher könnten sie Kings Rache für immer entwischen.

Nach Einbruch der Dunkelheit legte das Boot wieder ab, um Kurs auf Coari zu nehmen. Morgan war inzwischen kräftig genug, seine Koje zu verlassen und sich mit einen Stuhl aufs Deck zu begeben, wo er jeden Abend bis lange nach Mitternacht sitzen blieb. Obwohl er sich bemerkenswert rasch erholte, war er immer noch dünn, und seine Haut, die einmal dunkel gewesen war von der Sonne, hatte eine graue Blässe angenommen, die ihn kränker erschienen ließ, als er tatsächlich war. Seine Haare, einst stumpf und brüchig vom Fieber, wurden nun wieder weich und glänzend, und Sarah sehnte sich danach, mit den Fingern hindurchzufahren. Tatsächlich verlangte es sie, ihn in ihren Armen zu halten und ihm zu versichern, daß sie seine Frau sein wollte. Aber sie verstand sein Schweigen und seinen Wunsch, allein zu sein. Ihr eigener Kummer über Henrys Verlust war schon fast unerträglich, und so konnte sie Morgan gut nachempfinden, was er fühlen mußte.

Kurz nach Mitternacht erwachte sie von einem Donner. Die darauffolgende Stille war unheimlich, und sie war froh, daß sie sich angewöhnt hatte, in ihrem Hemd zu schlafen, das ihr knapp bis zu den Knien reichte. Da sie nicht mehr einschlafen konnte, verließ sie ihre Koje und begab sich zu Morgans Kabine, fand ihn jedoch nicht darin. Sie sah ihn oben an Deck, wo er auf dem Rand seines Stuhles saß, den Kopf in die Hände gestützt und eine Zigarette in der Hand, die ihm fast bis zu den Knöcheln heruntergebrannt war. Sie beobachtete ihn eine Weile, bis die Nacht von einem gleißenden Licht zerrissen wurde und ein Windstoß ihm die Asche um den Kopf wirbelte.

Die ersten Regentropfen trafen ihre Schultern. Sie bewegte sich barfüßig im Schatten der Aufbauten und legte ihm die Hand auf die Haare. Da sah er hoch.

Der Regen prasselte in diesem Moment herunter, eine warme Flut, die von dem heißen Wind vorangepeitscht wurde, der den Amazonas wie der *Pororoca* hinunterbrauste. Er langte nach ihr, und seine nassen Hände packten ihre Arme und zogen sie an seinen Körper, als der Blitz zwischen die Bäume am Ufer fuhr und der Schmerz in ihm endlich an die Oberfläche kam. Sein Gesicht nahm den Ausdruck der Verzweiflung an, und die Tränen kamen ein letztes Mal, rannen ihm in Strömen über die Wangen.

Sarah drückte ihn fest an sich, vergrub ihre Finger in seinen Haaren, hob ihr Gesicht in den Regen hinein und weinte um seinen Verlust — und aus Erleichterung, daß es Morgan nicht getroffen hatte. Dann sanken sie auf das Deck hin, und er küßte ihren Hals, ihre Gesicht und ihren Mund. Seine Leidenschaft schmeckte nach salzigen Tränen. Sie sagte nichts, als er mit seinen verzweifelten Händen ihr Hemd hob und ihre Brüste nicht gerade sanft umspannte. Dann glitten sie zwischen ihre Beine, und er bewegte sich mit seinen Fingern in ihr, ehe er an den Knöpfen seiner Hose fummelte. Als sie ihre Schenkel öffnete, bestieg er sie, und sie schloß ihre Beine hoch über seinem Rücken, hob sich ihm entgegen, um jeden seiner heftigen

Stöße aufzufangen, während der Regen ihr in die Augen trommelte. Dann faßten seine Hände ihre nassen Locken und zwangen ihr Gesicht zu seinem herum. Er drückte seine Lippen hart auf ihren Mund und löschte jede Wirklichkeit aus.

20

Sie trafen ein paar Tage später in Coari ein. Morgan verlor nur wenig Zeit damit, Sarah und das Seidenäffchen einzusammeln, und hinterließ bei Kan und Teobaldo den Bescheid, daß er im Hotel des Ortes anzutreffen sei — in einem primitiven Lehmgebäude mit türlosen kleinen Kammern, die durch einen Korridor, der durch die Mitte des Hauses lief, miteinander verbunden waren. Morgan mietet dort eines von diesen Kabuffs für eine Nacht, und der Inhaber versorgte ihn mit zwei Matratzen und einem Stück Leinwand, das er als Vorhang zum Flur hin benützen sollte. Die Kammer war sogar noch kleiner als die Kabine auf dem Dampfboot, und Boden und Wände waren schmutzig. Es gab kein Fenster, und die Luft war abgestanden.

Morgan warf die Matratzen auf den Boden und kramte in seinen Taschen nach einer Zigarette. »Es ist zwar kein trautes Heim, aber für eine Nacht muß es taugen. Du bleibst hier, während ich mich im Ort umsehe, ob ich Wickham finden kann.«

»Ich möchte mit dir gehen«, sagte sie.

»Keine Chance, meine Herz. Kings Männer könnten hier sein, und eine Frau wie du würde zwischen den Eingeborenen sofort auffallen.«

Lächelnd sank sie auf die Matratze zurück und breitete

ihre Haare wie einen Fächer darauf aus. »Sollte ich das etwa als ein Kompliment betrachten?« Er warf sein Streichholz in den Schmutz und blies den Rauch durch die Lippen. »Wofür hältst du es denn?«

»Ich wundere mich zuweilen. Du scheinst meinen Körper ja ganz gut leiden zu können, sagst aber nicht viel über ihn.«

»Also bin ich ein Mann, der nicht viele Worte macht.«

»Aber dafür um so mehr Aktionen.«

»Das gefällt dir nicht?«

»Es gefällt mir sogar sehr. Tatsächlich würde es mir noch mehr gefallen, wenn du jetzt hierher auf die Matratze kämest und mich lieben würdest.«

»Du bist ein heißes Mädchen, nicht wahr, *chérie?*«

»Dazu hast du mich gemacht. Du wirst mit den Folgen leben müssen.«

»Später. Ich werde in einer Stunde wieder zurück sein und dann ...«

»Dann was?« Als er keine Antwort gab, sah sie zum Eingang hin und stellte fest, daß er verschwunden war.

Morgan wanderte durch die Straßen, und dabei fielen ihm die zahlreichen weißen Männer auf, die tranken, sich mit den Indianerfrauen vergnügten und englisch sprachen. Was bedeutete, daß ein englisches Versorgungsschiff am Pier lag.

In der Nähe der Hafenanlage gab es eine Straße, in der sich eine Spelunke an die andere reihte. Er begann seine Suche im nächstbesten Lokal und bestellte sich dort eine billige Flasche Whisky. Als er trank, die Kühle des dunklen Raumes genießend, entdeckte er einen Indianer, der abseits von den lärmenden Engländern und den beschwipsten *seringueros* der in der Nähe gelegenen Plantagen an einem Tisch saß. Der Indianer blickte überrascht hoch, als Morgan ein Glas von der Theke mitbrachte, es vor ihn hinstellte und mit Whisky füllte. Dann angelte er mit dem Stiefel einen Stuhl herbei und ließ sich darauf fallen.

»Sprichst du Englisch?« fragte Morgan.

Der Indianer nickte, schnappte sich das Glas, hielt es an den Mund und trank es in einem Zug leer. Morgan füllte es zum zweitenmal. »Ich suche einen Engländer.«

Der Indianer grunzte und deutete mit dem Kopf zu den Matrosen hin.

»Der Mann, den ich suche, könnte schon viele Wochen hier sein. Sein Name ist Wickham. Hast du ihn vielleicht gesehen?«

Der Indianer nickte und trank das zweite Glas leer.

»Kannst du mir sagen, wo er steckt?«

Der Indianer schüttelte den Kopf, und ehe ihm Morgan einen neuen Drink spendieren konnte, fiel der Indianer mit dem Gesicht auf die Tischplatte und verlor das Bewußtsein.

Die nächsten zwei Stunden machte Morgan die Runde durch alle Spelunken in dieser Straße, bis er endlich einen Barkeeper fand, der Wickham kannte und ihm erklärte, er besuche schon früh am Tag sein Lokal, ehe die Kundschaft zu rüpelig würde. Er wisse jedoch nicht, wo der Engländer wohne.

»Sag ihm, wenn du ihn siehst, daß ein alter Freund von ihm im Anaconda-Hotel untergekommen ist«, trug Morgan dem dunkelhäutigen Barkeeper auf.

Auf dem Weg nach draußen stolperte er über einen Mann, der in den Schmutz gefallen und zu betrunken war, um wieder aufstehen zu können. Der Hut des Mannes war ein Stück von ihm weggerollt. Morgan hob ihn auf, betrachtete ihn kritisch und stellte fest, daß er dem ähnlich war, den er in Kings Haus hatte zurücklassen müssen. Er probierte ihn an und fand, daß er ihm paßte. Er behielt ihn auf und ging weiter die Straße hinunter.

Er kam an einem Basar in der Nähe der Docks vorbei, der gerade schließen wollte. Da die Indianer auf einen letzten Kaufabschluß erpicht waren, konnte er ein paar Dinge günstiger einkaufen, darunter ein Messer, das jenem sehr ähnelte, das er an King verloren hatte, eine Scheide, mit dem er es an seiner Hüfte befestigen konnte, eine weiße Hose und eine Weste aus Schlangenhaut. Da waren auch ein paar Frauenartikel, die er für Sarah einkaufte. Er bezahlte für seine Einkäufe mit Gold und begab sich dann zum öffentlichen Bad.

Als er schließlich wieder ins Hotel zurückkehrte, war es schon spät. Ein paar Engländer waren inzwischen ebenfalls zurück in ihr Quartier getorkelt, und, dem Lärm nach zu schließen, den sie verursachten, genossen sie die Gesellschaft einiger Indianerfrauen, die sie in den Kneipen aufgetan hatten.

Es drängte ihn, Sarah zu sehen. Er war stolz auf sie. Verdammt stolz. Sie war stark geworden, widerstandsfähig, gab ihm Seelenfrieden. Sie waren noch nicht außer Gefahr, solange King sich frei bewegen konnte. Er würde nicht zulassen, daß sie ständig in Angst leben mußte vor Kings Häschern, wie er in den ersten Monaten nach seiner Flucht aus Japurá. Zudem mußte King ihm dafür büßen, daß er Henry getötet hatte. Dafür würde er sorgen — und wenn es das letzte war, was er in seinem Leben tat.

Er fand Sarah in ihrer gemieteten Kammer, wo sie, die Hände an den Hüften, auf- und ablief. Als sie ihn sah, wechselte ihr Gesichtsausdruck in Sekundenschnelle von Angst auf Sturm. »Verdammt, Morgan!« rief sie, »ich war außer mir vor Sorge, es könnte dir etwas passiert sein! Du sagtest, du kämst spätestens in einer Stunde zurück, und nun sind daraus drei geworden!«

»Es war schwieriger, Wickham zu finden, als ich dachte.«

»Ich fürchtete, King hätte dich gefunden und ...«
»Er fand mich nicht.«
»Wie sollte ich das wissen? Zudem taumelten diese betrunkenen Kerle ständig in meine Kammer, bis ich das Gewehr nehmen und ihnen damit klarmachen mußte, daß ich jeden erschieße, der mich noch einmal belästigt.«
Er warf ihr das Paket in die Arme und grinste. »Ich kann es ihnen nicht verdenken. Vermutlich haben sie seit Monaten keine weiße Frau mehr gesehen. Und wahrscheinlich haben sie so eine weiße Frau wie dich noch *nie* gesehen.«
»Mit Schmeicheleien kommen Sie bei mir nicht weiter, Sir.«
»Tatsächlich nicht?« Er angelte sich eine Zigarette aus der Tasche und steckte sie zwischen seine Lippen. »Wir werden sehen, *ma chère*. Nun sage mir, was du von meinen Geschenken hältst.«
Sie ließ sich auf die Matratze fallen und rollte die Kleider auseinander, die er für sie gekauft hatte: eine weiße Bauernbluse und einen vielfarbigen Rock. Hölzerne Kämme und Ledersandalen mit Riemen, die kreuzweise über den Waden verschnürt wurden, lagen daneben. Sie sah hoch und lächelte. »Die Sachen sind wunderschön.«
»Ich dachte, es wäre an der Zeit, aus diesen Hosen zu schlüpfen.«
»Gefalle ich dir nicht mehr in Hosen? Findest du, ich sähe nicht mehr genug nach einer Lady aus?«
»*Chérie*, du bist keine Lady. Nicht mehr. Aber du bist eine Frau, und diese Hosen machen es einem verdammt schwer, an dich heranzukommen, wenn man dich haben möchte.«
Ihre Augen wurden schmal: »Tatsächlich?«
»Ja. Warum ziehst du dich jetzt nicht um?«
»Jetzt?«

»Während ich zuschaue.«

»Oh, meinst du?«

»Ich bin sicher.«

Sie stand auf und begann sich auszuziehen. Sie bemerkte erst jetzt, daß Morgan ebenfalls seine Kleider gewechselt hatte. Seine Hose und seine Weste waren neu; er hatte gebadet und sich rasiert, und sie glaubte, den Bayrum riechen zu können, mit dem er sich das Gesicht eingerieben haben mußte.

Er wirkte so groß, wie er dort neben dem Vorhang stand: Die Weste bedeckte kaum seine breite Brust, und die Hose saß stramm und betonte seine Männlichkeit, die mit jeder Sekunde ausdrucksvoller wurde. Er lehnte an der Wand, den Hut schief über dem linken Auge, und beobachtete sie durch den Rauch seiner Zigarette, die Daumen hinter den Hosenbund gehakt, das Messer an der Hüfte, das ihm fast bis zum Knie hinunterreichte.

»Zieh es aus«, murmelte er.

Sie ließ das Hemd zu Boden gleiten und sagte: »Ich sollte das eigentlich nicht tun, nachdem du mich drei Stunden in dieser stinkenden Kammer hast schmoren lassen, ständig belästigt von betrunkenen Seeleuten.«

Die Hose rutschte nun an ihren Beinen hinunter, und sie schleuderte sie mit dem Fuß beiseite. Nackt beugte sie sich zur Matratze hinunter, um die von Morgan gekauften Sachen aufzuheben. Sie streifte die Bluse über den Kopf und zog den Rock über die Taille hinauf.

»Die Bluse läßt die Schultern frei«, erklärte er.

Die Bluse saß perfekt, ließ ihre Schultern und die obere Hälfte ihrer weißen Brüste unbedeckt. der Rock reichte gerade bis zur Mitte ihrer Waden. Als sie den Kopf bewegte, flossen ihr die Haare in goldenen Wellen über das Gesicht.

»Was sagt du jetzt?«

»Du siehst aus wie eine Dirne.«

»Das ist doch so ganz nach deinem Geschmack, nicht wahr?«

»Und ob es das ist!« Er schob sich von der Wand weg und warf die Zigarette auf den Boden. Als das Seidenäffchen einen Satz machte und an seinem Bein hinaufkletterte, packte er es im Genick und löste es sacht von seinem Knie. Er schob es zum Ausgang hin und befahl: »Verzieh dich!«

Das Äffchen verschwand unter dem Vorhang.

Sarah wich bis zur Hinterwand zurück, schüttelte den Kopf und hob das Kinn: »Ich sollte mich nicht von dir anfassen lassen, nachdem du mich drei Stunden lang hier...«

»Sei still!«

Er begrub eine Hand in ihren Haaren und zog ihren Kopf nach hinten. Sein dunkles Gesicht senkte sich über ihres, als er sagte: »Ich werde dich nehmen, wenn ich dich haben möchte, *ma chère*. Und ich möchte dich jetzt haben.«

Er drückte seinen Mund auf ihre Lippen und küßte sie so heftig, daß sie stöhnte und mit beiden Fäusten gegen seine Brust trommelte. Doch dann flammte das Begehren in ihr auf, und die Angst und das stundenlange Warten auf ihn waren vergessen. Sie erwiderte seinen Kuß genauso heftig, während ihre Hände seinen Hut beiseite stießen und in seinen schwarzen Haaren wühlten. Er stöhnte, als sie sich an ihn preßte und sein strammes Glied unter dem Hosenstoff spürte. Und während sie mit den Lippen über seinen Mund hinglitt, öffnetet sie geschickt die Knöpfe seiner Hose, bis ihr sein Glied in die Hand fiel.

Sein Kopf sank nach hinten, seine schwarzen Haare flossen ihm über den Rücken, während ein leises Stöhnen aus seiner Kehle drang. Sie küßte seine Schultern und seine Brust, atmete den Duft seiner sauberen Haut und des Bayrums ein, fuhr mit der Zungenspitze über seine Brustwarzen, während ihre Finger sacht über sein glattes, seidenweiches und zugleich stahlhartes Glied hinglitten.

Er faßte ihre Schultern, drückte sie auf die Knie hinunter und zeigte ihr eine neue Art von Liebe, die sie sich auch in ihren kühnsten intimen Träumen nicht vorgestellt hätte. Eine primitive, selbstvergessene Liebe, die sie wild machte und schwindlig mit der Erkenntnis, daß sie ihn mit einem Zucken ihrer Zunge, dem Druck ihrer Lippen und dem Drehen ihrer Hüften beherrschen konnte, bis sein starker Körper zitterte und er leise flehte: »O Gott; o Gott; o Gott.«

Dann hob er sie hoch, und während sich seine Finger in die weiche Unterseite ihrer Schenkel gruben, drückte er sie gegen die Wand und stieß in sie hinein, bis sie ihre Finger in seine Schultern krallte, ihren Kopf zurückwarf und aufschrie unter der Gewalt ihres Orgasmus.

Als sie am Morgen erwachte, fand sie sich allein in der Kammer. Sie rollte sich auf die Knie, zuckte zusammen, als sie einen Wundschmerz spürte, suchte ihre Kleider zusammen und zog sie an. Sie wollte keine Stunde mehr in diesem Loch bleiben, geschweige denn einen weiteren Tag.

Mit Hilfe der hölzernen Kämme, die Morgan ihr gekauft hatte, gelang es ihr, wieder Ordnung in ihre Haare zu bringen. Sie flocht sie zu einem dicken goldenen Zopf, den sie um ihren Kopf wand und mit den Kämmen feststeckte. Dann legte sie die Sandalen an und wand die Lederriemen um ihre Beine.

Die Sonne fühlte sich auf ihren bloßen Schultern mörderisch an, als Sarah sich ins Freie begab, um nach Morgan zu suchen. Es war so früh am Morgen, daß die Matrosen, die am Abend zuvor die Spelunken am Hafen unsicher gemacht hatten, noch ihren Rausch ausschliefen. Unterwegs waren zumeist nur Eingeborene mit Körben voller Früchte oder Fische, die sie auf ihren Köpfen balancierten. Ein Mann trieb Ziegen auf der Mitte der Straße, und die Schellen an ihren Hälsen machten einen Lärm, daß einem der Kopf weh tat.

Auf den Docks traf sie Kan an, der ihr erzählte, er habe schon vor Stunden mit Morgan gesprochen, als er Teobaldo und Chico auf dem Dampfboot besuchte. Nachdem ihm beide gesagt hatten, daß sie Coari so rasch wie möglich verlassen wollten, hatte er ihren Anteil an der Fracht von Bord schaffen und in einem Lagerschuppen in der Nähe unterbringen lassen. Die Flüchtlinge waren nun schon wieder zwei Stunden mit dem Boot auf dem Fluß unterwegs.

Sie fand Morgan und Wickham in einer Kneipe am anderen Ende des Dorfes. Der Engländer stand von seinem Stuhl auf, als sie auf die beiden zuging. Sie bemerkte, wie er überrascht ihre Kleider betrachtete. »Sie wissen gar nicht, wie erleichtert ich bin, Sie wiederzusehen, meine Teure«, sagte er. »Ich hatte schon jede Hoffnung aufgegeben.«

»Ich ebenfalls.« Lächelnd nahm sie auf dem Stuhl Platz, den er für sie zurückschob, und warf einen Blick auf Morgan, der in seinem Stuhl lümmelte, den Hut tief in die Augen gezogen, das schlafende Seidenäffchen auf der linken Schulter. »Ich nehme an, Morgan hat sie bereits über den Gummibaumsamen informiert«, sagte Sarah.

»Das hat er in der Tat, und ich erklärte Mr. Kane bereits, Sie hätten keinen günstigeren Zeitpunkt treffen können. Im Augenblick liegt hier ein Schiff am Kai, das keine Ladung bekommt. Ich denke, wir könnten den Kapitän fraglos dazu überreden, uns und unsere Fracht an Bord zu nehmen. Dann hätten wir freie Fahrt bis Belém und zum Zoll.«

»Und wie gedenken Sie uns durch den Zoll zu bringen?« fragte Sarah.

»Sehr einfach. Wir verstecken die Samen unter der Ladung Orchideen, die wir auf der *Amazonas* verfrachten. Wir werden uns als Botaniker ausgeben, die eine sehr seltene Gattung Orchideen gesammelt hat und diese nun nach England bringen will.«

»Sie werden bestimmt die Kisten untersuchen.«

»Möglich; aber ich kennen zufällig eine Reihe von Zollbeamten, die in die andere Richtung schauen, wenn man ihnen nur entsprechend die Taschen füllt. Es wird zwar ein sehr heikles Unternehmen werden, aber ich glaube, ich bin dieser Aufgabe gewachsen.« Wickham goß sich noch ein Glas Whisky ein. »Wie ich hörte, besteht Anlaß zur Eile?«

Als Sarah nickte, fuhr er fort: »In diesem Fall werde ich sofort ans Werk gehen. Ich denke, meine Indianer werden in drei Tagen genügend Orchideen gesammelt...«

»Wir haben keine drei Tage Zeit«, unterbrach ihn Morgan.

»Ich verstehe. Nun, dann geben Sie mir wenigstens bis morgen abend Zeit. Das verschafft mir die Möglichkeit, den Kapitän der *Amazonas* aufzusuchen und so viele Orchideen zu sammeln, wie das möglich ist. Sobald wir an Bord sind, haben wir reichlich Gelegenheit, den Samen der *Hevea* unter den Blumen zu verstecken, bis wir in Belém sind.« Wickham leerte sein Glas und zog dann seine Taschenuhr aus der Weste. »Ich empfehle mich jetzt. Ich werde Sie dann beide davon unterrichten, ob alles nach Plan verläuft. Bis dahin lassen Sie sich lieber nicht mehr in der Öffentlichkeit sehen. Sobald ich mit dem Kapitän gesprochen habe, können Sie direkt vom Hotel in eine Kabine auf dem Schiff umziehen.«

Er nahm Sarahs Hand und lächelte. »Ich kann Ihnen gar nicht oft genug versichern, wie froh ich bin, Sie lebend wiederzusehen, meine Teure. ich bedaure nur, daß Mr. Longfellow auf eine so tragische Weise umgekommen ist.« Er tippte an seinen Hut und sagte zu Morgan: »Wir sehen uns dann später, Mr. Kane.«

Sarah gab Kan Anweisung, Wickham in jeder nur erdenklichen Weise zu unterstützen, und als sich ihr Diener entfernt hatte, sank sie auf den Stuhl, lehnte sich zurück und schloß kurz die Augen. »Morgen abend. Eine Menge kann bis dahin passieren.«

»Sobald du an Bord bist, kann King kaum mehr etwas unternehmen«, erwiderte Morgan. »Außerdem ist er hinter mir her, nicht hinter dir.«

Etwas an seiner Stimme verunsicherte sie, und sie beugte sich vor, legte die Hände auf den Tisch und suchte seine Augen im Schatten der Krempe. »Sobald *wir* an Bord sind«, verbesserte sie ihn.

Seine Lippen kräuselten sich, als er nach seinem Glas griff. »Sagte ich das nicht eben?«

»Nein, Morgan. Es würde mir nicht gefallen, wenn du dich mit dem Gedanken tragen solltest, mich einmal mehr zu verlassen.«

»Würde ich das denn, *chérie?*«

»Ich weiß es nicht.«

»Nach der letzten Nacht und allem, was vorher gewesen ist?«

Sarah errötete, als sie sich an die letzte Nacht erinnerte. »Es wäre nicht das erstemal, daß du mich geliebt und dann verlassen hast«, erinnerte sie ihn. »Und wechsle jetzt nicht das Thema. Es gibt eine Menge, was zwischen uns ungeklärt geblieben ist.«

»Zum Beispiel?«

»Zum Beispiel, als ich eingewilligt habe, dich zu heiraten, bist du mir die Antwort darauf schuldig geblieben. Spielst du etwa den Schüchternen?«

Er strahlte sie an. »Schüchtern? *Ich?* Falls du es noch nicht gemerkt haben solltest, *chérie*, ich bin so schüchtern wie ein Bock in der Brunftzeit.«

»Das habe ich gemerkt. Trotzdem steht die Antwort auf meine Frage noch aus.«

»Hast du vergessen, daß du bereits einen Verlobten hast?«

Stirnrunzelnd blickte sie von ihm weg. »Ich habe darüber nachgedacht . . .«

»Und?«

»Ich werde mir etwas einfallen lassen, bevor wir in London sind.«

»Was dann? Willst du mich in deinem Haus als Ehegatten installieren und mich deinen Freunden als Gentleman verkaufen? Ich habe mit diesen Leuten so viel gemein wie Kan mit der Königin von England. Tut mir leid, mein Schatz, das wird nicht funktionieren. Wenn wir heiraten, ist das eine Entscheidung für mich und gegen sie. Das heißt, für mich und wohin auch immer ich gehe.«

Sie funkelte ihn an. »Willst du damit sagen, daß ich alles aufzugeben habe und von weiß Gott woher nach weiß Gott wohin reisen werde, wenn ich dich heiraten will?«

»Genau das wollte ich damit sagen«, erwiderte Morgan und setzte sein Glas so heftig auf den Tisch, daß das Seidenäffchen erschrocken von seiner Schulter herunterhüpfte. Morgan stand auf, zog sich den Hut in die Stirn und sagte: »Das wär's dann.«

Er verließ die Schenke, stand draußen in der gleißenden Sonne, zündete sich eine Zigarette an und beobachtete die Leute, die sich auf der Straße an ihm vorbeischoben. Sarah beobachtete ihn von der Tür aus, wie er mit leicht gespreizten Beinen, die Schultern etwas nach vorn geschoben, den Hut schräg über dem Ohr, die ganze Welt herauszufordern schien. Er würde in ihren, von Konventionen beherrschten Gesellschaftskreisen niemals glücklich werden. Sie verstand auch, daß er noch unter dem Trauma litt, daß er seinen besten Freund verloren und ein paarmal in ihren Armen einen Zusammenbruch hatte. Ein Mann wie Morgan würde sich nicht so rasch von dem erholen, was er als seelische und körperliche Schwäche betrachtete. Er würde eine Mauer um sich errichten, die hart wie Stahl war, und sich beweisen, daß er noch immer ein Mann war.

Als ob sie auch nur eine Sekunde daran zweifelte.

Er warf sein Zündholz in den Lehm und wanderte die Straße hinunter, sich kein einziges Mal umsehend, obwohl er wußte, daß sie hinter ihm stand und darauf wartete. Das Seidenäffchen hüpfte kreischend hinter ihm her, als wollte es seine Aufmerksamkeit auf sich lenken.

Seufzend folgte ihm Sarah die Straße hinunter.

Sie konnte weder Morgans Worte vergessen noch sich von dem Unbehagen befreien, daß er ihrer Frage, ob er sich fest an sie binden wolle, ausgewichen war. Und seine Bemerkung, daß King hinter ihm her sei und nicht hinter ihr, beschäftigte sie unablässig, als Morgan sich in Schweigen hüllte und ruhelos in der Hotelhalle auf und ab lief. Sie beschloß, ihn nicht mehr aus den Augen zu lassen, obwohl er ihr befahl, in ihrem Zimmer zu bleiben. Sie folgte ihm heimlich, als er sich zu einer Kneipe in der Nähe des Hotels begab, um sich dort eine Flasche Whisky zu besorgen, versteckte sich hinter Wasserfässern und lief von Hausecke zu Hausecke, bis sie ihn in der Schenke verschwinden sah. Oder zumindest glaubte, daß er darin verschwunden sei, bis er plötzlich hinter ihr stand und ihr auf die Schulter klopfte.

»Was machst du denn da?« fragte er. »Sagte ich dir nicht, daß du im Hotel bleiben sollst?«

»Ich mußte unbedingt an die frische Luft.«

»Was hat die frische Luft damit zu tun, daß du mir nachspionierst?«

»Ich spioniere dir nicht nach.«

»Selbstverständlich spionierst du. Also befördere deinen reizenden Hintern in das Hotel zurück, ehe ich etwas mit dir anstelle, daß du feuerrot im Gesicht wirst.«

»Was zum Beispiel?« verlangte sie zu wissen.

»Daß ich dich zum Beispiel an diese Häuserwand drücke und dir . . .«

Die genaue Beschreibung, was er dann mit ihr machen würde, genügte, sie bis unter die Haarwurzeln erröten und zum Hotel zurückeilen zu lassen, ohne sich noch einmal umzublicken. Dort wartete sie wieder eine bange Stunde auf ihn, bis er von der Schenke zurückkam, warf sich in seine Arme und drückte ihn fest an sich.

»Bitte, gehe nicht mehr fort. Bitte, verlaß mich nicht«, schluchzte sie.

Er nahm ihren Kopf zwischen seine Hände und blickte ihr forschend in die Augen. »Was ist denn los mit dir?«

»Ich habe Angst, Morgan. Ich habe Angst, daß King uns hier findet, ehe wir diesen Ort verlassen können. Ehe wir aus Brasilien heraus sind.«

»Wie kommst du auf die Idee, daß er aufhören wird, nach uns zu suchen, sobald wir aus Brasilien heraus sind?«

»Dann werden wir eben immer auf der Flucht vor ihm sein — bis zu unserem Lebensende, wenn es sein muß.«

Seine Lippen zogen sich zu einem trägen Lächeln auseinander. »Was für ein Leben wäre das wohl, *ma chère?* Wann fänden wir dann die Zeit, irgendwo seßhaft zu werden und all die Babys zu bekommen, die du dir wünschst?«

»Dann werden wir eben keine Babys bekommen. Das spielt keine Rolle, Morgan. Ich liebe dich!«

»Wirklich?«

»Wie kannst du daran zweifeln?«

»Ich zweifle nicht daran.« Er legte die Arme um sie und küßte sie so zärtlich, daß ihr die Tränen kamen. Dann drückt er sie an sich und flüsterte ihr ins Ohr: »Ich liebe dich auch.«

Das Gewitter brach gegen Mitternacht los. Der Donner erschütterte den Boden, auf dem Sarah zu schlafen versuchte, und holte sie aus ihrem nervösen, von schlimmen Träumen geplagten Schlummer.

»Sarah, mein Herz, wach auf.«

Erschrocken öffnete sie die Augen, als Morgan ihr Gesicht berührte. Seine Finger waren naß, und als sie sich auf der Matratze aufzurichten versuchte, streifte sie seine feuchten Kleider und begriff, daß er im Freien gewesen war.

»Ich sprach eben mit Wickham. Er hat Kings Leute im Dorf gesehen, die sich nach uns erkundigt haben. Er vermutet, daß King ebenfalls hier sein könnte.«

Sie faßte nach seinem Arm. »Oh, Gott.«

»Zieh dich so rasch wie möglich an. Wickham erwartet uns beim Schiff. Er hat uns auf dem Dampfer Plätze besorgt, und sobald wir an Bord sind, kann King uns nichts mehr anhaben. Der Kapitän hat seine Mannschaft zusammengerufen, und wenn es hell wird, legen wir ab.«

Sie nickte, und obwohl sie am ganzen Körper zitterte, gelang es ihr mit Morgans Hilfe, sich im Dunklen anzuziehen. Sie hielt sich jedoch nicht lange mit den Sandalen auf, sondern band sie rasch zusammen und hängte sie sich über die Schulter, als sie Morgan durch den Korridor zum Hoteleingang folgte.

Der Regen war wie eine Wand aus Wasser, die bis zum Himmel hinaufreichte. Morgan stand unter der Hoteltür, spähte in den Regen hinaus und zog sein Messer aus der Scheide. Sich zu ihr umsehend, sagte er: »Halte dich so nahe an den Hauswänden wie möglich, und mach etwas mit deinen Haaren. Deine blonden Locken sind wie ein rotes Tuch, das man vor einem Bullen hin und her schwenkt.« Er stülpte ihr seinen Hut über den Kopf. »Wir laufen durch die Hintergasse und bewegen uns dann durch den Dschungel zum Hafen.«

»In Ordnung«, flüsterte sie und schob sich zur Tür vor. Sie drehte sich um, als er sie um die Hüften faßte.

Ein feiner Nebel bedeckte sein Gesicht, und dicke Regentropfen hingen an seinen Wimpern, als er ihr in die Augen sah. »Du läufst, egal, was auch immer passieren mag. Du hörst nicht auf zu rennen, bis du Wickham siehst. Hast du mich verstanden, Sarah?«

Sie nickte.

»Egal, was du siehst oder hörst — du läufst weiter. Versprich es mir!«

»Ich verspreche es.«

Er zeigte ihr sein schiefes Grinsen und küßte sie auf den Mund. »So gefällt mir mein Mädchen. Bist du bereit?«

»Nein.«

»Ich auch nicht.« Er drehte sie wieder der Tür zu und gab ihr einen leichten Stoß.

So dunkel es auch sein mochte — da war ein unheimliches rotes Glühen am Himmel, das von Hitzestrahlen herrührte, und plötzlich verstand Sarah Morgans Sorge, daß man sie entdecken könnte. Als sie die Gasse hinunterlief, sich immer im Bereich der Hauswände haltend, tanzte ihr Schatten neben ihr her und verdoppelte sich sogar, als sie um eine Ecke in eine andere Gasse einbog. Der Regen prasselte auf Dächer und Schuppen herunter und sprudelte in kleinen Bächen aus Traufen und Abflußrinnen, die Geräusche ihrer Schritte und ihres keuchenden Atems übertönend.

Die Häuser gingen fast nahtlos in den Dschungel über, und es kostete keine Mühe, sich in dessen Schatten zu bergen. Das Laubdach über ihnen und der Bambus, der am Bach wuchs, den sie durchqueren mußten, minderten nicht die Gewalt des Wolkenbruchs, der auf ihre Köpfe und Schultern herunterrauschte, als sie sich einen Weg durch das Unterholz bahnten. Endlich erreichten sie die Docks. Die Kais schienen verwaist zu sein. Der Rumpf der *Amazonas* war am Ende des Piers leicht auszumachen. »Halt den Kopf tief und bewege dich so nah am Rand der Mole wie du kannst. Wenn es Schwierigkeiten geben sollte, kannst du notfalls ins Wasser springen.«

»Aber ich kann nicht schwimmen«, erinnerte sie ihn.

Ein kurzes Zögern, ehe er erwiderte: »Dann wirst du es eben verdammt schnell lernen.«

Sie schlichen den Kai entlang, bargen sich hinter mit Zeltplanen abgedeckte Kistenstapel, kauerten neben umgedrehten Kanus und Rollen aus Tauwerk, bis sie schließlich Sir Henry und Kan entdeckten, die unter einem Regenschirm am oberen Ende des Landungsstegs der *Amazonas* standen. Beiden winkten, als sie darüber hinliefen und das Deck des Dampfers erreichten.

»Beim Zeus, ich wurde schon ganz nervös«, murmelte Wickham und überreichte Sarah seinen Schirm. »Erst vor zehn Minuten suchten ein paar Männer die Docks ab, und ich war ziemlich sicher, daß man Sie entdecken würde. Rasch, meine Liebe. Gehen Sie unter Deck, ehe sie in diesem Regen ertrinken.«

Erleichtert eilte Sarah mit Kan durch einen Korridor in einen schwach erleuchteten Raum. Sie hob die Hände, um die Augen gegen das Licht abzuschirmen, bis sie ein paar neugierige Seeleute und schließlich auch den Kapitän erkennen konnte.

»Miss St. James, was für ein großes Vergnügen, Sie kennenzulernen«, sagte er mit dröhnender Stimme.

Sie hätte fast geweint, als sie die dargebotene Rechte des

Kapitäns ergriff. Eine freundliche Stimme mit englischem Akzent zu hören, schien fast zu gut, um wahr zu sein. Sie begann vor Erleichterung so heftig zu zittern, daß sie gezwungen war, sich auf einen Stuhl zu setzen, den der Kapitän rasch für sie frei machte.

Dann gesellte sich Wickham zu ihnen. Die Arme um ihren Oberkörper gelegt, starrte Sarah auf die Tür hinter ihm, auf Morgans Erscheinen wartend. Sie sehnte sich danach, sich in die Arme des Mannes zu werfen, den sie liebte.

Aber da kam kein Morgan. Nicht nach zehn Sekunden, oder zwanzig, oder dreißig. Sie sprang von ihrem Stuhl auf. »Wo ist er geblieben?« rief sie.

»Meine Liebe...« Wickham kam mit ausgestreckten Händen und besorgtem Gesicht auf sie zu.

Sie schob seine Hände zur Seite und lief zur Tür. Doch Wickham fing sie dort wieder ein und hielt sie fest.

»Er kommt gleich wieder«, sagte Wickham. »Er hatte etwas im Hotel zurückgelassen, das er holen mußte.«

»Was? Was könnte er dort zurückgelassen haben? Da war nichts mehr. Er lügt. Er ist zurückgegangen, um sich King zu stellen. Er hatte niemals vor...« Sie holte tief Luft. »Ich gehe ebenfalls ins Hotel zurück. Ich werde ihm nicht erlauben, das zu tun.«

»Sie werden nirgendwo hingehen«, erwiderte Wickham in autoritärem Ton. »Ich habe ihm versprochen, Sie hier festzuhalten, und ich gedenke, mein Versprechen zu erfüllen. Beim Zeus, Sie sind eine impulsive eigensinnige junge Frau. Nun setzten Sie sich wieder auf den Stuhl und benehmen Sie sich wie eine Lady, die Sie sind oder waren, ehe dieser verdammte Amerikaner Sie zu dieser phantastischen Eskapade zwang.«

»Der *verdammte* Amerikaner hat nichts dergleichen getan«, erwiderte Sarah hitzig. »Ich selbst bin für diese Eskapade verantwortlich, und falls Morgan etwas zustoßen sollte...« Sie sank auf den Stuhl und schloß die Augen. »Gütiger Gott«, flüsterte sie, »ich würde nicht weiterleben wollen.«

Die Stunden schleppten sich dahin, und als der Regen aufhörte, kroch bereits die Dämmerung über die Baumwipfel. Sarah lief ruhelos in der Kabine auf und ab. Und während die Matrosen über die Decks schwärmten, um das Ablegemanöver vorzubereiten, beschwor sie den Kapitän, noch damit zu warten.

Sir Henry versuchte sie zur Vernunft zu bringen. »Sarah, es ist unsere Pflicht, die Samen so rasch wie möglich nach England zu bringen. Sie sind außerordentlich empfindlich, und schon ein Tag Verzögerung beim Aussähen könnte bedeuten, daß sie nicht mehr keimen.«

Sie gab ihm eine Ohrfeige. »Wie können Sie es wagen, daß Leben eines Mannes geringer zu achten als das Keimen dieser verdammten Samen!«

Beleidigt rieb sich Sir Henry die Wange. »Miss St. James, es geht nicht nur um das Leben eines Mannes hier in Coari, sondern hier steht die Zukunft eines ganzen Landes auf dem Spiel — die Zukunft Englands!«

»England, Sir, kann meinetwegen zum Teufel gehen!«

Sie rannte aus der Kabine, als das Schiff unter den ersten Kolbenstößen der Dampfmaschine erzitterte. In diesem Moment hörte sie auch den ersten Schuß. Sie rannte zur Reling, krampfte die Hände darum und suchte mit den Augen die Dampfschwaden ab, die vom Fluß aufstiegen. Da war nichts — dann...

Morgan rannte durch den warmen Nebel, ein Aufblitzen seiner schwarzen Haare und seiner weißen Hose, und eilte geduckt den Pier zum Schiff hinunter. »Lauf!« schrie sie, sich bewußt, daß der Dampfer in diesem Moment Zoll um Zoll vom Pier wegstrebte und er Glück brauchte, es noch zu schaffen, selbst wenn der Revolvermann, der ihn verfolgte, ihn verfehlte. Sie trommelte mit beiden Fäusten auf die Reling und feuerte ihn mit ihren Zurufen an, während ihr Tränen der Angst und der Freude über das Gesicht strömten.

Die Schüsse fielen nun in dichter Folge, und Gilberto de Queiros tauchte im Nebel auf. Er verlangsamte nur seinen Schritt, um den Revolver heben und auf Morgans Rücken zielen zu können. Morgan stolperte, und Sarah griff sich ans Herz und betete laut. Dann sprintete er wieder den Pier hinunter, während die Matrosen zur Reling hindrängten und brüllten: »Springen, springen!«

Er tat es, die Hände nach der Reling ausstreckend, sie gerade noch mit den Fingern berührend. Sie wäre seinem Zugriff wieder entglitten, wenn nicht die Matrosen ihm geholfen hätten, die ihn nun bei den Handgelenken packten und über das Geländer zogen.

Er fiel in Sarahs Arme, und sie sanken beide auf das Deck hinunter. Weinend nannte sie immer wieder seinen Namen, küßte sein Gesicht, seinen Hals und seine Brust. »Wo hast du nur so lange gesteckt?« fragte sie. »Ich wurde fast wahnsinnig vor Angst.«

Es dauerte, ehe er genügend Luft zum Sprechen hatte. »Ich mußte ins Hotel zurück. Als ich es wieder verlassen wollte, schnüffelten dort ein paar von Kings Männern herum, und deshalb war ich gezwungen, mich dort zu verstecken, bis sie wieder abzogen. Ich dachte, sie würden das Hotel nicht mehr beobachten; aber als ich herauskamen, sahen sie mich und ...« Er schluckte. »Verdammt, ich dachte, ich würde es nicht mehr schaffen.«

Sie nahm sein Gesicht in beide Hände. »Was war denn so wichtig, daß du dafür dein Leben riskieren mußtest?«

Er verzog den Mund, rollte sich ein wenig zur Seite und öffnete seine Weste. An seine Brust geschmiegt, blickte das Seidenäffchen mit großen Augen zu ihr hoch.

»Ich hätte es beinahe vergessen.«

21

Zwei Wochen später lief der Dampfer in Belém ein. Es waren zwei nüchterne Wochen gewesen. Obwohl die Mannschaft der *Amazonas* die Passagiere sehr zuvorkommend behandelte, und Sarah und Morgan — und bis zu einem gewissen Grade auch Sir Henry — sich in dem Gefühl ihres Erfolges sonnen durften, konnten sie doch nicht über die bedrückende Tatsache hinwegsehen, daß King und seine Häscher ihnen noch immer auf den Fersen waren. Sie hofften zwar, daß es King nicht gelungen war, ein Schiff zu mieten, das mit der *Amazonas* Schritt halten konnte. Aber diese Hoffnung war eher ein Wunschdenken; denn sie hatten mehrere kleine Frachter am Kai von Coari liegen sehen, und King war imstande, ein Boot einfach zu beschlagnahmen, wenn er es nicht auf andere Weise bekam. Diesmal würde er auch nicht Gilberto losschicken, damit er für ihn die schmutzige Arbeit verrichtete, sondern der *patrao* würde selbst an Bord sein, um mit Morgan abzurechnen.

Deshalb war es unbedingt erforderlich, daß die *Amazonas* so rasch wie möglich den Zoll passierte. Sobald das Frachtschiff sich auf hoher See befand, hatte King das Nachsehen. Dort konnte King es nicht mehr aufhalten.

Als Morgan und Sarah an der Reling standen und das rege Treiben im Hafen von Belém beobachteten, trat Wickham zu ihnen. »Der Kapitän teilte mir soeben mit, daß das Schiff heute abend um acht vom Zoll inspiziert wird. Wir hätten also genügend Zeit, unseren Plan in die Tat umzusetzen.«

»Was für einen Plan?« fragte Sarah.

Wickham bot Morgan eine Zigarre an und blickte auf

die Fischerboote hinunter, die auf den Wellen tanzten. »Wir werden ein Bankett geben, mit erlesenen Speisen und so viel Champagner, wie die Hafenbeamten trinken können. Wir werden den Fund unseres Lebens feiern — sie seltensten Orchideen der Welt. Wir werden ihnen so viel Champagner einflößen, bis sie eine Orchidee nicht mehr von einem ausgewachsenen Gummibaum unterscheiden können.«

Er blickte Sarah mit hochgezogener Braue an. »Sie werden uns dabei eine große Hilfe sein, möchte ich meinen. Ich kann mir vorstellen, daß die besagten Beamten nicht oft Gelegenheit hatten, mit einer so schönen Lady wie Sie zu dinieren. Das bedeutet allerdings, daß Sie sich von diesen scheußlichen Kleidern trennen und etwas anziehen müssen, daß Ihrer Stellung angemessen ist.«

»Mir gefallen aber diese Kleider«, erwiderte sie.

»Mag sein; aber für unsere Zwecke sind sie gänzlich ungeeignet.« Wickham drehte sich Morgan zu und drückte ihm ein Bündel Banknoten in die Hand. »Sorgen Sie dafür, daß Sarah die Kleider bekommt, die sie benötigt. Es wird Ihnen nicht schwerfallen, in Belém Läden zu finden, die Miss St. James entsprechend ausstaffieren können. Ich werde inzwischen das Bankett vorbereiten. Mit dem Kapitän habe ich schon darüber gesprochen, und er wird mit seinen Köchen die Speisenfolge festlegen. Den Champagner lasse ich noch heute morgen an Bord schaffen.«

Er blickte Morgan an und sog an seiner Zigarre. »Halten Sie sich aus allen Schwierigkeiten heraus, Mr. Kane. Sobald wir durch den Zoll sind, gibt es keine Verzögerung und kein Zurück mehr. Wenn Sie nicht an Bord des Schiffes sind, ist das Ihr Pech. Verstehen wir uns, Mr. Kane?«

»Ja«, erwiderte Morgan gedehnt, »*wir* verstehen uns.«

»Gut. Dann ab mit euch beiden. Seien Sie nicht später als sechs wieder an Bord.« Damit ging Wickham davon.

Morgan machte eine rüde Geste. »Bastard. Er wird das Verdienst an diesem Unternehmen ganz allein für sich in Anspruch nehmen, sobald die Gummibaumsamen in Kew Gardens unter Dach und Fach sind.«

»Mir ist das egal, wenn ich damit die Schulden meines Vaters begleichen und seinen guten Ruf retten kann«, sagte Sarah.

Morgan lehnte sich an die Reling, kreuzte die Arme vor der Brust und blickte Wickham mit schmalen Augen nach. »Vielleicht hätte ich früher auch so gedacht. Aber jetzt denke ich an die Opfer, die wir für diese Samen gebracht haben. Und was springt dabei für uns heraus?«

»Der Dank der Königin?«

»Tut mir leid, Sonnenschein, ich bin nicht beeindruckt.« Er warf seine Zigarre ins Wasser, nahm Sarahs Arm und geleitete sie zum Landungssteg.

Obwohl sie in den vergangenen Wochen davon geträumt hatte, in die Zivilisation zurückzukehren, fand sie sich doch zu ihrem Ärger eher irritiert von dem Gedränge, das in den Straßen herrschte. Es fiel ihr nicht schwer, die Engländer unter den Portugiesen und den eingeborenen Südamerikaner herauszupicken, denn das waren die einzigen, die Anzüge aus englischer Wolle, Röcke aus schwerem Material, Zylinder, Handschuhe und Rüschenhemden trugen. Die Frauen schnitten auch nicht besser ab in ihren üppigen Kleidern, Röcken und Turnüren aus Taft, Samt und Seide. Alle waren sie mit Seidentüchern bewaffnet, mit denen sie sich unablässig die Gesichter abwischten. Sarah und Morgan waren noch keine Drittelmeile in die Stadt vorgedrungen, als sie bereits vier Ladies gezählt hatten, die in der Hitze in Ohnmacht gefallen und von ihren Begleitern in den Schatten gezerrt worden waren, wo jene versuchten, mit heftigem Wedeln eines Fächers vor den Gesichtern der Damen diese wiederzubeleben.

Sie entdeckten einen Laden, in dem Konfektionskleidung für Damen feilgeboten wurde. Die Inhaberin schnalzte mißbilligend mit der Zunge, als sie Sarahs Aufzug erblickte, und als sie erfuhr, daß Sarah nichts unter ihrem Indianerrock anhatte, hätte die rundliche Dame fast einen Schlaganfall bekommen. Sie gab nicht eher Ruhe, bis sie Sarah in ein Korsett geschnürt, ihr ein Pantalon übergestreift, ein Hemd verpaßt und mehrere Unterröcke angezogen hatte, von den Strümpfen ganz zu schweigen.

Während die Inhaberin damit beschäftigt war, Sarah standesgemäß einzukleiden, stand Morgan mit dem Rücken zu den Damen am Schaufenster, beobachtete die Straße und fütterte das Seidenäffchen auf seiner Schulter mit geschälten Nüssen aus seiner Tasche. Sarah wünschte sich indessen leidenschaftlich, daß dieser Abend schon vorbei sein möchte. Sie waren der Freiheit so nahe, und doch konnte noch so vieles schiefgehen. Falls die Zollbeamten den *Hevea*-Samen entdeckten, drohte ihnen eine Gefängnisstrafe. Und vielleicht war King inzwischen ebenfalls in Belém eingetroffen und lauerte bereits draußen auf der Straße auf sie beide.

Sarah bemühte sich nach Kräften, ihre Panik zu unterdrücken. Jedes Gesicht war zu einer Bedrohung geworden, jeder Schatten für sie verdächtig. Was sie jedoch am meisten erschreckte, war Morgans Verhalten, der bei jedem Geräusch und jeder Bewegung zusammenzuckte und alle zwei Sekunden über die Schultern blickte. Und da war noch etwas, das sie mit wachsender Sorge erfüllte — weniger greifbar, aber nicht minder beunruhigend.

Nicht einmal während ihrer zweiwöchigen Reise den Amazonas hinunter hatte Morgan zu ihr gesagt, daß er sie liebte. Und obgleich ihre intimen Momente nicht weniger leidenschaftlich oder zärtlich waren als vorher, hatte er doch aufgehört, von ihrer gemeinsamen Zukunft zu reden und seine Ohren vor ihren Bemerkungen verschlossen, die sich auf das Heiraten, das Kinderkriegen und das glückliche Zusammensein bis ans Lebensende bezogen. Sie brachte dieses Thema wieder zur Sprache, als sie einen Herrenausstatter suchten.

»Morgan, wir müssen miteinander reden.«

»Also rede.«

»Vielleicht suchen wir uns erst einen Platz, wo wir uns hinsetzen können?«

Er führte sie zu einem offenen Café, wo er für sie einen *cafezinho* und für sich einen *cachaca* bestellte. Dann warf er seinen Hut auf den Tisch, strich sich mit beiden Händen durch die Haare und fuhr fort, sein Seidenäffchen, das sich in der Krone des Panamahutes niedergelassen hatte, mit Nüssen zu füttern.

Sarah runzelte die Stirn. »Manchmal habe ich den Eindruck, daß du mehr für diesen Affen als für mich übrig hast.«

»Eifersüchtig, Schatz?« fragte er grinsend.

»Ich bin auf alles oder jeden eifersüchtig, der mich deiner Aufmerksamkeit beraubt.«

»*Ma chère*, nichts oder niemand könnte das fertigbringen.«

»Das sagst du; aber in letzter Zeit scheinst du mit deinen Gedanken ganz woanders zu sein, wenn ich über unsere Zukunft spreche. Das erschreckt mich. Ich habe den Eindruck, daß du mich in deinem Leben gar nicht haben möchtest.«

»Das tut mir leid.« Er grub in seinen Taschen nach einer Münze, mit dem er den jungen Kellner bezahlte, der ihre Getränke brachte. Als dieser sich wieder entfernt hatte, nahm er einen Schluck von seinem Brandy, ehe er fortfuhr: »Ich bin in meinem Leben noch nie verliebt gewesen, Sarah. Das macht mir manchmal zu schaffen.«

»*Liebst* du mich, Morgan?«

Er blickte ihr in die Augen. »Sehr.«

»Dann heirate mich. Noch heute. der Kapitän könnte die Trauung vornehmen, und dann wären wir bereits heute abend Mann und Frau.«

»Warum diese Eile?«

Sie schob ihre Kaffeetasse von sich weg. »Ich habe Angst.«

Er trank sein Glas aus und stellte es auf den Tisch zurück.

»Ich habe Angst, daß jemand oder etwas dich mir wegnehmen könnte«, gestand sie. »Schwöre mir, daß du das nicht zulassen wirst, Morgan.«

Er stand auf, nahm seinen Hut vom Tisch und sagte: »Laß uns gehen.«

Sie entdeckten einen Laden für Männerbekleidung, und Morgan kaufte dort seinen üblichen weißen Leinenanzug. Man sicherte ihnen zu, die gekauften Kleider spätestens bis sechs Uhr abends aufs Schiff zu bringen, und darauf machten beide sich wieder auf den Weg zum Hafen. Sarah konnte ihre Besorgnis, daß Morgan nicht über ihre gemeinsame Zukunft sprechen wollte, nicht länger verbergen. Jedesmal, wenn sie das Thema anschneiden wollte, machte er ein steinernes Gesicht oder zuckte mit den Achseln. Sie war entschlossen, ihn noch einmal zur Rede zu stellen, wenn sie allein waren in seiner Kabine. Das wollte sie ihm gerade in aller Deutlichkeit klarmachen, als sie den Pier erreichten, wo die *Amazonas* vertäut war. Zahlreiche gutgekleidete Herren drängten sich um den Landungssteg, und als sie mit Morgan näher kam, traten die Herrn beiseite, und sie erblickte Sir Henry Wickham und ...

Sie blieb stehen. Die Kinnlade fiel ihr herunter, und ihr Atem stockte. *Norman!*

Morgan war inzwischen weitergegangen und blickte nun auf sie zurück. Er studierte ihr Gesicht und sah dann in die Richtung, in die sie starrte. Er wußte Bescheid. Sie erkannte das am Heben seiner Schultern, dem Zucken seiner Wangenmuskeln und den schmalen Augen, mit dem er ihren überaus elegant gekleideten Verlobten musterte. Er wußte, daß dieser Mann mit den dünnen hochgezogenen Brauen und den Lippen, die sich mißbilligend kräuselten, Norman war.

»Sarah!«

Umgeben von seinen Dienern, die alle kleiner waren als ihr Herr, der knapp über eins siebzig maß, schritt Norman in straffer Haltung und maßgeschneidertem Anzug auf sie zu. Der Wind spielte mit seinen schütteren blonden Haaren, und seine zusammengepreßten dünnen Lippen und die Röte seiner hageren Wangen ließen darauf schließen, daß er bereits von ihrer Eskapade unterrichtet worden war. Sarah richtete den Blick auf Morgan und spürte, wie ihr die Knie weich wurden, als sie seine verschlossene Miene sah. Er war nicht einmal zu ihr zurückgekommen, sondern verharrte wie angenagelt an seinem Platz und schien sich zu weigern, von ihr oder Norman Notiz zu nehmen, der sich an ihm vorbeischob, als existiere er gar nicht.

»Norman«, rief sie, als er vor ihr stehenblieb, ihre Haare und ihre Kleider musterte und dann mit unverhohlenem Entsetzen die Sandalen an ihren Füßen betrachtete. Seine Augen waren lange nicht so blau und zwingend, wie sie sie in Erinnerung gehabt hatte: »Wa-was macht du denn hier?« stotterte sie.

Sein Blick kehrte zu ihrem Gesicht zurück. »Ist das etwa eine Begrüßung für den Mann, mit dem du verlobst bist?«

Sie schloß die Augen, als er ihre Arme packte und sie

auf die Zehen hob, um einen Kuß auf ihre Wange zu hauchen. Dann stellte er sie auf die Sohlen zurück und fuhr, ohne zu lächeln, fort: »Ich kam, sobald mich dein Brief erreicht hatte. Du hast doch wohl nicht im Ernst erwartet, daß ich meiner Verlobten erlauben würde, ohne mich ein so unglaublich gefährliches Wagnis einzugehen.« Er sah auf Morgan zurück, der inzwischen eine Zigarette rauchte, aber noch immer keine Anstalten traf, sich zu ihnen zu gesellen.

»Ich bin schon seit zwei Wochen hier in Belém. Was für ein Glück, daß du heute zurückgekommen bist; denn ich war gerade dabei, mich für die Fahrt auf diesem gräßlichen Fluß vorzubereiten, um dich zu suchen.«

Sie stand noch immer unter Schock, hielt den Blick auf Morgan gerichtet, der nicht einmal in ihre Richtung sah, und sagte: »Norman, das hättest du nicht tun sollen.«

»Papperlapapp! Du bist meine Verlobte; oder etwa nicht?«

Sie schluckte. Es schien, als würde der ganze letzte Monat ihres Lebens in diesem Moment vor ihrem inneren Auge vorbeiziehen; jede Sekunde, die sie mit Morgan verbracht hatte, jede intime Handlung ...

»Stelle dir meine Freude vor, als ich Wickham zufällig in der Stadt begegnet bin. Er informierte mich von deiner Reise und deinem Erfolg. Es tut mir nur leid, daß ich nicht dabei sein konnte.« Er sah wieder mit gesenkten Brauen und vor Entrüstung bebenden Wangen zu Morgan hin. Er vermutet etwas, dachte Sarah bei sich. Die bloße Tatsache, daß sie in Gesellschaft von Männern, von keiner Frau als Anstandsdame begleitet, in den Urwald gereist war, reichte schon hin, daß er einen Schlaganfall bekam. Würde sie ihm gestehen, daß sein Verdacht, was sie und Morgan betraf, zutreffend war, würde er wahrscheinlich in Ohnmacht fallen. Sie erwog gerade, ob sie nicht in Ohnmacht fallen sollte, als Morgan sich endlich zu ihr umdrehte und sie mit durchbohrenden Augen ansah, an Norman vorbeiging und ihren Arm nahm.

Normans Brauen schossen nun wieder steil in die Höhe. »Sie da — passen Sie auf, wie Sie die Dame behandeln. Sie ist nicht irgendeine ...« Er verstummte, als Morgan ihn durch den Qualm seiner Zigarette hindurch fixierte.

»Halten Sie den Mund«, sagte Morgan nur. Dann drehte er Sarah von ihm weg und zog sie an seine rechte Seite.

»Morgan«, flüsterte sie, »ich hatte keine Ahnung, daß er ...«

»Sei still und hör mir zu.« Er schnippte seine Zigarette ins Wasser und scheuchte das Seidenäffchen weg, das um seine Füße herumtanzte. »Sage ihm vorläufig nichts von uns, Sarah.«

»Aber er vermutet es doch bereits ...«

»*Chérie*, es hat keinen Sinn, wenn du deine Brücken verbrennst, ehe du sie überquert hast. Sobald wir sicher den Zoll passiert haben, kannst du deine Verlobung mit ihm auflösen; aber im Augenblick wirst du ihn noch in deiner Ecke brauchen, falls etwas schiefgeht.«

»Aber das würde bedeuten, daß ich so tun muß, als hätte ich noch etwas für ihn übrig, Morgan, und ... o Gott, daß kann ich nicht — nicht, wenn du in meiner Nähe bist und ...«

»Dann halte dich von mir fern, zum Teufel. Vergiß, daß ich am Leben bin.« Mit wütender Stimme und brennenden Augen trat er von ihr weg, schüttelte den Kopf, als sie ihm nachlaufen wollte, und fügte mit lauter Stimme hinzu, während sie verwirrt stehenblieb: »Ich bedeute dir nichts, richtig?«

Sie starrte ihn an, vom Schock wie gelähmt.

»Du hast mich benützt, richtig? Du hast deinen gottverdammten Gummibaumsamen und deinen hochwohlgeborenen Freund, und jetzt bin ich dir nicht mehr gut genug!«

»Sie da!« rief Norman und zwang zwischen sie. »Sie können nicht auf diese Weise mit ihr reden.«

»Ja«, näselte Morgan. »Ich vergaß, daß sie eine Lady ist.«

Er drehte sich um, ging den Pier hinunter und dann den Landungssteg hinauf. Sarah sah ihm nach und wußte nicht, ob sie lachen oder weinen sollte; aber sie war sich sicher, daß bald etwas passieren würde ... wahrscheinlich etwas Schreckliches.

Die Kleider wurden pünktlich um sechs Uhr zugestellt, und nachdem Sarah gebadet und ihre Haare frisiert hatte, begann sie sich anzukleiden, verzichtete aber auf das Korsett und die Unterröcke. Das langärmelige Kleid würde schon unbequem genug sein mit seinem hohen Kragen, der sie am Hals kratzte, und dem eng sitzenden Leibchen, in dem sie schwitzte.

Sie hatte Norman gemieden, soweit ihr das nur möglich war, obwohl er ihr fast eine Stunde lang Löcher in den Bauch gefragt hatte, wie denn ihre Reise den Amazonas hinunter verlaufen sei, und dabei die Rede immer wieder auf Morgan brachte, um sie auf diese Weise zu einem Geständnis ihrer Beziehung zu veranlassen. Doch sie ließ sich auf diese Manipulation nicht ein — weniger deshalb, weil sie ihren Ruf retten, sondern weil sie unter allen Umständen einen Konflikts zwischen den beiden Männern vermeiden wollte. Es war ihr egal, was Norman von ihr dachte; aber Morgan hatte zu viele Kämpfe, geistige wie körperliche, bestehen müssen, als daß sie ihm auch noch diesen Streit aufbürden wollte. Gütiger Gott, mochte Er sie doch ohne weitere Kalamitäten durch den Zoll kommen lassen! Morgen würde sie Norman davon in Kenntnis setzen, daß sie Morgan zu heiraten beabsichtigte.

Endlich war sie mit dem Ankleiden fertig. Sie fragte sich, ob Morgan, der die Nachbarkabine bewohnte, genauso nervös war wie sie. Obwohl sie sich mit Norman an Deck treffen sollte, konnte sie die Gelegenheit, Morgan zu sehen, nicht ungenützt lassen. Es mochte für lange Zeit das letzte Mal sein, daß sie ungestört miteinander reden konnten. Sie mußte ihm versichern, daß sich nichts zwischen ihnen geändert hatte und sie morgen ihre Verlobung mit Norman auflösen würde.

Sie klopfte an seine Kabinentür. Als er nicht antwortete, trat sie bei ihm ein und fand ihn auf einen Stuhl sitzend und auf das Licht starrend, das durch das Bullauge fiel. Aber bis auf die Jacke hatte er sich bereits umgezogen. Er hielt eine brennende Zigarette zwischen den Fingern, und der lange Aschenkegel verriet, daß er lange nicht daran gezogen hatte. Das Seidenäffchen lag zusammengerollt auf seinem Knie.

»Morgan?«

Er bewegte sich nicht.

Sarah zog die Tür ins Schloß und lehnte sich dagegen. »Morgan?« wiederholte sie, und diesmal hob er die Augen zu ihr empor. »Bist du in Ordnung?«

Er holte tief Luft, nickte und verließ dann seinen Stuhl. Der Affe, der auf den Boden hinuntergesprungen war, rieb sich die Augen und wartete, bis Morgan ein Säckchen mit Paranüssen geöffnet und über dem Tisch ausgeleert hatte. »Paranüsse sind seine Lieblingsspeise«, sagte er, goß einen Becher voll Wasser und fügte hinzu: »Er ißt nicht, wenn er vorher nicht etwas getrunken hat, der verdammte kleine Racker.« Das Seidenäffchen kletterte rasch am Tischbein hinauf und wendete eine Nuß in seinen winzigen kleinen schwarzen Händen hin und her. Morgan beugte sich zu ihm hinunter und flüsterte: »Gib uns einen Abschiedskuß, du kleiner Racker.«

Das Seidenäffchen gab ihm einen Schmatz auf die Wange, so daß Morgan lachen und Sarah lächeln mußte. Dann langte er nach seinem Rock und sagte: »Bereit zu scheinen, Sonnenschein?«

Als sie an Deck kamen, wurden sie sogleich von Norman und Sir Henry in Empfang genommen, die beide festlich gekleidet waren. »Hinreißend!« erklärte Wickham, als er Sarah begrüßte. »Sie werden diesen Männern im Nu den Kopf verdrehen, meine Liebe. Nun sagen Sie mir, was Sie von meinen Vorbereitungen halten!«

Sarah bemühte sich, die Blicke zu ignorieren, die Norman und Morgan tauschten. Das war gar nicht einfach. Die Luft knisterte förmlich vor Spannung, und als Norman sich zwischen sie und Morgan schob, wurde ihr fast übel. Sie zwang sich dazu, die mit weißem Leinen gedeckten Tische zu betrachten, die unter bunt gestreiften Zeltplanen aufgestellt waren, und die als Kellner gekleideten Matrosen, die die Tische mit feinem Geschirr und Kristallgläsern deckten. »Sehr eindrucksvoll«, sagte sie zu Wickham. »Ich hoffe nur, daß es auch seinen Zweck erfüllt.«

»Wir werden in einer Stunde am Zollkai anlegen. Bis dahin wird es so aussehen, als veranstalten wir alle eine große Feier. Wir werden sie natürlich auffordern, daran teilzunehmen. Der Champagner wird in Strömen fließen und . . .«

»Wir haben verstanden«, unterbrach Morgan ihn. »Kurzum, wir machen sie so besoffen, daß es ihnen egal ist, ob wir vor ihren Augen den Lebenssaft Brasiliens aus dem Land schmuggeln.«

»Etwas kraß ausgedrückt, aber es trifft den Kern der Sache, Kane. Sarah, ich werde Ihnen den Zollbeamten zeigen, auf den Sie ihre Bemühungen konzentrieren sollen. Charmant lächeln und ihn bezaubern, meine ich damit.«

»Und was verlangen Sie noch von ihr, wenn sie schon mal dabei ist?« schnarrte Morgan. »Ihre Röcke zu heben, wenn er anfängt, im Laderaum herumzuschnüffeln?«

Normans Schultern zuckten zurück, aber es war Sarah, die er wütend anfunkelte.

»Ich denke kaum, daß das nötig sein wird«, erwiderte Norman.

»Aber Sie schließen die Möglichkeit nicht ganz aus, wie?«

Sarah schob sich zwischen die beiden und wies auf die Männer hin, die sich bereits auf den Docks versammelten, als die *Amazonas* in den Zollhafen einfuhr. »Mir scheint, es ist nicht der richtige Zeitpunkt, über den Ausgang der Zollinspektion zu diskutieren. Wir sollten uns doch mitten in einer Feier befinden.«

»Wie treffend«, sagte Wickham. »Und feiern werden wir. Darf ich Sie um die Ehre bitten, Sie den Gentlemen vorzustellen, Miss St. James? Sie haben doch nichts dagegen, Sheffield?«

»Keineswegs«, erwiderte Norman.

Zu Morgan hinsehend, nahm Sarah Sir Henrys Arm.

Mit Einbruch der Dämmerung war das Deck der *Amazonas* brechend voll mit Matrosen und Zollbeamten, die Schulter an Schulter standen und auf das Wohl der so erfolgreichen »Botaniker« tranken. Wie Wickham es prophezeit hatte, schien das Interesse an der unbezahlbaren Fracht des Dampfers sehr gering zu sein, als die vierte Kiste Champagner geöffnet wurde.

Nachdem Sarah stundenlang gelächelt und den Männern, die ihr vorgestellt wurden, die Hände geschüttelt hatte, den trunkenen Versuchen der Zollbeamten, sie zu verführen, geschickt ausgewichen war und Normans mißbilligende Blicken mannhaft ertragen hatte, konnte sie sich lange genug von der Menge entfernen, um etwas Luft zu schöpfen und ihren Kopf ein wenig von der Wirkung des Champagners zu befreien.

Die Hitze hatte trotz der Dunkelheit kaum nachgelassen. Kein Lüftchen wehte, und man hatte in der Dämmerung den Nebel sehen können, der über dem Fluß aufstieg. Sarah betupfte sich ununterbrochen Gesicht und Hals mit ihrem Taschentuch; doch die Wirkung war gleich Null. Ihre Kleider waren naß, und das Haar hing ihr schlaff über den Rücken hinunter.

Ihre Sorge galt aber kaum ihrem persönlichen Wohlbefinden. Seit einer Stunde hatte sie fieberhaft, aber vergeblich, nach Morgan gesucht. Als sie ihn das letztemal sah, hatte er mit grimmigem Gesicht an der Reling gestanden, mit dunklen Ringen um die Augen, die von seiner noch nicht überstandenen Krankheit zeugten, und mit einem spöttischen Zucken in den Mundwinkeln den Zollbeamten beobachtend, der ihr lüsterne Blicke zuwarf. Dann hatte er sein Champagnerglas weggestellt und war davongegangen.

Sie fand ihn am Heck, die Ellenbogen auf das Geländer gestemmt. Er blickte hinaus auf die See, wo die Lichter eines sich dem Hafen nähernden Schiffes blinkten. Wie immer, wenn sie ihn sah, blieb sie einen Moment wie verzaubert stehen. Es schien schon so lange her zu sein, wie sie in den Büschen gestanden und voller Wut und Neid beobachtet hatte, wie er eine andere Frau in seinen Armen hielt und küßte. Und sie erinnerte sich jetzt auch an das beunruhigende Verlangen, daß er damals in ihr geweckt hatte. Selbst jetzt, nachdem sie so vieles miteinander geteilt hatten, spürte sie dieses Verlangen. Er war ein Teil von ihr, körperlich wie seelisch.

Öllampen hingen in regelmäßigen Abständen an der Reling und überzogen das Deck mit einem Wabenmuster aus Licht und Schatten. Als Sarah neben ihn trat, folgte sie seinem Blick über den Fluß hin. Sie schob ihren Arm unter seinen und sah in sein Gesicht hoch, auf dem der blasse Schein des eben aufgegangenen Mondes lag. »Wir schaffen es«, sagte sie im zuversichtlichen Ton. »Ich weiß es. Wickham hatte recht. Sie haben so tief in ihre Gläser geschaut, daß es ihnen gleichgültig ist, was für eine Fracht sich im Laderaum verbirgt.«

Er schnippte die Asche von seiner Zigarette, die hinunterrieselte auf das Wasser, in dem sich der Nachthimmel spiegelte, und drehte sich ihr zu.

»Ich dachte eben an Henry«, sagte er. »Manchmal habe ich das Gefühl, er stünde hinter mir und redete mir Mut zu. Dann kommen wieder Zeiten dieser gähnenden Leere in mir. Als habe mir jemand in die Brust gegriffen, das Herz herausgerissen, und ich meine, sterben zu müssen an diesem Schmerz. Ein andermal wieder ...« Er schüttelte den Kopf und sah zu dem altersschwachen Frachter hinüber, der soeben am Pier anlegte. Er holte tief Luft. »Ein andermal wieder hoffe ich zu Gott, daß er nicht tot ist. Ich muß immer daran denken, daß ich ihn dort liegenließ und er vielleicht noch lebte. Vielleicht habe ich mich geirrt und sein Herz hatte noch gar nicht aufgehört zu schlagen? Und dann ertappe ich mich dabei, wie ich die Gesichter der Leute betrachte und darauf warte, ihn lachen oder meinen Namen rufen zu hören.

Und wenn ich denke, daß er tot ist, sehe ich, daß das Leben weitergegangen ist, nicht wahr? Und daß die Welt nicht stillsteht, falls ich morgen stürbe. Du würdest mit Norman nach England zurückkehren und deinen Platz in der Gesellschaft einnehmen. Manchmal magst du dann an mich denken und dir vielleicht vorstellen, wie es gewesen wäre, wenn du mich geheiratet und Kinder hättest.« Lächelnd nahm er ihre Hand und küßte sie zärtlich. »Ich liebe dich, Sarah. Ich liebe dich so sehr, daß es weh tut.«

»Und ich liebe dich ebenfalls«, versicherte sie ihm.

Er lehnte sich gegen die Reling, und die fernen Lichter des Hafens spiegelten sich in seinen Augen. »Mir scheint, daß ich mein Leben lang nach den richtigen Worten gesucht habe, um das auszudrücken, was ich empfinde, und dabei zu viel Zeit auf das Denken und zu wenig auf das Reden verwendet habe. All die Dinge, die ich den Menschen, die mir etwas bedeuteten, hätte sagen müssen, kommen jetzt zurück, und ich spüre, daß ich versagt habe in all den Beziehungen, die wirklich zählten.« Er schloß die Augen. »Henry starb für mich, weil er mich liebte. Man bringt auf jede einem mögliche Weise Opfer für jene, die man liebt.«

Er drehte sich wieder Sarah zu, nahm sie in die Arme, küßte sie erst leidenschaftlich, dann zärtlich, und hielt sie lange an sich gedrückt, bis das laute Gelächter aus einer Gruppe von Männern in der Nähe ihn zurücktreten und auf seine typische Art sagen ließ: »Ich denke, *chérie*, daß wir dich zu den Gästen zurückbringen müssen, bevor Norman und Wickham das Schiff nach dir absuchen.« Dennoch hielt er noch einem Moment lang ihre Hand fest, und da war etwas in seinem Gesicht, das sie mit einer Angst erfüllte, die sie nicht verstehen konnte. Doch ehe sie etwas sagen konnte, hatte er sie bereits vor sich her zum Vorderdeck geschoben, wo die Zöllner sich inzwischen in einer ausgelassenen Stimmung befanden.

Da die Gäste nun heftiger denn je ihre Nähe suchten, fand sie sich bald von Morgan getrennt. Hin und wieder konnte sie einen Blick auf ihn werfen, wie er abseits der Tische an der Reling stand, die Hände in den Taschen und die Augen auf sie geheftet ... so groß, so breitschultrig, so hübsch. Ihr Held, ihr Ritter ...

Ich liebe dich ebenfalls! wollte sie ihm zurufen, denn mit einemmal fühlte sie sich fast erdrückt von der Vorahnung eines schrecklichen Ereignisses, das so zum Greifen nahe schien wie die Dampfschwaden über den Docks.

Das ist lächerlich, sagte sie sich. Verrückt. Als sie um sich blickte und die lachenden Männer sah, Wickham und Norman, dessen scharfe Augen ständig zu ihr hinschweiften, versuchte sie sich einzureden, daß da nichts verkehrt war. Alles verlief genauso, wie Wickham es prophezeit hatte, und eine Stunde später würden sie schon abgelegt haben und unterwegs sein nach England. Und dann konnte sie vor Norman hintreten, ihre Verlobung auflösen und...

»Wo ist Morgan?« fragte sie laut, von Gästen umringt, von denen sich keiner angesprochen fühlte. Und dann atmetet sie erleichtert auf, als sie ihn noch an der Reling stehen sah, über die er sich gerade beugte, um den Frachter besser sehen zu können, der inzwischen den Landungssteg ausgebracht hatte und Seeleute auslud, die neugierig zur *Amazonas* hinübersahen.

»Miss St. James?«

Sie drehte sich um und sah sich Antonio Pepino gegenüber, dem Zollkommissar, der sie trunken anlächelte. »Hätten Sie Interesse daran, mein Zollhaus zu besichtigen?« fragte er. »Ich würde mich sehr freuen, wenn ich Sie und Ihre erlauchten Freunde, Sir Henry und Sheffield, durch meine Diensträume führen dürfte.«

Wickham, der in der Nähe stand, nickte und lächelte. »Eine gute Idee, Sir, und während wir uns Ihr Haus ansehen, könnten die Leute des Kapitäns bereits das Deck für die Abfahrt klarmachen.«

»Kommen Sie, meine Liebe«, sagte Pepino.

Sie verließ, begleitet von Pepino, Wickham, Norman und etlichen Zollbeamten, das Schiff, und die Gruppe strebte auf ein zweistöckiges Ziegelgebäude am Ende des Kais zu. Sarah blickte sich mehrere Male nach Morgan um, konnte ihn aber unter den Seeleuten und Beamten, die soeben die *Amazonas* und den kleineren Frachter verließen, der später am Kai festgemacht hatte, nicht finden. Die Mannschaften beider Schiffe vermischten sich; es wurde gepfiffen, gejohlt und gesungen.

»Kommen Sie nur, meine Liebe«, wiederholte der Zollkommissar. »Diese Männer brauchen sie nicht zu beachten. Das sind nur Seeleute von der *Rose.* Sie hat eine Ladung Bananen aus Coari mitgebracht, die sie morgen früh löschen wird.«

»Coari?« sagte sie, und ihr Herz setzte einen Schlag aus. Sie bemühte sich, die Gesichter der Männer zu sehen; aber sie waren alle von ihr weggedreht und ...

»Da drüben haben wir ein Schiff aus Spanien«, erklärte Pepino. »Es hat Seife, Wein, Feigen und Zitronen aus Kastilien an Bord, und das Schiff dort ist aus Afrika und mit Elfenbein und Myrrhe beladen. Die Kisten da vorn auf dem Kai enthalten Zimt, Nelken und Pfeffer und stammen von den Gewürzinseln.«

Sie zwang sich zu einem Lächeln. »Wie interessant.«

Sie glaubte, kurz Morgans Kopf unter den Männer gesehen zu haben, die den Landungssteg der *Amazonas* herunterkamen, aber die Lichter von den Schiffen und Kais blendeten sie, als sie genauer hinschauen wollte. Dann war sie bereits durch die Tür des Zollhauses in einen niedrigen, muffigen Raum getreten, und ihr wurden nun der stellvertretende Zolleinnehmer, eine Mannschaft von Wiege- und Meßbeamten und ein Sachverständiger vorgestellt, der, wie er ihr erklärte, der einzige Bevollmächtigte für das Messen des Alkoholgehalts von Flüssigkeiten im Hafen sei. Und so ging es weiter, bis sie sich die Gesichter, Namen und Funktionen der Männer nicht mehr merken konnte.

Wieder drückte ihr ein Gefühl der Angst die Luft ab, bis sie sich entschuldigen mußte und einen Raum aufsuchte, in dem sich nicht so viele Männer drängten, daß sie freier atmen konnte. Sie schloß die Augen und dankte Gott, als sie Wickhams Stimme hörte:

»Ich bitte vielmals um Entschuldigung, Gentlemen; aber der Kapitän hat mich soeben davon informiert, daß er jede Minute auslaufen wird.«

»Was für eine Schande!« rief jemand. »Ich hatte noch nicht Gelegenheit, mit der jungen Lady zu sprechen.«

»Vielleicht können Sie das bei unserer nächsten Expedition nachholen.«

»Hoffentlich.«

»Nun müssen wir uns aber wirklich beeilen, oder das Schiff fährt ohne uns ab.«

Sarah eilte aus dem Raum, bedankte sich mit einem Lächeln bei den angetrunkenen Beamten, Norman und Wickham nahmen sie in die Mitte, und dann verließen sie alle drei das Haus.

»Schauen Sie sich nicht um«, ermahnte Wickham sie leise. »Diese verfluchten Bastarde sind so betrunken, daß sie nicht mehr geradeaus gucken können.«

Sie erreichten im Geschwindschritt den Pier, wichen ein paar torkelnden Seeleuten aus und ignorierten die Pfiffe und Rufe, die Sarah galten. Als sie den Landungssteg der *Amazonas* erreichten, rief der Kapitän, der auf dem Achterdeck stand: »Fertig zum Ablegen«, und die Maschinen begannen laut zu stampfen, während die Matrosen auf ihre Stationen eilten. Sarah blickte über das Deck hin, erstarrte, drehte sich halb zum Pier um und sagte:

»Wo ist Morgan?«

»Ich bin sicher, er steckt dort irgendwo...« begann Wickham.

»Ich gehe nicht eher an Bord, bis ich ihn sehe.«

»Aber ich versichere Ihnen...«

»Morgan!«

»Sarah«, sagte Norman im gereizten Ton.

»Wo ist Morgan?« Sie hob ihre Röcke an und bewegte sich zum Dock zurück.

»Sarah«, herrschte Norman sie an, »Ich verlange, daß du jetzt endlich Vernunft annimmst!«

Wickham pflichtete ihm mit den Worten bei: »Wir müssen sofort auslaufen. Wir können das Risiko nicht auf uns nehmen, noch länger im Hafen . . .«

»Ich gehe nirgendwohin, bis ich ihn sehe! Verlassen Sie sich darauf.«

Und dann sah sie ihn, und ihr Herz erstarrte zu Eis. Er stand am Ende des Piers unter einer Gaslaterne, und er war nicht allein.

King! Gütiger Himmel, das war King! Sie erkannte ihn an den wehenden blonden Haaren und der Haltung, die jener von Morgan so ähnlich war. Und jetzt kam es wie ein Blitz über sie: Irgendwie hatte Morgan gewußt oder gespürt, daß seine Zeit abgelaufen war. Er hatte ihr ja auf kaum verhüllte Weise Lebewohl gesagt, hatte sie darauf vorzubereiten versucht, ohne sie zu erschrecken. Er hatte es aufgegeben zu flüchten oder sich zu ergeben, um ihr eine sichere Heimreise nach England zu ermöglichen.Er hatte schon vor langer Zeit beschlossen, daß er Brasilien nie mehr verlassen würde. Deshalb war er auch in den letzten Wochen so verschlossen gewesen und hatte auf ihre Reden vom Heiraten nicht eingehen wollen.

»Morgan, nein!« schrie sie.

Dann waren da zwei Männer, die miteinander kämpften, und ein Revolver; sie sah den orangenfarbenen Reflex des Lichtes der Gaslaterne auf der Waffe, während Morgan sich anstrengte, den Lauf von sich wegzudrehen. Einen Moment lang schien er die Oberhand zu gewinnen, als er King gegen einen Kistenstapel schleuderte, der unter der Wucht des Aufpralls bedenklich schwankte. Ihre Füße scharrten laut über den hölzernen Pier, und als sie näher kam, konnte sie ihr Keuchen und Fluchen hören. Dann schrie King wie ein Wahnsinniger, die Waffe verschwand zwischen ihnen und …

Die Explosion zerriß die Nacht.

Sarah stolperte, als die Angst und der Schock ihr in die Glieder fuhren. Dann blieb die Zeit stehen, als sie wartete, wartete, wartete — und sich die Ohren zuhalten mußte, weil dieses schmerzliche Stöhnen so laut war wie ein Donner für ihre überscharfen Sinne.

Das Blut. So viel Blut breitete sich auf Morgans Rücken aus.

Sie bedeckte Augen und Mund mit den Händen; nicht bereit, das aufzunehmen, was sie da sah, aber wie gelähmt vor Entsetzen, während ihr Verstand verzweifelt nach einer logischen Erklärung suchte, ohne die Wahrheit zu akzeptieren.

Dann taumelte Morgan rückwärts weiter auf den Pier zu.

Und King blieb zurück, die langen Beine gespreizt, die goldenen Haare in einem jähen Windstoß aufflatternd, das schweißglänzende Gesicht wütend verzerrt, aber den gleichen Schmerz und dasselbe Entsetzen in den Augen, das sich auf ihrem Gesicht zeigen mußte. Die Waffe fiel ihm aus der Hand, und er wich zurück, Sarah überrascht ansehend, als sie Morgans Namen schrie.

Irgendwo hinter ihr brüllten Männer. Ihre trappelnden Füße schienen den Pier in Schwingungen zu versetzen. King drehte sich um und floh in die Dunkelheit hinein. Ein Schuß krachte, aber er lief weiter. Ein zweiter und ein dritter Schuß kam von den Seeleuten der *Amazonas*, und einen Moment lang schien es so, als wäre King nur eine Illusion, ein übersinnliches Wesen, das nicht von irdischen Waffen aufgehalten oder verwundet werden konnte. Dann ließ sich ein junger Seemann auf ein Knie nieder, zielte sorgfältig mit seinem Gewehr und feuerte.

King drehte sich um seine Achse, faßte sich an die Seite; aber humpelte weiter. Der Seemann schoß noch einmal. Der Einschlag schien King mitten im Schritt festzuhalten; er suchte einen Moment das Gleichgewicht zu bewahren, ehe er kopfüber in das Wasser am Rand des Kais stürzte.

Morgan lag auf dem Rücken, Hemd und Rock voller Blut.

Sarah fiel auf die Knie, unfähig zu atmen, der Hals von einem überwältigenden Kummer zugeschnürt. Sie weinte seinen Namen, und als er die Augen öffnete und zu ihr hochsah, wäre sie fast zusammengebrochen.

Sacht, so überaus sacht, hob sie seinen Kopf und seine Schultern an und bettete ihn in ihren Schoß. Sie berührte sein Gesicht, seine Haare, seine Lippen.

Er lächelte und sagte mit schwacher Stimme: »Wir hätten es fast geschafft, Sonnenschein.«

»Sprich jetzt nicht. Wir holen ein Arzt. Du wirst wieder gesund werden, mein Liebling. Es ist alles vorbei. Alles vorbei. Sie haben King erschossen und ...« Er schloß die Augen, und sie hielt ihn fester.

»Sei glücklich«, flüsterte er.

»Morgan«, weinte sie und küßte seinen Mund. Als Norman und Sir Henry herbeiliefen, bettelte sie: »Holt einen Arzt. Hole doch bitte jemand einen Arzt!«

Wickham sank auf ein Knie und untersuchte kurz die Wunde in Morgans Unterleib. Sein Gesicht wurde bleich. »Ich fürchte, da können wir nichts mehr machen, meine Liebe. Ich beschwöre Sie, jetzt mit uns zu kommen. Die Polizei ist bereits unterwegs. Wenn die *Amazonas* aufgehalten wird, entdeckt man ganz bestimmt unseren Betrug. Kommen Sie, ich beschwöre Sie!«

Sie schüttelte den Kopf, und als Norman sich bückte,

um sie von Morgan wegzuziehen, hob sie ihm ihr tränenüberströmtes Gesicht entgegen und sagte mit tonloser Stimme: »Ich werde ihn nicht verlassen.«

»Sarah, sei vernünftig.«

Sie schüttelte den Kopf.

»Wir können nicht erlauben, daß Sie hierbleiben«, hörte sie Wickhams Stimme.

»Sie können mich nicht zwingen zu gehen. Das werde ich nicht, ich werde es nicht, sage ich Ihnen! Mein Platz ist hier bei dem Mann, den ich liebe, den ich zu heiraten gedenke . . .«

»Er stirbt, Sarah«, sagte Norman mit versteinertem Gesicht.

»Nein!« Sie barg den Kopf an Morgans Brust und schluchzte: »Oh, Gott, nein. Das tut er nicht. Er stirbt nicht, und ich werde ihn nicht verlassen!«

Morgans Hand berührte ihre Wange, und sie hob ihr Gesicht über seines und bemühte sich, ihm ein ermunterndes Lächeln zu zeigen. Seine Augen waren hart und grau, und da war nicht eine Spur von dieser Zärtlichkeit, mit der er sie in den letzten Wochen angesehen hatte. »Ich will, daß du dich jetzt davonscherst und mich in . . . Frieden sterben läßt. Fahre heim mit Norman, und denke ja nicht, daß ich dir dorthin gefolgt . . . oder dich geheiratet hätte.« Die Augen schließend, drehte er das Gesicht zur Seite, knirschte mit den Zähnen, nahm ihr Kleid in seine blutverschmierten Hände und schob sie von sich weg. »Ich . . . ich liebe dich nicht. Ich benützte dich. Nun troll dich endlich, damit ich wenigstens mit einiger Würde sterben kann.«

»Das meinst du doch nicht! Das kannst du nicht meinen, Morgan!«

Eine Welle des Schmerzes lief plötzlich über sein Gesicht hin, und einen Moment lang kehrten seine Augen zu ihren zurück, und seine Finger machten den verzweifelten Versuch, ihre Hand zu fassen.»Sarah«, rief er leise.

Dann lag er still mit geschlossenen Augen da.

»Missy«, hörte sie Kans Stimme, und sie sah verstört hoch, als er sich an Norman und Wickham vorbeischob.

»Hilf ihm«, sagte sie leise.

Kan nahm sie in seine kräftigen Arme und zog sie von Morgan weg, obwohl sie den Kopf schüttelte und sich wehrte, als er sie auf die Füße stellte. Wickham beugte sich über Morgans Körper. Dann drehte er sich rasch mit bekümmerten Augen, die Lippen zu einer grimmigen Linie zusammengepreßt, zu ihr um und sagte: »Es tut mir leid; aber er ist tot.«

Der schwarze Himmel und die See schienen sich aufzutun und sie zu verschlucken, während sie irgendwo eine Frau schreien hörte.

22

DREI MONATE SPÄTER, AUGUST 1876,
LONDON, ENGLAND

Norman stand am Doppelfenster, die Hände locker auf dem Rücken, während er Sarah betrachtete, die unter einem Baum saß und diesen schmutzigen, von Flöhen strotzenden Affen fütterte. Er sah zu seiner Mutter hinüber. »Ich denke, ich sollte mit ihr reden.«

»Das würde ich dir dringend empfehlen«, erwiderte sie. »Du bist für halb sechs bei Lord Pimberton angemeldet. Werde ich dich dort sehen, mein Lieber?«

»Wenn Ihr so gnädig seid, Mama.«

Lady Sheffield bot ihrem Sohn ihre plumpe Wange zum

Kuß dar und begab sich dann zur Tür. »Und versuche, sie zu überzeugen, daß sie diese Wilden zu Hause lassen muß, mein Lieber. Obwohl unsere Freunde bisher großes Verständnis gezeigt haben, fürchte ich dennoch, daß sich ihre Geduld dem Ende zuneigt.«

»Ich werde mein möglichstes tun, Mama. Ihr wißt ja, wie sie sind. Sie wollen sie nicht einen Moment lang aus den Augen lassen.«

Er wartete, bis seine Mutter sich entfernt hatte, ehe er sich im Garten zu Sarah gesellte.

»Sarah, hast du vergessen, daß wir heute abend mit Lord Pimberton dinieren?«

Sarah kraulte den Seidenaffen unter dem Kinn, ehe sie zu Norman hochsah. »Ich habe es nicht vergessen«, antwortete sie.

»Aber du hast dich nicht umgezogen.«

»Natürlich habe ich das.«

»Aber du kannst doch nicht in Hosen zu den Pimbertons gehen.«

»Warum nicht?«

»Das schickt sich nicht.« Es raschelte in den Büschen, und ein Wilder spähte durch die Blätter. »Bei Gott«, flüsterte Norman, »er hat einen Speer.«

»Das ist kein Speer, sondern ein Blasrohr. Er kann einen Vogel auf fünfzig Meter Entfernung mit einem Pfeil aus diesem Rohr treffen.«

»Was macht er denn hier?«

»Ich weiß es nicht genau. Vielleicht möchtest du ihn fragen?«

»Gütiger Gott, nein.« Norman zog sich einen Stuhl aus Schmiedeeisen heran und setzte sich. »Ich möchte ganz offen zu dir sein, Sarah. Seit unserer Rückkehr nach England läßt dein Verhalten viel zu wünschen übrig. Ich bin sehr geduldig mit dir gewesen . . .«

»Und sehr verständnisvoll«, setzte sie hinzu.

»Sehr.«

»Ich kann mir keinen anderen Mann vorstellen, der so viel Verständnis für seine Verlobte haben könnte, die sich in einen anderen Mann verliebte und sich ihm hingab, wie ich es bei Morgan getan habe.«

Norman lehnte sich in seinem Stuhl zurück, wölbte eine Braue, und sein rechtes Auge begann zu zucken. »Ich auch nicht«, murmelte er.

»Stört es dich denn gar nicht, daß ich keine Jungfrau mehr bin?«

»Senke bitte deine Stimme, Sarah.«

»Denen ist es egal, daß ich keine Jungfrau mehr bin.« Sie deutete auf Kan, der gerade von einem Baum herunterkletterte. Vielmehr schwang er sich von einem Ast zum anderen, ließ sich dann auf den Boden fallen und klopfte sich den Staub von den Händen. »Sie glaubten, daß Morgan der *boto* wäre, mußt du wissen, und deshalb war es eine große Ehre für mich, daß er mich zur Geliebten nahm.«

»In der Tat.« Norman trommelte mit den Fingern auf die Armlehne. »Ich hatte gehofft, du könntest irgendwie über diese . . . diese Vernarrtheit in den Amerikaner hinwegkommen, damit wir über unsere Zukunft reden können.«

»Es war keine Vernarrtheit, Norman. Ich habe Morgan sehr geliebt. Ich liebe ihn noch. Ich kann einfach nicht verstehen, warum du unter dieser Voraussetzung noch immer deine Heiratspläne verfolgst.«

»Weil ich dich liebe.«

»Unsinn.« Sie streichelte ›Racker‹ den Kopf. »Ich bin nicht mehr so naiv, Norman. Du hast vermutlich triftige Gründe, so verzweifelt an deinem Wunsch, mich zu heiraten, festzuhalten, daß du sogar über mein Verhalten hinwegsiehst. Ich hätte mehr Respekt vor dir, wenn du offen zu mir wärest und mir den Grund nennen würdest. Vielleicht könnten wir beide dann zu einer Art von Vernunftregelung kommen.« Sie blickte ihn an, ohne zu lächeln.

Er griff nach ihrer Hand, und das Seidenäffchen bleckte sofort das Gebiß und zischte. Kan nahm neben Sarah Aufstellung und kreuzte die Arme vor der Brust. Als drei hagere Indianer mit Blasrohren aus dem Gebüsch sprangen und sich hinter Kan aufstellten, lehnte sich Norman wieder in seinem Stuhl zurück. »Also gut; du willst die Wahrheit wissen? Um mich in das Projekt deines Vaters einzukaufen, war ich gezwungen, einen beträchtlichen Teil unseres Kapitals flüssig zu machen. Meine Familie wußte davon nichts, wird es aber bald genug erfahren, wenn es Sir Joseph Hooker nicht gelingen sollte, diese verdammten Samen in Kew Gardens zum Keimen zu bringen. Diese Samen waren meine einzige Hoffnung, mir ein Leben fern von meiner Familie aufzubauen — von dieser verdammten Horde sich ständig in meine Angelegenheiten einmischender Geier. Mit unserer Heirat und dem Erfolg deines Unternehmens könnten wir beide das größte Gummiimperium der Welt aufbauen.«

Das Seidenäffchen sprang von Sarahs Schoß herunter, hüpfte zu der Ziegelmauer, die den Garten umgab, kletterte blitzschnell an den Efeuranken hinauf und verschwand hinter der Mauerkrone. Stirnrunzelnd verließ Sarah ihren Stuhl, bahnte sich einen Weg durchs Unterholz und zog sich an den dicken Efeusträngen auf die Mauer hinauf. Das Seidenäffchen lief gerade auf die Villa zu, deren Garten an den ihren stieß. »Verdammter Affe«, sagte sie. »›Racker‹, wirst du wohl sofort zu mir zurückkommen?«

»Sarah«, tönte Normans Stimme von unten zu ihr hinauf, »hast du auch nur ein Wort von dem gehört, was ich zu dir sagte?«

»Natürlich«.

Ein Licht ging hinter einem Fenster im Oberstock an, und Sarahs zog überrascht die Augenbrauen in die Höhe. Sie blickte über die Schulter und sagte: »Hast du gewußt, daß jemand in das Sunderland-Haus eingezogen ist?«

»Bei Gott«, erwiderte Norman, »nun spionierst du schon den Nachbarn nach! Reicht es nicht, daß du wie eine Dschungelwilde durch die Straßen von London schlenderst? Mußt du auch noch in fremde Fenster gucken?«

»›Racker!‹« rief Sarah streng, als das Seidenäffchen auf das Nachbarhaus zulief und um eine Ecke verschwand. Verärgert über das Verhalten des Äffchens, warf sie einen Fuß über die Mauerkrone, daß Norman erschrocken die Luft einsog und leise vor sich hinfluchte. Sie ließ sich auf das fremde Grundstück hinunterfallen, klopfte sich den Staub von der Hose und ging dann, die Hände in den Hosentaschen auf das Haus zu, während sie den von Unkräutern überwucherten Garten kritisch betrachtete. Als sie nach ihrer Ankunft in London in das St-James-Haus gezogen war, hatte sie erfahren, daß niemand in der Nachbarvilla wohnte, seit der alte Sunderland vor drei Jahren ohne Erben verstorben war. Offensichtlich war der Besitz nun doch von der Krone verkauft worden. Die neuen Besitzer würden nicht gerade erfreut sein, von einem Affen Besuch zu bekommen — so wenig wie eine Nachbarin von Sarah erst wenige Tage nach ihrer Rückkehr mit Norman nach London. Die gute Lady hätte fast einen Herzschlag erlitten, als sie mitten in der Nacht das Seidenäffchen am Fußende ihres Bettes sitzen sah.

»Sarah!« rief Norman. »Sarah, ich beschwöre dich . . .«

Sie drehte sich um und sah, daß Kan und die anderen Indianer inzwischen ebenfalls die Mauer überklettert hatten und ihr nun, ihre Blasrohre in der Hand, durch den Garten zum Haus folgten. Dieser Anblick, so lächerlich er in dieser Umgebung auch sein mochte, erinnerte sie an die vielen Tage, die diese Männer ihr treu durch den Dschungel nach Japurá gefolgt waren. Nur eines störte sie daran — das Fehlen von Morgan.

Der Schmerz traf sie mit voller Wucht, und die Tränen machten sie einen Moment lang blind. Sie blinzelte und versuchte sich auf ihr Vorhaben zu konzentrieren — das Wiedereinfangen ihres Schoßtieres.

Sie folgte dem Seidenäffchen zur Vorderfront des Hauses — just in dem Moment, wo sie es durch durch die Vordertür in der Villa verschwinden sah. Aber als sie laut nach ihm rufen wollte, fiel die Tür krachend ins Schloß. Stirnrunzelnd marschierte sie die Vordertreppe hinauf und hämmerte gegen die Tür. keine Antwort. Sie klopfte abermals. Immer noch nichts.

»Hallo!« rief sie. »Wer immer Sie auch sein mögen — Sie haben meinen Affen, und den will ich wiederhaben!«

Kan und die anderen Indianer nahmen nun am Fuß der Treppe Aufstellung und beobachteten mißtrauisch die Fußgänger, die vor dem schmiedeeisernen Tor der Villa stehenblieben und sie entsetzt angafften. Allmählich kam der Verkehr draußen auf der Straße zum Erliegen, weil die Kutscher ihre Pferde anhielten. Zwei Polizisten schoben sich an die Tore der Auffahrt heran und sahen unter ihren Helmen zu ihr hin.

»Ist denn da irgend etwas nicht in Ordnung, Miss St. James?« fragte einer der beiden.

Sie amüsierte sich ein wenig darüber, daß die Polizisten sie kannten, obwohl sie das kaum überraschte. Welche andere Frau würde wohl in einer Khakihose, begleitet von halbnackten Wilden, einem Seidenäffchen nachjagen? Die Zuschauer fingen bereits an zu murmeln, zogen die Brauen in die Höhe und rümpften die Nasen. Wenn sie mit

Norman bei den Pimbertons zum Dinner eintraf, würde ihr sicherlich die Nachricht von ihrer letzten Eskapade bereits vorausgeeilt sein. Sie drehte den Zuschauern den Rücken zu, hämmerte gegen die Haustür und rief: »Geben Sie mir meinen verdammten Affen zurück!« was den Auflauf vor den Gartentoren noch vergrößerte.

Norman erschien in diesem Moment auf der Bildfläche, bahnte sich mit rotem Gesicht und verkniffenem Mund einen Weg durch die Menge, faßte Sarah am Arm und zog sie von der Tür weg. »Entschuldigen Sie«, erklärte er den Zuschauern, »aber sie ist noch immer sehr verstört über den Tod ihres Vaters, verstehen Sie? Der Kummer bringt sie manchmal auf die seltsamsten Ideen.«

»Sie spinnt«, sagte jemand. »Die ist plemplem, Mister!«

Norman brachte sie ins Haus zurück, schob dort ein paar Farne und Palmwedel zur Seite, die ihm im Weg standen, und stieß sich den Kopf an einem Rattankäfig, der mit kreischenden blauen Papageien gefüllt war. Er zwang sie dazu, in einem Sessel Platz zu nehmen, während er im Zimmer auf und ab marschierte. »Ich bin nicht sicher, ob ich dieses Verhalten noch länger tolerieren kann«, sagte er. »Du wirst allmählich zum Gespött unserer Freunde ...«

»Deiner Freunde«, korrigierte sie ihn.

Er räusperte sich erbost. »Ich habe mich nach Kräften bemüht, gegen die Gerüchte einzuschreiten, daß du Zigarren rauchst ...«

»Aber ich liebe Zigarren! Ich mag ihr Aroma und die Wirkung des Tabaks. Außerdem kann ich damit meine Hände beschäftigen, wenn ich im Garten sitze und nachdenke ...«

»Nachdenkst über was? Oder sollte ich besser sagen, über wen? Nein, sage mir nichts! Ich weiß es schon! Über diesen verdammten Amerikaner. Das läßt sich zwar nicht verhindern, fürchte ich, in Anbetracht deiner schmutzigen

Beziehung zu ihm; aber ich muß darauf bestehen, daß du dein lächerliches Verhalten sofort einstellst. Bei Gott, die Dienstboten erzählen mir, daß du nachts nackt von der Hüfte aufwärts vor diesen Wilden tanzt, die dazu trommeln und auf der Flöte spielen!«

»Was ich in den Räumen meiner Privatwohnung mache, geht niemanden etwas an, Norman. Dich eingeschlossen. Ich habe noch nicht eingewilligt, dich zu heiraten, wie du weißt.«

Sie verließ ihren Sessel, ging zu einer Schachtel Zigarren, die auf dem Tisch stand, und zündete sich eine davon an. »Und noch etwas. Ich bin nicht länger diese unschuldige, naive kleine Gans, der du einen Heiratsantrag gemacht hast. Du wirst nie mehr so von oben herab mit mir reden, nicht, solange du dir noch Hoffnungen machst, daß unsere Fusion — beachte, daß ich nicht Heirat sage — zustandekommen soll. Du brauchst mich, Sheffield; aber ich brauche dich nicht. Deshalb ...« Sie rauchte und lächelte »... solltest du besser nett zu mir sein, oder du wirst den Rest deines Lebens unter der Fuchtel deiner Mutter verbringen müssen.«

Er starrte sie mit hervorquellenden Augen an.

Sarah drehte sich um, nahm den Panamahut vom Garderobenständer, stülpte ihn über den Kopf und zog ihn schräg über ein Auge. »Ich glaube, wir müssen heute abend noch eine Dinnerparty besuchen, Mylord. Wollen wir?«

Sarah stand am Erkerfenster von Lord Pimbertons elegantem Stadthaus in Mayfair und blickte auf die Straße hinunter, hatte aber weniger den Verkehr und die Passanten, vor Augen als das Spiegelbild der Leute, die hinter ihr standen, die Köpfe zusammensteckten und sie mit gerunzelten Brauen betrachteten. Seit ihrer Rückkehr nach London hatte sie sich an ihr Flüstern und anzügliches Räuspern, ihre raschen Seitenblicke und ihr Naserümpfen gewöhnen müssen. Sie konnte diese Leute nicht dafür tadeln. In deren Welt war eine Frau in Hosen, Stiefeln und aufgelösten Haaren, die ihr wild um Gesicht und Schultern hingen, unmöglich, obwohl sie eine beachtliches Maß von Nachsicht für sie aufgebracht hatten in Anbetracht der tragischen Umstände ihrer letzten Monate in Südamerika. Ein Gerücht besagte, daß sie von einem Stamm von Heiden entführt, in den Urwald verschleppt, dann von Sir Henry Wickham aus deren Händen befreit und der Zivilisation zurückgegeben worden war.

Das war natürlich Normans Geschichte. Wie jeder sich selbst überzeugen konnte, hatte diese Episode ein schweres Trauma hinterlassen; aber mit der Zeit würde sie schon zu ihrem früheren Selbst zurückfinden. Freilich würde sie nie mehr diese Sarah St. James sein, die so hart daran gearbeitet hatte, sich Normans Gesellschaftskreisen anzupassen — diese reizende, wohlerzogene junge Dame, die er für würdig genug hielt, seine Ehefrau zu werden. Jene sich schicklich betragende, behütete und naive junge Lady existierte nicht mehr. Sie hatte Entbehrungen, Gefahren, Tod und Kummer erfahren — so viel Kummer. Sie hatte ihren Vater verloren, ihren Freund, ihren Geliebten . . .

Sie erblickte ihr eigenes Spiegelbild im Glas und sah, wie ihre müden Augen sich mit Tränen füllten. Seltsam, wie oft die Erinnerung sie noch plagte — besonders nachts, wenn sie ihr Kissen an sich drückte, als erwartete sie, daß es mit langen starken Armen nach ihr griff, sie festhielt, ihre Haare streichelte, sie küßte und *»ma chère«* nannte. Dann pflegte sie weinend aufzuwachen, mit einem so leerem Herzen und einem so großen Seelenschmerz um Morgan, daß sie meinte, nicht mehr weiterleben zu können.

Gütiger Himmel, wie sehr hatte sie sich bemüht, ihn zu

vergessen, nur um sich dann in eine Phantasiewelt mit einem Dschungel und exotischen Tieren zu flüchten — ja, so weit zu gehen, diese schrecklichen Zigarren zu rauchen und so zu tun, als möge sie diese, obwohl sie in Wahrheit jedesmal hätte kotzen können. Sie rebellierte natürlich, aber es war auch ihre Weise, an allem festzuhalten, was Morgan für sie gewesen war. Sie konnte ihn nicht vergessen — noch nicht, egal, was Norman ihr auch einzureden versuchte. Sie war nicht bereit, Morgan aufzugeben. Sie fürchtete, daß sie das niemals tun würde.

Seufzend wischte sie sich die Tränen aus den Augen und drehte sich wieder den Gästen zu.

Im nächsten Moment wurde sie von Lady Carleton angesprochen, einer etwas plumpen Dame Mitte Vierzig, die zwar mit dem Mund lächelte, mit den Augen jedoch kritische Distanz wahrte. »Meine teure Sarah«, begann sie, »Lord Sheffield erzählte uns eben, daß Sie noch schwer zu tragen haben an dem Hinscheiden Ihres Vater — von dieser schrecklichen Geschichte Ihrer Entführung ganz zu schweigen —, weshalb es mir allerdings nicht einleuchten will, warum sie sich mit solchen Erinnerungen an diese schreckliche Prüfung umgeben müssen.« Sie blickte dabei indigniert zu der Wand hinüber, an der Kan und die anderen Indianer lehnten, alle angetan mit schwarzen Dinnerjacken, jedoch ohne ein Hemd darunter und mit Lederschürzen, die ihnen knapp zu den bloßen Knien hinunterreichten. Nachdem Lady Carleton sie durch ihr Lorgnon betrachtet hatte, ließ sie es durch die Finger gleiten, daß es an seinem Seidenband zwischen ihren üppigen Brüsten zur Ruhe kam, und wandte sich wieder Sarah zu.

»Haben Sie schon gehört, daß Lord Hawthorn vor kurzem einen Gentleman aus Brasilien kennenlernte?«

Es dauerte eine Weile, ehe Sarah verstand, was die Dame zu ihr gesagt hatte. Es passierte ihr in letzter Zeit immer häufiger, daß ihre Gedanken mitten in einem Gespräch zu wandern begannen, so sehr sie sich auch bemühte, bei der Sache zu bleiben. Und während sie nun die Frau vor sich anstarrte, lösten deren Worte in ihrem verwirrten Geist plötzlich einen Funken des Begreifens aus, auf den sie mit ungläubiger Bestürzung reagierte.

»Wen hat er kennengelernt, sagten Sie eben?«

»Einen sehr reichen Mann aus Brasilien«, wiederholte Lady Carleton. »Im Gummigeschäft, glaube ich. Er sucht hier nach vielversprechenden Anlagemöglichkeiten, oder behauptet das wenigstens. Lord Hawthorn fand den Herrn ziemlich seltsam.«

Sarah klammerte sich an eine Stuhllehne. »Wie hieß der Gentleman?« fragte sie mit versagender Stimme.

Lady Carleton sah sie mit hochgezogenen Brauen an und führte dann ihr Lorgnon an die Augen, um Sarah genauer zu fixieren. »Meine Liebe, Sie sehen schrecklich aus. Absolut schrecklich! Vielleicht hätte ich das Thema Brasilien gar nicht erwähnen dürfen. Ich bitte Sie um Vergebung, meine Liebe, das mußte Sie ja erschüttern. Vielleicht sollte ich lieber Lord Sheffield holen. Ja, ja, das werde ich sofort tun.«

Etwas von Sarahs Gefühlen mußte sich auf ihrem Gesicht gezeigt haben, denn als sie hochsah, stand Kan neben ihr, seine dunklen Augen besorgt auf sie gerichtet. »Ich fühle mich nicht besonders«, sagte sie. »Wirst du mich nach Hause bringen?«

Er nickte, nahm ihren Arm und brachte sie zur Tür, ohne auch nur daran zu denken, sich von ihren Gastgebern oder Norman zu verabschieden. Als die Kutsche mit ihnen fortrollte, blickte Sarah aus dem Fenster und sah die vertrauten Wahrzeichen der Stadt an sich vorbeiziehen. Wie düster sie doch wirkten unter diesem Himmel, aus dem es ständig regnete. Oh, wenn sie doch wenigstens einmal wieder ihr Gesicht in dieser herrlichen Sonne hätte baden können, dann wäre dieser Eispanzer, der ihr Herz umgab, vielleicht geschmolzen. Oder auch wieder nicht. Seit sie Morgan verloren hatte, hatte sie auch jede Hoffnung und jeden Glauben an sich und ihre Zukunft verloren. Als Morgan in ihren Armen starb, waren auch die Träume in ihrem Herzen gestorben.

Lady Carletons Worte fielen ihr wieder ein, als sie auf die leeren Straßen und grauen Fassaden hinausblickte.

»Einen sehr reichen Mann aus Brasilien. Im Gummigeschäft, glaube ich. Er sucht hier nach vielversprechenden Anlagemöglichkeiten, oder behauptet das wenigstens. Lord Hawthorn fand den Herrn ziemlich seltsam.«

Sarah schloß die Augen, wollte diese Angst nicht anerkennen, die sie Nacht für Nacht in ihren Träumen geplagt hatte — Visionen von Rodolfo King, der auf dem Pier auf sie zukam, sein weißer Anzug rot von einer Wunde an seiner Hüfte, einen Revolver in der Hand, aus dessen Lauf noch Rauch quoll, und hinter ihm, in seinem Blut unter der Gaslaterne liegend ... Morgan.

Natürlich lebte King nicht mehr. Sie hatte selbst gesehen, wie er erschossen wurde — hatte ihn über den Rand des Piers in das Wasser stürzen sehen. Und selbst wenn er noch am Leben gewesen wäre, hätte er sich niemals die Mühe gemacht, ihr bis nach England zu folgen ... Warum sollte er auch? Es sei denn, er wollte sich rächen ...

Die Gerüchte von einem Fremden aus Brasilien wollten nicht abreißen, und obwohl Sarah sich bemühte, die Ohren vor ihnen zu verschließen, mußte sie dieses doch sehr bedenklich stimmen.

Der Fremde hatte nach ihr gefragt.

Sie nahm gerade den Tee in der Stadtwohnung von Normans Kusine, Lady Rees, ein, als ein anderer Gast am Tisch sich mit den Worten an sie wendete: »Übrigens wurde ich gestern von einem Gentleman angesprochen, der behauptete, er käme aus Brasilien. Er fragte mich, ob mir eine gewisse Sarah St. James bekannt sei, und ich sagte, ja, natürlich.«

Sarah mußte ihre Tasse festhalten, damit sie nicht auf dem Unterteller klapperte.

»Wäre es möglich, daß er Ihnen auch seinen Namen genannt hat?«

Die Frau stülpte nachdenklich die Lippen auf. »Ja, ich glaube, er nannte ihn. Wie hieß er doch gleich wieder? Oh, meine Liebe, er scheint mir entfallen zu sein.«

Sarah nahm einen Schluck aus ihrer Tasse und sagte ruhig: »Könnten Sie ihn mir vielleicht beschreiben?«

»Er war groß. Ja, er wirkte sogar sehr groß auf mich — und unheimlich, wenn sie mich fragen. Aber was kann man von einem Mann, der ständig unter Wilden leben muß, denn anderes erwarten. Unter solchen Umständen muß es einem Menschen ja schwerfallen, einen vornehmen Umgangston beizubehalten. Kurzum, er war ein seltsamer Bursche. Eigenartig. Er erwähnte kurz seine Plantage in ... Moment mal ... in ...«

Sarah feuchtete ihre Lippen mit der Zunge an: »Japurá?«

»Aber ja!« rief die Lady, »genau das sagte er! In Japurá! Und er war ganz in Weiß gekleidet. Ich machte eine Bemerkung über seinen Anzug, und er sagte, daß Männer wie Frauen in Brasilien nur weiße Kleider trügen, damit sie unter der Sonne des Äquators nicht so transpirieren müßten.«

Als Sarah merkte, daß das Klappern ihres Teegeschirrs nicht aufhören wollte, stellte sie es auf den Tisch zurück, holte tief Luft und raffte sich zu der Frage auf: »Haben Sie ihm vielleicht auch erzählt, wo ich wohne?«

»Das wußte er bereits. Er schien eine Menge über Sie zu wissen, meine Liebe.«

»Ich . . . verstehe.«

»Ist Ihnen nicht gut, meine Liebe? Sarah!«

Sie hatte das Haus verlassen, bevor sie merkte, daß sie vergessen hatte, sich bei ihren Gastgebern in gehöriger Form zu verabschieden. Die frische Luft tat wenig dazu, ihren Kopf auszulüften und Klarheit in den Tumult ihrer Gedanken zu bringen, und sie hatte bereits die Hälfte des Weges zu ihrem Haus zurückgelegt, als ihr erst einfiel, daß sie ja mit ihrer Kutsche zum Tee bei Normans Kusine gefahren war. Und als sie dann dastand und darauf wartete, daß eine Droschke vorbeikam, wurde ihr bewußt, daß der Mann aus Japurá sie in diesem Moment beobachten könne.

Der Fremde konnte unmöglich King sein. King war tot. Aber sie hatte nicht gesehen, wie King starb. Nicht eigentlich. Sie hatte zwar gesehen, wie er von zwei Kugeln getroffen wurde; aber . . .

Sie eilte nach Hause und riegelte die Tür hinter sich ab. Die Dienstboten bewegten sich wie immer leise durchs Haus, und nicht einer wagte seine offensichtlich geistig verwirrte Arbeitgeberin anzusprechen, wenn er das nicht unbedingt mußte. Sie verschanzte sich hinter ihren Palmwedeln, Farnen und Tropenpflanzen, nahm das Seidenäffchen auf ihren Schoß und versuchte sich mit logischen Argumenten zu überzeugen, daß Rodolfo King ihr unmöglich aus Brasilien bis nach London gefolgt sein könne. Er war tot. Sie hatte gesehen, wie er starb. Nein, korrigierte sie sich. Sie hatte nur gesehen, wie er von Kugeln getroffen wurde . . .

Am nächsten Tag sprach sie mit Norman darüber. »Unsinn«, meinte er, »wir sahen beide, wie King fiel.«

»Aber wir sahen ihn nicht sterben — nicht wie . . . Morgan. Wer kann denn mit Sicherheit behaupten, daß er tot war, als er ins Wasser stürzte?«

»Sei vernünftig«, sagte Norman, betrachtete sich im

Wandspiegel, rückte seine Krawatte zurecht und musterte kritisch seine Frisur, ehe er sich Sarah wieder zudrehte. »Warum sollte King sich die Mühe machen, sechstausend Meilen weit zu reisen, um Rache an dir zu nehmen?«

»Aus dem gleichen Grund, aus dem er Morgan töten wollte. Ich weiß von seinen Grausamkeiten und seinem Gold.«

»Ich bin sicher, daß ganz Südamerika inzwischen davon weiß, wenn ich bedenke, daß die Leute, die er als Sklaven in seiner Plantage und seinem Bergwerk arbeiten ließ, inzwischen frei sind. Nein, es war dein amerikanischer Liebhaber, den er töten wollte, und er hat ihn getötet. Das ist das Ende der Geschichte.«

»Wer läuft dann im weißen Tropenanzug in London herum und erklärt, daß er aus Brasilien kommt und mich kennt? Und warum?«

Norman zuckte mit den Achseln und zog seine Taschenuhr aus der Weste, um zu sehen, wie spät es war. »Vielleicht ist es einer von den Rebellen, die aus Kings Zwangsburg entlaufen sind.«

Sarahs Lider zuckten, als ihr eine Erleuchtung kam. »Oder vielleicht ist es einer von Kings Häschern. Gilberto de Queiros! Gütiger Himmel, das wäre eine Möglichkeit!«

Kopfschüttelnd wandte sich Norman der Tür zu. »Du bist übergebührlich mißtrauisch, Sarah.«

»Norman, du weißt nicht, was für eine Sorte Mensch dieser King war. Du kannst dir nicht vorstellen . . .«

»Ich kann mir aber vorstellen, daß du aus jeder Mücke einen Elefanten machst.« Er blieb an der Tür noch einmal stehen und sah mit hochgezogener Braue und einem Grinsen im Mundwinkel auf sie zurück. »Wenn du so große Angst hast vor diesen . . . Gespenstern, meine Teure, könntest du ja daran denken, mich zu heiraten. Ich kann dir alle Sicherheiten bieten, die du dir wünschst.«

Sarah schoß aus ihrem Stuhl hoch und blickte ihn streng an. »Du wirst doch nicht etwa etwas mit diesen Gerüchten zu tun haben, oder?«

»Ich? Warum sollte ich, um Himmels willen?«

»Um zu versuchen, mich einzuschüchtern, damit ich endlich in die Heirat einwillige.«

»Hmmm.« Er öffnete die Haustür. »Keine üble Idee. Schade, daß ich nicht an so etwas gedacht habe. Ah, nun, ich vermute, du wirst schon noch zur Vernunft kommen ... wenn du begreifst, daß du dir jede Chance verdorben hast, in eine halbwegs respektable Familie einzuheiraten. Gute Nacht, Sarah.«

Sarah starrte auf die Tür, die Norman hinter sich zugemacht hatte, und versuchte ihren wachsenden Zorn zu beherrschen. Als ihr das nicht gelang, stürmte sie zur Tür, riß sie auf, rannte die Vordertreppe hinunter und rief Normans Kutsche nach, die sich gerade auf der dunklen Einfahrt in Bewegung setzte: »Eher schneit es am Amazonas, bevor ich dich heiraten würde, Sheffield!«

Das Klappern der Hufe und das Klingeln der Glocken am Geschirr kamen als Echo zu ihr zurück. Zornig drehte sie sich wieder zum Haus herum, gerade noch rechtzeitig, um das Seidenäffchen aus der Tür und um die Ecke huschen zu sehen. Fluchend rannte sie ihm nach, wohl wissend, daß sie es niemals einholen konnte, bevor es die Sunderland-Villa erreicht hatte. Trotzdem folgte sie ihm, so erbost über Norman, daß sie ihre Wut an den ungeselligen Nachbarn auslassen wollte, die ihre Botschaften und Forderungen, daß sie damit aufhören sollten, ihren Affen wegzulocken, unbeachtet ließen. In letzter Zeit verbrachte ›Racker‹ sogar mehr Zeit in der Sunderland-Villa als in ihrem Haus, und das kränkte sie sehr.

Sie ging zur Vordertür der Villa und trommelte mit der Faust dagegen, worauf sie von selbst aufging. Sie öffnete sie noch weiter, spähte in die schwach erleuchtet Halle hinein und rief: »Hallo!«

Nichts. Sie biß sich auf die Lippen, machte vorsichtig einen Schritt über die Schwelle und sah, daß der Fußboden mit Staub bedeckt war. Ein rascher Blick in den Salon zu ihrer Rechten überzeugte sie, daß der Raum ohne Möbel war. Verdutzt ging sie nun auf Zehenspitzen durch die anderen Räume; sie waren alle leer und voller Staub.

Wie konnte das sein? In der letzten Woche hatte sie immer ein Licht nachts hinter den Fenstern gesehen. Da brannte eine Wandkerze im Foyer, und jemand ließ das Seidenäffchen ins Haus ...

Sie erschauerte, als ein Windstoß durch den Korridor strich. Am Fuß der Treppe, die in Spiralen nach oben führte, spähte sie in die Dunkelheit hinein und spürte, wie ihr das Herz bis in den Hals hinauf schlug. Jemand mußte hier wohnen. Sie hatte die Lichter gesehen und war Zeugin geworden, wie das Seidenäffchen hier ein und aus ging ...

Sie stieg die Treppe hinauf, hielt kurz an, als eine Stufe unter ihr knarrte und erreichte mit zitternden Beinen das nächste Stockwerk. Als ihre Augen sich an die Dunkelheit gewöhnt hatten, entdeckte sie einen schmalen Lichtstreifen unter der Tür am Ende des Flurs. Die Vernunft sagte ihr, daß sie nun das Haus schleunigst wieder verlassen sollte — das war eine absolut nicht normale Situation —, doch sie bewegte sich weiter auf diese Tür zu, von einer perversen Neugierde und ihrem Eigensinn angetrieben, bis sie, das Ohr an die Türfüllung gepreßt, vor diesem Zimmer stand und zu hören versuchte, was darin vorging.

Da war kein Geräusch. Sie schloß die Hand um den Türknauf und drehte ihn, suchte dann, als die Tür sich öffnete, in dem Lichtstrahl, der ihr aus dem Raum ins Gesicht fiel, etwas zu erkennen. Aber da schien nichts zu sein, keine Möbel ...

Sie öffnete die Tür etwas weiter. Der Boden war kahl, aber da stand ein Sessel vor dem vorhanglosen Fenster und daneben ein Tisch mit einer brennenden Lampe. Nichts sonst. Und niemand.

Sie ging zum Fenster und blickte zu ihrem Haus hinüber. Ihr Schlafzimmerfenster war durch die Blätter der Bäume hindurch deutlich zu erkennen. Ein Schauer lief ihr über den Rücken, als sie sich umdrehte und dieses so kahle Quartier musterte. Da hing irgend etwas in der Luft, ein Geruch, den sie nicht identifizieren konnte, der ihr aber beunruhigend vertraut war.

Ihr Blick flog wieder zur Tür hin, als sie schwere Schritte unten auf der Treppe hörte. Die Angst verschlang sie förmlich, als das Bild von Rodolfo King vor ihrem inneren Auge aufstand. Die Schritte verhielten kurz bei dieser knarrende Stufe, setzten sich dann wieder fort und kamen den Korridor entlang.

Sarah sah zum Fenster hin. Es war zugenagelt. Mit hämmernden Herzen suchte sie fieberhaft im Zimmer nach einem Versteck. Doch da war nichts, wo sie sich verbergen konnte — und nun wurde die Tür aufgestoßen. Sie konnte nur noch versuchen, den Schrei zurückzuhalten, der ihr im Hals steckte und ...

Der Polizist kam ins Zimmer und sah sie erstaunt an. »Miss St. James? Was machen Sie denn hier?«

Sie klammerte sich an die Rückenlehne des Sessels und würgte mit trockenen Lippen hervor: »Mein Affe.«

»Wie bitte?«

»Ich suche meinen Affen.«

»Hier?«

»Er ist hier ... irgendwo.« Sie sah nun ihrerseits den

Konstabler etwas forsch an und fragte: »Und warum sind Sie hier?«

»Ich war auf Streife und bemerkte, daß die Haustür offen stand.«

»Wer wohnt hier?«

»Ich habe nicht die leiseste Ahnung.«

»Aber jemand wohnt hier.«

Er sah sich im Zimmer um, ehe er antwortete: »Ich bin mir da nicht so sicher.«

»Aber dieses Licht dort brannte und dieser Sessel . . .« Sie trat zu ihm, bis sie Zehe an Zehe vor ihm stand und in seine Augen hinaufstarrte: »Wer auch immer hier wohnt — er spioniert mir nach.«

Der Beamte zog eine Braue in die Höhe.

»Sie können mein Schlafzimmer von diesem Fenster aus sehen. Überzeugen Sie sich selbst. Wer es auch ist — er beobachtet mich.« Er lächelte, und Sarah fauchte: »Sie denken, ich spinne . . . nicht wahr?«

Als er nicht antwortete, ließ sie ihn im Zimmer stehen, stieg die Treppe hinunter und lief über den Korridor in die Küche, entschlossen, ihr Seidenäffchen wiederzufinden und dann so schnell wie möglich dieses Haus zu verlassen. Sie fand ›Racker‹ auf einem Vorratsschränkchen und etwas mampfend, das er in seinen Händchen hielt. Seine aufgeregtes Schnattern ignorierend, hob sie ihn hoch und war schon wieder bei der Tür, wo sie wieder anhielt, sich langsam zu dem Tisch neben dem Vorratsschränkchen umdrehte und den Berg von Nüssen anschaute, von denen der Affe gegessen hatte. Nicht irgendeine Sorte von Nüssen, wie sie erkannte, als sie eine von ihnen hochnahm, sie anstarrte und flüsterte: »Paranüsse!«

Die Tage vergingen, und immer wieder kamen Sarah neue Gerüchte von dem Fremden aus Brasilien zu Ohren. Ihre

Angst wuchs, als sie von jemandem erfuhr, daß der fragliche Gentleman »groß und blond sei und von eiskaltem Betragen«. Tags darauf erklärte ihr ein anderer Bekannter: »Blond? Unsinn! Er war schwarz und verschlagen wie der Teufel. Als ich ihn nach seinem Namen fragte, lächelte er nur und sagte: ›Der ist nicht wichtig.‹«

Obwohl kein Licht mehr hinter den Fenstern der Sunderland-Villa brannte, seit sie dort ihre Entdeckung gemacht hatte, wurde ihr Gefühl, daß sie beobachtet wurde, immer stärker. Sie sprach nicht mehr mit Norman über diese Sache. Er hielt sie für geistig verwirrt, und zudem würde er ihre Unruhe nur als Waffe gegen sie verwenden und ihre Angst noch mehr anschüren, damit sie ihn so rasch wie möglich heiratete.

Sie traf sich kurz mit Sir Joseph Hooker und Sir Henry Wickham und warnte beide vor der Möglichkeit, daß King sich in London aufhalten könnte; doch die Herren waren offenbar bereits von ihrem labilen Geisteszustand informiert worden: sie lächelten, tätschelten ihre Hand und versicherten ihr, daß sie sich bestimmt besser fühlen würde, sobald die Samen gekeimt und sie von dieser sie belastenden Ungewißheit erlöst sei.

Eines Abends, als sie in ihrem Salon auf und ab ging, während Kan auf seiner Flöte spielte und ihre Diener, hinter dem Blätterwald tropischer Gewächse verborgen, sie mit nervöser Unruhe beobachteten, drehte sie sich zu den Indianern um, die auf dem Fußboden lagerten und ihre Blasrohre polierten, und sagte:

»Ich habe einen Auftrag für euch.«

Sie legten ihre Waffen beiseite und sahen sie erwartungsvoll an.

»Ich möchte, daß Ihr herausfindet, wer dieser Mann aus Brasilien ist.«

Kan legte seine Flöte quer über den Schoß, blickte sie

mit seiner nie versagenden Langmut an und erwiderte: »Er ist der *boto.*«

Hätte er sie ins Gesicht geschlagen, hätte sie in diesem Moment nicht wütender und schockierter sein können. »Kan!« schrie sie. »Wir konntest du mir nur so etwas antun? Du weißt, wie sehr ich um Morgan getrauert habe, und dennoch . . .«

»Der *boto*«, wiederholte ein anderer Indianer, und dann nickten sie alle mit ihren dunklen Köpfen.

»Morgan ist tot.«

»Der *boto* kann nicht sterben.«

Ihr Gesicht mit den Händen bedeckend und gegen ihre Verzweiflung ankämpfend, rief sie: »Hört auf damit! Wie kann ich euch nur begreiflich machen, daß es nicht so ein Wesen — eine Person — wie diesen blödsinnigen *boto* gibt? Morgan war ein Mann, und er starb in meinen Armen.«

Kan nahm seine Flöte wieder zur Hand und spielte eine so unheimliche Melodie, daß Sarah eine Gänsehaut davon bekam. Mit geballten Händen und tränennassen Augen wiederholte sie lauter als vorher: »Er ist tot! Hört ihr mich? Er ist . . .«

Die Musik hörte auf, und Kan sagte: »Ist er das?«

»Ja!«

»Wer sagte das?«

»Wickham . . .« Sie drehte sich um und starrte die Papageien an, die ihre königsblauen Federn sträubten und sie mit schiefem Kopf ansahen. »Ich will es nicht glauben. Ich kann es nicht. Morgan würde niemals dieses Katz-und-Maus-Spiel mit mir treiben. Warum sollte er? Wenn Morgan noch am Leben wäre, würde er durch meine Haustür stürmen und mich wegholen von diesem elenden Ort.« Die Hände in ihren Haaren begraben, preßte sie die Lider zusammen. »Ich bin verrückt. Wahnsinnig. Ich muß den Verstand verloren haben, weil ich dir nicht glauben will. Gütiger Himmel, die Hoffnung ist in mir lebendig, seit ich das Seidenäffchen dabei ertappte, wie es Paranüsse in Sunderlands Villa verspeiste! Ich will es nur nicht wahrhaben.« Sie schwang zu Kan herum und rief: »Nur Morgan wußte, daß das Äffchen Paranüsse bevorzugt!« Sie sank auf die Knie und starrte in Kans dunkle ruhige Augen. »Aber Wickham sagte zu mir, Morgan sei tot!«

»Vielleicht«, gab Kan gelassen zurück, »log er.«

»Ja, ja«, hauchte sie, »natürlich. Er wollte nicht, daß ich bei Morgan blieb. Er wollte, daß ich zu Norman zurückging. *Bastarde!* Sie versetzten mich in den Glauben, daß Morgan tot wäre, damit sie mich auf die *Amazonas* zurückbringen konnten, bevor die Polizei eintraf. Wir müssen zu Wickham, Kan! Nur so können wir die Wahrheit herausfinden.«

Eine Stunde später suchte sie Sir Henry in dessen Stadthaus auf. Er begrüßte sie im Dinnerjackett, weil er ein paar Freunde als Gäste im Haus hatte. Er führte sie in sein Büro und schloß die Tür hinter sich. »Sie scheinen sehr erregt zu sein«, sagte er, als sie im Raum auf und ab lief.

»Wirklich?« Sarah blickte in einen Spiegel. Die Haare standen ihr wirr um den Kopf, und ihre Wangen waren hohl geworden von dem Kummer der letzten Wochen. Während sie sich selbst im Spiegelglas betrachtete, sagte sie: »Morgan lebt ... nicht wahr?«

»Wie war das, bitte?«

Sie drehte sich zu ihm um: »Sie haben mich belogen, als Sie sagten, er wäre tot.«

»Meine Liebe, Ihre Nerven sind offensichtlich überstrapaziert. Gestatten Sie, daß ich nach Lord Sheffield schicke ...«

»Lord Sheffield kann meinetwegen zur Hölle fahren. Lord Sheffield ist nicht mein Aufseher und wird es niemals sein. Ich bin hierhergekommen, um die Wahrheit zu erfahren, und werde nicht eher gehen, bis ich sie weiß.«

»Und wie stellen Sie sich die Wahrheit vor?«

»Morgan wurde lebend auf diesem Pier zurückgelassen. Schrecklich verwundet zwar, aber nicht tot. Sie haben mich belogen, als Sie mir erklärten, daß er tot sei.«

Wickham lächelte traurig. »Sarah, der Mann war tot. Sie können doch nicht im Ernst annehmen, daß ich so grausam sein könnte, Ihnen vorsätzlich das Herz zu brechen.«

Sie funkelte ihn an. Sie spürte, wie ihr wieder die Tränen kamen.

»Es tut mir leid, wenn ich Ihnen mit meiner Auskunft neuen Kummer bereiten sollte«, sagte er und fügte dann im mitleidigen Ton hinzu: »Wir sahen ja, wie teuer Ihnen dieser Mann war . . .«

»Ich liebte — liebe ihn. Ich liebe ihn!«

Wickham schlug die Augen nieder. »So etwas passiert zuweilen, meine Teure. Wenn wir jemanden verlieren, den wir . . . lieben, und nicht die Möglichkeit haben, Zeuge seiner Bestattung zu sein, fällt es uns manchmal schwer, sein Hinscheiden als Tatsache hinzunehmen. Das ist bei Ihnen der Fall, muß ich zu meinem Bedauern sagen.«

Nun strömten ihr die Tränen über das Gesicht. Mit bebendem Kinn und erstickter Stimme fragte sie: »Können Sie die Hand heben und mir schwören, daß es auch nicht den Schatten eines Zweifels gibt, daß Morgan tot ist?«

Er schüttelte den Kopf. »Sarah, um Gottes willen, Sie tun sich doch nichts Gutes damit, daß Sie sich an eine Illusion . . .«

»Können Sie das?« schrie sie, so daß er erschrocken den Blick wieder auf sie richtete. »Nun? Antworten Sie mir, verdammt noch mal!«

»Da war eine Wunde, durch die ich meine Faust hätte stecken können . . .«

»Können Sie es beschwören?«

»Ich ... nein.«

Das Zimmer begann sich um sie herum zu drehen. Sarah fiel gegen einen Stuhl und klammerte sich daran fest. Wickham wollte ihr zu Hilfe eilen; aber sie schüttelte den Kopf. »Wagen Sie ja nicht, mich anzurühren!« Sie starrte ihn mit brennenden Augen an. »Sie haben mich monatelang in einen unsäglichen Kummer versetzt ...«

»Sie können doch unmöglich glauben, daß er mit so einer Verletzung hätte überleben können.«

»Es ist jemand in London, der sagt, daß er aus Brasilien kommt und mich kennt.«

»Ich würde annehmen, daß es sich bei dieser Person um King handelt, ehe ich an den Amerikaner denken würde. Außerdem — wenn dieser Mann Morgan Kane wäre — warum hat er Sie dann nicht schon längst besucht?«

»Ich weiß es nicht. Ich ... ich weiß es einfach nicht.«

23

Zwei Wochen vergingen, und der Mann im weißen Leinenanzug wurde nicht mehr gesehen. In der ersten Woche machte sich Sarah so erreichbar wie möglich, ging stundenlang in den Parks spazieren, begab sich sogar zur Themse hinunter, wo sie sich auf eine Bank setzte und das Wasser betrachtete ... und wofür? Hoffte sie, daß ein sagenhafter *boto* dem Fluß entstieg?

Es gab wohl keinen Zweifel mehr. Sie war verrückt. Sie hatte sich mit dieser Tatsache abgefunden, sie sogar in einem gewissen Maße begrüßt. Jetzt kamen wenigstens keine Einladungen mehr ins Haus. Bekannte taten so, als würden sie sie nicht bemerken, wenn sie ihnen auf der

Straße begegnete. Sie sah Norman nur noch selten, was ihr sogar sehr lieb war. Die Tage und Nächte wurden unendlich lang, und nur die Indianer und ihr Seidenäffchen leisteten ihr noch Gesellschaft. Sie gewöhnte sich an, den ganzen Tag im Garten zu sitzen, ihren Träumen nachzuhängen oder zu dösen. Sie sah, wie die Blätter sich gelb zu verfärben begannen — der erste Hinweis auf einen frühen Herbst.

Sie hatte, eine der seltenen sonnigen Nachmittage genießend, gedöst, als sie sich plötzlich in ihrem Sessel aufsetzte, von einem Geräusch oder einer Bewegung in ihrer Nähe geweckt. Sie hob den Kopf und erwartete einen der Indianer oder das Seidenäffchen aus den Büschen kommen zu sehen. Aber da war nichts.

Im gleichen Moment trat eine Dienerin aus der Hintertür in den Garten, ein Kuvert in der Hand. »Das wurde eben abgegeben, Miss Sarah«, sagte die Frau.

Noch immer etwas benommen, riß Sarah es auf und zog das darinliegende Kärtchen heraus.

Miss St. James, ich muß Sie unbedingt sprechen. Treffen Sie sich mit mir heute abend um halb zehn Uhr in den Baumschulen von Kew Gardens beim Palmhaus. Kommen Sie allein.

Hochachtungsvoll
Ihr J. Hooker

Sarah wunderte sich, warum der Direktor der Gärten sie zu so später Stunde sprechen wollte, erinnerte sich aber dann daran, daß die Gummibaumsamen keine Angelegenheit war, die in der Öffentlichkeit besprochen werden durfte, solange daraus keine Schößlinge gezogen und diese bereits auf dem Weg nach Ceylon waren. Vielleicht war etwas bei der Keimung schiefgegangen. Dieser Gedanke machte ihr sehr zu schaffen. So viele Opfer waren für diese Samen gebracht worden. Normans Zukunft hing davon ab und bis zu einem gewissen Grade auch ihre. Seit ihrer Rückkehr nach London hatte sie nur der Traum von einer Reise nach Ceylon, wo sie ihre eigene Plantage gründen wollte, von ihrer Trauer um Morgan ablenken können.

Sie fand sich schon eine halbe Stunde vor der verabredeten Zeit in den Gärten ein. Ihr Kutscher war kurz am Haupttor aufgehalten worden; aber als sie dem Wächter den Brief von Sir Joseph zeigte, hatte er die Kutsche durchgewunken und das Tor hinter ihnen wieder verschlossen.

Der Himmel verdunkelte sich bereits, als sie aus der Kutsche stieg und den Weg zu den Gewächshäusern hinunterging, den süßen Duft der Blumen entlang des Pfades einatmend. Dann betrat sie die Baumschule oder die »Grube«, wie Hooker und Wickham das Gewächshaus für tropische Bäume bezeichneten. Die feuchte Hitze und der schwere Geruch des Humus nahmen ihr den Atem und erinnerten sie an den Regenwald. Das gelbgrün getönte Glas über ihr hielt das letzte Licht der Abenddämmerung von den Gewächsen fern, und nur die Lampen, die in regelmäßigen Abständen in diesem vertieft angelegten Raum brannten, erleuchteten das Gewächshaus. Es dauerte eine Weile, bis sie in in diesem Licht erkannte, daß die nach Tausenden zählenden Keimblätter, die aus der feuchten Erde herausschauten, *Heveas*-Schößlinge waren.

Sarah stieg die Treppe zur »Grube« hinunter, wanderte dann langsam durch den Mittelgang, studierte die zarten Pflänzchen so gut sie konnte bei diesem Licht und sah hin und wieder hoch, auf der Suche nach Sir Joseph. Während sie sich an der erfolgreichen Keimung ihrer Gummibaumsamen freute, wurde sie sich kaum bewußt, wie die Zeit verging. Als sie schließlich merkte, daß halb zehn schon lange vorüber und der Direktor noch immer nicht erschienen war, verließ sie die »Grube«, wischte sich mit dem Ärmel den Schweiß aus dem Gesicht und erschauerte, als sie die kühle Nachtluft Londons auf der Haut spürte.

Sie kehrte zu ihrer Kutsche zurück und stellte fest, daß ihr Fahrer verschwunden war. Seltsam. Sie blickte über die Blumenbeete hin, die inzwischen jede Farbe verloren hatten: Vielleicht war Hooker durch dringende Geschäfte aufgehalten worden? Sie ging den Pfad zum Büro des Direktors hinunter, kam dabei an Cottage Garden und Succulent House vorbei; aber als sie das Verwaltungsgebäude erreichte, war es verschlossen, und kein Licht brannte hinter seinen Fenstern.

Ein Angstschauer lief an ihrer Wirbelsäule entlang, als sie sich wieder umdrehte und über die Gärten hinblickte. Wie friedlich die gepflegten Beete und geschnittenen Hecken doch im Mondlicht wirkten, aber die von einem Baum, einem Springbrunnen oder einer Statue über den Weg geworfenen Schatten hatten etwas Lauerndes, Unheimliches. Und dann wurde ihr bewußt, was sie so bange machte: Diese Stille, dieses Schweigen wirkten so bedrohlich wie damals im Dschungel von Amazonia.

Sie bemühte sich, gleichmäßig zu atmen, als sie zu ihrer Kutsche zurückging und sich wegen ihrer törichten Angst schalt. Norman hatte recht. Ihre Nerven waren überstrapaziert, Sir Joseph war offensichtlich aufgehalten worden und ...

Wo war ihr Kutscher nur hingekommen? »Maynard?« rief sie. »Maynard!«

Sie lief den Plattensteg zum Palmhaus hinunter, eine schimmernde Konstruktion aus Gußeisen und Glas mit einer hohen Kuppel als Dach. Vielleicht hatte Hooker gemeint, daß sie ihn hier treffen sollte, wo so viele Pflanzen des Amazonas in tropischer Atmosphäre gezüchtet wurden. Auch hier brannten Lampen im Gewächshaus. Zweifellos hatte sich Maynard hierher begeben, weil er glaubte, sie würde wohl eine Weile mit Hooker beschäftigt sein.

Sie blieb stehen. Zu ihrer Linken spiegelte sich im stillen Wasser eines Teiches der Mond, und chinesische Wächterlöwen ragten an seinem entfernten Ende auf. Zu ihrer Rechten warfen japanische Kirschbäume ihre Schatten über den Plattensteg. Das ist lächerlich, sagte sie sich. Sie hatte sich Tausende von Meilen bis nach Amazonia durchgekämpft, hatte Kannibalen, Kopfjägern und menschenfressenden Tieren getrotzt, und nun fand sie nicht einmal den Mut, allein durch einen dunklen Garten zu gehen.

»Sarah.«

Es war ein Flüstern, das so leicht über ihr Ohr hinstreifte, daß sie glaubte, es sei nur ein Windhauch gewesen. Dann kam es wieder — ganz leise —, so daß sie fröstelnd dastand mit hämmerndem Herzen und kribbelnden Nerven. Sie drehte sich um, suchte die Schatten mit ihren Augen zu durchdringen und lauschte in die Stille hinein, bis ihre Ohren brannten, bis sich da ein Bild aus dem Dunklen herausschälte — eine Gestalt in einem weißen Anzug, einen Panamahut schräg über dem linken Auge.

Sie wich bis zum Palmhaus zurück. Ihr Verstand weigerte sich, zu akzeptieren, was ihre Augen sahen. Morgan. Morgan. Oh, Gott, es war Morgan! Der Mann, der ihr nach London gefolgt war, nach ihr gefragt, sie von der Villa Sunderland aus beobachtet hatte — es war die ganze Zeit immer nur Morgan gewesen. Gütiger Himmel, er war nicht tot!

Dann nahm er seinen Hut ab, und seine goldenen Haare rollten ihm um die Schultern. Mit einem strahlenden Lächeln seiner weißen Zähne sagte er: »Hallo, Sarah.«

Sie wirbelte herum und rannte, zu entsetzt, um schreien zu können, nur von dem einzigen Gedanken beherrscht: Sie mußte das Palmhaus erreichen, wo es Lichter gab ...

Sie riß die Tür des Gewächshauses auf und stolperte in den Regenwald hinein. Die schwüle Hitze schlug ihr ins Gesicht. Der plötzliche Lärm aufgeschreckter Amseln und Spatzen, die dieses gewaltige Kuppelgebäude bewohnten, ließen sie aufschreien. Sie stolperte gegen mächtige Palmstämme, Bananenstauden, Kaffee- und Kakaobäume, blieb mit dem Fuß an den Schößlingen gewaltiger Bambusstämme hängen und fiel dann mit dem Gesicht in das feuchte Erdreich.

Sie kroch auf Händen und Knien zwischen niedrig wachsende Sagobäume, fand ihre Finger von den spitzen Stacheln der Ferox aufgespießt und rollte sich unter den gewaltigen Wedeln des *Angioteris*-Farns zusammen, wo sie Kings Schritten lauschte.

»Es ist in der Tat eine Ironie, das wir uns in dieser Umgebung wiedersehen«, hörte sie seine Stimme. »Und es gibt keine Möglichkeit, mir hier zu entwischen, Sarah. Sie haben auch keinen Grund dazu. Ich führe keinen Krieg mit Ihnen. Ich habe nicht die Absicht, Ihnen etwas zuleide zu tun. Aber ich brauche Sie. Wir haben nämlich eines gemeinsam, wie Sie wissen: Morgan.«

Sarah unterdrückte ein Schluchzen.

»Ich vermute, daß Morgan noch lebt.«

Höre nicht auf ihn. Er ist wahnsinnig. Er wird alles tun oder sagen ...

»Ich wurde von meinen Männern aus dem Wasser gefischt, und als ich mich in Belém von meinen Verletzungen erholte, erfuhr ich, daß Morgan seine Verwundung überlebt hat.«

Er lügt!

»Er hielt sich vier Wochen im Krankenhaus von Belém auf und verschwand dann. Wo anders würde er hingehen als hierher? Zu Ihnen. Also kam ich nach London und fand Sie. Ich habe Sie beobachtet und darauf gewartet, daß Morgan seinen Zug macht. Aber dann wurde mir klar, daß Morgan mich zu gut kennt. Als die Behörden meine Leiche nicht finden konnten, argwöhnte Morgan, daß ich noch am Leben sei. Und er konnte sich denken, daß ich ihm überallhin folgen würde. Also beschloß er, als er in London eintraf, Abstand zu Ihnen zu halten. Natürlich wollte er Sie keinesfalls gefährden, solange ich noch existiere. Es scheint also, daß Morgan und ich in einer Sackgasse stecken, Sarah. Die einzige Möglichkeit, ihn ins Freie zu locken, besteht darin, daß ich das bedrohe, was er am meisten liebt — seinen einzige Grund, warum er noch am Leben hängt: Sie.«

Glaube ihm nicht, sagte sie sich. *Er wird alles sagen, alles tun, um das zu bekommen, was er haben möchte. Rodolfo King ist böse und nicht richtig im Kopf.*

»Sarah, es hat keinen Sinn, vor mir wegzulaufen. Selbst wenn Sie mir entwischen würden und zu den Behörden gingen, würde keiner Ihnen glauben. Sie denken alle, daß Sie geisteskrank sind. Ganz London flüstert über Sie.«

Sie kroch auf dem Bauch durch den moosigen Kompost, auf dem der südamerikanische *equisetum giganteum* seine breiten Farnwedel über dem Boden ausbreitete und bis zu einer Höhe von drei Metern über ihr aufragte. Sie sah, wie eine Amsel zwischen flammenfarbigen Orchideen hindurchschoß.

Und dann brach King durch die Büsche. Sie sprang auf, rannte durch Unterholz und Farne, die Blätter wegschlagend, die nach ihrem Gesicht und ihren Haaren griffen und taumelte dann in einen Teich hinein, während die Vögel aufgeregt unter der Kuppel zeterten. Sie watete durch Wasser, das mit gewaltigen Wasserlilien vom Amazonas bedeckt war, schob sich durch die weißen Blüten und fleischigen Blätter, bis sie sich am anderen Ufer von den zähen Strünken der Wasserpflanzen befreien und auf festen Boden hinaufziehen konnte. Dann wandte sie sich dem Ausgang zu. Wenn sie aus diesem Gewächshaus herauskam, hatte sie vielleicht eine Chance. Draußen konnte sie sich mühelos in den weitläufigen Anlagen der Gärten verlieren.

Er trat so schnell hinter sie, daß sie kaum Zeit zu einer Reaktion fand. Er drückte ihr etwas auf das Gesicht. Dieser ekelhafte Geruch brannte ihr eine Sekunde lang in Nase, Mund und Gehirn. Dann wurde sie von einer schwarzen Nebelwolke verschlungen.

Das Schaukeln einer Kutsche weckte sie. Sie rieb sich den schmerzenden Kopf und versuchte sich zu erinnern, was geschehen war. Die schwache Glut der Kutscherlaterne blendete sie. Sie schloß die Augen; dann riß Kings Stimme sie wieder in die Wirklichkeit zurück.

»Sie sind wach«, sagte er und warf ihr eine Zeitung in den Schoß.

Sie sah flüchtig auf die Kopfzeile und suchte dann in den Spalten, bis sie in der unteren rechten Ecke auf eine geheimnisvolle Botschaft stieß, die eine Hoffnung in ihr weckte, die sie zu ignorieren suchte:

M.K.
Ich habe Sarah.
Ich werde Sie in der St.-Paul-Kathedrale sehen.
Heute abend.
Randi

Sie warf die *Times* beiseite und sagte: »Ich glaube Ihnen nicht. Morgan ist tot.«

»Das werden wir ja bald genug wissen.«

Die Kutsche hielt an. Als King den Schlag öffnete und der Nachtwind sie mit einem leichten Nebelschleier einhüllte, richtete er seine kalten blauen Augen auf sie und lächelte. »Seien Sie gewarnt, Miss St. James. Wenn Sie ein unnötiges Geräusch machen, werde ich Sie auf der Stelle töten.«

»Sie werden mich so oder so töten.«

»Nicht so oder so, Sarah.« Er nahm ihren Arm und zog sie gewaltsam auf die Straße hinunter. »Ich habe keinen Grund, Sie zu töten.«

»Welchen Grund hatten Sie, meinen Vater umzubringen?«

»Er war eine Bedrohung für mein Imperium. Doch nun ist mein Imperium untergegangen, und der Mann — mein angeblicher Freund —, der es zum Einsturz brachte, ist hier, treibt sich auf den Straßen von London herum, und ich werde ihn töten.« Als sie ihren Arm aus seinem Griff befreien wollte, schlossen sich seine Finger wie ein Fangeisen um ihr Handgelenk. »Reizende Lady«, preßte er durch die Zähne, »stellen Sie meine Geduld nicht auf eine zu harte Probe. Nur weil ich nicht die Absicht habe, Sie umzubringen, bedeutet das noch lange nicht, daß ich meine Meinung nicht ändern kann.«

Er schob sie vor sich her, auf die Kathedrale zu, deren Türme in Nebel gehüllt waren. Der Wind riß an ihren Haaren, als sie die Treppe zu dem mächtigen, mit kunstvollem Schnitzwerk bedeckten Portal hinaufstieg. London dehnte sich um sie herum aus, die Fenster wie Zehntausende von Sternen blinkend, die ihr durch den Nebel hindurch zuwinkten. Ein Schauer durchrieselte sie, als sie die leeren Straßen hinuntersah. King stand neben ihr, an einen Wandpfeiler der Fassade gelehnt, und betrachtete sie lächelnd.

»Sie sind sehr schön. Ich kann verstehen, warum Morgan sich in Sie verliebte. Sie erinnern mich an meine Mutter. Sie sehen ihr sehr ähnlich. Sie war natürlich eine

Schlampe. Ich tötete sie, was — das können Sie mir glauben — kein großer Verlust war. Ich tat der Welt nur einen Gefallen, als ich sie von ihr befreite. Sie war eine Parasitin. Eine Krankheit. Ich habe keine Geduld mit Menschen, die nicht ihre Möglichkeiten ausschöpfen, die sich vom Schweiß und der Arbeit anderer Menschen ernähren. Morgan und ich mußten um alles kämpfen, was wir erreichten.«

»Morgan ist tot«, sagte sie. »Sie haben ihn umgebracht.«

Er blickte sie durch seine wehenden blassen Haare hindurch an. »Unsere kleinmütige Lady«, hörte sie seine sanfte Stimme. »Natürlich glaubte ich das zunächst auch. Mein Gott, Sie können sich meinen Schmerz nicht vorstellen, den ich in dem Moment spürte, als ich den Abzug bediente. Es war ein Unfall, müssen Sie wissen. Ich wollte ihn nicht erschießen. Aber da war dieser Ringkampf... ich hatte nur vor, ihn zu erschrecken, damit er zu mir zurückkam. Als ich mich dann von meinen Verletzungen erholte, wurde mir klar, wie damals in der Nacht, als ich meine Mutter tötete, daß er mich nicht liebte und nie lieben würde. Es ist die Zurückweisung, die ich nicht ertragen kann, Sarah. Das ist eine erbärmliche Schwäche, ich gestehe es, und ich verabscheue mich dafür. Ich sollte stärker sein, bin es aber bedauerlicherweise nicht. Ich bin nicht ... Ich vermute, er wird bald hier sein.«

»Sie sind wahnsinnig.«

»Nein, das bin ich nicht. Das macht mich ja auch so gefährlich, müssen Sie wissen.«

Gelegentlich rollte eine Kutsche an ihnen vorbei. Ein Fußgänger hastete vorüber. Mit vor Kälte klappernden Zähnen und einem vor Angst hämmernden Herzen beobachtete Sarah die Straße und hoffte, daß vielleicht ein Polizist vorbeikommen würde.

King nahm ihren Arm, führte sie in die Kirche hinein und schloß das Portal leise hinter sich. Ihre Schritte hallten von den Wänden wider, als sie über den Marmorboden des Langschiffes gingen. Die hohen Glasbilder des Erlösers und der Engel sahen auf sie hinunter, und ihre gütigen, von Seelenfrieden erfüllten Gesichter schienen unter einem überirdischen Licht zu erglühen, während sie ihre weißen Hände ausstreckten und ihren Segen spendeten. Schließlich erreichten sie das Querschiff, dessen Gewölbedecke Hunderte von Fuß über ihnen schwebte. Der prächtige Kirchenraum war als Flüstergalerie bekannt. Seine hervorragende Akustik erlaubte es, daß eine Person, die an einem bestimmten Punkt der Wand etwas flüsterte, noch mit absoluter Deutlichkeit in einer Entfernung von dreißig Metern gehört werden konnte.

Das stimmte. Sarah konnte jeden Atemzug von King deutlich hören und ... noch etwas ... ein lebendiges Geräusch oder eine lebendige Gegenwart, so daß ihr Schauer der Angst und Erwartung in ununterbrochener Folge über den Rücken liefen, als sie in die unbeleuchteten Seitengänge des Querschiffs starrte.

In diesem Augenblick erblickte sie Morgan.

Sie schloß die Augen, wollte es nicht glauben. Er war tot. Tot! Das, was da durch die Dunkelheit, mit einem weißen Anzug bekleidet, schritt, war der Beweis, daß sie genauso verrückt war wie King.

»Ah«, sagte King, »da ist er ja.«

Mit wankenden Knien sah sie wieder zu Morgan hin, der unter einem Wandleuchter hindurchging und keine drei Meter von ihr entfernt stehenblieb, die Hände in den Hosentaschen, den Hut tief in der Stirn und schräg über einem Auge. Mit lächelnden Lippen sagte er: »Hallo, *ma chère*.«

Sie sank gegen die Wand. King fing sie auf und lachte, als er sie wieder geraderichtete. Seine Augen und sein Lächeln schienen freundlich zu sein, als er sagte: »Gehen Sie doch zu ihm, wenn Sie möchten. Ich werde Sie nicht zurückhalten.«

Sie starrte King sprachlos an. Ihr Schock war so groß, daß sie sich weder von der Stelle bewegen noch den Grund seiner Nachsicht bedenken konnte. Sie war zu betäubt, um in Morgans Erscheinung etwas anderes zu sehen als eine Sinnestäuschung.

»Sarah«, sagte Morgan, »komm her.«

»Nein.« Sie schüttelte den Kopf. Ihre Augen schwammen in Tränen, als sie rief: »Ich glaube es nicht!«

»Ich bin sehr lebendig, *chérie*. Ich mietete mir die Sunderland-Villa und habe dich die letzten Wochen über beobachtet.«

Da bewegte sie sich auf ihn zu, vorsichtig, versuchte, ihren Verstand nicht zu verlieren, während ihr die wildesten Gedanken durch den Kopf gingen: Gütiger Himmel, wenn sie ihn erreichte und feststellen mußte, daß er nur ein Trugbild ihrer Phantasie war ...

Dann griff er nach ihr, zog sie an die sehr echte und feste Wand seiner Brust. Seine Gegenwart verschlang sie, hüllte sie ein und trieben ihre Sinne wie immer auf einen schwindelerregenden Gipfel hinauf. Sie barg ihr Gesicht an seinem Rock, weinte, klammerte sich so fest an ihn, wie sie nur konnte, nahm seinen Geruch in sich auf, genoß den herrlichen Rhythmus seines Herzens an ihrem Ohr.

Er strich ihr die Haare aus der Stirn, nahm ihr Gesicht zwischen seine Hände und hob es zu seinem empor. Er küßte ihre tränenüberströmten Wangen. »Sarah, mein Herz, ich habe dich vermißt.«

Ihre Schultern zuckten.

»Warum? Weshalb ließest du mich in dem Glauben, daß du tot wärest? Wußtest du denn nicht, wie furchtbar ich deinetwegen gelitten habe?«

»Ich vermutete, daß King dich ständig beobachtete und nur darauf wartete, daß ich dir nahe komme.«

»Aber wir hätten uns doch an die Behörden wenden können!«

»Ich war nicht bereit, dich Norman wegzunehmen, solange ich mir nicht sicher war, daß du mit ihm nicht glücklich werden würdest.«

»Ich liebe dich, Morgan. Ich wollte den Rest meines Lebens mit dir verbringen. Wie konntest du nur annehmen, daß ich nach London zurückkehren und wie ein gehorsames Mädchen mit Norman zum Traualtar gehen würde, ohne an das zu denken, was wir beide geteilt haben?«

Sie blickte in sein Gesicht, entdeckte die Falten der Erschöpfung um seine Augen und den Schmerz, der herbe Linien an den Mundwinkeln hinterlassen hatte, und weinte erneut.

»Das ist ja alles sehr rührend«, sagte King hinter ihr. »Aber wir sollten jetzt wirklich mit unserem Geschäft weiterkommen.«

»Und was ist das für ein Geschäft?« fragte Morgan.

Die Hände in den Taschen vergraben, zuckte King mit den Achseln. »Ein Leben gegen ein Leben. Ich lasse Sarah gehen, wenn du friedlich mit mir kommst.«

»Nein!« Sarah schwang zu ihm herum.

»Sei still«, befahl Morgan, faßt sie am Arm, drehte sie herum und schob sie von sich fort. »Gehe hinaus und schau dich nicht mehr um!«

»Nein.«

Im ärgerlichen Ton wiederholte Morgan seinen Befehl.

»Ich weigere mich! Ich stand auf diesem verdammten Pier und sah zu, wie du dich schon einmal für mich geopfert hast. Ich mache das nicht zum zweitenmal!«

Er nahm ihr Gesicht wieder in seine Hände, beugte seinen Kopf zu ihrem hinunter und flüsterte heiser: »Ich habe eine bessere Chance zu überleben, wenn du mir nicht im Wege stehst, Lady. Und nun ziehst du dich schleunigst zurück und tust wenigstens einmal in deinem Leben, was ich von dir verlange.«

Er schob sie wieder von sich, und zwischen ihrem Verlangen, zu schreien und ihn zu küssen, hin- und hergerissen, stolperte sie in das dunkle Kirchenschiff hinein.

Sie blickte nach drei Schritten zurück und sah die beiden Männer sich von Angesicht zu Angesicht gegenüberstehen wie in jener Nacht auf dem Kai. All diese grauenhaften Erinnerungen kamen wieder zu ihr zurück: wie King und Morgan miteinander rangen und dann dieser schreckliche Donner der losgehenden Waffe von den Lagerschuppen widerhallte. Sie hielt sich einen Moment die Ohren zu, in dem Glauben, sie habe den Donner abermals gehört — und sie hatte das auch: Gütiger Gott, sie kämpften um die Waffe; sie fiel auf den Boden, und Morgan schleuderte sie mit dem Fuß weg, ein Stück in die Dunkelheit hinein.

»Lauf!« schrie sie.

Morgan schob King mit aller Kraft von sich und stieß ihn zu Boden. Dann wirbelte er herum und rannte zu Sarah. Sie hatten gerade ein paar Meter zurückgelegt, als er langsamer wurde, dann, in den Hüften nach vorn knickend und die Hände auf die Knie stemmend, keuchte: »Lauf weiter. Ich kann nicht mehr weiter. Ich bin noch zu schwach.«

Sie blickte um sich und versuchte sich im dunklen Kirchenschiff zu orientieren. Dann legte sie Morgan den Arm um die Taille und ging mit ihm, sich immer im Schatten haltend, durch den Kirchenraum. Sie lauschte, ob King sich ihnen näherte, was er jedoch seltsamerweise nicht tat. Dann half Sarah Morgan in eine Kirchenbank hinein und ließ sich auf die Knie nieder, um sein Gesicht besser sehen zu können. »Du bist am Leben«, sagte sie. »Wie oft habe ich mir diesen Moment in Gedanken ausgemalt. Ich fürchte mich fast, es zu glauben. Es könnte doch wieder nur ein Traum sein.«

»Kein Traum.« Er berührte ihr Gesicht, fuhr mit den Fingern die Linie ihres Mundes nach. »Liebst du mich noch?«

»Kannst du daran zweifeln?«

»Nein«, er schüttelte den Kopf. »Ich sah, wie du um mich getrauert hast. Ich wollte so oft die Arme nach dir ausstrecken und dich berühren, Sarah; aber ich fürchtete, daß Randi genau das tun würde, was er jetzt tat.«

»Wir hätten zur Polizei gehen können . . .«

»Und was dann? Er hat in diesem Land nichts verbrochen.« Morgan schloß die Augen, zog Sarah fest an sich heran und legte die Arme um sie.

Eine Tür ging auf und dann wieder zu.

Sarah löste sich von Morgan und nahm wieder seinen Arm.

»Ich kann nicht«, sagte er zu ihr. »Es tut zu weh, *chérie.* Auch werde ich nicht mehr vor ihm davonlaufen. Ich beschloß in Belém, dieses Spiel ein für allemal zu beenden. Er hatte beim letztenmal nur verdammt viel Glück, daß er die Oberhand gewann.«

»Ich werde nicht zulassen, daß du hierbleibst und wartest, bis er dich umbringt« Sie nahm sein Gesicht zwischen ihre Hände und blickte ihm in die Augen — in diese wundervollen Augen. »Wenn du glaubst, ich hätte so viel um dich gelitten, damit ich dich jetzt noch einmal verlieren soll, täuschst du dich gewaltig, Kane.«

Er grinste. »Du bist verrückt.«

»Das sagen sie hier alle. Würdest du es lieber sehen, wenn es anders wäre?« Lächelnd half sie ihm, aufzustehen, als Kings Stimme durch den Raum hallte:

»Morgan, ich werde dem Mädchen gestatten, die Kirche zu verlassen, aber wir beide haben noch eine Rechnung offen. Du kannst von mir aus versuchen, dein Leben lang vor mir zu flüchten; aber ich finde dich trotzdem. Meine Geduld geht zu Ende, Morgan. Du weißt, wie rasch ich solcher Spielchen müde werde.«

Morgan bewegte sich plötzlich so rasch von ihr weg, daß sie ihm kaum folgen konnte. Sie erhaschte einen kurzen Blick auf King, der ihnen nachrannte. Sie kamen am Chorgestühl vorbei, und als sie durch die Sakristei nach draußen flüchten wollten, tauchte ein Priester vor ihnen auf, der sie erschrocken und ungläubig anstarrte. Morgan wollte an ihm vorbei zur Tür, aber der Geistliche rief: »Ich habe eben alle Ausgänge verschlossen!«

Morgan riß eine Seitentür auf und hastete trotz seiner Schmerzen eine Wendeltreppe hinauf. Sarah blieb ihm immer dicht auf den Fersen, als er jedesmal zwei Stufen auf einmal nahm. Kings Stimme schwebte durch die Dunkelheit zu ihnen hinauf: »Dumm, Morgan. Sehr dumm von dir. Wohin, zum Teufel, willst du dich von dort aus flüchten? Glaubst du etwa, dein Gott würde den Arm ausstrecken und dich vom Turm herunterheben?«

Sie erreichten die Plattform, wo die mächtigen Glocken der Kathedrale sich als Silhouetten vor dem Nachthimmel abzeichneten. Als Kings Schritte hinter ihnen die Treppe heraufkamen, packte Morgan Sarah, schob sie durch einen Mauerbogen hinaus auf das Gesims des Glockenturms, drückte sie dort an die Außenwand und verschwand wieder im Turm.

Der Wind riß an ihren Haaren und brannte ihr im Gesicht, als sie über die Stadt hinblickte, die sich ein paar hundert Fuß unter ihr ausbreitete. Stimmen drangen von unten zu ihr herauf — erst sagte King etwas, dann Morgan; aber der Wind riß die Worte mit sich fort, ehe sie diese verstehen konnte. In der Tiefe sah sie den Priester aus der Kirche auf die Straße hinausrennen. Sarah schloß die Augen und betete, wie sie noch nie zuvor gebetet hatte. Dann holte sie tief Luft, bewegte sich wieder in den Turm hinein und sprang in die Kammer unter dem Glockenstuhl hinein — genau im jenem Augenblick, als Morgan und King um den Revolver rangen, den King in der Hand hielt.

Sie suchte nach einem Gegenstand, den sie als Waffe benutzen konnte. Da war nichts.

Die Männer rangen keuchend miteinander. Morgan schlug Kings Hand gegen die Mauer, um dessen Griff um den Kolben der Waffe zu lockern. Sarah hörte das laute Trillern von Pfeifen, blickte hinunter zur Straße und sah, wie Polizisten auf die Kirche zurannten. »Beeilt euch!« schrie sie zu ihnen hinunter. Dann kamen auch schon Schritte die Treppe herauf.

»Du wirst mich nicht töten, Morgan.«

Sarah drehte sich um und weinte vor Erleichterung, als sie sah, daß Morgan nun die Waffe in der Hand hielt und sie auf King richtet, der vor einem bemalten Turmfenster stand, auf dem der Erzengel Michael dargestellt war, wie er Luzifer aus dem Himmel warf.

»Du kannst mich gar nicht kaltblütig erschießen«, sagte King. »Du würdest mit dieser Schuld nicht leben können.«

»Sei still«, sagte Morgan. »Ich habe fast zwei Jahre auf diesen Augenblick gewartet.«

»Warum hast du dann nicht schon längst abgedrückt? Ich werde dir sagen, warum nicht. Weil du in der Tiefe deines Herzens weißt, daß du dich nicht von mir unterscheidest. Ich habe nur die Gelegenheiten, die sich mir boten, wahrgenommen, während du sie ungenützt verstreichen ließest.«

Sarah bewegte sich dichter an die beiden heran, den Blick auf Morgans schmerzverzerrtes, schwitzendes Gesicht gerichtet. »Die Polizei wird jeden Moment da sein«, sagte sie so ruhig wie möglich.

»Wenn Sie fürchten, er würde mich ermorden«, meinte King lächelnd, »kann ich Ihnen diese Sorge nehmen. Er hat nicht den Mut dazu, abzudrücken. Oder doch, mein Freund? Schließlich bin ich der einzige Mensch, der jemals dachte, daß du etwas wert ...«

Mitternacht, und die Glocken der Kathedrale schlugen die volle Stunde, so daß Sarah laut aufschrie und sich die Ohren zuhielt, während die Polizisten die Treppe heraufstürmten und ihre Rufe in dem Gedröhn des läutenden Erzes untergingen. Doch Morgan ließ sich nicht davon erschüttern, die Waffe fest auf Kings Brust gerichtet, während der *patrao* wiederholte: »Du kannst mich nicht töten, Morgan.« Aber sie konnte nichts anderes hören als das Getöse der Glocken. Dann lächelte King, warf lachend seinen schönen blonden Kopf zurück, ehe er sich umdrehte, auf das Fenster zusprang und durch die bunten Scheiben brach — just an der Stelle, wo Luzifer sich auf dem Boden des Paradieses wand, das er zerstört hatte, niedergeworfen von einem Schwert der Gerechtigkeit.

Die Glocken verstummten. Die Polizisten schwärmten um sie herum, nahmen Morgan den Revolver aus der Hand und redeten auf Sarah ein, obwohl sie noch nichts hören konnte. Ihr Blick war ungläubig auf Morgan gerichtet, als ein Beamter ihm Handschellen anlegte und ihn dann der Tür zudrehte. Morgans Blick ging zu ihr zurück, und er lächelte.

Die Morgenblätter berichteten ausführlich über die schauerlichen Umstände von Kings Tod. Die Schlagzeilen waren Spekulationen über die Todesursache: Hatte Morgan ihn erschossen?

Selbst Sarah wußte das nicht. Morgan schwieg still, blieb in seiner Zelle, weigerte sich die ganze Nacht hindurch, Sarah zu sehen. Die Polizei, die Zeuge von Kings Sturz aus dem Glockenturm geworden war, zeigte sich seltsam gespalten in der Rekonstruktion des Hergangs. Die einen schworen, sie hätten gehört oder gesehen, wie der Revolver losging, und waren sicher, daß die Wucht des Kugeleinschlags King durch das Fenster geschleudert hatte. Andere wieder gaben zu Protokoll, daß sie einen Mann gesehen hätten, der offenbar im Angesicht des Todes lachte; der törichterweise meinte, er könne irgendwie Gottes Willen trotzen. Am späten Vormittag kam dann der Bericht des Leichenschauers, daß man keine Spur von einer Schußverletzung an Kings Körper habe entdecken können und der Tod auf den Sturz aus dem Turmfenster auf die Straße hinunter zurückzuführen sei. Mittags wurde Morgan dann endlich von Scotland Yard auf freien Fuß gesetzt.

Sarah und Morgan heirateten drei Tage später — eine stille Zeremonie auf dem Standesamt, bei der nur Kan und die Indianer zugegen waren. Das Seidenäffchen kletterte am Bein des Standesbeamten hoch, daß dieser mitten in der Trauung fast einen Schlaganfall bekommen hätte. Er weigerte sich zunächst, die Zeremonie zu Ende zu bringen, bis Morgan das schnatternde Äffchen in seine Rocktasche steckte und es mit Paranüssen bestach, auch dort zu bleiben.

Es war schon spät, als sie in Sarahs Stadthaus zurückkamen, die Dienstboten fortschickten und sich inmitten der Topfpalmen, Farne und Bambusstangen niederließen. Die Papageien plärrten und pfiffen, als Morgan eine Flasche Champagner entkorkte und Sarah und sich ein Glas davon eingoß. Dann ließ er sich auf dem Sofa neben ihr nieder, stieß mit ihr an und sagte: »Auf meine schöne Frau.«

Sie lächelte, nahm ihm sein Glas aus der Hand und stellte es auf den Tisch neben ihres. »Ich kann mir in meiner Hochzeitsnacht etwas Besseres vorstellen, als Champagner zu trinken.«

»Tatsächlich?«

»Tatsächlich.« Sie nestelte an den Knöpfen seines Hemdes und seiner Hose, schob die Finger unter den Stoff und berührte mit den Fingerspitzen die Bandagen, die er immer noch um die Taille gewickelt trug. Ihr Gesicht an seiner Brust vergrabend, sog sie seinen Duft ein und berührte mit der Zungenspitze sein Fleisch.

»Sarah.« Er lachte. »Sachte, *ma chère.* Ich weiß nicht, ob ich der Sache schon wieder gewachsen . . .«

Sie kniete sich mit gespreizten Schenkeln über ihn. Die Haare fielen ihr über die Schultern und auf seine Brust, und ihre Augen glichen brennenden Türkisen, als sie ihre Finger in seiner dichten schwarzen Mähne vergrub. »Ich werde dich nehmen, wenn ich dich haben will, Kane. Vergiß das nie. Und ich will dich *jetzt* haben.«

Sie küßte seinen Mund und spürte vage, wie seine Finger ihr Hemd aufknöpften und dann den Stoff zurückschlugen, damit er ihre Brüste erst sanft, dann heftiger liebkosen konnte, mit den Daumen die Brustspitzen massierend, bis sie senkrecht standen und fast schmerzten vor Verlangen.

»Ich liebe dich«, flüsterte sie.

»Ich liebe dich«, flüsterte er.

Und dann kamen ihre Schatten an der Wand aufeinander zu und bewegten sich im Rhythmus der Flöte und Trommeln, als Kan und die Indianer ihnen draußen ihm Garten ein Hochzeitsständchen brachten.

Epilog

Ein Regenguß hatte die Passagiere und Mannschaft der *Bark Witch* vorübergehend im Deckhaus Schutz suchen lassen; aber die Wolken teilten sich bald wieder, enthüllten einen azurblauen Himmel und einen Regenbogen, der sich aus dem Meer hinter ihnen erhob und weit draußen am Horizont in einer Woge schimmernder Farben endete.

Morgan stand auf dem Achterdeck, fütterte das Seidenäffchen mit einer reifen Papaya-Frucht, während er zusah, wie Sarah ihr Gesicht der Sonne entgegenhob und dem Brausen des Meeres und dem Gesang des Windes in der Takelage lauschte. Sie beugte sich weit über die Reling, bis die Gischt ihr Gesicht wie mit einem Nebel einhüllte, warf dann lachend den Kopf zurück, drehte sich ihm mit blitzenden Augen zu und rief: »Ist das nicht herrlich? Wir sind frei, Morgan! Ich kann es kaum glauben.«

Er lächelte, aber er trat noch nicht zu ihr — noch nicht. Er genoß ihren Anblick viel zu sehr, um diesen gleich wieder zu verderben.

»Versprich mir etwas!« rief sie.

»Alles, was du willst.«

»Daß wir nie, nie mehr nach England zurückkehren. Daß wir nie, nie mehr an einem Ort leben werden, wo die Sonne nicht vierundzwanzig Stunden am Tag scheint.«

Er lachte. Endlich trat er zu ihr an die Reling und fragte: »Bist du glücklich?«

»Trunken vor Glück. Und ich werde noch glücklicher sein, wenn diese da im Boden eingegraben sind.«

Sie sah zu den zahlreichen Kisten hin, die über das Deck verteilt waren. Die Deckel waren entfernt worden, damit die Sonne die fette Erde erwärmen konnte, in denen die zarten grünen Schößlinge der *Hevea* bereits zu kräftigen Pflanzen gediehen waren.

Er nahm sie in seine Arme. »Natürlich gibt es keine Garantie dafür, daß wir damit unser Glück machen werden«, erinnerte er sie. »Bisher ist es noch keinem gelungen, Gummibäume außerhalb Brasiliens mit Erfolg zu züchten.«

»Morgan«, sagte sie. »Ich habe ein unbegrenztes Vertrauen zu dir. Es gibt nichts, was wir beide zusammen nicht erreichen könnten. Wir werden das größte Gummiimperium gründen, das die Welt jemals gesehen hat!«

»Es könnte aber sein, daß die Eingeborenen uns nicht akzeptieren.«

»Wir sagen ihnen einfach, daß du der *boto* bist. Daß du magische Kräfte besitzt. Daß es nichts gibt, was du nicht vollbringen kannst.«

Er konnte die Worte nicht finden, um ihr zu sagen, wie glücklich sie ihn machte, und so zog er sie an sich und küßte sie lange und zärtlich. Er fühlte sich bis ins Mark erschüttert, als sie seinen Kuß erwiderte und ihre Arme fest um ihn schlang, als ob der Sonnenschein ihrer Schönheit den Alptraum seiner Vergangenheit, die Jahre der Einsamkeit, der Schmerzen und Zweifel an sich für immer verbannte.

Die Vergangenheit wurde ausgelöscht durch das Leuchten in ihren Augen, als sie ihr Gesicht dem seinen entgegenhob. In ihren Augen spiegelten sich alle Träume, die er jemals gehabt hatte, und etwas, wonach er sich sein Leben lang gesehnt hatte: Liebe und Hoffnung, die so heiß und hell strahlten wie die Sonne.

Irgendwo am Bug der *Bark Witch* hatten die Indianer

zu singen und auf ihre Trommeln zu schlagen begonnen. Die perlenden Töne von Kans Flöte stiegen in die Luft, so kristallklar wie der Gesang eines Vogels. Lächelnd senkte Morgan den Kopf und bedeckte Augen, Wangen und Mund seiner Frau mit sanften Küssen, drückte fester auf ihre Lippen, bis sie sich teilten, und drang sacht und doch leidenschaftlich in sie ein.

Über ihnen bauschten sich die Segel im Wind, als die *Bark Witch* sie ihrer Zukunft entgegentrug, und einer heißen malayischen Sonne.